Betty Smith

A Tree Grows in Brooklyn

布鲁克林有棵树

[美国] 贝蒂·史密斯 著
方柏林 译

译林出版社

图书在版编目（CIP）数据

布鲁克林有棵树/（美）史密斯（Smith, B.）著；方柏林译．
—南京：译林出版社，2009.7（2025.12重印）
书名原文：A Tree Grows in Brooklyn
ISBN 978-7-5447-0942-2

Ⅰ.布… Ⅱ.①史… ②方… Ⅲ.长篇小说－美国－现代
Ⅳ.I712.45

中国版本图书馆 CIP 数据核字（2009）第 078181 号

布鲁克林有棵树 ［美国］贝蒂·史密斯 ／ 著　方柏林 ／ 译

责任编辑　刘自然　韩继坤
装帧设计　胡　苨
责任印制　单　莉

原文出版　Harper Perennial，2005
出版发行　译林出版社
地　　址　南京市湖南路 1 号 A 楼
邮　　箱　yilin@yilin.com
网　　址　www.yilin.com
市场热线　025-86633278
排　　版　南京展望文化发展有限公司
印　　刷　江苏苏中印刷有限公司
开　　本　880 毫米 × 1230 毫米　1/32
印　　张　13.875
插　　页　2
版　　次　2009 年 7 月第 1 版
印　　次　2025 年 12 月第 60 次印刷
书　　号　ISBN 978-7-5447-0942-2
定　　价　39.00 元

序

曹文轩

《布鲁克林有棵树》与《安琪拉的灰烬》属于同类小说——是“成长小说”,也可称为“家小说”。它写了弗兰西一家子的故事。一个感人的大故事里镶嵌着无数的小故事,而所有这些故事都围绕着一个词:感动。

这个词是一颗巨大的钻石。

若从文学史的第一章看起,你会轻而易举地得到一个结论:文学就是为做感动文章而来到这个世界上的。但后来文学改弦易辙,不再做这个文章了,只一门心思地想着思想的深刻和如何深刻。爱思想胜于爱美、爱情感,已成潮流。尽管,没有任何人向我们证明过思想的价值就一定比美和情感的价值更重大,但文学差不多都朝着这个方向去了。本来有着许多纬度的文学,到了现在,就只剩下一个纬度:思想——除了思想还是思想。作家们一个比着一个地追求深沉和深刻,唯恐自己不是一个身在巅峰的思想家或大哲。“恋思癖”,是新世纪的流行病。

《布鲁克林有棵树》似乎回到了老路上,依然做着感动的文章。作者相信,在这个世界上,不只有思想是重要的,还有许多和思想同等重要的东西,比如美,比如情感。这部小说中,有许多让人为之心动的叙述和描写:孩子们之间的感情,父母和孩子们的感情,还有那位个性独特的茜茜姨妈与孩子们以及与孩子们的父母们的感情,都不时无声但却很有力地撞击着人心的柔软之处。

像其他许多小说一样,这种感动并不一味地显示在完美无缺的、心怀悲悯的人那里,也会出现在那些似乎有缺陷的、冷漠的、没有责任感的人那里,而这种峰回路转时的感动,却格外地使人心灵的暖流环绕不息。在这个坐落于布鲁克林的平常家庭里，父亲显然不及母亲伟大。父亲甚至还是一个醉鬼。但，到作品的后面，这个父亲却又是光彩照人的，他让活着的人深感歉意，并为他的行为而感动。弗兰西在父亲去世六个月之后的毕业典礼上，却收到了父亲生前托茜茜姨妈送来的鲜花和卡片。那卡片上写着：献给弗兰西，恭贺毕业。爱你的爸爸。读到此处，无论是弗兰西还是我们，心都会微微颤动。

让情感得以升华，其实是文学的一贯价值，这份价值丝毫也不亚于什么深刻的思想。

《布鲁克林有棵树》很像是一首歌。

这是一部有旋律的小说。好的小说，其构思与一个曲子的构思大同小异。没有旋律的歌是最糟糕的歌。对于时下许多歌曲，我是很不以为然的。那些歌很糟糕，而糟糕就糟糕在没有旋律。一句是一句，说是一首曲子，其实是支离破碎的。我很难理解，这些曲子是怎样被那些“粉丝”们记住的。我知道，好的歌总有一个旋律，这个旋律是圆形的，是转动的，它似有似无，有时飘飘而逝，但却总在这个曲子的天空下回旋。我们在荡出，回归，再荡出，再回归这样一种循环往复中感到了一种美丽的眩晕。我们看到了一个天衣无缝的完整构思。也正是这个飘荡的旋律，让我们记住了这个曲子。我不懂音乐，但这并不妨碍我去欣赏音乐和评价音乐，因为音乐是与人的心灵相通的，是与人的血液流淌的节奏相和谐的。我只知道，这些年的歌，凡我喜欢的，它都流传了下来，凡我不喜欢的歌，都没有流传下来。我知道，这一切都是因为旋律的有无和旋律优美的有无。《布鲁克林有棵树》是一个句子，这个句子变成了段子，这些段子又有机地联系在一起，构成了整部小说。觉得它很像一首歌，有音乐的感觉，还因为这部小说总在歌唱。爸爸的歌唱、爸爸和孩子们的歌唱、孩子们的歌唱、孩子的独唱。这部小说唱了一首又一首歌。我是一个喜欢在小说中嵌入童谣和民歌的人，因此看《布鲁克林有棵树》有一种亲近感，觉得它很投我的口味。

《布鲁克林有棵树》显然是一部老式小说。

在现代主义泛滥的今天，“老式”越来越是个迷人的字眼。人们发现，“现代”因为过于花样翻新，过于迷恋非常态的情景、人物与物象，已经很让人厌烦了。阅读者甚至起了疑心：这样的文学究竟给了我们什么？道义感吗?美感吗?情感吗?抑或是其他什么重要的、宝贵的东西?那些让人费解的“意义”由于过于形而上(几近玄学),使阅读成了受罪、受苦、受难的过程。那些背后的、底部的、黑暗深处的“哲理”是要通过训练有素的专家学者们加以暗示和明示后,才得以显示的。主题显灵,是这种阅读中的一个痛苦的企盼。由于艰深和玄奥,“现代”养育了一大批阅读的牧师,这些人负有解释和阐释权,阅读是在他们的复杂的指导下而得以进行的。从前朴素的、明朗的阅读,现在越来越具神秘主义的色彩。如此阅读,与其说是在阅读,还不如说是在考验人的耐心和智力。阅读的快感是在九死一生之后才获得的,大多数“俗人”都半途而废了。除去耗费我们的心血,“现代”给一般阅读者的直接感受是冷酷的、压抑的、沉闷的、无望的、绝望的、向下的、堕落的。当越来越多的人从“皇帝的新衣”现场效应中脱出时,一个简单的念头在升起:如果没有这些文字,世界是不是会更美好一些?这个发问,对于“现代”几乎是致命的。

《布鲁克林有棵树》讲的就是那样一个正常的故事,讲故事的方式就是小说历史上最常见的方式,主题也是无需用脑袋撞墙然后才能有所悟的,更不用去聆听阅读牧师们的布道了。看了,你会觉得人生是有意义的,会平添一份坚韧。你是向上的,你会听到你一路向前时耳畔响起的生动的风声。它是属于阅读大众的,而不只是属于阅读精英的。它不是畅销书的路数,却绝对可以有畅销书的天下——一望无际的天下。它不是靠故事的离奇,而是靠故事的质量;不是靠主题的新颖,而是靠主题的分量;不是靠人物的怪诞,而是靠人物的真实和富有。阅读这样的小说,不必装模作样,不必煞有介事,读,就是了,平等的,平常的,平易的,而读完之后又是受益匪浅的。

所有这些,都是从前老式小说的基本品质。

最近装修房子,几乎天天去装修市场和家具市场。看来看去,还是觉得古典风格的和田园风格的家具可靠和经看。总觉得它们的骨架和肌理之中藏着岁月,藏着难以言说的美感。那份庄重,那份质地的背后,是千年历史的影子。那些现代家具,倒也新颖别致,并且能一下子揪住你的目光。但,看久了,总有点生疑:它们可以长久吗?过于风格化,可能反而会容易过时。最后,统统选择了古典的、田园的。当然,我也知道,这些古典的、田园的家具，其实已经融入了一些现代的元素——“现代”为“古典”和“田园”注入了生命的一些新鲜元素，这大概就是“现代”的意义了。

别忘了这部作品的名字与这部作品价值之间的关系。一部好作品必定有一个好的名字。极端一点讲，看了名字，你也就能知道这部作品是不是一部好作品了。

2009年6月18日于北京大学蓝旗营

爱上生活

贝蒂·史密斯

孩提时候，我喜欢倾听，常听大人说：“啊，过去我也有雄心大志！”“过去我也有梦想！”还有，几乎人人都说：“要是我从头再来一次……”我想这些人多多少少都错过了生活的充实。

我不会。我不会和生活的充实失之交臂。十四岁那年，我就暗下决心。在一本有些旧的抄写本上，我把一生要做的事一条一条写了下来。我发誓要一条一条去实现。

这些计划根本没有实现。我成人后，大部分时间得去拼命工作，养家糊口。生命的充实，有不少耗在商业世界的竞争里了。不过我还年轻，还乐观。我告诉自己：这些都是暂时的。总有一日，我会照着梦想去做。

可是一年过去，一年又来，转眼人到中年。孩子们离开了，去了别的地方，追求自己充实的生活去了。我也开始想：“要是我从头再来一次啊……”

一个雨夜，我下楼去杂货店，准备买一本平装书，以打发睡前的时间。我拿起一本埃米尔·左拉的书。我站在那里，拿着这书，费力回忆很久以前看过的什么话来。后来终于想了起来：左拉说，所谓充实的生活，便是“养个孩子，栽棵树，写本书”。

我感觉四周寂静了下来。我意识到我有了一个孩子……我种过一棵树……事实上我甚至写过一本书，不过我想左拉说的“书”，一定是个象征，指的是任何建设性的诚实工作。

就这样，按照一个伟人的信条，我有了自己充实的生活。孩子成长期间，总给我带来喜悦，育儿之乐虽波澜不惊，却无穷无尽。二十五年前，我将一棵被人抛弃的树苗栽下来,如今这棵小小树苗已经长成参天大树,高过我的屋子,给我带来阴凉。我的儿孙在树荫下玩耍。假如天增人寿,或许我可以活到曾孙辈在树下玩耍的时候。我甚至有幸出了一本书,记载我的希望、我的恐惧、我的梦想。

所有这些都没有写在当初的抄写本上,因为这些是我自然而然的一部分,是我习以为常的东西。例如,从意识到自己的女人之身时,我就知道自己会生养孩子。人们将租住屋院子里的树砍掉的时候,我流下了童稚的眼泪。那时候我就知道,不管生活在什么地方,我都会栽一棵树。到了八岁,我的作文得了“优”,我就知道有朝一日我会写一本书。

我得出了一个结论,一个放之四海而皆准的结论:活着,奋斗着,爱着我们的生活,爱着生活馈赠的一切悲欢,那就是一种实现。生活的充实常在,人人皆可获得。

第一卷

第一章

宁静这个词用于纽约布鲁克林恰如其分。尤其是在1912年的夏天。沉静这个词大概更好些，只是对布鲁克林的威廉斯堡不大合适。大草原的可爱，雪兰多[①]的悦耳，用于布鲁克林都不合适。只能用宁静这个词，特别是夏日的一个星期六下午。

下午的斜阳照在弗兰西·诺兰家爬满苔藓的院子里，把破旧的木篱笆晒得暖暖的。看着斜射下来的一缕缕阳光，弗兰西心头涌出一种美好的感觉来。这样的感觉，她回忆起一首诗歌时也有过。这诗她在学校里背诵过，是这样的：

这里是原始森林
松树和铁杉，低语阵阵
苔藓如须，翠绿满身
黄昏中伫立，依稀朦胧
如一个个德鲁伊[②]老僧

弗兰西院子里的树既不是松树，也不是铁杉。树上的绿色枝条从树干向四周发散，枝条上长满了尖尖的叶子，整棵树看起来如同无数撑开的绿伞。有人称之为天堂树。不管它的种子落到什么地方，都会长出一棵树来，向着天空，努力生长。这树长在四周围满木篱的空场子里，或是从无人留

---

① 弗吉尼亚一个以田园风光著称的国家公园。

② 基督教之前英国、爱尔兰等地的教士。

意的垃圾堆里钻出来；它也是唯一能在水泥地里长出来的树。它长得很茂盛，而且只在居民区长。

星期天下午，你去散散步，走到一个不错的居民区，挺高档的居民区。你会从通往人家院子的铁门中看见这样一棵小树，这时候你就知道，布鲁克林这一带会变成居民区了。树懂。树会打前站。到了后来，渐渐会有些贫穷的外国人跑过来，把破旧的褐砂石房子修理成平房。他们把羽毛褥垫从窗户里推出来晒。天堂树长得郁郁葱葱。这种树就这习性。它喜欢穷人。

弗兰西院子里长的就是这种树。在她的三楼太平梯附近，树上的小"伞"一个个蜷曲过来。一个坐在太平梯上的十一岁女孩会觉得自己住在树上。夏天的每个星期六下午，弗兰西都是这么想象的。

啊，布鲁克林的星期六多么美好。啊，到处都是那么美好！人们星期六照样能领薪水。星期六是个周末假日，却又不要守星期天那些清规戒律。人们有钱出去买东西。他们这一天会好好吃上一顿饭，喝醉，约会，做爱，熬夜，唱歌，放音乐，打架，跳舞，因为次日会有自由自在的一天，可以睡个懒觉，至少可以睡到晚场的弥撒。

星期天，大部分人会挤着去参加十一点钟的弥撒。怎么说呢，也有一些人，很少一些，会去参加六点钟的那一场。人们夸他们赶得早，其实他们不配这样的夸奖，因为他们本来是在外头呆得太久，回到家的时候，都是早晨了。他们于是去这场弥撒，应付过去，把罪给洗了，然后回家安安心心睡一天大觉。

弗兰西的星期六，是从去垃圾回收站开始的。和其他布鲁克林小孩一样，她和弟弟尼雷会在外头捡些布头、纸张、金属、橡胶等破烂，藏在地下室的箱子里，上着锁，或是藏在床底下。从星期一到星期五，每天放学回家的路上，弗兰西会慢慢走，边走边看排水沟，希望找到烟盒的锡纸，或是口香糖的包装纸。回头她会将这些放在一个小罐子的盖子里头熔化。垃圾站不收没有熔化的锡球，因为很多孩子会将铁垫圈放在中间抵重量。有时候，尼雷会找到一个苏打水壶。弗兰西会帮他把壶嘴弄下来，熔化出其中的铅来。垃圾站的人怕苏打水公司的人找麻烦，不敢回收完整的壶嘴。壶嘴是好货。化掉后，能卖五分钱。

弗兰西和尼雷每天晚上都到地下室，把升降机架子上当日收的破烂全倒出来。弗兰西和尼雷的妈妈是清洁工，所以两个孩子享有这项特权，能下到地下室去。他们会把架子上的纸张、布头和能回收的瓶子全都拿走。纸张不值什么钱，十磅才能卖一分钱。布头一磅两分钱，铁是一磅四分钱。铜是好货，一磅能卖一毛钱。有时候，弗兰西会撞上大运，找到废弃的煮衣锅锅底。她会用开罐器将它掰下来，折起，捶打，再折，再捶打。

星期六早晨九点一过，孩子们就从大街小巷钻出来，纷纷涌到主干道曼哈顿大道上。他们沿着曼哈顿大道，慢慢走到斯科尔斯街。有的孩子把破烂直接拿在手上。有的拖着木头做的肥皂包装盒，盒子下头装有很稳当的木头轮子。还有几个推着童车，里面装得满满的。

弗兰西和尼雷两个人把破烂装进一只麻袋里，一人拎一只角，在街上拖着走，沿着曼哈顿大道，路过茂吉街、滕·艾耶克街、斯塔格街，最后来到斯科尔斯街。这都是些丑陋的街道，名字倒是很漂亮。每条偏街陋巷里都会有衣衫褴褛的小孩子钻出来，汇入破烂大军，前往卡尼的垃圾站。他们去的路上，会遇到空手而归的孩子们。这些孩子已经把破烂卖掉，钱也都花得一个子儿都不剩了。现在，他们大摇大摆走回来，还嘲笑起其他小孩来。

"捡破烂的！捡破烂的！"

听到这种骂声，弗兰西的脸立刻就涨红了。她知道这些骂人的人自己也捡破烂，可是这也无济于事。其实过一会儿弟弟也会和他的小伙伴们一起，空着手，大摇大摆走回来，同样嘲笑着后来的人，可是这也安慰不了她。她就是害臊得慌。

卡尼在一个摇摇欲坠的马棚里，经营起垃圾回收的生意来。转过街角，弗兰西就看到那两扇大门被钩子钩住，友善地敞开着；那个样子平淡的指针式磅秤的指针晃了一下，弗兰西想象那是欢迎的手势。她看到了卡尼，铁锈色的头发，铁锈色的胡须，铁锈色的眼睛，守在磅秤边。卡尼对女孩子更喜欢些。他伸手去捏女孩子脸蛋的时候，要是对方不退缩，他会多给一分钱。

鉴于有可能拿到这额外好处，尼雷就闪到一边，让弗兰西把麻袋拖进马棚。卡尼跳上前，把袋子里的东西倒在地上，然后先在弗兰西脸上捏了一把。当他将破烂堆上磅秤的时候，弗兰西的眼睛不习惯这里头的黑暗，眨了一眨,想适应过来。她能闻到空气中的苔藓味和湿布头的臭味。卡尼眼睛朝磅秤指针瞟了一眼,然后说了两个字,也就是他的出价。弗兰西知道讨价还价他是不允许的,只好点头称是。卡尼把磅秤上的破烂掀了下去,叫她等着。他自己把废纸码到一个角落,布头扔往另外一个角落,然后把金属分拣出来。这一切都弄完了,他才把手伸进口袋,扯出一个用蜡线拴着的旧皮袋子,掏出一枚枚分币来。分币都发绿了,本身就像破烂似的。她低声说了句:“谢谢您。”这时候卡尼贱贱地看了她一眼,然后伸手狠狠捏了她的脸蛋一把。她坚持着没作什么反应。他笑了,又多给了她一分钱。然后他的举止陡然一变,嘴上咋咋呼呼,手脚敏捷麻利。

“过来,”他冲排队的下一个男孩叫道,“把铅拿出来!”他等着孩子们发笑。“我可不是说破烂啊!”孩子们十分配合地笑了起来。这笑声听来如同迷失羔羊的咩咩叫唤,不过卡尼似乎心满意足了。

弗兰西走了出去,向弟弟汇报情况。“他给了我一毛六,还有捏脸给的一分钱。”

“那一分钱归你。”他说。这都是二人之间很早就有的协定了。

她把这一分钱放进衣服口袋,把余下的交给弟弟。尼雷才十岁,比弗兰西小一岁。不过他是男孩,钱的事情归他管。他将这些分币小心翼翼地分好。

“八分钱放进储蓄罐。”这是规定。他们不管在哪里挣到的钱,都将一半存入储蓄罐里。这个储蓄罐是个锡罐子,钉在衣橱间最阴暗的角落里。“四分钱归你,四分钱归我。”

弗兰西把归储蓄罐的钱用手帕包好,打上结。她看着自己的五分钱,很高兴这钱能换成一个五分硬币。

尼雷把麻袋卷起来,用胳膊夹着,冲进查理便宜店里,弗兰西就跟在他身后。查理便宜店是一家廉价糖果店,紧挨着卡尼的垃圾回收站,也是专门为了垃圾站这边的生意而开的。星期六结束后,糖果店的钱柜里会装满发绿的分币。根据某个不成文的规定,这店只有男孩才能进去。所以弗兰西并没有进去,而是靠在门口。

男孩子们的年龄从八岁到十四岁不等,看上去都差不多,都穿着松松垮垮的灯笼裤,戴着鸭舌帽,帽檐都是破破烂烂的。他们到处站着,手插在口袋里，瘦瘦的肩膀用力朝前弓着。他们长大后也会是这样，也会在各样扎堆的地方这么站着。唯一不同的是，长大后，他们嘴边总叼着香烟，就像是永远粘在嘴上一般。他们带着口音说起话来，嘴角的烟就跟着一起一伏。

孩子们惴惴不安地在那里呆着，瘦瘦的脸一会儿面向查理，一会儿互相看着，然后又转向查理。弗兰西注意到，有几个孩子已经因夏天的到来，把头剃过了。头发留得很短，推子贴得很近，头皮上都出现了一些刮痕。这些幸运儿索性把帽子揣在口袋里，或是扣在后脑勺上。那些还没有剃头的，头发微微有点卷，像小娃娃一样拖到颈后。他们为此很害羞，总是把帽子盖得严严的，盖到耳朵上，看上去像女孩子一般，只是他们嘴里常常蹦出些粗话来。

查理便宜店并不便宜，店主也不叫查理。只是他用了这个名字，而且在店堂口的遮阳篷上也是这么说的，弗兰西就这么信了。你出一分钱，查理会让你来摸奖。柜台后头有块木板，上头挂着五十个钩子，分别标有数字，每个钩子上都有奖品。有些奖品还不错，如旱冰鞋、棒球手套、头上有真头发的布娃娃，等等等等。别的钩子上挂着记事本、铅笔等可以用一分钱买到的东西。弗兰西在边上看着，尼雷花钱来摸奖了。他从破信封里拿出一张脏兮兮的卡片来。二十六！弗兰西满怀希望地看了看摸奖板。尼雷抽到的是一只一分钱的笔擦子。

“要奖品还是糖果?”查理问他。

“当然是糖果，你觉得不是吗?”

总是这种结果。弗兰西还从来没看到有人赢过一分钱以上的奖品。确实，那旱冰鞋的轮子都生锈了，布娃娃的头发上也蒙了一层灰。这些东西似乎都在那里等候了很长时间，就好像是小蓝孩①的玩具狗和小锡兵一样。弗兰西暗自下决心，等有朝一日自己有了五毛钱，势必要把所有的奖全摸下来，把板子上的奖品全部赢到。她想这一定很划算：旱冰鞋、棒球手套、布娃娃和所有这些，只要五毛钱。说起来，光是旱冰鞋就值这个价钱的四倍！到了那伟大的一天，尼雷也要过来，因为女孩很少光顾查理的商店。没错，那个星期六也有几个女孩子过来……都是胆大、性急、早熟的那种。

① 美国童谣中的人物，又译“忧郁男孩”。

这些女孩大大咧咧的，喜欢和男孩子一起打闹——邻居们都说这些女孩子以后笃定学坏。

弗兰西过了马路，来到对面的吉姆培糖果店。吉姆培是个跛子。他是个和善的人，对小孩子特别好……至少这是大伙儿的看法，直到有一天，他把一个小女孩诱到自己一间阴暗的房间里。

弗兰西在挣扎，要不要牺牲一分钱，去买个吉姆培家的特卖品：奖品袋。偶尔和她是好朋友的莫迪·多纳文就要买一个了。弗兰西挤到了莫迪·多纳文身后。她假装自己就要花那一分钱了。当莫迪犹豫再三后，把手指向橱窗里那只鼓鼓的袋子时，她呼吸都屏住了。弗兰西会挑一只小一点的袋子。她从朋友的肩膀上看过去，看到她拿出了几粒不大新鲜的糖果，然后盯着自己的奖品看——奖品是块亚麻手帕。弗兰西有一次抽到了一小瓶香水。她又犹豫要不要买个奖品袋了。那糖果不能吃，不过偶尔来个惊喜，感觉还是不错的。但她转念又想，好歹和莫迪一起，莫迪刚才买奖品袋让她惊喜过了，这感觉也一样良好。

弗兰西沿着曼哈顿大道走着，念着这些好听的街名：斯科尔斯街、梅塞罗尔大道、蒙特罗斯大道，然后是约翰逊大道。最后两条大道是意大利人聚居地。名叫犹太城的区从西格尔街开始，包括穆尔街、麦吉本街，最后经过百老汇。弗兰西向百老汇那边走去。

布鲁克林威廉斯堡的百老汇大道上到底有什么呢？什么也没有——只有全世界最好的五分一毛便宜店！这店很大，闪闪发亮，里头全世界的东西都有……至少对一个十一岁的小孩来说是这样。弗兰西有五分钱。弗兰西有能力。她可以买店里的任何东西！这是世界上唯一能让她有这样感觉的地方。

到了店里，她在货架之间的过道里走着，拿起自己喜欢的东西把玩。能把一件东西拿起来，在手里放一会儿，感受它的轮廓，摸着它的外表，然后再小心放回去，这是多美好的一种感觉啊！她有五分钱，故而就有权享受这些。如果有店员来问她要不要买点什么，她可以说是的，然后买下来，好叫他也见识一下。钱是好东西，她断定。过足了摸东西的瘾后，她买下了自己预计要买的东西——五分钱的薄荷味、粉白相间的威化饼干。

她沿着贫民区的格雷厄姆大道走回家。她看到琳琅满目的推车——

这些小推车每辆都是一个小小的商店,周围有讨价还价的、情绪激动的犹太人,还有这个区特有的气味;夹菜烤鱼,刚出炉的黑麦面包,还有什么东西,闻起来像是煮沸的蜂蜜。这一切都让她感到激动。她看着这些留长胡子的男子,戴着羊驼呢的头顶小圆帽,穿着充丝薄棉外套。她很好奇这些人为什么眼睛这么小,眼光这么凶。她看着猫耳洞一样的一个个小商店,闻着桌子上乱摆放着的那些织物。她注意到了从窗户里鼓出来的羽毛褥垫,东方式色彩艳丽的衣服晒在太平梯上,还有些光着上身的孩子,在水槽里玩耍。一个怀着孩子的大肚子女人,耐心地坐在街边一把硬邦邦的木头椅子里。她在那炽烈的阳光下坐着,看着街上喧嚣的生命,守护着自己腹中那个神秘的生命。

弗兰西记得,有一回妈妈告诉她,耶稣是个犹太人,她吃惊不已。弗兰西以为耶稣是个天主教徒。不过妈妈什么都懂。妈妈说犹太人只不过把耶稣看成一个平凡的犹太男孩,调皮捣蛋,不肯去做木匠的营生,不肯成家立业。还听妈妈说,犹太人认为弥赛亚还没有到来。想到这些,弗兰西不禁呆看起大肚子的犹太女人来。

"我猜这就是犹太人喜欢生孩子的原因吧。"弗兰西心想,"也是她们这么安静地坐着……等待的原因。也是她们不对自己的肥胖感到羞愧的原因。每个人都以为自己或许要生一个真正的小耶稣。怪不得她们走起路来是那个神气样子。爱尔兰的女子一比起来,好像总是很惭愧。她们知道自己永远也生不出耶稣来。生出来的不过是些叫米克的孩子。等我长大了,怀孩子了,我走路的时候要神神气气地、慢悠悠地,尽管我不是犹太人。"

弗兰西回到家的时候,都已经十二点了。不久,妈妈提着扫把和水桶进来了,砰一声扔到角落。这一声说明她到星期一才会再去碰这些东西。

妈妈二十九岁,黑色头发,褐色眼睛,手脚麻利,体形也不错。她做清洁工,把三套出租公寓打扫得干干净净。谁会相信,妈妈会用擦地板的方式,养活她们四口人呢?她总是那么漂亮,那么苗条,性情开朗,总是那么喜洋洋的。她的手老是泡在加了苏打的水里,因而发红、开裂,可这双手还是很美,手形还是漂亮,那指甲弯弯的,椭圆形状,模样可爱。人人都说,生得像凯蒂·诺兰这样美丽的女子出去擦地板，真是可惜了。不过他们又说，嫁给了她那样的丈夫，又能怎么样呢？他们也承认，不管怎么看，约翰尼·诺兰都是个帅气、可爱的家伙，比整个街区的任何男人都强。不过他终归是个酒鬼。他们就是这样说的，这也是实情。

弗兰西将八分钱装进锡储蓄罐的时候，让妈妈在边上看着。她们在猜这小储蓄罐里究竟装了多少钱，就在这样的估猜中度过了美好的五分钟。弗兰西觉得应该有一百美元了吧。妈妈说大概八美元更接近些。

妈妈然后叮嘱弗兰西去买午饭。“从豁口杯里拿八分钱，买四分之一块犹太黑麦面包，保证要新鲜的。然后拿五分钱，去索尔温的铺子里，用五分钱买块舌根肉。”

“不过只有关系户才能买到的啊。”

“你就跟他说是你妈妈**说**的。”凯蒂寸步不让地说。她又想了一想。“我想我们要不要买五分钱的甜面包，还是把钱存在储蓄罐里。”

“得了，妈妈，今儿是**星期六**呢。你一个星期都说我们到星期六能吃上甜点的。”

“好吧，那就买些甜面包吧。”

这家小小的犹太熟食店里，挤满了前来买犹太黑面包的基督徒。在她的注视下，店里头的人将她的四分之一块面包装进纸袋里。这面包的皮又脆又嫩，下头则是粉嘟嘟的。弗兰西想，要是新鲜的话，这面包不费吹灰之力，就可以当选为世界上最好的面包。她不大情愿地走进索尔温的铺子。在这里买舌头，有时候他好说话，有时候不好说话。切成片的舌头一磅卖七毛五，有钱人才买得起。不过等舌头都卖完了，有时候花五分钱，能买着那舌头根，但是这要看你和索尔温先生的关系。当然了，舌根那里的舌头肉已经很少了，主要是些软软的、小小的骨头，还有一些软骨组织，只是勉强能让人联想起肉来。

今儿个碰巧索尔温先生好说话。“昨天舌头卖完了。”他告诉弗兰西，“但是我给你留了这个，因为我知道你妈妈喜欢吃舌头，我喜欢你妈妈。这个你得跟她说说。听到没有？”

“好的，先生。”弗兰西低声说。她眼睛看着地板，觉得自己的脸在发烧。她讨厌索尔温先生，不会把他的话告诉妈妈的。

在面包店，她仔细挑了四个甜面包，都是糖最多的。她在店外和尼雷碰头。尼雷往袋子里偷看着，一看到甜面包，高兴得跳了起来。这天早晨他吃了四分钱的糖果，但还是饿，便催促着弗兰西一路跑回家。

爸爸没有回家吃午饭。他的职业是做餐厅演唱侍者，并无固定的雇主，换言之，他也不是经常有事做。通常情况下，星期六早晨他会去工会总部等活上门。

弗兰西、尼雷和妈妈在一起美美地吃了一餐。每个人都吃了厚厚一片“舌头肉”、两片气味香甜的黑麦面包（上面涂着淡黄油）、一个甜面包、一杯又浓又热的咖啡，边上还放有一勺子加了糖的炼乳。

这咖啡是诺兰家特别的创意，也是他们享受的一大奢侈。妈妈每天早晨会烧满满一大壶咖啡，然后中饭晚饭接着热，如此一天下来，咖啡就越烧越浓。其实壶里水多咖啡少，不过妈妈在里头放了一大块菊苣，使得咖啡喝起来味道又浓又苦。家里每人每天可以喝三杯**加牛奶的**咖啡，而黑咖啡则可以随时去喝。有时候什么吃的也没有，外头又下雨，一个人在家里，你会觉得很宽慰，毕竟家里还有点**货**，虽然这只不过是一杯又黑又苦的咖啡。

尼雷和弗兰西都酷爱咖啡，但是喝得并不多。和往常一样，今天尼雷还是将黑咖啡放在那里没有动，而是将炼乳涂到面包上去了。出于礼貌，咖啡他啜了一小口。妈妈给弗兰西倒上咖啡，加上牛奶，尽管她知道弗兰西不会喝。

弗兰西喜欢闻咖啡的气味，喜欢咖啡那热热的感觉。在吃面包吃肉的时候，她总用一只手握着咖啡杯子，享受着咖啡的温暖。她时不时还去闻一下那又苦又甜的味道。这比把咖啡喝下去还强。饭后，咖啡会倒进洗碗池里。

妈妈有两个姐妹，茜茜和艾薇，两人常常来公寓。每次她们看到妈妈倒咖啡，都禁不住要数落一顿她的浪费。

妈妈解释说：“弗兰西和其他人一样，可以每顿喝一杯咖啡。如果她觉得倒掉比喝了好，那也只好随她了。**我个人**觉得，我们这样的人家，偶尔能有点东西浪费也不错，好歹也能体会体会手头有钱、不用东拼西凑是个什么感觉。”

这种奇怪的视角妈妈很满意，弗兰西也满意。这把一贫如洗的穷人和大手大脚的富人连接到一起了。这个小女孩感觉到，即便她比威廉斯堡所有人都穷，在某种意义上，她也比所有人更富有。她有得浪费，所以她富有。她慢慢地吃着甜面包，不想一下子就把那甜味给消灭掉，而那咖啡慢慢变得冰冷。她很享受把它倒进洗碗池排水管的感觉，这时候她觉得自己很潇洒、很奢侈。此后，她就要动身去罗什面包房，去买下半周全家吃的陈面包了。妈妈告诉她，她可以拿五分钱买块不新鲜的馅饼，如果还不是太碎的话。

罗什面包房是给附近社区商店供货的生产商。这里的面包不用蜡纸包裹，所以陈得快。罗什会把陈面包从商家收回，半价卖给穷人。面包房的门面就和烤房挨着。面包房的门面一边是又长又窄的柜台，另外两边是两排又长又窄的凳子。柜台后头有两扇对开的大门，现在正敞开着。烤房的车子倒过来，直接把面包卸在柜台上。面包五分钱两块，卸下来的时候，人们会挤着抢着来买。每次来了都被抢购一空。有时候，大家得等卸完三四车才能买上。由于价格低，包装纸顾客自己带。大部分主顾是儿童。有些儿童把面包夹在胳膊下，无所顾忌地走回家，让全世界都知道自己的贫穷。一些自尊心强一些的孩子会把面包包起来。有的是用旧报纸包，有的是用或干净或脏的面粉袋包。弗兰西带来的是只大纸袋子。

她不急着立刻把面包买到手。她会坐在凳子上看着。十几个小孩推推搡搡，冲着柜台喊叫着。对面凳子上有四个老头在打瞌睡。这几个老头都是家里“吃闲饭的”，被使唤来跑腿，或是带孩子，这些都是威廉斯堡这些风烛残年的老人唯一能做的事情了。他们会在这里尽量等候，因为罗什面包房烤面包的气味很好闻。太阳从窗户里晒下来，晒在他们年老的后背上，这种感觉也很好。他们会几个小时几个小时地在那里坐着，打瞌睡，觉得这是在打发时间。这种等候，让他们在短时间内，觉得生活有了个盼头，甚至觉得自己有些用处了。

弗兰西盯着最老的那人看。她在玩她最喜欢的游戏，那就是琢磨人。那人的头发又稀又乱，和凹陷的脸颊上那些短胡茬一样，是脏兮兮的灰色。干掉的口水结在他的嘴角。他打了个呵欠。他没有牙齿。他又把嘴巴合上，嘴唇往里抿，整个嘴巴后来就看不见了，下巴几乎能碰到鼻子。弗兰西就这么看着，又好奇又恶心。她又端详起他的旧外套来。这外套的絮里从袖口脱线处挂出来。他的两腿张着，是一种很无助的放松姿势。裤子扣扣子的地方油乎乎的，还有一只扣子掉了。她还看到，他的鞋子破烂不堪，脚趾头处也开裂了。一只鞋子上系着鞋带，打着很多结，另外一只用一根短短的、脏脏的带子系着。她看到两个粗壮、肮脏的脚趾头，脚趾头上是发皱的灰色指甲。她的思绪在飞奔……

“他很老，准有七十多了。他出生的时候，大概亚伯拉罕·林肯还在世，正要去竞选总统呢。那时候威廉斯堡一定是个偏远地方，或许还有印第安人在弗拉特布什一带生活。好久以前的事情了。”她继续看着他的脚。“他过去也是小孩子。一定很乖、很干净，他妈妈也会亲吻他的小脚趾吧。夜里打起雷来，她会到小摇床前，把毛毯给盖好，而且对他低声说别害怕，妈妈在。然后她会把他抱起来，脸贴着他的头，说他是自己的亲亲宝贝。他后来肯定是和弟弟一样的男孩子，在屋子里跑进跑出，把门摔得砰砰响。他妈妈骂他，心里可能又在想，有朝一日，他或许会当上总统呢。然后，他长成了小伙子，身体结实，无忧无虑的。他走在街上的时候，女孩子们会笑，会转过来看他。他也报以微笑，或许还向最漂亮的那个挤挤眼。我猜他一定结过婚，有过孩子；他们会觉得他是世界上最好的爸爸，因为他努力养家，圣诞节还送他们玩具。现在孩子和他一样，也都长大了，有了自己的孩子了，谁还要老人呢，都等着他死罢了。不过他不想死。他想活下去，尽管他这么老，也没有什么福可享了。”

四周安静下来。夏日的阳光斜斜地从窗户里照过来，照到地板上，光里灰尘在舞动。一只绿头苍蝇在阳光照耀的灰尘中飞进飞出。除了她自己和打瞌睡的老人外，四周已经没有人了。还在等面包的孩子们跑出去玩耍了。远处传来他们的高声尖叫。

突然，弗兰西跳了起来。她的心跳得很快。她害怕了。不知何故，她想到了一只拉到最大限度的手风琴，拉出最圆满的声调来。然后她又想到手风琴在收缩……收缩……收缩……想到多少个可爱的宝宝生到这个世上来，有朝一日会变成这种老人，她心里突然生出一种莫名的恐慌来。她得离开这里，不然这样的遭遇也会发生在她身上。突然之间，她会变成一个没有牙齿的老太太，一双脚让人看了恶心。

这时候，柜台后头的大门砰一声开了，面包货车倒了过来。一个男的跑过来，站到柜台后头。卡车司机开始将面包向他扔过来，他就将面包接住，堆放在柜台上。听到卡车把门撞开的声音后，街道上的孩子全跑过来，在弗兰西周围跑来跑去；这时候弗兰西已经到了柜台边上。

“我买面包！”弗兰西叫道。一个大块头女孩猛推了她一下，想教训教训她，让她知道自己是谁。“没事！没事！”弗兰西告诉她。“我要六块面包，还要一个馅饼，不要太碎的。”她叫道。

看到她这个急迫样子，柜台上的人很是吃惊，忙将六块面包和最完好的回收馅饼给她推过来，收下她的两毛钱。她从人群中往外挤，不小心弄掉了一块面包，可是人太挤，蹲不下来，不好去捡了。

出来之后，她坐到街沿上，把面包和馅饼往纸袋子里塞。一个女人从身边路过，儿童车里推着个婴儿。婴儿的脚露在车子外头摇摇摆摆的。弗兰西看到的，不是婴儿的脚，而是那双庞大的旧鞋子里的臭脚丫。她又惊慌起来，于是一路跑回家了。

家里没人。妈妈已经穿好衣服，和茜茜姨妈一起，买了一毛钱的大众票，去看一场日场演出了。弗兰西将面包和馅饼拿出来，将纸袋折好，以备下次再用。她进到她和尼雷共用的没有窗户的小卧房里，坐到自己的小床上，在黑暗之中等着，让那惊恐的潮水退去。

过了一会儿，尼雷进来了，爬到自己的小床下头，掏出一只破旧的棒球手套来。

“你去哪里？”她问。

“去外边打球。”

“我能不能一起去？”

“不行。”

她跟着他走到街道上。他的三个小哥们已经在外头等他了。这几个孩子一个拿球棒，一个拿棒球，第三个什么都没有拿，不过倒是穿了棒球裤。他们走向靠近格林庞特的一片空地。尼雷看到弗兰西跟在身后，但是也没说什么。一个男孩戳了他一下说：

“喂，你姐姐在跟着呢。”

“是啊。”尼雷回答说。那男孩子转身冲弗兰西喊叫起来：

“滚蛋吧!”

“这是自由的国家。”弗兰西宣称。

“这是自由的国家。”尼雷也冲那男孩重复了这句话。然后，他们就不再去管弗兰西了。她继续跟着他们。她反正没有什么事情可做，要挨到下午两点钟，等社区图书馆重新开门了，她才会有个着落。

几个人走得很慢，边走边闹着玩。男孩子们会停下来找排水沟里的锡纸，捡烟屁股。这些烟屁股他们会留起来，到了下雨的午后，他们会在地下室里头抽。他们还拦住一个去会堂的犹太小男孩，千方百计捉弄他。他们先是把他扣住，然后大家讨论如何对待他。那男孩子就在那里等着，脸上露出谦卑的笑。最后，小基督徒们把他给放了，但是将他下一周的行为准则，仔细叮嘱给他听。

“别他妈上迪沃街上来。”他们命令道。

“好，我不来。”他答应。几个男孩子有些失望。他们本以为对方会和自己较较劲的。其中一个男孩从口袋里掏出了一小截粉笔，在人行道上画了条波浪线，命令道：

“永远不可以踩这条线。”

那个小男孩察觉到自己太好说话不是好事，反倒把他们给得罪了，便决定按他们的方式来玩。

“我难道不能一只脚踩在水槽里吗，伙计们?”

“你连**吐口水**到水槽里都不行。”对方命令。

“那好吧。”他故作无奈地叹了口气。

一个大点的男孩突然有了个点子。“不要碰任何基督徒女孩。明白吗?”接着他们走了，听由那男孩在后头盯着他们。

“乖乖!”他低声说，那大大的褐色的犹太眼球转了几转。不想这几个**外邦人**居然觉得他够成熟，能想女人了(不管是犹太人还是外邦人)，这让他受宠若惊。他继续往前走，嘴里一遍又一遍地说着：“乖乖!”

那几个男孩继续慢慢往前走，坏坏地看着刚提到女孩的大男孩，很想听他说出些荤话来。不过还没等他开口，弗兰西就听弟弟说：

“我认识那小子。他是个犹太白人。”尼雷听爸爸这样说过一个自己喜欢的犹太酒吧招待。

“哪里有什么犹太白人!”那个大男孩说。

“这个,假如要有犹太白人的话,”尼雷说,口气是既要随大流,又要坚持己见的样子,这使得他看来十分随和,“那么他就是了。”

“不可能有什么犹太白人的,”那个大男孩说,“假设都没有用。”

“我们的主就是犹太人。”尼雷套用妈妈的话说。

“别的犹太人都背叛他,把他杀了。”大男孩一下子铁板钉钉把话说死了。

在继续深入探讨神学问题之前,他们又看到一个小男孩,从洪堡街出来,拐到了安斯利街上。他提了个篮子,篮子上用一块虽然破烂但是很干净的布盖着。篮子的一头伸出一根棍子来,棍子上挂着六个椒盐卷饼,如同旗帜一样静静挂在那里。尼雷这伙人中的大孩子下了一声指令,然后就一起挤着向卖卷饼的跑过去。那孩子不为所动,而是张口大叫了一声:“妈妈!”

二楼的一扇窗子猛地打开了,一个女人探出身来,胸口波涛汹涌的样子。她用手抓住皱纹纸样的胸衣将其盖住,大声喊道:

“你们这些臭杂种,别去碰他,给我离开这条街!”

弗兰西用手捂住耳朵,这样做忏悔的时候,她就不用告诉神父自己听到了脏话。

“太太,我们啥也没做。”尼雷说,脸上露出了那种讨好的笑容来。这种笑容每每让他妈妈上当。

“最好别给我惹事。除非我不在!”然后,她用同样的口气跟儿子喊了起来:“上楼来,你!我看你以后我睡午觉的时候还给不给老娘惹事!”卖卷饼的小孩上楼了。其他几个小孩接着慢慢向前晃荡。

“这女人真凶啊。”大男孩头向后头的窗户那儿一仰。

“是啊。”别的人应声说。

“我家老头子也凶。”一个小孩子说。

“谁管呢?”大男孩漫不经心地说。

“我只是说说罢了。”小男孩用道歉的口气说。

“我家老头子不凶。”尼雷说。其他孩子都笑了。

他们接着慢慢往前走，偶尔停下来，深深呼吸纽顿溪传来的气味。沿着格兰德街，纽顿溪在狭小、扭曲的河床里流动着，经过了几个街区。

“天哪，真臭啊。”大孩子评论道。

“是啊！”尼雷听起来很是满足的样子。

“我敢说这是世界上最臭的气味。”又有一个孩子吹嘘说。

“是啊。”

弗兰西也轻轻地说了声“是啊”。她对这气味感到自豪。这让她知道附近有河流。别看它脏，可也一样流向大海的。对她来说，这种刺鼻的臭味说明有远航的船只，有远方的探险，故而她对这气味很喜欢。

孩子们到了空场那里，能看到脚踩出来的并不齐整的菱形球场。一只黄色蝴蝶从野草上飞过。男性大概是对一切运动的东西都有一种追逐的本能，不管这东西是地上跑的、天上飞的、水里游的还是四处爬的，所以他们开始追逐起来，人还没有跑到，破帽子倒是先扔了过去。尼雷抓住蝴蝶了。男孩子们稍微看了一眼，很快就失去兴趣了，开始玩起自己发明的四人棒球赛来。

他们玩得很是起劲，不停地骂骂咧咧，出了一身臭汗，还互相打来打去。要是有个混混在此经过并逗留的时候，他们的动作就特别夸张、卖弄。传闻布鲁克林道奇队有一百个球探星期六下午在布鲁克林街上游逛，看这些空场子上的比赛，寻找有潜力的球手。布鲁克林的孩子们要是能进道奇球队，就是拿美国总统的位子来换他们也不干。

过了一会儿，弗兰西看厌倦了。她知道他们会一直玩玩打打并卖弄下去，到晚饭的时候才结束。现在已经两点。图书管理员应该吃完中饭回来了。她带着愉快和期盼，往回向着图书馆走去。

第二章

图书馆又小又破，只不过弗兰西觉得它漂亮。她对图书馆的感觉和她对教会的感觉一样。她把门推开，走了进去。她喜欢旧的皮封套、图书馆浆糊、新鲜借书戳油墨混杂在一起的气味，觉得这比大弥撒上烧的香还好闻。

弗兰西觉得这个图书馆应该收藏着全世界的书。她计划把全世界这所有的书读个遍。她按照字母顺序，一天读一本，连枯燥乏味的书也不放过。她记得她读的第一本书作者就叫 Abbott。她这么一本本地读了有一段时间，现在已经读到 B 了。到目前为止，她读完了关于蜜蜂 (bee)、水牛 (buffalos)、百慕大 (Bermuda) 假日和拜占庭 (Byzantine) 建筑的书了。她很热心地在读，可是她也承认 B 打头的有些书真是难啃。不过弗兰西天生喜欢读书，逮到什么读什么：垃圾作品她读，经典作品她也读，连时刻表和食品店的价目表她都读。有些东西读来很好，例如路易莎·奥尔科特的书就不错。她打算，等把 Z 字头的书也读完了，她会回头重读奥尔科特的书。

星期六是个不一样的日子，她犒赏自己，不按字母顺序来读。那一天，她会让图书管理员推荐一本书给她看。

进了门，弗兰西轻轻把门关上——这是图书馆的规矩，快快看了一眼图书管理员桌子一端那金褐色陶罐。看罐可知时节。秋天的时候，罐里头会放几束南蛇藤；到了圣诞节左右，这里会插上冬青。要是里头放的是褪色柳，她就知道春天近了，哪怕地上还有雪。今天是 1912 年的一个星期六，季节是夏季，这罐里放的是什么呢？她的眼光慢慢看上去，看到绿色的细茎，和小小的、圆圆的叶子，然后她看到的是……金莲花！红色，黄色，金色，象牙白。这美丽的景象让她的印堂部位都发痛了。她一辈子也不会忘掉。

“等我长大了，”她想，“我会买个褐色的碗，在炎热的8月，我会在里头放满金莲花。”

她把手放到光滑的桌面上——她很喜欢这光滑的感觉。她看着摆放得整整齐齐的削好的铅笔、干净的绿色记事本、白色大肚子罐子装着的浆糊、有条不紊放着的成堆卡片，还有等待放回书架的书籍。那支笔尖上方有日期戳的神奇铅笔，正孤零零放在记事本边上。

“是的，等我长大了，有了自己的房子，我不要豪华椅子，不要花边窗帘，也不要室内橡胶树。我只要这样的书桌，放在客厅里，还有白墙壁。每个星期六晚上有一本干净的绿色记事本，一排闪亮的黄色铅笔，削好放在那里随时派上用场。还要金褐色的碗，里头总放着一朵花，或是一些叶子，或是一些浆果，还有书……书……书……”

她给自己挑星期天的书，书的作者必须姓布朗(Brown)。弗兰西猜自己看布朗的书大概看了几个月了吧。看完布朗就看布朗宁(Browning)了。她难受地哼了声，恨不得早点看到C，这样就可以看到玛丽·科雷利的书了。这书她以前翻过，很喜欢。她能否看到这一本呢?或许她应该每天看两本，或许……

她在桌子前站了好久，图书管理员要屈尊来照应她了。

“要什么?”那位女士没好气地问。

“这本书。我要这本。”弗兰西将书推上前来。她把书的封底翻开，从里头的小封袋里抽出卡片来。是图书管理员训练孩子们这么递书给她的。这样，每天她就可以少翻开几百本书，也可省掉从每本书的封袋里抽卡片的工夫。

她将卡片拿过来，盖好戳，放入书桌的一个槽子里。她给弗兰西的卡片盖了戳，推回给她。弗兰西拿起来，但是还没有走。

“还有什么?”图书管理员看也不看她就接着问。

“可不可以给一个女孩推荐一本好书呢?”

“多大?”

“十一岁。”

每周弗兰西都提同样的要求，可图书管理员还是回以同样的问题。卡片上的名字对她毫无意义，再说她也不看孩子的脸。弗兰西每周来借一本书，星期六借两本，跑得这么勤也无用。如果她能微笑一下，或是说句友善的话，弗兰西就很开心了。她爱图书馆，也希望图书馆的管理人员能让她钦佩。可惜图书管理员总想着别的事。她反正也讨厌小孩儿。

当这个女人伸手去桌子下头拿书的时候，弗兰西急得都有些发抖了。书拿出来的时候，她看到了标题是《如果我是国王》，作者麦卡锡。棒极了！上周是《格劳斯塔克的比华利》，两周前也是这本。麦卡锡这本她只看过两回。图书管理员将这两本书翻来覆去推荐过很多次。或许她自己只看过这么两本；或许有什么榜单上推荐了它们；或许她发现这书最好打发十一岁小女孩。

弗兰西把书紧紧抱着，一路小跑着回家，路上总想着找个台阶，坐下来就读，可是她还是将这个欲望克制住了。

终于到家了，坐在太平梯上看书是她盼了整整一个星期的事。她在太平梯上垫了个垫子，从床上拿来枕头，靠在栏杆上。幸运的是，冰箱里还有冰。她凿了一小块下来，放进一杯水里。早晨买的粉白相间的威化饼她放在一只小碗里。小碗有些开裂，但是那蓝蓝的颜色赏心悦目。她把杯子、碗和书放到窗台上，然后爬上太平梯。到了太平梯，她就等于住在树上了。楼上的、楼下的、左右两边的人都看不见她。可是她可以透过树叶，将一切都收入眼帘。

这是个阳光灿烂的下午。一阵懒洋洋的暖风吹过，带来了温暖的海洋气息。树叶在白色枕头上映出变幻的图案。院子里一个人也没有，真是不错。通常情况下，院子都给一楼一个店铺主人的儿子占着。那孩子没完没了地玩一种墓地游戏。他会挖一个小坟，将活捉来的毛毛虫放进火柴盒里，埋起来，并举办一个非正式的葬礼，然后在那小土包前竖块小石头当墓碑。游戏过程中他还一直在假哭，哭得胸脯一起一伏的。可是今天，这个悲伤的男孩子出门去本森赫斯特，看姨妈去了。他不在家，弗兰西开心得如同收到了生日礼物。

弗兰西呼吸着暖暖的空气，看着树影舞动，读着书，吃着零食，饮着冰水。

如果我是国王，我的爱人
啊，如果我是国王……

弗朗索瓦·维庸的故事她越读越觉得有意思。有时候她担心书会在图书馆里弄丢，再也看不成，所以她曾花两分钱买了本抄写本，抄写这本书。她一直想拥有一本书，实在不行就这么抄一本也行。不过，这些铅笔写出来的页码，看起来终究不像图书馆里的书，闻起来也不像，她只好作罢。她发誓长大后努力工作，好好存钱，将自己喜欢的书全都买下，这个想法是个巨大的安慰。

就这样，她拿着一本书，守着一碗零食，独自一人在家，看着树影摇曳，任下午时光溜走，这是一个小女孩所能达到的化境。她就这样看着书，与世界和谐共处着，心里头快乐着。大约四点钟，弗兰西家对面的出租公寓开始活跃起来了。透过树叶，她看着那些没有拉窗帘的大窗户。她看到人们拿着啤酒壶出去，装着满满的带泡沫的冰啤酒回来。孩子们跑进跑出，往来于肉铺、食品店、面包房。女人拿着鼓鼓囊囊的当铺包裹跑回来。男人星期天的西服又赎回来了。到了星期一，又要送回当铺放上一周。光是每周的利息，就够这些当铺发财的了。这对西服也不坏，它们会被擦干净，挂起来，放入樟脑丸防虫蛀。西服星期一进去，星期六出来。蒂米大叔收取一毛钱利息。这抵押和赎买周而复始。

弗兰西还看到年轻的姑娘正准备着和恋人们出门。这些公寓都没有浴室，姑娘们穿着胸衣和裙子，站在厨房洗碗池前擦洗。她们抬手洗胳膊窝的时候，手举到头顶，那胳膊形成的曲线非常优美。这些窗户里头有很多女孩用这样的方式在洗，看上去就如同一种无声的、充满期待的仪式。

弗莱波家的马车进入隔壁院子的时候，弗兰西停止了阅读。看那漂亮的马儿，和读书一样有趣。隔壁的院子铺了鹅卵石，院子的另一头还有座漂亮的马房。两扇大铁门将院子和街道隔开。在鹅卵石边上有一小片土地，肥料很足，上头长着漂亮的玫瑰，还有一排鲜红的天竺葵。马房比四邻的所有房子还要强，这院子也是威廉斯堡最漂亮的。

弗兰西听见门咔的一声关上了。首先进入眼帘的是那匹褐色阉马，它浑身闪亮，鬃毛和尾巴乌黑。马拉着一驾栗色小马车，边上用金字油漆着**牙医弗莱波医生**，以及他的地址。这漂亮的马车不拉货也不送货。只是每天在街上来回走，当广告用。这是个梦幻般的活动广告牌。

小伙子弗兰克每天早晨把马车拉出去，下午回来。弗兰克是个很不错的小伙子，脸红扑扑的如玫瑰一般，就如同儿歌里那出色的小伙子。他的日子过得很不错，很多女孩和他打情骂俏。他唯一的工作就是慢慢驾着马车，好让人看到上头的名字和地址。需要装假牙或是拔牙的时候，大家就记得按照马车上的地址来找弗莱波医生了。

弗兰克悠闲地把外套脱了，围上皮围裙，这时候那匹名叫鲍勃的马耐心地站着，几只脚轮换踩着。弗兰克将它身上的挽具卸下来，将皮擦了擦，然后将挽具挂在马房里。随后，他用一块巨大的黄色湿海绵给马刷洗。马很舒服的样子。它在斑驳的阳光下晒着，有时候蹄子踢地的时候，会砸出火花来。弗兰克将海绵里的水挤到那褐色的马背上，然后擦下去，这中间他还一直和马说话。

“稳住，鲍勃。这才像个好小子！退回来。好了！”

鲍勃不是弗兰西生命中唯一的一匹马。弗兰西的姨妈艾薇的丈夫威利·弗里特曼姨夫，也有一匹马。马名叫“鼓手”，它拉一辆送牛奶马车。威利和鼓手之间，并没有弗兰克和鲍勃之间那种友谊。威利和鼓手都在暗自寻思怎么去加害对方。威利姨夫动不动就咒骂鼓手一顿。要是听他说的，这马似乎夜夜无眠，就一门心思在牛奶公司马房里琢磨如何整他呢。

弗兰西喜欢玩一种游戏，想象人和自己的宠物对调过来。布鲁克林常见的宠物是白毛小狮子狗。养狮子狗的女子通常是小个子，胖胖的，白白的，脏脏的，眼睛湿湿的，很像狮子狗。妈妈的音乐老师廷莫尔小姐就很像她家厨房里挂的金丝雀一样。这位廷莫尔小姐是个老处女，小个子，人很聪明，说话像鸟叫一样。如果弗兰克能变成马，他看起来就该像鲍勃。弗兰西从来没有见过威利姨夫的马，但是她知道它什么样子。鼓手应该和威利一样，小个子，瘦瘦黑黑的，眼神紧张，眼白过多。它一定也会像艾薇姨妈的丈夫一样，成天哭丧个脸。她竭力不去想威利姨夫了。

在外头的街道上，十几个小男孩扒在铁门上，看着这片街区唯一的马在洗澡。弗兰西看不见他们，但是能听到他们在讲话。他们编造各种可怕的故事说这匹马。

“你看它是不是四平八稳的。”一个男孩说，“可这都是装的。弗兰克一不留神，这马张口就咬，把他咬死。”

“是啊。”另外一个男孩说，“我昨天还看见这马把一个小娃娃踩死了。”

第三个男孩想到了个点子。“我看到这马拉大便，拉到一个老太太身上了，那老太太正坐在水槽边卖苹果呢。”他想了想，又补了一句：“拉得苹果上也都是。”

“他们给马戴眼罩，是不让马看到人这么小。要是马知道人这么小，准将人全都干掉了。”

“戴上眼罩，会不会还觉得人小？”

“小小的，小不点。”

“哇！”

每个说话的孩子都知道自己在胡扯。但是别的孩子对马的一些说法，他们却又都相信。最后，看鲍勃一直站在那里，他们也腻烦了。其中一个人捡了个石子，向马砸去。砸到鲍勃身上的时候，马的毛皮抖动了一下。孩子们瑟瑟发抖，以为马会疯掉。弗兰克抬起头，用温和的布鲁克林口音跟他们说：

“不能这么来吧。马又没害你。”

“是吗？”一个男孩愤怒地喊道。

“是的。”弗兰克回答。

“好了，滚你妈的蛋吧。”那些小一点的孩子总是抛出这么一句狠话来。

弗兰克从马背上浇下水来，还是用那么轻柔的口气说：“你们是现在滚开呢，还是等我来把你们的屁股踢烂？”

“就凭你一个？”

“就我一个又怎样？我倒是要来教训一下各位。”突然弗兰克蹲下去，捡了一块石头，做出要扔出去的架势。孩子们往后散开了，嘴里不干不净地骂着气话。

“我想我们这是自由的国家吧。”

“就是，这街道又不是你家的。”

“我去告诉我舅去，他是警察。”

“给我滚吧。”弗兰克冷冷地说。他小心地把石头放了回去。

大孩子厌倦了这游戏，便三三两两地走了。小一点的孩子又蹿了回来。他们想看弗兰克给鲍勃喂燕麦。

弗兰克给马洗完了，牵到树下，好让马头能在树荫下乘凉。他在马脖子上套了满满一袋草料，然后去洗马车了，边洗边吹着“让我叫你小甜甜”的口哨。仿佛这口哨是一个信号一般，住在诺兰楼下的弗洛茜·加迪斯把头从窗户里伸出来了。

“喂，你好。”她兴致勃勃地叫道。

弗兰克知道是谁在叫他。他等了好长时间才回了一句“你好”，说话的时候头都没有抬。他走到马车另外一侧。这时候弗洛茜看不到他，但她的声音却不依不饶地跟着过来了。

“今天歇工啦？”她高兴地问。

“快了，是的。”

“我猜你要出去找姑娘吧，今晚是星期六晚上呢。”对方没有回答。“别跟我说你这么帅的小伙子没对象吧。”还是没有回答。“今天晚上在沙姆罗克俱乐部有个场子。”

“是吗？”他的口气并不像是有兴趣的样子。

“是啊，我有两张情侣票。”

“对不起，我有事。”

“在家陪你老娘？”

“这可没准。”

“恶心，见鬼吧你！”她砰一声把窗户关上。弗兰克长舒一口气。总算结束了。

弗兰西为弗洛茜感到难过。她从来不放弃希望，不管弗兰克怎么去冷落她。弗洛茜总是去追男人，而男人总是躲着她跑。弗兰西的姨妈茜茜也总是追男人,而男人也总掉过头来追她,最终走到一块去。

弗洛茜·加迪斯对男人是饥不择食,而茜茜只是正常的饥渴,这是二人的不同,但这真是天壤之别啊!

第三章

爸爸五点钟回家了。到了这时候，马和马车都被锁进了弗莱波家的马房。弗兰西的书看完了，糖果也吃完了。她看到黄昏的阳光照在破旧的篱笆上，显得那么苍白，那么稀薄。她的枕头被太阳晒得暖暖的，被风熏得香香的，她在手里拿了一阵子，才放回到小床上。爸爸回来的时候，唱着他最喜欢的歌谣《莫莉·马龙》。他上楼的时候总是唱这歌，好提醒大家他回来了。

在美丽的都柏林，
姑娘们楚楚动人。
就在那里我遇上……

没等他唱下一句，弗兰西就笑盈盈地把门打开了。

“妈妈呢？”他问。他进门的时候**总是**问这话。

“她和茜茜去看演出了。”

“唉呀！”他听起来颇为失望的样子。如果凯蒂不在，他**总是**很失望。“今天晚上我在克罗姆酒吧，有人在办婚礼派对，很排场呢。”他用外套的袖子掸了掸礼帽，然后将其挂起来。

“你是去做侍者，还是唱歌？”

“两个都做。我的侍者围裙干净不干净哪，弗兰西？”

“干净倒是干净，就是没有熨过。来，我来熨一熨。”

她把熨衣板架在两把椅子上，然后去加热熨斗。加热时她拿出围裙，在上面洒了点水。那围裙是方型的，粗棉布料子，上面有些发皱，系带是那种宽边布带子。等熨斗热起来的时候，她把咖啡热上，给爸爸倒了一杯。爸爸喝了咖啡，又把他们留的甜面包吃掉。晚上有活做，天气也好，爸爸心情爽朗。

“遇到这样的日子，就跟白拿礼物一个样。”他说。

“是啊，爸爸。”

“热咖啡多好啊！没有发明咖啡之前，人们是怎么过的？”

“我喜欢闻咖啡的香味。”

“你从哪里买的这些甜面包？”

“温克勒的店里。怎么啦？”

“他们越做越好啦。”

“那儿还留着些犹太面包，就一片了。”

“不错！”他将那面包拿起，翻过来，看到底下就有工会的标签。“好面包，都是工会烤房做的。”他将标签撕下来，这时候突然想到了什么。“我围裙上也有工会标签！”

“就在这里，缝到缝里了。我给熨出来。”

“标签就如同装饰品，”他解释道，“就像你戴的玫瑰花一样。瞧瞧我这侍者工会的徽章。”那徽章颜色淡淡的，绿白相间，扣在外套翻领上。他用衣袖擦了擦。“我参加工会之前，老板想给我多少就多少。有时候一个子儿也不给。他们说，光是拿小费就够了。有的地方甚至让我倒贴钱上班，说小费多得很，侍者岗位拿来出租都行。后来我参加了工会。这是要交点会费的，可是你妈妈也不要舍不得。我的工作要是工会给找的话，雇主就必须给我付工资，和我小费多少没有关系。所有行业都必须组织工会。”

“是啊，爸爸。”弗兰西开始熨起衣服来。她很喜欢听爸爸聊天。

弗兰西想到了工会总部。有一次，她去那里给爸爸送围裙和车票钱，好让他能去上班。她看到他和几个男人坐在一起。他穿着他唯一的正式衣服，那件无尾晚礼服，黑礼帽神气活现地斜扣在头上。弗兰西来的时候，他正在抽雪茄。看到了弗兰西，他赶紧把帽子拿下来，把烟扔掉。

“这是我女儿。”他自豪地说。那些侍者看着瘦瘦的小女孩穿着破烂的裙子，接着大家互相看了看。他们和约翰尼·诺兰不一样。他们从星期一到星期五有正式的侍应工作，星期六晚上出来不过是想弄点外快。约翰尼没有正当职业，四处打游击。

“各位伙计，我跟你们讲，”他说，“我家里有两个很不错的小孩，还有个漂亮老婆。各位听着，我这人真不配当爸爸，不配当丈夫。”

“可别这么想。”一个朋友拍拍他的肩膀。

弗兰西听到这群侍者圈子外有几个人在议论爸爸。一个小矮子说：

“你听这伙计是怎么说自己妻儿的。有料啊。这小子很搞笑。工资他拿回家给老婆。小费自己留着买酒喝。他和麦克加里蒂酒吧有个很搞笑的交易。他把所有小费上交。麦克加里蒂给他酒喝。现在他也不知道，是麦克加里蒂欠他的，还是他欠麦克加里蒂的。不过这个办法对他倒适合。他总是醉醺醺的。”这些人随后走了。

弗兰西心头隐隐作痛。不过，看到爸爸周围站着的那些人都喜欢他，他一说话他们都笑，都在认真听，这伤痛的感觉又缓和了些。她知道大家都喜欢爸爸。

是的，每个人都喜欢约翰尼·诺兰。他是个情歌歌手，他很会唱情歌。从古至今，谁不喜欢自己中间的歌手？尤以爱尔兰人为甚。他这些侍者哥们真的喜欢他，他招待的客人喜欢他，老婆孩子也喜欢他。他依旧活泼、年轻、帅气。老婆还没有一腔苦水，对他恶言相向；孩子们也还懵懵懂懂，不知以他为耻。

弗兰西收回了自己的思绪，不再去想去工会总部的那一天，继续听爸爸聊天。爸爸在回忆。

“就拿我来说吧。我这人啥也不是。”他平静地点着了一支五分钱的雪茄。“土豆歉收那年，我们家人从爱尔兰跑到这里。开轮船公司的伙计说可以带我父亲去美国，那边有事情等着他。他说船票他先垫上，日后用工资抵。就这样，我父母亲到了这边来。”

“我父亲就跟我一样，什么事情都做不长。”他静静地抽了一会儿烟。

弗兰西一声不吭地熨着衣服。她知道他只是在自言自语。他也不指望女儿能明白这些。他只是希望有人在倾听。他几乎每个星期六都说同样这些话。一周其他时间他都在喝酒，进出家门，也说不了几句话。今天是星期六，是他说话的时候。

“我们家的人都不识字。我自己也只上了六年级——老头子一死，我就把学停了。你们这些孩子很幸运。我保证你们会把书念完。”

“好的，爸爸。”

“我那时候才十二岁。我去酒吧给醉汉唱歌，他们朝我身上扔分币。然后我就去酒吧、饭店……招待人……”他沉思了一会儿没有说话。

“我一直想做真正的歌手，打扮得像模像样，正正经经上台演出。不过我文化不高，也不知道怎样才能成为舞台歌手。做好本职工作吧，你妈说。她还说，你不知道自己有事情做多么幸运。就这样，我进了侍应生兼歌手这一行。这工作不大稳定。我要是当个一般的侍应生还好些。我就是因为这个才喝酒的。”他前言不搭后语地说。

她抬头看了看他，似乎要问个问题。但是想了想她又把话吞了。

“我喝酒，是因为我完蛋了，这个我也知道。我不能和其他男人那样开卡车；这个身材，也不好去当警察。我必须灌啤酒，想唱歌的时候就唱。我喝酒，是因为我本事太小，担子太重。”他停顿了好一阵，然后低声说：“我过得不开心。我有妻子有孩子，却天生是个懒人。我从来不想有家室。”

这话又让弗兰西心头作痛了。他不想要她，还是尼雷？

“我这样的人成家做什么？可是我爱上了凯蒂·罗姆利。对了，这可不是怪你妈。”他匆匆忙忙地说，“要不是她，我也会娶希尔蒂·欧黛儿。要知道，都到现在了，你妈妈还在吃她的醋。我遇到凯蒂的时候，就跟希尔蒂说：‘从此你和我，各走各的吧。’然后我和你妈结婚了，然后我们生了孩子。你妈是个好人，弗兰西，这个你不要忘记。”

弗兰西知道妈妈是个好人。这个她**知道**。爸爸也是这么说的。那么为什么她厚此薄彼，与妈妈相比，更喜欢爸爸？这是为什么？爸爸一无是处。他自己都这么说的。不过她还是更喜欢爸爸。

“是的，你妈妈做得很辛苦。我爱我的老婆，我爱我的孩子们。”弗兰西心情又好了起来。“不过男子汉大丈夫，不该过点好日子吗？或许有一天，工会不但给大家派活干，也会让大家休闲娱乐。不过，我这辈子怕是指望不上了。现在，要不拼命干活，要不当个二流子……没别的法子。我死的时候，大家很快会把我忘掉。没有人会说：‘这个人爱自己的家庭，相信工会。'他们只会说:'太糟了。不过他一无是处,归根结底他只是个酒鬼。'是的,他们会这么说的。"

屋里安静了下来。约翰尼·诺兰带着愤懑,将抽了一半的雪茄从一扇没有纱窗的窗户扔了出去。他预感自己的人生过早衰败。他看着小女孩低着头,在熨衣板上一声不吭地熨着衣服,那瘦削的脸让他又爱又痛。

"听着!"他走到她身边,搂住她的肩膀。"要是我今天晚上拿到很多小费,我就去赌一匹星期一参加比赛的马。我会下几块钱,赢个十块钱。然后我再拿着十块钱,去下另外一匹马,赢个一百块。如果我动脑子,而且手气又好,我能挣到五百块。"

这赢钱的黄粱美梦还没讲完,他自己都觉得这是白日做梦。不过他转念又想,要是你说的一切都能变成现实多好!接着他又说了起来。

"然后你觉得我会怎么做呢,小歌后?"弗兰西开心地笑了,很高兴他用"小歌后"这个绰号。这个绰号是她还是婴儿的时候他给取的。他信誓旦旦地说她哭的时候,音域开阔,音色亮丽,和歌剧女主角无异。

"不知道,你会干什么呢?"

"我会带你去玩。就是你和我,小歌后。我们去南方,去棉花盛开的地方。"他对这句话很满意,又重复了一遍。"去那棉花盛开的地方。"这时候他想起这是他会唱的一首歌里面的一句歌词。他把手插到口袋里,吹起口哨,然后像帕特·鲁尼那样,踩起华尔兹的步子,唱了起来:

……雪白雪白的田野,
听那老黑人的歌唱,声音低又柔。
我想去那边,有人在等待,
在那棉花盛开的地方……

弗兰西轻轻亲了一下他的脸。"哦,爸爸。我真爱你。"她低声说。

他把她紧紧抱着。那心痛的感觉忽又袭来。"啊,天哪!啊,天哪!"他一遍一遍地自言自语,那样的痛苦叫他几乎不能承受。"我做的是哪门子父亲啊!"可是当他再次跟她说话的时候,他的语调又平静了。

"我们这么聊,围裙可没有时间熨了。"

“全熨好了，爸爸。”她将围裙整整齐齐地折成一个方块。

“家里还有钱没有，宝贝？”

她看了看架子上的豁口杯子。“有五分钱，还有些分币。”

“你能不能拿七分钱，去买件假衬衣和一个纸领子？”

弗兰西去布店，给爸爸买星期六晚上的装束了。假衬衣是用浆过的平纹细布做的衬衣胸口，可以用领扣扣在脖子四周，然后可以用背心将它的位置固定起来。用这假衬衣可以替代衬衣。但是它穿一次就得扔掉。纸领子不是真用纸做的。之所以叫纸领子，是为了区别于赛璐珞领子。赛璐珞领子是穷人穿的，脏了找块破布擦擦便可。纸领子是用亚麻布做的，浆得硬硬的。它也只能用一次。

弗兰西回来后，爸爸已经刮好胡子，打湿头发，擦好皮鞋，穿上了干净的汗衫。汗衫没有熨，后头还有个洞，不过气味很好，也很干净。他站到椅子上，从碗橱顶层架子上拿出一个小盒子。这里头有凯蒂作为结婚礼物送给他的珍珠装饰纽扣。这些纽扣用掉了她整一个月的工资。约翰尼对这些扣子感到十分自豪。不管家境如何困顿，诺兰家都不会将这些珍珠纽扣典当出去。

弗兰西帮他把珍珠纽扣扣到假衬衫上。他用一粒金色衣领扣，将硬翻领扣上。这金纽扣是约翰尼和凯蒂订婚之前，希尔蒂·欧黛儿送他的礼物。他也不舍得扔掉。他的领结是丝织黑色领结，打得极其漂亮。别的侍者都戴那种现成的松紧带领结。可是约翰尼·诺兰不这么干。别的侍者穿着肮脏的白衬衫或是干净却烫得很马虎的衬衫和赛璐珞领子。但是约翰尼不这么干。他的穿着无可指摘，哪怕这些都只是临时的。

他终于穿好衣服了。波浪般的金发闪闪发亮。刚刚刮过洗过之后，他身上的气味清爽好闻。他将外套套上，得意地扣起来。晚礼服的缎子翻领有些破旧，可是这身衣服穿得这么合身，裤缝笔直，翻领上的白璧微瑕，谁会注意呢？弗兰西看着那擦得发亮的黑皮鞋，注意到直筒裤一直拖下来，盖到鞋后跟，盖在脚背上，也极为优雅。哪个爸爸的裤子会穿出这种效果呢？弗兰西对爸爸深感自豪。她将熨好的围裙小心翼翼地包在一张专用的干净包装纸里。

她和他一起走向电车。路上的女人冲他微笑，看到他牵着的小女孩那微笑便停住了。约翰尼看上去是个帅气、潇洒的爱尔兰小伙子，根本看不出来他的老婆是个清洁女工，看不出来他有两个常常挨饿的孩子。

他们经过了加布里埃尔五金店，停下来看了看橱窗里的旱冰鞋。妈妈从来不花时间看这个，爸爸则不然。听他的口气，总有一天他会给她买一双的。他们走到了街角。一辆格雷厄姆大道电车过来的时候，他一个箭步踏上候车台，节奏和减速的电车正好合拍。电车重新开动的时候，他站在车后，抓着扶手，身体倾斜着，向弗兰西挥手。哪个父亲会这样风度翩翩？她想。

第四章

看到爸爸走后，弗兰西去看弗洛茜·加迪斯为晚上的舞会准备什么衣服。

弗洛茜在一家儿童手套厂当车工，养活妈妈和弟弟。工人有时候会把手套钉反，她的工作就是将其纠正回来。她常常带活回家做。她弟弟得了痨病，不能上班，所以她挣钱是多多益善。

弗兰西听人说，亨尼·加迪斯活不久了，可是她不肯相信。他那样子不像。恰恰相反，他看起来好得很：皮肤光洁，脸颊绯红，眼睛大大的、黑黑的，眼光炽烈有神，如同一盏被挡住不让风吹灭的油灯。不过是生是死他自己心里有一本账。他十九岁了，热爱生活，不能理解为什么自己会遭此厄运。加迪斯太太看到弗兰西很高兴。见有客人来，亨尼也就不会在那里思虑了。

"亨尼，弗兰西来了。"她快乐地叫道。

"你好，弗兰西。"

"你好，亨尼。"

"你不觉得亨尼看上去很好吗，弗兰西？你跟他说说，他看上去很棒。"

"亨尼，你看上去气色很好啊。"

亨尼似乎在跟一个看不见的人说话："她跟一个黄土埋半截的人说他气色不错。"

"我真是这个意思。"

"不，你心里不是这么想的。你不过是嘴上说说。"

"瞧你怎么说话呢，亨尼？看看我——你看我瘦成这样了，也没有想到死。"

“你是不会死的，弗兰西。你生下来就命大，这些糟糕的日子你是能扛过去的。”

“说的是，但是我可没有你这么好的脸色。”

“是的，你没有，可是你知道这也不是什么好兆头。”

“亨尼，你应该到屋顶上多坐坐。”他妈妈说。

“她叫一个要死的人上屋顶去坐。”亨尼又对那个看不见的人说。

“你需要新鲜空气，需要阳光。”

“别烦我了，妈妈。”

“我都是为你好。”

“妈妈，妈妈，别烦我了！别烦了！”

他突然以手抱头，发出一阵痛苦的咳嗽来。弗洛茜和她的母亲互看了一眼，决定不再烦他了。她们让他在厨房里咳嗽、抽泣。她们去前面的屋子，给弗兰西看衣服。

弗洛茜每周做三件事：改钉错的手套，给自己做衣服，追弗兰克。她每个星期六晚上都去化装舞会，每次都穿不同的服装。这些服装都经过特别改装，掩住她变了形的右臂。小时候，厨房地板上放了一个煮衣锅，里头有滚烫的水，她不小心摔到了里头，右胳膊被严重烫伤。长大后，她的右臂皮肤干枯、发紫。她一直穿长袖子衣服。

问题是，化装舞会的衣服，关键就要**敞露**，所以她只好发明了一种无后背的服装，前头露出她丰满的胸部，一只长袖挡住了她的右臂。裁判们总觉得那长袖象征着什么东西。所以每一次她都拿头奖。

弗洛茜穿了当晚要穿的服装。这服装模仿大家幻想中克朗代克①舞厅姑娘们穿的衣服。紫缎紧身晚装，淡红色细纹平布衬裙。一块金属蝴蝶状亮片别在左胸胸口处。那只长袖子是用豆绿色薄绸做的。弗兰西欣赏着这身服装。弗洛茜的妈妈把衣橱打开，弗兰西看到里头挂满了五彩缤纷的衣裳。

弗洛茜有六件各种颜色的紧身晚装，和六套平布衬裙，至少二十条薄绸长袖，你能想象到的颜色她都有。每个星期，弗洛茜都换上不同的组合，

---

① 著名的淘金地，卓别林电影《淘金记》的故事发生地。

穿出一身新来。下周，淡红色的衬裙可能会从天蓝色紧身晚装下露出来，而配上的长袖，或许是黑色的，如此种种。衣橱里还有二十来把裹得紧紧的丝伞，从来没有用过，这都是她赢的奖品。弗洛茜收藏这些，就如同运动员收藏奖杯一样。弗兰西看着这些伞，就感到快乐。穷人总是热衷于数量之众。

弗兰西在看这些服装的时候，开始感到不安起来。看着这些鲜艳的颜色，淡红色、橙色、亮蓝色、红色、黄色，她总感觉似乎这些衣裳背后藏着什么东西。似乎在这些长长的、忧郁的服装里，包裹着一个咧着嘴笑的骷髅、一些手的残骨。在这些鲜亮的服装之后，这东西在藏着，等着亨尼的到来。

第五章

六点钟的时候，妈妈和茜茜姨妈回家了。弗兰西见到茜茜姨妈很是开心。她是弗兰西最喜欢的姨妈。弗兰西爱她，迷她。茜茜的生活一直丰富多彩。她今年三十五岁，结过三次婚，生过十个孩子，全都生下来不久就夭折了。茜茜常说，她把弗兰西当成了她十个孩子的总和。

茜茜在一家橡胶厂上班。在男人方面她放浪形骸。她的眼睛乌黑发亮，顾盼生姿；她的头发乌黑、拳曲，色泽亮丽。她喜欢在头发上打一个樱桃色蝴蝶结。今天妈妈则戴着她那翠绿色帽子，显得她皮肤白皙，如从奶瓶里撇出来的奶酪。一双棉手套遮住了她那双粗糙的手。她和茜茜进来的时候有说有笑，正说着演出上听到的那些笑话呢。

茜茜给弗兰西带了件礼物，一个玉米棒子做的烟斗哨。你一吹，里头就跳出一只母鸡来，你越吹，母鸡就越是涨大。这烟斗是从茜茜厂里拿的。这厂生产一些橡胶玩具，但纯粹是为了掩人耳目。真正生产的橡胶产品，是人们私下偷偷购买的什么东西。

弗兰西希望茜茜留下来吃晚饭。茜茜在的时候，一切都是那么喜庆、热闹。弗兰西觉得茜茜理解小孩子。别的人把小孩子当成可爱又可恨的小讨债鬼。茜茜把她们当成真正的人。不过，尽管妈妈也来挽留，茜茜还是不肯留下来。她得回去，她说，她得去看她丈夫还爱不爱她。这话妈妈听了不禁笑起来。弗兰西也笑了，只是她并不知道茜茜姨妈是什么意思。茜茜走了，临走时答应月初带杂志过来。茜茜的现任丈夫给一家通俗杂志社做事。每个月他都能收到杂志社所有的出版物：爱情故事、西部探险故事、侦探故事、超自然故事，无所不有。这些杂志都有着色彩鲜艳的封面，他从库房拿到的时候都还用新的黄线捆着。茜茜拿到手，立刻就会拿过来送给弗兰西。弗兰西如饥似渴地读着，读完后，半价卖给社区文具店，钱她放入妈妈的锡储蓄罐。

茜茜走后，弗兰西把她在罗什面包店看到一个老人恶心的脚这件事，一五一十说给妈妈听。

“废话。”妈妈说，“人老了并不是多大的悲剧。除非世界上就他这么一个老人，那样的话，人老就是悲剧。可是他还有别的老人陪他。老年人并不是不开心。我们想要的东西，他们不想了。他们只想暖和，想有口软软的东西吃，然后在一起回忆往事。所以啊，你也就别傻了。我们迟早都要老，谁都逃不过。还是尽快去适应这个现实吧。”

弗兰西知道妈妈说得对。不过呢……她很高兴妈妈提起了别的话题。她和妈妈开始筹划，如何用不新鲜的面包准备下一周的食物。

诺兰一家基本上就是靠这陈面包过的，而凯蒂做陈面包的能耐叫人叹为观止！她会拿一块陈面包，浇上开水，做成糊糊，然后加上盐、胡椒、百里香、切碎的洋葱还有鸡蛋（如果鸡蛋不贵的话），然后在烤箱里烤。烤好了，成了金黄色，她又做出一种汁来，材料是半杯番茄酱、两杯开水、各式佐料，然后浇入浓咖啡，再用粉将其变得黏稠，最后将这汁浇在面包上头。味道很不错，热乎乎的，很好吃，回味无穷。剩下没有吃掉的，会切成薄片，次日会用咸肉的油脂煎着吃。

妈妈还能用陈面包做出很好吃的面包布丁来。材料她用切片面包、糖、肉桂、切成薄片的便宜苹果。等这些烤黄了，她会把糖化开，浇到上头。有时候他们还做所谓的 Weg Geschnissen。这个词很不好翻译，直译为“用本来要扔掉的面包屑做的东西”。这些面包屑蘸上面粉、水、盐、鸡蛋做的面糊，然后放进厚厚一层猪油里煎。他们在煎的时候，弗兰西跑到糖果店，买一分钱的冰糖。这冰糖用擀面杖擀碎，撒在这些煎过的碎面包屑上，吃之前撒，那时候冰糖要化不化，其味美妙无穷。

星期六的晚餐是节日大餐。诺兰家会吃上煎肉！一块陈面包会用热水做成糊状，拌入碎肉（碎肉里已经拌入碎洋葱），然后加上盐和一分钱的碎香菜增加味道。这些妈妈会做成小丸子，下锅煎过，然后蘸热番茄酱吃。这些肉丸有个名字，叫**弗兰尼雷丸**，是拿弗兰西和尼雷寻开心，将他们的名字绑到一起命名的。

他们的主食就是这种陈面包、炼乳、咖啡、洋葱、土豆，还有一分钱一分钱临时买的佐味品。他们偶尔还能吃上香蕉。不过弗兰西总想吃橙子、菠萝，尤其是橘子。橘子她只有在圣诞节才能吃上。

有时候，她省出一分钱来，就去买些碎饼干。食品店的人会拿张发卷的纸，给她做个喇叭角，装满不能整块卖出去的碎饼干。妈妈的规定是，有一分钱的时候，不要去买糖果、蛋糕。买苹果。不过苹果是什么东西？弗兰西觉得生土豆味道也差不多，而生土豆她不花钱都可以弄到。

不过，到了漫长、寒冷、阴暗的冬季快结束的季节，有时候不管弗兰西多么饥饿，胃口都不好。这说明到了吃腌黄瓜的时候了。她会拿一分钱，去穆尔街的一家商店。这店里只有一些犹太腌黄瓜，泡在加了香料的盐水里。一个老年人守在大桶边上。老年人留着长胡子，头顶戴着圆顶犹太小帽，嘴里没有牙齿，手里拿着大大的木叉。弗兰西和其他小孩要了一样的东西。

"给我一分钱老犹腌黄瓜吧。"

那个犹太人看着这个爱尔兰小孩。他的眼圈红红的，眼睛小小的，受尽迫害的样子，却又显出凶狠来。

"外邦狗！外邦狗！"他冲她啐了一口，因为他痛恨"老犹"这个词。

弗兰西本无恶意，其实她都不知道"老犹"这个词什么意思。她只觉得是指某种异类却又受到喜爱的人物。但是犹太人显然不知道这个。弗兰西听人说，他有只桶里装着只卖给外邦人的东西。听说他每天往里头吐痰，甚至做更可怕的事。这是他在复仇。不过这个可怜的老犹太人是否真这么做，从来没有什么证据，弗兰西不相信他真会这样来。

他用木叉在搅来搅去，脏脏的白胡子后头的嘴骂骂咧咧的。弗兰西提出要桶底的一块腌黄瓜的时候，他勃然大怒，又是转眼珠，又是揪胡子。最终，他还是捞出一根粗粗的、两头黄绿结实的上好腌黄瓜来，放在一张褐色纸上。那犹太人还在咒骂，一边骂，一边用被醋泡糙的手收下她的一分钱。然后他回到店堂后，慢慢消气。他头点啊点的，白胡子一翘一翘的，又沉湎到了故国的往事里。

腌黄瓜能吃上一天。弗兰西拿着慢慢吸,慢慢啃。她并不是真在吃。她只是要**拥有**。在家吃了无数次面包和土豆后,弗兰西就牵挂起滴着水的腌黄瓜了。她也不知道这是为什么。不过吃过一天腌黄瓜后,土豆和面包又好吃了。是的,吃腌黄瓜的日子值得期待。

第六章

尼雷回家了，妈妈让他和弗兰西去买周末吃的肉。买肉是件大事，妈妈总是千叮咛万嘱咐。

“去哈斯勒的店里买五分钱做汤的骨头，可是别在那里买剁肉馅。肉馅去维尔纳的店里买。要剁碎的后腿肉，买一毛钱的，别让他从盘子里拿给你。另外，再带一只洋葱去。”

弗兰西和尼雷在柜台前站了好久，屠夫才注意到他们。

“你们要什么肉？”他终于问了。

弗兰西开始和他交涉起来了。“一毛钱的后腿肉。”

“要不要剁碎的？”

“不要。”

“有个女的刚才来了。买了两毛五的后腿肉，我给剁多了些，余下的就放在盘子上。正好一毛钱的。真的，刚刚剁的。”

妈妈警告的正是这个陷阱。不管屠夫怎么说，就是别买盘子上的。

“不用。我妈妈让我买一毛钱的后腿肉。”

屠夫气急败坏地剁下一小块肉来，称过以后，扔到纸上，正要包起来，突然弗兰西用发抖的声音说：“哦，我忘了。我妈妈要碎肉。”

“我他妈的真是见了鬼了！”他将肉剁了几刀，塞进绞肉机里。又被耍了，他愤愤不平地想着。绞碎的新鲜碎肉旋转而下，他给拢到手里，正要掼到纸上，这时候……

“妈妈让把这个洋葱剁进里头。”她害羞地将从家里带来的去皮洋葱从柜台上递过来。尼雷就在边上站着，什么都没说。他来的目的，就是提供精神支持。

"我的老天哪!"屠夫破口而出。不过他还是操起两把屠刀,将洋葱剁进肉里。弗兰西在边上看着,她喜欢听这屠刀剁下去那击鼓一般节奏分明的声音。屠夫又把肉拢到一起,掼到纸上,等着弗兰西。她倒吸了一口气。最后一个要求最难开口。屠夫似乎也预感到了有什么等着他。他站在那里,内心颤抖。弗兰西终于一口气说了出来:

"还要一块板油一起炒。"

"该死的狗杂种。"屠夫愤愤地低声说。他割了一块白白的板油,出于报复,故意让它掉到地上,然后捡起来,扔到那一小堆碎肉上。他火冒三丈地将这些包裹起来,将一毛钱抓过来,交给老板结账,一边则在暗中诅咒这让自己成为屠夫的命运。

切肉这一曲完了后,他们去哈斯勒店里买做汤的骨头。屠夫哈斯勒卖的骨头不错,可是碎肉就难说了。他关起门来绞碎,谁知道买到手的都是些什么名堂。尼雷拿着先前买的肉在外头等着。要是让哈斯勒看到你在别的地方买肉了,出于自尊,他会请你去刚才买肉的地方买骨头去。

弗兰西花了五分钱,要了块很好的骨头,用来做星期天的汤。哈斯勒让她等着,同时跟她说起那个老掉牙的笑话来:有个人买了两分钱给狗吃的肉,哈斯勒问他是外卖还是在店里吃。弗兰西怯生生地笑了。屠夫很满意,走到冰箱边上,拿起一根闪亮的白骨头,里头有黏黏的骨髓,根部还沾着一丝丝的红肉。他让弗兰西好好瞧着。

"等你妈妈煮过这骨头后,"他说,"你叫她把骨髓取出来,涂在面包上,撒上胡椒、盐,给你做个美美的三明治。"

"我会跟妈妈讲的。"

"你得多吃点,你这一身皮包骨,也该长点肉了,哈哈,哈哈。"

包好了骨头,收了钱之后,他割了粗粗的一段碎肝香肠递给她。弗兰西顿时觉得内疚起来,这么好一个人,而她居然不在他这里买肉,却跑到别的人家。可惜啊,妈妈不相信他剁的碎肉。

时候还早,街灯还没有亮起来。可是那个卖辣根的女士已经坐到了哈斯勒门口,摆弄起那些辣根了。弗兰西拿出从家里带的杯子。老妇人给装到一半,收了两分钱。弗兰西很高兴自己不辱使命,完成了买肉的大任。接着她到蔬菜店买了两分钱的做汤用的蔬菜。她买了根干瘪的胡萝卜、一棵枯干的芹菜、一个发软的番茄，还有一束新鲜的香菜。这些妈妈会拿来放在汤里煮，煮出浓浓的汤来，上头浮着星星点点的肉。然后，她还会加上自家做的宽宽的面条。这些，外加上涂了骨髓的面包，算得上是星期天的大餐了。

吃完油炸**弗兰尼雷丸**、土豆、碎馅饼，喝完咖啡后，尼雷出去到街上找朋友玩去了。这些男孩子到了晚饭后，总是不约而同地聚在街角，手插在裤子口袋里，背向前弓着，在一起争争吵吵，说说笑笑，推推搡搡，吹吹口哨，跳跳舞。

莫迪·多纳文过来和弗兰西一起去做告解。莫迪是个孤儿，和两个在家做工的未婚姨妈生活在一起。两位女士靠做寿衣谋生，这些寿衣成打出售给棺材店。她们做带缎子穗边的寿衣：白色寿衣给处女之身的死者，淡紫色的给刚结婚的年轻死者，紫色的给中年死者，黑色的给老年死者。莫迪有时候会带些布片过来。她想弗兰西或许会用它来做点什么东西。弗兰西假装高兴，可是将这些布片收起来的时候，总是毛骨悚然。

礼拜堂里香烟缭绕，蜡烛淌蜡。嬷嬷们已经在祭坛上摆好鲜花。圣母祭坛上的鲜花最好。在修女当中，圣母比耶稣和约瑟更受欢迎。在告解室外头，人们排起了队。姑娘小伙们只想把这事尽快了结，好继续谈恋爱去。奥弗林神父的忏悔室外头队伍最长。他年轻、友善、宽容，悔罪这一关在他这里很好过。

到了弗兰西的时候，她推开沉重的帘子，跪倒在告解室中。神父将那扇把他和罪人隔开的小门拉开，在网格状的窗后画了个十字，这时候那远古的神秘又笼罩下来。神父闭着眼睛，用单调的拉丁文，低低说了些什么。弗兰西闻到了香、蜡烛的蜡、花和神父黑袍子以及剃须膏混在一起的气味。

“祝福我吧，神父，因为我有罪……”

她很快将罪说出来，很快得到赦免。出来的时候，她的头还低着，靠近交叉的双手。她到了祭坛行了个屈膝下跪礼，然后跪到栏杆边，开始做悔罪祷告。她手里数着珍珠母念珠，以计算自己的祷告次数。莫迪的生活没有那么复杂，要忏悔的罪少些，所以早早出来了。弗兰西出来的时候，她正坐在台阶上等着。

和布鲁克林其他女孩一样，她们互相揽着腰，一起在街上走来走去。莫迪有一分钱。她买个了冰淇淋三明治，还请弗兰西咬了一口。没过多久，莫迪就要回家了。姨妈不许她八点钟之后在外头街上。两个人许诺下星期六还一起来做忏悔，然后分手了。

“别忘了，”莫迪边倒退着走，边冲弗兰西喊道，“这回是我来找你，下次轮到你来叫我啊。”

“我忘不掉的。”弗兰西回答说。

弗兰西回到家里，见前屋有来客。来客是艾薇姨妈和她的丈夫，威利·弗里特曼姨夫。弗兰西喜欢艾薇姨妈。她和妈妈长得很像。她也很风趣，说话总让人发笑，就像演出里的人一样，而且她还能够模仿世界上任何人。

弗里特曼姨夫将他的吉他带了过来。他在弹着，所有人都在唱。弗里特曼瘦瘦黑黑的，头发乌黑、光滑，小胡子光溜溜的，如丝一般。他右手没有中指，考虑到这个因素，他的吉他弹得算是很好。需要用中指的时候，他就用大拇指猛敲一下，取代中指弹吉他弦。所以他的歌节奏都很奇怪。弗兰西进来的时候，他正好快把会的歌全弹完了。弗兰西进来正好听上了最后一首。

弹完后，他出去拿了一大杯啤酒来。妈妈让艾薇姨妈吃一块粗麦面包，还有一毛钱的林堡奶酪。就这样，他们吃着三明治喝着啤酒。啤酒一下肚，弗里特曼姨夫就开始掏心窝话了。

“你看我，凯特，”他对妈妈说，“你看到的是个失败的人。”艾薇姨妈眼珠翻了翻，叹了口气，下嘴唇抿起来。“孩子们瞧不起我，”他说，“老婆也说我没有用，连给我拉送奶车的马，鼓手，也都欺负我。你知道有一天它怎么对我的吗？”

他的身子向前倾斜。弗兰西看到他眼里有眼泪，但是眼睛却闪闪发亮起来。

“我在马房给它洗刷，我在给它洗肚子，它却尿了我一身。”

凯蒂和艾薇对看着，眼珠子飞快地转着，两人在偷着乐呢。凯蒂突然看着弗兰西。她的眼睛里还是带着笑，只是嘴巴还是严肃的。弗兰西看着地板，皱着眉头，不过她也忍俊不禁。

“这就是它干的好事。马房里所有人都笑我。”他又灌了口啤酒。

“别这么说了，威尔。”他老婆说。

“艾薇不爱我。”他对妈妈说。

“我爱你，威尔。”艾薇用那温柔的声音说道，那话音本身就是一种抚慰。

“你结婚的时候爱我，不过现在不爱了，是不是？”他等着。艾薇什么也没有说。“你看，她不爱我吧。”他跟妈妈说。

“我们得回家了。”艾薇说。

睡觉之前，弗兰西和尼雷得看一页《圣经》、一页莎士比亚作品。这是规定。过去妈妈给他们读这两页，后来他们大了，就自己读了。为了节省时间，尼雷念《圣经》，弗兰西念莎士比亚。他们这样读了六年，《圣经》看了一半，《莎士比亚全集》读到了《麦克白》。他们快快地读着。到了十一点，诺兰家所有人，除了在上班的约翰尼，都上床了。

星期六晚上，弗兰西可以睡前屋。她将两把椅子拼起来，靠在窗子前，这样她就可以看到街上的行人了。她躺在那里，能听到屋子里夜间的那些声息。人们进楼了，回到自己的公寓。有的疲惫地迈着沉重的步子。有的轻快地跑上楼。有个人跌了一跤，咒骂起过道里的油毡来。有个孩子在假模假样地哭着，一个楼下的醉汉在数落着老婆罪恶的生活。

凌晨两点，弗兰西听到爸爸上楼时唱的轻柔的歌声。

> ……亲爱的莫莉·马龙，
> 推着她的小独轮。
> 穿过大街小巷，
> 独自把泪流……

唱到“把泪流”的时候，妈妈已经把门打开了。这是爸爸玩的一个小游戏。如果他把这一段唱完之前门打开，那么他们赢。如果还在过道上他就唱完了，那么他赢。

弗兰西和尼雷都下了床，坐到桌子边。爸爸拿出三块钱放到桌子上，给了孩子每人五分钱。妈妈让他们放进锡罐，说头天捡垃圾，他们已经拿到钱了。爸爸带回一大纸袋婚礼上没吃的食物。婚礼上有一些客人没来。新娘把没动的食物让侍者分了。这些食物中有半只冷的烤龙虾、五只冰冷的牡蛎、一小浅口罐的鱼子酱，还有一块楔形羊乳奶酪。孩子们不喜欢龙虾，冷牡蛎没有什么味道，鱼子酱也太咸。可是他们太饿了，将桌子上的东西一扫而空，晚上就在肚子里消化了。要是能吃的话，这些孩子连指甲都能消化。

吃完后，弗兰西要面对现实了：她打破了从夜里十二点到弥撒之前必须禁食的规矩。现在，她不能领受圣餐了。此等重罪，下周和神父有得忏悔了。

尼雷又上了床，继续呼呼大睡。弗兰西进到幽暗的前屋，坐到窗口。她不想睡。妈妈和爸爸坐在厨房里。他们会坐在那里一直说话说到天亮。爸爸跟她说晚上的事，他看到的人，他们长什么样子，说话什么口气。诺兰家的人对待生活总觉得取之不尽。他们自己的生活已经丰富饱满，可是这还不够。凡是他们接触过的人，其生活诺兰家也得去管。

就这样，约翰尼和凯蒂一直聊到天亮，他们抑扬顿挫的声音，在这黑夜里听来让人感觉安全而舒心。到了三点了，街上很安静。弗兰西看到街对面一个女孩和男朋友跳舞回来了。两人在门厅里紧紧搂在一起。他们就这么抱着不说话，后来那女孩身子向后倾斜，不小心触到了门铃。她爸爸穿着衬裤下楼了，压低着声音将那小子骂了个狗血喷头，叫他去死，去见鬼，云云。姑娘跑上了楼，边跑边笑，差点笑岔气。她的男朋友则大摇大摆沿着街道走了，嘴里吹着口哨，吹的是《今夜只有你和我》。

当铺老板陶莫尼先生刚度过一个花天酒地的纽约之夜，乘坐一辆双人出租马车回来了。他从来没有进过自家当铺的门。这当铺是他继承下来的，同时继承到的，还有一位能干的经理。陶莫尼先生为什么这么有钱还住在店铺上头的房子里，谁也不知道为什么。他在这脏兮兮的威廉斯堡，过着纽约贵族一般的生活。据一个去过他家的泥水匠透露，屋子里摆满了雕像、油画、白色的毛皮地毯。陶莫尼先生是个光棍。整个一周谁也不知道他在哪里。也没有人看到他星期六晚上离开。只有弗兰西和巡逻的警察看到他回家。弗兰西看着他，就如同在剧院的包厢里看戏一般。

他高高的丝帽斜扣到一只耳朵上方。他把银杖头的拐杖夹到胳膊下，在路灯照耀下，拐杖闪闪发光。他将缎子斗篷往后一甩，去掏钱出来。马车夫接过他的钞票，用鞭柄头碰了碰圆顶礼帽的帽檐，然后抖了抖马缰绳。陶莫尼先生目睹着他赶走马车，仿佛这一切是这个美满人生的最后一环。然后他上了楼，去那豪华的公寓里了。

他应该经常去传说中的那些地方，如莱森韦伯饭店、沃尔多夫饭店这些地方。弗兰西决定日后有机会自己也去。有朝一日，她会穿过只有几个街区外的威廉斯堡大桥，到纽约市中心，看看这些漂亮的地方，从外头好好看看。然后她就能对陶莫尼先生有个更为准确的了解了。

一阵清风从海面吹来，吹过布鲁克林上方。在遥远的北边，有意大利人居住，他们在院子里养鸡，那边这时候传来了一声鸡叫。鸡一叫，远处的狗也叫了起来，美美睡在马房里的那匹叫鲍勃的马，也发出了一阵探问般的嘶叫。

弗兰西很喜欢星期六，不喜欢用睡觉将其终结。只是接下来的一周让她担忧，让她害怕。她将这个星期六的回忆印到自己的脑海里头。除了看到等着买面包的那些老人外，这个星期六是无懈可击的。

一周别的时候，晚上她得睡在自己的小床上。从通风口，她能依稀听到附近一户人家的声音。那家的新娘子还像小孩一样，而她的丈夫是个卡车司机，整个人就像毛猿一样。那新娘子的声音轻柔，带着恳求，那个男的声音又粗又凶。然后是一阵短短的沉默。然后他鼾声震天，而新娘子则一直在哀哭，一直哭到天亮。

弗兰西一想到那哭声就瑟瑟发抖，手不由自主地掩住耳朵。然后她想起这是星期六，她睡在前屋，听不到通风口的声音。是的，还是星期六，美妙的星期六。星期一还要过很久才来。这中间还隔着一个平安的星期日。这时候，她还可以慢慢去想那褐碗里装的金莲花，还有弗兰克在阳光和树荫下给马儿洗澡时马的模样。她开始困了。她听约翰尼和凯蒂在厨房说了一会儿话。他们在回忆往事。

“我遇到你的时候才十七岁。”凯蒂说，“我在卡瑟·布里德工厂上班。”

“我那时候十九岁，”约翰尼说，“那时候和你的好友希尔蒂·欧黛儿谈着呢。”

“得，她这种人。”凯蒂嗤之以鼻。

风儿轻轻的，香香的，暖暖的，从弗兰西头发上吹过。她手扒在窗台上，脸靠了上去。她一抬头就能看见出租房上方的星星。没多久，她就入睡了。

第二卷

第七章

约翰尼·诺兰和凯蒂·罗姆利初次相遇，也是在一个布鲁克林的夏日，不过那是十二年前。那一年是1900年，他十九，她十七。凯蒂在卡瑟·布里德工厂上班。她最要好的朋友希尔蒂·欧黛儿也在那里上班。希尔蒂是爱尔兰人，凯蒂的父母生于奥地利，两人相处得很好。凯蒂漂亮些，但希尔蒂开放些。希尔蒂一头金发，脖子上围着石榴红的薄绸围脖，嘴里嚼着森森牌口香糖，对市面上流行的新歌了如指掌，舞跳得也很不错。

希尔蒂有个男朋友，一个花花公子，这人每个星期六晚上都带她去跳舞。他的名字就是约翰尼·诺兰。有时候，他在工厂外头等希尔蒂。他总是带着些小伙子和他一起等。他们在转角的地方游荡、说笑。

有一天，希尔蒂告诉约翰尼，下次跳舞的时候，给她的好友凯蒂也找个伴。约翰尼答应了。四个人一起坐电车前往卡纳西。两个男的戴着草帽，系草帽的带子一根别在帽檐，一根别在衣服翻领上。强劲的海风将帽子吹落，两个男的用带子将其扯回来，引起大家一阵哄笑。

约翰尼和自己的女友希尔蒂跳。凯蒂拒绝跟约翰尼找来的舞伴跳，这个家伙腹中空空，说话也粗俗。凯蒂去厕所回来的时候，他竟说出“我以为你掉下去了”这种话来。不过，她没有反对对方给自己买啤酒。她坐在桌子边看着约翰尼和希尔蒂跳舞，心想约翰尼真是个打着灯笼也难找的家伙。

约翰尼的脚长而纤瘦，他的皮鞋擦得发亮。跳舞的时候他脚尖侧向里面，舞步中脚尖、脚跟动作流畅，节奏优美。跳着跳着，人就热了。约翰尼将外套脱下来挂在椅子背上。他那裤臀位置显得服服帖帖，曲线优美，白色衬衫罩在裤带之上。他穿着高领衬衫，系着圆点领带（和他草帽上的带子正好相配)，还套着淡绿色的袖带①。那缎子布料蓬松地裹在袖带的松紧带上。凯蒂满怀醋意地想，这袖带一定是希尔蒂给他做的。这醋劲一直没消，以后连那淡绿的颜色她看了都反感。

凯蒂目不转睛地看着约翰尼。他年轻，体形优美。一头闪亮的金色鬈发，深蓝色眼睛，鼻梁挺直，肩膀宽厚。凯蒂听到了邻座女孩说他真是衣服架子。其男伴则说约翰尼是舞林高手。约翰尼并不是凯蒂的男友，但是听到这话，她还是感到自豪。

等乐队奏起《亲爱的罗茜·欧葛瑞蒂》时，约翰尼出自客套，过来和她跳了一曲。他的手挽住她的时候，她本能地跟上了他的节奏。这时候，她已经知道，他，就是自己要找的男人了。她这辈子什么都可以不要，只要看着他，听他说话。她当时就断定，为了这些，她就是一辈子给他做牛做马也情愿。

或许这个决定是她的一大失误。或许她应该再等等，等有男人对自己也有这种感觉时再说。这样的话，日后孩子们也不至于挨饿。她也不用靠给人擦洗地板来维持生计。倘若如此，他或许还可成为美好的追忆。可是她要定了诺兰，别的任何人都不会放在心上，她开始追他了。

她的追求始于接下来的星期一。厂里吹起放工哨子的时候，她跑出工厂，赶在希尔蒂之前到了转角的地方，用歌唱一般的声音说："你好呀，约翰尼·诺兰。"

"你好啊，凯蒂，亲爱的。"他回答道。

从此之后，她每次都能让他多说一会儿话。不知不觉地，约翰尼也盼着和她在转角说话的时候了。

有一天，凯蒂用起了女人那个万夫不挡的借口来，告诉女领班说自己例假来了，不大舒服。于是她提前十五分钟就下了班。约翰尼正在转角，和他那伙哥们一起，吹着《安妮·鲁尼》的调子打发时间。约翰尼的草帽斜扣在一只眼睛上，手插在裤子口袋里，在人行道上跳起了华尔兹来。过路行人都停下来欣赏。连巡逻的警察也在喊：

"哥们，你纯粹是在浪费时间啊。你这人才上台表演才是正道。"

---

① 十九世纪末二十世纪初男人使用的一种用来固定衬衫袖子的松紧带子，也是一种装饰物。

约翰尼看到凯蒂过来了,停止了自己的表演,冲她咧嘴笑着。她穿一身紧身的灰套裙,衣服边镶着工厂的黑穗边,模样很是勾人。那穗边千结百绕,其目的是要突出她那大小适中的胸部。其实她在胸衣外套上的皱边,就已经让胸部呼之欲出了。她头上斜扣着樱桃色帽子,和那身灰色套裙相配。她脚上穿着维奇小羊皮鞋,高帮,尖鞋跟。她的眼睛闪闪发亮,脸颊在激动和害羞之下,显得红扑扑的。她想自己看上去一定焕然一新了——为了追一个小伙子,她居然把自己变成这个样子!

约翰尼冲她打着招呼。别的小伙子三三两两走开了。在那个特殊的日子里,凯蒂和约翰尼到底说了些什么,事后两人都记不起来了。总之,那谈话有些随意,有些夸张,偶尔会有些美妙的停顿,但始终有情感的暗流涌动。他们都发现,自己深深地爱着对方。

工厂的哨子吹起来了,女孩们潮水般涌出卡瑟·布里德工厂。希尔蒂穿一身泥巴色套裙,金黄的头发前头梳得高高的,显出一副倒霉相来,一顶黑色的扁帽子扣在头发上,上头还有个看上去很邪恶的帽针。看到约翰尼的时候,她眼睛直勾勾地笑了。可是看到凯蒂和约翰尼在一起,她的笑容僵住了,脸上露出痛苦和恐惧之色,然后是憎恶。她冲到他们面前,将那长长的帽针从黑帽上扯下来。

"凯蒂·罗姆利,他是我男友,"她尖叫道,"你不能说抢就抢。"

"希尔蒂,希尔蒂。"约翰尼用那和声细语、不慌不忙的语气说道。

"我想这是个自由的国家吧。"凯蒂说,她的头向后一扬。

"自由不是让你来抢人的。"希尔蒂叫道,拿着帽针就向凯蒂冲过去。

约翰尼站到两个女孩中间来,那帽针划到了他脸上。这时候,卡瑟·布里德工厂里的一群姑娘围了过来,兴奋地叽叽喳喳。约翰尼·诺兰一手一个,抓住两个姑娘的胳膊,把她们拉过拐角。他把二人带进一个门厅,用双手拦着不让走,然后跟她们说起来。

"希尔蒂,"他说,"我也不是多能耐。本不该给你错误印象,现在我发现我不能娶你。"

"都是她的错。"希尔蒂哭着说。

"是我的错。"约翰尼风度翩翩地说,"遇到凯蒂前,我根本不知情为何物。"

“不过她是我最好的朋友。”希尔蒂可怜巴巴地说，仿佛约翰尼犯了乱伦一样。

“她现在就是我的女孩，别的我也没有什么好说了。”

希尔蒂边哭边与之争辩。最后，约翰尼把她劝住了，并告诉她自己和凯蒂之间的爱是多深厚。最后他说，希尔蒂和他，应该各走各的。他很喜欢自己这话。他又重复说了一遍。眼下这种戏剧性场面他很是享受。

“所以你走你的路，我走我的路吧。”

“你是说，我走我的路，你走**她的**路吧。”希尔蒂愤愤地说。

希尔蒂终于走了。她肩膀低垂着，沿着街道走下去。约翰尼跟在后头追着，在街上就把她抱住，轻轻地和她吻别。

“我也不希望这个结局。”他悲伤地说。

“你才没有这个念头呢。”希尔蒂脱口而出，“你要是真有心，”她又开始哭了起来，“就该和她一刀两断，接着跟我谈。”

凯蒂也哭了。毕竟，希尔蒂是她最要好的朋友。她也去亲吻希尔蒂。希尔蒂的眼睛离自己的眼睛很近，噙满泪水，仇恨地眯着。凯蒂没去对视，眼睛朝一边看去了。

就这样，希尔蒂走自己的路，约翰尼走凯蒂的路了。

他们谈了一阵子恋爱，订婚了。1901 年元旦那天，他们在凯蒂的教堂里结婚了。结婚的时候，两个人才认识四个月。

托马斯·罗姆利永远原谅不了他的女儿。事实上，他几个女儿嫁出去，他一个都不肯原谅。他的育儿哲学比较简单，主要是培养摇钱树：一个男人应该享受造孩子的过程，养育过程中尽量少花钱，然后上了十几岁就放出去为父亲挣钱。凯蒂结婚的时候才工作四年。他觉得这女儿还欠着他钱。

罗姆利痛恨一切，痛恨所有人。谁也不知道这是为什么。他大块头，相貌英俊，头发钢灰色，拳曲着，盖在狮子一般的头颅上。他和新婚夫人逃离奥地利，是想逃脱兵役。他恨祖国，也冥顽不化地反感新国家。他懂英语，也能说，但是究竟听不听，说不说，全看一时的心情。如果有人用英语跟他讲话，他会置之不理。在家里，他严禁说英语。他女儿懂不了几句德语。(她们的母亲让她们在家只说英语。她的想法是，女儿的德语懂得越少，就越不会认识到父亲的残酷。）就这样，四个女儿和父亲一直很少交流，就这么长大了。他很少跟女儿说话，除非是开口诅咒她们的时候。他张口闭口的Gottverdammte[①]简直就成了他的"你好"、"再见"了。很愤怒的时候，他称愤怒的对象为Du Russe[②]! 他将这句话看成是最毒的骂人话。他恨奥地利。他恨美国。他最恨的是俄国。他从来没有去过俄国，也没见过任何一个俄国人。这么一个印象模糊的国家，所知甚少的国民，他的仇恨究竟从何而来？没有人搞得懂。这人就是弗兰西的外公。和这人的女儿们一样，弗兰西也恨他。

他的妻子，亦即弗兰西的外祖母，则像个圣徒一般。她没有读过什么书，连自己名字都不会认不会写，但是她记得一千多个故事和传说。有一些是她自己编来哄孩子的，有一些是她自己的母亲、外祖母传下来的民间传说。她知道祖国的很多歌曲，也知道祖国的各种民谚。

她是个十分虔诚的人，对天主教每个圣徒的生活都了如指掌。她相信魔鬼、仙子和各种各样的灵异存在。她很熟悉各种草药，能给你煮药，也能给你煮出符水来——如果你不想以符咒害人的话。在祖国的时候，她以智慧见闻于众，常有人上门来咨询这样那样的事情。她是个无可指摘、无罪可言的女人，可是她对有罪的那些人，却又知根知底。品行上她严于律己，却宽以待人，对他人的软弱网开一面。她崇敬上帝，爱耶稣，但是她也知道为什么人们有时候会背离上帝和耶稣。

她结婚的时候还是处女之身，谦卑地顺从了丈夫狂暴的爱。他的狂暴扼杀了她潜藏的所有欲望。可是她也知道对爱的饥渴——他人的说法——如何让女孩子走上邪路。她也知道，一个因为强奸被人从社区赶走的男孩，没准内心里仍是个好人。她能理解为什么人们会撒谎，会偷窃，会互相伤害。她知道人类所有可怜的弱点，也知道各种残酷的力量。

可惜她不识字。

---

① 德语，意为"天杀的"。

② 德语，意为"你这俄国佬"。

她的眼睛是那种柔和的褐色，清澈而纯洁。她的褐色头发从中间梳开，拖下来盖住耳朵。她的皮肤白得几近透明，她的嘴唇也那么柔美。说起话来，她的话音比较低，比较柔和，比较温暖，似有乐感，让所有听她讲话的人都感到宽慰。她所有的女儿和外孙女也都继承了她这种声音的特质。

玛丽认为，一定是自己不经意作了什么孽，结果嫁给了魔鬼本人。她真的相信这些，因为这是她丈夫自己说的。“我就是魔鬼本人。”他经常这么说。

她常常会看着他，看他头两侧各有一些发卷伫立着，眼睛灰色，冰冷冰冷的，两边的眼角向上斜着。这时候她就感叹：“是啊，他就是魔鬼。”

他有时候会用一种奇特的方式，看着她那圣女一样的脸，心平气和地跟她骂起耶稣基督各样的话来。这让她十分害怕，便会从门后钉子上取下围巾，捂住头，在外头街上来回走，最后因为挂念孩子才回到家中。

她跑到三个小女儿上学的公立学校，用结结巴巴的英语告诉老师，必须鼓励孩子只说英语。德语一个词、一句话都不能说。这样，她就可以保护孩子不受父亲的折磨了。孩子们上完六年级就必须辍学，出去做工，她会伤心。她们嫁给了没出息的男人，她也伤心。女儿自己也生女儿的时候，她也会哭。她知道生为女人，一辈子都抬不起头。

每回弗兰西祷告时说起**万福玛丽亚，你充满恩宠，主与你同在**时，祖母的面孔都浮现在自己眼前。

茜茜是玛丽·罗姆利和托马斯·罗姆利的长女。她是两口子到美国三个月后生的。她从来没有上过学。她到了上学年龄的时候，玛丽不知道有公立学校，他们这样的人家也可以送孩子去上学。法律规定，小孩子都必须上学，可是也没有人去找这些无知的家长，督促他们送孩子上学。等其他几个女儿也都到了入学年龄，玛丽才发现有免费的学校可以上。可是茜茜那时候已经大了，和一群六岁小孩坐一起不大合适。就这样，她呆在家里，给妈妈打打下手。

十岁的时候，茜茜就已经发育得如同三十岁的女人。所有男孩都在追茜茜。茜茜在追所有男孩。十二岁的时候，她开始和一个二十岁的小伙子谈恋爱。她父亲将那小子痛打了一顿，让这场恋爱早早泡了汤。十四岁的时候，茜茜和一个二十五岁的消防队员谈了起来。这回是他把茜茜爸给揍了，而不是茜茜爸揍他，故而这场恋爱的收场是消防队员娶了茜茜。

他们到了市政厅，茜茜在那里发誓说自己十八岁了。于是市政厅一个职员给他们办了手续。邻居们都十分震惊，不过玛丽知道女儿发育到了这种程度，嫁人是大好事。

消防队员吉姆是个好人。他中学毕业，可谓是个受过教育的人。他的钱挣得不少，在家时间不多。这种丈夫最为理想。他们在一起很快乐。茜茜对他并没有多少要求，只求能够多多做爱，这个也是他的爱好。有时候，想到老婆是个文盲，他也有些羞愧。不过茜茜人机灵，脑子聪明，心地善良，且能把生活安排得有滋有味；不久，他也就不怎么在乎她是文盲了。茜茜对妈妈和妹妹都很好。吉姆给了她不少零花钱。她花得很省，余下的都给了妈妈。

结婚一个月后，她就怀孕了。从婚姻上看，她已经是女人了，但她实际上不过是个十四岁的调皮丫头。她还在街上和别的孩子一起跳皮筋，全然不顾鼓鼓的肚皮里有个孩子，邻居看了都心惊肉跳。

茜茜如果不是在做饭、清扫、做爱、跳绳、混到男孩子中间玩棒球，就是在给要出生的孩子做筹备。如果是女孩，她就会用祖母的名字，叫她玛丽。如果是男孩呢，就叫约翰。不知什么原因，她总是对约翰这个名字有好感。她开始用约翰的名字称呼吉姆了。她说她只是用孩子的名字称呼他。一开始，这只是个宠他爱他所用的绰号，但是一转眼大家都叫他约翰了，很多人甚至以为这就是他的真名字。

孩子出生了，是个女孩，生产过程顺利。街区的接生婆被叫了过来。生产很顺利，过程只有二十五分钟。生得很顺利。唯一的遗憾是，孩子生下来就是死的。孩子出生和夭折这天，碰巧也是茜茜十五岁生日。

她悲痛了一阵。悲痛将她变了个人。她做事更勤快了，把家里收拾得纤尘不染。她想妈妈想得更频繁了。她不再像个假小子那样调皮。她相信孩子夭折都是跳绳跳的。只是这么平静下来，她显得更小，更像孩子了。

到了二十岁的时候，她生过四次，四次孩子都是死婴。最终，她断定这是丈夫的过失。她生过头一胎之后，不就停止跳绳了吗？她告诉吉姆，说自己不爱他了，因为他们俩在一起做爱，做出来的只有死亡。她叫他离开。他争了一段时间，但后来还是走了。一开始，他偶尔送些钱来。有时候茜茜想男人了，就经过消防站。吉姆总是坐在外头，椅子斜靠在墙上。茜茜会慢慢在那里走过，笑着，屁股一扭一扭的，于是吉姆便不告而别，放自己的假，跑到公寓，两人在那里寻欢作乐个半小时左右。

最后，茜茜遇到了一个想和自己结婚的男子。这个男的到底叫什么，茜茜家的人从来都不知道，因为茜茜从一遇到他，就开始叫他约翰。她的第二次婚结得很简单。离婚手续又复杂，又费钱。而且她是个天主教徒，不相信离婚。反正她和吉姆是在市政厅让一个小职员办的手续。她想横竖也不是教堂，算不得真正的结婚，干吗让这个来挡道？于是，她用自己第一次结婚后的名字，却不提第一次婚史，让另外一个小职员给自己办了手续。

茜茜没在教堂结婚，她的妈妈玛丽很难过。茜茜第二次婚姻却白送给托马斯一个新的机会，一个折磨妻子的机会。他常常告诉妻子说要报警，说茜茜犯了重婚罪。不过，没等他去报警，茜茜就已经决定这个约翰也不适合自己。她和这位约翰结婚四年，也生了四个孩子，生下来的也都是死婴。

她告诉丈夫（对方是个新教教徒），天主教不承认他们的婚姻，因此，她也不承认。就这样，她三下五除二，把这婚姻关系又给解除了。

约翰二号欣然接受。他喜欢茜茜，和她在一起也相当幸福。不过她就像水银一样易变。她虽然坦率得可怕，天真得惊人，但他对她毫无了解，他已经厌倦了和一个谜一般的人生活在一起。他并没有因分手而很难过。

二十四岁的时候，茜茜就已经生过八个孩子，一个都没有活。她觉得是上帝不让她结婚。她到了一个橡胶厂上班，跟所有人都说自己是老处女（没有任何人相信），回家后和妈妈一起住。在第二、第三次婚姻之间，她交过很多情人，将其统称为约翰。

每次生下死婴，她对孩子的热爱便更为强烈一些。她有时候情绪很恶劣，觉得要是没个孩子让她来爱，自己会疯掉的。她将这种受挫的母爱全部倾泻给和她上床的男人，她的两个妹妹艾薇、凯蒂，以及她们的孩子。弗兰西对她喜欢得不行。她听人私下说茜茜是个坏女人，不过她还是喜欢她喜欢得不得了。艾薇和凯蒂想对老犯错的老姐生气，可是她对她们很好，她们也恼火不起来。

弗兰西十一岁生日后不久，茜茜第三次在市政厅结婚。第三个约翰在一家杂志社上班，通过他，弗兰西每个月都有这些新杂志。为了这些杂志，她希望茜茜的第三次婚姻能坚持下去。

玛丽和托马斯的二女儿是伊丽莎，不如三个姐妹漂亮，也不像她们那么热情。她很平凡、无趣，对生活缺乏热情。玛丽总想送一个女儿当修女，于是就选中了伊丽莎。伊丽莎十六岁的时候进了修道院。她所选择的修行方法是最严的一种：除非父母死亡，否则不能离开修道院大门。她选了乌尔苏拉[①]这个教名。这位乌尔苏拉嬷嬷对弗兰西来说，是个虚构一般的传说。

弗兰西只见过乌尔苏拉嬷嬷一次。那是在托马斯·罗姆利的葬礼上，她从修道院过来了。那时候弗兰西九岁。她刚领过第一次圣餐，要全心把自己奉献给教会，想日后当修女。

她激动地等着乌尔苏拉嬷嬷的到来。有个姨妈当修女，这真是不可思议呢！多大一个荣耀！可是当乌尔苏拉修女低下身子亲吻她的时候，弗兰西看到她的上嘴唇和腮上有些细须。这让弗兰西十分恐惧，以为年纪轻轻的时候进修道院，脸上都会长胡子出来。弗兰西放弃了做修女的想法。

艾薇是罗姆利的三女儿。她也是很早就结婚了。她嫁给了威利·弗里特曼。这是一个英俊的年轻人，头发乌黑，嘴上的胡须如同丝一般，眼睛水汪汪的，就像个意大利人。弗兰西觉得他的名字很滑稽，每次想到都忍俊不禁。

弗里特曼没有什么出息。他也不是浪子，只不过是性情软弱，成天倒苦水。不过他弹得一手好吉他。罗姆利家的女子都有个毛病：抵挡不了有创造或者表演才能的人。对她们来说，任何音乐、绘画或者讲故事才能都很好，都值得去培育、守护。

---

① 相传公元五世纪时威尔士公主，名为乌尔苏拉，信奉天主教，与一位信奉异教的王子订婚。她要保全处女身份，去罗马朝圣还愿，于是与十位贵族女伴结伴出游，女伴各有一艘大船，上携千名少女。这 11,000 处女大军沿莱茵河而下，路上遇到了匈奴军队，乌尔苏拉拒绝嫁给匈奴首领，匈奴首领遂将她和 11,000 名少女全部惨杀。

艾薇是家里最有文化的一个。她在一个高档社区的边缘，租住着一个地下室公寓，常在此寻思如何让生活更上一层楼。

她想有所成就，想让孩子得到自己不曾享有的机遇。她有三个孩子：男孩子跟着爸爸命名，女孩子叫布洛瑟姆，另外还有个孩子叫保罗-琼斯。她的子女文化培养第一步，就是让他们离开天主教主日学校，进入圣公会的主日学校。也不知是听谁说的，她总觉得新教比天主教更有文化一些。

艾薇很喜欢音乐人才，可是自己又没有这方面的才能，便积极让子女去学音乐。她希望日后布洛瑟姆会唱歌，保罗-琼斯拉小提琴，小威利弹钢琴。但是这些孩子都没有音乐天赋。艾薇知难而进，要他们喜欢也得喜欢，不喜欢也得喜欢。既然他们没有音乐天赋，那么就是这样一小时一小时填鸭填进去也成。她给保罗-琼斯买了把二手小提琴，找了个自称艾利格瑞特[①]教授的人，讨价还价到每小时五毛钱，来给保罗-琼斯上课。他像拉锯一样给小弗里特曼教了很多；一年结束的时候，要教他一首整曲子，他说是“谐趣曲”。艾薇觉得能拉支完整的曲子很不错。总比一直拉音阶强……总之，好那么一点。然后，艾薇的心就更野了。

“那口子，”她对丈夫说，“现在我们有小提琴给保罗-琼斯，不如让小布洛瑟姆也上课，两个共用一把小提琴。”

“但愿时间能错开。”她丈夫不高兴地说。

“你说呢?”她气呼呼地回了句。

就这样，他们每周又凑出五毛钱，放进布洛瑟姆手里，布洛瑟姆一百个不情愿地也去上小提琴课了。

不巧“小快板”教授对女学生有个癖好。他要女学生脱掉鞋子和袜子，光着脚丫子站在他家的绿地毯上，让她们随意去拉。他不去纠正她们的指法、节奏，而是整个小时都在盯着她们的脚出神。

有一天上课前，艾薇看着布洛瑟姆在做准备工作。她看到孩子把鞋子脱了，小心地在洗脚。艾薇觉得洗脚固然可嘉，只是有些古怪。

“你现在洗脚干吗?”

“上小提琴课啊。”

---

① 意思是“小快板”。

"小提琴用手拉,又不要用脚。"

"脚脏脏的我怎好意思站教授面前?"

"怎么,他透视眼,你穿鞋子他还能看见你的脚?"

"不是,他会让我脱鞋脱袜子的。"

艾薇差点跳了起来。她对弗洛伊德一无所知，性问题她也不是很了解,不知道还有这些变种。但是常识告诉她,"小快板"教授不该收人家五毛钱一小时却不干正事。她当机立断,将布洛瑟姆的音乐教育就地正法。

问起保罗-琼斯的时候,他说他上课的时候,不要脱鞋脱袜子,脱帽子便可。艾薇让他继续上课。过了五年,他的小提琴就拉到了他爸弹吉他的水平,而他爸爸一辈子没上过任何课。

弗里特曼姨夫也就音乐这个长处,除此之外,他是个很乏味的人。在家里,他唯一的话题就是他那匹拉送奶马车的马"鼓手"是如何如何捉弄他。弗里特曼和这马已经恶斗了五年,艾薇希望二者什么时候作个了断。

艾薇其实很爱她丈夫,不过她忍不住有时候要模仿一下他。她会站在诺兰家厨房,假装自己是那匹马"鼓手";她会模仿弗里特曼姨夫如何给马脖子上套马料袋子。

"这马站在路沿上,这个样子。"艾薇把头低下,几乎低到了两个膝盖之间。"威尔会拿个草料袋子过来。正要挂上马脖子,马突然将头一扬。"这时候艾薇突然把头猛一抬,然后学马的嘶叫。"威尔等着。马头又低下去。你会觉得它那头永远抬不起来的样子,就跟没骨头似的。"艾薇的头垂得低低的,低得叫人吃惊。"威尔又拿草料袋过来,马头突然又扬起来。"

"*然后*呢?"弗兰西问。

"然后只有我下去,将马料袋子挂上去,只能这样。"

"它让不让你去挂?"

"让不让我挂?"艾薇回了凯蒂一句,然后转向弗兰西。"它会沿着人行道跑过来,迎着我,我的草料袋子还没有提起来,它自己就已经把头伸进去了。你说它让不让我挂?"她愤愤不平地嘀咕着。然后她又转向凯蒂。"你知道,凯特,有时候我想我男人看马这么喜欢我,他都吃马的醋呢。"

凯蒂张着嘴瞪着她。然后她大笑起来。艾薇和弗兰西都笑了。两个罗姆利家的女儿和弗兰西 (半个罗姆利) 都站在那儿,笑着,为着一个三人同守的秘密,一个关于弗里特曼弱点的秘密。

罗姆利家的女人就这些:玛丽妈妈,艾薇、茜茜、凯蒂三个女儿,还有弗兰西。长大以后,弗兰西也会成为罗姆利家的女儿,虽然她姓诺兰。她们一个个身材苗条、瘦弱,眼睛充满好奇,嗓音柔和而急迫。

可是她们仿佛是用看不见的薄钢做的。

第八章

罗姆利家族净出要强的女人。诺兰家族则净出软弱却有才气的男人。约翰尼家族的人快绝种了。一代代下来，诺兰家的男人越来越英俊，越来越软弱，越来越迷人。他们容易坠入情网，却逃避婚姻。这就是他们快要绝种的主要原因。

露西·诺兰和年轻英俊的丈夫结婚后不久，就从爱尔兰搬到了美国。他们一年一个，一气生了四个儿子。然后，米克·诺兰三十岁上死了。露西把安迪、乔治、弗朗基、约翰尼拉扯到读完六年级。孩子们上了十二岁的时候，就得辍学，出去挣几个小钱。

孩子们长大了，个个相貌英俊，会弹奏乐器，能歌善舞，把姑娘们迷得神魂颠倒。诺兰家住在爱尔兰街最破的房子里，但孩子们是那片街区穿得最好的。他家熨衣板一直支在厨房里，根本都不收走。总是有人在熨裤子，熨领带，熨衬衫。诺兰家这些孩子身材高大、金发碧眼、相貌英俊，是这贫民窟的骄傲。他们的鞋子都擦得发亮，走起路来都如一阵风。他们的裤子十分贴身，他们的帽子神气地扣在头上。只不过不到三十五岁他们全都死了——全死了，只有约翰尼一人留下了后嗣。

安迪是长兄，也是最英俊的一个。他一头鬈发黄中带红，五官棱角分明。他也得了痨病。他和一个名叫弗兰西·麦兰妮的姑娘订了婚。他们总推迟婚期，指望他身体好转，谁知道他一直没有好转。

诺兰家的孩子都去当伴唱侍者了。他们本来结成了诺兰四重唱乐队，后来安迪病重，成了三重唱。他们挣钱不多，挣的一点，也买酒喝了，赌马赌了。

安迪最后一次卧病在床的时候，兄弟们花了七块钱，给他买了一只真正的天鹅绒枕头，想让他在死前享受一点奢侈。安迪觉得这枕头好极了，用了两天，突然吐血，吐到这簇新的枕头上，将其染成铁锈一般的褐色。然后，安迪就死了。他妈妈在他尸身前哭了三天。弗兰西·麦兰妮发誓决不嫁人。诺兰家三个儿子发誓决不离开母亲。

六个月后，约翰尼和凯蒂成亲。露西痛恨凯蒂。她本想让几个儿子都守在家里，直到她死或是他们死。到目前为止，大家都在逃避婚姻。可是这个女子！这个女子！这个凯蒂·罗姆利！瞧她干的好事！露西肯定是她把约翰尼骗去结婚的。

乔治和弗朗基都喜欢凯蒂，但觉得约翰尼溜之大吉把母亲丢给自己来照顾的做法很不光彩。不过，他们还是往好处想，要给他们找个结婚礼物。他们最后决定把给安迪买的、用了不久的枕头送给凯蒂。他们的妈妈给缝了个新枕套，将安迪临终前留下的血污给遮住。于是这个枕头传给了约翰尼和凯蒂。他们觉得这枕头太好了，舍不得平常使用，只有二人生病的时候，才拿出来用一下。弗兰西称之为“病人枕”。凯蒂和弗兰西都不知道这曾经是死人枕。

约翰尼结婚大约一年后，弗朗基——很多人觉得他比安迪还英俊——有天晚上在一个晚会上喝醉了酒，路过某个爱好田园的布鲁克林人家。这户人家门口有块一尺见方的草地，用铁丝网围着，铁丝网用尖尖的棍子撑着。弗朗基在这铁丝网上绊倒了，一根棍子刺穿了他的肚子。他挣扎着站起来，摇摇晃晃回到家。当天晚上他就死了。他死时孤身一人，没有神父来赦免他的罪。他的妈妈在自己余下的一生，每个月都做场小弥撒，希望儿子的灵魂能安息。她相信，儿子的灵魂一定在炼狱的什么地方徘徊着。

才一年多一点时间，露西·诺兰失去了三个儿子。两个死了，一个结婚了。她为这三个儿子伤心。另外一个儿子乔治从来没有离开过她，可是三年后，二十八岁那年，他也死了。那个时候，就只剩下二十三岁的约翰尼一个了。

这些就是诺兰家的孩子。全都早死。全都暴死，死因是他们自己不小心，或是生活方式不好。约翰尼是唯一活过三十岁的。

而弗兰西·诺兰这个孩子则继承了所有罗姆利家的特征和所有诺兰家的特征。和贫穷的诺兰家人一样，她有那些鲜明的弱点，她热爱美。她却也兼具罗姆利外祖母的神秘、外祖母讲故事的天赋、外祖母对一切的信心，以及外祖母对弱者的同情。她有罗姆利外祖父那种残酷的意志力、艾薇姨妈那种模仿能力，有露西·诺兰的那种霸占性。她有约翰尼的多愁善感，却没有约翰尼的相貌。她有凯蒂所有的温柔，可是不比凯蒂的坚强如铁。她综合了所有这些优缺点。

她身上还有别的很多东西。她身上有她在图书馆里看过的书。她是那褐色碗里的一朵花。她的生命也包括那棵在院子里茂盛生长的树。她爱弟弟，却和他吵闹。她身上有凯蒂暗中的伤心痛哭，也有父亲醉酒后踉跄回家的耻辱。

她身上有这一切，也有罗姆利和诺兰家族没有的东西。她的生命还包括她的阅读、她的观察，还有那一天一天的生活。有些东西在她身上与生俱来，属于她，且只属于她，不同于两个家族的任何一个人。这是上帝或是任何类似于上帝的存在加添给每个生灵的，是一种独特，不叫世界上任何两个人拥有一样的指纹。

第九章

约翰尼和凯蒂结婚后，住到了威廉斯堡一条偏僻的街道波加特街上。这条街的名字念起来有种阴沉的、叫人兴奋的效果，约翰尼选择这条街，正出自这一原因。婚后头一年，他们俩在这里小日子过得很开心。

凯蒂嫁给约翰尼，是因为她喜欢听他唱歌，看他跳舞，看他穿扮。和其他女人一样，一结婚，她就想让他改头换面。她劝他不要继续做伴唱侍应。他还在恋爱之中，巴不得让她开心，于是爽快答应。他们一起找了份工作，看管一所公立学校。他们都热爱这份工作。其他所有人都去睡觉时，他们的一天才开始。晚饭后，凯蒂会穿上带羊腿袖的黑外套，上头装饰着很多饰带——都是她最后从厂里顺手牵羊拿的——头上系一块樱桃色羊毛头巾（她称之为"新新头巾"），然后就和约翰尼去上班了。

学校旧旧的，小小的，暖暖的。他们喜欢在这里度过自己的夜晚。他们手挽着手走着。他穿着他的漆皮皮鞋，她穿着她的羊皮皮靴。有时候，夜间霜冻，繁星满天，他们会跑一跑跳一跳，一路走一路笑。他们有开校门的专用钥匙，他们很把这个当回事。在晚上学校就成了他们的世界。

他们边干活边做游戏。约翰尼坐在课桌旁，凯蒂扮老师。他们在黑板上互相给对方写东西。他们把百叶窗一样卷起来的地图拉下来，用塑料头的教鞭指点那上头的外国。他们对这些国家和这些国家的奇怪语言都充满好奇。（那一年，他十九岁，她十七岁。）

他们最喜欢清扫会议室。约翰尼会掸去钢琴上的灰尘，顺便还用手指在琴键上从头到尾划过。他还会将一些琴键拿下来。凯蒂坐在第一排，请他唱歌。他给她唱歌，唱当时的情歌，如《她也有过好时光》、《我的心儿为你碎》等等。住在附近的人会被这半夜的歌声闹醒，在暖暖的床上躺着，迷迷糊糊地听，还会低声对枕边人说：

"那小子，不知道谁家的，真是可惜了。可惜了，上台表演才是正经。"

有时候约翰尼还假装讲台就是舞台，他会跑上去跳舞。他是那么优雅，那么英俊，充满了爱，充满了生活情趣。凯蒂看着他，心想此时此刻，她就是做鬼也开心的。

到了两点钟，他们会到教师午餐室，那里有个煤气灶。他们会煮上一壶咖啡。他们在橱柜里放了一罐炼乳。他们喜欢闻这热乎乎的咖啡香味充满屋子。他们的粗麦面包和红香肠三明治味道也很好。吃过饭后，他们有时候会跑到教师休息室。那里有张印花棉布靠椅，他们就相互搂着肩膀，在那里躺一会儿。

最后，他们会倒空垃圾桶。凯蒂会把长一点的粉笔头和铅笔头留起来，带回家，放进一个小盒子里。弗兰西长大了一些后，看到家里有这么多粉笔和铅笔头用，感到很是骄傲。

天亮的时候，他们已经把学校收拾得很干净、很亮堂、很暖和，可以交给值白班的清洁工了。他们步行回家，看着星星慢慢淡出天幕。他们路过面包房，烤面包的香味从烘烤面包的地下室里传过来。约翰尼会跑下去，花五分钱买些刚出炉的面包。回到家，他们的早饭便是热咖啡和这暖暖的甜面包。饭后，约翰尼会跑出去，买一份当日的《美国人》报纸，念新闻给凯蒂听，还不时穿插评论，她则在打扫家里的屋子。到了中午，他们会吃上一顿热热的炖肉，吃些面条，或是其他美食。饭后，他们会去睡觉，一直睡到上班的时候。

他们每个月挣五十美元。那个时候，对他们这个阶层来讲，这个收入算是不错了。他们小日子过得很滋润，还常有些小插曲。

他们那时多么年轻，多么热爱对方啊。

几个月之后，凯蒂发现自己怀孕了。这事他们本来浑然不知，发现之后又惊又慌。她告诉约翰尼说自己"有了"。约翰尼一开始觉得困惑、不解。他不想让她继续去学校上班了。她告诉他说，她有这个感觉有一阵子了，但是不敢肯定，所以一直在做事，也没有吃什么苦。她告诉他说上班对自己有好处，他也就不再劝她停工了。她继续做事，直到后来身子太重，无法到桌子下擦灰为止。再过一阵子，她什么也做不了了，只能去给他做伴，只能躺在那张过去他们做爱的椅子上。所有的活儿他都包了下来。早晨两点，他会笨拙地做些三明治，还把咖啡烧过头。他们还是很开心，只是随着时间的推移，约翰尼越来越担心。

到了12月一个寒冷的夜晚快结束时，她的阵痛开始了。她躺在椅子上，往后靠着，她不想告诉约翰尼，想等他把活干完。回家的路上，一阵撕裂般的疼痛又开始了，她扛不住，痛苦地呻吟起来。约翰尼知道，孩子快生了。他把她扶回家，让她和衣躺下，盖得暖暖的，然后赶紧去找接生婆金德勒太太，求她快点去。这个好老婆子不慌不忙，把他给急了个半死。

她首先得把头发上几十个发卷取下来。然后她又找不到假牙，没有假牙她绝对不会开工。约翰尼帮她一起找，最后在外头窗台上找到了，原来是泡在一杯水里，四周都被冰冻住了，化了冻她才能装。好不容易装上了，她还要制作一个护身符。她先拿来一片棕枝节上在祭坛受过祝福的棕叶，加上一个圣母像，再加上一片蓝色知更鸟的羽毛，一个削铅笔刀的破刀片，还有一束什么药草。她把所有这些，用一根脏脏的线拴起来。这线是从一个妇女的胸衣上拿下来的。那女子很厉害，前后只用了十分钟就产下一对双胞胎。最后，她还在这些宝贝上面洒了圣水。她说这圣水取自耶路撒冷的一口井。当年耶稣都从这口井里取水解渴。她向六神无主的小伙子解释说，这护身符能消除疼痛，确保他家娘子生下个健健康康的好孩子。最后，她又抓上了鳄鱼皮包——这个鳄鱼皮包整个街区无人不晓，小一辈的人都认为自己是在这鳄鱼包里生下来的，在里头踢啊踢的，然后接生婆把自己交给妈妈——这一切都准备就绪，她终于可以出门了。

他们赶到的时候，凯蒂正痛得大叫。公寓里挤满了四邻的女人，都站在四周祷告，追忆自己生孩子的往事。

"生我们家的文森特的那时候啊，"一个女人说，"我……"

"我比她块头还小呢，"另外一个说，"那个时候……"

"他们都说我活不过来了，"第三个女人自豪地说，"可是你看……"

女人们欢迎接生婆的到来，并把约翰尼给嘘走。他坐在门口走廊，凯蒂每叫一声他就浑身颤抖一回。这一切发生得都太突然了，他困惑得很。现在都早晨七点了。窗户关着，但她的惨叫声还是一声声传过来。男人上班途经这里，看着传来惨叫声的窗户，再看看在走廊里缩成一团的约翰尼,他们便都严肃起来。

凯蒂生了一整天,约翰尼什么忙也帮不上——什么也帮不上。快到晚上的时候,他再也受不了了,跑到妈妈家去寻求安慰。他告诉妈妈说凯蒂在生孩子,他妈妈号啕大哭起来,声音大得差点把屋顶给掀掉。

“这下好啊,她把你给抓牢了啊。”她失声大哭,“你是再也不会回到我身边啦。”约翰尼怎么劝都劝不住。

约翰尼跑去找哥哥乔治。乔治正忙着在跳舞呢。他只好坐那里喝酒,等着乔治跳完。他这时已经把去学校上班的事情忘到了九霄云外。等乔治这天晚上闲下来了,他们就跑了几家通宵酒吧,每个地方喝上几杯,到处跟人说约翰尼的痛苦遭遇。男人们都满怀同情地听着,请约翰尼喝酒,还说他们也都经过了这一关。

天快亮的时候,俩小子跑回妈妈家。约翰尼在不安之中睡着了。九点的时候,他突然醒来,突然感到好像有麻烦了。他想起凯蒂来,也把学校的事情记起来了,可惜为时已晚。他赶快梳洗完毕,立刻往家里赶。路上经过一个水果摊,上头有鳄梨,他给凯蒂买了两个。

他压根不知道当天晚上发生的事情。那天晚上,他的妻子凯蒂痛得死去活来,折腾了二十四个小时,好歹把孩子给生了下来,是个瘦弱的小女孩。这次生产唯一了不得的是小女孩生下来头顶有胎膜。听说头顶有胎膜的孩子长大后会有大出息。接生婆鬼鬼祟祟地将这胎膜藏了起来,日后卖给了布鲁克林海军船坞的一个水手,卖了两块钱。据说身上带着胎膜的人掉进水里淹不死。水手将胎膜放在一个法兰绒的袋子里,挂在脖子上。

那天晚上约翰尼喝了个大醉,然后昏睡过去。他不知道夜里凉了下来,学校里归他看的炉火熄灭了,水管爆裂了,地下室和一楼成了泽国。

回到家中,他发现凯蒂正躺在暗暗的卧室里。孩子躺在她边上,靠着安迪的那个枕头。屋子里出奇地整洁。邻居家的那些女人都把这些照应过来了。家里还残存着些碳酸混杂着蒙农牌滑石粉的气味。接生婆走了,临走前丢下一句话:“一共五块钱,你丈夫知道我住哪儿。”

她走了,凯蒂把脸转向墙壁,想忍住不哭。那天晚上,她想约翰尼大概是去学校值班了吧,这个想法是个安慰。她在想,哪怕他两点钟吃东西的时候跑回来一会儿也好啊。现在都早晨了,他也该回来了。或许他忙了一晚上，现在去妈妈家补个小觉了。她劝自己，不管约翰尼去干吗了，只要回来解释一下，她也就宽心了。

等接生婆走后不久，艾薇来了。有人让一个邻居家小孩去找她了。艾薇给她带了些甜黄油、一盒子苏打饼干，还给她沏了些茶。凯蒂吃得很香。艾薇看了看孩子，觉得不怎么样，但是她没跟凯蒂说。

约翰尼回家后，艾薇就准备数落他了。可是看到他一脸苍白、惊魂未定的那副样子，想到他不过才二十岁，也就罢了，只是亲了亲他的脸，把要说的话闷到肚子里了，反劝他不用怕，还给他现煮了些咖啡。

约翰尼看都没怎么看孩子。他手里还拿着两个鳄梨，跪到凯蒂床边，又担心又害怕地哭了起来。凯蒂和他一起哭。晚上那时候，她多希望他在身边。而现在，她宁可当初跑出去，躲到什么地方，偷偷把孩子生下来，等事情结束了，才回来告诉他一切安好。她痛也痛了，就如同在沸油里滚了一遭，简直是求生不得，求死不能。痛也痛过了。亲爱的上帝啊！这还不够吗？干吗让**他**也受这个罪？**他**不是受苦受罪的命，可是**她**是。两个小时前她刚生下孩子，身子还虚弱，无法从枕头上抬起头来。不过她还是在安慰他，叫他不要怕，她会照顾好他的。

约翰尼感觉好一些了。他又说毕竟这些都算不了什么，还说他得知很多丈夫都“闯过这一关”。

“我也闯过了这一关，”他说，“现在我是个男人了。”

他然后对孩子又是亲又是抱的。他建议用安迪未婚女友弗兰西·麦兰妮的名字，也叫孩子弗兰西，凯蒂答应了。他们觉得，如果让麦兰妮做孩子教母，将有助于弥合麦兰妮受伤的心灵。她要是真和安迪结婚了，自己就要改姓诺兰，那就是孩子现在这个名字，弗兰西·诺兰。

他将鳄梨削皮去核，加上些食用油和酸菜醋，然后将这色拉端出来给凯蒂。凯蒂对这平淡的味道感到失望。约翰尼说吃鳄梨就像吃橄榄，吃着吃着就习惯了。凯蒂被他的体贴打动了，为了他，将这鳄梨色拉吃了。她还让艾薇尝了些。艾薇尝了尝说，宁愿吃西红柿。

约翰尼在厨房喝咖啡的时候，有个男孩从学校过来，带来一张校长的条子，上头说约翰尼擅离职守，被开除了。校长让他过去一趟，把欠的工资拿了。条子结尾还说，不要指望他给约翰尼写任何推荐信。约翰尼看着这条子，脸都白了。他给了那男孩五分钱，感谢他带信来，并让他带信给校长说他马上就来。他把条子撕了，跟凯蒂一个字都没有说。

约翰尼见到校长，跟他解释了情况。校长跟他说，早知老婆要生孩子，就该更加认真对待工作才是。出自好心，他告诉小伙子，水管爆裂的损失就不用他去赔了，教育委员会负责就好。约翰尼道了声谢。校长从自己腰包里掏钱付给他，但是要他签下一份保证书，保证下回工资单来了就归校长领。总而言之，校长照他自己的办法，尽量让事情有个善终。

约翰尼把接生婆的钱付了，接着付了下个月的房租。他有些害怕起来。现在孩子有了，凯蒂身体还虚，要歇一阵子才能上班，而两人工作也没了。幸好他把下个月房租交了，可以安心再住个三十天，他也只能想想这个，聊以自慰了。至于日后，船到桥头自会直吧。

下午，他跑去给玛丽·罗姆利通报孩子出生的消息。路上，他停在橡胶厂门口，要找茜茜的领班。他让领班带话给茜茜，说生孩子了，叫她下班后去看看。领班说他会转告的，然后挤了挤眼睛，用手指戳了戳约翰尼的肋下，说："不错啊，伙计。"约翰尼咧嘴一笑，给了他五分钱，嘱咐他怎么花：

"买一支上好的雪茄，我请客。"

"我会的，伙计。"领班答应说。他拍了拍约翰尼的手，答应带话给茜茜。

玛丽·罗姆利听到消息后哭了。"可怜的孩子！可怜的孩子。"她伤心地哭着，"生到这么个悲惨的世界，生下来就是受苦受难的。唉，快乐是有一点的，不过更多是辛苦劳作。唉！唉！"

约翰尼很想告诉托马斯·罗姆利，但是玛丽恳求他别去讲。托马斯痛恨约翰尼·诺兰，因为约翰尼是爱尔兰人。他仇恨德国人、美国人、俄国人，但是他最不能忍受的是爱尔兰人。他是个地地道道的种族主义者，只是他连自己的种族也仇恨。他有个说法，说两个异族通婚，生出来的都是杂种。

他的论据是："如果我让金丝雀和乌鸦交配，你说能配出什么名堂来？"

约翰尼把岳母带到自己家里之后，就出去找工作了。

凯蒂看到妈妈很高兴。生孩子的疼痛她还记忆犹新，她现在知道了妈妈生她自己的时候，不也有过一样的遭遇？她想到妈妈一共生了七个孩子，给抚养大，然后白发人送黑发人，看着三个孩子夭折，活下来的几个挨饿的挨饿，受苦的受苦。她这时候就预见到，自己这个生下来一天不到的孩子，日后一定也是这个命。她又慌又怕。

“**我**懂个什么呢？”凯蒂问她妈妈，“我只能教她我会的，可是我会个什么呀？你穷了一辈子，妈妈。约翰尼和我也穷。这孩子长大了还是穷命。我们就这个样子，也翻不了身。有时候我总想自己是一年不如一年。日子这么往下过，等约翰尼和我都老了，情况也好不起来。现在还年纪轻，做得动，可时间一久，这些都持续不了。”

接着她想到真正揪心的事情来。“我是说，”她心里想，“**我**能做工。我指望不了约翰尼。我总得去照应他。啊，老天，别再让我生了，不然我照应不了约翰尼了，我不照顾他**不行**啊。”她的妈妈玛丽开口，打断了她的思绪：

“在我们老国家我们有什么？什么都没有。我们都是农夫。我们都常挨饿。好了，到这里了，也好不了多少，只不过你爸不像在老国家那样，要去当兵打仗。除此之外，我看日子过得更难。我想念老国家，想念那些大树、开阔的田野、熟悉的日子，还有那些老朋友。”

“要是你不指望这里日子好转，那你来美国干什么呢？”

“为了孩子啊，希望孩子生在一个自由的国家。”

“你的孩子也不怎么争气啊，妈妈。”凯蒂露出了苦涩的微笑。

“不过老国家没有的，这里有。别看这里苦，什么都不熟悉，可是这里有——希望。在老国家，人再努力，顶多也就做到他父亲的水平。如果父亲是木匠，儿子搞得好也是木匠，不会变成老师、牧师。他或许也能够进步——但是只能达到父亲的水平。在老国家，人属于过去。这里人属于未来。在这片土地上，人要是有颗好心，肯老老实实做事，不走邪路，都能达到自己的目标。”

“也不是这样。你这几个孩子都没有超过你呢。”

玛丽·罗姆利叹了口气。“或许是我的错。我不知道怎么教育女儿。我们家祖祖辈辈几百年都给地主干活。我没有送我的长女上学。我无知啊，不知道在这个国家像我们这样的人可以免费送孩子上学。就这样，茜茜哪里有机会超过我。另外三个呢,你们都上过学。”

“我上完六年级了,如果这也算教育的话。”

“还有你家约尼”——她老将约翰尼说成约尼——“也上过学,明白了吧?”她的话音激动起来。“你看,总算起了个头——会越来越好的。”她抱起孩子,举得高高的。“这孩子父母亲识文断字,”她平淡地说,“在我看来,这就是个大奇迹了。”

“妈妈,我还年轻。妈妈,我刚十八岁。我还有力气。我会努力做事。不过我不想孩子长大以后,只靠力气赚钱。妈妈,我们应该怎样做,才能改变她的命运呢?从哪里下手?”

“秘诀就是读书写字。你识字啊。你可以找本好书,每天给孩子读一页。一天不落,一直读到孩子自己能读书为止。到了那时候,可以让孩子自己读。我知道这个就是秘诀。”

“我会读的。”凯蒂答应,“什么书是好书?”

“有两部好书。莎士比亚是好书。听人说,书上写尽了人世间的百态。人类知道的所有的美,所有的智慧,所有的生命,都在这书里记着呢。听人说,这些故事都是能拿到舞台上去演的。我从来不认识任何看过这好书的人。但是听我老国家的地主说,这书里有些内容都能当歌唱呢。”

“莎士比亚是不是德语书?”

“是英语的。这是我听那时候的地主说的。他正要送儿子上那个著名的海德堡大学呢,都是好久以前的事情了。”

“另外一本书是什么?”

“是新教教徒看的《圣经》。”

“我们有自己的《圣经》啊,天主教的。”

玛丽偷偷看了看房间四周。“一个好天主教徒不该这么说,不过我相信新教《圣经》把耶稣这个世上最伟大的故事说得更好,更活泼些。我有个很要好的新教朋友,给我念过她们的《圣经》,所以我才这么说的。”

“那就看这个,还有莎士比亚的书。每天你给孩子读一页,哪怕你自己也看不明白书上的话,或是发音发错。你必须坚持这么做,这样孩子长大后,就会见识过世面——知道世界并不是布鲁克林的出租屋这么大。”

“新教《圣经》和莎士比亚。”

“你还得把我讲过的民间故事讲给孩子听——过去我妈妈也是这样传给我，我外祖母也是这样传给我妈妈的。你要跟孩子们讲讲老国家的神话故事，说说那些仙女、小精灵、侏儒等——他们不住凡界，却住在人们心中。你还得跟孩子讲一讲缠着你父亲一家的那些厉鬼，还有你婶婶那邪恶的眼睛，那是中邪了才这样的。你还要跟孩子讲，我们家里出事，要死人的时候，总会有些征兆显给家里的女人。这孩子还要相信上帝，还有他唯一的儿子耶稣。”说着，她画了个十字。

“对了，别忘了还有圣诞老人。孩子六岁之前都必须相信圣诞老人。”

“妈妈，我知道世上没有鬼怪和仙女。你这不是让我跟孩子撒谎吗？”

玛丽立刻尖锐地反驳：“你哪里会知道地上有没有鬼怪，天上有没有天使？”

“我**知道**没有圣诞老人。”

“但是你必须把这些东西教给孩子。”

“为什么啊？我不相信还教她？”

“因为，”玛丽·罗姆利简简单单地说，“孩子得有想象力。想象力是无价的。孩子得有一个隐秘的世界，里头住着从来不存在的东西。她得**相信**，这很重要。她先得相信这些不属于人世的东西。这样一来，等世道艰难了，孩子就可以回去，住到想象里头。我都这一把年纪了，还觉得很有必要回顾圣徒的生活，回顾过去发生的各种神迹奇事。有了这些想象，以后日子不好过，也不会钻牛角尖困在日子里头。”

“孩子会长大，自己明白事理，那时候发现我撒谎了，会很失望的。”

“这就是开悟啊。自个儿开悟这不是好事吗？首先全心相信，后来又不相信，这也是好事。这样七情六欲变得更饱满，更绵长，跟着一起长呢。等她长成了女人，要是有人对她不好，让她失望，她都经历过失望了，这样也就不会经不起事了。教孩子的时候，别忘了苦难也是好事。苦难磨练人哪，让人性格饱满起来。”

“真是这样的话，”凯蒂苦闷地说，“我们罗姆利家人都是富人了。”

“是的，我们很穷。我们受苦受难。我们日子很艰难。可是我们知道我刚才跟你说的那些，所以更出色。我不识字，我告诉你的这些，都是生活中的实际体会。你得教孩子这些，另外，随着年龄增长，你自己的阅历也越来越丰富,这个你也要教给他们。”

“还得教孩子什么?”

“孩子得相信天堂。这个天堂不是上帝坐在宝座上,天使四处在飞的天堂”——玛丽痛苦地表达着自己的思想,德语和英语夹杂——“而是一个可爱的地方,人们梦想的地方——一个欲望实现的地方。这或许是另外一种宗教。我也说不好。”

“还有,还有什么呢?”

“你去世之前,得有块小小的土地——或许有房子建在上头,让子子孙孙一直继承下去。”

凯蒂笑了。“**我买地**?买房子?能交得起房租就谢天谢地了。”

“这是事实。”玛丽斩钉截铁地说,“可是你还得去买。几千年来,我们祖祖辈辈都是农民,在别人的土地上干活。这是在老国家。现在我们在工厂上班,靠自己双手,条件已经好些了。每天上完班,总有些时间不归老板,归自己。这不错啊。能拥有一块土地就更好了。买一块地,可以传给子孙后代……这样,我们在这个世上就更上一层楼了。”

“我们怎么才能拥有自己的土地呢?约翰尼和我都上班,钱挣得很少。有时候房租一付,保险一交,买菜的钱都快没有了,哪里有闲钱余下来买地?”

“你得找个炼乳罐子,好好洗洗。”

“罐子?”

“将罐子上头好好剪掉。把罐子剪开,剪手指那么长。每条口子这么宽。”她两个手指并拢,示意给凯蒂看。“将这些剪开的条子扳到外面去。这样一来,罐子看起来就像个粗糙的星形。在上头开一道细长的口子。然后将罐子钉到衣橱最阴暗的角落里,每根条子上钉个钉子。每天你放五分钱进去。过了三年,就是一笔小财了,五十块呢。这钱你拿出来,去乡下买块地。记住要拿证件,写明这是你的。这样,你就成了个小地主。一旦拥有土地,开弓没有回头箭,你就再也不会当农奴啦。”

“每天五分钱。听起来倒是不多。可是钱从哪里来?我们现在就够穷了,又多了一张嘴……”

“你就这么办:你去蔬菜店的时候,问问胡萝卜多少钱一把。那人会说三分钱。你就去找找，看有哪一把不那么新鲜，也不那么大的，就跟他说：这一把不大好，能不能两分钱卖给我？说得理直气壮些，就两分钱卖给你了。这样你就省下了一分钱，你把这一分钱放进星形的储蓄罐里头。再比如，到了冬天，你买一蒲式耳的煤，要两毛五。天冷，你要在炉子里生火。但是你等一等，一个小时后再生火。这个冷你就忍上个把钟头。围上披肩。你就跟自己说，我挨这个冻，都是为了省钱买地。这一小时，能给你省下三分钱的煤。这样你的储蓄罐里又多了三分钱了。晚上你一个人的时候，不要开灯。坐在黑暗里，脑子自由自在地想一想。这样你看，又多了些钱可以放进储蓄罐了。这钱会长的。到最后，攒出五十块钱，你就可以在布鲁克林买块地了。”

“这办法行吗，这么去存？”

“我用圣母的名义发誓，行的。”

“那么你怎么没有存够钱买地呢？”

“我存了。我们刚到这里的时候，我就装了个储蓄罐。我们花了十年时间，才存了五十块钱。我把钱拿在手里，找到我们那街上的一个人，听人说这个人能帮人买地，价钱也公道。他给我看了一片很好的土地，并用我自己的语言告诉我说：‘这地是你的了。’他把钱收下，给了我一张纸。我反正也不识字。后来，我看到别人在我那块地上盖房子。我把纸给他们看。那些人笑了，眼神却是同情的眼神。那地不是那人能买卖的。这是个……用英语怎么说呢……是个 schwindle。”

“Swindle（骗局）。”

“唉！我们这些人，从老国家来，这里人人都知道我们是新手，我们常被人骗，毕竟不识字。可是你受过教育。你起码会看看那张纸，能保证地是你的，到手了你才交钱。”

“你后来存钱没有，妈妈？”

“存了。又是从头再来。第二次更难些，因为孩子多。我存啊存，存啊存，可是搬家的时候，你爸看到了这储蓄罐，他就把钱拿走了。他不拿钱买地。他一直喜欢养鸡，便用这钱买了只公鸡，还有很多母鸡，养在院子里。”

“我还记得这些鸡，”凯蒂说，“很久很久以前的事了。”

“他说鸡下蛋，可以在附近卖，换回很多钱。不提也罢，男人的梦想说多荒唐有多荒唐。头天晚上，二十只饿急了的猫从篱笆那边爬过来，吃掉了很多只鸡。第二天晚上，意大利人翻篱笆过来，又偷走了不少。第三天，警察上门了，说布鲁克林院子里严禁养鸡。我们只好给他交了五块钱，省得他把你爸带到警局。你爸爸把剩下的鸡卖了，买了金丝雀。这金丝雀他就可以安心去养，不用担惊受怕了。就这样，我的第二次储蓄也完了。但是我又开始存钱了。或许有一天……”她静静坐了一会儿。然后她站起身，披上披肩。

“天黑了。你爸爸应该下班回来了。愿圣母玛丽亚看顾你和孩子。”

茜茜一下班就径直赶了过来。她甚至不愿意去花时间把头发蝴蝶结上的灰色橡胶粉末给掸掉。一看到孩子，她欣喜若狂，激动得几乎话都说不出来了。她宣布这是全世界最漂亮的孩子。约翰尼将信将疑地看着她。在他看来，那婴孩身上发紫、发皱，他觉得孩子八成有什么问题。茜茜给孩子洗了个澡。(这孩子头一天洗澡洗了十几回。)她又跑到熟食店，哄着店里的人让自己赊账，等到了星期六发薪水的时候还。她一口气买了两块钱的东西：切猪舌、熏三文鱼、奶白色的熏鲟鱼和脆卷。她买了一袋炭，把火烧得呼呼叫。她还给凯蒂送了一盘饭过来，然后她就和约翰尼在厨房一起吃起来。屋子混杂着各种气味，暖暖的，有精美的食物、香香的脂粉，还有茜茜身上一种糖果般的气味，来自茜茜鸡心项链中间一个硬硬的、粉白的、圆圆的什么东西。

约翰尼饭后抽着雪茄，端详着茜茜。他在想，人们判断一个人的时候，究竟是用什么标准来判定人是好是坏呢?比如茜茜。她是坏人，也是好人。在男人这方面，她很坏。可是她又是好人。她到了哪里，哪里就有生命。那生命充满善良，充满温柔，叫人招架不住，却又热闹非凡，芳香四溢。他希望自己新生的女儿长大后也像茜茜。

茜茜宣布晚上要留宿，凯蒂不禁着急起来，要知道她只有一张床，和约翰尼合睡。茜茜便称，要是约翰尼能让她生个弗兰西这样的好孩子，她就跟他睡睡也无妨。凯蒂皱了皱眉。她当然知道茜茜在说笑。茜茜这人比较率真、直接。她开始数落起茜茜来。约翰尼于是打圆场，说自己要去学校。

他不忍心告诉凯蒂说自己丢饭碗了。他去找哥哥乔治，那天晚上乔治值班。幸运的是，那天晚上他们需要人做侍应，中间还需要唱歌。约翰尼拿下了这份差事，老板答应下周还给他事做。就这样，他不由自主地回到了伴唱侍者的行当来，并且从此之后，就再也没有做过别的工作了。

茜茜睡到凯蒂床上，两个人几乎一整夜都在聊天。凯蒂说她担心约翰尼，害怕未来。她们说到了玛丽·罗姆利。她是个多好的妈妈，对艾薇、茜茜和凯蒂多好啊。她们也说到了父亲托马斯·罗姆利。茜茜说他是个老顽固，凯蒂说茜茜应该尊重一点。茜茜说："啊，胡说！"凯蒂笑了。

凯蒂把妈妈当天说的事情告诉茜茜。储蓄罐这个点子让茜茜大为兴奋；其时已是半夜，她竟从床上爬起来，将一罐子牛奶倒进碗里，当场就做起储蓄罐子来。她想爬进狭小的衣橱间，可是那一身庞大的睡袍把自己裹住了。她把睡袍扯掉，裸身爬进衣橱间，跪在地上，将储蓄罐钉到角落里，这时候她的屁股就露在外头。凯蒂狂笑起来，笑得她都担心会不会大出血。这凌晨三点钟在衣橱间这么敲打，把四邻的租户都给吵醒了。住上头的在跺地板，住下头的在敲天花板。茜茜说屋里有病人，哪个邻居竟然这么狗胆包天，这么吵闹？这话又惹得凯蒂一阵大笑。"你们这么吵谁还睡得着呢？"茜茜问。说着，她砰一声，狠命地将最后一根钉子敲了下去。

储蓄罐钉妥当了，她又穿上睡袍，在储蓄罐里存下了第一笔钱，五分钱，然后上床了。凯蒂跟她说起两本书的时候，她兴奋地听着。她答应把这两本书弄到手，就算是送给孩子受洗的礼物。

弗兰西出世后的第一个晚上，就在妈妈和茜茜这两个女人中间舒舒服服地睡着。

第二天，茜茜开始张罗这两本书的事情了。她跑到公共图书馆，问图书管理员怎样才能弄到莎士比亚和《圣经》作为纪念。图书管理员说《圣经》他帮不上，但是莎士比亚倒是有本旧的，放档案里，正要扔掉，茜茜可以拿走。她给买下了。这是一本比较破烂的书，但是上头所有剧本和十四行诗都有。书上有密密麻麻的脚注和详细的释义。还有作者的传记、照片。每一部戏还附有钢版画插图。书上的字体很小，纸张很薄，每页上分左右两栏。这本书用掉茜茜两毛五分钱。

《圣经》难找一些，但是后来弄到了，价钱更便宜。事实上，茜茜一分钱都没有花。这《圣经》上面印的名字是基甸。

买下莎士比亚之后，没过几天，茜茜有天早晨醒来，用手戳了戳她的现任情人。当时他们两人住在一家安静的家庭旅馆里。

“约翰，”(这人真名查理，茜茜却称他为约翰)“那梳妆台上是什么书？”

“《圣经》。”

“新教用的《圣经》？”

“没错。”

“那我要拿走了。”

“随你便。他们正是这个原因才将书放这里的。”

“不会吧？”

“会。”

“难道是真的？”

“人们将它顺手牵羊偷走，看了，然后改造、悔改，于是又把书拿回来，或是另买一本，好让他人也来顺手牵羊、阅读、悔改。这样，将书放这里的公司也不会有什么损失。”

“好了，可怜这一本笃定有去无回了。”她将《圣经》用旅馆的一条毛巾包起来，这毛巾她也要一并“顺”走。

“要是，”她的约翰突然觉出了些寒意从四周袭来，“要是你看了，悔改了，那么我就得回老婆身边去。”他打了个冷颤，伸手抱住她。“答应我你永远不要悔改。”

“我不会悔改的。”

“你怎么知道你不会悔改的？”

“我从来不听别人告诉我的东西，我也不识字。我判断好坏的唯一标准是我的感觉。我感觉不好的，肯定就不好。我感觉好的，一定就好。我跟你在一起感觉就很好。”她将整个胳膊搭在他胸部，在他耳朵上来了个响亮的吻。

“我真希望我们能结婚，茜茜。”

“我也希望，约翰。我知道我们能成的。哪怕只是一小阵子。”她又老老实实补充说。

“可是我结过婚了，而且天主教真他妈麻烦，不准离婚的。”

“我也不相信离婚。”茜茜老是重新结婚，却没有享受过离婚之乐。

“你知道吗，茜茜？”

“什么？”

“你的心是金子做的。”

“别说笑了。”

“不是说笑。”他看着茜茜将莱尔线长袜穿在曲线优美的腿上，然后将红色丝织吊袜带扣上。“来给咱亲一下。”他突然恳求起来。

“我们还有时间没有？”她用很现实的口吻问。但是她又把袜子脱掉了。

弗兰西·诺兰的藏书就这样开始了。

第十章

弗兰西是个很不起眼的小孩，瘦瘦小小的，气色忧郁，不像是生命力旺盛的样子。但凯蒂还是固执地给她喂奶，只是邻居讲闲话，说她的奶对小孩不好。

孩子三个月的时候，凯蒂的奶突然停了，弗兰西开始用奶瓶。凯蒂很担心。她去问妈妈。玛丽·罗姆利看着她，叹了口气，但是什么都没有说。凯蒂去问接生婆。那个女人问了她一个愚蠢的问题。

“你星期五去哪里买鱼？”

“帕迪市场，怎么啦？”

“要是你知道有个老太太每天去买鳕鱼头喂猫，你大概就不会去了吧，对不对？”

“是的，我每个星期都看到她。”

“是她干的！是她让你的奶干掉的。”

“我的天！”

“她盯着你呢。”

“可是为什么呀？”

“吃醋呗，见你和那爱尔兰小子一起那么快活。”

“吃醋？那把年纪还吃个什么醋？”

“她是个女巫。过去在老国家我认识她。她可不就是乘同一艘船和我一起过来的。她年轻的时候，爱过一个凯里郡[①]的野小子。好啦，小子让她怀上啦，她老爹让小子和自己女儿去成婚，那小子不肯。深更半夜，他坐船

① 爱尔兰西南部地名。

跑美国去了。她那孩子生下来就死啦。然后呢，她就把灵魂卖给了魔鬼，魔鬼把法术传给她。她能让母牛、母羊的奶干掉，哪个女子嫁了年轻小伙，她也不放过。”

“我记得她看我的样子很古怪。”

“那是她的眼神向你施法术了。”

“我的奶怎么才能回来呢？”

“我告诉你怎么做吧。等到月圆的时候，用你的头发，做个小人，剪些指甲，扯点破布，洒上些圣水。就叫这小人涅丽·格罗根，这就是那巫婆的名字，然后你在上头扎三根上锈的针。这么一来，就能破除她施在你身上的法力，这样你的奶就能回来了，会流淌得跟香农河似的。这个你给我两毛五就好了。”

凯蒂把钱交给了她。月圆的时候，她做了个布娃娃，用针扎啊扎。可还是没有奶。弗兰西喝着奶瓶的奶，渐渐就显得黄瘦无力。出于无奈，凯蒂叫茜茜来，向她求救。茜茜听着那巫婆的故事。

“什么狗屁巫婆。”她轻蔑地说，“可不是人家用眼睛看的，是约翰尼干的。”

于是乎，凯蒂知道她又怀上了。她告诉约翰尼，约翰尼担心起来。他做伴唱侍者做得还挺开心，常有事做，很稳当，不大喝酒，大部分钱也往家拿。想到要生第二个孩子，他就觉得自己被困住了。他才二十岁，凯蒂十八岁。他觉得两人都还年轻，怎么就已经这么失败了。听到消息后，他跑出去喝了个大醉。

接生婆后来过来，看她的符咒有无功效。凯蒂告诉她符咒失败了，她又怀上了，所以不是巫婆的错。接生婆掀开裙子，将手伸进衬裙上的一个大袋子，从里头掏出一瓶什么东西，深褐色，看上去样子很邪恶。

“好了，有什么可担心的？”她说，“这东西你早晚各服一次，连服三天，你就会恢复原样了。”凯蒂把头摇得如拨浪鼓。“怎么，你该不是怕神父对你说什么吧？”

“不是。我不能杀生的。”

“这不算是杀生。你还没有感到生命存在，怎么能算杀生呢？你也没觉着它动，对不对？”

“还没有。”

“我就说吧!”她得胜一样用拳头击打了一下桌子。“这瓶东西我只收你一块钱。”

“谢了,可是我不要。”

“别犯傻了。你自己都还小,现在这个小孩就够你受的了。你家男人长得是帅气,可是也不是那么稳当啊。”

“我男人怎么样是我的事,我这孩子也没给我多事。”

“我只是来帮你的。”

“那谢谢你,再见。”

接生婆将瓶子放回衬裙口袋,起身要走了。“要是你的时候到了,你知道我住哪里。”在门口,她又提出了点乐观建议。“如果你跑着上楼下楼,没准能小产。”

那年秋天暖洋洋的,布鲁克林好久都像是小阳春的样子。凯蒂就一直坐在凳子上,抱着病殃殃的孩子,贴着大肚皮里即将出生的另外一个孩子。邻居们充满同情,常会停下来向弗兰西表达她们的悲悯。

“这孩子怕是养不大。”她们告诉她,“气色不好啊。如果主把她接走了,我看是最好的结果。穷人家养个病孩子能有什么好结果?世上孩子已经够多的了,哪里还容得下这些病孩子?”

“可别这么说。”凯蒂将孩子抱得紧紧的,“最好不要死。谁想去死呢?什么东西都在努力活下来。你看那块小格子一样的地里,那棵树还长在那里。没有日晒,也没人浇水,只能靠天下雨,这土也是酸性土。它还是长得那么结实,都是因为它活得很要强,结果才这么结实的。我的孩子也会那样结实的。”

“拉倒吧,那丑八怪树,早砍早好。”

“如果世界上只有这么一棵树,你就会觉得它漂亮。”凯蒂说,“可是树这么多,你就不知道它其实多漂亮。你看这些孩子。”她指着在水沟玩耍的一群脏孩子,“你们随便抓个回去,好生洗洗,穿得好好的,放进一所漂亮的宅子里,你就知道他多漂亮了。”

“你这些想法都好,可这孩子就是个小病孩儿。”她们跟她说。“这孩子能活下去。”凯蒂狠狠地抛下一句话,“我会**让**她活下去。”

果然，弗兰西踉踉跄跄、哭哭啼啼地闯过了第一年。

弗兰西周岁生日过了一星期后，弟弟就出生了。

这一回，阵痛的时候，凯蒂不在上班。这回她咬紧牙关，不再在那里痛叫。她还是痛得无可奈何，却还能安安静静地熬着，接下来她会痛苦，她要坚强，她现在得为这些打好基础。

生下来的是个健康的男孩，一生下来，就响亮地啼哭起来，仿佛是控诉出生的过程何等不堪。接生婆将他抱到凯蒂面前，这时候凯蒂为这个孩子生出无限柔情来。大一点的弗兰西此刻躺在边上的摇床里，嘤嘤哭了起来。凯蒂将这个一年前生下来的瘦孩子和敦实的儿子一比，不由生出一些轻蔑来，但这个想法也只是在脑子里一闪而过。她对自己这种轻蔑感到羞愧。她知道这不是小女孩的错。“我得保持自我警惕啊。”她暗下思忖，“我会更宠爱这个儿子，但是千万不能让女儿知道。人不能一碗水端不平，可我也克制不了自己。”

茜茜求她给孩子取名约翰尼，但是凯蒂觉得小男孩完全有权利取个属于自己的名字。茜茜很恼火，将凯蒂说了一顿。最后凯蒂就说茜茜是不是爱上约翰尼了，这当然是一时气话，不是心底实话。茜茜却回答说：“这可说不准。”凯蒂就不说话了。她害怕她们这么吵下去，最终会发现茜茜真在爱着约翰尼。

凯蒂给孩子取名为科尼利厄斯，这是她从一部戏里看到的一个英雄人物，扮演的演员也相貌堂堂。孩子长大之后，名字被布鲁克林化，成“尼雷”了。

凯蒂很快就把儿子看成了自己的整个世界，这不是什么心计，也不是复杂的情感掂量的结果。在家里排第二位的是约翰尼。弗兰西在妈妈心目中敬陪末席。凯蒂爱这个男孩，因为儿子和约翰尼和弗兰西相比，更像是百分之百属于她。尼雷看起来和约翰尼是一个模子里出来的。约翰尼没有成就的地方，凯蒂希望她能通过尼雷来成就。他会拥有约翰尼身上所有优点，她会朝这方面去鼓励。尼雷身上若是暴露出约翰尼的缺点来，她会逐个扼杀。他会长大，她会为他感到自豪；等自己到了晚年，儿子也会照顾自己的余生。儿子她一点不能马虎。弗兰西和约翰尼得过且过算了，但是儿子她绝对不怀任何侥幸心理。她要保证儿子出人头地。

渐渐地，随着儿子长大，凯蒂的那些柔情全没有了，不过她身上也练出了其他一些东西来，也就是人们常说的品格。她能干，坚强，目光长远。她非常爱约翰尼，可是过去那种狂野的迷恋渐渐消失。她出自歉意，也爱着弗兰西。这种爱与其说是爱，不如说是同情，是义务。

约翰尼和弗兰西也感觉到了凯蒂身上的变化。儿子越长越结实，越来越英俊，约翰尼则越来越虚弱，一天天在走下坡路。弗兰西感觉到了妈妈对自己的想法。作为回应，她的心也对母亲硬了起来，但是这样的心硬，却相反相成，让她和母亲更接近了，因为这种心硬让二者更像了。

尼雷一岁的时候，凯蒂不再靠约翰尼养家了。约翰尼成了酒鬼。有人给他一夜的工作，他就去做，工资带回家，小费留着买醉。约翰尼觉得自己未老先衰。还没有到投票的年龄，就已经有了一个老婆两个孩子。生活还没来得及开始，就已经结束了。他完了，没有人比约翰尼·诺兰更清楚这一点。

凯蒂吃的苦不比约翰尼少，她还小两岁，才十九岁。或许也可以说她完了。她的生活也是还没有来得及开始就已经结束了。但是两人的共同之处也仅此而已。约翰尼知道自己完了，他心服口服。凯蒂**不愿意**接受。她老的自我在哪里结束，新的自我就从哪里开始。

她的温情为能干所取代。她放弃了梦想，直面惨淡的现实。

凯蒂有一种狂热的生存欲望，这种欲望将她变成了一个斗士。约翰尼渴盼名垂千古，结果却成了百无一用的空想家。这就是两人的不同之处，可是这样两个人却深深地爱着对方。

第十一章

约翰尼上了投票年龄的那个生日，他用大醉三日的方法来庆祝。三日之后，凯蒂将他关进了卧室，这里他再也找不到什么酒喝了。约翰尼并没有清醒过来，反而说起胡话来。他一会儿哭，一会儿要酒喝。他说他难受得要死。她告诉他这是好事，受点苦他会坚强起来，接受教训，把酒戒掉。可怜的约翰尼哪里肯坚强起来。他反倒软了下去，又是哭又是叫，仿佛成了个爱尔兰的报凶女妖。

邻居敲着凯蒂的门，叫她给这可怜的人想点办法。凯蒂的嘴巴冷冷的，几乎在并拢着，冲他们喊起来，叫他们少管闲事。尽管她敢这么和邻居对着干，她也清楚，等不到这个月结束，他们就得搬家了。约翰尼把他们的脸都丢尽了，哪能继续住在这一片？

快到傍晚的时候，他那痛苦的哭叫就连凯蒂也害怕起来了。她让两个孩子挤进一辆童车，推到了茜茜工厂，又找到了茜茜那位可怜的领班，让他带信叫茜茜离开机器过来一趟。她把约翰尼的情况告诉了茜茜，茜茜说她会来，什么时候能溜走她就溜走，好去收拾约翰尼。

茜茜跟一个男性朋友说起了约翰尼，问他有什么办法。那位朋友给了她一些建议。她于是买了半品脱好威士忌，藏在丰满的胸间，系上紧身胸衣，扣上外头的裙子扣，罩在上头。

她到了凯蒂家，问凯蒂能不能和约翰尼单独呆一会儿，说她有办法把约翰尼弄好。凯蒂将茜茜和约翰尼一起锁进卧室。她自己回到厨房，一个晚上头靠着手，趴在桌子上等着。

约翰尼看到茜茜，他那可怜的昏脑袋稍微清醒了些，他拉住茜茜的胳膊。“你是我好朋友，茜茜。你是我姐姐。看在上帝分上，给我拿点酒来吧。”

"悠着点，约翰尼。"她用温柔、抚慰的口吻说，"我这里就有喝的给你。"

她松开腰上的扣子，露出一层层白色绣花的褶子和深粉色的带子来。屋子里充满了茜茜身上佩戴的香囊的浓香。约翰尼看她解开胸衣上一个漂亮的结，松开胸衣的时候，他的眼睛瞪直了。可怜的家伙想到了她的坏名声，误会了她的意思。

"别，别，茜茜，不要这样！"他呻吟着说。

"约翰尼，别犯傻了。凡事都讲究个天时地利，现在不是做这事的时候。"她将酒瓶拿出来。

他一把抓住。这酒瓶在她身上捂得暖暖的。她让他猛灌了一大口，然后将瓶子从他紧紧攥着的手里抠出来。喝完酒，他安静了下来，开始犯困了，求茜茜不要走。她答应说不走。她也懒得去把胸衣系上或者把外头的裙子扣上，就这样躺在他身边。她把他的肩膀搂住，他则把脸贴在她那带着温暖气息的胸口。他睡了，眼睛闭上了，却有眼泪在流。他们靠在一起，身上暖和，心里更暖和。

她躺着没睡，将他搂着，眼睁着看着黑夜。她对他的感觉就如同对她的十个孩子，可惜他们都死了，无法得到她这样温馨的爱。她轻轻地拍着他拳曲的头发，轻轻地抚摸他的脸。他在梦中哼叫时，她用对婴儿的口吻跟他讲话。她的胳膊被压麻了，想抽回来。他醒了一会儿，紧紧抓住她，求她不要走。和她说话的时候，他叫她妈妈。

每回他醒来，害怕的时候，她都让他喝上一口威士忌。快到早晨的时候，他醒了，清醒了，但是他说头很痛。他猛地从她怀里转开，痛苦地呻吟起来。

"回妈妈这里来。"她用那温柔的、颤动的声音说。

她又一次张开双臂，他又一次转过来，脸靠在她丰满的胸脯上。他静静地哭着。他哭着讲述他的恐惧、他的担忧、他对世道的困惑。她听着他讲，任由他哭。她用妈妈抱孩子的方式抱着他（只是她并无孩子）。有时候，茜茜会和他一起哭。他的话讲完了，她把剩下的一点威士忌也给他，他终于在疲乏之中陷入了沉睡。

她躺着好久没动，害怕他感到自己要走。快天亮的时候，他紧抓着的手松开了，脸上露出了祥和的表情，这使得他看起来像个大男孩了。茜茜将他的头放到枕头上，娴熟地将他的衣服脱掉，把他放到被子下。她将威士忌酒瓶扔进通风井。她想凯蒂不知道这里头发生了什么事，也许就不会烦恼了。她将粉红的带子胡乱系上，腰部稍微整理了一下。出门的时候，她把门轻轻关上。

茜茜有两大弱点。她是个了不得的情人，也是个了不得的母亲。她的柔情太多，谁来索取，不管是钱也好，时间也好，脱衣也好，同情也好，理解也好，友谊也好，陪伴也好，她的爱也好，她都能付出。不管遇到什么，她的母性都能激发出来。她爱男人，是的。她也爱女人，还有老人，尤其是孩子。她多么喜欢孩子啊！她爱那些穷困潦倒的人。她想让所有人开心。她偶尔去做忏悔，却觉得神父这么一辈子独身，未免错失了人间的一大乐趣，不由心生同情，竟然想要勾引他。

她爱街上那些东掏西掏的野狗。看到那些野猫形容枯槁、四处觅食，或是大着肚子，蹑行在布鲁克林的角落，想找个洞下崽，茜茜便会流泪。她爱布鲁克林那些灰不溜秋的麻雀，觉得空场子上长出的野草也那么漂亮。她去摘上几束白花苜蓿，觉得这是上帝所造的最美的花。有一回她在自己房间里看到老鼠。第二天晚上，她还准备了个盒子，里头放了些碎奶酪。是的，她聆听每个人讲述他们的烦恼，但是没有人听她的。这也无不可，反正茜茜天性是付出，而不是索取。

茜茜进到厨房里的时候，凯蒂看到了茜茜纷乱的衣裳，发肿、可疑的眼睛。

“我没有忘记，”她可怜而又自尊地说，“你是我姐姐。希望你也记住这一点。”

“别他妈说这混账话了。”茜茜说。她知道凯蒂的意思。但是她看着凯蒂的眼睛笑了。凯蒂突然宽慰了下来。

“约翰尼怎样？”

“他一醒来就好了。不过求求你，他醒来后你别再去数落他。凯蒂，别去数落他。”

“可是总得告诉他……”

“要是我再听说你数落他，我就把他从你身边抢走。我发誓。我不管你是不是我妹妹。”

凯蒂知道她是当真的，有些害怕起来。“那好，我就不数落了。”她含糊不清地说，“这次就算了。”

茜茜亲了亲凯蒂的脸颊，对她作出了肯定的评价：“瞧瞧，你这才长大了，像个女人样子了。”茜茜同情约翰尼，却也同情凯蒂。

凯蒂当场就崩溃了，哭了起来。她发出了干涩难听的声音，因为她痛恨自己哭泣，可是忍不住。茜茜只有听着，刚刚从约翰尼那里经历的，她又得重新来过，只是这回是站在凯蒂的立场。茜茜对待凯蒂和对待约翰尼的方式不一样。她对约翰尼柔情似水，因为约翰尼需要这个。茜茜知道凯蒂内心刚硬如铁。凯蒂讲完之后，她心里也现出这种刚硬来。

“茜茜，你现在都看到了，约翰尼是个酒鬼。”

“怎么说呢，金无足赤，人无完人。每个人头上都顶个标签。你就说我吧，我平生滴酒不沾，可是你知道吗？”她十分坦率、十分天真地说，“有人在背后说我是坏女人呢。你能相信吗？我承认，我有时候会抽上一支甜卡牌香烟，可是你说坏……”

“哪里，人们说的是你和男人的交往……”

“凯蒂，别数落！我们每个人该怎样就得怎样，该过什么样的日子就过什么样的日子。你男人不错，凯蒂。”

“可是他酗酒。”

“他会一直喝下去，喝到老的。就这样。他是酒鬼。你也就认了，爱屋及乌，照单全收吧。”

“还有什么别的？你是说不工作、整夜不归、滥交朋友？”

“你嫁给他了。他好歹有什么打动了你的心。你就想着这一点吧，把别的都忘掉。”

“有时候，我自己也不知道为什么会嫁给他。”

“你这是撒谎！你知道为什么嫁给他。你嫁给他，是因为你想让他和你睡觉，可是你又太虔诚，不愿意避开教堂里办的婚礼。”

“瞧你说的。我那时候是把他从别人手里抢走的。”

“就是因为睡觉。一直都是。要是这事好，婚姻就好。要是它坏，婚姻就坏。”

“不是，还有别的。”

“还有什么别的？不过或许真的还有。”茜茜让步了，“如果说还有别的好东西，那都是财富啊。”

“你错了。这东西对你或许重要，可是……”

“对任何人都重要，或者应该重要。这样的话，所有的婚姻才会幸福。”

“这个我承认，我承认我喜欢看他跳舞、听他唱歌……还有他的长相……”

“你用自己的话，把我想说的说了出来。”

“茜茜这样的女子，谁能拼得过呢？”凯蒂心想，“她事事都有自己的主意。或许她的主意正是好主意。我也不知道。她是我姐姐，可是人家在背后说她闲话。她是坏女孩，这个无法回避。等她死了，她的灵魂一定永远在炼狱徘徊。这个我也常跟她讲，而她总说在那里徘徊的不会就她一个。如果茜茜死在我前头，我一定给她做弥撒，让她的灵魂安息。或许她只会在炼狱呆一小阵子。她虽然坏，可是她对所有有幸和她打交道的人都很好。上帝也一定会考虑到这个的。”

突然，凯蒂身子斜过来，亲了一下茜茜。茜茜很吃惊，因为她不知道凯蒂的葫芦里卖的什么药。

“或许你是对的，茜茜。或许你不对。对我来说，最根本的是，除了酗酒外，我喜欢约翰尼的一切，我会尽量对他好。我会尽量忽略……”她没有再说了。在心里，凯蒂知道自己不是那种说忽略就能忽略的人。

弗兰西没有睡，躺在洗衣篮子里，篮子放在炉灶边。她在吸吮自己的拇指，听着谈话。可是她才两岁，也听不懂什么。

第十二章

约翰尼出了这番洋相后，凯蒂没脸在这条街上呆了。当然了，街坊邻居家的丈夫很多人也好不到哪里去，不过凯蒂不愿和人比烂。她指望诺兰家的人**出人头地**，而不是泯然众人。另外，钱也是个问题。这个问题根本不用说，因为他们本来就穷，现在又添了两个孩子。凯蒂开始找以工换租的地方。好歹他们得有个地方住，能避风雨啊。

她找到了一处房子，自己做这房子的清洁工，换取免费租住。约翰尼发誓不让老婆做清洁工。凯蒂用她新养成的泼辣口吻告诉他，不做清洁工就没有房子住，毕竟每个月凑租金越来越难了。约翰尼只好作罢，并答应清洁的工作他自己来做，等他找到了稳定的工作，他们一定再搬家。

凯蒂将家里的一点东西收拾起来：一张双人床，一个摇篮，一辆破旧的童车，一件毛绒礼服，一块上头印有粉色玫瑰的地毯，一对花边客厅窗帘，一株橡胶树，一株玫瑰天竺葵，一只金色鸟笼里装的金丝雀，一本精装影集，一张餐桌，几把椅子，一盒碗碟和瓶瓶罐罐，一个金色十字架（十字架底座是个八音盒，打开的时候会唱《圣母颂》），母亲送给她的一个朴实无华的木头十字架，洗衣篮装满的衣服，一卷铺盖，约翰尼的一堆乐谱，还有两本书——《圣经》和《莎士比亚全集》。

东西真是很少，他们找了个送冰人，一车装了，让一匹羸弱的老马拉走。诺兰家四口人也一道上了送冰的马车，驶向新家。

老屋子搬空后，凯蒂就如同近视眼没戴眼镜一样，眯着眼睛，把锡储蓄罐取了出来。里头装有三块八毛钱。遗憾的是，凯蒂知道她还得拿一块钱给送冰人，付搬家的费用。

到了新家之后，约翰尼还在帮送冰人抬家具，而凯蒂第一件事就是将储蓄罐钉到衣橱间。她放了两块八毛钱到里头。她又从自己的钱包里拿出一毛钱的硬币放进去。这一毛钱本来是要另给送冰人的。

在威廉斯堡，搬家的规矩是搬完之后请搬家的人喝一品脱啤酒。可是凯蒂心想："我们再也看不到**他**了。另外，给一块钱也够了。他要是送冰，不知道得送多少才能赚一块钱呢。"

凯蒂在装花边窗帘的时候，玛丽·罗姆利过来了，在各个房间洒圣水，祛除各角落可能潜伏着的邪魔。谁知道以前是什么样子？没准是新教徒住这里的，没准是临死前没去悔罪的天主教徒。圣水能让家里重新洁净，这样上帝想来就来。

外婆拿着圣水瓶对着阳光，在对面的墙上投射出一道宽宽的彩虹来，还是婴儿的弗兰西开心得不得了。玛丽和孩子一起笑，还晃动着瓶子让彩虹跳舞。

"*真耐看啊！真耐看啊*[①]！"她说。

"真难堪啊！真难堪啊[②]！"弗兰西跟着说，还伸出了双手。

玛丽把装了一半的圣水瓶给了她，自己去给凯蒂帮忙了。弗兰西很失望，因为彩虹没有了。她想一定是藏在瓶子里。她把圣水全部倒在自己的膝盖上，希望能看到彩虹从瓶子里溜出来。后来凯蒂看到她身上湿了，轻轻拍了她几下。玛丽跟她说起了圣水的事。

"哎呀，孩子自己把自己给祝福了，却换来一顿打。"

凯蒂笑了。弗兰西也笑了，因为妈妈不再生气了。尼雷也笑了，露出了三颗乳牙来。玛丽看着他们，面带着微笑说，在一个新家里以笑声来开始，这是好兆头啊。

到了晚饭时候，他们就收拾停当了。约翰尼和孩子呆在一起，凯蒂则去食品店开赊账账户。她告诉店主，自己刚搬到这条街上来，问能不能赊几样食物，星期六发薪时还钱？店主答应了。他给了她一袋子食物，里头还有个小本子，上面记着她赊欠的账目。他叫她每回来用"信用"采购，都要把这小本子带上。这个小小的仪式结束后，凯蒂一家备足了食物，能挨到

---

① 原文为德文 Schöen。

② 原文为 Shame。

下次发钱的时候了。

晚饭后,凯蒂用读书的方法将孩子哄睡。她读了一页《莎士比亚全集》的引言,然后是一页《圣经》中的族谱描写。她到目前为止只读到这么多。孩子们和凯蒂都不知道读的都是些什么名堂。读着读着,凯蒂自己都困了,但她还是坚持将两页读完了。她小心地给孩子们盖好被,然后和约翰尼也上床了。才八点钟,可是两人搬家都累坏了。

诺兰家在洛瑞姆街上的新家里睡着了。他们住的这地方还在威廉斯堡,可是离格林庞特的边界也不远了。

第十三章

洛瑞姆街比波加特街要上档次些。街上住的是邮递员、消防队员和一些店铺老板。这些店铺老板都有些家底，不用在店铺后头的房间里凑合住。

这公寓有个浴室。浴缸是一个椭圆形木头盆子，里头衬着锌皮。装满水的时候，弗兰西就禁不住一直盯着看。她还从来没有见过这么一大盆水。在一个孩子的眼中，这简直就是汪洋大海。

他们喜欢新家。凯蒂和约翰尼把地下室、过道、屋顶和人行道收拾得干干净净的，靠这个来抵房租。这里没有通风口。每间卧室都有扇窗户，厨房和前头的房间各有三扇窗户。在这里住的第一个秋天很舒适。整天都有太阳。第一年冬天，他们也感到暖和。约翰尼的工作还算稳定，酒喝得不多，还有钱买煤烧。

夏天到来的时候，孩子们白天多半在户外，坐在台阶上。他们是公寓房唯一有孩子的人家，所以台阶上总有地方坐。弗兰西快四岁了，开始照应尼雷，尼雷也快三岁了。她常常会在台阶上坐着，一坐很长时间，瘦瘦的胳膊抱着瘦瘦的双腿。从不远处她未曾见过的海上，吹来一阵咸咸的海风，拂动着她褐色的直发。她时不时还看一眼台阶上来回爬的尼雷。她坐着，偶尔前后晃晃，脑子里想着很多东西：为什么会有风吹；草是什么；为什么尼雷和她不一样，是男孩不是女孩。

弗兰西和尼雷有时候坐在一起，两个孩子大眼瞪小眼。尼雷和弗兰西的眼睛一个样子，一样深邃，可是尼雷的眼珠是明亮而澄净的蓝色，弗兰西的眼珠则是幽暗却又澄净的灰色。两个孩子之间说个没完没了。尼雷说得很少，而弗兰西的话多。有时候弗兰西会说啊说，直到性情温和的小男孩头靠在铁栏杆上就那么坐着睡着了。

弗兰西那年夏天开始“刺绣”。凯蒂用一分钱给她买了一块小方巾，如同女子的手帕大小，上头有个图案：一只纽芬兰犬坐在那里，伸着舌头。凯蒂又花了一分钱，给她买了一小卷绣花用的棉线，而后用两分钱买下两个圆形刺绣架。弗兰西的外祖母教她如何穿针走线。很快，孩子就能熟练地刺绣了。路过的女人会停下来，又同情又羡慕地咂着嘴，看着小女孩。小女孩眼窝深陷，右眉内侧都出现了一道线。她在那块整整洁洁的布料上用针绣着。尼雷斜靠过来，看着她变魔术般，让闪亮的钢针在布面上下出现、消失。茜茜给了她一个擦针用的布草莓。尼雷烦躁的时候，弗兰西会让他拿针从草莓里穿过。弗兰西的方块布料要绣一百块缝到一起，才能当被单。弗兰西听说有的妇女还真这样绣成了，于是这便成了弗兰西努力的目标。整个夏天，她断断续续绣着，到了秋天，却发现只把方块布绣了一半。看来拼出一张被单的事，只能往后挪了。

寒来暑往，季节变换。弗兰西和尼雷一直在长，凯蒂越来越忙，越来越累，约翰尼做得越来越少，酒喝得越来越多。孩子们的书还接着读。有时候凯蒂累了，会跳过一页，但是大部分时间，她还是坚持原计划。他们已经读到了《裘力斯·凯撒》，舞台说明中的“号角声”凯蒂总看不懂。她想着大概和消防车有关，所以每次念到这个词的时候，她都叫“当当，当当”。孩子们觉得好极了。

锡储蓄罐里的零钱越来越多。有一回弗兰西腿上不小心戳进了一根上锈的钉子，凯蒂不得不打开锡罐子，取出两块钱去看医生。有十几回，锡罐顶的金属条子会被松开，他们用刀子弄出一个五分钱硬币来好让约翰尼坐车去上班。但是家里的规定是，约翰尼拿到小费，必须向锡储蓄罐里存入一毛钱。这样一来，还是储蓄罐赚钱。

天暖和的时候，弗兰西就在街上或者台阶上自己玩。她很想找玩伴，但是又不知道怎样和其他小女孩交朋友。别的孩子躲着她，因为她说话很古怪。因为凯蒂每天晚上给她读书，弗兰西说话时确实奇怪点。有一回，有个小孩为着什么事情取笑她，她反驳说：“什么呀，你们都不知道自己在做什么。你们都只是喧嚣和骚动，一无所是。”

还有一回，弗兰西想和一个小女孩交朋友，便说：

“你在这儿等着，我进去，去得 (begat) 我的绳索，我们一起练跳绳吧。”

“你是说‘拿’绳索来吧。”小女孩纠正她。

“不。我要去‘得’。东西不是拿，是‘得’。”

“‘得’是个什么玩意？”一个五岁的小女孩问。

“‘得’，就如同夏娃‘得’ (begat[①]) 该隐 (Cain[②]) 。”

“你真傻。女孩子要拐棍 (Cane) 干吗？男的走路走不好，才用拐棍。”

“夏娃就得了。她还得了亚伯呢。”

“她要么有，要么没有。对了——”

“什么？”

“你说起话来就像个南欧鬼子。”

“我才不像什么南欧鬼子呢。”弗兰西哭了，“我说话就像……就像……就像上帝一样。”

“你说这话，也不怕天打雷劈。”

“才不会。”

“你这里怕是进水了吧。”有个小女孩敲着她的脑门。

“才没呢。”

“你为什么说话这么怪？”

“我妈妈给我念这些东西。”

“原来是你**妈妈的**脑子进水了。”一个小女孩纠正说。

“什么呀，我妈才不像你妈，又脏又邋遢的。”弗兰西只能想出这句来了。

这话那个小女孩听过多次，不过她还算机灵，知道辩下去自己吃亏。“这么说吧，我宁要又脏又邋遢的妈妈，也不要疯子妈妈。我没有爸爸，也好过家里有个酒鬼爸爸。”

“邋遢鬼！邋遢鬼！”弗兰西怒吼了。

“疯子，疯子，疯子。”小女孩说。

---

① 此处是儿童的误用，beget 一词（过去式为 begot，从前也有 begat 一说）多指父亲得子，如 Adam begot Cain。

② 《圣经》中的人物，与下文的 cane（拐棍）同音。

"邋遢鬼,脏鬼邋遢鬼!"弗兰西叫道。她自知不占上风,无奈地哭了。

小女孩一蹦一跳地走了,大大的发卷在阳光下跳动着。她边跳边唱,声音清脆而嘹亮:"棍子石头能伤人,话语难听不伤身。有朝一日我去世,所有骂名皆随风。"

弗兰西真的哭了。她对骂倒是无所谓,可是没有人跟她玩,她觉得孤单。野一点的孩子觉得弗兰西太安静,乖一点的孩子则躲着她走。弗兰西隐隐觉得这也不是她的错,应该和茜茜姨妈有关。茜茜姨妈常来串门。她打扮招摇,经过街上的时候,好多男人都不怀好意地看着她。大概也和爸爸有关,爸爸有时候回家,路都走不稳,在人行道上踉踉跄跄。他们的躲避,也和邻居家那些女人有关,她们常想从她嘴里套话,问她爸爸妈妈还有茜茜姨妈的事。那些问题看似漫不经心,实际上是在哄骗,好在弗兰西并不上当。妈妈不是告诉过她了吗:"别让邻居欺负了。"

就这样,在温暖的夏日,这个孩子常常孤孤单单地坐在台阶上,装着对人行道上玩耍的孩子不屑一顾。弗兰西自己想象出一些伙伴来,和他们玩,哄自己说他们强过现实中的这些小孩。可是,看到孩子们手拉着手,围成一圈,唱起一首悲伤的歌,她的心就跟着节奏跳动起来。孩子们唱道:

威特翩翩好少年,
人似野花高又健。
我等纵有青春貌,
怎奈岁月快如箭。
莉齐威娜美无边,
百媚千娇胜群媛。
心跳面红先莫走,
且把情郎与我言。

她们停住,又是闹又是哄,硬是让被选中的女孩低声说出一个男孩的名字。弗兰西在想,假如她在玩,逮住了她,她会说哪个男孩呢?如果她低声说约翰尼·诺兰,她们会不会哄堂大笑?

莉齐说出一个男孩名字的时候,小女孩们都高声起哄。然后她们又牵着手，围成一圈，好言好语地为那个男孩广而告之。

赫米赫米好少年，
许给莉齐把亲结。
翩翩走至你门边，
脱帽敬立在阶前。
你把绸衣在身穿，
下楼快如一阵烟。
二人就要把婚结，
良辰吉日在明天。

女孩们停下来，高兴地拍手。后来这个游戏玩累了，她们的情绪为之一变，虽然还是一圈，但是步子慢了下来，头也低下了。

妈妈妈妈我病了，
快快去把大夫找。
大夫大夫我来问，
这回是否要送命？
宝贝且听老夫言，
黄泉路上无后先。
送葬马车有几辆？
人人皆有全家齐。

在其他的街上，这歌的歌词有些不一样，但换汤不换药。谁也不知道这些歌词从哪里来。这些小女孩是跟别的女孩学的，而这个游戏是布鲁克林最流行的游戏。

这里还有别的游戏。两个小女孩会在台阶上玩抓十字叉游戏①。弗兰西会自己玩。她先是当自己，然后装成对手玩。她还会和那个想象的对手

① 美国传统游戏，道具为一个小橡皮球和一些“十字叉”(jacks)。孩子们会将球扔下，然后在球弹起来后落下去之前去抓叉子，玩法有点像中国小孩玩的“抓石子”游戏。

说话。“我抓三，你抓二。”她会说。

还有一种游戏叫“跳房子”。这个游戏通常是男孩子开始，女孩子结束。几个男孩子会把一个锡罐子放到电车轨道上，用十分专业的眼神，看着电车的车轮从锡罐上驶过，将其压平。男孩子们会拿过来，对折，又放回到电车轨道上，锡片再次被压平，然后又折，又压。往复几次，这锡罐就成了扁平、沉重的锡块。孩子们会在人行道上画好格子，标上数字，这时候游戏就轮到女孩了。她们单脚着地，从一个格子跳到另外一个格子。谁用最少步子跳完谁获胜。

弗兰西自己画了跳房格子。她也放了锡罐在电车轨道上压，也用专业的眼神，看着电车从上面驶过。听到车子碾压的声音，她又害怕又快乐。电车司机要是知道自己的车子被她这么利用，会不会生气呢？她在寻思着。她也画好了格子，可是她只会写 1 和 7 两个数字。她也会从头跳到尾，可巴不得有人一起玩，因为她相信她自己跳的步子最少，世界上任何一个女孩都赢不了她。

有时候街道上会有人来演出。弗兰西不需要伙伴也可以欣赏音乐。有支三人乐队每星期都会来一次。他们穿着平常的外衣，可是帽子很滑稽，看起来像电车司机的帽子，只不过帽顶瘪了下去。弗兰西听孩子们在喊：“吹拉弹唱的来了！”这时候她就会跑到街上，有时候拖着尼雷一起去。

这支乐队的乐器为小提琴、鼓和短号。这些人会演奏维也纳老曲子，弹得说不上好，但音量倒是足。小女孩们会过来，一起跳华尔兹。在这温暖的夏日，她们在人行道上跳上一圈又一圈。总有那么三两个男孩在模仿女孩子，故意做出夸张的舞蹈动作，还往她们身上横冲直撞。女孩子若是生气，男孩子就夸张地向她们鞠躬(屁股笃定还会撞上一对跳舞的女孩)，然后用花哨的话向她们道歉。

弗兰西胆子小，不敢恶作剧，有的孩子就敢。他们不跳舞，而是站在短号手边上，吧唧吧唧地吸着水淋淋的腌黄瓜。这么一来，号手的口水就会流进短号里，短号手会火冒三丈。要是老这么惹他，他会用德语蹦出一连串咒骂来，结尾总是 Gott verdammte Ehrlandiger Jude①。很多布鲁克林德

① 意为“该死的外国犹太佬”。

国人总是称惹他们不开心的人为犹太人。

弗兰西对乐队收钱的方式很着迷。演奏过两曲，小提琴手和短号手继续，鼓手则歇下来，手里拿个帽子，厚着脸皮讨赏钱，众人则一分一分丢过来。在街上要了一圈后，他站在街沿上，看着楼上的窗户。女人们会用一小块报纸，包住两分钱扔下来。用报纸包很重要。钱一散掉，孩子们就觉得见者有份，一哄而上抢了过来，一溜烟跑走，害得街头音乐家愤怒地在后头追赶。不知何故，包住没有散掉的钱孩子不会抢。有时候他们还捡起来，交给乐手。什么钱归什么人，他们似乎有约在先，彼此心照不宣。

要是乐手钱拿够了，还会加演一首歌。钱少的话，他们会挪个地方，指望在别处时来运转。弗兰西通常带着尼雷，跟着乐手一处处跑，一条条街跑，直到最后天黑，连乐手也要散伙回家了。除了弗兰西外，还有一大群孩子像被勾了魂似的，跟着乐手跑。很多小女孩还带着小弟弟小妹妹，放在自家的小拖车里拖着走，或是放在破烂的童车里推着一起走。音乐如有魔力，让她们忘了吃饭，忘了回家。那些小娃娃会哭，会尿裤子，会睡着，醒来又哭，又尿裤子，又睡着，如此往复。而那《蓝色多瑙河》则演奏了一遍又一遍。

弗兰西觉得这些乐手的日子过得挺滋润的。她打算，等尼雷长大了，他应该上街去拉那"拉拉"（他把手风琴叫"拉拉"），她则去敲小手鼓，这样大家就会丢钱给她，她发了，妈妈就不用干活了。

尽管她会跟着三人乐队跑，弗兰西更喜欢的还是风琴表演。每过一段时间，就会有一个男子，拖一架小风琴过来。风琴上头坐一只猴子，穿镶金边的红衣，头戴一顶无檐小圆帽，帽带子系在下巴上。猴子下身穿一条红裤子，上面恰到好处地露一个洞，让猴尾巴从洞里伸出来。弗兰西特喜欢那猴子。她会把自己买糖果的一分钱给它，就是想看它伸爪子到帽上敬礼的样子。如果妈妈在，她也会拿本应放入锡储蓄罐的一分钱，交给猴子主人，并严肃指示他不要虐待猴子。要是给她发现，她会报官的。她这些话那意大利人一句都不会懂，但还会给出同样的回应。他会脱帽，谦卑地鞠躬，腿还那么弯曲一下，嘴里一个劲地高声说："明白，明白。"

那架风琴颇了不得。每次它过来，街上总像过节一般。拉风琴的男子头发乌黑、拳曲，牙齿洁白。他穿一条绿色布绒裤子，上身是一件褐色灯芯绒夹克，口袋里拖出来一条红色丝手帕。他戴着一只圆耳环。帮他拖风琴的女子穿一身旋转式的红裙子，黄色上装，戴两个大大的圆耳环。

音乐声丁丁当当，曲子来自《卡门》，或是《游吟诗人》。那女子手里摇着一个上头带有饰带的小手鼓，无精打采地敲着，随着节拍，还不时用胳膊肘敲一下。一曲奏完，她会猛然打个转，露出脏脏的白袜子裹着的肥腿，还惊鸿一瞥地现出五颜六色的衬裙。

弗兰西从未去注意她的肮脏和倦怠。她只是听着音乐，看到那一闪而过的五颜六色，感受着那些鲜活的人物，感受着他们的魅力。凯蒂警告她千万不要去跟这风琴跑。凯蒂说，穿这样衣服的风琴手是西西里人。全世界都知道西西里人是黑手党。黑手党会绑架小孩，索取赎金。他们会把小孩绑走，丢个条子，让人某时某刻带一百块去墓地，条子上还印有一只黑手印。妈妈就是这么说风琴乐队这些人的。

风琴乐队离开多日后，弗兰西还想象自己就是风琴手。她会哼自己所能记得的威尔第的曲子，胳膊肘会去敲一个馅饼盘子，想象那是手鼓。游戏结束，她会在纸上描出自己的手，用黑蜡笔染黑。

有时候弗兰西会犹豫一番。她不知道长大后应该去参加乐队，还是做风琴女。要是她和尼雷也能有一架小风琴和一只猴子就好了。这样他们就可以一分钱不花，成天和猴子玩，还可以四处演奏，看小猴子敬礼。人们会给很多钱，猴子会和他们同吃同喝，说不定晚上还可以睡在她床上。这个职业看来很不错。弗兰西将自己的意图告诉妈妈时，凯蒂给了她当头一盆冷水，告诉她别犯傻了，猴子身上有虱子，她绝对不肯让猴子进门，来睡家里干干净净的床。

弗兰西想象着自己当手鼓女，但接着又想，这么一来，她得当黑手党，去绑架小孩子，而她很不愿意这样，不过在纸上画只黑手还是挺好玩的。

街上总是有音乐。在那遥远的夏日，布鲁克林的街上总是有人唱歌，有人跳舞，日子总是欢快的。但是那些脸上还有婴儿印迹的瘦瘦的小孩子牵着手，围在一起，唱那些单调的歌曲，却又为这个夏日增添了几许忧伤。她们才四五岁，却过早地成熟，想着怎么安顿自己了，这让人感到忧伤。那《蓝色多瑙河》被乐队演奏得如此拙劣，却又是如此忧伤。猴子鲜红的帽子下，眼神也是哀伤的。风琴的演奏声音明快而响亮，可是那调子却又那么忧伤。

甚至游吟歌手来后院的时候,唱的也是这样的歌谣:

要是我有办法,
决不让你老去。

听来也颇忧伤。他们都是些流浪汉,无非是饿得想混口饭吃。他们没有音乐天分,只有一身胆量。他们也只能站到院子里,手拿着帽子,大声歌唱。遗憾的是,这胆量也无法让他们在这世上有什么进步。一天快要结束的时候,他们会和布鲁克林的其他人一样陷入迷惘。那时候的阳光还明亮,可是光线已经稀薄,照在身上,也不觉暖和了。

第十四章

洛瑞姆街上的日子过得颇开心。若不是茜茜姨妈好心办坏事，诺兰家会一直在这里住下去。茜茜姨妈因为三轮车和气球两件事，害得诺兰家没脸再住下去了。

有一天，茜茜姨妈下岗了。她想趁凯蒂上班的时候，去看看弗兰西和尼雷。离他们家还有两条街的时候，她看到了一辆漂亮的三轮车。在阳光下，三轮车的铜把手亮得晃眼，不由让茜茜眯起眼睛。这种三轮车如今是难得一见了。它后头有宽敞的皮座椅，能坐两个小孩，座椅后有靠背，车前是铁杆，和小小的前轮相连。两个后轮很大。车前转向杆顶端是纯铜的把手。车脚踏在座位前方，小孩可以轻轻松松地坐在里头，靠着车后背，踩着车子，握着膝盖上方的把手掌握方向。

茜茜看到三轮车在一台阶前无人看管，便毫不犹豫地拉走，拉至诺兰家门前，把两个孩子叫出来，让他们骑着玩。

弗兰西觉得这好极了。她和尼雷坐在车座上，茜茜拉着他们在街区四处转。太阳刚晒过，车座垫的皮暖暖的，上头的气息叫人觉得浓厚而昂贵。温暖的阳光照在把手上，晃来晃去，如同一团舞动的火焰。弗兰西都想，要是伸手去碰，准会烫伤自己的手。这时候，问题来了。

一小群人围了上来，为首的是个歇斯底里的妇人，牵着个号啕大哭的男孩。女人冲向茜茜，嘴里大叫着："偷车贼！"她伸手去拉车把手，但是茜茜攥得紧紧的。争抢中，弗兰西差点被甩了出去。执勤的警察跑了过来。

"什么事？什么事？"警察开始接手此案。

"这个女的是个贼。"那女人说，"她把我家小孩的三轮车偷走了。"

"我没有偷，警官。"茜茜说，她的语音轻柔，魅力十足，"这车子一直放那儿没有人动，我不过借用一下，给两个孩子坐一坐。他们从来没有坐过这么好的三轮车。你知道坐这样的车子对小孩多么重要！快活得**上了天了**。”警察看了看后座上的两个孩子。弗兰西怕得发抖，但还是冲他笑了。“我只是带孩子绕这街区转一圈，然后就还到原来的地方。**真是这样的**，长官。”

警察的眼睛看到茜茜丰满的胸脯。茜茜喜欢穿比较紧身的胸衣，那胸脯呼之欲出。警察看着那恼怒的妇人说：

“女士，这么小气做什么呢？”他说，“你就让她给孩子绕街区转几圈好了。给人骑一骑，又不会要了你的命。”（其实他没把“命”说出来，周围的小孩就一阵窃笑了。）“就让他们骑一骑好了。我保证这车子原样还你。”

他就是法律。那女人又能怎样呢？警察给了那号啕大哭的男孩一枚五分硬币，叫他闭嘴。他叫围观的人散开，说要是他们不快快滚，他会叫辆警车来，把他们全带进局子里。

人群散开了。警察手里挥着根警棍，充满骑士风度地陪着茜茜和两个小乘客在街上绕。茜茜看着他，冲着他的眼睛笑。他于是把警棍别到腰带下，坚持给她拉车。茜茜穿着高跟鞋，跟在他边上几乎是在小跑。她用那轻柔的、抑扬顿挫的声音和他说话，将他迷得神魂颠倒。他们绕街区三圈了。人们看到一身制服的警察如此入迷，不禁掩嘴而笑，警察就装着没有看见。他和茜茜热情地聊着，多半说的是他老婆，说老婆是个好人，可是呢，怎么说呢，有点不大好使。

茜茜说她能理解。

车子一事后，人们开始说闲话了。约翰尼动不动酒醉回家，男人不怀好意地看茜茜，这些就已经够她们嚼舌的了。现在又多了这一出。凯蒂想搬家了。这回跟在波加特街的时候很像，左邻右舍对诺兰家知道得太多了。凯蒂正想着另找个地方，这时候又出了另外一件事，迫使他们立刻搬走。这个让他们加速逃走的原因，纯粹和性有关系。不过，若是正确看待这事的话，也没有什么大不了。

一个星期六下午，凯蒂去威廉斯堡一家大百货店格尔灵百货店做零工。她煮了咖啡，做了三明治做星期六晚餐——三明治是老板给的，权作加班工钱。约翰尼那时候在工会总部，守株待兔等着工作上门。茜茜那天不上班。她知道孩子一定锁在家里，便过来陪他们。

她敲了敲门，说自己是茜茜姨妈。弗兰西没有松开门链，但是把门打开，确保是姨妈，然后才放她进来。看到茜茜来，孩子们一拥而上，拥抱个没完。他们爱死茜茜姨妈了。对他们来说，茜茜姨妈是个大美女，身上总是香香的，总穿着漂亮的衣裳，还带礼物来让他们惊喜。

这回她带来的有香喷喷的雪松木雪茄盒子、几张红色和白色纸巾，还有一罐浆糊。他们坐在厨房桌子边，一起装饰那盒子。茜茜用两毛五的硬币在纸上描圆圈，弗兰西给剪出来。茜茜还教她如何将圆纸围在铅笔头上，做成小纸杯子。她们做了好多纸杯子后，茜茜在盒子上画了一个心形。然后在红色杯子底上蘸点浆糊，贴在铅笔画的心形上。这个心形里于是装满了红色杯子。盒盖其余部分则粘上白色的小杯子。完成之后，盒子盖上就仿佛有一片密密麻麻的白色康乃馨，中间是个红色的心形。雪茄盒子的四边她们用白色小杯子装点，盒子里头衬上红色纸巾。整个完工之后，美轮美奂，哪里还能看出是个雪茄盒子。装点这个盒子花了大半个下午时间。

茜茜五点钟和人约了吃炒杂烩，于是准备动身。弗兰西拉住她不放，求她别走。茜茜也不想走，但又怕错过约会。她在自己的钱包里搜索半天，想找点东西给两个孩子玩。他们站在她膝边，帮她一起找。弗兰西看到了一个香烟盒，于是拿了出来。烟盒子上是个男子，躺在沙发上，跷着二郎腿，嘴里叼根烟，头上方有一个大大的烟圈。烟圈里有个女人，头发披散，胸脯从衣服里露出来。盒子商标为“美国梦”。这是茜茜厂里的产品。

两个孩子一起抢这盒子。茜茜很不情愿地让他们拿走，但解释说里头装的是香烟，他们只能拿着看看，千万不要打开。千万不要碰封口，她说。

她走了之后，孩子们看着这图画玩。他们晃了晃盒子，里头瑟瑟作响，声音有些闷，有些神秘。

“哪是香烟呢，是蛇吧。”尼雷说。

“不是。”弗兰西说，“是虫子，活虫子。”

他们争了起来。弗兰西说盒子这么小，装不下蛇。尼雷说，一定是蛇卷起身子来了，就如同玻璃缸里的青鱼。两个人的好奇心越来越浓，把茜茜的告诫忘到了脑后。封口处贴得也不是很紧，一撕就开。弗兰西把盒子打开。里头是个锡纸包着的软软的什么东西。弗兰西将锡纸小心打开。尼雷准备等蛇一出来，赶紧钻桌子底下。可是里头装的不是蛇，不是虫子，也不是香烟，里头的东西没有什么意思。弗兰西和尼雷吹吹玩玩，一会儿就失去了兴趣，便笨手笨脚将那吹出的气球用线拴住，放到窗外，然后把窗户拉下，将线压住。然后他们轮流在那被剥开的盒子上跳，将其跺得粉碎。他们就这样入迷地跳啊跳，竟把窗外线上的东西忘得一干二净了。

约翰尼晚上有事，回来拿假衬衣和纸领子。他这么慢悠悠往家里逛，不想有件震惊的事情在等着他。他只是看了一眼那东西，脸便红得发烧了。凯蒂回家的时候，他也把这事说给凯蒂听。

凯蒂详细盘问了弗兰西一番，弄了个水落石出。她对茜茜大为光火。当夜，孩子都睡着了，约翰尼也上班去之后，她一个人坐在阴暗的厨房里，脸上一阵子一阵子发烧。约翰尼上班的时候也心神不宁，仿佛到了世界末日似的。

艾薇晚上迟一点的时候来了，和凯蒂说起了茜茜。

“完了，凯蒂，”艾薇说，“到此结束。茜茜平时为人怎么样，那是她自个儿的事，搞出今日的事情就要另当别论了。我家有个在成长的女儿，你也是，我们不能再让茜茜进我们家了。她是个坏女人，这一点是事实，我们绕不过去。”

“她也有很多优点。”凯蒂慢条斯理地说。

“今日的事情之后，你还能说这种话？”

“怎么说呢……我想你或许是对的吧。不要告诉妈妈便是。她不知道茜茜的为人处事，茜茜又是她的掌上明珠。”

约翰尼回家后，凯蒂告诉他，以后不许茜茜再上门。约翰尼叹了口气，觉得恐怕也只有这个办法了。约翰尼和凯蒂谈了一宿，到了天亮，他们准备等到月底搬家。

凯蒂在威廉斯堡的格兰德街上找到了一个地方，同样可以做清洁工，以工换租。搬家时，她将锡储蓄罐取出，里头有八块多钱。给了搬家的两块，然后锡储蓄罐重又钉在新房子里，其余的钱放了进去。玛丽·罗姆利又来了，在屋子里洒圣水。一家人再一次重新安顿，再一次去附近店里开赊账账户。

新家不如洛瑞姆街上的家，一家人后悔但无可奈何。他们没住一楼，而住在顶楼。楼下没有台阶了，只有个临街的商店。屋子里没有洗澡间，厕所在楼道中间，两家合用。

唯一的亮点是屋顶是他们的。根据一条不成文的规定，楼顶总是属于住在顶层的人，而院子归一楼的人。另外一个好处是楼上没有住人。这样一来，再也不会有人在上面地动山摇，让韦耳斯拔汽灯罩碎成粉末了。

凯蒂正在和搬家的人争论，约翰尼把弗兰西带到楼顶。弗兰西眼界大开。在不远处，就是美丽的威廉斯堡桥。东河那边摩天大楼林立，清晰可见，如同银光纸做出来的一个梦幻城市。更远处是布鲁克林大桥，和近处的威廉斯堡桥遥相呼应。

“太美了。”弗兰西说，“和乡村风景照片的美是一样的。”

“我有时候上班，就过那座桥。”约翰尼说。

弗兰西惊奇地看着他。他每天都经过这魔幻般的大桥，看起来还是这个样子，说话还是这个口气？她觉得这不可思议。她伸出手，摸他的胳膊。他每天经过那大桥，那么摸起来一定不同吧。可惜还是和以前一样的感觉，她有些失望。

孩子伸手摸自己的时候，约翰尼搂住她，低头笑着问：“你多大了，小歌后？”

“六岁，就快七岁了。”

“这么说，9月就该上学了。”

“不，妈妈说我必须等到明年，等尼雷足龄，我们一起上。”

“为什么啊？”

“这样的话，假如有人欺负我们，我们就可以一起对付他。”

“妈妈考虑得真是周全。”

弗兰西转过去看其他的屋顶。有座屋顶上有一个鸽子笼。鸽子关在里头，平平安安的。鸽子主人是个十七岁青年，手里拿一根长竹竿，竹竿一头有块破布。那小伙子拿那竹竿一圈圈挥舞。又有一群鸽子在一圈又一圈地飞。其中有只鸽子离开了鸽群，跟着飞舞的破布飞了。小伙子小心翼翼地将竹竿放低，那笨鸽子仍旧跟着破布。小伙子将它抓住，放进鸽子笼。弗兰西有些沮丧。

“那人偷了一只鸽子。”

“明天有人会偷他的。”约翰尼说。

“可是那可怜的鸽子，离开自己的亲人了啊，或许它有鸽子宝宝呢。”她眼里涌出眼泪来。

“不用哭。”约翰尼说，“或许鸽子想离开自己的亲人呢。它要是不喜欢新鸽子群，鸽子笼打开的时候，它会飞回去找老鸽群呢。”弗兰西这才宽心下来。

他们站那里好久没有说话。他们手拉着手，在楼顶边缘，看着河对面的纽约。最后，约翰尼自言自语一般说：“七年了。”

“什么，爸爸？”

“你妈妈和我都结婚七年了。”

“你们结婚的时候我在不在？”

“不在。”

“不过尼雷出生的时候我在。”

“是的。”约翰尼又开始自言自语了，“结婚才七年，都住过三个地方了，但愿这是我最后一个家。”

他说**我**最后一个家，而没有说**我们**最后一个家，只是弗兰西也没去留意。

第三卷

第十五章

新房子里有四个房间，一个挨着一个，他们称之为火车车厢屋。厨房高而窄小，面对院子。院子四周是石板路，中间是一块水泥一样的酸土地，上头几乎什么也长不了。

可还是长了棵树。

弗兰西第一次看到这棵树的时候，它才长到第二层。她都能从窗口往下看。它就如同一群人，高矮胖瘦不一，挤在一起，在雨中打着伞。

后院有根瘦瘦的晒衣杆，上头有六根绳子，通过滑轮，与各厨房窗户连接。绳子从滑轮脱落，附近的孩子就爬上晒衣的杆子去重装。孩子们用这法子挣零花钱。据说这些孩子深更半夜爬上晒衣杆，故意解开绳子，好挣次日的一毛钱。

如果阳光好、风大，这些绳子上挂满衣服倒别有一番风景。那些白色的方被单，迎着风，如故事书里的船帆。那些红的、绿的、黄的衣裳用木头夹子夹在绳子上，一件件如有生命一般。

晒衣杆背后，是一面砖墙，没有窗户，是附近学校的后墙。弗兰西发现，如果她仔细看的话，没有任何两块砖是一样的。墙上的砖一层又一层，中间是剥落的白灰泥，看上去节奏分明，让人赏心悦目。太阳照在上面的时候，它们闪闪发亮。墙闻起来暖暖的。弗兰西把脸凑上去的时候，能感到那上头的坑坑洼洼。下雨的时候，总是它们先淋着，散发出一种潮湿的泥土味，那气息就如同生命本身。冬天，下起第一场薄薄的小雪，在人行道上不久就化掉，却能粘在粗糙的砖墙上面，如同童话里的饰带。

学校院子有四英尺长的地方和弗兰西家的院子毗邻，但中间有一道铁丝网相隔。院子总被底楼的男孩霸占着，他在的话，别的孩子就不能玩。

弗兰西只下去过几次，都赶在学校休息的时候下去的。她看着成群的孩子在院子中玩。学校的休息，不过是将几百个孩子赶鸭子一般带到这四面石板路的院子中间，然后又给领出去。到了院子里，连游戏的空间也没有。孩子们在里头乱挤乱转，一个个气呼呼的，尖着嗓子，叫个不停，一直持续五分钟。上课铃响起的时候，这些声音戛然而止，就如同被快刀斩断一般。上课铃响之后，是一阵死一般的沉寂，所有动作都突然僵住。然后，那乱转乱挤变成了你推我搡。孩子们巴不得进来，就像先前巴不得出去一样。挤着出去的时候，他们的尖叫变成了低沉的呜咽。

有天下午，弗兰西在院子里玩，看到一个小女孩一个人跑出来，拿两个黑板擦，拍打着将上头的粉笔灰抖落下来。弗兰西脸贴着铁丝网，觉得那小女孩做的是全世界最有趣的事。妈妈曾经告诉她说，只有老师的宠物才能得到这个差事。对弗兰西来说，宠物就是猫、狗、小鸟这些。她发誓，等她长大上学的时候，一定要学猫喵喵叫，或学狗汪汪叫，或学小鸟啾啾叫，当“宠物”，拍打黑板擦去。

这天下午，她就这么站在那里看着，眼睛里流露出羡慕。那个拍黑板擦的小女孩也觉察出她的羡慕了，便更炫耀地拍起来。她在墙上拍，在石头人行道上拍，最后一个表演，是在背后拍。她问弗兰西：

“想不想近一点看?”

弗兰西害羞地点了点头。女孩将黑板擦拿到铁丝网边上。弗兰西伸了个指头出去，摸那彩色的毡毛，上头一层粉笔灰使得那些颜色混同如一。她正要去摸这美丽的东西，那小女孩突然缩手将黑板擦收回，还冲着她的脸上，狠狠啐了一口。弗兰西紧闭双眼，强忍着不让那伤痛而凄苦的眼泪流出来。对面的孩子好奇地站着，想看她的眼泪掉下来。看到没有眼泪流下来的时候，她开始取笑上了：

“怎么不哭出来呢，你这傻蛋?要不要我再向你脸上吐一口啊?”

弗兰西转身，走向地下室，在黑暗中坐了好久，直到那潮水一般的伤痛不再冲刷自己。随着年岁增长，她的感知能力跟着提高，但这回遇到的幻灭不过是个开头，以后还会有很多很多。从此之后，她再也不喜欢黑板擦了。

厨房也是家里客厅、餐厅和烹饪室合而为一的地方。厨房的一面墙上有两扇长长的窗户。另外一面墙里有一个凹进去的铁制煤炉。煤炉上方凹进去的地方是用珊瑚色的砖，抹上奶油色灰泥修成。上面有石壁炉架，还有一块炉底石，弗兰西可以用粉笔在那石头上画东西玩。炉子边上是热水炉，生火的时候，水炉跟着热。天冷的时候，弗兰西在外头受冻跑回来，会伸开双臂，脸贴着温暖的、银色的炉子，心中充满感激。

炉子边是两个滑石洗衣盆，上头有带铰链的木头盖子。两者之间的隔板可以去掉，合而为一成为一个洗澡盆。不过这洗澡盆不大好使。有时候弗兰西坐在里头，盖子会砰一声砸着她的头。盆底很毛糙，坐在这潮湿、毛糙的盆底，起身的时候不是洗过澡的一身轻松，而是浑身发痛。另外，还有四个水龙头得对付。不管弗兰西怎么提醒自己，水龙头就是那么纹丝不动呆在那里，如果她突然从肥皂水里站起身，背部还是一定会被水龙头猛磕。弗兰西的背上总有一道愤怒的划痕。

过了厨房是两间卧室，一间连着另一间。卧室的窗户很小，灰蒙蒙的。通风口如同一口棺材，嵌在两间卧室上头。用锤子和凿子，或许能把通风口打开。不过，真要这样，得到的犒赏是一阵潮湿阴冷的风。通风口的顶上是个小小的、斜顶的玻璃天窗。那玻璃是厚厚的皱纹花玻璃，上头有铁丝网挡着，不让它被东西砸碎。通风口四周是条纹钢条。这个装置照道理是要让阳光和空气进入卧室，但由于玻璃厚重，上面是铁丝网，四周是条纹钢，灰尘堆积了也不知道多少年，所以哪里还有什么阳光进来。通风口四周满是灰尘和蛛网。空气也透不过来，不过，雨雪却总能一意孤行地闯进来。有暴风雨的时候，通风口下头的木头就发潮、冒烟，发出坟墓一般的气息来。

通风口的发明十分拙劣。即便窗户封得严严实实，这通风口还是如同一个扩音器，你能听到所有人发出的各种声音。老鼠在通风口下方跑来跑去。通风口也常有失火风险。要是有个卡车司机喝醉了酒，漫不经心扔根火柴到通风口里，误以为扔到院子里或者街上了，那整幢楼一下子就能点着。通风口的底部也有很多肮脏的东西。由于人无法接触到通风口底部（入口太小，人身子下不去），这里就成了一个储藏地，人不要鬼不拿的各种东西在这里汇集，济济一堂。生锈的剃刀和带血的衣服就算是好的了。

弗兰西有一回往下看的时候，想起神父说的炼狱来，以为炼狱大概就像这通风口下方吧，只是阵势大一些。弗兰西走向客厅的时候，经过这些卧室，总是瑟瑟发抖，眼睛都不敢睁开。

客厅或者说前屋是家里的正屋。它有两扇高而窄的窗户，对着街上。三楼很高，下头的喧嚣传上来，已如强弩之末，听来反倒温馨宜人。客厅是个体面的地方，有自己的门，通向走廊。如果有客人来，也可以直接到这里，无需经厨房，穿卧室。客厅四墙都贴有墙纸，风格庄重，暗褐色，上有金色条条。窗户靠室内的部分有木条做的百叶窗，中间开阔，两头逐渐变窄。弗兰西常常拉开这百叶窗，然后手一碰，它们又收了回去。就这样，弗兰西度过了很多快乐时光。这百叶窗是个看不厌的奇迹。放下来能掩住整面窗户，挡住日晒风吹，收起来偏安一隅，只露出波澜不惊的小小侧面。

黑色大理石壁炉里头嵌着低低的客厅暖炉。暖炉只有前面那一半能看见，看起来如同半只大西瓜，圆的那一面向外。暖炉是无数薄云母片做成的小窗，架子是薄薄一层带图案的铁。只有圣诞节的时候，凯蒂才舍得在客厅生火。这时候所有那些小窗户都闪闪发亮，弗兰西会愉快地坐在那儿取暖。夜色降临时，她会看到那些小窗户从玫瑰红渐渐变成琥珀色。凯蒂进来后，便点着汽灯，驱走阴影，让炉子里的光为之褪色，而她这么做，仿佛就是犯了大罪一般。

前屋最大的好处是有一架钢琴。这钢琴是一个奇迹，是无数次祷告也求不来的奇迹。可是它居然出现在诺兰家客厅里。他们一没有祷告，二没有许愿，这个真真正正的奇迹却主动送上门来了。钢琴是原来房客的，因为没钱搬走，留在了这里。

那时候，搬钢琴可是个浩大工程。这狭窄陡峭的楼梯道，是无法搬钢琴下去的。钢琴必须捆绑起来，系上绳子，从窗户里送出，通过屋顶安装的巨大滑轮才能放下去。其间搬运老板会吼叫、挥手、训斥。街道用绳子围上，警察得把人群赶到远处。一有人家搬钢琴，孩子们笃定会逃学来看。钢琴刚出来的场景最值得一看：那个被包起来的庞然大物刚从窗口出来，总是先斜着，在空中转上一阵，叫人看了头晕，然后才会正过来。然后钢琴开始慢慢地、令人心惊胆战地下降，孩子们则在粗声喊着加油。

搬钢琴要花十五块钱，这个价格是搬其他家具的三倍。因此，那个主人问凯蒂可不可以先放这里，凯蒂可否照看？凯蒂很乐意说行。那个女子又恋恋不舍地嘱托凯蒂不要让钢琴生潮受冻，冬天的时候把卧室门打开一点点，好让厨房里的暖气也过来一些，免得钢琴变形。

“你会弹吗？”凯蒂问她。

“不会。”那个女子悲伤地说，“我们家谁都不会。只是希望我会啊。”

“那为什么去买呢？”

“这钢琴原是一户富人家的财产，他们要低价卖掉。我很想要。是的，我不会弹，不过它很漂亮……往屋子里一摆，蓬荜生辉啊。”

凯蒂答应替她看管钢琴，让那女子有钱时再来搬。可是后来，女子一直没有来搬。诺兰家于是一直拥有这架漂亮的钢琴。

钢琴不大，是一种黑色的木头制作的，上了光，发出幽暗的光泽。前头的薄装饰板上镂有美丽的图案，这细工装饰之后，有一块暗灰玫瑰色的丝绸。和其他竖钢琴不同，这钢琴的盖子不是分段上翻，而是能整个一片翻过来，靠在精美的花纹木上，如同一个漂亮、精致的黑色的壳。钢琴两边各有一个蜡烛台。你可以放白蜡烛在里头，在烛光下弹琴。烛光会在那奶白的、象牙般的琴键上投下梦幻般的阴影来。你还可以看到盖子上琴键的影子。

诺兰家租下房子后在屋里四处查看。他们走进客厅的时候，弗兰西眼中就只有这钢琴，对其余的一切视而不见。她想把钢琴抱住，可是钢琴太大，她抱不过来，只好抱一抱淡玫瑰色的缎面琴凳了。

凯蒂看着钢琴，眼睛闪烁着。她注意到楼下公寓房窗户上有一张“教授钢琴”广告。凯蒂有主意了。

琴凳如同魔幻一般，能根据块头升高或降低，还能旋转。约翰尼坐在上面，开始弹奏起来。当然，他不会弹钢琴。他根本就不识谱，但是他认识几个琴键。他能边唱歌边击琴键，听上去仿佛真是在自弹自唱。他弹了一个小三和音，看着女儿的眼睛，脸上露出了坏坏的微笑。弗兰西也笑了。她的心中充满期待。约翰尼又弹了一个小三和音，按住。在钢琴轻柔的回声中，他用清晰的原声唱道：

麦克维顿[1]，
峻峰秀岭。
四野晨露，
熠熠辉生。
（击键——击键）
吾爱安妮，
俊俏无穷。
在山之侧，
吐露芳情。
（击键——击键——击键——击键）

弗兰西把脸转向一边，不想让爸爸看到脸上的泪水。她怕爸爸问自己为什么哭泣，而自己又说不上来。她爱爸爸，爱这钢琴。她也不知道自己为什么不由自主地流泪了。

凯蒂说话了。她的声音中有种温柔，这温柔过去常有，但近一年来约翰尼已经很少听见了。“这是不是爱尔兰民歌啊，约翰尼？”

“苏格兰民歌。”

“我从没有听你唱过。”

“是没有唱过，不过这歌我知道。我从来不唱。我去的那些吵吵闹闹的鬼地方，没有人会喜欢这歌。他们宁愿去听《下雨的午后来找我》这些，除了喝醉的时候。等他们醉了，只能唱《甜蜜蜜的阿黛林》。”

他们很快在新家安顿下来。原本熟悉的家具看起来有些陌生。弗兰西坐在椅子上，很奇怪这椅子怎么和在洛瑞姆街的时候感觉一样。她自己感觉完全不同。为什么椅子不会呢？

爸爸妈妈收拾一番后，前屋变得漂漂亮亮的。地上有一张鲜绿色的地毯，上有漂亮的粉色玫瑰。窗户上有奶白色饰带窗帘，浆洗得干干净净。屋子中间有一张大理石面的桌子。还有一组三件套绿色绒套沙发。角落里有

① 此歌为苏格兰民歌，由威廉·道格拉斯 (1672?—1748)为其当时心上人、麦克维顿准男爵的女儿安妮·罗瑞所作，此恋情无果而终。

个竹架子，上面放着绒面影集。影集中有罗姆利姐妹婴儿时的照片，比如有一张上面，她们趴在一块皮毛小地毯上，姑妈们表情安详地站在椅子后，椅子上坐着的是她们的丈夫，一个个嘴上留着浓密的胡子。小架子上还有些纪念品杯子，有粉色，有蓝色，上有金边镶饰的蓝色勿忘我或红色“美国丽人”玫瑰图案。杯子上涂着**记住我**和**友谊纯真**之类的字样。这些小杯子、小碟子是凯蒂纪念过去的闺密好友的，弗兰西是不可以用它们来玩过家家游戏的。

在架子底层是个骨白色海螺壳，里头是美丽的玫瑰色。孩子们特别喜欢这贝壳，甚至给它取了个名字：吐翠。弗兰西把它贴近耳朵的时候，它如同传来大海的声音。有时候为了讨孩子开心，约翰尼会拿过贝壳听一听，然后伸开手臂，目光如炬，看着贝壳唱道：

我在大海边，
发现一贝壳。
将它贴近在耳边，
它在歌唱，我心欢喜。
那是一首大海的歌，
甜美而清晰……

后来，约翰尼带他们去卡纳西[①]，弗兰西第一次看到了大海。大海唯一出奇的地方，是它听起来就如同那“吐翠”贝壳的小小呼啸声。

---

① 布鲁克林东南部一地区。

第十六章

社区商店是城市儿童生活的重要一环。开门七件事，商店样样有得供应。孩子们所梦所想，店里也有储存。这些商店里有孩子们梦寐以求的一切。

弗兰西却最喜欢当铺。这倒不是因为人们一个个败家子一样把宝贝东西往铁条栅栏后的窗台里扔，也不是因为那些披着披肩的女子，从侧门鬼鬼祟祟进入，而是因为当铺上方挂着三个大金球，在阳光下熠熠生辉。有风吹过，三个大球还懒洋洋地晃荡几下，如同沉重的金苹果。

当铺隔壁有家面包房，里头有美味的夏洛特俄式奶油蛋糕卖，上头抹着生奶油，生奶油上放一些红色樱桃蜜饯，这蛋糕只有有钱人买得起。

当铺另一侧是格林德粉刷店。粉刷店里前面有个台子，上头悬挂一个盘子，中间裂开，裂缝处夸张地修补起来。盘子下头钻了个洞，洞里穿着一根链条，下系一块沉重的石头，这是要证明**梅杰牌水泥**何等牢靠。有人说这盘子其实是铁做的，外头粉刷过，刷成开裂的瓷器的样子。但是弗兰西宁可相信这是真瓷盘子，真破裂了，真是用水泥奇迹一般修补好了。

最有意思的商店是在一座小棚屋里。这屋子一定可以追溯到印第安人还在威廉斯堡出没的时候。小棚屋有一扇小小的窗户，窄小的窗板，小小的护墙板，屋顶是斜的，很陡峭。这家商店还有扇凸窗，也是窄窗板。窗户后头坐着个模样很体面的人，在桌子前卷雪茄——细细的深褐色雪茄，每四支卖五分钱。他一手拿烟，精心挑选外层的烟叶，然后放入深浅不一的其他褐色烟叶，熟练地卷起来，卷得又细又紧，两端有方角。他是个老派的手艺人，对新潮的玩意儿嗤之以鼻。他不愿意在店里点汽灯。有时候天黑得过早，而他还有很多雪茄没有卷完，他会点上蜡烛。他的店外有个木刻印第安人，一副凶神恶煞的样子，站在一个木头底座上，一手拿战斧，一手拿雪茄。他脚踩罗马式便鞋，鞋带一直系到膝部，下身穿一条短裙，头上戴一顶作战帽，这些衣服都漆成了鲜亮的红、蓝、黄色。制作雪茄的人每年给它新上四次油漆，下雨的时候还搬进屋子内。附近的孩子都叫这印第安人“马蜜大姨”。

弗兰西还有个很喜欢的商店，里头除了茶叶、咖啡和香料，什么都不卖。这地方饶有趣味，里头一排排漆柜子，还有各式香味，闻起来陌生而浪漫，充满异国气息。另外，还有十几个红色咖啡柜子，上头用中国毛笔横写着一些奔放的黑字：巴西！阿根廷！土耳其！爪哇！混合型！茶放在小些的柜子里，都是很漂亮的小柜子，上有斜拉的盖子，上书：乌龙茶！台湾茶！上等红茶！中国黑茶！杏花茶！茉莉花茶！爱尔兰茶！香料装在柜台后的迷你柜子里，其名字在架子上一长溜排下来：肉桂——丁香——生姜——多香果——肉豆蔻——咖哩——干胡椒——鼠尾草——百里香——马郁兰。要是有人买辣椒，店主会当场用个小磨磨出来。

店里还有个很大的手转磨咖啡机。咖啡豆放在一个亮晶晶的铜制漏斗里，那磨用两个手转。香香的咖啡粉啪嗒啪嗒掉下来，落入一个红色的勺子状容器里。

（诺兰家自己磨咖啡。弗兰西很喜欢看妈妈在厨房里开开心心地磨咖啡。她会把咖啡磨夹在双膝间，左腕猛转，边磨边抬着头兴致勃勃地和约翰尼说话。屋子里充满浓郁宜人的新鲜咖啡粉气味。）

卖茶的人有一架很好的天平。两端的铜盘子二十五年如一日，天天擦拭，如今薄薄的，模样精致，如抛光过的金子。弗兰西若是买上一磅咖啡，或是一盎司辣椒，她会看着店主将一个小小的银秤砣（上有重量印记）放在一边，店主会用一个貌似银制的勺子，把香喷喷的咖啡或辣椒舀到天平另外一边。弗兰西屏住呼吸看着店主小心翼翼地往里添一点，或是取一点出来。那金色盘子最后终于平衡，一点都不晃动了，那是一个美丽而平和的时刻。在那个时刻，人会感觉到这个世界平衡了，大概不会出什么乱子了。

这儿还有一家中国人开的店，对外只有一个门面窗台，弗兰西觉得它极为神秘。中国人脑后还留着长辫。听妈妈说，留这长辫，是为着日后回国。若是将辫子剪掉,中国就不会让他回去了。他穿着黑色毡拖鞋,一声不吭,来回走动,耐心地听着顾客嘱托他如何如何洗自己的衬衣。弗兰西跟他说话的时候,他把手笼在淡黄色棉褂的袖口里,眼睛一直看着地。弗兰西觉得他很聪明,是在沉思,是在用心聆听呢。但实际上他斗大的英文也识不了几个,她说什么他一句也听不懂。他只知道**条条**[①]和**衫衫**。

弗兰西将爸爸的脏衬衫拿过来,他迅速将其放到柜台下,拿出一片上有神秘纹路的纸,用毛笔蘸着墨水,在上头写了几划,然后将这神秘的文件交给弗兰西,换取一件普普通通的脏衬衣。在弗兰西看来,这是笔很划算的交易。

店里有一种干净而温暖的气息,却又若有若无,就如同炎热的屋子里摆放的有色无味的花朵。他在什么暗处洗衣服,而且一定是在深更半夜洗,因为从早晨七点到晚上十点,他一直站在店里,拿一只巨大的黑色熨斗,在一块干净的熨衣板上来回熨烫。那熨斗里头大概是有汽油什么的,不然不会一直这么热。弗兰西也不知道。她觉得老人不用炉子加热,却能拿这熨斗这么长时间去熨烫,八成这也是有他这个民族的什么奥秘。她隐隐觉得大概是他在衣服里没放浆粉,而是放了别的什么东西来产生热量的。

弗兰西拿来一张条子和一毛钱,从柜台上递过来,他把包好的衬衫递给她,还给了她两颗荔枝。弗兰西很喜欢这些荔枝。荔枝有脆脆的壳,一剥就开,里头的肉软软的、甜甜的。荔枝肉里头包着核。这核极硬,所有孩子都打不开。据说这核里包着个小核,小核里头包着更小的核……如此往复。据说到最后,那里头的核会小到只有用放大镜才能看见,而再往后,眼睛根本看不见,但是它还会在那里,还会一个包着一个。这是弗兰西第一次接触无限的概念。

弗兰西最喜欢他找零钱的时候。他会拿出一个小小的木框子,里头有细细的杆子,穿着蓝色、红色、黄色、绿色的珠子。他会沿着那细细的铜杆子拨那珠子,然后停下来想一想,接着又把木框子一抖,让珠子复归原来位置,最后宣布:“三毛九。”小珠子告诉他该收多少,该找多少。

---

① 中国人早年在美国常常开洗衣房,取衣的时候要凭洗衣服时候开的条子认领衣服,此条称 tickee。1920 年代曾有一部电影,就叫 No Tickee No Shirtee。

弗兰西想，做个中国人多好，有这么漂亮的玩具来计算。真希望荔枝想吃就吃多少！真希望和他一样，知道熨斗如何不用在炉子上加热，却能保持那么烫！真希望像他那样，拿支小刷子，手腕转来转去，就能在纸上写出那样神秘的符号来！真希望像他那样，能画下那样的印记来，黑黑的，模样清晰，却如蝴蝶翅膀般脆弱！这些都是布鲁克林的神秘东方。

第十七章

钢琴课!魔术般的字!诺兰家安顿下来后,凯蒂就开始按钢琴课广告上所留的联系方法,去拜访那位女士。对方是两位廷莫尔小姐。莉齐小姐教钢琴,麦吉小姐教声乐。收费是每节课两毛五。凯蒂提议进行交换。她给两位廷莫尔小姐做一小时家务,抵每周一次的钢琴课学费。莉齐小姐很不情愿,说自己的时间比凯蒂的时间值钱。凯蒂则说,时间就是时间,没有什么好说的。最后,她终于说服了莉齐小姐,让她接受以时间换时间的方法,把交易商定了下来。

第一节课如同一个重大历史时刻的来临。妈妈嘱咐弗兰西和尼雷坐在前屋,好好上课,眼睛要好好看,耳朵要好好听。妈妈还摆了一张椅子给老师坐。孩子们并排坐在钢琴另一侧。凯蒂很紧张,把椅子的位置都调整了几次,然后三个人坐着等。

廷莫尔小姐五点钟准时来了。她其实只是从楼下过来,但还是穿了一身正装,脸上还罩着一块绷得紧紧的有点脏的面纱。她的帽子是只红色小鸟,只有鸟的胸部和翅膀,两根帽针夹在中间,将那小鸟残忍地一分为二。弗兰西看着那残忍的帽子。妈妈将弗兰西拉到卧室,低声说那小鸟不是真的,只是一些羽毛粘在一起,叫弗兰西不要盯着看。弗兰西相信妈妈,可还是忍不住,时不时瞟一下那受尽折磨的小鸟标本。

除了钢琴外,廷莫尔小姐什么都带了。她有只廉价闹钟,还有一个破烂的节拍器。闹钟上显示的时间是五点钟,她给闹钟定时定到六点钟。她磨蹭着,耗着这宝贵时间。她将珠灰色小手套脱下来,每个手指都吹一吹,摸一摸,还两手交叉几下,随后把手指放到钢琴上。然后她又把面纱松开,往后一搭,搭在了帽子上。手指都柔软下来之后,她瞟了一眼闹钟,见自己耗掉了足够的时间，便心满意足，启动节拍器，坐到座位上，开始上课了。

弗兰西被那节拍器迷住了，廷莫尔小姐的话她很难听进去，也不喜欢看廷莫尔小姐把妈妈的手放在钢琴上的样子。在那动听却显单调的敲击声中，弗兰西不一会儿就睡着了。尼雷圆圆的蓝眼睛跟着摇杆转来转去，最后也把自己给催睡着了。他的嘴巴张着，金发脑袋耷拉在肩膀上。他呼吸的时候，鼻子吹着小鼻涕泡。凯蒂不敢把他叫醒，恐怕廷莫尔小姐看出名堂来，知道她是在付一个人的钱三个人学。

节拍器继续响着，催人入梦，闹钟则仿佛愤愤不平一般在那里滴滴答答。廷莫尔小姐好像对节拍器不信任，嘴里在数着，一，二，三；一，二，三。凯蒂由于劳作而红肿的手指慌不迭跟着节拍，弹她学的第一个音阶。时间一分一秒过去，屋子里渐渐黑了。突然，闹钟响声大作。弗兰西惊得心都差点跳出来，尼雷则从椅子上掉下来。第一节课就这么结束了。凯蒂连声道谢。

“我就是再不上一堂课，您今日教我的我也牢记在心。您教得真好。”

这话廷莫尔小姐听了颇为受用，可还是对凯蒂直言相告：“孩子我不另收钱，可是我也要告诉你，你骗不了我。”凯蒂脸红了，孩子们被戳穿，很难为情地低头看着地。“我允许孩子在屋子里。”

凯蒂向她表示感谢。廷莫尔小姐站起来等着。凯蒂和她确认了上门帮其做家务的时间。她仍然等着没走。凯蒂觉得对方似乎有所期待。她终于问：

“请问还有什么事情？”

廷莫尔小姐一脸绯红，但还是骄傲地说：“我教课的……那些女士……这个……她们……上课后总是给我泡杯茶。”她把手放在心上，含含糊糊地解释，“这楼梯可不好爬。”

“您喝咖啡行不行？”凯蒂问，“我们家没有茶。”

“很乐意！”廷莫尔小姐如释重负地坐了下来。

凯蒂跑到厨房热起咖啡来，咖啡本来就在炉子上。热咖啡的时候，她还拿出一个甜面包和一把小勺子放在一只小小的圆形锡碟子上。

这个时候，尼雷已经倒在沙发上睡着了。廷莫尔小姐和弗兰西大眼瞪小眼。最后，廷莫尔小姐问道：

“你在想什么呢，小姑娘？”

“瞎想想。”

“有时候我看你坐在水沟边上，一坐几小时。你那时候头脑里都想着什么呢？”

“没什么，我只是给自己讲故事。”

廷莫尔小姐严肃地告诉她：“小姑娘，你长大后，一定要当作家写小说。”这听上去不像一句陈述，更像是一道命令。

“好的，女士。”弗兰西客气地说。

凯蒂端着碟子进来了。“这些和您过去尝的那些比起来，或许寒酸了些，”她抱歉地说，“不过我们家也就这些，招待不周了。”

“很好啊。”廷莫尔小姐文雅地说。然后她努力地克制自己，不想将面包囫囵吞下去。

说实在的，两位廷莫尔小姐其实是靠学生的“茶点”生活的。一天上几回课，每次两毛五，这些是算不了什么大钱的。房租一交，接下来就没有什么钱买吃的了。大部分她教课的女子给她们淡茶和苏打饼干。虽然这些女子出于礼貌会奉上一杯茶，可是谁也不想交了两毛五再管一餐饭。于是，廷莫尔小姐开始期待到诺兰家上课了。那咖啡令人精神，还总有甜面包或是腊肠三明治果腹。

每回上课后，凯蒂就把她学的教给孩子。她让孩子们每天练习半个小时。最后，三个人都学会了弹钢琴。

约翰尼知道麦吉·廷莫尔小姐教声乐后，觉得自己也不会比凯蒂差。他提议给廷莫尔小姐修一扇窗子上坏的吊窗绳，好让她给弗兰西上两次声乐课。约翰尼一辈子住的地方都从来没有过吊窗绳，可他还是找了一把钉锤、一只螺丝起子，将整个窗框卸下来。他看到断掉的绳子，可是也只能到此为止。他倒是忙乎了一阵，但心有余而技不足，一无所获。他想把窗户放回去，免得寒冷的冬雨往里灌，然后再从长计议，考虑如何将断掉的吊窗绳修好。这么一放回去，结果打碎了一块玻璃。他与廷莫尔小姐的交易就此泡汤。廷莫尔小姐只好找修窗户的人来修。凯蒂得另外给两位廷莫尔小姐清洁两次，算作赔偿。弗兰西的声乐课永久搁置了。

第十八章

弗兰西盼着开学的日子。她想一开学，很多东西跟着就来了吧。她盼着这些。她是个孤单的小孩，希望和别的小孩一起玩。她想在学校院子的饮水处喝水。那水龙头安在下头。她在想，出来的水一定不是一般的水，而是汽水吧。她听爸爸妈妈说过学校的教室。她想看看那张能像百叶窗一样拉下的地图。最重要的是"学校文具"，她实在心驰神往：一个笔记本、一本活页簿，还有一个铅笔盒，有拉开式盒顶，里面装满新铅笔、橡皮擦、大炮形状的锡铅笔削、揩笔器和六英寸、软木做的黄色尺子。

上学前，学生必须打防疫针。这是法律规定。这个规定引起了极大恐慌。卫生部门费尽口舌，向那些穷人和不识字的人解释，说打防疫针是给孩子种一种没有危害的天花，好让其身体对致命的天花形成免疫力，可这些家长都不信。他们理解为这些人是要把病菌注射到孩子健康的身体里。一些外国出生的父母都不让孩子打防疫针。于是孩子也上不了学。然后他们又因不让孩子上学而被追究法律责任。他们便问，这叫什么自由国家？人应该活到一定岁数嘛。他们在想，这个国家强迫让小孩受教育，为了让他们上学还威胁到他们的生命，这叫哪门子自由国家？一些母亲哭哭啼啼，拽着号啕大哭的孩子到卫生中心打疫苗，那样子好像是押着孩子去刑场一般。孩子们一看到针头，便歇斯底里地大叫起来。他们的妈妈在接待室里听到，便把围巾搭在头上，呼天抢地地哭号起来，就好像哭丧一般。

弗兰西当时七岁，尼雷六岁。凯蒂拖着没让弗兰西早上学，是想两个孩子一起上学，也好有个照应，不被大孩子欺负。在那个可怕的 8 月的某个星期六下午，凯蒂上班之前，停在卧室门口跟两个孩子说话。她把他们叫醒，嘱咐他们该如何如何。

“你们起床后，好好洗洗，到了十一点钟，过了街拐角，找到管公共卫生的那地方，告诉他们说你们要打疫苗，想9月入学。”

弗兰西开始发抖。尼雷则哭了起来。

“你和我们一起去行不行，妈妈?”弗兰西央求。

“我得上班。我要是不上班，我的事情谁做呢?”凯蒂问。她用愤怒掩饰自己的内疚。

弗兰西再没有说话了。凯蒂知道她让两个孩子失望了，可是她也没有办法。是的，她本可以一起去，也好给孩子一个心理安慰和精神依靠，可是她知道自己受不了那样的折磨。不过，孩子们防疫针还是要打的。不管她当时在不在场，这个事实都无法回避。既然这样，三个人中为什么不少一个人受折磨呢?另外，她安慰自己的良心说，这个世界本来就艰难，就苦涩。孩子们得在这样的世界里生活。早一点坚强起来，就早一点学会自我照顾。

“那么爸爸跟我们一起去吧?”弗兰西满怀希望地问。

“爸爸在工会总部等工作呢。他一天都不在家。你们也都不小了，自己去可以的。再说了，也不痛的。”

尼雷的哭声又拔高了几度。凯蒂几乎无法承受了。凯蒂很爱儿子。她不想去的一个重要原因，也正是不想看到儿子痛着……哪怕只是针尖戳一下。她差点忍不住，打算一起去了。不过不行。要是误了半天工，那么星期天上午得去补。另外，她要是去的话，会病倒的。她不在，他们好歹能对付。她匆匆上班去了。

弗兰西想安慰吓得魂不附体的尼雷。一些大孩子说，到了卫生中心，他们把你抓到后，会把胳膊给砍掉。为了转移他的注意，不让他去想这些东西，弗兰西带他到院子里，用泥巴做馅饼玩。他们忘了妈妈的嘱咐，没去洗身上。

他们差点忘了十一点这个时间，因为做泥巴馅饼这东西很容易投入。他们的手和胳膊都玩泥巴玩得很脏。十一点差十分钟的时候，加迪斯夫人从窗户里伸出头来喊道，他们的妈妈叫她快到十一点的时候提醒一下。尼雷把最后一个馅饼做完，泪水洒得上面到处都是。弗兰西牵着他的手，两个孩子拖着步子绕过街角。

他们在一条凳子上坐下。他们边上坐着个犹太妈妈，紧紧抱着个六岁男孩。那妈妈还在哭着，不时狂热地亲着男孩的额头。别的母亲也一个个苦大仇深地坐在那里，脸上有深深的皱纹。一扇毛玻璃门后，就是那些折磨发生的地方。那里头不断传来号啕大哭，间或有一声尖叫，然后又是一阵号啕，然后一个脸色苍白的小孩子走出来，左边胳膊上缠着一块纯白的纱布。他的妈妈会迅速跑过来，将他抓住，用不知哪国语言骂上几句，冲着那毛玻璃挥拳头，然后赶紧将孩子带出这行刑室了。

弗兰西进去的时候浑身瑟瑟发抖。她这短短的一生，还从来没有见过医生和护士呢。他们一个个穿着白大褂。那些亮亮的、残酷的器具都隔着一张纸巾，放在一个小碟子上。到处都是消毒水的气味。消毒器上印有血淋淋的红十字架，上面雾气腾腾。这一切，让弗兰西充满无言的恐惧。

护士将她的袖子捋起来，在左边胳膊上擦出一块干净地方。弗兰西看着那白衣大夫走过来，手里拿着那吓人的针。他的身影越来越大，越来越大，直到最后似乎变成了一个巨大的针头。她闭上眼睛，等着去死。什么也没有发生，她什么感觉也没有。她慢慢睁开眼睛，几乎不敢相信事情已经完了。可是叫她痛苦的是，大夫还在，手里还拿着针头这些东西。他在厌恶地看着她的胳膊。弗兰西也看了看。她在一片肮脏的黄褐色当中，看到了一小片白地方。她听到了大夫和护士的谈话。

“脏，脏，脏，从早到晚都这样。我知道他们穷，可是洗洗总是可以吧。水总归是免费的，肥皂也便宜。护士，你来看看这胳膊。”

护士过来一看，吃惊地咂了咂嘴。弗兰西站在那里，一阵羞辱感涌上来，脸热得发烫。医生是个哈佛毕业生，在社区医院实习。他一星期必须被发配到这种免费诊所一次。等实习结束了，他就会去波士顿神气活现地开业。在写给波士顿未婚妻——一个上流社会的女子——的信中，他用本地的话说，来布鲁克林这里实习，就如同经过炼狱一般。

护士是个布鲁克林的姑娘。这从口音上能听出来。她是个贫困的波兰移民的女儿，曾有过鸿鹄之志，白天在某家血汗工厂上班，晚上上夜校，总之受到了一些培训。她希望有朝一日嫁个医生。她不希望别人知道自己来自贫民窟。

医生这一番发泄之后，弗兰西低垂着头。她是个肮脏的女孩，医生就这个意思。医生现在低着声音，问护士这种人是怎么活下来的；他说这种人家应该统统绝育，不要再生孩子，这世界就会太平了。他的意思是不是要自己去死？他会不会因为自己的手和胳膊玩泥巴馅饼玩脏了，要把自己处死呢？

她看了看护士。对弗兰西来说，所有女人都应该像自己的妈妈或者茜茜姨妈、艾薇姨妈一样。她想护士或许会说：

“这小女孩的妈妈或许在上班，早晨没有时间给她好好洗吧”，或者，“你知道的，医生，孩子总喜欢玩泥巴的”之类的话。可是护士真正说的是：“我知道。多糟糕啊！医生，我对你表示同情。这些人这么肮脏地活着，实在不应该。”

一个通过自身艰苦奋斗走出了社会底层的人，通常有两个选择。脱离当初环境后，他可以忘本；他也可以在超出这个环境之后，永不忘记自己的出身，对残酷拼搏中不幸落下来的人充满同情，充满理解。护士选择了忘本这条路。不过，站在那儿的时候，她知道，多年以后，她一定会陷入愧疚，痛悔自己没有在这饥饿的小女孩受苦时，说出一句安慰的话来，为拯救自己的灵魂积点功德。她知道自己年纪还轻，可是当时没有作出不同的选择，全然是缺乏勇气的问题。

针扎下来的时候，弗兰西就像毫无知觉一样。医生的话激起潮水一般的伤痛来，折磨着她的全部身心，让她无法再有别的感觉。护士娴熟地给她胳膊扎上纱布。医生将针放入消毒器，又拿出一支新的针来。弗兰西说话了。

“我弟弟是下一个。他的胳膊和我一样脏，请不要吃惊。你不用跟他说。跟我说好了。”这么一个小人儿在口齿清楚地说着这些话，医生和护士都吃惊地瞪着。弗兰西的嗓音有些哽咽。“你不需要跟他讲这些。还有，你说了也没什么好处。他是个男孩子，你说他脏，他也不在乎。”她转过身，脚步有些踉跄地离开了屋子。门关上的时候，她听到了医生吃惊的声音。

“我真不知道我说这些话她居然都懂。”她还听到护士叹了口气说：“唉，算了。”

孩子们回到家里的时候，凯蒂也回到家吃午饭了。她看着孩子们包扎着纱布的胳膊，眼睛里充满痛苦。弗兰西激动地开口说话了。

“妈妈，为什么啊？这些人给人打针……怎么还……还说人坏话呢？”

“打防疫针，”妈妈见针反正也打了，于是坚定地说，“是好事。这样你就能区分左右手了。上学后，你得用右手写字。那痛的胳膊会告诉你，不对，不是这只手。用另一只手。”

这个解释弗兰西满意了，因为她从来分不清左右手。她吃饭画画用左手。凯蒂总是纠正她，让她把粉笔或者缝衣针从左手换到她的右手。妈妈把防疫针是怎么回事一解释，弗兰西开始觉得这事很好了。虽是付出了点代价，可也把一个复杂问题给解决了，知道两手哪个是左哪个是右了。打防疫针后，弗兰西开始用右手而非左手，从此再无问题。

弗兰西那天晚上发烧了，打针的地方痒得要命。她告诉妈妈，妈妈也大惊失色，慌不迭嘱咐：

“千万不要抓，不管多痛多痒。”

“为什么不能抓？”

“因为你若是去抓，整个胳膊都会肿，发乌，最后直接断掉。所以你别抓。”

凯蒂也不是有意吓孩子。她自己也害怕得不得了。她相信如果用手碰胳膊的话，会染上败血症。她就是吓也要吓得孩子不敢去抓。

弗兰西只好努力不去抓，只是那打针的地方痛痒难耐。次日，整个胳膊一阵阵发痛。睡觉之前，她看了一下纱布下面。让她惊恐的是，打针的那块地方肿了，变成暗绿色，而且开始溃烂、发黄。弗兰西可没有抓啊！**她肯定她没有抓**。不过等一等！会不会是头天晚上睡着了做梦的时候抓的？一定是的。她不敢告诉妈妈，不然她会说：“我跟你说别抓吧，你就是不听。现在你看看。”

这是个星期天晚上。爸爸出去做事了。弗兰西睡不着。她从小床上下来，走进前屋，坐在窗前，头埋在臂间，等着死亡的到来。

凌晨三点，弗兰西听到格雷厄姆大道的电车在街角刹住。这说明有人下车了。她挨近窗户去看。是的，是爸爸。他打着电筒，正沿着街道悠哉游哉地逛回来，脚踩着舞步，嘴里吹着《我的爱人在月亮上》的口哨。他穿着晚礼服，戴着圆顶礼帽，把侍者围裙整整齐齐卷着夹在胳膊下，整个人充满生机和活力。到门前的时候，弗兰西叫着爸爸。他一抬头，充满骑士风度地伸手触帽行礼。她把厨房门打开了。

“小歌后，怎么这么迟还不睡?”他问，“你知道，今天可不是星期六晚上啊。”

“我坐在窗户前头，”她低声说，“等着我的胳膊断掉。”

他忍俊不禁。她把胳膊的情况告诉给他。他关上通往卧室的门，把汽灯调亮。他把那纱布揭开，看到那浮肿、溃烂的胳膊，他心里一阵翻腾。可是他没让她知道，没让她知道。

“这个，宝贝，没有什么啊。根本没有什么。我打防疫针的时候你要看到才好呢。肿得是你这两倍，而且颜色还不像你这样的黄绿色，而是红、白、蓝色，可你现在看我这胳膊多结实。”他勇敢地撒着谎，其实他根本没有打过防疫针。

他在盆子里放了些温水，加了几滴石炭酸。他将那可怕的伤口洗了又洗。刺痛的时候她就退缩，但是约翰尼说刺痛说明是在愈合。他一边洗，一边唱着一首傻傻的、煽情的歌。

他从来不想离开篝火边。
他从来不想四处乱走……

他四处找干净的布当纱布，结果没有找到，于是将自己的外套和假衬衣脱掉，将里头的汗衫从头顶掀开，夸张地从上面撕下一块布条来。

“你的好汗衫啊!”她抗议。

“没什么，反正上面也都是洞了。”

他将胳膊包扎好。那布上有约翰尼的气味，暖暖的，还有些雪茄气味。不过对孩子来说是个很大的宽慰。它上面如有保护，有关爱。

“瞧瞧，都给你收拾好了，小歌后。你怎么想你的胳膊会掉的呢?”

“妈妈说如果我抓的话，胳膊就会掉。我不想抓它，可是我想我可能睡着的时候抓了。”

“或许吧。”他亲了亲她瘦瘦的小脸，“现在睡觉吧。”弗兰西倒下睡着了，睡得香香的。早晨醒来，那一阵阵的疼痛止住了，胳膊也好了。

弗兰西睡着后，约翰尼又抽了根雪茄。然后他慢慢把衣服脱了，上了凯蒂的床。她迷迷糊糊知道他在，难得地表现出柔情来，把手搭在他胸部。他轻轻将其拿走，慢慢挪开，离她远远的。他靠近墙，两手交叉放在脑后，眼盯着无边的黑夜，一宿无眠。

第十九章

弗兰西对学校期望很高。防疫针一打，她顿时分清了左手右手。她想一进学校，还不知会发生多么伟大的奇迹呢。她想，头一天上学回家后，一定就会读书写字了吧。可是头一天结束，她不过是带着血糊糊的鼻子回家了。那天她去饮水处喝水，发现水龙头涌出的根本不是汽水。有个大一点的孩子还跑过来，摁住她的头往水槽的石沿上撞，把她鼻子给撞出血了。

另外，本来一个人坐的桌子和椅子，她却要和另外一个小女孩一起合用，她不由感到失望。上午，她骄傲地接过班长发的铅笔，而三点的时候，铅笔却被另外一个班长收走，她也是老大不情愿的。

在学校里呆了才半天，她就知道自己当不了老师的宠物了。这项特权是留给一小拨儿女生的……她们的头发清清爽爽地拳曲着，身上穿着干干净净的裙子，头上打着簇新的蝴蝶结。她们是附近那些有钱店铺老板家的孩子。弗兰西注意到，老师布里格斯小姐一见她们就满脸堆笑，把她们安排在前排最好的座位上。这些宝贝学生无需合用课桌椅。布里格斯小姐和这些天之骄子讲话的时候，话音轻柔，而见到那些邋邋遢遢的大多数，她一张口就吼。

弗兰西和同类孩子挤在一起。第一天她学的东西，多到自己都没有意识到。她发现，在这个伟大的民主国家，人竟也分成三六九等。老师几副面孔对人，让她困惑不解，而且感到伤心。显然，老师恨她，恨她这类学生，并非有什么具体原因，只不过是他们出身贫寒。看老师那脸色，这些人似乎就不该进校门，她却要忍受着他们。她于是就养成了这么一副德性，将就着对付学生。至于学习，她只是吝啬地抛点零碎的知识，喂喂他们。就如同卫生中心的医生一样，她似乎也觉得这些孩子简直无权生活于人世间。

照说，那些弃儿般的学生应该自觉团结起来，一致对外，不让外在这些东西作弄自己。实则不然。老师恨他们，而他们则互相仇恨。他们彼此之间说话的时候，也模仿老师那样大吼大叫。

老师每回总能揪出一个倒霉的孩子当替罪羊。揪住这可怜的孩子，老师会唠叨一通，折磨一通，或是把那老处女的怨愤倾泻出来，将孩子骂得狗血喷头。等老师将这孩子修理完毕，其他孩子有样学样，一个个向这孩子兴师问罪来了。老师心上喜欢的那些学生，他们通常也会去拍拍马屁。或许，这么一来，他们觉得自己离老师的浩浩皇恩更近一步了。

学校看起来外观丑陋，设施简陋，只能容纳一千学生，结果却收了三千。孩子们中间常流传些下流故事。其中一个故事的主角是菲弗尔小姐，一个皮肤苍白的金发女老师，好咯咯笑，笑声尖利。当她嘱咐班长看管班级，她自己要“去办公室一下”，其实她是要下地下室，和清洁工胡搞。还有一个故事在受害的小男孩中间流传，与女校长有关。女校长是一个肥胖的中年妇女，皮厚心黑，性情暴戾，身上穿着饰有闪光金属片的裙子，嘴里总有粗酿杜松子酒的气味。这位校长大人有回把几个调皮男生叫到办公室，让他们脱裤子，好让她用藤杖抽打屁股。(女孩子则隔着衣服打。)

当然，体罚违反了学校规定。可是外头谁知道呢?谁会说出去呢?挨打的孩子一定不会说。该社区有一个“优良传统”，要是哪位家长听说孩子在学校里挨打了，回家还要补打一顿，以惩罚他在学校不听话。所以这些孩子遭到惩罚也只有受着，不吱声，多一事不如少一事。

这些故事最丑陋的一面是：它们脏归脏，却全都是真的。

1908至1909年间，该地区公立学校唯一的办学方针是粗暴。这时候的威廉斯堡，大家还不知儿童心理学为何物。教学要求倒是简单：高中毕业，再上两年师范完事。很少有几个老师能真正胜任自己的工作。她们之所以去教书，因为这是少数几个她们能找到的工作之一，而且教书比去工厂上班钱多些，还有漫长的暑假，到退休的时候，还能拿退休金。她们去教书，是因为没有人愿意娶她们。那时候，结了婚的女子是不准教书的，所以老师很多都是欲火中烧，行为举止神经兮兮的。这些没孩子的女人，靠着一种扭曲的权威，把自己满腔的愤怒，倾泻给其他女人的孩子。

最残酷的老师家庭出身却类似于这些被她们虐待的孩子。仿佛对这些不幸的孩子严酷一些，她们就能把自己可怕的背景驱散一般。

当然，不是所有老师都这么坏。偶尔也会出现个把好老师。这老师会和学生同苦同悲，尽量帮助他们。不过这些女老师都做不长。要不很快嫁人，离开教师行当；要不就被同行排挤，卷铺盖走人。

学校还有一事很可怕，但其雅称却是“出去一趟”。学校叮嘱孩子要在离家上学前解手，然后等到午餐时才可以上厕所。学校本该有课间休息，但是很少有孩子能真正享受到课间休息。通常情况下，厕所人太多太挤，孩子们根本挤不过去。即便能挤过去（五百个孩子却只有十个厕所位子），地方却都被学校里十个最凶狠的孩子占了。他们站在入口，挡住不让任何人进去。面前大批孩子可怜巴巴在央求，这些小霸王却不为所动。有几个孩子交出一分钱的费用，但是大部分孩子出不起钱。这些小霸王一直霸占着那里，直到上课铃响起来。究竟这么可怕的游戏有何乐趣？鬼才会知道。老师从来不惩罚这些孩子，反正她们也不上学生的厕所。孩子们则一个个守口如瓶，一个字都不透露。再小的孩子都知道乱嚷嚷对自己没好处。他们知道，要是打小报告，回头会被人整得死去活来。就这样，这种邪恶的游戏周而复始地继续着。

理论上说，孩子如若提出请求，是可以出去解手的。学校有个隐晦的体系。竖一根手指在空中，代表自己想出去一下解决小的。竖两根手指，则说明是要多呆一会儿解决大的。不过铁石心肠的老师觉得烦了，就说这不过是孩子们想逃课的花招。她们认定孩子们有足够的休息和午餐时间可用。就这样，她们私底下决定，不顾学生举手休息的要求了。

当然，弗兰西注意到，坐在前排那些衣着光鲜的孩子——老师的宠物——任何时间出去都可以，不过这似乎要另当别论。

至于其他孩子，其中一半人的身体作息，已经根据老师的要求调整了过来，另外一半孩子只有长期尿裤子了。

弗兰西的“出去一趟”问题，茜茜姨妈帮她解决了。自从凯蒂和约翰尼规定她不许上门后，她就没有见过两个孩子，心里着实想念。她知道孩子们开学了，便铁了心要了解他们上学的情况。

这是11月份的事情。厂里事情不多，茜茜下了岗。学校放学的时候，她在学校那条街上晃荡。她心里想，要是孩子们回家说撞见了姨妈，听起来也像是巧遇。在人群当中，她首先看到的是尼雷。一个大孩子把尼雷的帽子掀掉，扔在地上跺了几脚，然后跑开了。尼雷则找了个个头更小的孩子，掀他的帽子，踩几脚，然后同样跑开。茜茜抓住尼雷的胳膊，可是尼雷尖叫一声，扭开茜茜的手，沿着街道跑开了。茜茜很伤心，但意识到尼雷长大了。

弗兰西看到茜茜，当即在街上与她拥抱、亲吻。茜茜带她去一家糖果店，给她买了一分钱的巧克力汽水。然后她让弗兰西坐在凳子上，好好跟她讲讲上学的事。弗兰西给姨妈看她的识字本，还有上面写有大字的作业本。茜茜表示惊讶。她盯着弗兰西瘦削的脸看了好久，发现孩子浑身颤抖。她发现孩子身上衣服单薄，不过是一件旧旧的布裙子、一件破烂的小毛衣，脚上穿着薄薄的棉袜子，这些根本抵挡不了这11月份的天气。她把弗兰西搂过来，用自己的体温温暖她。

"弗兰西宝贝，你像片树叶一样在颤抖。"

弗兰西从未听过这个说法，这让她思考起来。她看着房子边水泥地上的小树。树上还挂着几片枯干的树叶。其中一片树叶在风中抖动。像树叶一样颤抖。她在脑子里记住了这个说法。颤抖……

"怎么了？"茜茜问，"你身上冷冰冰的。"

弗兰西一开始不肯讲。不过几番哄劝之后，她把发烧的脸埋到茜茜脖子边，凑在她耳边说了事情的原委。

"哦，我的天，"茜茜说，"怪不得你这么冷呢。你怎么不去……"

"我们举手，老师看都不看一眼。"

"也罢，别担心，这事在谁身上都会发生。英国女王小时候也会尿裤子。"

可是英国女王会不会这么羞愧，这么敏感呢？弗兰西哭了，声音低沉而伤心，流下了害羞和恐惧的眼泪。她不敢回家，害怕妈妈取笑、羞辱她。

"你妈妈不会骂的……这种事情哪个小女孩不会有呢？我不是跟你说了吗，你妈妈是个小女孩的时候也尿裤子，你外婆小时候也尿。这种事情并不新鲜，你又不是头一个。”

“不过我都大了。只有小小孩才这样。妈妈会当着尼雷的面取笑我的。”

“那么你就不等她发现，主动跟她讲，保证以后再也不会发生，这样她就不会取笑你了。”

“这个我保证不了，老师不让我们上厕所。”

“从现在开始，你任何时间想上厕所，老师都会让你去。你相信茜茜姨妈的，是不是？”

“是啊。可是你怎么知道老师怎么想？”

“我会在教堂里点上一支蜡烛。”

这个许诺让弗兰西感到十分安慰。弗兰西回家后，妈妈照例责备了一通，不过弗兰西想到茜茜说的话，认识到尿裤子的历史源远流长，也就对妈妈的责备无所谓了。

第二天早上，离学校上课还有十分钟的时候，茜茜坐在教室里，直面老师。

“你的班上有个小女孩叫弗兰西对不对？”她发问。

“**弗兰西斯**·诺兰。”布里格斯小姐对她的称呼予以纠正。

“她聪明不聪明？”

“聪……明。”

“表现好不好？”

“她最好给我表现得好点。”

茜茜的脸向布里格斯小姐凑过来。她的声音压低，轻柔下来，但不知何故，布里格斯小姐反倒后退了。“我刚才问你她表现得好不好，是不是？”

“是的，表现尚好，尚好。”老师慌不迭地说。

“我是她妈。”茜茜撒了个谎。

“不会吧！”

“是的！”

“你是不是要了解小孩功课各方面情况呢，诺兰夫人……”

“你知道不知道，”茜茜又撒谎了，“弗兰西有肾病？”

“什么肾病？”

“医生说，如果她想上厕所，有人不让上，她肾的负担太重，会立马倒地身亡。”

“这话也夸张了些吧？”

“你想不想看到她在你的教室里倒地身亡呢？”

“当然，我不想，不过……”

“要是警车把你拉到局子里，站在医生和法官面前，说你不让孩子上厕所，你觉得怎样？”

茜茜是不是在撒谎，布里格斯小姐也看不出来。这事情怪得很。这个女子分明是用十分轻柔、平静的语气在讲话，说的却是这些可怕的事情。这个时候，茜茜碰巧在窗口看到了一个结实的警察在附近晃荡。她指向他。

“看到那警察没有？”布里格斯点点头。“是我老公。”

“弗兰西的爸爸？”

“不是他还是谁？”茜茜推开窗户大叫，“喂，约翰尼！”

警察大吃一惊，不由站住朝上看。茜茜给了他一个飞吻。那一瞬，警察心想，一定是哪个当老师的老处女想汉子想疯了。接着，他的男性虚荣心占了上风，心想一定是某个年轻女老师一直喜欢他，最终鼓起勇气，来了这么一曲吧。他于是也投桃报李，送了个夸张的飞吻，还充满骑士风度地伸手触帽致意，然后继续在街上晃荡下去，嘴里吹着《魔鬼的舞会上》的口哨。“我还真是能招蜂引蝶啊。”他寻思，“真的。家里都有了六个孩子还这么厉害。”

布里格斯眼睛差点都瞪出了眼眶。那警察相貌堂堂，**身体结实**。这时候，老师宠爱的一个学生来了，给老师带了一盒糖果，上头还扎着缎带。布里格斯快乐地咯咯笑，亲吻着孩子粉嫩的脸。茜茜的脑子比刚磨过的剃刀还好使，风吹草动她都看得一清二楚。她知道风是逆着弗兰西吹的。

“对了，”她说，“我猜你觉得我们没钱吧？”

“我肯定没有……”

“我们不是那种好显摆的人家。现在圣诞节快到了。”她开始暗示行贿了。

“或许，”布里格斯小姐让步了，“弗兰西斯举手的时候我没有看到。”

“那么她的座位在什么地方，你看不到呢？”老师指了指一个阴暗的角落，那里便是弗兰西的座位所在地。“或许她靠前坐一点，这样你能看清楚些。”

“座位都是固定的。”

“圣诞节就快到了。”茜茜故作不好意思地说。

“我看我能怎么处理一下吧。”

“这就好。最好能让你看清楚点。”茜茜走到门口，然后转回头。“不光是圣诞节快来的问题。我老公是警察，你要是亏待弗兰西，小心他来把你收拾个半死不活。”

这次家长会之后，弗兰西再无原来的烦恼。她的手只要小心翼翼举一下，立刻被布里格斯小姐碰巧看到。有段时间，她甚至让弗兰西坐第一排第一座。到了圣诞节，老师并没有收到贵重礼物，弗兰西便又回到了阴暗角落。

茜茜去学校的事情弗兰西和凯蒂都一无所知。不过从此以后，若是布里格斯小姐对自己不好，弗兰西也不再感到羞怯了，至少布里格斯小姐不会骂自己。当然，布里格斯小姐知道那个女人说的都是些荒唐话。不过，干吗冒险呢？她不喜欢孩子，可也不是凶神恶煞。她可不想一个小孩死在自己面前。

几个星期后，茜茜让她车间里的一个女孩代她写一张明信片给凯蒂。她要凯蒂既往不咎，允许她偶尔来串串门，看看孩子们。凯蒂对这明信片置之不理。

玛丽·罗姆利来给茜茜当说客。“你和你茜茜姐，两姐妹嘛，有多大恨，要这么记呢？”她问。

“这个我不能告诉你。”凯蒂说。

“原谅是一份价值不菲的礼物。而且一分钱都不要花。”她说。

“我有我自己的主张。”凯蒂说。

“唉。”她妈妈只好深深叹了口气，不再说什么了。

凯蒂嘴里不肯承认，可是心里挺想茜茜。她想念她对人好得无边无际的个性，想念她解决问题的直来直去。艾薇来看凯蒂的时候，对茜茜只字不提。那次来调解未遂后，玛丽·罗姆利也不提茜茜了。

凯蒂通过全家授权的官方记者，她家的保险代理，了解茜茜的情况。罗姆利全家的保险都在同一家保险公司买，每次都是同一个保险代理来，他每周都从各姐妹处收取零零碎碎的保险费。他还来来往往为罗姆利家族当信使，代为传播消息和闲话。有一天，他带话说茜茜又生孩子了，还没来得及给孩子上保险，孩子两小时后就夭折了。凯蒂终于为自己对姐姐的严酷感到后悔了。

“下次你见到我姐姐，”她告诉收保险的人说，“告诉她不要客气，想来就来。”保险人把这谅解的话给捎了过去。茜茜又开始进出诺兰家了。

第二十章

孩子开学后，凯蒂除害虫、防疾病的战役就打响了。战斗是激烈的，过程是短暂的，结果是成功的。

由于孩子们住得挤，生些虫子在所难免，且会互相传播。这不是他们自己的错，可是他们要经历一个孩子所能接受的最为羞辱的防治过程。

学校护士每周过来一次，背对着窗户。小女孩站成一排走过来，走到护士身边就转过身，把头上的辫子放下，弯下腰来。护士用一根细长的棍子查看孩子的头发。如果哪个小孩头上发现了虱子，或者虱子卵，这个小孩就要站到一边。检查结束之后，这些小小贱民会站到班级前面来，听护士向全班宣讲这些小东西如何肮脏，大家要如何如何避免与她们接触，云云。然后，护士会放这些贱民回家，并叫她们去奈普药房买一种“蓝色药膏”，让她们的妈妈给头上搽药膏。回到学校之后，这些孩子还会受同学的折磨。每个小小案犯屁股后都会跟着一群孩子，高声唱着：

“脏兮兮啊，脏兮兮！老师说你脏兮兮。只好回家去啊，回家去，只能怪你脏兮兮啊脏兮兮。”

或许头一回感染的孩子第二次检查的时候会没事。这样的话，她就会折磨其他小案犯，忘了自己也曾经被人折磨过。她们没有从自己的痛苦中学到怜悯。如此，她们当初的苦算是白受了。

凯蒂的日子过得这么艰难，哪里还能容忍别的烦恼忧愁。她是不会接受的。弗兰西第一天从学校回来后，说邻座一个女孩头发上有虫子爬上爬下，凯蒂立刻行动起来。她用她那块又大又粗糙的清洁工专用黄肥皂，刷洗着弗兰西的头发，弗兰西的头皮都给她刷痛了。第二天早晨，她又将头发刷子泡进一碗煤油，用力地梳着弗兰西的头，然后将其头发编成小辫子，编得很紧很紧，弗兰西太阳穴那里都开始青筋暴露了。凯蒂嘱咐弗兰西不要接近汽灯，然后让她上学去了。

弗兰西头上的气味充满了整个教室。她的同桌尽量远离她。老师写了一张条子让她带回家，严禁凯蒂以后放煤油在弗兰西头上。凯蒂说这是个自由的国家，对老师的条子置之不理。她每周都用黄肥皂给弗兰西刷洗一回。每天她都在弗兰西头上涂煤油。

学校爆发腮腺炎之后，凯蒂便行动起来，与传染病作斗争。她做了两个法兰绒袋子，里面各缝入一头大蒜，然后从衣服上扯下一根干净的线穿上，让孩子将大蒜挂在脖子上，放在衣服下面。

弗兰西就这么上学了，身上是大蒜和煤油混合的气味。每个人都对她退避三舍。在拥挤的院子里，她周围总是有一片空地。在拥挤的电车上，人们都挤着避开诺兰家的孩子。

不过这些东西都见效了！不知是大蒜具有女巫的魔力，还是那刺鼻的气味杀死了细菌，或是染病的孩子都躲着弗兰西，所以她没给感染上，或是她和尼雷体质好？谁也不知道答案。不过，凯蒂的孩子上学的时候，确确实实一次也没病过，感冒都没有得过。他们头上也从未生过虱子。

当然，弗兰西由于身上气味大，人人都躲着她。不过她已经习惯了孤独。她习惯了一个人走路，习惯了被人看成“与众不同”。她没有觉得多难受。

第二十一章

学校里虽有这些让人不耻的恶行、让人不堪的折磨、让人不快的举措，弗兰西还是喜欢去上学。大批孩子一起，同时在做同样的事，这让她有种安全感，觉得自己属于某种东西，是为着某个具体目标，集聚到某个领导者之下。诺兰家的孩子都是个人主义者。他们唯一的追求是在这个世界上活下去，除此以外，他们不顺从任何世俗标准。他们有自己的生活准则。他们不属于任何一个固定的社会团体。这当然有利于造就个人主义者，但是孩子有时候未免对此感到不解。因此，弗兰西在学校里能体会到一种安全和安稳。学校的日常生活残酷而丑陋，但是它有自己的目标，有自己的发展步伐。

学校也不是完全暗无天日。每个星期，也有半个小时的黄金时间。那是莫尔顿先生来上音乐课的时候。莫尔顿先生专教音乐，在附近一带小学轮流教。他来的时候，就如同假日到了一般。他穿着燕尾服，打着饱满的领结。他整个人喜气洋洋的，充满了对生活的陶醉，一来就如同天神从云端下凡了一样。他相貌一般，可是很绅士，很活跃。他理解儿童，热爱儿童，而他们则对他顶礼膜拜。老师们也喜欢他。他来的时候，教室里就有一种狂欢节般的气氛。那时候班主任都会穿上最好的衣服，也不那么凶了。有时候她甚至还把头发盘一盘，身上洒点香水。莫尔顿先生就有这个本事，能叫她们这样去做。

他来的时候如一阵龙卷风。教室的门会砰一声打开，莫尔顿先生翩翩而入，衣服后的燕尾翩然跟随。他一跃而上，登上讲台，四处看看，满脸微笑，嘴里快乐地说："不错，不错。"孩子们坐在那里，大声笑个没完，而班主任会在一旁，脸上荡漾着微笑。

他在黑板上画着音符。他还在上面画些小腿，仿佛它们是要跑出五线谱一样。平滑音他给画成了个小驼背。高音的符号他会给画出一个鸟嘴一样的长鼻子来。他还如同小鸟一样，嘴里不时迸出一串美妙的歌声来。有时候他的快乐太满，会溢出来，这时候他会跳上一曲。

他润物细无声地把好的音乐教给他们。他给那些古典的曲子配上自己的歌词，并给出一些简单的名字，如《催眠曲》、《小夜曲》、《街头曲》、《阳光灿烂曲》等。孩子们奶声奶气地高声唱出韩德尔的广板乐章，只知道其名称是《赞美诗》。小男孩在一起打弹子的时候，嘴里会哼唱德沃夏克的《新世界交响曲》。要是有人问这是什么曲子的时候，他们会说："哦，这是《回家》。"跳房子的时候，孩子们会哼唱《浮士德》中的《士兵合唱》，而他们则称之为《光荣曲》。

伯恩斯通小姐没有莫尔顿先生这么万人迷，可也很受欢迎。这位老师是美术老师，也是每周来一次。她仿佛来自另外一个世界，那里有淡绿色或石榴红色美丽裙装。她的脸甜美、温柔。和莫尔顿先生一样，她爱这一大群一大群没人洗没人要的脏小孩，甚于爱那些人人宠个个爱的小孩。老师们却不喜欢她。是的，当着面，她们奉承她。她一转身，她们就对着其背影怒目而视。她们嫉妒她的魅力，她的甜美，她对男人的吸引力。她温暖，活泼，充满女性魅力。她们知道自己不得不独守空房，而这位老师晚上可不会孤单。

这位老师说话语音轻柔，吐字清晰，声音如若歌唱。她的手很美，很灵活，只要给她一点粉笔，或是一小截炭笔，她都能画出东西。蜡笔到了她手里，如有魔力一般。手腕转动一下，一个苹果就出来了。手腕再那么轻轻转动几下，一个小孩的手拿着苹果的形象就跃然纸上了。下雨的时候，她不上课，而是用一张纸、一支炭笔，给班上最穷最调皮的小孩画速写。画完了，在那画上的小孩身上，你看不到肮脏和调皮，只会看到天真，只会看到一个儿童成长过快的悲哀。伯恩斯通小姐真是好极了。

学校的日子很漫长很乏味，老师让孩子们手背在身后长时间机械地坐在那里，而自己却在偷偷看摆在膝盖上的小说。这样的生活如同一条泥泞的大河，而每周来走访上课的老师则如这河上闪烁的金光银光。如果所有老师都像伯恩斯通小姐和莫尔顿先生，弗兰西就会像上了天堂一般。不过也罢，没有乌黑、泥泞的河流，哪能衬托出太阳的灿烂光辉呢？

第二十二章

孩子开始认字的那个时刻多么奇妙啊！

弗兰西拼字母拼了有一段时间，拼出来念一念，然后将这些声音加在一起，组成一个词。突然有一天，她在一张纸上看到了"mouse"（老鼠）这个单词，立刻知道了这个单词的意思。她看着这个单词，脑海里浮现出一只灰色的老鼠。她接着看，又看到"horse"（马），脑海里便回响起马蹄踏地的哒哒声，想到照在马背上的光亮。她突然想到"running"（奔跑）这个单词，呼吸急促起来，仿佛在奔跑似的。单个字母只有声音，和单词的意思还有一层屏障，现在，这屏障没有了。印在纸上的文字，只要去看一眼，就立刻能知道它是什么意思。她快快看了几页，激动得差点晕倒了。她想喊。她可以读书了！她可以读书了！

从此之后，只要翻开书本，就坐拥全世界。她再也不会孤独，再也不会因缺朋少友而孤单。书就是她的朋友。不管是什么心情，总有一种书与她相伴。宁静时可以读诗歌。宁静够了可以看惊险小说。到了青春期可以看浪漫爱情故事。要想接近人，可以看传记。从她开始阅读的那一天起，她发誓在有生之年，天天读书，一天一本。

她喜欢数字和加法。她想出了一个游戏，把每个数字都当成一个家庭成员，"答案"则是家庭成员的一种组合，背后还有个故事。数字0是一个被人抱在怀里的宝宝。他不会添任何麻烦。他每次出现的时候，你"抱住"就行了。数字1是一个刚刚学会走路的小男孩。2是个能够走一点路、说一点话的男孩。他进入大家庭（数字之"和"，等等），也不会增添多大麻烦。3是个上幼儿园的男孩子，你得眼睛盯着他一点。4是小女孩，是弗兰西那么大，和 2 一样比较好对付。妈妈是 5，温柔而慈祥。遇到大数字，这个“妈妈”就会来帮忙，会让事情顺利起来。父亲是 6，比其他数字难一些，但是很公正。7 很坏，是个思想怪异的老祖父，都不知道他从哪里冒出来的。祖母 8 也很难，不过比 7 好懂些。最难的是 9。他是个伙伴，可是将他塞入家庭生活，多么难啊!

弗兰西做加法的时候，总能给答案想出个小故事来。如果答案是 924，她就想这是全家其他人外出，伙伴 9 来陪伴小男孩 2 和小女孩 4 的。如果像 1024 这种答案出现，它意味着所有小孩都出来在院子里玩耍。数字 62 说明是爸爸带着小男孩散步。数字 50 是妈妈用小推车推着小婴儿出去透透空气。78 是冬天的晚上，爷爷奶奶坐在家里的火炉边。每个数字的组合都是一个家庭的新组合，都有一个故事，没有哪两个故事是相同的。

学代数的时候她也在使用这个游戏。她想象 X 轴是个男孩的情人，进入这个家庭，使得生活复杂起来。Y 轴则是那个惹事的男孩。因此，代数对弗兰西来说，是很温暖、很人性化的东西，陪伴着弗兰西度过很多美好的时光。

第二十三章

学校的日子一天一天过去。有些日子里有邪恶、粗暴和伤心。还有一些日子阳光灿烂，那是伯恩斯通小姐或是莫尔顿先生到来的时候。在所有的日子里，魔术一般的学习总在发生。

10月里的一个星期六，弗兰西在外头散步，不巧走到一片陌生的街区。这里没有出租房，没有嘈杂破旧的商店。这里有一些老式房子，历史应该十分久远，大概是华盛顿的军队驰骋于长岛的时候就有了吧。这些房子古老而陈旧，不过四周都有尖头木桩的篱笆，中间有大门，弗兰西真想推门而入。前面的院子里有鲜艳的秋季鲜花，路沿上有深红色或黄色树叶的枫树。在星期六的阳光下，这个社区显得古老、宁静、安详。它有种冥想般的气质，内中有一种宁静、永恒、简陋交织的平安。弗兰西很高兴，就如同爱丽丝无意间走入了魔镜，到了仙境了。

她继续往前走，看到一所小小的、古老的学校。古老的砖墙是石榴红颜色，在黄昏的阳光下光灿灿的。学校的院子四周没有篱笆，周围是草地而非水泥地。学校对面是一马平川的开阔草地，草地上长着一枝黄、紫菀、苜蓿。

弗兰西心中极为欢喜。就是这个了！这就是她要上的学校。可是怎么才能上这学校呢？法律严格规定只能就近上学，不离开所在学区。要是上这学校，她的父母必须搬家到这里来。弗兰西知道，妈妈不会因为她要换学校就答应搬家的。她慢慢散步回家，边走边想着这个问题。

那天晚上，她一直坐着没睡，等着爸爸下班回家。约翰尼终于吹着《莫莉·马龙》，一路小跑着上了台阶。他带回一些剩下的龙虾、鱼子酱、碎肝香肠，一家人吃过之后，尼雷和妈妈去睡觉了。爸爸吸最后一根雪茄时，弗兰西在一旁陪着。弗兰西凑在爸爸耳朵前跟他说起了那所学校的事情。他看着她，点点头，然后说："我们明天再看看。"

"你是说我们可以搬到学校附近？"

"不是的，应该有别的办法。我明天和你一起去，我们看看有什么办法没有。"

弗兰西很激动，一晚上都没有睡着。七点钟她就起来了，那时候约翰尼还在呼呼大睡。她不耐烦地等啊等。每次他在梦中叹息，她都跑过去，看他醒了没有。

他中午左右才醒，一家人坐在一起吃饭。弗兰西吃不下，她一直看着爸爸，不过也没看他作出任何表示来。他是不是忘了？他是不是忘了？不是。在凯蒂倒咖啡的时候，他似乎漫不经心地说：

"我猜我和小歌后等会儿要去散散步吧。"

弗兰西的心激动得怦怦直跳。他没有忘记。他没有忘记。她等着。妈妈会回答的。或许她会反对。或许她会问为什么。或许她会说自己也一道去。不过妈妈只说了声："好吧。"

弗兰西把碗洗了。洗碗之后，她去糖果店买星期日报纸，然后去烟店给爸爸买五分钱的花冠牌雪茄。约翰尼一定要看报纸。他一定要每个栏目都看，连他本不该有兴趣的社会新闻版他也不放过。更糟糕的是，每看一则，还一定要向凯蒂发表一番高见。每次他把报纸放到一边，跟妈妈说："这什么世道！你看这个。"弗兰西听了差不多都要哭了。

四点钟到了。雪茄也早抽光了，报纸散落在地上，凯蒂受够了约翰尼的新闻分析，便和尼雷去看玛丽·罗姆利去了。

弗兰西和爸爸手挽着手出发了。他穿着仅有的一件晚礼服，戴着圆顶礼帽，看起来精神抖擞。这是10月里灿烂的一天。阳光温暖，和煦的风将海洋的气息带往每个角落。他们走了几个街区，转过了一个街角，就到了那个街区。布鲁克林很大很散，所以才会出现不同街区这么大的分别。这个地方是第五第六代美国人住的地方。而在弗兰西所住的地区，要是你能够证明你生在美国，那地位就了不得了，简直不亚于坐五月花号轮船来美国的第一批移民！

确实,弗兰西还真是班上唯一父母双方都在美国出生的学生。学期开始,老师给全班点名时,问及各个孩子的家族背景。都是些典型的答案。

"我是波兰裔美国人,我爸爸生于华沙。"

"爱尔兰裔美国人,我爸妈生于科克郡①。"

问到诺兰家的时候,弗兰西自豪地说:"我是美国人。"

"我**知道**你是美国人。"那个动辄生气的老师不耐烦地说,"你祖籍哪里?"

"美国。"弗兰西更加自豪地说。

"你能不能告诉我你父母都什么来路,不然要不要我送你去校长办公室?"

"我父母也都是美国人,他们生于布鲁克林。"

所有的孩子都转过来看弗兰西,觉得诧异,怎么其父母不是从老国家来的。不过老师说:"布鲁克林,嗯,看来你还真是美国人。"弗兰西很自豪,很开心。布鲁克林多好啊,她心想,生于布鲁克林,就天经地义成了美国人!

爸爸跟弗兰西谈起了这个古怪的社区:这里的家庭都在美国一百多年了,他们大部分是苏格兰、英格兰、威尔士血统。男人会打箱柜,做一手好木工活。他们也有金匠、银匠、铜匠。

他答应弗兰西,有朝一日,要带她去看看布鲁克林的西班牙人居住区。那里的人会做雪茄,而且大家凑份子,请人来在他们每天干活的时候读东西给他们听。这些人都有挺好的文学修养。

他们在星期日静悄悄的街道上走着。弗兰西看到一片树叶从树枝上飘落,便跳过去抓住。这叶子全部是红色,边沿却是金色。弗兰西盯着叶子,怀疑世界上没有比这更漂亮的东西了。一个女子从街角过来,浓妆艳抹,披一条羽毛围巾。她朝约翰尼笑着说:

"要人陪吗,先生?"

约翰尼看了她一下,然后轻声说:

---

① 爱尔兰最南部的一个郡。

“不用了，妹子。”

“肯定吗？”那女人又撒娇地问了句。

“肯定的。”约翰尼平心静气地回答。

她走了。弗兰西一蹦一跳地回来，拉住爸爸的手。

“那位女士是坏女人吗，爸爸？”她急切地问。

“不是。”

“不过她**看上去**挺坏啊。”

“世上哪有那么多坏人。有很多人只是运气不好罢了。”

“不过你看她脸上那脂粉抹得……”

“这种人以前有过好日子。”他很喜欢这个说法，“是的，或许她以前有过好日子。”他陷入了沉思状态。弗兰西又一蹦一跳跑到前面继续捡树叶了。

他们到了学校，弗兰西自豪地指给爸爸看。黄昏的阳光把颜色柔和的墙砖照得暖暖的，嵌有小块玻璃的窗户似乎在阳光下跳舞。约翰尼看了好久，然后说：

“就这个学校了，就这个学校。”

约翰尼要是被什么事感动了，或是有什么情绪激发了出来，一定要用歌曲才能表达。他将旧礼帽放在心口，直直地站着，看着学校的校舍，开始唱起来：

> 上学了，上学了，
> 待人如己好日子[①]。
> 读书、写作、做算术……

约翰尼站在那里，穿一身淡绿色的礼服，崭新的亚麻布衬衣，手里牵着一个衣衫褴褛的小女孩，在这街道上无所顾忌地唱着这陈腐的歌曲。对路过的陌生人来说，这样子一定很傻。不过在弗兰西眼中，此情此景，却恰如其分，优美动人。

---

① 原文为 Golden rule days，golden rule。指的是希望别人怎样对待自己，便去怎样对待别人。

他们穿过街道，在人们称之为“场子”的草地上漫步。弗兰西摘了些一枝黄、野紫菀带回家。约翰尼说这片草地过去是印第安人的坟地。他说他小时候，曾经来这里找箭头。弗兰西建议他们再找一找。他们找了半小时，一无所获。约翰尼记得他小时候也没有找到过。弗兰西觉得这很滑稽，笑了起来。爸爸说或许这根本不是印第安坟地，或许这是什么人胡诌出来的。约翰尼说得再对不过了，因为这整个故事都是他编的。

过了一会儿，该回家了，爸爸还是没提转学到这里的事情，弗兰西的眼泪都开始在眼眶里打转了。他看到弗兰西的眼泪，便想出了一个办法。

“宝宝，我跟你说我们怎么办吧。我们四周走走，找幢好的房子，把号码记下来。我们就写信给你们校长，说我们搬到这房子去住，要转学到这里来。”

他们找到了一幢房子，只有一层楼的白房子，斜屋顶，院子里长着晚秋的菊花。他仔细地把地址抄了下来。

“你知道我们做的事情并不对吧?”

“是吗，爸爸?”

“不过做点坏事，是为了更大的好事。”

“就像不害人的谎言?”

“就像一个能帮人的谎言。做了这错事，你得加倍学好，才能弥补啊。上学了千万别做坏事，不要缺课，不要迟到。你可不要干什么坏事，让学校寄信过来啊。”

“只要我能进这学校，我一定好好努力的，爸爸。”

“那好。现在我告诉你如何抄近路从小公园来上学。我很清楚怎么过来。没错，我知道得分毫不差。”

他带她去公园，告诉她可以斜穿过公园来上学。

“这样你看行了吧。你来来回回，还可以观赏四季变化。你看怎样?”

弗兰西想起妈妈曾经念过的一句话来，便用这话回答说：“我的福杯满溢。”[①]她心里真是这样乐开怀了。

凯蒂闻知这个计划后说：“随你们的便。不过别把我牵扯进去。要是你

---

① 出自《圣经·旧约》“诗篇”23:5：“你用油膏了我的头，使我的福杯满溢。”

提供假地址，警察上门来抓你，我会如实说我和这事无关。上哪个学校不是上?又能好到哪里?坏到哪里?我也不知道她怎么要转学的。不管上什么学校，还不都是要做家庭作业。”

“那就这么定了。”约翰尼说，“弗兰西，这是一分钱。你去糖果店买张信纸和信封去。”

弗兰西跑下去，很快又跑了回来。约翰尼开始写信，说弗兰西将去某某地址，和亲戚居住，故希望转学。他接着又说尼雷还希望继续在家里住，所以不用转。他签了名，然后郑重地在下头画了一条线。

次日上午，弗兰西双手发抖，将信拿给校长看。那位女士看了看，嘴里咕哝了几句，还是同意转学了，将她的成绩卡拿给她，叫她转去吧，反正学校人也够挤的。

弗兰西拿着这些材料来到新学校的校长面前。校长和她握手，说希望她在新学校里会开心。一位班长将她带到了教室里。老师停下教学，将弗兰西介绍给全班。弗兰西看着一排排小女孩，衣着也都破烂，但大多很干净。老师给安排了个单独的座位，她就快乐地开始适应新学校的日程安排了。

这里的老师和学生不像老学校的那么粗暴。不错，有些小孩子还是很坏，不过是那种小孩子常有的坏，不像是特意使坏的阵势。老师常常欠缺耐心，性情急躁，不过从来不是没完没了地折腾人。这里也没有体罚。这些学生家长多半是美国人，对宪法赋予的权利十分清楚，遇到不公正待遇，可不会善罢甘休。他们不像移民和第二代美国人那样好欺负，好盘剥。

弗兰西发现，这个学校的感觉大不一样，主要原因是清洁工。学校的清洁工是个面色红润、一头白发的老人，连校长都称他詹森**先生**。他自己就有很多儿孙，对他们都很喜爱。可是对其他孩子来说，他也都像个父亲一样。下雨天的时候，要是有学生淋了雨身上衣服湿了，他会让孩子到锅炉房把衣服烘干。他让孩子们把湿鞋湿袜子脱下来，挂在绳子上晾。孩子们那些破烂的小鞋子一溜挂在锅炉的前面。

锅炉房是个温馨的地方。四壁都粉刷得白白净净，看着漆成红色的锅炉，会觉得很舒心。四壁的窗户都很高。弗兰西喜欢在那里坐着，享受着那里的温暖，看着橙色和蓝色的火苗在一层乌黑的小煤块上方跳舞。(孩子们来烘干的时候，清洁工会把炉门打开。)下雨的时候，她会提前出门，慢慢走到学校，好把自己浑身淋湿，这样就可以享受去锅炉房烘干的待遇了。

詹森先生让孩子逃课去锅炉房烘干，这个做法本来不合校规，但是大家都喜欢他，尊重他，所以无人提出反对。弗兰西听说过很多关于詹森先生的故事。她听说他上过大学，学问比校长还高。她还听说，他有家室。孩子一出生，他发觉在学校里教书挣的钱还不如当技工多。无论这些是真是假，他都受人喜爱，受人尊重。有一回，弗兰西看到他在校长办公室里。他穿着整洁的条纹工装裤，跷着腿在谈论政治。弗兰西听说，校长也常下到詹森先生的锅炉房来，点上满满一烟斗烟，坐着和詹森先生聊上一阵。

要是哪个小孩子不听话，他不会被送到校长办公室修理，而是送到詹森先生的屋子里，让他来教训一番。詹森先生从来不骂坏学生。他会跟这学生聊他的小儿子——他的小儿子在道奇棒球队当投球手。他会跟这学生讲民主，讲何为良好的公民素质，还说要是每个人都尽力而为，这个世界会多么美好。和詹森先生一席谈话之后，坏学生保证不会再次闯祸。

毕业的时候，孩子们出自对校长一职的尊重，会请校长在自己的签名本第一页签字。但是他们更看重詹森先生的签字。他们常让詹森先生签第二页。校长会草草签字，笔迹潦草。可是詹森先生不会。他会郑重其事。他会把签名本拿到自己那张大大的翻盖书桌上，点亮灯，坐下来，把眼镜好好擦干净，接着选择一支钢笔，蘸点墨水，看上一会儿，然后将墨水擦掉，重新蘸上墨水。随后，他会用钢版雕刻式字体签出自己的名字，然后小心修饰。他的签名总是签名本里最棒的。如果你胆子够大，还可以请他把签名本带回去，让他那个在道奇队当投球手的小儿子签名。男孩子都非常喜欢这个，但是女孩子一般无所谓。

詹森先生书法极好，要是让他填写毕业证书，他也是有求必应。

莫尔顿先生和伯恩斯通小姐也来学校。他们上课的时候，詹森先生常常会过来，费力挤进后排一个小小座位，一起美滋滋地听课。如果天冷，詹森先生会让莫尔顿先生或者伯恩斯通小姐到锅炉房来，让其喝上一杯热咖啡后再去别的学校上课。他有个煤气炉子，还有煮咖啡的东西，放在一张小桌子上。他用厚壁杯子，装上浓浓的、热热的黑咖啡给他们喝。这些来访的老师都对这个好人满心感激。

弗兰西在新学校很开心。她努力在做个好学生。每天，她路过冒牌居住的房子时，都带着感激和深情看着它。刮风的时候，要是有纸在这房子的前头飞，她会跑过去捡起来，放入房前的水槽。垃圾工人收完垃圾后，有时候会把装垃圾的麻袋马马虎虎放在路上，而不是放入院子。弗兰西若是次日早晨看到了这些袋子放在路上，会捡起来挂在院子的木栅栏上。住在屋子里的人觉得这小孩安安静静，而且似乎有点洁癖。

弗兰西热爱这学校。但来这里上学意味着她每天必须走过四十八个街区[1]，不过她倒是喜欢走路。她早晨必须比尼雷早点走，晚上迟回来。她并不介意，只是吃午饭有些困难。回家过十二个街区，回学校又是十二个街区，而午休时间只有一个小时，吃饭的时间就很少了。妈妈不让她带饭到学校。她的理由是：

“照她这么成长，不久就会不顾家，不顾家里人了。现在是小孩子，就得像小孩子的样子，跟小孩子一样吃饭。她跑这么远上学，是我的错？这不是她自己挑的吗？”

“不过，凯蒂，”爸爸争辩说，“这学校可是好学校啊。”

“那么不好的地方她也就一起受着吧。”

午饭的问题就这样确定了。弗兰西吃午饭的时间只有五分钟，只能回去吃个三明治。她常常是将其带在路上，边走边吃。她也没觉得这样吃亏。她在新学校实在太开心了，总觉得这么好的事总得有所付出才正常。

转到这个学校是好事，这让她看到在她生下来所接触的世界之外，还有别的世界，而别的世界也并非遥不可及。

---

① 两条街之间为一街区 (block)。

第二十四章

弗兰西计算一年的时间，不是按日子，也不是按月份，而是按照节日来算的。她的一年从7月4日开始，因为那是学校放假后的第一个节日。7月4日到来前的一周，她就开始收藏鞭炮了。她的每一分钱都用来买鞭炮，一小包一小包地买。她将这些小包鞭炮全放在一个盒子里，塞在床底下。她每天至少把盒子拿出来十回，将这些鞭炮摆弄来摆弄去，久久看着外面一层淡红色的纸和里面卷了一层又一层的白纸，很好奇这些都是怎么做出来的。她闻着粗粗的火绒的气味。每次买鞭炮，店主都会免费提供这些火绒。它们可以闷烧几个小时，可以用来点鞭炮。

那个大庆的日子到来时，她都舍不得将这些鞭炮放掉。拥有着这些东西，比使用着感觉还要良好。有一年，日子过得特别紧，哪怕分币也不那么容易弄到，弗兰西和尼雷便收藏纸袋子。到了国庆日，他们就在纸袋里装满水，将袋子口拧上，从屋顶丢到街上。它们会发出啪的一声，几近鞭炮。差点被砸着的路人会觉得烦，抬头怒视，不过也不会拿他们怎样。这些穷孩子要用这个习俗来庆祝国庆，他们也没有什么法子。

下一个大的节日是万圣节。尼雷会用煤灰把脸涂黑，将帽子反戴，衣服里外反穿。他将妈妈的一只长筒黑袜子里头装满灰，和一群小顽童在街头瞎逛，将自制的这“皮锤”乱挥舞一气，动不动尖叫一番。

弗兰西和其他小女孩一起，拿着白粉笔在街上逛。每看到有人穿着大衣，便在他们身后画一个十字。孩子们进行这些仪式是没有什么特别意义的。这个符号她们知其然不知其所以然。或许来自中世纪，可能是那时候的人们用十字在得瘟疫的人家涂记号吧。或许那时候的小顽童就这么故意作弄无辜的人，在他们身上画十字的，然后这个做法代代相传，到如今的万圣节，成了个让人摸不着头脑的恶作剧了。

选举日对弗兰西来说是最大的节日。和其他节日比起来，选举日似乎更像是整个社区的节日。或许全国其他地方的人也选举，可是在弗兰西眼中，这些都和布鲁克林没法比。

约翰尼带弗兰西到了斯科尔斯街的一家牡蛎馆。牡蛎馆所在的屋子恐怕都有上百年历史，可以追溯到大酋长坦慕尼①及其印第安勇士们还在这里出没的时候了。这里的炸牡蛎全州闻名。不过这地方出名的还不止是炸牡蛎。这里是市政厅那些政客们秘密开会的地方。党内首脑们会在这里秘密聚会，找个隐秘的房间，一边吃着多汁的牡蛎，一边讨论让谁当选，让谁下台。

弗兰西常常路过这家馆子，好奇地看着。这馆子门上头都没写名字，窗户上也空荡荡的，只有一盆蕨菜。窗后的铜杆上挂着半面褐色亚麻布帘子。有一回弗兰西看到门开了，有人进去。她朝屋子里瞥了一眼，看到里面暗暗的，开着有红色罩子的灯，烟雾腾腾的。

弗兰西和社区里大一些的孩子会走走选举的过场，却全然不知道这过场是什么意思，为的是什么原因。选举日的晚上，她就排上队，把手搭在前面孩子的肩膀上。这队伍在街道上蜿蜒前进，孩子们边走边唱：

大酋长，坦慕尼。
帐篷里，把令施。
打仗了，勇士集。
了不起，坦慕尼。

弗兰西也喜欢听爸妈辩论党的优缺点。爸爸是民主党的衷心拥护者，妈妈则无所谓。妈妈对党提出批评，告诉约翰尼他的选票等于扔水里了。

“别这么说，凯蒂。”他抗议说，“总的说来，民主党给人民做了不少好事。”

“这个我可以去凭空想象。”凯蒂反唇相讥。

“他们只是需要家里的男人投个票而已，看他们付出的回报有多大。”

① 下文中的坦慕尼指纽约民主党内的一政治组织，或称坦慕尼协会（十九世纪末和二十世纪初），希望通过腐败和老板式的控制手段，获取政治势力。

“他们到底给了什么回报，你倒是举上一个例子来啊？”

“比如你需要法律建议。你不需要去找律师。问你的议员就可以了。”

“这还不是盲人骑瞎马。”

“你还别说，别看他们很多时候很笨，但是他们对纽约市法律法规却是倒背如流。”

“你去告纽约市一回，就知道坦慕尼协会会不会帮你了。”

“就比如说公务员资格考试吧。”约翰尼换了个角度，“他们知道警察、消防队员和邮递员考试都是什么时候。要是选民感兴趣，他们总会提醒的。”

“三年前，莱维夫人的丈夫就参加了邮递员考试。到现在他还在开卡车。”

“说得好！这还不是因为他是共和党。如果他是民主党，他们会把他的名字抄下来，放在名单靠前位置。我听说有个老师想转到其他学校。坦慕尼协会就给办妥了。”

“凭什么？难道她长得漂亮？”

“不是这个。这是个精明的举措。老师是在教育未来的选民。比如这个老师，以后一有机会，就会跟学生说坦慕尼协会的好话。每个男孩长大了都要投票的，这个你知道的。”

“为什么？”

“因为这是项权利。”

“权利！我呸！”凯蒂耻笑道。

“比如现在，假如你有一只狮毛狗，狗死了，然后会怎样？”

“我怎么会去养什么狮毛狗呢？”

“你能不能假设你有这么一只死的狮毛狗，好让我们的谈话继续下去呢？”

“也罢，好，我有只狮毛狗死了，然后呢？”

“你就可以跑到党部去，那些人会把死狗拿走。设想一下，弗兰西想办工作证件，但年龄却太小了。”

“我想他们会给办吧。”

“那还用说。”

"让这么小的孩子去工厂工作,你觉得合适吗?"

"怎么说呢,比如你有个小男孩,在学校里不学好,常常逃学,在街上到处瞎闯,可是法律又不许他工作。搞个假证件难道不是好事吗?"

"这倒是个好事。"凯蒂退了一步。

"看看他们给选民找的工作吧。"

"你知道他们是怎么找的这些工作吧?他们去工厂审查,却对工厂的作奸犯科视而不见。这样,工厂老板心领神会,会报答他们。缺人的时候,就去找坦慕尼协会的人,这样,功劳便成了坦慕尼人的了。"

"我再给你举个例子。有人的亲戚在老国家,由于诸多繁琐手续,过不来。可是坦慕尼能代为办妥。"

"当然了,把这些外国人办过来,让他们成为公民,然后叫他们投票给民主党,否则让他们打道回府。"

"不管你怎么说,坦慕尼对穷人很好。比如有人病了,付不起房租。你想组织上会不会让房东把这人扫地出门呢?当然不了。如果他是民主党,他就有这个保障。"

"我猜房东都是共和党了。"凯蒂说。

"不是。这个体系双方都能照顾到。假如有个房东的房客是个无赖,要房租的时候要不到,房东鼻子上反倒挨上这无赖一拳,你想会怎么样?组织会帮助房东将这个无赖赶走。"

"坦慕尼给人民一点小好处,但是索取的时候是双倍索取。你就等着看,等我们女人能投票的时候吧。"约翰尼笑了,打断了她的话。"你难道不相信我们能投票?这一天会到来的。你就记住我的话。等我们能投票了,我们会把这些腐败政客送到他们该去的地方——也就是大牢里。"

"等这个日子真来了,你会和我手挽着手,一起去投票站,我投谁你就投谁。"他用手搂住凯蒂,迅速拥抱了她一下。

凯蒂冲他笑了。弗兰西发现,妈妈的笑容斜斜的,看上去有点像学校礼堂画像上那个叫蒙娜·丽莎的女子。

坦慕尼之所以有这般权势,是因他们从孩子小的时候就抓起,按照民主党的方式培养他们。这些党内首脑的喽罗们,就算再笨,也知道时间不会一成不变,今日的小孩就是明日的选民。他们把男孩女孩都拉拢到自己身边。那时候女人还不能投票，可是这些政客知道，布鲁克林的女人对男人影响力很大。要是小女孩能用民主党的方式教育，一旦长大嫁人，还不是让自己的男人投民主党的票。为了讨孩子开心，马蒂·马奥尼协会每年夏天都给孩子和家长组织短途旅游。凯蒂对这个组织除了鄙视还是鄙视，不过她觉得这个机会倒是不错，不用白不用。弗兰西听说他们要出去旅游，就像任何一个没有坐过船的十岁小孩一样，欢呼雀跃。

约翰尼不愿意去，也不理解为什么凯蒂要去。

“我热爱生活，所以我要去。”她给了这么一句奇怪的回答。

“这么乱糟糟的也叫生活的话，你就是给我打折我都不要。”他说。

不过最后他还是去了。他想这次坐船旅行或许也有教育意义吧。既然是教育孩子，他可不能不在边上。这一天闷热无比。甲板上孩子很多，一个个欣喜若狂，跑来跑去，都玩得差点掉进哈德逊河。弗兰西盯着那河水看啊看，直到出现生平第一次头晕。约翰尼告诉孩子们，多少年前，亨德里克·哈德逊就在这条河里航行。弗兰西在想，哈德逊先生看着这流水，会不会像她这样头晕得要命呢？妈妈坐在甲板上，戴着翠绿的草帽，穿着她从艾薇姨妈家借来的黄色细点瑞士布[①]裙子，看上去漂漂亮亮的。她周围的人都在笑。妈妈很能聊，人们也喜欢听她聊。

到了午后，船在上州[②]一个林木茂密的山谷停泊，这时候民主党员们下了船，开始忙乎起来了。孩子们忙着花他们的“购物券”。在这次旅行前的一周，孩子们就拿到了这些上写“热狗”、“汽水”、“旋转木马”的购物券，每人拿到一条券，上有十张。弗兰西和尼雷各拿了一条券，可是一些狡猾的男孩哄骗弗兰西玩打弹子赢券的游戏。他们告诉她，或许她能赢五十条券，风风光光过一天呢。可惜弗兰西打弹子技不如人，很快就把券全输光了。尼雷手气不错，赢了两条券。弗兰西问妈妈，可不可以让弟弟匀张券给她。妈妈抓住这个机会对弗兰西开展了一通关于赌博的教育。

“你本来有券的，可是你自作聪明，想再去赢你不该得的券。赌博的人个个都想赢，没有哪个想输。不过你记住：总得有人输，别人能输，你也能

① 发明于瑞士的一种印染风格，在布料上加圆点装饰。

② 纽约州的纽约市为“下州”，往西往北走，远离纽约城，乃进入“上州”。

输。你这回拿十张券来赌赌输了，要是能长个记性，这个学费付得算是便宜的了。”

妈妈说得对。弗兰西就**知道**她说得对，可是她的话一点都不让自己开心。她想和别的孩子一样坐旋转木马。她想喝汽水。她在热狗摊边苦闷地站着，看着别的孩子在那里大吃，这时候有个男的跟她说话了。这人穿着警察制服，只是上面的金色更多一些。

“小女孩，没有券吗？”他问道。

“我忘记带了。”弗兰西撒了个谎。

“我小时候打弹子也不在行。”那人从口袋里拿出三条券来，“我们每年都给输掉的人送一些券，不过女孩输掉还比较少见。她们的券再少，都会牢牢守着不给人赢走。”弗兰西将券拿过来，谢过人家。她离开的时候，那人问她：“坐在那边戴顶绿色帽子的女士，是不是你妈妈？”

“是的。”她等着。他没有说话。弗兰西忍不住问：“怎么了？”

“你每天晚上就跟小花[1]祈祷吧，许愿你长大以后有你妈妈一半漂亮。你现在就要这样去祈祷。”

“我妈边上的那位是我爸爸。”弗兰西希望听到这人说她爸爸也很英俊。不过那人瞪了她爸爸一眼，什么也没有说。弗兰西跑开了。

组织者要弗兰西每隔半小时到妈妈这里来报到一次。弗兰西再回来的时候，约翰尼在免费啤酒桶边喝酒。妈妈找弗兰西打趣。

“你就和茜茜姨一样——总喜欢和穿制服的人聊天。”

“他另外给了我一些券。”

“我看到了。”她接下来的话似乎漫不经心，“他问你什么了？”

“他问你是不是我妈。”弗兰西没把他夸妈妈漂亮的话说出来。

“是的，我猜他是这么问你的。”凯蒂盯着自己的手。这双手在洗涤液里泡得红肿粗糙，上头还有口子。她从手提袋里拿出一副缝补过的棉手套。天很热，她却还是把手套戴上了。她叹了口气。“我过得也太辛苦了，有时候都忘了自己是个女人。”

弗兰西惊诧不已。她还是头一回从妈妈口中听到这种略带抱怨的话

① 天主教修女圣德雷莎(St. Thérèse)生前过着隐居、祷告的生活，自称“耶稣的小花”。“小花会”(Society of the Little Flower)迄今存在。

来。她不知道妈妈怎么突然一下为自己的双手感到羞愧。她一蹦一跳跑开时，听到妈妈问边上的一个女士：

"那个朝这边看的人，穿制服的，是谁啊？"

"那是迈克·麦克舍恩警官啊。他就分管你们片区啊，你怎么不认识？这倒好笑。"

快乐的一天还在继续。每张长桌子末端都有个啤酒桶，向所有民主党人免费供应。弗兰西也兴奋得不行，和其他孩子一起跑来跑去，吵吵嚷嚷，打打闹闹。啤酒流得就如同雨后布鲁克林的水沟一样。有支铜管乐队一直在演奏。曲目包括《克里舞者》、《爱尔兰的眼睛在微笑》、《哈里根，就是我》。他们还演奏《香农河》和纽约自己的民歌《纽约人行道》。

每次演奏前，指挥都会报幕："接下来马蒂·马奥尼乐队为您献上……"每首歌结束，乐队所有成员都异口同声一起喊："马蒂·马奥尼加油！"每次倒完酒后，服务生也说："马蒂·马奥尼敬赠。"所有的活动都以马蒂·马奥尼冠名，如"马蒂·马奥尼竞走比赛"、"马蒂·马奥尼花生米比赛"。这一天结束的时候，弗兰西已经对马蒂·马奥尼的伟大深信不疑了。

下午较迟的时候，弗兰西心想她必须找到马奥尼先生，感谢他让自己度过了这么一段好时光。她找啊找，问啊问，可奇怪的是，居然没有人认识马蒂·马奥尼，也没有人见过他。显然，他并不在这游玩的人群当中，可是他似乎又无处不在，简直像个隐形人。有个男人告诉她，或许马蒂·马奥尼根本不存在，只不过是一个代号，说的是该组织的领导者而已。

"我四十年如一日，投同样的票，"那人说，"候选人好像都只有那个马蒂·马奥尼。要不就是不同的人，用的是同一个名字。我也不知道他是谁，小孩。我只知道我一直投票给民主党。"

回家的时候，船行驶在月光下的哈德逊河上，很多男人打起架来，这也是回家路上唯一可圈可点之处。孩子们大多晕船，或是被太阳晒晕了，一个个烦躁不宁。尼雷倒在妈妈膝上睡着了。弗兰西坐在甲板上，听着爸爸妈妈聊天。

"你知道麦克舍恩警官吗？"凯蒂问。

"我知道他是谁。人们都叫他正直警察。民主党也在考察他。如果他能选上议员，我一点都不感到吃惊。”

附近坐着的一个男子欠身过来，碰了碰约翰尼的胳膊。“选上警署专员还差不多，伙计。”

“他个人生活怎样？”凯蒂问。

“典型的艾尔吉[1]式白手起家的故事。二十五年前，他从爱尔兰过来，两手空空，行李只有一个小箱子，往背上一背都可以。他在码头砸大锤，晚上上夜校，后来进了警队。他还继续学习、考试，如今当了警官。”约翰尼说。

“我猜他一定娶了一个受过良好教育的女人当好帮手吧？”

“其实没有。他刚来的时候，有户爱尔兰人家收留了他，等他自己站稳脚跟再说。这户人家的女儿嫁给了一个无赖。蜜月之后不久，他就跑了，后来跟人打架打死了。这个女孩却怀上了孩子，不过怎么说邻居也不会相信这女孩结过婚。看来这家人是要丢人了，可是麦克舍恩和她结了婚，让孩子跟自己姓，算是报答这户人家。当然，这算不上是先恋爱后结婚，不过听说他对这女子很好。”

“他们一起生过孩子吗？”

“生了十四个，我听说。”

“十四个！”

“不过只有四个养活了，都没有长大成人。他们生来就得了肺痨，是他们的妈妈传染的，而他们的妈妈是从一个女孩那儿传染的。”

“这人一辈子也够可怜的。”约翰尼喃喃自语，“是个好人啊。”

“那么他夫人还在世吧，我想。”

“不过病得很重，听说活不了多久了。”

“这种人命大着呢。”

“凯蒂！”凯蒂的话让约翰尼深感震惊。

“我才不管！我不能怪她嫁给一个无赖，和无赖生孩子。这是她的权利。不过我责怪她为什么到了时间不吃药。为什么把自己的烦恼转嫁给一

---

① 十九世纪美国通俗小说家，写下大约一百三十五本小说，多半描述主人公如何白手起家实现美国梦的经历。

个好人?”

“你可不能这么说话。”

“她早死早好。”

“别说了,凯蒂。”

“我就要说。她一死,她丈夫就可以重新娶别人——娶一个快乐、健康的女人,给他生孩子,生了能活下来。哪个男人都有这个权利。”

约翰尼一句话没说。听着妈妈这么讲,弗兰西心里生出莫名的恐惧来。她站起身,走到爸爸身边,抓住他的手,紧紧贴在自己身上。月光下,约翰尼的眼睛吃惊地瞪得老大。他把孩子拉过来,紧紧搂着她。不过嘴里却说:

“看看月亮怎么在水上走吧。”

这次游玩之后,民主党组织开始为选举日做准备。他们给社区的小孩发放白色的胸扣,上面有马蒂的脸。弗兰西拿了一些,久久地盯着那脸。马蒂对她来说已经很神秘,弗兰西都把这人当做圣灵一般——觉得他存在,却又无缘一见。这图像上的人面色温和,大背头,八字胡。看起来和其他小政客没有什么两样。弗兰西真想见他一回——哪怕就亲眼见一回。

胸扣让孩子们十分兴奋。他们开始用它来交换东西、做游戏,成了流通货币了。尼雷将自己的陀螺卖给了一个男孩,卖了十枚胸扣。糖果店老板吉姆培收了弗兰西十五枚胸扣,给了她一分钱的糖果。(他和民主党暗中有交易,可以用胸扣换钱。)弗兰西去找马蒂,却发现他无所不在。她看到男孩子用他的脸扔来扔去玩投掷游戏。她看到他们把他的脸放在车子下头压,变成跳房子用的小铁块。他的脸放在尼雷口袋里,和其他零零碎碎的东西放一起。她看到在排水沟里,他的脸朝上浮在污水中。她看到他的脸掉在下水道过滤栅下的脏土里。她看到教会奉献的时候,她边上的彭克·帕金斯没有和平时一样放两分钱进奉献盘,而是放了两个胸扣。她看到他弥撒结束后,跑到糖果店,用两分钱买了四支甜卡牌香烟。她看到马蒂的脸到处都是,却从没见过真人。

选举前那一周,她和尼雷还有别的男孩一起,去收集“选举柴”。他们说的是木柴，用来在选举之夜生篝火用的。她帮着把木柴储存在地下室里。

选举日那天，她起得很早，看到有人来敲门。约翰尼去开门的时候，那人问：

“诺兰吗？”

“是的。”约翰尼承认。

“十一点钟，去投票站。”他在名单上约翰尼的名字边画了个勾，并递给约翰尼一支雪茄。“马蒂·马奥尼敬赠。”然后他又去找下一位民主党人。

“他们不来叫，你不是也去吗？”弗兰西问。

“他们给每个人指定一个时间，这样选举就不会延误……你知道，不是所有的人都成群结队地来。”

“为什么啊？”弗兰西打破沙锅问到底。

“因为嘛，”约翰尼闪烁其辞。

“我告诉你为什么吧。”妈妈插话说，“他们希望知道谁投票，怎么投。他们知道什么时候什么人该去投票站投票。要是不去给马蒂投票的话，那可没有好日子过了。”

“女人懂个什么政治。”约翰尼一边说，一边点着了马奥尼送的雪茄。

选举之夜，弗兰西帮尼雷把木柴拖出来。他们这片的篝火最大，这里头也有他们的功劳。弗兰西和其他小孩一起排成一排，在篝火周围跳印第安式舞蹈，唱着“坦慕尼”的歌。篝火熄灭时，男孩子们把犹太人商贩手推货车上的东西一抢而空，还跑去偷土豆，放在灰烬里烤。这样烤出来的土豆他们称之为“烤爱豆”。土豆不够分，弗兰西一个也没有吃上。

她站在街上，看着选举结果出来。有人在街角的一幢大房子的两个大窗户之间拉了张大床单。对面街上，有人用一盏魔术般的提灯在这床单上打出数字。每次新的数字进来，弗兰西就和其他孩子一起叫着：

“又有一个县的结果出来了！”

马蒂的图像不时出现在屏幕上，人群欢呼得嗓子都哑了。那一年，一个民主党人当选总统，民主党州长获得连任。弗兰西只知道，马蒂·马奥尼又赢了。

选举后，政客就把当初的承诺忘到了脑后，心安理得地休息起来，一直休息到新年的时候。到了那时候，又开始忙乎下次选举了。1 月 2 日是民主党总部的妇女节。只有那一天，女士们才在这个男人天下的选区里受到欢迎，可以享用雪利酒，还有撒着瓜子仁的小小蛋糕。那一天，女士们络绎不绝，马蒂的党羽们热情招待她们。马蒂本人从不露面。女士们出去的时候，她们把自己装饰精美的名片留在大厅桌子的刻花玻璃盘子上。

凯蒂藐视这些政客，可是这并不妨碍她每年对党总部的造访。她会穿上刷烫得干干净净的灰色套装，戴上翠绿色帽子，斜斜地扣在右眼上方。她甚至掏出一毛钱给总部外面临时开店的人，给自己制作一张名片。那人在上面写了**约翰·诺兰夫人**，大写的字母上还画了花朵、天使。这一毛钱本来是应该进入储蓄罐的。不过凯蒂心想，一年就这么奢侈一回吧。

一家人等着她的归来，都想听听她去党总部的情形。

“今年怎样？”约翰尼问。

“还和以前一样。还是那帮人。很多女人穿了新衣服，我猜她们是特地去买的。当然，妓女是穿得最好的。”凯蒂直截了当地说，“和往常一样，妓女比良家妇女多一倍。”

第二十五章

约翰尼心里有个想法的时候，就很钻牛角尖，想不开。他觉得生活太沉重，要借酒浇愁。弗兰西对他何时喝醉深有体会。他会径直走回家，走得很小心，却略有些歪歪倒倒。他不哭不唱也不闹，却会沉思起来。他不醉的时候反倒是喜欢唱歌喜欢热闹，反倒会让人以为他醉了。喝醉了酒，陌生人看到他，倒觉得他沉默寡言、满腹心思，不管他人闲事。

弗兰西很害怕爸爸喝酒的时候——倒不是因为酗酒不道德，而是爸爸一醉酒，就变得陌生了。他不会和她讲话，不会和任何人讲话。他会用陌生的眼神看着她。妈妈跟他说话，他会把头扭过去。

醒酒之后，他总是深觉歉疚，觉得对不起孩子，做父亲不够格。他觉得他应该教孩子一点什么东西。他会戒一阵子酒，打算好好工作，把业余时间全部交给弗兰西和尼雷。他的教育观和凯蒂的妈妈玛丽·罗姆利一样。他想将自己知道的所有东西都教给孩子们，好让他们十四五岁的时候，就能有他三十岁时的见识。他想，从此之后，他们可以接着受教育；根据他的估算，等他们到了三十岁的时候，就比他三十岁的时候聪明一倍了。

他觉得他们最需要的功课——这也是他临时想到的——是地理、公民学、社会学。于是他带着他们前往布什威克大道。

布什威克大道是老布鲁克林一条模样高档的大道。大道很开阔，绿树成荫，两边的房子都很豪华、很气派，是用巨大的石块砌成的，门口有长长的石台阶。这里住着一些大政客、有钱的酿酒厂厂主家庭，还有一些乘坐头等舱而非廉价舱来美国的富裕移民家庭。他们把钱、雕像和那些灰暗的油画一并带到美国，定居在布鲁克林。

汽车这时候已经开始使用，但是这些人家大多还是驾漂亮的马车。爸爸指点着向弗兰西描述这些马车。弗兰西敬畏地看着马车缓缓驶过。

这些马车小小的，上了油漆，模样精致，四周都有白色缎带，上面还有上流女士用的带流苏的大伞。还有一种可爱的柳条马车，设得兰马驹拉着，马车两边各有一条凳子，上面坐着那些幸运的儿童。弗兰西盯着那些看起来很能干的家庭教师们，陪着这些小孩子。她觉得这些女子都来自另外一个世界。她们披着披肩，头上戴着浆洗过、有系带的软帽，斜坐在座位上，驾驶着小马车。

弗兰西看到黑色的两座马车，一匹高头大马拉着，驾马车的是打扮得花花公子般的年轻人，手上套着小山羊皮手套，手套边卷回来，如同袖口反过来了一般。

她还看到几匹马一起拉的家庭马车，马车看起来很沉稳，马看起来也稳重。这些马车倒没有让弗兰西觉得稀奇，因为威廉斯堡每个殡葬馆都有这样的马车队。

弗兰西最喜欢的是那种双轮双座出租马车。这马车只有两个轮子，乘客坐进去的时候，门会自动关上，简直神奇得不得了！(她天真地认为，这门是用来保护乘客不被飞起来的马粪砸着。)她心想，如果我是男孩，长大了就做这事，就驾这种马车，就那么在后面高高坐着，让一根伸手可及的皮鞭威风凛凛地插在边上！就那样，穿着漂亮的厚大衣——大纽扣、天鹅绒领子，头上戴着凹顶的高礼帽，帽子上系着带子打着结！就那样，把那模样贵重的毯子折着，放在膝盖上！弗兰西低声模仿着赶车人的声音。

“要坐马车吗，先生？马车？”

“任何人，”约翰尼还沉浸在自己的民主幻梦里，“都可以坐这样的马车，只要，”他又补了一句，“他们有钱。你看我们这个国家多么自由。”

据传下一位纽约市长将来自布鲁克林，就住在布什威克大道。“你在这片街区看看，跟我说说市长住哪里。”约翰尼说。

弗兰西看了看，然后垂下头说：“爸爸，我不知道。”

“在那儿！”约翰尼宣布说，仿佛锣鼓喧天宣布凯旋一般，“就是这个，在台阶最下面有两根灯柱子的那屋子。在这个城市，不管你怎么逛，”他滔滔不绝地说，“只要你看到这么两根灯柱子，你就知道这个世界上最伟大的城市的市长住在这里。”

“他为什么需要这么两根灯柱子呢?”弗兰西好奇地问。

“因为这是美国,这些东西嘛,”约翰尼的语气含糊,但是那爱国之情还是喷薄而出。“你知道,这里的政府是民享、民有、民治。和老国家不同,这个国家不会从地球上消失。”他开始低声歌唱。不久,他就情不自禁地放声唱起来。弗兰西和他一起唱。他们唱道:

你是一面古老而伟大的旗帜,
你是一面高高飘扬的旗帜,
愿你永远在和平地飘扬……

人们好奇地看着约翰尼,一位好心的女士还扔了一分钱给他。

关于布什威克大道,弗兰西在记忆当中还把它和玫瑰香味联系在一起。那里到处是玫瑰……玫瑰……街上没有什么人。人都挤在人行道上,警察把他们往后推。到处是玫瑰的香味。随后,马队上来了,警察骑马开道,后面是大敞篷车,里面坐着一个风度翩翩、面貌和善的人,脖子上挂着玫瑰花环。有的人看到他,不禁高兴地流泪了。弗兰西抓住爸爸的手。她听到周围的人说:

“想想看!他是布鲁克林出身呢。”

“出身?他到现在还在布鲁克林生活呢。”

“真的假的啊?”

“当然是真的,他就住在这布什威克大道。”

“你瞧瞧他!瞧瞧!”一个女人高声说,“做这么大的事,还这么平易近人,简直就跟我家丈夫一样,只不过他长得更帅些。”

“我猜那车子上很冷吧。”有个男人说。“我猜他会不会把他的那个玩意儿冻掉呢。”有个下流的男孩说。

有个脸色苍白的家伙拍了拍约翰尼的肩膀。“伙计,”他问道,“你真的相信地极有什么极杆[1]吗?”

---

① 北极、南极分别是 North Pole, South Pole。Pole 一词又有杆的意思,故文中有“极杆”之说。

“当然有。”约翰尼说,“他不是爬到杆子上,把美国国旗挂了上去吗?”

这时候一个小男孩叫道:“他来了!”

“哇——”

车子经过的地方,人们都发出一阵羡慕的声音,让弗兰西很是激动。受到感召,她也尖叫道:

“库克船长加油!布鲁克林加油!”

第二十六章

第一次世界大战以前在布鲁克林长大的孩子，很多人对感恩节有温馨的回忆。那一天，孩子们一起穿上各式服装，戴着廉价的面具，四处扮“流浪儿”，四处“捶门”。

这面具弗兰西会精心挑选。她买了个黄色的中国面具，上有薄薄的中式长须。尼雷则买了个粉白的死人头面具，上头是咧嘴笑的表情，露出黑色的牙齿。爸爸最后时刻赶到，给两个孩子各带回一个便宜的牛角罐，红的给弗兰西，绿的给尼雷。

看尼雷化装，弗兰西觉得简直是一大享受！他会穿上妈妈不要的裙子，裙子前面剪掉到脚踝位置，好让他能走路，后面则脏兮兮地拖着。他把报纸叠起来放在胸前，形成巨大的胸脯。他穿着破烂的鞋，鞋尖包铜，从裙子下露出来。他怕冻着，还在这一身女人装上再套一件破烂的毛衣。穿着这一身服装，戴着死亡面具，头上斜戴着爸爸不要的旧礼帽。可惜这帽子太大，不肯安安分分地扣在他脑袋上。

弗兰西穿着妈妈的黄色胸衣、艳丽的蓝裙子，束着红色腰带。她头上披着红底花头巾，用头巾将那中国面具固定住，系在下巴上。天很冷，妈妈让她再戴上“毛帽”(这是凯蒂自己发明的一个词，指的是一种毛绒帽)。弗兰西还带上了去年复活节捡彩蛋的篮子，里面装了两个核桃作为装饰。孩子们出发了。

街上挤满了戴面具的孩子，一个个晃荡着他们的牛角罐，发出震耳欲聋的声音。有些孩子太穷，连廉价面具也买不起，于是用烧黑的软木塞把自己的脸涂黑。家里有钱的孩子穿的是商店里买的服装，有薄薄的印第安服装、牛仔服、荷兰女佣的粗棉服装。有一些孩子比较马虎，胡乱找了件脏衣服往身上一套，权当化装。

熙熙攘攘之中，一群孩子把弗兰西挤到当中，大家一起挨家挨户走动起来。很多店主把门关了，不让他们进来。但是大部分店主还是有东西给孩子们的。糖果店老板已经接连几个星期在收拾碎糖果，现在都已经装成了一个个小袋子，每个孩子来了都给。他这也是万般无奈，因为这些小孩子的硬币，可就是自己活命的本钱，要是惹毛了他们，大家一起抵制起来，这可不是好玩的事。面包店烤了大量松软、多面的饼干，发给这些孩子。孩子们就是社区的顾客，只会光顾对自己很好的商店。面包店老板深知这一点。蔬菜水果店里给孩子们送的是熟过头的香蕉，还有半好半烂的苹果。有一些商店不做孩子生意，便关起门来，或是一毛不拔，教训一番，说乞讨是如何不好。孩子们投桃报李，把他们的前门擂个震天响。所以才有"捶门"一说。

到了中午，一切都会结束。弗兰西对她这一身笨重的衣服也腻烦了。她的面具也揪成了一团。（面具是用廉价棉纱做的，重重浆过，在模子里晾干而成。）有个男孩把她的牛角罐抢了过去，在膝盖上一折两半。她遇到了鼻子血糊糊跑过来的尼雷。有个男孩想抢尼雷的篮子，尼雷和他打了起来。尼雷没说谁打赢了，不过他除了自己的篮子外，还拿着那男孩子的篮子。他们回到家中，美美享用感恩节大餐，有炖肉，有自制面条。下午，大家听着爸爸缅怀他童年时过感恩节的往事。

感恩节的时候，弗兰西生平头一次撒了个精心编造的谎，结果被人识破，从此立志当作家。

感恩节前一天，弗兰西在教室里做练习。四个被选中的孩子会上台朗诵一首关于感恩节的诗歌，手里拿着感恩节那日的象征物。一个孩子手拿着枯干的玉米，一个拿着火鸡爪子（代表整只火鸡），一个孩子拿着一筐苹果，最后一个孩子拿着小碟子那么大的五分钱的南瓜馅饼。

游戏结束后，火鸡爪子和干玉米扔进了垃圾桶。老师会把苹果带回家。她问有没有人要那只南瓜饼。三十张嘴都在咽口水。三十只手都想举起来，但是没有人举。有些孩子很穷，很多孩子很饥饿，但是孩子们都有骨气，不肯接受施舍的食物。由于没有人举手，老师让大家把馅饼扔进垃圾桶。

弗兰西这时候忍无可忍了。那么好的馅饼怎么能扔?她还从来没有尝过南瓜馅饼呢。对她来说,这馅饼只有那些乘坐着华盖大马车的人,只有那些印第安勇士才可以吃的。她太想尝尝了。她灵机一动,想出了一个谎言来,于是举手了。

“我很高兴这馅饼有人要。”老师说。

“我不是自己要。”弗兰西撒起谎来,故意露出自豪的神情,“我知道有个人家特别穷,我想把馅饼给他们家。”

“好的。”老师说,“这就是感恩节的精神。”

那天下午,在回家的路上弗兰西就把馅饼吃了。不知是良心受谴责,还是味道不熟悉,她并不喜欢南瓜馅饼,吃起来味同嚼蜡。下一个星期一上课前,老师在大厅看到弗兰西,便问那个贫穷的人家是不是喜欢那只馅饼。

“他们很喜欢。”弗兰西说。她看到老师似乎很有兴趣,便添油加醋起来。“这户人家有两个小女孩,金色的鬈发,大大的蓝眼睛。”

“还有呢?”老师接着问。

“还有……还有……她们是双胞胎。”

“真有意思。”

弗兰西心血来潮,接着说:“其中一个的名字叫帕梅拉,一个叫卡米拉。”(其实这都是弗兰西给自己并不存在的布娃娃取的名字。)

“她们很穷很穷。”老师说。

“是的,她们很穷。她们都三天没吃东西了。医生说,要不是那馅饼,她们都没救了。”

“这么一个小馅饼,”老师轻轻地说,“却能救两条人命。”

弗兰西知道自己这谎撒大了。她痛恨自己这么鬼使神差地撒弥天大谎。老师弯下腰来,搂住弗兰西。弗兰西看到她的眼里有泪。弗兰西崩溃了,悔意如潮水般涌来。

“这都是谎言。”她坦白承认,“我自己把馅饼吃了。”

“我知道是你吃的。”

“您别写信到我家。”弗兰西央求,想到那个地址并不是她真正的地址，“每天下午放学，我会留下来……”

“你有这么好的想象力，我为什么要惩罚你呢？”

老师和颜悦色地跟她解释了谎言和故事的区别。人们说谎是因羞愧或怯懦。而故事则是现实的提炼。只是你讲故事的时候并不是按照实际情况来讲，而是按你想象中的理想情况来讲。

听老师这么说着，弗兰西如释重负。后来，她就养成了说话夸张的习惯。遇事她不是如实叙述，而是要添油加醋一番。凯蒂对她这个趋势表示担忧，常常警告弗兰西有一说一，不要添油加醋。可是弗兰西无法将事情原原本本、不加修饰地叙述。她非得添加点什么不可。

凯蒂自己其实也喜欢在描述中增添色彩，而约翰尼生活在半幻想世界里面，可是他们都压抑孩子的这些倾向。或许他们有好的理由。或许他们知道，自己的想象不过是给贫穷、残酷的生活增添了些许瑰丽色彩，让他们可以承受下去。或许凯蒂心想，要是没有这样的想象，他们的头脑或许会更清晰些，能够直面现实，看清现实，厌恶现实，然后想法改进现实。

弗兰西总是记得那位好心老师的一席话。“你知道，弗兰西，或许有人会说你说的这些都是可怕的谎言，因为你说的这些不符合人们心目当中的事实。以后，遇事你跟人讲的时候，要如实叙述，可是**写的时候，你可以写成你理想中的样子**。**说话**说实话，**写故事**靠想象。这样，你就不会将二者混为一谈了。”

这是弗兰西听过的最好的建议。真相和想象在她头脑中混在一起(其实哪个孤独的小孩不是这样呢?)，她有时候无法正确分辨。不过老师这么一说，她豁然开朗。从此以后，她会把自己的一些观察、感受和经历写下来，写成一个个小故事。最后，她也可以如实说话，只是略带一些发自本能的渲染了。

弗兰西找到写作这个突破口的那一年，她十岁。她写了什么不重要。重要的是，写故事让她把现实和想象之间分清楚了。

如果她根本就没有找到写作这个突破口，她长大以后，或许会成为一个满嘴谎言的大骗子。

第二十七章

圣诞节是布鲁克林的一段美妙时光。圣诞节还没有到来，节日的气氛就已经很浓郁了。圣诞节来临的第一个迹象，是莫尔顿先生在各校上课的时候，教的是圣诞颂歌，但是圣诞来临的真正标志，则是商店的橱窗。

倘若不是孩子，你很难想象，看到商店橱窗里的布娃娃、雪橇等等玩具，是多么美好的一种感觉。而这种感觉弗兰西是不要花钱去买的。透过玻璃窗，想怎么看就怎么看，仿佛自己拥有这些玩具一样。

拐过街角，看到别的商店装饰一新，弗兰西多么激动啊！啊，那纤尘不染的橱窗，底下铺着的“地毯”竟是撒着闪光彩屑的白棉絮！里面有亚麻色头发的布娃娃。还有一种布娃娃弗兰西更喜欢，其头发颜色如同加了很多奶油的咖啡色。布娃娃脸上的着色几乎无可挑剔，她们穿的衣服弗兰西从未在世上见过。这些布娃娃直直地站在不怎么结实的纸箱里。颈部和脚踝处用胶带缠住，缠在后面的盒子上固定住。那浓密的眼睫毛下，眼睛深蓝，目光直指一个小女孩的内心。那完美的小手伸出来，似乎是在请求：“买我吧，可不可以做我妈妈？”弗兰西只拥有过一个五分钱买的两英寸的小布娃娃。

还有雪橇 (sleds, 布鲁克林的孩子们称之为 sleighs)！它简直就是孩子的天国之梦变成现实了。一个新的雪橇，上面漆有什么人梦境中出现的花朵——那是一种深蓝色的花朵，有着鲜艳的绿叶。油漆得乌黑的驯鹿，用实木做的光滑的方向杆，所有驯鹿身上都刷了一层清漆，其名字也都印在各自身上：“玫瑰花蕾！”“木兰！”“雪王！”“飞行者！” 弗兰西心想：“要是我有一个这样的雪橇，我一辈子再也不向上帝求什么了。”

橱窗里还有旱冰鞋，做旱冰鞋的材料包括闪亮的镍、上等褐色皮带，还有看上去让人紧张不安的银色轮子,看起来万事俱备、吹一口气就能跑起来的样子。两只旱冰鞋一只架在另外一只上面,躺在云彩一样的棉絮里,上面撒着雪白的云母粉。

橱窗里还有其他各样宝贝。弗兰西觉得目不暇接。她一路走,一路看,一路编着故事,这样下来,她都感觉头晕目眩了。

圣诞节前的一个星期,云杉就陆续运到社区来。云杉的枝条被捆起来,让其在圣诞节的时候才伸展开,或许是为了便于运输。小贩们会在商店前的马路沿上租下场地,竖两根杆子,拉根绳子,让这些树靠在上面,成了一条一侧是云杉树的云杉大道,芬芳四溢。一整天,这些小贩都在这云杉大道来回走动,不时抬起没有戴手套的手,向着冻僵的手指呵呵气,带着渺茫的希望,看着停下来看树的人。有些人会看中一棵买下来当圣诞树;别的人会停下来讲讲价格,看上一看,估摸估摸。大部分人只是来摸一摸云杉枝条,乘人不备就偷偷折下一束枝条,好带走点树的香气。空气寒冷、沉静,到处都是松树和橘子的气味。这些橘子只有圣诞节的时候才出现在商店,这条不那么友好的街道上,于是也有这么一些讨人喜欢的日子。

这个社区有个残酷的传统。如果圣诞夜的半夜快要到的时候,树还没有卖掉,那么如何处理呢?有个说法是,如果能等到那个时候,就不要花钱买树,他们会“抛售”给你,真的是“抛”。

我主诞辰日前夜的半夜,孩子们会跑到还没有卖掉的树那儿。卖树人会把树从大到小,挨个抛出去。孩子们会自愿站出来接“抛”。树抛过来没有把他砸倒,那么树就是他的了。如果他倒下,那么就丧失了“竞抛权”。只有最顽强的孩子和一些大小伙子才会站出来接最大的树,别的孩子识相地站在边上,伺机而动,看有什么树自己能接得下来。最小的孩子只能等着,等那些小小的、一尺来高的小树抛过来,要是能接住不倒,就会高兴地尖叫一番。

弗兰西十岁、尼雷九岁那年的圣诞夜,妈妈同意让他们下去接树。弗兰西其实白天就已经选好了自己要的树。她下午和晚上一直站在这树附近，祈祷别让人买走。让她高兴的是，直到晚上，都一直没有人来买。这是社区最大的树，可是标价很高，这一带的人都买不起。这树足有十英尺高。枝条用干净的白绳子捆住，顶部露出干净利落的树尖来。

那人将这树第一个拿出来。弗兰西还没有张口，社区一个十八岁的小霸王（人称彭克·帕金斯）站出来，要卖树人将树抛给他。那人很讨厌这小子这么不可一世的样子，便四周看看，说道：

“还有没有别的人要试一下？”

弗兰西挺身而出，说：“我，先生。”

这么一说，卖树人发出不屑的耻笑，孩子们交头接耳窃笑，有几个在边上看热闹的大人则放声大笑。

“得，你还是闪开吧，这么小接个什么接。”卖树人说。

“我和我弟弟两人一起，就不小了。”

她把尼雷拉过来。那人看了看他们俩。一个是饥饿的小女孩，身材瘦小，脸蛋凹陷，下巴却还有点婴儿圆。另外那个小男孩，尼雷·诺兰，金色头发，圆圆的蓝色眼睛，一脸天真可信的样子。

“两个一起上不公平。”彭克吼叫道。

“闭上你的臭嘴。”那人回敬了一句。这种时候，他可是翻手为云、覆手为雨的角色。“这些孩子也够胆大的。各位闪开一下。瞧瞧这两个孩子怎么接树。”

边上的人闪出一条有些参差不齐的道来。弗兰西和尼雷站在另外一端，那个大块头要把树向他们俩抛过去。两边的人几乎围成了一个漏斗，漏斗嘴那头是弗兰西和尼雷。那人舒展了一下自己的胳膊，准备抛树。他这时候注意到不远处的两个孩子是何等弱小。突然间，抛树人有了客西马尼园①一样的体验。

“啊，耶稣基督，”他的灵魂在痛苦地挣扎，“我干吗不把树给他们，说声圣诞快乐，让他们走人呢？这树对我来说算什么呢？今年卖不出去，反正又留不到明年。”孩子们看着他站在那儿严肃地沉思着。“可是，”他又冷静了下来，“如果我这么做的话，别的人也都希望我就把这些树白送给他们。

① 耶稣被罗马兵丁抓捕前在客西马尼园祷告，其时耶稣也曾有过灵魂的挣扎。

到明年,还有谁会来买我的树呢?都会等着我把树白白送上门。就这么白送,我可没有这么慷慨。我没有这么慷慨。我做不了这样的事情,我也要考虑自己,考虑我家的孩子。他终于下定了决心。"得,管他妈的呢。这两个孩子也要在世上过,也得习惯这世道。不习惯不行。他们得学会给予,学会受罚。不过,说实在的,也不是什么给予,这个破世道,只知道从你身上**索取索取索取**!"他用尽全力把树抛出,心里却在哭泣,"这他妈是个什么混账王八蛋世道啊!"

弗兰西看到树离开了他的手。在那短短的一瞬间,时间和空间似乎都没有了意义。整个世界静止了,只有一个黑糊糊的庞然大物在空中向自己飞来。她忘掉一切,忘掉自己曾经活过,一切都不存在了,只剩下那浓郁的黑暗,那个冲向自己、越来越大的东西。树砸到他们身上的时候,她踉跄了一下。尼雷则被砸得跪倒在地,但趁他还没有倒地,弗兰西猛地将他拉起。树嗖的一声,轰然倒下。眼前的一切都是暗暗的、绿绿的、刺刺的。接着,弗兰西感到了一阵剧痛,树干砸到了她头的一侧。她发现尼雷也在颤抖。

可是一些大孩子把树挪开的时候,发现弗兰西和尼雷都还站得笔直,手牵着手。尼雷脸上被刮破,有血在流。他的蓝眼睛困惑地睁得大大的,鲜红的血液让他的白皮肤更白了,此刻的他更像一个婴儿。不过他们两人都在微笑。他们赢了这个社区最大一棵树了吗?有些孩子大叫:"胜了胜了!"有几个大人在鼓掌。卖树人以骂代夸,吼道:

"你们两个小杂种,快点把树拖走,滚开吧。"

弗兰西听到了这些话,听到了骂人声。在这些人当中,脏话坏话都是没有什么特别的意思。这些小人物驾驭语言的能力都不强,没多大词汇量。这些脏话就如同一种方言。看这些话怎么说,说的时候是什么语气和语调,语义都会有所不同。弗兰西这种时候听人骂小杂种,反倒对那个善良的卖树人露出腼腆的一笑。她知道那人的意思其实是:"再见——上帝保佑你们。"

把大树拖回家可不简单。他们必须一寸一寸往回拖。拖的时候还有人捣乱。边上有个男孩子在吼叫:"免费坐车啰,一齐上车啰!"他跳到树上骑着,害得弗兰西和尼雷必须连同他一道拖。不过那男孩后来玩腻了,跑走了。

从某种意义上说，把树这么久才拖回家，也是一件好事。他们可以慢慢品尝自己的胜利。听到一个女士说："我从来没有见过这么大的树！"弗兰西高兴得满脸放光。一个男人跟在后面喊："你们这两个孩子抢银行啦？怎么买这么大的树？"街角的警察将他们拦住，看了看树，郑重地表示愿意出一毛钱购买——要是他们能送到他家，他愿意出一毛五。弗兰西骄傲得几乎抑制不住，虽然她知道警察不过是开玩笑。不过她说，就是给她一块钱，她也不会去卖。他摇头说她真傻，这么好的交易都不接受。他接着把价格抬高到两毛五，但是弗兰西还是微笑着摇头说不干。

这简直就像表演一部圣诞戏，场景是一个街角，一个寒冷的圣诞夜，剧中人是一个好心的警察、弗兰西自己和弟弟。弗兰西所有的对话都知道。警察的台词念得恰如其分，弗兰西开开心心地顺着他的台词往下讲，舞台说明就是对话之间的微笑。

他们得找爸爸把树运上狭窄的楼梯。爸爸跑着下了楼。让弗兰西如释重负的是，他步子直直的，没有歪歪倒倒，说明他还没有大醉。

看到这么大一棵树，爸爸十分吃惊，他的表情让弗兰西深感欣慰。爸爸假装说这树大概不是他们家的吧。弗兰西劝他相信这就是他们家的。两人这么一来一往，让弗兰西开心不已，虽然她心里知道这些都是在逗着玩。爸爸在前面拉，弗兰西和尼雷在后面推。约翰尼激动不已，不顾夜深，在前面唱了起来。他唱的是《平安夜》。狭窄的楼梯接收了他清晰、甜美的歌声，让其略作停顿，然后回荡出来，此时听来更觉甜蜜了。一扇扇的门吱吱打开了，一户户人家聚到楼道上来，享用着这生命当中意外的一点收获，心里非常感激，非常惊奇。

弗兰西看到廷莫尔姐妹一起站在门口，灰色头发上夹着卷发器，浆洗过的睡衣皱巴巴的，外头披着宽松的长袍。她们也和约翰尼一起唱了起来，那声音柔弱而忧伤。弗洛茜·加迪斯、她的妈妈、她那个害痨病快要死的弟弟亨尼，都站在他们的门口。亨尼在哭。约翰尼看到他的时候，他的声音渐渐小下去，沉默了。他想是不是歌声让亨尼伤心了。

弗洛茜穿着化装礼服，等人来带她去参加午夜之后举办的化装舞会。她站在那里，穿着克朗代克舞女的服装，纯黑的袜子，高跟鞋，膝下系有吊袜带，手里晃荡着一个黑面具。她看着约翰尼的眼睛笑着。她把手放在臀后，斜靠着大门柱，扮出风情万种——或者说她自以为如此——的姿态来。约翰尼说了一句话，其实并无他意，只为逗笑亨尼而已：

“弗洛茜，我们的圣诞树顶上还没有天使呢。你上去扮演一下怎么样？”

弗洛茜很想来上一句不雅的回答，说她要是飞天使那么高，风非得把她的底裤吹跑不可。不过她想想又改变了主意。那棵庞大的圣诞树让人自豪，现在这么被人拖着，又显得那么谦卑；这些孩子微笑着，那些邻居难得地表现出如此友好，那些过道的灯低低地亮着。这一切的一切，似乎有种让她肃然起敬的东西，叫她那不雅的回答未曾出口，她就已经无地自容。就这样，她最后只是淡淡说了一句：

“呀，约翰尼·诺兰，你可真会开玩笑。”

凯蒂站在最后一段台阶上，双手相握放在身前。她听着歌声。她看着下面大家慢慢把树往上挪。她在沉思。

“他们觉得这个很好。”她想，“他们觉得这很好。他们弄到免费的圣诞树，他们的爸爸也去迎合他们，一起唱歌，邻居们也开心。他们觉得很幸运，他们都还活着，又到了圣诞。他们看不到自己住的街是多脏，这屋子多脏，这里的人一个个没有什么出息。约翰尼和孩子们看不到，邻居们生活在这样的肮脏和污浊里头，只能这么苦中作乐，这是多么可悲的事情啊。我的孩子必须摆脱这些。他们必须胜过约翰尼、我，还有周围所有这些人。可是，怎么才能实现呢？每天从这些书中读一页，在锡储蓄罐里存钱，这些都还不够。缺的是钱！钱会不会改善他们的生活呢？一定的，一定会让生活容易些。不过不行，光有钱也还不够。街角的酒吧是麦克加里蒂开的，他很有钱。他老婆都戴钻石耳环。可是她的孩子也不如我的孩子乖，不如他们聪明。他们对人很坏，很贪婪，因为他们有钱，有办法去戏弄穷人。我曾经看到过麦克加里蒂家的一个女儿当街吃着一袋子糖果，一群饥饿的孩子看着她。我看到这些孩子看着她，一个个在心里哭泣。她吃得再也吃不下了，便把剩下的扔进排水沟，而不是给那些孩子吃。不，光有钱还是不够。麦克加里蒂的女儿每天换一种蝴蝶结。这些蝴蝶结五毛钱一个，都够我们一家四口吃一天的东西了。可是她的头发那么稀薄，还是那种淡红色。我的尼雷的毛帽子上面有大洞，被拉走了形，可是他的头发浓密、金黄，还是自然卷。我的弗兰西头上从不打蝴蝶结，可是她的头发长长的、亮亮的。钱能买到这些吗?不能。也就是说，一定有什么东西比钱更大。杰克逊小姐在社区中心①任教，她没钱。她给慈善组织做事。她在顶层的一间小屋子居住。她只有一条裙子，可是她把裙子洗得干干净净，烫得服服帖帖的。你和她说话，她的眼睛会直视你。你听她讲话，病了似乎都能听好。她明白事理，这个杰克逊小姐。她明白事理。她能住在这么肮脏的社区，却出污泥而不染，就好像是演员在演戏，可远观，可是又优雅得不可触摸。她和麦克加里蒂夫人真是天壤之别啊。麦克加里蒂夫人那么有钱，却那么胖，能和给丈夫送啤酒的人搞到一起。她和一贫如洗的杰克逊小姐究竟有何区别?"

凯蒂突然想到了答案。这个答案其实很简单，从她脑海里一闪而过，就如同突然感到的一阵头痛一般。是教育!对了，是教育造成了这种不同!教育会让他们摆脱污浊肮脏的底层。证据?杰克逊小姐受过教育，而麦克加里蒂夫人没有。一点没错啊!这就是她妈妈玛丽·罗姆利这些年一直跟她说，却又没有找到的那个恰如其分的字眼:教育!

她看着孩子们费力地把树拖上楼梯，听着他们的声音，还是那样的奶声奶气，这时候她就想到了教育。

"弗兰西很聪明。"她想，"她一定要上高中，或许还更进一步。她悟性高，有朝一日会有出息的。可是等她受到了教育，就会跟我疏远。不是吗，现在就跟我疏远了。她不像儿子那样爱我。我觉得她在疏远我。她不理解我。她唯一能理解的，是我不理解她。或许等她受到了教育，她会以我为耻，比如我的言谈这些。不过她品性好，感到羞耻也捂着不表示出来。她会来改造我。会来找我，想让我按更好的方式生活，而我会对她不好，因为我心里知道她比我强。等她长大了，会看透很多世事;看得越透，生活越不幸福。她会发现我更宠爱儿子。我这也是不由自主。可是她不会理解。有时候，我觉得她现在就已经察觉到了这一点。她现在就已经和我有些疏远了。再过不久，她一定会要挣脱出去，离开我。可是尼雷永远不会离开我，

---

① 在贫民区供贫穷人家使用的教育、娱乐和社会服务中心。

这就是我更喜欢他的原因。他会粘着我，理解我。我希望他长大当医生。他**一定**要当医生。或许他还可以拉小提琴。他有音乐细胞。这是跟他爸遗传的。他学钢琴至今，水平远在弗兰西和我自己之上。是的，他继承了父亲的音乐细胞。可是这音乐细胞对约翰尼又有啥好处？只是毁了他。要是他不会唱歌，那些人哪里会要他在边上，请他一起喝酒？唱得再好，又不能让他、让我们抬起头来过日子。可是儿子不一样。他会受到教育。我必须想想办法。约翰尼不会和我们长久呆在一起的。亲爱的上帝啊，过去我多么爱他——我现在有时候还是爱他。不过他实在百无一用……百无一用了。愿上帝原谅我发现了这一点。”

就这样，他们在爬台阶的时候，凯蒂就把一切想通了。人们看着她，看着她那张光滑、美丽、活泼的脸，永远不会知道她在一番内心挣扎之后，下定了狠心。

他们将圣诞树放在前屋，底下垫了一张床单，好挡住松针不要掉到粉色玫瑰地毯上。圣诞树放在一个大锡桶里，用砖头支撑着，不让它倒掉。绳子剪开之后，枝条伸开，几乎充满了整个屋子。他们用布盖住钢琴，可还是有几张椅子没处摆，就放在枝条之间。他们没有钱买装饰品和灯。不过这么大一棵树，放在这里也就足够了。屋子里很冷。这一年他们很穷——穷得都没钱买煤在前屋壁炉里烧。屋子里的气味寒冷、干净、清香。树放在那里的每一天，弗兰西都会带上毛帽，进去坐在树下。她会坐在那儿，享受着树的气息，享受着树的青翠。

啊，一棵大树多么神秘，却被囚禁在这么一间出租房的前屋，囚禁在一个锡洗衣桶里。

那一年他们很穷，可还是过了个很愉快的圣诞，孩子们也拿到了很多礼物。妈妈给每个人一件羊毛衬衣，是上下连在一起的那种，还有一件长袖羊毛衫，里面扎得让人发痒。艾薇姨妈给他们俩合送了一份礼物：一盒多米诺骨牌。爸爸告诉了他们如何玩。尼雷不喜欢这个游戏，所以爸爸和弗兰西一起玩，输了的时候故作十分羞恼状。

玛丽·罗姆利外婆带了她亲手做的东西。她给每人带了一件肩衣。她是用两块椭圆形的鲜红色羊毛织品剪出来的。她在一面用亮蓝色的纱线绣了个十字架，在第二面上绣了个金色的心形，上有荆冠[①]。一把黑色的匕首穿过这个心形，匕首的顶端流出两滴鲜血来。这十字架和心都很小，用极其细小的针绣出来。两个椭圆形缝在一起，系着一根胸衣上的线。玛丽·罗姆利将这肩衣带来之前，已经拿到神父那里，让他祝福过。她把肩衣从弗兰西头上套下来的时候，嘴里说着“Heiliges Weihnachten”[②]，然后补充说“愿你走到哪里都有天使陪伴”。

茜茜姨妈给了弗兰西一个小小的包裹。她打开一看，里面是个小小的火柴盒，十分精致的样子，上面是皱纹纸，皱纹纸上还画着小小的紫藤。弗兰西将火柴盒轻轻打开，里面有十个小圆片状的东西，分别用粉色纸巾包裹着。打开一看，原来全是金色的一分钱分币。茜茜解释说，她买了点金粉，和上几滴香蕉油，将每个分币涂成了金色。弗兰西最喜欢茜茜的礼物。收到这礼物后的一小时内，她就将火柴盒慢慢打开了十来次，心满意足地看着那钴蓝色的纸，看着火柴盒内壁的薄木片。金色硬币用那梦幻般的纸包着，就如同奇迹一般，总也看不厌。大家都说，这金币太宝贵了，不能花掉。那一天，弗兰西在什么地方丢了两枚。妈妈建议说，放到锡储蓄罐里还安全些。她答应，打开储蓄罐子的时候，一定把这硬币还给弗兰西。弗兰西觉得妈妈说得对，放在储蓄罐里还安全些，只是将这样的金币丢进那黑暗之中，她心如刀绞。

爸爸也有件特殊的礼物给弗兰西。这是一张明信片，上面有个教堂。碎云母贴在屋顶上，使之看起来比真正的雪还要闪亮。教堂的窗户是小小的橙色格子纸。这明信片的妙处，是弗兰西将它举起来的时候，光会透过纸窗户照过来，在那晶晶亮的白雪上投下金色的阴影来，美轮美奂。妈妈说，上面没有写字，弗兰西可以留起来，明年送给别人。

“那可不行。”弗兰西说。她双手紧紧地把卡扣在胸前。

妈妈笑了。“弗兰西，你不要这么开不起玩笑吧，不然的话，日子可没

---

① 耶稣被钉死在十字架之前，人们在他头上戴了一顶荆棘做的王冠，取笑他自称为犹太人的王。

② 原文为德文，直译为：神圣的圣诞节。

有那么好过啊。”

“圣诞节可别教训人啊。”爸爸说。

“圣诞节教训人不行，喝醉酒倒是行了？”妈妈大怒。

“我只喝了两杯，凯蒂。”约翰尼求情了，“是别人过节特意请我喝的。”

弗兰西进到自己房间，把门关上。她不忍听妈妈责骂爸爸。

晚饭前，弗兰西将她给他们的礼物送了出去。她送给妈妈一个帽饰。她是用从奈普杂货店买的一个便宜试管做成的。她在外面裹上一层缎带，上面缝上了一条婴儿头饰带。这头饰带是用来在梳妆台上挂这帽饰的。

她给爸爸送了一根怀表带。她是用一个缠线用的线轴做出来的。她在线轴上钉了四根钉子，拿了两根鞋带，在四个钉子之间和周围缠绕，这么绕着绕着，线轴下面，就编出了一根越来越长的表带子来。约翰尼其实没有怀表，不过他拿了一个铁垫圈，系上这表带，冒充怀表，戴了一整天。弗兰西还有件很好的礼物给尼雷：一个五分钱的大弹子，看上去就如同大号猫眼石，而不是弹子。尼雷有一盒子“小不点”，一些褐色、蓝点的黏土做的小弹子，一分钱二十个的那种。可是他没有好的弹子，没法参加重要的比赛。弗兰西看着他弯起食指，将弹子勾住，后面用大拇指抵着。看上去很好，很自然。她很高兴她改变了主意，没给他买五分钱的玩具枪，而买了这弹子。

尼雷把弹子塞进口袋，宣称他也有礼物送。他跑到卧室，爬到小床下，掏出一个黏黏的袋子，塞给妈妈说：“你来发吧。”他站在角落里。妈妈打开袋子，里面有四根条纹棒棒糖。妈妈高兴极了，说这是她见过的最漂亮的礼物。她亲了尼雷三次。妈妈显然更把尼雷的礼物当回事，弗兰西努力压抑着自己的嫉妒。

那一周，弗兰西又撒了个大谎。艾薇姨妈带来两张戏票，某个新教团体发的，发给所有信仰的穷人。这演出上会有舞台上的现场圣诞树装饰、赞美诗献唱，还会给每个孩子一件礼物。凯蒂无法去看，她想天主教的孩子参加新教的晚会算是怎么回事呢？艾薇鼓励她宽容些。妈妈最终屈服，弗兰西和尼雷于是去参加晚会了。

晚会举办地是一个大礼堂,男孩子们坐在一边,女孩子们坐在另外一边。表演都还不错,可惜那戏是宗教节目,有些乏闷。教会里的女士们从过道走过来,挨个给孩子们礼物。女孩子拿到的都是棋盘,男孩拿到的是纸牌。又唱了一会儿,一个女士上台来,宣布接下来有一个特别的惊喜给大家。

这个惊喜是个可爱的小女孩,穿着一身精美的衣服,从舞台侧翼走过来,拿着个漂亮的布娃娃。布娃娃有一英尺高,有真正的黄色头发,有会睁会闭的蓝眼睛,有真正的眼睫毛。这位女士将女孩带到前面来,开始说起话来。

“这位小姑娘名叫玛丽。”小玛丽笑了笑,鞠了个躬。观众中的小女孩冲她笑起来,一些接近青春期的男孩吹起了尖锐的口哨。“玛丽的妈妈将这个布娃娃带来,还给娃娃做了一身衣服,就和玛丽身上穿的衣服一样。”

小玛丽站到前面,将布娃娃举起来,然后把它交给那位女士,自己行了个屈膝礼。弗兰西看到,那位女士说的真是没错。布娃娃穿着蓝色花边丝裙,头发上系着粉色的蝴蝶结,脚上穿着黑色的高级皮鞋和白色丝袜,浑身上下和漂亮的小玛丽一模一样。

“现在,”那位女士说,“这位小玛丽要把和她同名的布娃娃送出去。”小女孩又一次显得笑容可掬。“玛丽想把这娃娃送给这里一位叫玛丽的穷孩子。”下面观众席上的小女孩发出一阵窃窃私语声,如风吹拂过青青的玉米林。“在座的有哪位穷孩子叫玛丽的?”

大家突然沉默下来。观众席上至少有一百个玛丽,不过“穷孩子”这个词让大家哑口无言。这些孩子不管心里多么想要那布娃娃,都不肯站出来,成为下面穷孩子的代表。她们交头接耳,说自己并不穷,家里的布娃娃更好,衣服也比那娃娃更光鲜,只不过娃娃们自己不肯穿。弗兰西坐在那里就如同傻了一般,她心无旁骛地想着那娃娃。

“什么?”那位女士问,“没有叫玛丽的?”她等了一下,然后又将自己的通知说了一遍。还是没人回应。她遗憾地说:“可惜啊,下面各位都没有叫玛丽的,看来小玛丽要将娃娃带回家了。”那小女孩又露出微笑,鞠躬,转过身,要带着娃娃离开舞台了。

弗兰西已经抑制不住了。这和那回老师要把南瓜馅饼扔进垃圾桶一样。她站了起来，把手高高举起来。那位女士看到她举手，便叫住要离开舞台的小女孩。

“啊！我们果然有个叫玛丽的，很害羞，可还是玛丽。上台来吧，玛丽。”

弗兰西脸上火烧火燎的，十分难为情，但还是沿着长长的过道，走到台上。她在台阶上绊了一下，所有小女孩都窃笑起来，男孩们则放声大笑。

“你叫什么名字？”那位女士问。

“玛丽·弗兰西斯·诺兰。”弗兰西低声说。

“说大声点，面对观众。”

可怜的弗兰西转过身，面向观众，大声说：“玛丽·弗兰西斯·诺兰。”下面一张张的脸，都如同粗绳子系住的大气球一样。弗兰西心想，要是自己一直这么看着，这些气球一样的脸会飘起来，飘到天花板上去呢。

那个漂亮的小女孩走过来，把布娃娃塞到弗兰西怀中。弗兰西的胳膊自然地挽起来，迎着那娃娃，仿佛这胳膊生来就是在等着这娃娃一般。漂亮的小玛丽伸手等着弗兰西来握。弗兰西这时难堪极了，困惑极了，但还是看到那只漂亮的白白的小手，上面能看到细细的青筋。椭圆的指甲就如同精美的粉色贝壳，闪闪发亮。

那位女士带着弗兰西一起回到她的座位上，边走边和她说话。她说：“这就是圣诞的精神，你都看到了。小玛丽家里很有钱，圣诞礼物中有很多这样漂亮的布娃娃。可是她并不自私。她想让一个没有她那么幸运的穷玛丽开心。所以她把娃娃送给一个也叫玛丽的小女孩。”

弗兰西的眼里流出了辛酸的眼泪。“他们为什么，”她痛苦地想，“不把娃娃直接送掉，不要说我多穷，她多富呢？为什么不直接送出去，不要这样说来说去呢？”

弗兰西的羞耻还没有完。沿着走廊走下来的时候，很多小女孩侧身过来，压低着嗓子狠狠地说：“臭乞丐，臭乞丐，臭乞丐。”

就这样，她在过道上走过来，一路上就这么“臭乞丐，臭乞丐，臭乞丐”地被人骂着。这些女孩觉得自己比弗兰西富有。其实她们和弗兰西一样穷，只不过她们身上有弗兰西身上没有的东西——自尊。弗兰西也知道这一点。当众撒谎、冒名顶替领取那个布娃娃，她并不感到自责。她为这个谎言，为了这个娃娃，付出了放弃自尊的代价。

她记得她的老师说过，谎言是可以写、不可以说的。或许她本不该上台去冒领，而应该写一个故事才对。不过不行！绝对不行！**拥有**一个布娃娃，怎么着也比写它强。结束的时候，大家一起站起来唱《星条旗之歌》。弗兰西把头低下来，脸贴着布娃娃的脸。娃娃身上有漆过的瓷器那种凉爽而美好的气味，它头发的气息也让人闻之难忘，娃娃身上崭新的薄纱衣服摸起来叫人欣喜无比。娃娃的眼睫毛碰到她的脸，她欣喜得浑身发抖。孩子们在唱着：

在这自由的国度，
在这勇士的故乡……

弗兰西的手紧紧地抓着娃娃的小手。她大拇指的神经跳动了一下，她以为是娃娃的手在动。她几乎都把娃娃当成活的了。

她告诉妈妈她得奖得了这个娃娃。她不敢告诉她真相。妈妈厌恶任何带着慈善味的东西。要是她知道了真相，会把娃娃扔掉的。尼雷也没有出卖她。就这样，弗兰西能拥有那个娃娃了，可是她的心灵里，又多了个谎言的负担了。那天下午，她写了个故事，说一个小女孩想要一个布娃娃想得要命，为了拥有这个娃娃，都宁愿放弃自己永生的灵魂，让其下到炼狱。这是个感情充沛的好故事，不过弗兰西读了一遍之后心想："故事中的小女孩倒没有什么，可是我为什么也没有感觉好一些呢？"

她想下个星期六去做个忏悔。她想不论神父给她什么样的苦修，她都要将其加两倍。可是她还是感觉糟糕。

她突然想起来了什么！或许她可以弄假成真呢！她知道，天主教小孩进行坚信礼[①]的时候，有时候可以选个圣徒的名字当中间名。这个解决办法可真简单！她受坚信礼的时候，就用"玛丽"这个名字。

那天晚上，看完《圣经》和莎士比亚之后，弗兰西就此问题请教她

① 又称受膏礼、坚振圣事，天主教圣礼之一，受洗后若干年（如婴儿受洗七年后）施行，象征圣灵完全临到受礼者。

妈妈。

“妈妈，我受坚信礼的时候，可不可以取‘玛丽’这个中间名？”

“不行。”

弗兰西的心一沉。“为什么？”

“因为你受洗的时候，用了安迪女儿的名字，叫弗兰西。”

“我知道。”

“可是你也根据我妈妈的名字，取名玛丽。你的大名真正是玛丽·弗兰西斯·诺兰。”

弗兰西带着娃娃一起睡觉。她躺着一动不动，怕吵着娃娃。每次夜间醒来，她都要轻声说“玛丽”，用手指轻轻摩挲娃娃的小小鞋子。摸着那薄薄、柔软、光滑的皮革，她都会激动得发抖。

这会是她第一个布娃娃，也是最后一个。

第二十八章

在凯蒂眼中，未来近在眼前。她常用她那特有的口气说："圣诞节说着说着就来了。"放假开始的时候，她也会说："学校说着说着就开学了。"入春了，弗兰西开心地扔掉了和自己的裤褂连在一起的内衣，妈妈让她捡回来，还说："用不了多久，你还得用。冬天说着说着就来了。"妈妈这不是瞎说吗?春天才刚刚开始呢。冬天恐怕永远也不会来吧。

小孩子对未来一无所知。他们的心目中，未来顶多只有下周那么远。两个圣诞节之间的时间，在他们心目当中，漫长得和永恒无异。弗兰西就是这样看待时间的，一直到她十一岁那年。

在十一岁和十二岁生日之间，有些东西变了。未来的步子更快了，日子更短了，每周的天数似乎也少了似的。亨尼·加迪斯死了，这或许也是时间加快的一个原因吧。她早就听说亨尼要死，也不知道听了多少遍，后来终于相信亨尼真的会死。不过她总觉得这事远在天边。现在这远在天边的事一下子近到眼前了。一个曾经的未来，变成了现在，而且还会成为过去。弗兰西心想，会不会有人去世，小孩子才能明白这个问题呢?不过也不是。罗姆利外公去世的时候，她才九岁，那是她领第一次圣餐一周以后，那时候圣诞节似乎还早着呢。

现在，变化来得太快，弗兰西都糊涂了。尼雷比她小一岁，突然在猛长个子，比她高出了一头。莫迪·多纳文搬走了。三个月后她回来遇到弗兰西，弗兰西发现她也变了。这三个月一过，莫迪身上有了种女人味。

弗兰西过去总觉得妈妈什么都对，现在她发现妈妈也有闪失的时候。她发现，爸爸身上的一些东西，妈妈深深热爱，可是在他人眼中是一种滑稽。现在，去那茶店，那天平托子没有那么亮了，那些箱柜也是油漆剥落，模样粗劣。

她也不是每个星期六晚上都看着陶莫尼先生从纽约回家了。突然间，她觉得陶莫尼怎么这样，又想去纽约，去了纽约又舍不得家里要回来，这不是很傻吗?他有的是钱。既然那么喜欢纽约，干吗不搬到纽约去住?

一切都在改变。弗兰西很慌。她的世界从脚下溜走，可是有什么来取代这个世界呢?**不过，变与不变，又会有什么分别**?和往常一样，她还是每天晚上看一页《圣经》，看一页莎士比亚。她每天弹一小时钢琴。她将钱一分一分地往储蓄罐里存。垃圾站还在那儿。其他商店也都还是老样子。一切都没有变，**变的是她**。

她和爸爸讲过此事。她爸爸让她伸出舌头，还给她把脉。然后做出悲哀状摇摇头说：

"你病了，病得很重。"

"什么病?"

"成长病。"

成长是很扫兴的事。它会破坏一些饥饿时玩的游戏：过去，家里没东西吃的时候，他们总是要玩游戏来打发的。如果钱都已经花出，家里快没东西吃了，凯蒂和孩子们就假装是在北极探险，遇到暴风雪被困在山洞里，山洞里没有什么吃的东西。他们必须等着救援的到来。妈妈会把食物分成小份，放在橱柜里，说是"配给"。孩子们吃完饭还是饿，她会说："勇敢点，伙计们，救援很快就会到来。"如果有了点钱来，妈妈会买很多食物，还买个小蛋糕庆贺。她会在蛋糕上放面廉价小旗，说："我们成功了，伙计们。我们到北极了。"

有一次这样的"营救"之后，弗兰西问妈妈：

"探险者挨饿受苦，总有个**理由**，最终能做成大事。他们发现了北极。我们这么饿，为的是什么?"

凯蒂突然显得疲惫不堪。她说了句弗兰西还懵懵懂懂的话。她说："你发现里面的圈套了。"

成长也破坏了弗兰西心目中的剧院——破坏的不是剧院，是上演的节目。她发现，她越来越不喜欢那些无巧不成书的场景。

弗兰西过去很喜欢剧院。她一度想当风琴女,后来又想当老师。第一次领圣餐后,她想当修女。十一岁的时候,她想当演员。

威廉斯堡的小孩或许无知,但他们对自己的剧院还是了如指掌。那年头,附近有不少家剧院,如布莱尼剧院、考斯·佩顿剧院,还有菲利普斯文化宫。文化宫转角就是。除了暑期文化宫关门的时候之外,弗兰西只要能凑出一毛钱,每个星期六下午都去那里。她会在走廊等,常常还提前一个小时就排队,好买到第一排座位的票。

她十分喜爱剧院演男主角的哈罗德·克莱伦斯。星期六的日场演出后,她会在后台入口等着,跟着他走到他家褐色砂石房子前。他住在这儿一个模样平凡、装饰简陋的房间里。即便在街上的时候,他走起路来,也是双腿挺直,一副旧时演员的样子。他的脸色是婴儿红,仿佛还抹着青春油彩一样。他走起路来双腿挺直,步态悠闲,目不斜视,嘴里叼着一根模样不凡的雪茄。进屋前他将雪茄扔掉,因为房东太太居然不让这位伟大的人物在她的出租屋里吸烟。弗兰西站在路沿,恭敬地看着那扔掉的雪茄屁股。她将雪茄外头的纸套拿下来,在手指上戴一个星期,假装这是订婚戒指。

星期六,哈罗德和他的剧组会演出《牧师的情人》。剧中帅气的乡村牧师爱上了女主角吉瑞·摩尔赫斯。不知怎的,女主角要在一个杂货店做事。剧中的女反角也爱上了年轻帅气的牧师,并要去加害女主角。她大摇大摆地走进商店,身上又是裘皮又是钻戒,一副珠光宝气的样子,不像寻常村妇。她以富贵逼人的口吻,要了一磅咖啡。接下来,她的话让所有观众不寒而栗:“给我磨碎!”观众席上发出了痛苦的哼声。咖啡机恰巧太重,美丽的女主角力量不够,转动不了那大轮子。可是女主角的工作,恰巧又和她能不能转动大轮子联系在一起。她费尽九牛二虎之力,可是那轮子一次也转不过来。她央求女反角,说她实在需要这工作。那反角只是再说了一句:“给我磨碎!” 女主角眼看着就要以失败收场, 这时候英俊的哈罗德出场了,粉红的脸,牧师装束。了解了事情原委后,他便以一种极其戏剧化,却不甚适当的方式,将那宽大的牧师帽子扔到舞台那头,昂首阔步走到咖啡机旁,将咖啡磨碎,救下了女主人公。新鲜的咖啡味充满戏院,看戏的人先是肃然起敬,鸦雀无声,然后出现了一阵混乱。真正的咖啡啊!真是假戏真做了!所有人都看过磨咖啡不下千次,但看到舞台上磨咖啡,这还真是破天荒。那女反角咬牙切齿地说："又砸了！"哈罗德抱住吉瑞，让她露出骄傲的面容，这时候大幕落下。

中场休息时，弗兰西没有和其他孩子一样，跑去向雅座（三毛钱一位）的观众吐口水。她在思考落幕时的情景。主人公及时出现，英雄救美，代磨咖啡，这本没什么。可是，如果他没有出现，那会怎么样呢？女主人公会被开除。那好，接着又怎样呢？等她饿极了，会出去找另外一份工作。她会去给人家擦地板，就像妈妈一样。或者她像弗洛茜·加迪斯那样，去吃男人的闲饭。杂货店工作的重要性，都是戏中说的。

下一个星期六她看的戏她也不满意。戏中久无踪迹的男子，突然回家，正好可以把房屋按揭付了出去。如果他有事耽搁，不能及时赶到又会如何？房东会限他三十天内搬出去，至少布鲁克林是这样的。那一个月内或许会有意外变化。如果没有，他们就得走人，他们还得想法子对付。美丽的女主角可能会去工厂做计件工作。她那个敏感的弟弟得出去卖报纸。他们的妈妈白天得去给人家做清洁工。不过他们会活下来。他们一定会活下来，弗兰西凄惶地想着。死没有那么容易。

弗兰西不能理解为什么那个女主角没有嫁给那个坏人，这样房租的问题就会解决了。她不要那男人，那男人反倒这么为她奔忙，足以说明他爱她。这样的男人怎可忽略？至少，男主人公在虚无缥缈瞎追求的时候，那个男人还在身边。

她为这戏写了第三幕，就是作出假设后的情景。她用对话来写，觉得这种写法很容易。写小说，你得对人们的行为作出解释，写对话就不用。对话中人们会解释自己的所作所为。弗兰西写的这些对话，自己很容易相信。她又一次改变了自己的理想职业。她决计不做演员了。她要做剧作家。

第二十九章

同一年夏天，约翰尼突然想到，孩子们在这么成长，不能连冲刷着布鲁克林海滩的大海都不知道。约翰尼觉得他们应该乘船出海。他想到做到，决定带他们去卡纳西划船，顺便出海钓鱼。他从来没有钓过鱼，从来没有划过船。可是这想法一来，挡都挡不住。

约翰尼还有另外一个想法，也不知道他是怎么想出来的。他把这个想法和出海划船钓鱼联系到了一起：他想把小蒂丽一起带上。小蒂丽是邻居家的四岁孩子，他从来没有遇上这个孩子。事实上他见都没有见过，不过他就是要为着蒂丽哥哥古希的缘故，带蒂丽出海去玩。所有这些想法，都和卡纳西之行捆绑在一起。

古希是个六岁男孩，也是这一带臭名昭著的一个传奇人物。这孩子生性刁蛮、邪恶，下嘴唇厚大。他也和其他孩子一样，是妈妈生的，喝妈妈的奶长大的。可是除此以外，他就和世间其他孩子——不管是死的活的——都没有什么一样了。九个月的时候，古希妈妈要给他断奶，他受不了。不让喝妈妈的奶，他就不吃不喝，不用奶瓶，躺在摇床里呜咽。他妈怕他饿死，只好继续喂奶。他满足地吸了起来，别的什么食物都不理，就是靠他妈的奶水养着，一直养到两岁。那时候他妈又怀上了别的孩子，奶水断了。在接下来的九个月里，他一直闷闷不乐，继续等着什么。他不愿意喝任何形式、任何包装的牛奶，却喜欢上了黑咖啡。

小蒂丽出生了，她妈妈再一次奶水充足。古希第一次看到小宝宝喝奶，几乎歇斯底里起来。他躺倒在地，哭啊喊啊，脑袋还往地上撞。接下来四天，他不吃东西，不上厕所，人瘦了一圈。他妈吓坏了，心想要不再让他喝次奶吧，也无甚大碍。这一喝坏了，他就像犯了很久毒瘾的瘾君子一样，一朝吸上，就放不下了。

从此以后，古希霸占了妈妈所有的奶水。而病殃殃的蒂丽只好去喝奶瓶。

古希那时候三岁了，比一般同龄的孩子要大。和其他孩子一样，他穿及膝短裤，脚蹬铜头厚鞋。一看到妈妈解开胸前衣服，他立刻会跑过来。他喝奶的时候站着，胳膊肘搭在妈妈膝盖上，两脚神气活现地交叉着，眼睛滴溜溜转，看着屋子四周。站着喝奶算不得什么本事，反正他妈妈的奶子大得如同小山，一解开衣服，奶子都垂到了膝盖上。古希喝奶的样子很可怕，就好比是一个大男人，脚搭在吧台脚垫上，嘴里叼着一支粗大、淡色的雪茄。

邻居们知道了古希的状况，他们在背后议论起他的病态来。古希的父亲也很烦恼，甚至没法和老婆一起睡觉了。他说老婆在养妖怪。可怜的女人绞尽脑汁想办法断奶。他块头已经太大了，她决定，一定要把奶断掉。他都快四岁了。她也怕他换牙时长不齐。

有一天，她去商店买了一罐子炉用黑涂料和一把刷子。她将自己关在卧室里，把左边奶子涂得乌黑乌黑，然后用口红在奶头附近画了个丑陋的嘴巴，上面有吓人的牙齿。然后她又将衣服扣上，走进厨房，坐到窗户边喂奶的椅子上。古希看到了她，便把正在玩的骰子扔到洗衣盆下面，然后跑过来要喝奶。他的脚交叉着，胳膊搭在妈妈膝盖上，就这样等着。

“古希要喝奶?”他妈妈循循善诱。

“要!”

“好吧。古希来好好喝奶。”

突然间，她将衣服扒开，将那可怕的奶子凑到他脸前。古希几乎吓瘫了，愣了一下，然后尖叫着跑开，躲在床底下，一躲就是二十四小时。最后，浑身颤抖地出来了。他又恢复了喝黑咖啡的习惯，每次看到妈妈的胸部就瑟瑟发抖。就这样，古希的奶断了。

妈妈将她成功的消息广而告之，继而形成了一种新的风潮。她这种断奶方式广为应用，人称“古希断奶法”。

约翰尼听说过这个故事，故而轻蔑地将古希排除在脑外。他关心的是古希的小妹妹蒂丽。他想，蒂丽被人夺走了一些很宝贵的东西，日后恐怕要在这种受挫的心理下长大。他想，带她去一趟卡纳西海滩，或许可以将她那变态哥哥对她的伤害抵消掉一些。他派弗兰西下楼去问蒂丽家人是否愿意让蒂丽和他们一起去。那饱受折磨的母亲愉快地答应了。

到了接下来的星期天，约翰尼和三个孩子一起去卡纳西。弗兰西已经十一岁，尼雷十岁，蒂丽刚过三岁。约翰尼穿上礼服，戴上礼帽，换上新的假衬衣和纸领子。弗兰西和尼雷仍然穿着平常的衣服。小蒂丽的妈妈，为了这样特别的日子，特地让蒂丽穿上一条廉价但是很华美的花边裙子，边上饰有深粉色丝带。

坐电车的时候，他们坐在前排，约翰尼和司机交上了朋友，两人一起谈起政治。他们在最后一站亦即卡纳西下车，找到了一个小小的码头，码头上有座简陋的屋子。几条进了水的手划船在水里漂来荡去，破破烂烂的绳子系着它们，拴在码头之上。小屋上有个牌子，上书：

“渔具和船只出租。”

下面有个更大的牌子，上书：

此处有活鱼出售，可带回家。

约翰尼和船老大讨价还价，三说两说，两人成了朋友。那人请他到小屋里开开眼界，说里头有好家伙，是他自己睡前垂钓时用的。

约翰尼在里头开眼界的时候，尼雷和弗兰西在寻思，睡前垂钓能开什么眼界呢?小蒂丽穿着花边裙子站在那里，什么话都没有说。

约翰尼出来了，拿着钓鱼竿，还有生锈的锡罐子，里面装着带泥巴的蚯蚓。那个友好的船老大挑了条稍微好些的船，将绳子解开，交到约翰尼手里，祝他好运，然后自己回小屋了。

约翰尼把渔具放到船底，帮孩子上船，接着蹲在码头上，手里拿着那绳子，和孩子们讲解起船的坐法来。

“上船的时候，有对的方法，也有错的方法。”约翰尼说。其实他自己除了那回出去旅行，一次船都没有坐过。“对的方法就是，把船推上一把，趁它还没有漂出去，赶紧跳进去。像这样。”

他站起身子，将船推了一下，然后跳过去……噗通一声掉进了水里。孩子们都惊呆了。爸爸刚才还直直站在码头上，一刹那间，现在掉到他们下面的水里了。水漫过了他的脖子，然后淹到了他打过蜡的小胡子上。他的礼帽还没有淹到，还扣在他头上。约翰尼自己和孩子一样吃惊，瞪了他们一会儿，说：

"你们这伙臭小孩一个都不准笑！"

他爬上船，差点把船弄翻。他们不敢出声笑，可是弗兰西在肚子里笑了个半死，笑得自己肋骨都痛。尼雷不敢看姐姐，他知道两人要是眼睛一对，准会一起笑起来。小蒂丽什么都没有说。约翰尼的假衬衣和纸领子都湿乎乎的成了一团废纸。他将它们扯掉，扔到水里。他开始划桨出海，动作有些迟疑，但又显出沉静、尊严。划到了一个地方后，他觉得好像这地方对路，便宣布他要"抛锚"了。孩子们很失望，他们总觉得"抛锚"是个多浪漫的事，看来爸爸不过是将系在绳子上的一块铁扔到了水下。

他们胆战心惊地看着爸爸令人恶心地将蚯蚓穿到鱼钩上。钓鱼开始了。整个过程包括，上鱼饵，戏剧性地抛出鱼线，等上一会儿，然后再拉上来。待鱼饵下去，空钩子上来，鱼倒是影子都没有。然后这个过程再次重复。

太阳越来越晒，气温越来越高。约翰尼的礼服干了，成了僵硬、打皱的淡绿色外套。孩子们被太阳晒得够呛。似乎过了几个小时后，爸爸才说要吃饭了，孩子们如释重负，十分欣喜。他将渔具收好，放起来，将锚起出，开始划向码头。船似乎在打转，离码头越来越远。最后，又划了几百码，他们终于上了码头。约翰尼将船系起来，上了码头，叫孩子们等着，说他要给孩子们准备一顿丰盛的午餐。

过了一会儿，他回来了，脚步踉踉跄跄，带回了热狗、越橘馅饼和草莓汽水。他们坐在摇摇晃晃的船上，船连着破破烂烂的码头，下面是黏滑的绿色海水，海水里透出死鱼的气息。就这样，他们吃了午餐。约翰尼在码头上喝了点酒，这酒一喝，他良心发现，后悔早先冲孩子们吼叫。他告诉他们，要是他们现在想笑他落水，可以去笑了。不过不知怎的，他们笑不出来了。时机过了。爸爸很好玩，弗兰西心想。

"这才是生活。"他说，"远离尘嚣。啊，有什么能和坐船出海比呢？我们远离了一切。"最后，他意味深长地说了这么一句。

吃过这顿难忘的午饭之后，约翰尼再次划船出海。他的礼帽下冒出汗来，小胡子尖上的蜡也化了，那精心修饰的胡须变成了嘴上的一团乱毛。约翰尼感觉好得很，边划桨边声音洪亮地唱起来：

划啊，划啊，划到波浪汹涌大海上

他划啊划，老在打转，竟然无法出海。后来他两手起泡，也不想再划了。他用戏剧性的声音宣布，他要靠岸了。他划啊划，最后圈子兜得越来越小，好不容易靠近了码头。他没有看到，三个孩子身上不是晒得通红，如甜菜一般，就是碧绿，如同豌豆一般。他要是先知先觉，就该知道热狗啊、越橘馅饼啊、草莓汽水啊和钩子上穿蚯蚓这些，可没让孩子们得到多大好处。

到了码头，他跳了上去，孩子们如法效仿。所有人都跳了上去，小蒂丽除外，她掉进水里了。约翰尼趴到码头上，伸手下去，把她给捞了上来。小蒂丽在那儿站着，一身花边裙子全湿透了，完了，可是她也没有说话。尽管这时候天酷热难耐，约翰尼还是把自己的礼服外套脱下来，跪在地上，将小女孩裹起来。礼服的两只袖子就在沙子里拖着。约翰尼然后把她抱起来，在码头上大踏步走来走去，手拍着她的后背，给她唱着催眠曲。小蒂丽对当日发生的一切一点也不理解。她不知道为什么要把自己带上船，不知道为什么会掉进水里，也不知道为什么这个男的会对自己这么操心。她一句话没说。

约翰尼觉得安慰得差不多了，便将她放下来，走进小屋，也不知是要开眼界，还是睡觉前垂钓。他花了两毛五分钱，从船老大手里买了三条比目鱼。他拿着湿漉漉的鱼出来，鱼在报纸里包着。他告诉孩子们，他答应妈妈会带现钓的鱼回家。

"关键就是，"爸爸说，"我带回了在卡纳西钓来的鱼。是谁钓的有什么关系呢?重要的是我们去钓鱼了，带鱼回家了。"

孩子们知道他想哄骗妈妈说自己钓到鱼了。爸爸并没有叫他们去撒谎。他只是叫他们不要太拘泥于真相而已。孩子们心领神会。

他们上了一辆电车，电车上有两排长椅面对面。他们坐成了一排，模样颇为滑稽。坐在第一个的是约翰尼，穿着皱巴巴、浸过盐水后变得僵硬的绿色裤子,上面有很多大洞的汗衫露了出来,头戴礼帽,胡须乱糟糟的。第二个是蒂丽,被约翰尼的礼服包得严严实实的,下面在滴着咸水,在地上滴出了咸腥的一小摊。再接着是弗兰西和尼雷。他们的脸红得像砖头,身子挺直,努力不让自己晕趴下。

人们陆续上车,坐在对面,好奇地盯着他们。约翰尼坐得笔直,鱼放在膝盖上,努力不去想汗衫上的洞。他的目光从乘客们的头上看过去,假装在研究黄酚酞巧克力缓泻片广告。

越来越多的人上车,车子里拥挤了起来,但是谁也不愿意坐在他们这一干人等隔壁。终于,有条鱼从湿透的报纸里挣脱出来,掉在地上的灰里。小蒂丽实在受不了了,看着鱼儿光溜溜的眼睛,什么也没有说,一声不响地吐起来,吐得不遗余力,将约翰尼的礼服吐了个遍。弗兰西和尼雷仿佛也接到了信号一般,跟着吐起来。约翰尼坐在那里,膝盖上放着两条赤裸的鱼儿,眼睛盯着广告。他也不知道该做什么别的好。

这次悲壮的出海之旅终于结束了,约翰尼把小蒂丽带回家,觉得自己有必要解释一番。可是蒂丽妈妈根本没有给他机会。一看到孩子一身脏兮兮,还滴着水,她就尖叫起来。她将包裹着孩子的外套扒掉,向着约翰尼的脸扔过去,还骂他是"开膛手杰克"①。约翰尼千方百计要解释,她怎么都不听。小蒂丽一言不发。最后,约翰尼终于有了个插嘴的机会。

"女士,我想小女孩是不是不会说话啊?"

这么一说,那位母亲更是歇斯底里了。"是你害的,是你害的。"她冲着约翰尼大吼。

"你能不能让她说点什么?"

那位母亲抓住小女孩,晃着晃着。"说话啊!"她尖叫,"说点什么话。"最后,小蒂丽张开嘴,露出了开心的微笑,说:

"谢谢。"

凯蒂唇枪舌剑责备了约翰尼一番,说他根本不配有孩子。"涉案"孩子此时正因为中暑而身体忽冷忽热。凯蒂看到约翰尼唯一的礼服被毁掉时,

---

① 英国杀人狂魔,专杀妓女,有时还碎尸。

差点就哭了。要是洗好烫好，起码得一块钱，而且很难恢复原状。至于鱼，他们发现已经烂得很厉害，只好扔进垃圾桶了。

孩子们上床了。他们一会儿热，一会儿冷，一会儿恶心要吐，可他们还是把头埋在被子下，不出声，在被窝里暗笑得很起劲。两个都在想着爸爸站在水里的狼狈相呢。

约翰尼坐在厨房窗户边，坐了很久，直到夜色深沉。他在想，怎么会搞得这么砸？他唱过很多和坐船有关的歌，其中不乏出海的主题，歌中喊着号子叫着口令。他不解，为什么现实不像歌曲所唱的那样呢？孩子们本该兴致勃勃地回来，走的时候充满对大海的热爱，他自己也应该带回各种各样自己钓的鱼儿。结果却和歌里唱的大不一样，这是为什么，为什么呢？为什么手会起泡？为什么衣服会毁掉？为什么孩子会中暑，会呕吐？为什么蒂丽的妈妈就不能念及他的好心，对最终结果马虎了事呢？他想不通——他想不通。

关于大海的歌曲背叛了他。

第三十章

"今天,我变成了一个女人。"弗兰西十三岁那年的一个夏日,在日记中写道。她一边看着这个句子,一边漫不经心地抓着光腿上一处蚊子咬的伤口。她低头看了看自己瘦瘦长长、还没有发育完全的腿,将这句话画掉,重新起头。"很快,我就会成为女人了。"她又低头看看胸部,发现还是平得像块搓衣板,便将整个这一页撕了,换了一页重写。

"狭隘,"她用铅笔用力地写着,"会导致战争、大屠杀、钉十字架、私刑处死。狭隘让大人虐待小孩。狭隘导致人们相互之间的残酷。世界上大部分邪恶、暴力、恐怖、伤心、堕落,都是狭隘造成的。"

她大声念出这些话。这些话听来如罐装货,那新鲜味都已经给煮跑了。她将日记本合上,收起来。

那年夏天的那个星期六,或许她应该当成她一生中最快乐的一天,载入她的日记本。她第一次看到自己的名字印成了铅字。学校出了一份校刊,学年结束的时候,老师将各年级最优秀的一篇作文发表。弗兰西的作文题为《冬日》,被选作七年级发表作品。校刊一毛钱一本,弗兰西只能等到星期六才能去买。可是学校在星期五就因暑假关闭,弗兰西很担心她能否买上校刊。不过詹森先生说他星期六上班,要是她带一毛钱来,他就把校刊给她。

下午她早早站在自家门口,把杂志翻到刊有自己文章的那一页,希望有人过来,她好给他们看看。

午饭的时候她给妈妈看,但是妈妈要回去上班,没空去看。吃午饭当中,她反复说自己有文章发表了,提了起码有五次。

妈妈终于说:“是的,是的,我知道。我都预计到了。以后还有更多文章发表,你会习惯的。现在你就不要太把它当回事了,还有碗要洗呢。”

爸爸在工会总部,要等到星期天才能看到校刊,但是弗兰西知道他会喜欢的。她站到街上,将自己的荣耀夹在胳膊下。这校刊她爱不释手。她不时看一下自己的铅字名字,心中一直保持着那份激动。

她看到一个叫乔安娜的年轻女子从她家那幢楼里走出来,推着婴儿的小车出来透透空气。一些出来购物的家庭主妇见到她,便停下来,交头接耳说闲话。你瞧,乔安娜还没有出嫁呢!她这下闯祸了不是?她这孩子是私生子啊——这个社区私生子的代名词是“杂种”。这些良家妇女觉得乔安娜没有权利这么抛头露面,仿佛自己是个自豪的母亲一样。她们觉得她没有权利这么光天化日之下带孩子出来。她们觉得,她找个黑暗的地方藏起来才是正事。

弗兰西对乔安娜和孩子感到很好奇。她听妈妈爸爸说起过她们。小推车过来的时候,她盯着婴儿看。孩子坐在推车里,样子很漂亮。或许乔安娜是个坏女人,可是她带的这孩子显得又漂亮又神气,她这方面比那些良家妇女都强。孩子戴一顶花边软帽,穿着干净的白裙子,围着围涎。小推车上的翻盖纤尘不染,翻盖上有刺绣,那花纹透出母亲的爱心。

乔安娜在一个工厂上班,孩子由乔安娜的妈妈带。乔安娜的妈妈没脸把孩子带出去,所以只有等周末乔安娜不上班的时候,孩子才有机会出来透透空气。

是的,弗兰西断定,这孩子真是漂亮,看上去就像乔安娜。弗兰西记得爸爸妈妈那天谈起乔安娜的时候,爸爸是怎么描述的。

“她的皮肤就像木兰花花瓣。”(约翰尼从来没有见过木兰花。)“她的头发乌得像渡鸦的翅膀。”(他也没见过渡鸦长什么样。)“她的眼睛深邃乌黑,好比森林里的水池。”(他从来没有进入过森林,他知道的池子只有赌池。赌池里几个男人每人扔一毛钱进去,大家猜道奇队的比分,谁猜对钱归谁。)不过乔安娜的相貌还真被他说得八九不离十。乔安娜真是个大美女。

“或许是吧。”凯蒂说,“不过长相又不能当饭吃。这姑娘坏就坏在相貌上了。我听说她妈妈也没有结婚，未婚生了两个孩子。现在那姑娘的哥哥在新新监狱，姑娘自己生了这么个私生子。这家人是不是种坏了？你替他们难过也不顶用。当然，”她突然用一种时常会有的超脱语气说，“这些关我什么事。我反正也不能怎样。我不会因为她做错事，跑出去啐她一口。同样，也不会因为她做错，把她收养在家。她生下那孩子，和结了婚生孩子一样受苦。她真是心不坏的话，那么这么受苦受辱过来，就该吃一堑长一智，不要再犯同样错误了。要是她心地不好，大家对她这些态度她也无所谓。约翰尼啊，我要是你的话，就不会去同情她了。”突然间她转向弗兰西，“记住，乔安娜这就是**你**的前车之鉴哪。”

那个星期六下午，弗兰西看着乔安娜来回走着，心想她究竟是什么样的“前车之鉴”呢？乔安娜好像对孩子很自豪的样子。这难道就是“前车之鉴”？乔安娜才十七岁，对人友善，而且希望人人都对她友善。她看到那些良家妇女也是笑眯眯的，可是看到她们横眉以对，笑容便消失了。她冲着在街上玩耍的小孩子笑，有些孩子也报以微笑。她对弗兰西微笑。弗兰西也想以微笑回敬她，可是又不能。那个“前车之鉴”是不是说不要善待乔安娜这样的女子呢？

那些良家妇女怀里抱着一袋子一袋子蔬菜，或是牛皮纸包装的肉，好像那天下午也没事情干，三三两两凑在一起咬耳朵。每回乔安娜走过的时候，她们的闲话就停住，而等她一走开，她们就继续说。

每回乔安娜路过，她的脸颊就更粉嫩，头昂得更高，裙后摆摆得更有挑战味。她似乎是越走越漂亮，越走越高傲了。她动不动就故意停下来，整理孩子身上的小被单。她摸着孩子的小脸蛋，温柔地冲着孩子笑。这些更是让边上看着的女人怒不可遏了。真是大胆包天！真是大胆包天啊，她们心想，她哪里有权这么做？

这些良家妇女也有孩子，多半是一路吼叫、一路掌掴着带大的。她们很多人痛恨晚上睡在自己身边的丈夫。她们对床第之欢已无兴奋感。她们只是硬着头皮上，一边做一边祈祷别再弄出一个孩子来。这种苦闷，这种顺从，倒让男人丑陋、粗暴起来。对她们很多人来说，床第之欢成了双方的床第之虐，越早结束越好。她们恨这个女子，因为她和那孩子的父亲之间似乎不是这么回事。

乔安娜意识到了她们的仇恨，可是丝毫不为之退却。她不会让着她们，把孩子带进屋。可是老这么僵持着也不是个事。那些良家妇女顶不住了。她们忍无可忍。她们得做点什么。等乔安娜再一次路过的时候，其中一个精瘦的女人叫道：

"你就不感到丢人吗?"

"丢什么人?"乔安娜反问。

这话让那女人勃然大怒。"她还问丢什么人。"她跟边上的女人说，"我来告诉你丢什么人吧。因为你不要脸，你下贱。你有什么权利神气活现地带着个杂种在街上跑来跑去，让那些无辜的孩子们看到?"

"我想这是个自由的国家。"乔安娜说。

"对你这种人，自由个什么自由?给我滚出这条街，滚出这条街。"

"试试看!"

"滚出这条街，你这婊子。"那个精瘦的女人说。

女孩的嗓音开始颤抖。"你可不要血口喷人啊。"

"对婊子说话我们还有什么好讲究的?"另外一个妇女插话了。

有个男人路过，停留了片刻，听她们吵架。他碰了碰乔安娜的胳膊。"好了，妹子，你干吗不等这些泼妇闲下来再说?你跟她们斗，斗不赢的。"

乔安娜把自己的胳膊甩开。"少管闲事!"

"我是好意，妹子。对不起!"他接着走了。

"你干吗不和他一起走呢?"精瘦的女人嘲笑道，"或许花上两毛五，他能让你销销魂呢。"其他那些人笑了。

"你们这都是嫉妒。"乔安娜平静地说。

"她说我们嫉妒。"那位谈话者说，"嫉妒什么呢，你?"(她把"你"字说得重重的，仿佛这就是那女孩的名字。)

"嫉妒什么?你们嫉妒的是男人喜欢我。幸亏你已经结婚了。"她告诉精瘦的女人，"不然的话，你哪里找得到男人?我猜，你和男人完事后，男人会啐你的。我猜他就是这么做的。"

"臭婊子!你这个臭婊子!"精瘦的女人歇斯底里地叫起来。然后，出自一种耶稣基督时代就已经很强的本能，她从水沟里捡起一块石头来，砸向乔安娜。

其他女人就如同听到号令一般，纷纷开始砸石头。其中有个女人比别的那些搞笑一些，拿了一团马粪来砸。有一些石头砸着了乔安娜，可是一块尖尖的石头砸到了孩子的前额，立刻有一条细细的血流从孩子脸上淌下来，淌到孩子干净的围涎上。孩子嘤嘤地哭起来，伸手要妈妈抱。

几个女人本来还想接着砸石头，这下子全都默默把石头放回水沟。她们的骚扰告一段落了。这些女人突然觉得羞愧起来。她们本来没想伤害孩子。她们只想把乔安娜赶出街道。她们默默散开，各自回家。有些在边上站着看热闹的孩子也继续玩自己的去了。

乔安娜现在哭了，将孩子从小车上抱起来。孩子在嘤嘤地哭，好像没有权利放声大哭似的。乔安娜的脸颊贴着婴儿的脸，眼泪和着孩子的血一起流。这些女人赢了。她把孩子抱进屋，小推车就丢在外头人行道中间。

这一切弗兰西都看在眼里，每一句话她都听到了。她记得乔安娜是怎样对自己微笑，而自己是怎样转过头去，没有以微笑回应她。她为什么不笑脸以对？她为什么不笑脸以对？现在该是她遭罪了——在以后的日子里，只要想到自己没有以微笑回应乔安娜，她都会懊恼。

几个小男孩围着空的小推车玩起了追人的游戏，追来追去，把小推车也拉出了好远。弗兰西将他们赶走，将小推车推回到乔安娜家门口，将车闸刹上。这里有条不成文的规定，任何物品，放在物主家门口，则任何人不得去碰。

她还拿着那本载有她文章的校刊，站在小推车边上，再一次看着校刊上的名字：《冬日》，作者弗兰西斯·诺兰。她想她该做点什么，弥补自己没有对乔安娜微笑的错误。她想到了自己写的作文。她对作文十分自豪。她很想秀给爸爸、艾薇姨妈和茜茜姨妈看。她想永久保留，每回看着了都会有那种温暖而美好的感觉。如果她送出去了，她再也无法买到另外一份。不过她还是把校刊放在了婴儿的枕头下，校刊翻到她作文的那一页。

她看到婴儿雪白的枕头上有几滴小小的血滴。她仿佛又一次看到了那婴儿，细细的血流从脸上流下来。她仿佛看到婴儿伸出小手让妈妈抱的样子。一阵难过涌上弗兰西心头。这难过劲过了之后，她感到浑身无力。这难过接着又如潮水般涌来，再次消退，如此往复。她摸索着下到屋子的地下室，找了个暗处，坐在麻袋上等着，而此时那难过一阵阵向她涌来。一阵难过消退之后集聚力量准备重新冲刷她的时候，她都在发抖。她只有紧张地坐在那里，等着它消失。如果不消失的话，她会死的——她真的会死的。

过了一段时间，这些感觉越来越弱，每次间隔也越来越长。她开始思考了。她觉得现在知道乔安娜给自己的“前车之鉴”是什么了，只是这并不是她妈妈所想的“前车之鉴”。

弗兰西记得乔安娜。晚上从图书馆回家，她常常会路过乔安娜家的房子，看到她和一个男孩在门厅里紧紧地抱在一起。她看到那男孩温柔地拂着乔安娜的头发。她看到乔安娜抬手摸他的脸。在街灯下，乔安娜面容安详，如痴如梦。这样的开端，竟造就了这些羞辱，带来了这个孩子。为什么？为什么？那个开端是如此温柔，如此合理。为什么这个结局？

她记得有个扔石头的女人也是结婚才三个月就生了孩子的。弗兰西还记得，参加婚礼的人群一起去教堂的时候，她就和其他孩子站在路沿上看呢。新娘上雇来的马车之前，弗兰西看到了那象征处女的婚纱下，她腆着大大的肚子。她看到新娘父亲的手紧紧抓住新郎的胳膊。新郎乌着眼圈，看起来悲悲戚戚的。

乔安娜没有父亲，没有男性亲属。没有人拽着男孩的胳膊拉他去举行婚礼的祭坛。这是乔安娜的罪过，弗兰西想。她其实并不坏，只是没法把男孩子带到教堂里去成亲。

事情的来龙去脉弗兰西也无从得知。事实上，那个男孩爱乔安娜，而且愿意在使她遇到所谓“麻烦”之后迎娶她。可惜这男孩家里有妈妈和三个姐姐，大家七嘴八舌一劝，他打消了这个想法。

别傻了，她们告诉他。她一无是处。她一家人都一无是处。再说了，你怎么知道孩子是你的？她跟你这样，保不准也跟他人一样。哎呀，女人的狡猾你不知道的多了。我们知道。我们也是女人。你这人太善良了，心肠太好了。她说孩子是你的你就信了。她在撒谎呢。儿啊，你可不要上当哪。兄弟啊，你别上钩啊。你要是真想结婚，找个良家女子，一个神父不操办婚礼就不跟你上床的女子。你要是和这个女的结婚，你就不是我儿子；你就不是我们的弟弟。孩子是不是你的这根本没个准。你就是上班了都会为这事情操心。你上午上班去，天知道谁会溜上你的床，有你操不完的心呢。是的，儿啊(兄弟啊),女人什么事都干得出来。我们可清楚了。我们是女人。我们知道女人咋回事。

那男孩也好劝,这么一说也就听了。他的这些女家人给了他钱,他在新泽西找了个地方住,找了个工作做。她们不会跟乔安娜讲他去哪里了。他再也没有见到她。乔安娜后来没有结婚,却把孩子生下来了。

弗兰西猛然间惊恐地发现,她似乎有病。这样一想,那伤痛的潮水停住了,不再冲刷她。她伸手放在心口,想感受到她肉下那锯割般的感觉。她听爸爸不知道唱过多少关于心的歌曲:心碎的滋味,心痛的感觉,心在跳舞,心的沉重,心喜极而跳,心忧伤无穷,心的反复,心的宁静。她相信心真的会有这些动作和感受。她很害怕,担心她的心已经因为乔安娜的孩子而破碎了。血离开了她的心脏,流出了她的身体。

她跑上楼,回到自家的屋里去照镜子。她的眼睛下面有黑眼圈,她的头很痛。她躺在厨房一张旧的皮沙发上,等着妈妈回家。

她把地下室里的感受告诉了妈妈。她没有提乔安娜。凯蒂叹了口气说:“这么快?你才十三岁。我以为还要再过一年。我十五岁时候来的。”

“那么……那么……这事没有什么了?”

“很自然,所有女人都会遇到。”

“我还不是女人。”

“遇到这事,说明你正从女孩变成女人。”

“那会不会停住啊?”

“过几天就好了。一个月后又继续。”

“这样下去会多久?”

“会很长时间,等你到了四五十岁就停了。”她沉思了一会儿,“我妈妈生我的时候五十了。”

“哦,原来这和生孩子有关系。”

“是的。记住你得给我规规矩矩的,因为你现在可以生孩子了。”乔安娜和孩子的形象在弗兰西的脑海里闪过。“你不能让男孩亲你。”妈妈说。

“亲我我就生孩子了?”

“不会。不过这么亲一亲,就会发生些别的事,别的事情会让你生孩子。”她又补充了一句。“你就想想乔安娜好了。”

凯蒂并不知道街上发生的事情。乔安娜她只是碰巧想到而已。可是弗兰西以为她有过人的洞察力。她带着一种新的崇敬看着妈妈。

记住乔安娜。记住乔安娜。弗兰西哪里会忘掉呢?从那时候起,想到那些扔石头的女人,弗兰西心里就恨女人。她痛恨她们的阴险邪恶。她不信任她们的本能。她厌恶她们对彼此的不忠和残酷。所有扔石头的人当中,没有一个人为那女孩子说一句话,唯恐惹祸上身,被当成乔安娜的一路货色。唯有那个路过的男子还说了几句人说的话。

多数女人有个共同点:生孩子吃过大苦。这本该成为一条纽带,将她们联系到一起,应该让她们互相关爱,互相保护,对付男人的世界。可是生孩子的痛苦似乎让她们的心灵和灵魂都缩小了。她们凑在一起的时候只会有一种结果:践踏别的女人……直接扔石头,或者是说恶毒的闲话。她们只有在做起这些坏事的时候,相互之间才有些忠诚。

男人就不同。他们或许相互仇恨,可是他们会团结起来对付世界,对付任何一个让男人倒霉的女人。

弗兰西打开日记本,在关于狭隘的那一段之下,她空了一行写道:

“只要我活着,我就不会结交任何女性朋友。我不会再相信任何女人,妈妈或许可以例外,有时候艾薇姨妈和茜茜姨妈也可以例外。”

第三十一章

弗兰西十三岁那年发生了两件大事：欧洲爆发了战争，一匹马爱上了艾薇姨妈。

艾薇姨妈的丈夫和他那匹叫“鼓手”的马做了八年死敌。他对马很坏；他踢马，打马，咒马，拉马嚼子也过分使劲。那匹马对威利·弗里特曼姨夫也很坏。马对路线都熟了，平常情况下，到了送奶点，它会自动停下来，等弗里特曼上了马车，就继续往前走。可是最近，弗里特曼刚下马车去送奶，马便动起来，而且还是小跑，害得弗里特曼常常是跑了半条街才追上。

到了中午，弗里特曼送奶就送完了。他会回家吃饭，然后将马和马车带回马房——他本该在这里洗马，洗马车。可是这马有一阴招，常常是弗里特曼姨夫在它下面洗它肚子的时候，它就在弗里特曼身上撒尿。别的家伙站在边上，等着看这个场面，好取笑一番。弗里特曼忍无可忍，于是开始在自家门口洗马。夏天这倒没有什么，到了冬天可就有些麻烦了。到了数九寒冬，艾薇姨妈也会下楼，跟弗里特曼说这么冷的天，不该用冷水洗马。马似乎知道艾薇姨妈站在自己一边。艾薇和丈夫在争吵的时候，马会撒娇一般地低声嘶叫，还把头靠到她肩膀上。

有个寒冷的日子，鼓手决定亲自动手解决问题——或者用艾薇姨妈的话来说，亲自动蹄。艾薇姨妈和诺兰家讲述这故事时，弗兰西饶有兴趣地听着。说起故事来，艾薇姨妈真是罕有对手。她逐个将角色给演出来，甚至包括马。而且她在描述当中，还绘声绘色地把大家当时心里偷偷想着的一些东西添加进来。根据艾薇姨妈的描述，事情经过是这样的：

威利在楼下用冷水和硬硬的黄肥皂给瑟瑟发抖的马洗刷着。艾薇站在窗户边观看。他侧身下来要洗马肚子，马绷紧了身子。弗里特曼以为马又要尿自己身上了。这个饱受折磨、毫无办法的小人物已经忍无可忍，赶紧闪开，还在马肚子上擂了一拳。马抬起后腿，不偏不倚踢中弗里特曼的脑袋。弗里特曼倒了，滚到马肚子下，不省人事了。

艾薇跑了下来。马看到她，快乐地嘶叫起来，可是艾薇没有理睬它。当马回头，看到艾薇是要将弗里特曼从它肚子下拖走，它开始走动起来。或许是要把马车拖走，离开昏迷的那个家伙，或许是一不做二不休，让马车从弗里特曼身上压过去。艾薇叫道："小子，停住停住。"鼓手及时停了下来。

有个小男孩去找警察了，警察去找救护车。救护车上的医生说无法判断弗里特曼是骨裂，还是脑震荡。他将弗里特曼带到了格林庞特医院。

就这样，马背后拉着一马车空奶瓶，等着回马房。艾薇从来没有驾过马，不过她想这没什么，试试无妨。她穿上丈夫的旧大衣，头上围了一条围巾，爬上车座，拉起缰绳，喊了声："走啦，鼓手。"马把头一甩，回头含情脉脉地看了她一眼，然后兴致勃勃小跑起来。

艾薇根本不知道马房在哪里。幸运的是，马认识路。这马其实很聪明，每回到十字路口都会停下来，让艾薇左看右看。如果左右都没有人，艾薇就说："走嘞，小子。"如果有别的马车，艾薇就说："等等，小子。"就这样，他们一帆风顺地到了马房。马一溜小跑着回到马群中自己常去的位置。其他马车车夫在洗马车，看到一个女车夫很吃惊，喧哗起来。马房老板跑了出来，艾薇将事情原委告诉了他。

"这种事情并不出乎我的意料。"老板说，"弗里特曼从来不喜欢那马，那马也不喜欢他。得，我们另找人来顶替吧。"

艾薇害怕丈夫丢了工作，便问丈夫住院期间，她可不可以来赶马。她说牛奶反正是天色还黑的时候递送，换了个人大家也不知道。老板冲她笑。她就说他们多么需要每周那二十二块五。她苦苦央求，模样小巧可人，活泼可爱，老板终于答应了。他给了她客户名单，说早晨小伙子们会帮她把奶瓶装上。他又说，路线马都知道，想来也不算难。其中一个车夫建议，她应该带上马房的狗陪伴她，免得小偷偷奶。老板同意了，叫艾薇凌晨两点来报到。艾薇是这条路线上第一个女送奶工。

她干得挺不错。马房的那些同事都喜欢她，说她比弗里特曼能干。别看艾薇姨妈是个很现实的人，她其实还是很温柔、很有女人味的，男人就喜欢听她那喃喃细语的说话方式。马也开心，尽量配合她。到了需送奶人家的门口，它会主动停下。等艾薇回来，稳稳坐上了车，它才重新出发。

和弗里特曼一样，她回去吃饭的时候，也把马带回家。天太冷，她于是在床下找了床旧棉被，披在马身上，这样马在等候的时候就不会感冒。她还把马吃的燕麦拿上楼，在烤箱里烤一会儿，然后再来喂它。她想燕麦要是冷冰冰的恐怕不好吃。马很喜欢加热过的燕麦。等马吃完燕麦，她还给马吃个苹果，或是一块糖。

艾薇觉得天太冷，不能当街给马洗刷。她在马房里洗马。她想那黄色肥皂一定很扎身子，于是拿了一块甜心牌肥皂来洗，还拿了一块大大的浴巾用来擦干。马房的同事们说要代她刷洗，她谢绝了，坚持自己来。两个男的争着给她洗马车，争得都打起架来。艾薇说要不两人一人一天轮流。这样一来，问题顺利解决。

她用老板办公室的煤气炉子给鼓手的洗澡水加热。她绝对不想用冷水给它洗。她用这温水洗，用香香的肥皂洗，用毛巾一点点擦干。她这么洗的时候，马从来没对她撒尿。洗的时候，马会快乐地打响鼻，快乐地嘶叫。艾薇给它擦干的时候，马身子欣喜地一阵阵抖动着。艾薇去马脖子周围洗擦的时候，马就把硕大的脑袋靠在艾薇小小的肩膀上。毫无疑问，这马热恋上了艾薇。

弗里特曼复原之后，回来上班，马拒绝由他驾着马车离开马房。马房只好给弗里特曼另派一匹马，另换一条路线。不过鼓手也不肯跟其他马夫。老板心想要不把马卖了，但是他突然心生一念。马夫中间有个小伙子显得女里女气，说话口齿不清。马房让他驾弗里特曼的马车。鼓手看来心满意足了，愿意和这位比较阴柔的车夫一起出去送奶了。

就这样，鼓手重新担负起自己的职责。只是每天中午，它都会来到艾薇家的那条街，站在她家门口。如果艾薇不出来一下，给它吃个苹果或者一块糖，摸摸它的鼻子，叫它一声好小子，它就不肯回马房去。

“这马真好玩呢。”弗兰西听完故事后说。

“它或许会是好玩，”艾薇姨妈说，“可是它明确知道自己需要什么。”

第三十二章

弗兰西十三岁生日那天，在日记里这样写道：

12 月 15 日。今天我成少年了。未来的日子会带来什么呢？我在想。

根据日记记载，这一年并没有带来什么。随着日子的推移，日记越写越少。弗兰西之所以写日记，是因为她看到小说中的主人公都记日记，里面思想饱满，感情充沛。弗兰西想，她自己的日记也会这个样子，不过，除了对演员哈罗德·克莱伦斯的一些浪漫的描述外，这些日记都是流水账。一年快结束的时候，她随手翻了翻日记。

1 月 8 日：玛丽·罗姆利外婆有个精致的雕花盒子，是一百年前她的曾祖父在奥地利做的。盒子里放着一件黑色裙子、一件白色衬裙，还有鞋子、袜子。这些都是她给自己准备的寿衣，因为她不想身缠那种裹尸布。威利·弗里特曼姨夫说他希望死后火化，骨灰从自由女神像上撒下。他想这样的话，以后投胎做小鸟，就有了个好的开端。艾薇姨妈说他已经是鸟了，是个杜鹃鸟[①]。妈妈因为我笑而责备了我。火葬比土葬好吗？我在想。

1 月 10 日：爸爸今天病[②]了。

3 月 21 日：尼雷从麦卡瑞恩公园偷了褪色柳，送给格雷琴·哈恩。妈妈说他这么小就想女孩子，很不妥。以后有的是时间，她说。

4 月 2 日：爸爸三个星期没有上班了。他的手有些不大对劲，抖得厉害，什么都拿不住。

---

① cuckoo 一词指杜鹃鸟，也指疯狂、傻冒的人。

② 此处的“病”是喝醉酒的隐晦说法。

4 月 20 日:茜茜姨妈说她要生孩子了。我简直不敢相信,因为她的肚子还是平平的。我听她对妈妈说,她的孩子装在身子后。我很好奇。

5 月 8 日:爸爸今天病了。

5 月 9 日:爸爸今天晚上上班去了,可是后来又回来了,说人家不需要他。

5 月 10 日:爸爸病了。他白日里做噩梦,尖叫起来,我只好去找艾薇姨妈。

5 月 12 日:爸爸一个多月没有工作了。尼雷想办工作证件,想辍学。妈妈说不行。

5 月 15 日:爸爸晚上去上班了,说从现在起他要负起责任来。他为办工作证件的事情骂了尼雷一顿。

5 月 17 日:爸爸病着回家了。有几个孩子在街上跟着他,取笑他。我恨小孩子。

5 月 20 日:尼雷开始卖报纸了。他不让我帮他卖。

5 月 28 日:卡尼今天没有捏我的脸。他捏了别的地方。我猜我已经太大,不适合卖破烂了。

5 月 30 日: 佳恩达小姐说她要将我那篇写冬日的作文发在校刊上。

6 月 2 日:爸爸今天又病着回家了。尼雷和我帮妈妈把他搀扶上楼梯。爸爸哭了。

6 月 4 日:今天我的作文得了 A。我们写的题目是“我的理想”。我只犯了一个错误。我写的是“剧本作家”,佳恩达小姐说应该是“剧作家”。

6 月 7 日:今天两个男的把爸爸搀扶回家,他又病了。妈妈不在家。我把爸爸安顿到床上,给他喝黑咖啡。妈妈回家的时候,说我做得对。

6 月 12 日:廷莫尔小姐教我弹舒伯特的《小夜曲》。妈妈比我学得快。她弹到了《汤豪瑟》选曲《夜空之星》。尼雷说他比我们两个都学得快。他不看乐谱都能弹《亚历山大的拉格泰姆乐队》。

6月20日：去看演出了。看了《金色西部的女郎》。这是我看过的最棒的演出，看着血从天花板上滴下来，那场景很真实。

6月21日：爸爸连续两天晚上没有回家。我们也不知道他去了哪里。回家的时候他病着。

6月22日：妈妈翻开我的床垫，找到了我的日记，从头到尾看了。凡是我写"醉"的地方，她都让我画掉，写成"病"。幸亏我没有写妈妈什么坏话。如果我有孩子，我不会看他们的日记，因为我相信孩子也需要隐私的。如果妈妈再次来看，读到这话的时候，但愿她心领神会。

6月23日：尼雷说他找了个女友。妈妈说他还小。我也不知道这事是对是错。

6月25日：晚上威利姨夫、艾薇姨妈、茜茜姨妈还有她的约翰一起来了。威利姨夫喝了不少啤酒。他说他新分到的马"贝西"更坏，做出的事情比在他身上撒尿还要糟糕。我笑了起来，被妈妈骂了一顿。

6月27日：我们今天把《圣经》看完了。现在我们得重新开始。莎士比亚我们都这样看四遍了。

7月1日：狭隘……

弗兰西将手放在这一天的日记上，把那些字遮住。她猛然想到，当时那伤痛的感觉会重新向她席卷过来。不过那种感情已经不复存在。她翻了一页，看别的日记。

7月4日：麦克舍恩警官把爸爸带回家了。我们一开始以为是爸爸被逮捕了，后来发现不是。他病了。麦克舍恩给了我和尼雷每人两毛五分钱。妈妈让我们还回去。

7月5日：爸爸又病了。我在想，他还会不会去上班呢？

7月6日：我们今天又开始玩北极的游戏了。

7月7日：北极。

7月8日：北极。

7月9日：北极。只是救援并没有到来。

7月10日：我们今天打开了锡储蓄罐，里面有八块两毛钱。我的金币变黑了。

7月20日：锡罐里所有的钱都没有了，妈妈又去给麦克加里蒂太太洗了些衣服。我帮她烫，但是在麦克加里蒂太太的内裤上烫了个洞。妈妈不让我继续烫了。

7月23日：我在亨德勒饭店找了个暑期的差事，是在午饭和晚饭生意忙的时候洗碗，用桶装液体洗涤剂洗。星期一，有个男的来拿走三桶油渣，星期三又拿来一桶洗涤剂。这个世界上什么东西都能派上用场，都不会浪费。我一周能赚两块钱，还包吃。这事情倒是不累，可是我不喜欢那洗涤剂。

7月24日：妈妈说我要不了多久就会变女人，我也不知道是真是假。

7月28日：弗洛茜·加迪斯和弗兰克打算等他加薪后就结婚。弗兰克说威尔逊总统要是继续这么胡来，我们很快就会卷进战争。他说他要结婚，是因为他想有老婆孩子，这样可以躲避兵役。弗洛茜说这个说法不对，他们之间是因为相爱而结婚。我也不知道哪个对。我还记得多年前弗兰克洗马的时候，弗洛茜是怎么追他的。

7月29日：爸爸今天没有病。他要找工作去。他说妈妈不能继续给麦克加里蒂太太洗衣服，我必须停止工作。他说他会有钱的，大家会住到乡下去。不知是真是假。

8月10日：茜茜说她快有孩子了。我不知道是真是假。她的肚子平得像煎饼似的。

8月17日：爸爸工作三周了，我们晚饭都吃得很好。

8月18日：爸爸又病了。

8月19日：爸爸病了，是因为他丢了工作。亨德勒先生不让我再回去，说我靠不住。

9月1日：艾薇姨妈、威利姨夫晚上来了。威利在唱《弗兰克和约翰尼》的歌曲，里面夹杂着一些脏话。艾薇姨妈站到椅子上，冲他的鼻子就是一拳。我大笑，妈妈骂了我一顿。

9月10日：开学了，这是最后一年。佳恩达小姐说，如果我作文一直得A，她会让我写毕业演出的戏剧。我有个很好的创意。戏中会有一个女孩，穿着白色的裙子，头发从背后披下来，她的名字叫“命运”。其他的女孩会上台，诉说她们的生活**愿望**，而命运会告诉她们各自的真实**结果**。最后，一个穿蓝色裙子的女孩会出来，伸开双臂问：“活着值得吗？”大家会齐声说：“值！”当然，台词会用韵文。我将这个剧情讲给爸爸听，可是爸爸病得厉害，不知道我讲了什么。可怜的爸爸。

9月18日：我问妈妈，我可不可以剪个短短的双马尾发型。妈妈说不行，这发型是女人的成年加冕发型。她是不是说我很快就要变女人了？但愿如此。我想自己做主，我想剪我喜欢的发型。

9月24日：今天晚上我洗了个澡，发现自己变成女人了。是时候了。

10月25日：等这本日记本写完了我会高兴死，我写日记写烦了。从来也没有什么大事发生。

弗兰西看到最后一篇。只剩下最后一页空白了。她想快点写完，让日子早点结束，这样她就不用再担心了。她将笔蘸了点墨水。

11月2日：性会无可避免地进入每个人的生活。人们写文章反对它；牧师讲道抨击它；人们甚至立法禁止它。可是不管怎样，它还会到来。学校里所有的女孩说来说去的话题，不外乎就是性和男孩。她们很好奇。我是否感到好奇呢？

她看了最后一句，右眼眉梢处皱了一皱，将那句话画掉，重写成：“我对性感到好奇。”

第三十三章

是的，威廉斯堡这些青春期的孩子对性颇为好奇，平日里大家也常常谈论这个话题。小孩子当中有一些“表现主义者”（你给我看，我就给你看）。虚伪一些的，就假装玩“过家家”或者“看医生”游戏。一些百无禁忌的孩子干脆“来脏的”。

但是社区里性的话题是个禁忌。孩子们提问的时候，父母亲不知道怎么回答，主要还是不知道用什么合适的语言去回答。每对结婚夫妇在夜深人静的时候，在床上都有自己的一套体己话。不过很少有哪位母亲敢把这些话拿到光天化日之下来，跟孩子去讲。孩子长大后，他们也会发明自己的一套体己话来，同样无法传给**自己的**孩子。

凯蒂·诺兰绝非懦弱之徒。问题来了，她会去面对，去娴熟地解决。她并不会主动去说性的话题，可是弗兰西问起来时，她用力所能及的方式回答了她。弗兰西和尼雷还小的时候，他们就约好了找妈妈来问一些问题。有一天，他们俩站在凯蒂面前。发言人是弗兰西。

“妈妈，我们是从哪里来的？”

“是上帝把你们赐给我的。”

这些孩子都是在天主教传统下长大，能接受这个答案，可是接下来的问题有些棘手：“上帝是怎么把我们赐给你的？”

“这个我不能解释，因为一解释起来，我就要用一些大词，你们听不懂的。”

“那你就说说这些大词，看我们懂不懂吧。”

“如果你们听得懂，我就不需要告诉你们了。”

“那你就用别的词，跟我们讲讲孩子是怎么到世上来的。”

“不行，你们还小。我要是跟你们讲了，你们就跑出去跟别的孩子讲，这些孩子会跟他们的妈妈讲，他们的妈妈就会跑到我这里来，骂我这人肮脏，大家会吵架的。”

“那么，跟我们说说男孩和女孩有什么区别吧。”

妈妈想了一会儿，说：“主要区别是女孩蹲着上厕所，男孩站着上厕所。”

“不过，妈妈，”弗兰西说，“我在那个黑黑的厕所里，感到害怕，也会站着撒尿啊。”

“我也是，”尼雷也坦白交代，“也会蹲着啊，如果是解……”

妈妈不等他说完便打断。“男人身上都会有一点女人特征，女人身上也都有些男人特征啊。”

孩子们觉得这个太复杂，不想深究，谈话于是到此结束。

如弗兰西日记所说，她发现自己开始变成女人了。这时候她重新产生对性的好奇，又跑去问妈妈。凯蒂便把自己知道的直截了当地告诉她。解释中间，凯蒂有时候要用很脏的词语，可她也是放心大胆地用，因为她也不知道什么别的说法。她告诉给女儿的这些话，别的人也没有告诉过她。那时候，也没有什么书教凯蒂们如何正确地和孩子谈论性问题。凯蒂用词直接，说法不雅，不过也不令人反感恶心。

弗兰西比社区大部分孩子都幸运。她在该懂的时候，全都弄懂了。她不需要溜到黑黑的过道里，和其他女孩一起鬼鬼祟祟地交流各自的想法。她从来不需要用别别扭扭的方式去学这些。

如果说正常性行为是一个谜的话，犯罪性行为却是街谈巷议的公开话题。在所有贫穷、拥挤的城区，都有些偷偷摸摸的性犯罪恶魔，他们是所有家长的噩梦。好像每个社区都有一个这样的人。弗兰西十四岁那年，威廉斯堡就出了这么一个。很长时间内，他一直找小女孩下手，猥亵她们。警察一直在找，可是一无所获。其原因之一，是小女孩遭到侵犯后，家长瞒着不讲，不想让别人对自己的孩子另眼相看，使其无法和其他孩子一起过上正常的童年生活。

有一天，弗兰西所在街区的一个小女孩被杀，此事终于瞒不住了。那个受害的孩子是个可怜的七岁小孩，文静、乖巧、听话。放学后她没有回来，妈妈也不担心，以为是去什么地方玩去了。饭后，他们去找她，问遍了她所有的玩伴。可是自从放学后，一直都没有人见到过她。

恐惧席卷了整个社区。家长纷纷把街上玩的孩子叫回家，关在家里。麦克舍恩警官带着六七个警察过来，搜查各屋子的屋顶、地下室。

孩子最终还是找到了，在自己十七岁的粗鲁哥哥脚下躺着。在附近一幢房子的地下室里，她小小的尸体横趴在一辆破烂的婴儿车上，裙子和内衣都已经被撕烂，鞋子和小小的红色袜子被扔在一堆灰烬上。女孩的哥哥被叫去问话。他很激动，说起话来结结巴巴。警方将他当成嫌疑人抓了起来。麦克舍恩可不傻，他这是要放松罪犯的警惕呢。麦克舍恩知道杀手现在觉得安全了，会再次出动。这一回，他若是出动，警方会等着他。

家长们也行动起来。他们告诉孩子（这时候鬼才管什么用词呢）这个狂魔的所作所为。家长告诉小女孩不要接受任何陌生人的糖果，不要和陌生男人说话。放学后，妈妈们都会在自己家门口等孩子回来。街上没人了，仿佛是花衣吹笛人[①]将孩子们全拐到山里的某个城堡去了。整个社区笼罩在恐惧之中。约翰尼很担心弗兰西，他甚至为此去弄了一把枪。

约翰尼有个朋友叫波特，是街角银行的守夜人。波特四十岁了，娶了个只有他年龄一半的女孩。他为这女孩吃醋吃到发疯，无时无刻不在怀疑这女人趁他值夜班的时候和别的男人上床。这事他想来想去，最后觉得，要是真发现了这个结果，反倒能松一口气。他宁可面对让他心碎的现实，也不想继续这折磨灵魂的怀疑。就这样，夜深的时候，他让约翰尼代他看银行，自己偷偷溜回家。他们之间有信号。晚上波特实在痛苦不堪、非回家不可的时候，他就叫值班的警察去按诺兰家门铃三下。如果按门铃的时候约翰尼在家，他会像消防队员一样从床上跳下，胡乱把衣服穿好，跑到银行去，急得就好似遇到了什么和自己性命攸关的事情一样。

① 德国民间故事中将汗姆林镇上小孩拐走的花衣吹笛人，《格林童话》中描述过这个故事。

等看门人溜出去后，约翰尼躺在波特窄窄的床上，头能感觉到薄薄枕头下的手枪。他希望有人来抢银行，好让他有机会保护这里的钱财，成为英雄。可是他在看守的这些时候，一直平安无事。要是看门人捉奸成功，好歹也让人振奋一回，可是连这个结果都没有发生。每回这位丈夫偷偷溜回自己家，都发现那女孩一个人在熟睡。

约翰尼听说奸杀小女孩的事情之后，去银行找自己的好友波特。他问看门人还有没有第二把枪。

"当然有。怎么了？"

"可不可以借用一下，波特？"

"为什么，约翰尼？"

"我们那片街区有个坏人在乱跑，杀了个小女孩。"

"约翰尼，我真希望把这人抓了。我真希望他们把这狗娘养的抓了。"

"我自己也有女儿。"

"是，是，我知道，约翰尼。"

"所以我想借你的枪。"

"不过这违反了《沙利文法》。"

"你每天晚上溜出银行，把我丢在这里，一定也是犯了什么法。没准你引狼入室，我本来就是一个劫匪呢？"

"得了，约翰尼，你才不会。"

"我想，干脆一不做二不休，犯了一个法，再犯一个又怎样呢？"

"好了，好了，我借给你得了。"他打开抽屉，拿出一把手枪。"现在我来教你怎么用。如果你想把谁干掉，你将枪这么指着他，"他将枪指向约翰尼，"然后扣动这东西。"

"我知道了，现在我来试试。"他将枪指向波特。

"当然了，"波特说，"这个劳什子我也没有射过。"

"这是我第一次手里拿枪。"约翰尼解释说。

"那你小心啊。"波特小声地说，"上满了子弹。"

约翰尼吓得一哆嗦，把枪小心地放了下来。"你瞧，波特，我还不知道呢。我们差点互相把对方干掉。"

"天啊，你说得真对。"波特也吓得一哆嗦。

“手指扣一下,就是一条人命。”约翰尼在想。

“约翰尼,你该不是想不开要自杀吧?”

“才不会,这倒不如喝酒喝死。”约翰尼突然笑起来,又突然停住。

他拿着枪离开的时候,波特说:“抓住那杂种跟我说一声。”

“我会的。”约翰尼答应了。

“那好,再见。”

“再见,波特。”

约翰尼把一家人都叫过来,跟他们解释枪的功用。他警告弗兰西和尼雷不要去碰。“这小小的轮子里,装着五条人命哪。”他语气夸张地解释说。

弗兰西觉得那手枪模样奇怪,就像人伸手指招呼人。不过这手指指向死亡,是呼唤死亡,让死亡一溜小跑着到来。她看爸爸把枪放到了自己枕头下。眼不见为净,她很高兴。

枪在约翰尼的枕头下一放就是一个月, 从来没有动过。社区没再出事。那个恶魔似乎跑到别的地方去了。孩子们的妈妈开始放松了下来。不过,和凯蒂一样,还有几个妈妈到了放学的时候,会到门口来看。杀手的习惯是躲藏在阴暗的过道里对人下手。凯蒂想小心一点总归没错。

等大部分人都松懈下来,觉得没事了,那个变态狂再次下手了。

一天下午,凯蒂正在自己家隔壁的一幢楼房里清洗,听到孩子们在街上的说话声, 知道放学时间到了。她在想要不要回去在自家楼道等弗兰西。那次谋杀发生后,她就一直这样做的。不过弗兰西快到十四岁,能照顾自己了。另外,杀手一般会对六七岁的孩子下手。或许他已经在其他社区被抓获,现在稳稳锁在大牢里了。不过……凯蒂迟疑了一下,还是回去了。反正再过不到一个小时,她也要换块新肥皂,不如一举两得。

她在街上来回看,没见到弗兰西,不由紧张起来。后来她想起弗兰西上学路远些,回来比其他孩子略迟。回到家里,凯蒂决定把咖啡热上,喝上一杯。等她喝上咖啡,弗兰西就该回来了,她也就放心了。她到卧室,看枪还在不在枕头下。当然还在,她觉得这么去找都很傻。她喝了咖啡,拿了块黄肥皂,准备回去继续干活。

弗兰西还是原来时间回家了。她打开过道门,看了看长长的过道,没有发现什么意外之处,便把结实的木门关上。过道于是暗了下来。她沿着过道，走向不远处的楼梯。刚踏上第一级台阶，就看到他了。

那人从通往地下室的楼梯道下出来。他的步子很轻，却很快。他很瘦小，穿着破烂的黑西服，里面穿着衬衫，衬衫没有领子，也没有打领带。他的头发浓密茂盛，从额头上披下来，几乎盖住了他的眉毛。他的鼻子是鹰钩鼻，嘴唇薄薄的，有些歪斜。即便在这昏暗当中，弗兰西都能看到他湿湿的眼睛。她又上了一级台阶，可是，等她看清这人后，她的腿就像灌满了铅一般。她抬不起来，一级也走不下去了！她双手抓住楼梯栏杆，抓得紧紧的。她之所以动弹不得，是因为那人露出下体，向她走了过来。看到他身体那裸露的部分，弗兰西就吓瘫了。那块地方是虫一样的白色，和那脸与手那丑陋、幽暗、病态的颜色形成鲜明对比。她觉得恶心，就像过去看到老鼠尸体上的一团蛆虫一样。她想尖叫一声“妈妈”，可是，她的嗓子哑住了，出来的只有自己的气息。这就像是在做噩梦，想喊却喊不出来。她丝毫不能动弹！她丝毫不能动弹！她的手握扶栏都握痛了。她都在想这扶栏怎么没有被她握断。现在，他向她跑了过来，可是她却不能跑！她不能跑！上帝啊，她祈祷，赶紧让哪个房客出来吧。

这时候，凯蒂正拿着黄肥皂，迈着安静的步子下楼。到了最后一段楼梯的顶部，她往下一看，看到有个男的在向弗兰西走过去，看到弗兰西吓呆了，手扣在栏杆上。凯蒂没有发出任何声音。下面两个人都没有看到她。她不声不响地转身，顺着楼梯跑到家门口。她的手还是很稳，从脚垫下拿出钥匙打开门。此刻时间很宝贵，她却晕晕乎乎跑去把肥皂放在洗衣盆盖子上。然后她从枕头下拿了枪，放在围裙下。现在，她的手开始发抖了。她把另外一只手也放到围裙下，用双手把枪稳住。就这样，她拿着枪，跑下楼梯。

那个杀手到了楼梯最下面，绕了过去，跳上两级台阶，然后，快得如一只猫，将一只胳膊从弗兰西脖子上挽过来，手掌盖住弗兰西的嘴，不让她喊叫。他另外一只手搂住她的腰，开始将她拉走。他滑了一下，那身体裸露的部分碰到了弗兰西的光腿上。那腿就如同被火烫了一般，迅速闪开。这时候她双腿不再瘫软，她开始踢，开始挣扎。这么踢打，那个变态狂便用自己的身体贴住她的身体，压到栏杆上。他开始抠她紧抓着的手指，一个一个地抠开。他松开了弗兰西的一只手，扭到弗兰西身后，狠狠用身体压住，然后开始抠另外一只手。

突然有声音响起。弗兰西抬头一看，发现妈妈从最后一段楼梯上跑下来。凯蒂跑的样子很奇怪，毕竟有两只手在围裙下。那个男的看到了她，却不知她有枪。他很不情愿地松开弗兰西，往下退了两级，眼睛看着凯蒂。弗兰西站在那儿，一只手还抓着栏杆。她无法把手松开。那个男的下了台阶，靠住墙，开始贴着墙，往地下室门口那儿走。凯蒂停住了，跪在一级台阶上，将围裙下的家伙举到两级栏杆之间，盯住那人身体的裸露部分，扣动了扳机。

砰的一声巨响。凯蒂围裙上的洞还在闷烧，发出烟味来。那个变态的嘴唇咧开，露出了一口肮脏的烂牙。他双手捂住肚子，倒了下去。倒地的时候，手松开了，那处虫一样白的地方现在全部是血。窄窄的过道里飘满了烟。

女人们尖叫起来。一扇扇门被推开。过道里全是跑动的脚步声。街上的人也开始拥进过道。一时间，门口挤住了，大家进不得也退不得。

凯蒂抓住弗兰西的手，想把她拉上楼，可是这孩子的手在栏杆上冻住了，手指松不开。情急之下，凯蒂用枪柄敲了一下弗兰西手腕，那麻木的手指这才放松下来。凯蒂将她拉上楼，经过过道，一路都遇到从屋子里出来的女人。

"怎么回事?怎么回事?"她们尖叫着问。

"没事了，没事了。"凯蒂告诉她们。

弗兰西跌跌撞撞，腿总往下瘫，膝盖着地。凯蒂经过最后一段过道时，由着她膝盖着地，就这么拖着走。她把弗兰西带回家，让她躺到厨房椅子上，然后小心地把门口的链条闩插上。她把枪小心地放在黄肥皂边上，手无意间碰到了枪口。她发现枪口还有些热，不禁十分吃惊。凯蒂对枪一无所知。她以前从来没有打过枪。现在她在想，这枪是不是因为发热，自动发射的。她打开洗衣盆盖子，把枪丢进水里，和一些泡着的脏衣服放到一起。由于黄肥皂与这一切似有密不可分的联系，她一道也将肥皂扔了进去，然后走向弗兰西。

"他伤着你没有，弗兰西?"

"没有，妈妈。"她呻吟道，"不过，不过……我的意思是……他碰到了我的腿。”

“哪里?”

弗兰西指了指蓝袜子上方的一处地方。那里的皮肤还是白白的,毫无损伤。弗兰西吃惊地看着。她还以为这人的动作会在她腿这个地方形成一个洞。

“这里什么事也没有。”妈妈说。

“可我还是觉得那东西碰到我了。”她呻吟着说,大哭起来,“我想把腿砍掉。”

外头有人在捶门,想问到底发生什么事了。凯蒂置之不理,不去打开门。她给弗兰西倒了一杯滚烫的黑咖啡让她喝下。然后她在房间里踱来踱去。她现在开始发抖了。她不知道接下去该做什么。

枪声响起的时候,尼雷正在街上游荡。他看到人们拥进他们那幢房子的过道里,自己也挤了进去,跑到楼梯上,从扶栏上方看过来。那个变态狂在倒下的地方缩成一团。一群女人将他的裤子扯下,用自己的鞋跟踩他。别的人踢他,向他吐口水。所有人都在向他骂脏话。尼雷听到了姐姐的名字。

“弗兰西·诺兰?”

“是的,弗兰西·诺兰。”

“你肯定?弗兰西·诺兰?”

“我跟你说我亲眼看到了。”

“她妈妈后来……”

“弗兰西·诺兰!”

他听到了救护车的呼啸声。他想是弗兰西被人杀了。他哭着跑上楼梯,捶着门大叫:“让我进来,妈妈!让我进来!”

凯蒂把他放了进来。看到弗兰西躺在椅子上,他哭声更大了。弗兰西也号啕大哭起来。“别哭了!别哭了!”凯蒂尖叫道。她狠命地摇晃尼雷,直到尼雷完全停住。

“赶紧跑去找你爸回来。给我到处找,找到为止。”

尼雷在麦克加里蒂的酒吧找到了爸爸。约翰尼正打算在这里慢悠悠喝一个下午的酒。尼雷把事情跟他一说,他把酒杯放下来,跟尼雷一起跑出来。楼里还是挤不进去。救护车就在门口,四个警察在人群中推搡着,想把救护车上的医生放进去。

约翰尼和尼雷从隔壁的地下室进到院子里,互相帮忙,翻过了木篱笆,进到自家院子里,然后从太平梯往上爬。凯蒂看到约翰尼的礼帽从窗户外露出来,吓得尖叫起来,慌乱地四处找枪。好在她忘记把枪丢哪儿了,约翰尼这才躲过一劫。

约翰尼跑到弗兰西跟前,就仿佛弗兰西还是小婴儿一样,将她抱起来,摇晃着她,叫她睡觉。弗兰西坚持要把腿砍掉。

"那人伤着她没有?"约翰尼问。

"没有,不过我打到他了。"凯蒂冷冷地说。

"你用手枪打的?"

"还能用什么?"她指了指围裙上的洞。

"打准了没有?"

"能多准就多准。不过弗兰西老是说自己的腿。那人的……"她眼睛看了看尼雷,"……那玩意儿,你知道我的意思,碰到她腿了。"她指了指那地方。约翰尼看了看,什么也没有看到。"太糟糕了,这样的事情发生在弗兰西身上。"凯蒂说,"她记性这么好,想着这些,以后恐怕都不会结婚了。"

"这腿我来想办法。"爸爸许诺。

他把弗兰西放回椅子上,拿出石炭酸来,用这刺激的东西擦那块地方。弗兰西很喜欢石炭酸的刺痛。她觉得这样一来,那人身体与自己的罪恶触摸也一同擦去了。

有人在捶门。他们还是不说话,不开门。他们现在不希望家里有外人。一个爱尔兰口音的声音高声叫道:

"开门,是执法部门。"

凯蒂打开门。一个警察进来了,后面跟了一个救护实习生,身上挎了个包。那警察指着弗兰西。

"那人要害的就是她?"

"是的。"

"这位医生,要检查一下。"

"我不允许。"

“是法律规定。”警察平静地说。

凯蒂只好让实习生将弗兰西带进卧室。弗兰西吓坏了，可只得接受不雅的检查。那位模样活泼的实习生匆匆地但又很认真地检查了一遍，然后直起身，开始把仪器往包里放。他说：

“她没事。那人根本没有伤到她。”他将她肿胀的手腕拿过来。“这怎么回事？”

“她的手脱不开栏杆，我用枪砸的。”凯蒂解释说。那人又注意到她膝盖的伤痕。

“这个呢？”

“我将她沿楼道拖回来了。”他接着又看到了她脚踝上方那块烫伤似的痕迹。“我的天，这又是怎么回事？”

“她爸爸用石炭酸洗的，那人身上碰到了她这地方。”

“我的天！”实习生忍无可忍，大爆发了。“你想给她三级烫伤？”他又打开包，拿出冷却药膏涂在烫伤处，然后精心包扎好。“我的天！”他又说，“你们两个人干的这些，比罪犯的伤害还大。”他将弗兰西的裙子放下，拍拍她的脸说：“小姑娘，你没事。现在我给你点东西，让你睡觉。等你醒来了，就当是做过一回噩梦。就是这样的，做过一回噩梦。听到没有？”

“听到了，先生。”弗兰西感激地回答。她又一次看到了一根针头。她想起了很久以前的什么经历来。她很担心。她的胳膊是否干净？他会不会说……

“真是个勇敢的孩子。”那人说，针扎了下去。

“啊，他是跟我站一边的。”弗兰西迷迷糊糊地想。针打完之后，她立刻沉沉睡去。

凯蒂和医生进到厨房。约翰尼和警察坐在桌子边。警察那宽大的手里攥着根铅笔，在一个小本子上密密麻麻地费力写着什么。

“孩子没事吧？”警察问。

“没事，”那实习生说，“就是受到惊吓，再有就是得了‘父母折腾症’。”他冲警察挤了挤眼睛。“等她醒来，”他对凯蒂说，“记住告诉她，说她是做了噩梦。别的说法一概不要。”

“我该付你多少钱，医生?”约翰尼问。

“一分钱不用，伙计。算在纽约市头上。”

“多谢。”约翰尼低声说。

那实习生看到约翰尼手发抖。他从屁股后的口袋里拿出一个品脱装酒瓶子递给他。“拿去!”约翰尼抬头看他。“喝吧，伙计。”那位实习生坚持说。约翰尼满怀感激地喝了一大口。实习生又将瓶子交给凯蒂。“夫人，你也喝一口吧。看来你也需要。”凯蒂也喝了一大口。警察开口了。

“你把我当什么了?没人问的孤儿啊?”

实习生从警察手里把酒瓶拿过来时，里面只剩一英寸了。实习生长叹一口气，一饮而尽。警察也跟着叹了口气，然后转向约翰尼。

“好，你枪是放在哪里的?”

“在枕头下。”

“知道了。我要将它带回局子里。”

凯蒂忘了自己把枪放哪里了，回卧室枕头下去找。回来的时候，她一脸着急相。

“不知怎的，枪不见了!”

警察笑了。“当然了。你不是拿出去打那浑球了吗?”

凯蒂用了好长时间才想起自己把枪放哪里了。她给取了出来。警察将其擦干净，将子弹拿出来。他问了约翰尼一个问题。

“你有持枪证没有，伙计?”

“没有。”

“这可不大好办。”

“这又不是我的枪。”

“谁给你的?”

“没——没人。”约翰尼不想给看门人招惹麻烦。

“那么你是怎么弄到的?”

“我捡的。是的，我在水沟里捡的。”

“这可是上过油、装了子弹的啊。”

“我说的是实话。”

“你就这个解释?”

“就这解释。”

“我听着没问题,伙计。记住你的说法不要来回改。”

救护车司机在过道里喊,说将人犯送医院了,问医生要不要走。

“医院?”凯蒂问,“这么说,我没有把他打死?”

“没死掉。”实习生说,“我们得把他医治好,让他能够自己走上电椅。”

“真抱歉,”凯蒂说,“我原本是要把他打死的。”

“晕过去之前,他给我招供了。”警察说,“隔壁那边的小女孩,是他杀的。他还干过其他两回。我录了他的口供,有人证,都签了字的。”他拍拍口袋。“要是专员听到这些,没准会提升我的。”

“但愿。”凯蒂冷冷地说,“总得有人从这事情中间得到点什么。”

弗兰西次日醒来,爸爸在边上,跟她说她做了噩梦。随着时间的推移,这确实是像个噩梦。她并未留下丑陋的回忆。身体遭遇的恐怖,反倒让她的情绪感受为之模糊。楼梯上的那段惊吓,时间并不长,只有三分钟。而恐惧就如同一种麻药。由于对那针催眠药水的反应,接下来的事件她脑子里都很模糊了。即便后来她进行陈述的法庭听证会,也如同一部虚构的戏剧,自己的台词很短而已。

接下来是上法庭作证。但是他们提前告诉凯蒂,这纯粹是走过场。这个过程弗兰西记得不多,只知道她和凯蒂分别讲述了自己的经过,不需要多少话。

“我放学回来,”弗兰西作证说,“进入楼道的时候,这个男人跑出来,抓住我,我都来不及喊。他要将我从楼梯上拖走的时候,我妈下来了。”

凯蒂说:“我下楼看见这个人拖我的女儿。我就上去拿枪(没用多久),那人想溜到地下室,被我开枪打中了。”

弗兰西在想,妈妈开枪打人,会不会被捕?不过最后,她妈妈没有被捕,法官还和妈妈握手,也和她自己握手。

报纸的报道上有些运气成分。一个喝醉酒的记者,例行公事打电话给警察局,打听当日犯罪消息,听到了这个故事,但是将诺兰的名字和值班警察的名字搞混了。布鲁克林报纸上出现了一篇豆腐块文章,说威廉斯堡的欧里瑞夫人在自家楼道里开枪打中了一个色情魔。第二天，纽约的两份报纸又用两英寸大的地方报道说威廉斯堡的欧里瑞夫人在自家楼道里被一个色情魔开枪打中。

最后这件事渐渐淡化。凯蒂一度被社区居民当成英雄，可是随着时间推移，人们忘记了那个变态狂。大家只记得凯蒂·诺兰开枪打人了。说起来的时候，大家只是说这个女人不能惹，保不准看你不顺眼就给你来上一枪。

石炭酸在弗兰西腿上留下的伤痕一直没有消，可是缩到了只有一枚一毛钱硬币大小。弗兰西后来习惯了，等她长大后，也很少去注意了。

约翰尼因违反《沙利文法》，无证持枪，被罚款五块钱。对了！看门人的老婆最终还是和与自己年龄相仿的一个意大利人私奔了。

过了些天，麦克舍恩警官来找凯蒂。他看到凯蒂拖着一大桶垃圾到路沿上，不由动了恻隐之心。他帮助她拖这垃圾桶。凯蒂感谢他，抬头看他。以前那次马蒂·马奥尼之行，她见过他一次，就是他问弗兰西凯蒂是不是她妈妈那一回。另外一回，是约翰尼喝得烂醉如泥，回不了家，他给送了回来。凯蒂听人说麦克舍恩夫人因得了肺结核绝症，进休养院去了，活不了多久了。“他会不会再娶呢？”凯蒂心想。“当然他会了。”她自己回答，“他长得帅，身强体壮，工作好，一定有女人来勾引他的。”他和她说话的时候将帽子取了下来。

“诺兰夫人，局里的哥们和我自己都要感谢你，帮我们抓到了那个杀手。”

“不用客气。”凯蒂客套道。

“可是这些家伙只是嘴上感激，又有什么行动呢！”他拿过来一个信封。

“是钱吗？”她问。

“是的。”

“别给我！”

“你当然需要，你家男人没有固定工作，孩子们什么地方都要钱。”

“不过这不关你的事，麦克舍恩警官。你知道我干活很卖力，我们不需要任何人帮忙。”

“说的也是。”

他将信封放回口袋，这中间一直看着她。“这个女子，”他心里想，“身材这么好，皮肤白皙漂亮，黑色鬈发。她的勇气，六个女人加一起都比不上。我是个四十五岁的中年男人，”他的思绪继续着，“她还正青春呢。”(凯蒂已经三十一岁，不过看上去小得多。)“我们的婚姻都不幸。确实是不幸。”麦克舍恩对约翰尼一清二楚，知道他这样下去坚持不了多久。他对约翰尼充满同情。他对他的妻子莫莉也是充满同情。他不会去伤害他们两个人。他从来没有想过对自己患病的妻子不忠，去做什么出轨的事。“可是内心里有个希望，会不会伤害这两个人呢？”他问自己，“当然了，还要等。要等几年呢？两年？五年？好了，我没有对幸福的希望，也都等过来了。再等长一点，有什么不可以呢？”

他再次感谢她，并正式与她道别。和她握手的时候，他心里想：“总有一日，她会成为我的老婆，如果上帝愿意，她也愿意的话。”

凯蒂不知道他在想什么。(她真不知道吗？)或许。因为她突然想到什么，叫住了他。

“麦克舍恩警官，你本该过上幸福的日子，但愿你有一天会的。”

第三十四章

当听到茜茜姨妈跟妈妈说她要有孩子了，弗兰西在想，为什么茜茜姨妈不是和其他女人一样，说**生**孩子呢？她后来发现，茜茜姨妈说**有**而不说**生**是有道理的。

茜茜有过三任丈夫。柏树山那边的圣约翰公墓里，有十个小小墓碑是茜茜孩子的。在所有墓碑上，孩子的出生和死亡都是同一天。茜茜现在三十五了，做梦都想要孩子。凯蒂和约翰尼总是说起此事。凯蒂总担心茜茜哪天会绑架一个小孩回家。

茜茜想领养一个小孩，可是她的约翰不情愿。

“别个男人生的小杂种，我可不会去养，明白吧？”这就是他的说法。

“你难道不喜欢小孩吗，宝贝？”她又甜言蜜语地说。

“我当然喜欢小孩了，可是必须是我亲生的，不要是什么别的混混生的。”他回答说。不过一不小心他捎带着把自己也给骂了。

在大部分问题上，茜茜可以像捏面团一样，将她的约翰玩弄于股掌。可是唯独在这事上，约翰不会由着茜茜来。他一直说，要是要孩子，一定得是自己的孩子，不是别的男人生的。茜茜知道这是他的真心话。她甚至对他这种态度有些敬意，可她真是想要一个活生生的小孩。

碰巧，茜茜发现马斯佩斯有个漂亮的十六岁女孩遇到了烦心事：她结交了一个已婚男子，怀上了孩子。女孩的父母是西西里人，赶了过来，将女孩关进了黑屋，不让丑闻继续传播。她的父亲只让她吃面包喝水。他以为这样下去，她的体力会衰竭，到了临产时，母子二人会同归于尽。这位父亲还怕自己老婆趁自己不在，偷偷给女儿送其他东西吃，他早晨上班的时候，家里一分钱都不留。他每天回家的时候都买一袋子食物，亲眼看着大家把食物吃光，一点都不留给女儿。一家人吃过了，才给那女孩当日的配给：半块面包，一罐水。

茜茜听说这女孩挨饿的残忍故事后，震惊不已。她想出了个办法来。她想要是这家人愿意，孩子生下来可以送人。其实这和这家人的想法不谋而合。茜茜决定去看看这户人家。若是他们正常、健康，她自己会把孩子要走。

她来访的时候，那姑娘的母亲不让她进屋。茜茜第二天又回来了，衣服上扣了个徽章，再一次敲门。门刚刚打开一条缝隙，她便指着徽章给她看，严肃地要求开门。那位母亲吓坏了，以为她是移民局的人，赶紧放她进来了。这位母亲不识字，其实那徽章上写的是“家禽检查员”。

茜茜开始“执法”了。那位年轻的未来妈妈很害怕，却也很倔强。由于饮食不足，人瘦得走形。茜茜威胁那位母亲，说要是不好好对待这女孩，她要将她绳之以法。那位母亲泪流个不停，用结结巴巴的英语将女孩做出的丑事说了出来，也说出了女孩父亲将女儿和胎儿饿死的计划。茜茜和这位母亲及其女儿露西亚聊了一整天。大部分时间，其实只是大家在比画着猜哑谜。最后，茜茜总算让她们明白，孩子一生下来，她愿意带走。那位母亲终于明白过来的时候，抓起茜茜的手不停地亲吻。从此以后，茜茜成了这家人忠实的朋友。

她的那位约翰上班之后，茜茜就把自己的屋子收拾干净，做上一锅好吃的，带到那意大利人家里去。她用爱尔兰和德国饮食喂她。她的想法是，孩子在出生前摄取这样的食物，身上就不会有太强的意大利特征了。

茜茜把露西亚照料得很好。天好的时候，她还带她去公园，让她晒太阳。茜茜是一个忠实的朋友，一个快乐的伴侣，与那女孩结成了不同寻常的友谊。露西亚对茜茜喜欢得不得了。在这个新大陆，只有茜茜对她这么好。全家人(除了蒙在鼓里的父亲)都喜爱茜茜。母亲和其他几个孩子暗中打算将此事瞒过去，不让父亲发现。听到父亲上楼的脚步声，她们便把露西亚送回黑屋子锁起来。

这家人不会说多少英语，茜茜也不懂意大利语。可是随着时间推移，这家人跟茜茜学会了一些英语，茜茜也跟她们学会了一些意大利语。就这样，大家能够在一起交谈了。茜茜从来没有跟她们说过自己的名字，她们称她为“自由女神”。举着火炬的自由女神像是她们到美国之后看到的第一个女人。

女孩、胎儿以及她们全家都由着茜茜摆布。一切安排妥当，大家话也都说定了，茜茜便跟亲朋好友说，自己又在造人了。谁也没把她的话当回事。茜茜什么时候不是在造人呢？

茜茜找了个不知名的接生婆，提前把接生的钱付了。接生婆给了她一张纸，纸上她让凯蒂写了茜茜自己的名字、她家约翰的名字和她娘家的姓。她叫接生婆在孩子生下来之后立刻去卫生部门登记。那个可怜的女人并不会说意大利语（茜茜找她的时候也看重这一点），以为纸上写的就是孩子生父母的名字。茜茜要把这出生证办得妥妥当当的。

茜茜真是把这怀孕装得有模有样，甚至在最初几个星期妊娠反应都给装了出来。露西亚说她感到胎动的时候，茜茜就跟自己的丈夫说**她**感到胎动了。

露西亚阵痛开始的那天下午，茜茜回到家，上了床。她的那位约翰下班回家，她就说她快生孩子了。约翰看了看她。她还苗条得像个芭蕾舞演员。他和她争论起来，可是她坚持要他去把她妈妈找来。玛丽·罗姆利来了，看到茜茜说，不可能，她不可能生孩子。茜茜二话不说，惨叫了一声，以示阵痛之苦。玛丽若有所思地看着她。她也不知道茜茜葫芦里装的是什么药，可是她知道，和她争一点用都没有。如果茜茜说她要生孩子，那么她就会生孩子，就这些，没二话可讲。可是那位约翰却抗议了起来。

“你看她瘦得。肚子里哪能有什么孩子？看到没有？”

“或许孩子会从她脑袋里出来。你瞧她的头也够大的。”玛丽·罗姆利说。

“得了，别胡说这些。”约翰说。

“你怎么能这么说？”茜茜说，“圣母玛丽亚不也是吗？她不用男人都生了孩子。要是她行，我生孩子只会更容易、更简单，好歹我结婚了，还有男人！”

“谁知道呢？”玛丽说。她转向那个晕了头的丈夫，轻声说：“世上有好多事情你们男人不明白。”她叫这个稀里糊涂的丈夫不要多想了，把她做的晚饭给吃掉，然后上床好好睡一觉。

那个可怜的昏头丈夫在妻子身边躺了一宿。他哪里能够安心去睡呢？他不时会醒来，用胳膊支着侧过身，瞪大眼睛看着茜茜。他不时用手去摸茜茜平平的肚皮。茜茜睡得香香的，一宿无话。

次日约翰上班前，茜茜宣布，等他下班回家，他就升级当爸爸了。

“得，你赢了。”这位被折磨得痛苦不堪的丈夫叫道，然后继续去那通俗杂志社上班了。

茜茜赶紧跑到露西亚家。父亲离开后一小时，那女孩就把孩子生了下来。这是个很漂亮、很健康的女孩。茜茜高兴坏了。她要露西亚喂上十天奶，起个好头，然后她给带回家。她出去买了只烤鸡和面包房烤的馅饼。那母亲用意大利风格加工了烤鸡。茜茜又去街道上的意大利食品店赊了瓶基安蒂红酒，大家一起美餐了一顿，就像在过节似的。每个人都高兴。露西亚的肚子几乎恢复了原状，不会再像耻辱柱一样惹眼了。现在，一切都会恢复到从前……或者说等茜茜把孩子领走后，一切会恢复到从前。

茜茜每个小时都给孩子洗一次澡。一天当中，她就给孩子换了三回上衣和头饰带。她不管有无需要，每五分钟就换一次尿布。她给露西亚洗了澡，把她洗得干干净净的，抹得香香的。她把孩子的头发刷啊刷，弄得像缎子一样发亮。茜茜好像怎么对露西亚和孩子，都还觉得不够。那女孩的父亲回来之前，她才一百二十个不情愿地离开。

那父亲回来了，进到黑屋子，给女儿当日的饭食。他打开汽灯，发现露西亚面色红润，健康的胖宝宝睡在她边上。他惊呆了。这些面包！这些水！没起到作用啊！他开始害怕起来。这是个奇迹！显然，圣母玛丽亚在暗中帮助自己的女儿。在意大利，人们就知道圣母玛丽亚很灵验。或许他残酷地对待自己亲生骨肉，要遭到惩罚了。百般忏悔之下，他给她端来一盘子意大利面来。露西亚不吃，说她吃面包喝水都习惯了。她的母亲也站在露西亚这一边，解释说没有面包和水，就没有这个健康的宝宝。这位父亲越发怀疑是发生神迹奇事了。他慌乱地想对露西亚好，可是这一家人都在惩罚他，不让他对女儿表示出任何善意。

茜茜的约翰回家时，茜茜在床上一动不动地躺着。他开玩笑般地问：“你今天把孩子生下来没有？”

“生了。”茜茜有气无力地回答说。

“得，你就接着胡吹吧！”

“你上班后一小时生的。”

“没有的事！”

“我跟你发誓！”

他在家里四处看。“那么现在孩子在哪儿？”

“在科尼岛的保育室里。”

“在**哪儿**？”

“七个月生，不足月啊，你知道的。才三磅重，所以你才看不出来啊。”

“你在跟我撒谎，对不对？”

“等我身子复原了，我带你去科尼岛亲眼看看，隔着玻璃箱子看一看。”

“你到底想怎样？是不是要把我逼疯呢？”

“过十天我就给带回家，等她长出指甲了我就带回来。”她即兴发挥着。

“你到底是**怎么了**，茜茜？你今天早晨没生孩子，你心里清楚得很。”

“我生了，三磅重。他们给带到保育室了，不让她死掉。我过十天就带回来。”

“我不管了！我不管了。”约翰叫道。他走出家门，去喝了个大醉。

十天后，茜茜将孩子带回家。这孩子很大，几乎有十一磅重。她的约翰最后一次坚持自己的看法。

“才十天的孩子，居然能长这么大啊。”

“你自己块头也不小啊，宝贝。”她低声说。她看到他脸上露出了一丝满足。她将他抱住。“我现在没事了，”她对他耳语说，“如果你想跟我睡觉的话。”

“你知道，”完事之后约翰说，“孩子还真像我呢。”

“特别是耳朵周围。”茜茜迷迷糊糊地说。

那户意大利人家几个月后回意大利了。他们离开了感到很高兴，因为在新大陆除了悲伤、贫穷和耻辱，他们一无所获。茜茜后来再也没有听到他们的消息。

所有人都知道孩子不是茜茜的——**不可能**是茜茜自己生的。可是她一口咬定自己的说法，也没有别的解释，所以大家也就渐渐接受了。毕竟，这个世界上什么怪事都可能发生。她给孩子取名莎拉，但是没过多久，所有人都叫她小茜茜。

茜茜只把孩子的来历告诉了凯蒂一人。她让凯蒂写出生证上的名字时，把真相告诉了她。不过弗兰西也知道。弗兰西睡到半夜，常被妈妈和茜茜的说话声吵醒。她们在厨房谈论孩子呢。弗兰西发誓给茜茜保密。

除了那户意大利人家外，约翰尼是唯一知道此事的其他人。凯蒂把真相告诉了他。他们以为弗兰西在熟睡的时候，一起在说着这事。爸爸站在茜茜丈夫的立场说话。

"这个把戏对男人很不公平，很不公平。总得有人把真相告诉他。我去告诉。"

"千万不要！"凯蒂厉声说，"他很快乐，你就由着他这样好了。"

"快乐？家里弄个别人的孩子还快乐？我搞不懂。"

"他爱茜茜，总是害怕茜茜离开他。要是茜茜离开，他会死的。你知道茜茜了，她换男人就像换衣服，总是想换个丈夫改改运气，要个孩子。要不是这个孩子，茜茜也快离开这个男人了。从此之后，茜茜会变成一个不同的女人。你记住我的话。她一定会安顿下来，变成一个好妻子，好得他都不配。这个约翰又算老几呢？"她自言自语般说，"她会做个好母亲。这孩子会成为她生活的全部，她不用再找别的男人了。所以啊，约翰尼，你就别添乱了。"

"你们罗姆利家的女人我们男人搞不懂。"约翰尼说。突然间，他想到了什么。"你跟我说！你是不是也这样玩我的？有没有？"

凯蒂为了回答他，把孩子全叫起床。她让他们穿着长睡袍站在他面前。"你好好看看他们。"她下令。约翰尼看着儿子。他仿佛在看什么魔镜一样，看到的是小了几码的自己。他又看看弗兰西。完全是凯蒂的脸蛋，只是更严肃了些，眼睛也有些不同。那眼睛像约翰尼。弗兰西突发奇想，拿了个盘子放在心口，就像约翰尼唱歌时拿帽子的样子。她开始唱起他喜欢唱的歌来：

他们都叫她萨尔，
轻狂活泼女孩儿。

她的表情和手势都和约翰尼一样。

“我知道了，我知道了。”爸爸低声说。他亲吻了孩子们，拍拍每个人肩膀，要他们去睡觉。他们离开后，凯蒂将约翰尼脑袋压低，对着他耳朵里说了些什么。

“不会吧？”他吃惊地说。

“是的，约翰尼。”她平静地说。他把帽子戴上。“你去哪里，约翰尼？”

“出去。”

“约翰尼，你回家可不要……”她看着卧室门。

“不会的，凯蒂。”他许诺。他轻轻亲吻了她一下，然后出去了。

弗兰西半夜里不知什么原因突然醒来。对了，是爸爸还没有回家。就是这个原因了。爸爸不回来，她总也睡不踏实。一旦醒来，她便开始思考。她想到了茜茜的孩子。她想到了出生。她想到了和出生一起到来的东西：死亡。她不愿意去思考死亡，可是每个出生的人都难逃一死。她正在努力抑制关于死亡的这些想法，就听到爸爸轻轻上楼的脚步声，听到爸爸在唱《莫莉·马龙》的最后一段。弗兰西浑身颤抖。爸爸从来没有唱过这一段。**从来没有！**难道……

她带了热病死去，
没有人能救她。
我就这样失去，
莫莉·马龙宝贝……

弗兰西一动不动。通常情况下，爸爸回家迟，是妈妈去开门。她不想让孩子们睡不好觉。歌唱完了。妈妈没有听见——她没有起来。弗兰西从床上跳起来。她到了门前的时候歌声已经结束。开门的时候,爸爸静静地站在那里,手里拿着帽子。他的眼睛直直看着前面,从弗兰西头上看过去。

“你赢了,爸爸。”她说。

“是吗?”他问。他没有看她,走进了屋子。

“你先把歌唱完了。”

“也是,我猜我唱完了。”他坐到窗户边的椅子上。

“爸爸……”

“把灯关了,回去睡觉吧。”(他回来之前,灯一直点着,只是灯火调到最低。)她把灯关了。

“爸爸,你有没有……病?”

“没有,我没有醉。”他在黑暗之中清晰地说。弗兰西知道他说的是真话。

她回到床上,把头埋进枕头。不知怎的,她哭了。

第三十五章

又到了圣诞前的一周。弗兰西刚过十四岁生日。尼雷呢，用他自己的话来说，一不留神就要到十三岁了。这年圣诞情况不妙。约翰尼好像不大对劲。他不喝酒了。当然，过去约翰尼也有不喝醉的时候，那是他在上班的时候。现在他根本不喝酒了，也不上班了，可奇怪的是，他不喝酒的这个时候，举止就像喝了酒一样。

他大概两个星期没跟家人讲话了。弗兰西记得爸爸最后一次跟自己讲话，是他没有喝醉酒，回来还唱着《莫莉·马龙》最后一段的那一回。回想起来，那天晚上之后，再也没有听到他唱歌。他进进出出都是闷不做声。晚上他在外面呆得很迟，回家时也没有醉酒，谁也不知道这些时候他都去了哪里。他的手抖得很厉害，吃饭的时候拿叉子都困难。突然间，他苍老了。

昨天，大家在吃晚饭的时候他回来了。他看着大家，似乎要说点什么，可是终归没说，而是把眼睛闭上了一会儿，然后回到卧室了。他的作息规律已经全部乱掉。白天，晚上，他不拘什么时间，随意进出。在家的时候，他和衣躺在床上，眼睛闭着。

凯蒂一声不吭。她身上有种不祥的预兆，好像体内包裹着一个巨大的悲剧。她的脸瘦了下去，脸颊陷下去了，可是她的身体却比以前更丰满了。

圣诞前这一周，她又接了另外一份工作。她起得比平时更早，很快地清洗公寓楼，下午很早就完工了。她然后赶到格兰德街波兰区那一端，到格尔灵百货店里继续做事。她在那里从四点做到七点，给那些女销售员送咖啡和三明治。圣诞期间是旺季，生意繁忙，店里不让这些女孩出去吃晚饭。凯蒂这样下来，每天能多挣七毛五，这对一家人来说是雪中送炭。

快到七点了。尼雷送报纸结束回家，弗兰西也从图书馆回家了。屋子里没有生火。他们只能等妈妈回家,才有钱去买捆木柴回家。屋子里很冷,孩子们都穿上了外套,戴上了毛帽。弗兰西看到妈妈在晾衣绳上挂了些衣服,她便想收回来。衣服都冻成了奇形怪状,不好从窗户拉进来。

“来,让我来。”尼雷说。他是要拿长睡衣。长睡衣的裤腿叉开着冻住了,尼雷怎么使劲也无济于事。

“我把这混蛋裤腿给卸掉。”弗兰西说。她狠命拍打着,那睡衣发出碎裂声,终于松了下来。她拼命在拉,这时候的样子很像凯蒂。

“弗兰西?”

“什么?”

“你……你刚才**说脏话了**。”

“我知道。”

“上帝会听到的。”

“哎呀,真见鬼。”

“是的,他会听到的。做什么他都能看见,说什么他都能听到。”

“尼雷,你觉得他会看我们这个又小又破的房子吗?”

“当然会了。”

“尼雷,你还信呢。他老人家太忙了,又是照顾小麻雀不让它们从天上掉下来,又是照看花骨朵,让它们开出花来。哪里有空管我们啊。”

“弗兰西,别这么说。”

“我偏要这么说。如果他真像你说的,挨家挨户来看我们,他就会看到我们这里都是什么样子。他就会看到我们在这里挨饿受冷。他也就会看到妈妈没有那么好的身体来做这么多事情。他就会看到爸爸是什么样子。他就会去改变改变他。没错,要是他真在看着我们,就该这样做!”

“弗兰西……”尼雷不安地环视屋子四周。弗兰西看到他真是紧张了。

“我这么大,也不该拿他来取笑了。”弗兰西心想。于是她大声说:“好吧,尼雷。”他们于是说起别的事情,直到凯蒂回家。

凯蒂匆匆忙忙回到家中,带回一捆她花了两分钱买的木柴、一罐炼乳,还有袋子装着的三根香蕉。她将纸和木头塞进炉子里,不一会儿,就生起火来。

“好了,孩子们,我想我们晚饭得吃燕麦了。”

“又吃燕麦?”弗兰西痛苦地低声说。

“不会太差啊,我们还有炼乳,我还买了香蕉,可以切了放上面。”

“妈妈,”尼雷说,“不要把我的燕麦和炼乳搅到一起。炼乳就放上面。”

“将香蕉切了,用燕麦来煮。”弗兰西提议。

“我想吃整只香蕉。”尼雷提出反对意见了。

“我给你们每人一根香蕉,你们想怎么吃怎么吃,好吧?”妈妈就这样止息了纷争。

燕麦做好后,凯蒂装了两大盘子,放在桌子上,在炼乳罐子上打了两个洞,在两个盘子边上各放了一根香蕉。

“你不吃吗,妈妈?”尼雷问。

“我等会儿吃。我现在不饿。”凯蒂叹了口气。

弗兰西说:“妈妈,你要是不想吃饭,干吗不去弹钢琴,这样我们就像在饭店里吃饭一样。”

“前屋很冷。”

“把油炉子点上。”孩子异口同声地说。

“好吧。”妈妈从壁橱里拿出了个便携式油炉子。“不过你们知道我弹得不好。”

“你弹得棒极了。”弗兰西诚心实意地说。

凯蒂很高兴。她跪下来点油炉子。“你们想让我弹什么呢?”

“《来吧,小叶子》。”弗兰西说。

“《美好春光欢迎你》。”尼雷叫道。

“那我先弹《小叶子》吧。”妈妈决定,“这是送给弗兰西的生日礼物。”她进到冰冷的前屋。

“我想我把香蕉切了,放在燕麦上面。我会切得很薄,这样就有很多香蕉片。”弗兰西说。

“我会整根香蕉吃,”尼雷决定,“慢慢吃,这样能吃很久。”

妈妈在弹奏弗兰西点的歌。这是莫尔顿先生在学校教孩子们唱的。弗兰西跟着音乐唱起来:

来吧,小叶子,风儿在说。

跟我一起,来到草地,一起去玩。

穿上你的红衣金衣……

“得了,这是小孩子唱的歌。”尼雷打断她们。弗兰西不唱了。等凯蒂把弗兰西点的歌弹完,开始弹奏鲁宾斯坦的《F大调旋律》。莫尔顿先生也教了这歌,配的词是《美好春光欢迎你》。尼雷开始唱起来:

欢迎你,美好的春光,我们用歌声欢迎你。

“唱”到高音的时候,尼雷一下子走调走到低音。弗兰西咯咯笑起来,尼雷自己也跟着笑,笑得唱不下去了。

“妈妈要是在这里,你知道她会说什么吗?”弗兰西问。

“说什么?”

“她会说:‘春天说着说着就来了。’”两个孩子都笑起来。

“圣诞节就快来了。”尼雷说。

“记得我们还是孩子的时候,”弗兰西说,她自己也刚刚过完十三岁,“怎样去闻圣诞是不是要来临的吗?”

“我们看看现在还能不能闻得到。”尼雷冲动地说。他将窗户打开一条小缝,把鼻子凑过去。“还有。”

“什么气味?”

“雪的气味。记得我们还是小孩时,我们抬头朝天上喊:小毛孩,小毛孩,抖点羽毛下地来。”

“下雪的时候,我们就认为上面有个羽毛孩子。让我来闻闻。”她突然说道。她也把鼻子凑近缝隙。“是的,我能闻到,还有橘子皮和圣诞树混杂的气味。”他们把窗户关上了。

“那回你撒谎说自己是玛丽,要了那布娃娃,我一直都没有把你出卖。”

“是的。”弗兰西感激地说,“那一回你用咖啡渣做香烟,纸着火烧了起来,掉到你衬衫上,烧了个大洞,我也没有告发你啊。我还帮你藏起来了。”

“你知道,”尼雷沉思片刻说,“妈妈找到了那衬衫,在洞上缝了个补丁,也没有问我是怎么来的。”

“妈妈很有意思。”弗兰西说。两人都说妈妈让人看不懂。火苗渐渐熄灭,可是厨房里仍然暖和。尼雷坐在离炉子较远不太烫的地方。妈妈告诉过他,坐在热炉子上,人会长痔疮的。可是尼雷也不在乎。他只想背后烤得暖暖的。

孩子们几乎可以说是幸福了。厨房里暖暖的,他们肚子吃得饱饱的,妈妈在弹奏钢琴,琴声带来无限平安和舒畅。他们回忆着过去的圣诞节,或者用弗兰西的话来说,他们在怀旧。

正说话的时候,有人在捶门。“是爸爸。”弗兰西说。

“不是,爸爸上楼一直会唱歌的,让我们知道他回来了。”

“尼雷,爸爸自从那天晚上之后,就再也没有唱歌了……”

“让我进来!”约翰尼吼道。他死命捶门,仿佛要把门捶掉一样。妈妈从前屋跑过来。她那白皙的脸上,一双眼睛显得黑沉沉的。她把门打开,约翰尼大踏步冲进来。大家瞪着他。他们从来没有看到爸爸这副样子。他总是整整齐齐的,可是现在,他的一身礼服就如同在水沟里滚过一般,礼帽也瘪得不成样子。他没有穿大衣,也没有戴手套。他是用冻红的双手在捶门。他冲到桌子边上。

“没有,我没有喝醉。”

“没有人说……”凯蒂开口了。

“我现在终于不喝酒了。我讨厌酒,我讨厌酒,我讨厌酒!”他捶打着桌子。他们知道他说的是实话。“那天晚上之后我就滴酒不沾……”他突然哭了,“可是没有人相信我。没有人……”

“好了,约翰尼。”妈妈安慰着他。

“怎么了,爸爸?”弗兰西问。

“嘘!别烦你爸爸了。”妈妈说。她又跟约翰尼说了。“还有早上剩的咖啡,还是热的,我们晚上喝了牛奶。我等着你回来一起吃饭呢。”她给他倒了咖啡。

“我们已经吃过了。”尼雷说。

“别说话!”妈妈告诉他。她把牛奶倒进咖啡里,坐在约翰尼对面。“喝吧,约翰尼,趁热。”

约翰尼瞪着杯子。突然他把杯子一把推开，摔到地上。凯蒂倒吸了一口冷气。约翰尼抱头痛哭。凯蒂走到他边上。

“怎么了，约翰尼，出了什么事？”她宽慰地问着。他终于哭着说了起来：

“他们今天把我从侍者工会赶走了。他们说我是无赖、酒鬼。他们说这一辈子也不给我事情做了。”他停止了自己的抽泣，然后又用恐惧的声音说：“一辈子！”他又痛哭起来。“他们要我把工会的徽章交回去。”他把手放在外套翻领上那枚小小的、绿白相间的徽章上。弗兰西的嗓子噎住了。她想起爸爸一直像一朵玫瑰一样，把这徽章戴在领子上。他对自己的工会成员身份十分自豪。“不过，我不会放弃的。”他抽泣着说。

“这算不了什么，约翰尼。你好好休息，不久就会复原，他们会乐意让你回去的。你是个优秀的侍者，也是他们最好的歌手。”

“我现在不管用了，我唱不了了。凯蒂，我唱歌的时候他们就发笑。我上几回去做事，他们请我去，是让我逗人发笑。都到了这个地步了，我完蛋了。”他大哭起来，哭得好像永远也停不下来的样子。

弗兰西想跑到卧室，把头埋到枕头下。她慢慢溜到门口。妈妈看到了。

“呆这儿别走！”她尖声叫住弗兰西。凯蒂接着又跟约翰尼说起来。“好了，约翰尼，你休息一阵子，会感觉好一些的。油炉子点着呢，我拿到卧室来，里头会又舒服又暖和。我陪你坐着，直到你睡着。”她伸手拥抱着他。轻轻地，他将她的手推开，独自走到卧室里，仍然在低低地抽泣。凯蒂跟孩子们说：“我去陪爸爸一会儿，你们继续聊天，或是继续做你们刚才做的事情。”孩子们麻木地看着她。“你们这样看着我干吗？”她的嗓音变了，“我没事。”他们把头扭向一边。凯蒂到了前屋去拿油炉子。

弗兰西和尼雷好久没有对视。最后，尼雷终于说：“要不要说说过去呢？”

“不说了。”弗兰西说。

第三十六章

三天后，约翰尼去世了。

那一天晚上，他上了床，凯蒂坐在他身边陪着，直到他睡着。后来她去和弗兰西睡，以免吵着他。晚上不知什么时候，他爬起来，默默穿好衣服，走了出去。第二天晚上他没有回来。接下来的那天，大家开始找他。他们四处找，把他平常去的那些地方都找了个遍，但是这些地方的人都说约翰尼已经一个星期没有来了。

次日晚上，麦克舍恩把凯蒂带到了天主教医院。路上，他尽量用安慰的口气，把约翰尼的情况告诉她。约翰尼那日凌晨被人发现，当时他蜷缩在一户人家的门口。警察发现的时候，他已经不省人事。他的礼服都扣起来了，遮住了内衣。警察看到了他脖子上挂着圣安东尼像章，便叫来了天主教医院的救护车。他身上没有任何证明身份的文件。后来警察在警局里做报告，对昏迷者进行了描述。麦克舍恩例行检查报告，无意中看到了这些描述。第六感告诉了他这人是谁。跑到医院一看，发现果然是约翰尼·诺兰。

凯蒂到医院的时候，约翰尼还活着。他得了肺炎，医生告诉她，可是没有救活的机会，只能活几个小时了。他已经到了濒临死亡的昏迷阶段了。他们带着凯蒂去看他。那病房长长的，好似走廊。病房里还有其他五十来张病床。凯蒂谢过麦克舍恩警官，与他道别。麦克舍恩知道她要和约翰尼单独在一起，便识趣地离开了。

一面充满死亡意味的帘子，围在约翰尼病床四周。他们拿来一把椅子，让凯蒂可以长时间坐在那儿，看着约翰尼。约翰尼的呼吸沉重，脸上有泪痕。凯蒂一直呆在那里，到他断气。他一直没有睁开眼睛，没给老婆留下一句话。

凯蒂回家的时候，天已经黑了。她决定天亮再告诉孩子。“他都走了，让他们睡一宿好觉吧。”她想，“再无忧无虑地睡上一晚上。”她只是告诉孩子们，父亲病重，进了医院。别的话她都没有说。她看上去有些异样，孩子们也不敢多问。

天亮的时候，弗兰西醒了，看到妈妈坐在尼雷床边。她的眼圈发乌，似乎在那儿坐了整整一宿。看到弗兰西醒来，便叫她立刻起床，穿好衣服。她把尼雷摇醒，同样轻轻告诉他起床穿衣。她自己进到厨房。

卧室里又阴又冷，弗兰西穿衣的时候冻得直哆嗦。她等着尼雷，不想一个人去见妈妈。凯蒂坐在窗户边。他们走过来等着。

“你们的父亲去世了。”她告诉他们。

弗兰西麻木地站在那里，既不感到惊讶，也不感到悲痛。她什么感觉也没有。妈妈说的话，似乎没有意义。

“你们不要为他哭。”她下令说。接下来的话也很荒谬。“他现在解脱了，或许比我们还要幸运。”

医院有个勤杂工吃一个殡葬店老板的回扣，约翰尼一死，他立刻向殡葬店老板通报了消息。这位精明的殡葬店老板比其他同行棋高一招：别人等生意上门，他则是追着生意跑。一大早，这位用功的殡葬店老板就来找凯蒂了。

“诺兰夫人，”他偷偷看了一眼勤杂工给的条子后说道——那条子上写着凯蒂的姓名住址，“我对您丧亲之痛深表同情。我只能这么劝您：您现在的遭遇，我们以后也都要经历。”

“您想要什么？”凯蒂开门见山地问。

“想要成为您的朋友。”她的误解还没有来得及形成，他匆匆又接着说：“关于这个，这个遗体嘛……似乎……似乎是要……我的意思是……”他又匆匆看了一眼手里的纸条。“我的意思是说诺兰先生。我请您把我当成您的朋友，一个提供安慰的朋友……值此……会给您……这么说吧，我的意思是请您把一切交给我来办。”

凯蒂明白了。“我想一切从简，请问要多少钱？”

“关于钱多钱少您就不用操心了。”他顾左右而言他，“我会把葬礼办得好好的。我对诺兰先生崇敬有加，崇敬有加。”(他其实根本不认识诺兰先生。)“我一定要给办到最好，此事包在我身上了。钱您不要担心。”

“我是不用担心，反正我也没钱。”

他舔了舔嘴唇。“当然，除了保险钱之外。”这是个问题，不是一句简单的陈述。

“保险是有的，有一点保险。”

“啊!”那人高兴得直搓手，“那我就能帮上一把了。保险的理赔过程很复杂，要过很久才能拿到钱，您不如让我来接手此事好了，我还不另收钱。您在这里签个字就好。”他迅速从口袋里拿出一张纸来，“保险的事情就交给我好了。葬礼的钱我自己垫上，收到保险钱就从里面拿出来抵扣。”

所有的殡葬店都提供这项“服务”。这其实是个小把戏，目的是要看到保险能赔偿多少钱。知道了金额后，他们会把葬礼的费用控制在理赔额的百分之八十。得留下一点钱，给死者家属买丧服用，这样大家才满意。

凯蒂拿出了保单，放在桌上。殡葬店老板那久经考验的眼睛扫了一下，就看出了保险金额来：两百块。他假装没有看保单的样子。凯蒂签字的时候，他说了一些其他事情。最后，似乎是要下结论似的说道：

“告诉您我会怎么做吧，诺兰夫人。我会给死者风光大葬的，用四驾马车，镍把手棺材，收您一百七十五。平时我收两百块的，我不赚您一分钱。”

“那您干吗接这生意?”凯蒂问。

这话并没有给他什么刺激。“这样做嘛，是因为我喜欢诺兰先生。他这人多好啊，又那么勤快。”他看到凯蒂脸上露出惊讶的表情。

“我不知道。”她犹豫着说，“一百七十五……”

“这还包括弥撒的费用。”他匆匆又补充道。

“那好吧。”凯蒂闷闷地说了声。她也不想为这事继续和他争了。

殡葬店老板拿起保单，假装第一次看到金额的样子。“您看!这里是两百块呢。”他用夸张的口气说，“也就是说，葬礼完了之后，您还有二十五块钱。”他把双腿伸直，伸手到口袋里去找。“我总是说啊，在这种艰难的时候，手头有点现钱总是好的……其实要我说的话，平时有些现钱在腰包里总不是坏事。”他做出一副善解人意的样子笑着说，“这样吧，我先自己掏腰包，给您提前支付二十五块。”他拿出二十五块钱的现钞放在桌子上。

凯蒂谢过他。他可不是在愚弄她，她也没去和他较劲。她知道事情就是这样子。那人不过是做自己的行当而已。那人后来又叫凯蒂从负责的大夫那里办出死亡证书来。

“记住提醒他们，我会来处理尸……遗……我是说我会来带诺兰先生走的。”

凯蒂回到医院，被人带到了医生办公室。教区的神父也在，正在费力地回想相关信息，好让医生填写死亡证书。看到凯蒂来了，神父在胸前画了个象征祝福的十字，然后和她握手。

“我知道得也不多，具体情况你问诺兰夫人。”神父说。

医生例行公事，问了些问题：全名、出生地、生日，等等。最后，凯蒂问了**他**一个问题。

“你在那里写的是什么呢？我是说，他的死因是什么？”

“过度酗酒和肺炎。”

“听说他是死于肺炎的。”

“这是直接原因。酗酒才是根本原因；说句实在的，这或许是最主要的原因。”

“我不想让你写这个。”凯蒂慢条斯理却又语气坚定地说，“你就不要写他死于饮酒过度吧。就写他死于肺炎好了。”

“夫人，我必须实话实说啊。”

“他人都死了，你写他死于什么，又有什么关系呢？”

“法律规定……”

“听着，”凯蒂说，“我有两个很不错的孩子，都在长大，有朝一日还会大有出息。他们的父亲这样……死于你说的原因，这可不是他们的错。如果你只说他死于肺炎，那就是帮我大忙了。”

神父也插手了。“医生，你可以办到的。”他说，“这种事情，对别人有利，又不伤害自己啊。这个可怜的家伙人都不在了，你计较什么呢？就写肺炎吧。这又不是撒谎。这位女士以后很久都会为你祷告的。再说了，”他又说了句很现实的话，“这和你又有什么关系呢？”

突然间，医生想到了两件事：第一，神父是医院董事会成员；第二，他想当这家医院的主任医师。

“好吧。”他让步了，“我就这么写吧。不过这个可别跟别人讲。神父，我这可是看您的面子啊。”他在“死因”后的空白处写下“肺炎”。

所以没有任何文字记录说明约翰·诺兰死时是个酒鬼。

那二十五块钱，凯蒂买了丧服。她给尼雷买了一身崭新的黑西服，配上长裤。尼雷感到自豪、快乐，但又痛苦，百感交集。凯蒂自己买了顶新的黑帽子，还根据布鲁克林风俗，买了三英尺长的寡妇面纱。弗兰西有了新鞋，反正她早也要换新鞋了。凯蒂没给弗兰西买黑色外套，因为弗兰西长得快，今年买的衣服到了明年冬天就不能穿了。妈妈说可以把自己旧的绿大衣给弗兰西穿，袖子上裹上一个黑袖章就可以。弗兰西很高兴，因为她本来就讨厌黑色，正担心妈妈让自己穿上一身黑色丧服呢。买完这些之后，还剩下一点点钱，他们放进锡储蓄罐里了。

殡葬店老板又来了，说约翰尼已经安置在殡仪馆，打扮得体体面面的，晚上就可以送回家。凯蒂直截了当告诉他不要把这些细节告诉给孩子。

这时候一个重大打击来了。

“诺兰夫人，你得把地契给我。”

“什么地？”

“公墓墓地啊。我得有这地契，不然挖不了墓啊。”

“我还以为一百七十五全包了呢。”

“不行不行不行！我都已经给您打折了。光是棺材就花了我……”

“我不喜欢你。”凯蒂还是用她那种毫不拐弯抹角的方式说，“我不喜欢你们这个行当。可是呢，”她又用一种出奇的超脱口气说，“有人死，就得有人去埋。墓地多少钱？”

“二十块。”

“我的老天，我上哪儿去弄这……”她话没说完打住了，“弗兰西，拿起子去。”

他们撬开了锡储蓄罐，里面有十八块两毛钱。

“不够啊，”殡葬店老板说，“不过我出剩下的吧。”他伸手来拿钱。

“钱我会凑齐的。”凯蒂说，“不过，地契不到手，钱我不会交。”

那人又是争又是吵，最后还是走了，说他会把地契拿来。妈妈让弗兰西去茜茜家借两块钱。殡葬店老板拿着地契回来了。凯蒂想起了她妈妈十四年前说过的一番话来，便将地契从头到尾细细看过，还让弗兰西和尼雷也看了一遍。殡葬店老板先是一只脚单脚着地站着，然后换了只脚。等诺兰家三口人全部看完，确认地契无误，凯蒂才将钱交给他。

“诺兰夫人，您说我干吗骗您呢？”他一边小心把钱收好一边可怜巴巴地说。

“这世上的人干吗要骗人？”凯蒂回答，“可骗人的人照旧在骗。”

锡储蓄罐放在桌子中间。储蓄罐十四年久了，边上的锡条都破烂了。

“要不要我钉回去，妈妈？”弗兰西问。

“不用了。”妈妈慢慢说道，“我们不需要了。你看，我们有块地了。”她将折好的地契放在破烂的星形锡罐上头。

棺材进前屋的时候，弗兰西和尼雷都一直在厨房里。他们甚至在厨房里睡觉。他们不想看到爸爸躺在棺材里。凯蒂似乎也能理解，不强迫孩子去看他们的父亲。

屋子里摆满了鲜花。侍者工会在约翰尼死前不到一个星期将其扫地出门，这回却送来了一大捧白色康乃馨，如同一个大枕头一般，上面斜拉着一根紫色带子，上有烫金字写的“我们的好兄弟”。辖区的警察也来了，为纪念诺兰家擒谋杀犯的功劳，送来了一个插成十字架形状的红玫瑰花束。麦克舍恩•警官送来了一束百合花。约翰尼的妈妈、罗姆利一家和一些邻居也送了花。约翰尼还有几十个朋友也送花了，有的人凯蒂听都没有听说过。酒吧老板麦克加里蒂也送了一个人造月桂树叶做的花圈。

艾薇看了随花圈送来的卡片后说：“我会把这东西扔垃圾桶里。”

“不用，”凯蒂轻声说，“我也不怪麦克加里蒂先生。又没有人逼约翰尼去那儿。”

(约翰尼死的时候，欠麦克加里蒂三十八块钱。不知什么原因，这个酒馆老板对凯蒂只字不提，私下把账销了。）

玫瑰、百合、康乃馨的香味混杂在一起，浓得能让人得病。弗兰西痛恨这些鲜花，可是凯蒂发现人们这么想念约翰尼，又心生欣慰。

给约翰尼棺材上盖之前，凯蒂进了厨房，到孩子们面前来。她把手搭在弗兰西肩膀上，轻声说：

“我听邻居们在说闲话，说你们嫌弃父亲，都不愿意去见最后一面。”

“他**就是**好父亲！”弗兰西愤怒地说。

“是的，他是好父亲。”她等着，想让孩子们自己决定。

“来吧，尼雷。”弗兰西说。两个孩子手拉着手去看父亲了。尼雷匆匆去看了一眼。他害怕自己会哭，便跑出了屋子。弗兰西站在那里，眼睛看着地上，不敢去看爸爸。最后，她终于抬眼去看。她无法相信父亲已经去世。他还是穿着那身礼服，但已经洗净烫好。他还穿上了假衬衣纸领子，还有精心打好的领结。他的外套翻领上别了支康乃馨，在康乃馨上面，别着他的工会徽章。他的头发依旧闪亮、金黄、拳曲，全和以前一样。有一束头发没有梳齐整，搭在他的前额上。他的眼睛闭着，仿佛是在半醒半睡。他看起来又年轻又英俊，仿佛养尊处优的样子。弗兰西第一次注意到爸爸的眉毛曲线多么完美。他的小胡子也修过了，还是那么文雅迷人。所有的痛苦、哀愁和悲伤都不再出现在他脸上。这脸干干净净的，看起来像个大男孩。约翰尼死时三十四岁，可是他的遗容比实际上更年轻，就像刚过二十的小伙子。弗兰西看着他的手，那手轻松地交叉在一起，放在一个银十字架上。他的右手无名指上有一圈白色皮肤，那地方以前戴着凯蒂结婚时给他买的图章戒指。（凯蒂给取下来了，准备以后尼雷成年了给他。）弗兰西记得爸爸的手一直发抖，现在看到它们这么安静，觉得有些奇怪。在修长的手指衬托下，爸爸那手显得窄小而优美。弗兰西盯着手看，似乎看到它们在动。她突然惊慌起来，想跑开。可是屋子里很多人在看着她。他们会说，她之所以跑开，是因为……不，他**就是**好父亲。他就是！他就是！她把手放到他的头发上，将那一束鬈发拂回原位。茜茜姨妈走了过来，伸手搂住她，低声说：“是时候了。”弗兰西退后到妈妈身边，看着人们将棺材盖合上。

弥撒时，弗兰西和尼雷一边一个，跪在妈妈两边。弗兰西低头看着地上，这样她就不用去看棺材了。棺材放在祭坛前的架子上，上面摆满鲜花。弗兰西偷偷看了妈妈一眼，发现妈妈眼睛直视前方，在那寡妇面纱下，她的脸白皙、沉静。

神父走下来，走在棺材的四周，在棺材四角洒着圣水。走廊对面有个女子在放声大哭。即便在这时候，凯蒂仍醋意不减，占有欲仍然那么旺盛。她扭头去看，想看看哪个女人这么放肆，敢为约翰尼这么大哭。她好好看了一眼那女人，然后把头转回来。她的思绪纷乱，如风中的纸屑。

"希尔蒂·欧黛儿看起来真老。"她心想，"那黄头发上似乎撒了粉似的。不过她也不比我大多少啊……三十二三岁吧。我十七那年她十八。你走你的路，我走我的路吧。你的意思是说你走她的路吧。希尔蒂，希尔蒂……凯蒂·罗姆利，他是我男友……希尔蒂……希尔蒂……不过她是我最好的朋友……我也不是多能耐。本不该给你错误印象……你走你的……希尔蒂，希尔蒂。让她哭去吧。"凯蒂想，"爱约翰尼的人为他哭去吧，我还哭不出来呢。让她……"

凯蒂、约翰尼的妈妈、弗兰西、尼雷同乘一辆马车，紧跟在灵车后面。孩子们背对着车夫。弗兰西很高兴她不用看送葬队伍最前面的灵车。她看到了后头跟着的的马车。艾薇姨妈和茜茜姨妈两个人坐在马车里。她们的丈夫都在上班，不能来。玛丽·罗姆利外婆在家帮茜茜看孩子。弗兰西很希望她能坐在这辆马车里。露西·诺兰一路走，一路在哀哭。凯蒂则像块石头一样，纹丝不动，无声无息。马车是封闭的，里面有发潮的草料气味，混杂着腐臭的马粪味。那气味，那拥挤，那反向坐着的奇怪感受，还有当时的紧张，相互交织，让弗兰西感觉到了一阵从未有过的恶心。

墓地有个深坑，边上放着个平平常常的木盒子。送葬的人将布遮盖的棺材连同棺材上闪亮的把手放进木盒子里。他们将棺材放下去的时候，弗兰西眼睛躲开不去看。

这一天天气阴沉，寒风凛冽。弗兰西脚边时常有冻住的灰尘在打转。不远处有个才一周左右的新墓。有几个男人在拆插花架子上凋谢的花。他们拆得很仔细，将枯花堆成整整齐齐一小堆，将花架子整整齐齐摆在一起。他们这也是正经行当，做这事还要向墓地管理官员付费。拆卸后的花架子他们卖给花店，花店会循环使用。没有人抱怨他们这么做，毕竟拆花的人也敬业，是等花完全凋谢了才来拆的。

有人塞了一把又冷又潮的泥土到弗兰西手里。她看到妈妈和尼雷在墓边，将手里的土撒下去。弗兰西慢慢走到墓穴边，闭上眼睛，慢慢把手张开。一会儿，她就听到了泥土掉落的沉闷声音，那恶心感又来了。

葬礼之后，马车分道扬镳，把每个送葬人带回各自的家。露西·诺兰和几个住在附近的送葬人一起走。她甚至都没有道别。整个葬礼过程中，她坚决不和凯蒂以及孩子们说话。茜茜姨妈和艾薇姨妈与凯蒂、弗兰西、尼雷上了同一辆马车。马车里坐不下五个人，弗兰西于是坐在艾薇的膝盖上。回家路上大家都沉默着。艾薇姨妈想逗大家开心，便说起威利和他新马的故事，可是没有人听，没有人笑。

快到家时，妈妈让车夫把马车停在附近街角的理发店前。

"进去吧，"她告诉弗兰西，"去把爸爸的杯子拿回来。"

弗兰西不知道她是什么意思。"什么杯子？"她问。

"你就说要他的杯子。"

弗兰西走了进去。里面有两个理发师，却一个顾客都没有。一排椅子靠着墙，其中一把上坐着个理发师，左脚搭在右膝盖上，怀里抱着一把曼陀林，在弹着《我的太阳》。弗兰西知道这首歌曲。莫尔顿曾经教过他们，说歌名叫《阳光》。另外一个理发师坐在一张理发椅上，照着一面长镜子看。看到小女孩过来，他从椅子上下来。

"什么事？"他问。

"我要我父亲的杯子。"

"什么名字？"

"约翰·诺兰。"

"对了，知道。太糟糕了。"他叹了口气，从架子上拿下一个杯子。这是个厚壁白杯子，上有"约翰·诺兰"的字样，是烫金字，花印刷体。杯子底有块用得差不多的白肥皂，还有一把破烂的刷子。那理发师把肥皂抠出来，将它和刷子都放到一个没有写名字的杯子里。他把约翰尼的杯子洗好。

弗兰西等着的时候，四处张望。她从来没有进过理发店。理发店里有肥皂、干净毛巾和月桂油的气味。屋子里还有个煤气炉子，在嘶嘶烧着，那声音很是温馨。那理发师已经把歌曲弹完了，接着又从头再来。在暖暖的理发店里，曼陀林的声音很清脆，也很忧伤。弗兰西在心里唱着莫尔顿老师教的歌词：

> 啊，亲爱的，
> 这一切何等美好，
> 阳光啊如此灿烂。
> 风暴终于过去，
> 天空澄净碧蓝。

每个人都有自己不为人知的一面，弗兰西心想。爸爸从来没有提过这理发店，可是他每周来这里三次，刮胡子修面。约翰尼凡事追求尽善尽美，跟富足人家学，杯子要自带的杯子。他不用普通杯子里的肥皂泡沫来剃须。不，这样不符合约翰尼的风格。他每周来这里三次，每次都带着钱。他会坐在椅子上，照着镜子，和理发师海阔天空，说布鲁克林今年球队的表现，说民主党人胜算几何，凡此种种。或许，理发师弹奏曼陀林的时候，他在跟着唱呢。是的，弗兰西肯定他在这里唱过。歌唱对约翰尼来说比呼吸还自然。弗兰西还想，那椅子上放着的《警察公报》，不知爸爸等候的时候是否看过呢？

理发师把洗好、擦干的杯子交给弗兰西。"约翰尼·诺兰是个好人啊。"他说，"告诉你妈妈，说是我，他的理发师说的。"

"谢谢。"弗兰西怀着感激，低声说道。她走了出去，在忧伤的曼陀林声中把门带上。

回到马车上，她拿出杯子给妈妈。"这是给你的，"妈妈说，"爸爸的图章戒指给尼雷。"

弗兰西看着爸爸烫金字的名字，低低说了声"谢谢"。五分钟不到，这是她第二次道谢了。

约翰尼在世三十四年。不到一个星期前，他还在这样的街道上行走。如今，除了那杯子，那戒指，两条未曾熨烫的侍者围裙，他没有留下任何东西证明他在人世走过这一遭。他没留什么遗物，因为他穿着自己所有的衣服下葬，带走了他的装饰纽扣，以及 14K 金的衣领扣子。

回到家里，他们发现邻居已经来过，将屋子收拾好了。前屋的家具都放回了原位，凋谢的花朵和叶子都给扫了出去。大家把窗户打开，给屋子透气。邻居还带了煤过来，在厨房炉子里生了火。他们还在桌子上铺上了白色桌布。廷莫尔姐妹带来了自己烘烤的蛋糕，切好放在盘子里。弗洛茜·加迪斯和她妈妈带来了很多大腊肠，切好堆了整整两盘子。厨房里还有一大篮子现切的黑麦面包，咖啡杯子也在桌子上放好了。炉子上有一壶暖暖的咖啡，有人在桌子中间放了一大瓶真正的奶油。他们是在诺兰家不在家的时候做好了这些，然后离开，把门关上，把钥匙放到了门口的垫子下。

茜茜姨妈、艾薇、妈妈、弗兰西、尼雷坐在桌子边。艾薇姨妈倒了咖啡。凯蒂盯着自己的杯子看了很久。她想起最后一回和约翰尼坐在桌子前的情形来。她像约翰尼一样，伸出胳膊将杯子推走，然后趴在桌子上，不顾形象，号啕大哭起来。茜茜伸手过去拥抱着她，用她那轻柔、宽慰的声音说：

“凯蒂，凯蒂，别这么哭了。再这么哭，孩子生下来会是个苦命孩子。”

第三十七章

葬礼次日，凯蒂在床上躺了一天。弗兰西和尼雷不知所措，愣愣地在屋子里晃来晃去。快到傍晚的时候，凯蒂下了床，做了些晚饭。吃完后，她让孩子们出去走一走，透透空气。

弗兰西和尼雷沿着格雷厄姆大道，向着百老汇那边走。外头阴冷、安静，不过倒还没有下雪。街上空空如也。圣诞节已经过了三天。别家孩子都在家里玩他们的新玩具。街灯的灯光惨白。一阵从海面上吹来的刺骨寒风贴近着地面吹过来，将一些肮脏的纸张吹得在水沟边打转。

弗兰西和尼雷的童年就在过去这几天结束了。圣诞节不经意溜走了，因为他们的父亲是在那天死的。尼雷的十三岁生日似乎也在过去这几天丢了，也不知丢到了什么地方。

他们到了一个歌舞剧院明亮的墙壁前。两个孩子都会阅读，而且是见到什么都读的那种，所以停下来，不由自主地看起这一周的表演节目单。在第六个节目下，有一个大字写的通知：

"下周特别节目！情歌王查恩西·奥斯本光临本剧院！千万莫要错过！"

歌王……歌王……

父亲死后，弗兰西没有流过一滴眼泪。尼雷也没有。现在，弗兰西感到自己所有的眼泪在喉咙里冻住，成一块垒，渐渐扩大……扩大。她觉得，这喉中块垒若不赶紧融化，变回眼泪，她会死掉的。她看了一眼尼雷。尼雷的眼泪在流。她的眼泪一下子就下来了。

他们到了一条偏僻的小街，坐在人行道边上，脚踩在水沟里。尼雷虽然在哭，还不忘在路沿垫了块手帕才坐上去，以免把新裤子弄脏。他们俩又冷又孤单，紧紧靠在一起，坐在这冷冷的街上，不声不响地哭了好久。最后，他们感觉无泪可流了，便说起话来。

“尼雷，爸爸为什么要死？”

“我想是上帝想要他死吧。”

“为什么？”

“或许是惩罚他吧。”

“为着什么惩罚他呀？”

“我也不知道。”尼雷悲悲戚戚地说。

“你相信上帝让爸爸来到这个人世吗？”

“是的。”

“那么他想让爸爸活的，是不是？”

“我想是吧。”

“那么为什么又让他早死？”

“或许是要惩罚他吧。”尼雷又这么回答了一句。他也不知道该回答什么别的。

“如果是这样的话，那又有什么用呢？爸爸都死了，哪里知道惩罚不惩罚呢？上帝把爸爸造成了这个样子，然后自言自语地说：我看你又能怎样。我敢打赌他说过这种话。”

“或许你不该这样说上帝。”尼雷忧心忡忡地说。

“人人都说上帝多伟大，”弗兰西轻蔑地说，“说他无所不知、无所不能。要是他真这么伟大，为什么不帮助爸爸，反而像你说的那样，去惩罚他呢？”

“我不过是说**或许**。”

“如果上帝掌管全世界，”弗兰西说，“管天管地，管日月星辰，管花草树木，管飞禽走兽，还管全人类，你不觉得他太忙，有太多事情，不会有时间来惩罚爸爸这样的人吗？”

“我想你不该这么说上帝。”尼雷不安地说，“搞不好他会打雷把你劈死。”

“那就来吧。”弗兰西愤怒地喊着，“就在这儿，在这水沟里，把我劈死吧！”

他们战战兢兢地等着。可是什么也没有发生。弗兰西再次说话的时候，语气平静了好多。

“我相信我主耶稣基督和他的母亲圣母玛丽亚。耶稣过去也是个活生生的婴儿。夏天的时候，也和我们一样光脚走路。我看过他的一张画像，看到他没有穿鞋。他成人之后，去钓鱼，和爸爸一样钓鱼。人们伤害耶稣，但是伤害不了上帝。耶稣不会四处去惩罚人。他对人太了解了。所以我永远相信耶稣基督。”

和天主教徒一样，提到耶稣名字的时候他们就画十字。然后弗兰西把手放在尼雷的膝盖上，低声说：

“尼雷，这话除了你，我不跟别人讲，我不相信上帝了。”

“我想回家。”尼雷说。他在浑身发抖。

凯蒂给他们开门的时候，看到他们面容疲倦，却很平静。“看来是给哭出去了。”她心想。

弗兰西看了一眼妈妈，然后迅速把眼睛转开。“我们不在家的时候，”她想，“她一定把眼泪都哭干了。”可是他们三个人一个都没有提到哭泣。

“我想你们回家的时候都很冷，”妈妈说，“所以我给你们一个温暖的惊喜。”

“是什么？”尼雷问。

“看到就知道了。”

这惊喜原来是“热巧克力”。热巧克力其实是用可可粉和炼乳搅拌起来，冲开水进去做成的。凯蒂将这又浓又稠的东西倒进杯子。“这还不算。”她又补充道。她从围裙口袋的一个纸袋子里，拿出三块果汁软糖来，每个杯子里放了一块。

“妈妈！”孩子们异口同声、兴奋异常地叫了起来。“热巧克力”是特别又特别的东西，一般情况下只有过生日的时候才有的。

“妈妈真了不得。”弗兰西心想。她用勺子装着果汁软糖往热巧克力里放，看着它融化，成为白色圈圈，浮在黑巧克力上。“她知道我们哭过了，可是不问我们。妈妈从来不……”她突然想到了一个很贴切的词语。“妈妈从来不笨手笨脚。”

是啊，凯蒂从不笨手笨脚。她那双手美丽而粗糙，可是做起事情稳稳当当，不管是把碎掉的花朵丢进水里，还是拧擦地的布（右手和左手同时行动，右手向里拧，左手向外拧），她都是那么麻利。她说话的时候，也是有一说一，一语中的，从不拐弯抹角。她的思维果断而直接。

妈妈在说："尼雷大了，跟姐姐睡一间屋子不妥。所以我把你……"她稍作停顿接着说："把你爸爸和我的房间整理了一下，现在就是尼雷的卧室了。"

尼雷的眼睛猛地向妈妈看过去。他自己的房间！真是梦想成真，好事成双啊。长裤子，自己的房间……可是他的眼神随即又悲伤起来，他想到了这些东西究竟是怎么来的。

"我来和你合用一个房间，弗兰西。"凯蒂出自本能地用了点心思，没说："你来合用**我的**房间。"

"我倒也想有自己的房间呢。"弗兰西心里涌出嫉妒来，"不过我想这也没有办法，毕竟只有两个房间，他总不能和妈妈一起睡。"

凯蒂也猜出了弗兰西的心思，说："如果天暖了，弗兰西就可以去前屋睡。我们把她的床搬过去，白天放个好床罩在上面，这样就好像是个私人小客厅一般。怎么样，弗兰西？"

"好的，妈妈。"

过了一会儿，妈妈又说："这几天我们没有读书，现在我们重新来吧。"

"看来一切要照旧了。"弗兰西心想。她有些吃惊，但还是把《圣经》从壁炉上方拿下来。

"既然，"妈妈又说，"今年圣诞我们错过了，我们就把别的章节跳过去，直接看耶稣的诞生吧。我们继续读。你先来，弗兰西。"

弗兰西开始读起来。

……他们在那里的时候，玛丽亚的产期到了。就生了头胎的儿子，用布包起来，放在马槽里，因为客店里没有地方。[①]

凯蒂长叹了一声。弗兰西停住了，抬头疑惑地看着。妈妈说："没事，你

① "路加福音"2:6—7。

接着读。”

“是的，没有什么。”凯蒂心想，“这个时候该胎动了。”那个未出生的孩子在她肚子里微微动了一下。“会不会是他知道了这个孩子要出生，”她又在默默想着，“他才终于下决心把酒戒掉了？”她那次低声跟他说的是她又怀孕了。他是否知道之后才有这些改变？是否因为他知道了这些，才要在死前改头换面重新做人？“约翰尼……约翰尼……”她又长叹了一声。

他们接着读，轮流读，读着耶稣诞生的故事。他们都想着约翰尼的死。可是大家心照不宣，谁都没说出自己的想法。

孩子们要上床前，凯蒂做出了个很不同寻常的举动。之所以说不寻常，是因为她素来不是感情外露的人。这天晚上，她却把孩子们一个个抱到怀里，吻着他们的脸，向他们道晚安。

“从现在开始，”她说，“我要又当爹又当妈了。”

第三十八章

圣诞假期结束前,弗兰西告诉妈妈她要辍学。

"你不是喜欢上学吗?"

"是啊,我倒是喜欢,不过都十四岁了,拿工作证件也容易。"

"你为什么要去工作?"

"补贴家用啊。"

"不用了,弗兰西。我想你还是回去上学吧,好歹念到毕业,也只不过几个月时间,一晃就到了。到了暑假,再拿工作证件不迟。或许尼雷也能拿到。不过到了秋天,你们都给我去上高中。别想着工作证件这些吧,继续回去上你们的学。"

"不过,妈妈,我们这日子怎能挨到夏天?"

"会有办法的。"

凯蒂说得轻巧,心里可没底。这个时候,她对约翰尼的思念无以复加。约翰尼生前没有固定工作,可是到了星期六、星期天,偶尔能找到事做,挣个三两块钱。要是日子实在太紧,约翰尼也有办法约束自己,帮一家人渡过难关。可是现在,约翰尼没了。

凯蒂盘算起来。只要她把三个出租屋收拾干净,房租问题就落实了。尼雷每周送报纸有一块五的进账,这钱可以买煤御寒,如果只是晚上生火的话。不过等等!每周还得从中拿出两毛钱交保险呢。(凯蒂每周保险费是一毛钱,孩子是每人五分钱。)少烧点煤,早点上床,大概就能解决这个问题了。衣服?想也不要想了。幸亏弗兰西买了新鞋,尼雷也买了一套西服。最大的问题是食物。或许麦克加里蒂太太会重新让她去洗衣吧。那样的话，一周又能赚个块把钱。接着她还得找些其他的清洗工作。是的，他们总得挨过去。

他们挨到了3月底。到了那个时候，凯蒂身子已经沉重不堪。(孩子预产期是5月份。)她挺着大肚子，在厨房熨衣板前面站着，或是用那种四体着地的奇怪模样，跪在地上擦洗地板。那些雇她清洗的人看到都闪到一边，不敢正眼去看。出于同情，她们只得去帮她。可是不久，她们发现自己等于是在花钱雇人，自己干活。没多久，她们陆陆续续告诉凯蒂说不需要她了。

终于有一天，保险代理上门的时候，凯蒂没钱付那两毛钱的保险费了。保险代理是罗姆利家的老朋友，对凯蒂的情况了如指掌。

"诺兰太太，你这保单毕竟交了这些年，我可不想看到它失效啊。"

"你不会因为我稍微迟点交保费，就让我的保单失效吧?"

"**我**是不会，可是公司就难说了。这样吧，你为什么不把孩子的保单兑现了呢?"

"我不知道可以这么做。"

"很少有人知道。他们只是停交保费，公司把保费最后全都截留。随着时间推移，公司把交过的钱都汇总起来。要是公司知道我跟你说这些，我这饭碗都保不住。不过，这个问题我这么看：我给你父母、你们罗姆利家三个女儿、你们三个人的丈夫和孩子做保险，还有，不知怎的，这些年我一直来来回回在传话，你们家的生老病死我都了解，我都觉得是你们家的一员了。"

"我们没你也不行。"凯蒂说。

"诺兰夫人，你就这么办吧。你将孩子的保单兑现，自己的继续保留。我说句不吉利的话，要是孩子有个三长两短，你总归有办法把他们葬了。我再说句不吉利的话，要是你自己有个不测，他们没有钱，就没法将你下葬了，对不对?"

"也是，他们还没这能耐。我得继续交我的保险，我可不想死后草草收葬到窑户的田[1]里啊。要是这样，他们一辈子抬不起头，他们的孩子也抬不起头来。所以就照你说的，我的保险照交，孩子的保险给兑了。你告诉我怎么做吧。”

凯蒂将孩子的保险兑了二十块钱，这钱帮他们熬到了4月底。再过五个星期，孩子就要出生了。再过八个星期，弗兰西和尼雷就要毕业了。这八个星期总得想个法子熬过去。

罗姆利三姐妹坐在凯蒂家厨房的桌子边开家庭会议。

“要是有可能，我当然会助一臂之力。”艾薇说，“可是你们也知道，威利被那马踢过一脚，人也就不大正常了。在老板面前他是新人，和同事关系很僵。现在，所有的马都不愿意跟着他出工。他们让他留在马房做事，清扫马粪，清扫碎瓶子这些。他的工资降到了每周十八块，我们也有三个女儿，这钱也管不了多久。我自己都在找临时的清洗工作去做呢。”

“要是我能想到什么办法的话。”茜茜开口了。

“不用了。”凯蒂坚定地说，“你让妈跟你们一起过，我看也就很不错了。”

“对啊。”艾薇也说，“凯蒂和我总是担心她，她过去一个人住在一间小屋子里，偶尔还出去帮人清扫，挣个几分钱。”

“妈妈用不了几个钱，也没给我们添麻烦。”茜茜说，“我家约翰也不介意她跟我们过。当然，他的工资才每周二十块。现在又有了孩子。我想回原来的单位上班，可是妈年龄太大，带孩子也不行。毕竟她也八十三了。我能去做事，可是我得雇人来照看妈妈和孩子。如果我有工作，倒是可以帮助你，凯蒂。”

“这个你也无能为力，茜茜。”

“现在只剩下一件事可以做了。”艾薇说，“你让弗兰西辍学，让她去办工作证件去。”

“不过我想看到她毕业。我的孩子会成为诺兰家最先拿到毕业证书的人。”

---

① 《圣经》“马太福音”记载，犹大出卖耶稣后感到后悔，将三十个银币还给大祭司，大祭司就用此钱买了一块坟地，叫“窑户的田”，用以埋葬外乡人。

"毕业证书毕竟不能当饭吃。"艾薇说。

"你难道就没个男性朋友能帮忙吗?"茜茜问,"你生得这么漂亮,这你都知道。"

"或许吧,等她体形恢复吧。"艾薇说。

凯蒂略略想到了麦克舍恩警官。"没有。"她说,"我没有什么男性朋友。我从来只有约翰尼,再无他人。"

"我想艾薇说的也是。"茜茜也下了断语,"我很不想这么去讲,可是只有走弗兰西退学这条路了。"

"可是不拿到毕业证书,以后上高中就不行了。"凯蒂提出了反对意见。

"唉,"艾薇说,"还有那些天主教慈善机构。"

"到了这个地步,"凯蒂平静地说,"要去慈善机构了,我就把门窗关严,等孩子睡熟的时候,把煤气阀门全打开。"

"别这么胡说。"艾薇尖声说,"你还是想活着的,是不是?"

"是啊。可是活着也得图个什么啊。我不愿去慈善机构领救济,然后吃饱饭有力气再回去继续领救济。"

"那我们又老调重弹了。"艾薇说,"弗兰西必须退学,开始工作。而且还只能让弗兰西退,尼雷才十三岁,办不到工作证件。"

茜茜将她的手放在凯蒂胳膊上。"这也不是多可怕的事。弗兰西脑子聪明,又喜欢看书,这孩子早晚能继续学业的。"

艾薇站起来。"好了,我们得走了。"她在桌子上留下五毛钱。她知道凯蒂要反对,便先发制人地说:"别把这个当白送啊,早晚得归还。"

凯蒂笑了。"你不用这么喊。自己的姐妹拿钱给我,我难道还介意?"

茜茜则更直接些。她靠过来吻别凯蒂时,在她围裙口袋里塞了一块钱。"你要是需要的话,"她说,"就去找我。我会来的,哪怕是深更半夜。不过你让尼雷来找我。女孩子在街上走夜路,特别是靠近煤场那一带,很不安全的。"

凯蒂坐在厨房的桌子边上,看着黑夜。"我只要两个月……只要两个月。"她在想着,"亲爱的上帝啊,给我两个月时间吧。到了那时候,孩子出生，我也恢复体力了。那个时候，孩子们从公立学校毕业。等我头脑清楚了，身体恢复了，我就不再向您求什么了。可是现在，我力不从心啊，只有求您帮忙了。就两个月，就两个月……"她希望看到一阵温暖的亮光，说明她和她的上帝沟通成功。可是没有亮光。她又试了一次。

"圣母玛丽亚，耶稣的妈妈，您总该知道这滋味。您怀过孩子。圣母玛丽亚……"她等着。可是还是没有任何反应。

她将茜茜和艾薇的钱放在桌子上。"这样能撑三天，"她想，"然后呢?"她不知不觉低语起来："约翰尼，不管你在哪里，就再显个灵吧，再显一回。只要一回……"她等啊等。这回那亮光来了。

说来也巧，还真是约翰尼显灵，帮了他们。

酒吧老板麦克加里蒂念念不忘约翰尼。这倒不是他良心发现。不，全然不是这回事。他又没有强迫顾客到他酒吧来。除了把门铰链上好油，让门一推就开，他没有用什么别的招术诱人到他酒吧来。他提供的免费晚餐也不比其他地方好。这里也没有什么特别引诱人的娱乐活动，除了顾客自己的即兴发挥。不，这和他的良心无关。

他只是想念约翰尼。就是这个。这也和钱无关，毕竟约翰尼总是欠他的。他就是喜欢约翰尼在他这地方，因为约翰尼给他这地方增添了品位。想想看吧，在一群卡车司机和挖沟工人中间，有这么个斯斯文文的年轻人！"当然，"他又承认，"约翰尼·诺兰喝酒是贪杯，把自己身体喝坏了。可是他不来我这里，也会去别的地方。不过他不粗俗，不会喝上几杯就骂人、打架、耍酒疯。是的，"麦克加里蒂断定，"约翰尼不错。"

麦克加里蒂最怀念的是约翰尼的侃大山。"那小子可真能聊。"他想，"他能跟你说南方的棉花地啊，阿拉伯的沙滩啊，阳光灿烂的法国啊，说得有鼻子有眼，好像他真去过。其实不过是他从歌里了解的。我还真想念他跟我讲述的这些遥远的地方呢。"他想，"不过呢，我最喜欢听他说自己的家人。"

麦克加里蒂过去对家庭有自己的梦想。这个梦想的家庭远离酒吧，远到他早晨给酒吧锁门后，要坐电车才能回家去。这个梦想的家庭中，妻子温柔贤惠，等他回家时，已经给他做好好吃的，煮好了热咖啡。吃完了，他们就开始谈心，谈的都是和酒吧无关的事。他也有梦想的儿女——他们干净、漂亮、聪明，对自己的父亲经营酒吧感到一些不屑。他为他们的不屑感到自豪，因为这说明他有能力养下有素养的孩子。

呜呼，这些不过都是梦想中的婚姻。后来他与梅结婚了。梅是个曲线分明的性感女郎，暗红色头发，大嘴巴。可是结婚之后不久，她就开始暴肥，也邋遢起来，成为布鲁克林人们所熟知的“酒吧型”女人。婚姻生活头一两年还好。可是忽然有一日，麦克加里蒂一觉醒来，发现这婚姻不妙。梅变不成他梦想中的妻子。她喜欢酒吧，坚持要把酒吧上面的屋子租赁下来。她不想去法拉盛买房子。她也不想做家务，就喜欢成天坐在酒吧的后屋里，和顾客们一起喝酒说笑。她生的孩子在街上乱跑，一个个就跟小流氓一样，还到处跟人吹嘘自己的父亲是酒吧老板。让他痛苦失望的是，他们还以此为豪。

他知道梅对他不忠。他也无所谓，只要别的男人不在背后取笑他便好。他对梅已经没有了性欲，也不吃她的醋了。他渐渐不想和她，也不想和任何其他女人睡觉了。不知怎的，在他心目当中，良好的谈吐和良好的性关系联系在一起。他希望有个可以推心置腹的女人；他希望这女人可以跟他讲话，话语温暖、智慧、亲密。他想他只有遇到这样的女人，才能恢复男人气概。他就这么晕晕乎乎地、傻里傻气地追求着心智、灵魂、肉体的统一。随着岁月的推移，和亲近的女人说私房话成了他的一个癖好。

做生意的时候，他也在观察着人性，并从中得出了自己的一些结论。这些结论一没有智慧二没有创意。事实上，结论本身都很乏味。不过它们对麦克加里蒂先生很重要，因为这些都是他自己琢磨出来的。婚后头几年，他跟麦克加里蒂太太说这些，她只是回上一句：“我想是吧。”有时候她也会改变一下说法，说：“我想**就**是吧。”由于不能和她推心置腹地交流，他渐渐地就失去了做丈夫的能耐，她也开始不忠起来。

麦克加里蒂是个灵魂里有着深重罪恶感的人。他恨自己的孩子。他的女儿艾琳和弗兰西同龄。艾琳的眼睛是粉红色的，头发淡红——其实也可以称之为粉红。这女孩很坏也很蠢。她留级留了多次，到十四岁的时候还在读六年级。麦克加里蒂的儿子吉姆才十岁，除了臀部肥大，差点把裤子撑破之外,别无出众之处。

麦克加里蒂还有个梦想,就是梅有一天会来向他忏悔,说孩子不是跟他生的。这个梦让他很满足。他在想,这两个孩子要是她跟别的男人生的,他反倒能喜欢他们。他就能客观地看待他们的邪恶和愚蠢,继而同情他们,帮助他们。可如今,在他的眼中,两个孩子集他和梅所有的缺点于一身。他恨他们。

约翰尼光顾麦克加里蒂酒吧的八年间,他每天都跟麦克加里蒂夸凯蒂和孩子。麦克加里蒂一直在私底下玩一个秘密的游戏。他假装**他**就是约翰尼,而约翰尼说自己家人的时候,他就假装是他在说梅和自己的孩子。

"我给你看个东西吧。"约翰尼有一回自豪地说。他从口袋里拿出一张纸来。"我女儿写的作文,得了优。她才十岁呢!你听听,我读给你听。"

约翰尼在读作文的时候,麦克加里蒂就想象这是他家女儿写的故事。还有一天,约翰尼从学校带来一对手工粗糙的书挡,放在吧台上炫耀。

"给你看个东西吧。"他自豪地说,"这是我家小子尼雷在学校做的。"

麦克加里蒂看着书挡,在心里自豪地跟自己说:"这是我家小子吉米在学校做的。"

还有一回,麦克加里蒂想与约翰尼聊,便说:"约翰尼,你说说看,我们是不是要打仗了呢?"

"说来也巧,"约翰尼回答说,"昨天凯蒂和我坐了一通宵,说的就是这事。我们一直谈到天亮,最后我终于说服了她,说威尔逊不会让我们去参战的。"

麦克加里蒂心想,他要是和梅整宿坐着说这事,那会是什么情景。要是梅最后跟他说"你说得对,吉姆",那又会是什么样的情景呢?他无法知道这是什么局面,因为他知道这永远不会发生。

约翰尼一死,麦克加里蒂的所有梦想随之破灭。他试图跟自己玩这个游戏,可是不管用。他需要有约翰尼这样的人将自己扶上马送一程。

罗姆利三姐妹在凯蒂厨房里聊天的时候,麦克加里蒂在家想了个主意。他的钱多到不知道怎么去花,而除了钱他一无所有。或许,通过约翰尼的孩子,他可以买回当初那些做梦的方式来。他怀疑凯蒂手头紧。或许他可以给约翰尼的孩子一些轻松的工作,让他们放学后去做。他会帮助他们……上帝知道，钱他有的是，或许他可以得到一些回报呢。或许这两个孩子就像约翰尼一样，能来跟自己说话呢。

他告诉梅，他要去找凯蒂，给凯蒂的孩子找些事情做。梅这回倒是干脆，说凯蒂一定会毫不客气地把他赶走。麦克加里蒂心想凯蒂不会毫不客气地将自己赶走的。出发之前，他刮着胡子，这时候他想起凯蒂上门感谢他送花圈的事情来了。

约翰尼的葬礼之后，凯蒂挨家挨户向送花的人表示感谢。她不顾写有"女士入口"的边门，直接从前门走进了麦克加里蒂酒吧。她也不管酒吧里那些傻了眼的男人，径直走到麦克加里蒂跟前。麦克加里蒂看到她来，便把围裙一角扎进腰带，说明他当时不值班，是从后台过来见她的。

"我来感谢你送的花圈。"凯蒂说。

"啊，这事啊。"他如释重负地说了声。他还以为她是来吵架的。

"让你费心了。"

"我喜欢约翰尼。"

"我知道。"她伸出手。他傻傻地看了一会儿，才回过神来，想起她是要和他握手的。他紧紧握住她的手，问了声："不生我的气？"

"我生什么气呢？"她回答说，"约翰尼是自由之身，是白人，也超过二十一岁了。"她转身离开了酒吧。

不会的，麦克加里蒂先生断定，只要自己是带着好意来，这样一位女子是不会将自己轰出去的。

麦克加里蒂局促不安地坐在凯蒂厨房的桌子边，和凯蒂说着话。孩子们这时候本该在做作业。可是弗兰西假装低头看书，却听着麦克加里蒂先生的话。

"我和我夫人说过了，" 他梦呓一般地说，"她和我都同意雇佣你家女儿。你知道，我们不让她做什么重活，只不过是铺铺床、洗几个碗。楼下也用得上你儿子。他可以帮我们剥鸡蛋，给奶酪切块，这都是供应晚上免费晚餐用的。他不用接近吧台。我安排他在后厨帮忙。他们俩放学后来做一个小时，星期六来做半天。我给他们每人每周两块钱。"

凯蒂心中狂喜。"每周四块钱，" 她暗自寻思，"外加投递报纸的一块五。这样两个孩子都可以继续上学。也有足够的钱买东西吃了。我们这一关能过了。”

“你觉得这样行不行,诺兰夫人?”他问。

“这得看孩子们的意见。”她回答说。

“既然是这样,”他转向弗兰西问,“你觉得行不行?”

弗兰西做出刚刚在专心看书,听到此话才抬头的样子。“您说什么?”

“你可不可以帮麦克加里蒂太太做做家务呢?”

“可以的,先生。”弗兰西说。

“你呢?”他又转向尼雷。

“可以的,先生。”尼雷也答应了。

“那就这么定了。”他转向凯蒂,“当然,这只是临时安排,最终我们还要找固定人手,接管家务和厨房里的活。”

“我也希望他们俩是临时做做。”凯蒂说。

“你或许手头有些紧。”他伸手去口袋里,“我预支第一个星期薪水吧。”

“不用了,麦克加里蒂先生。他们既然要去挣钱,就有权利在工作结束之后拿到薪水带回家。”

“好的。”不过他还是没有把手从口袋里拿出来,而是拿住了一厚卷的钞票。他心想:“我这么多钱,什么也买不来。他们却什么都没有。”他突然心生一计。

“诺兰夫人,你知道约翰尼和我过去有交易。我给他赊账,他把小费给我。他死的时候,还余了些钱在我这里。”他拿出一厚卷钞票出来。看到这么多钱,弗兰西的眼珠子差点都瞪了出来。麦克加里蒂本意是说约翰尼剩下十二块,接着把钱给凯蒂。他把橡皮筋拿下来,眼睛还在看着凯蒂。他的眼睛眯缝了一下,脑子里的想法也变了。他知道给十二块钱,凯蒂怎么都不会相信。“当然,这钱不多,”他故意漫不经心地说,“只有两块钱。不过我想,该是你的就是你的。”他拿出两块钱,递给凯蒂。

凯蒂摇了摇头。“我知道你不欠我们的钱。如果你要实话实说,指不定我们还欠你的。”麦克加里蒂被识破了,很不好意思,便把钱放回口袋,贴着大腿,让他感觉很不舒服。“不过,麦克加里蒂先生,我感谢你的好意。”

她最后这句话打开了麦克加里蒂的话匣子。他开始滔滔不绝说起来。他说到了他在爱尔兰的童年、他的父母、他的众多兄弟姐妹。他说到了自己梦想的婚姻。他把藏在心里多年的话，一股脑全倾诉了出来。他没有说自己的妻子儿女。他把他们完全排除在故事之外。他还说到了约翰尼，说着约翰尼每天讲述自己老婆孩子的情景。

“比如这窗帘吧。”麦克加里蒂说，边将他那肥大的手掌挥向那半扇玫瑰花纹的印花布窗帘。“约翰尼跟我都讲了，说你将自己的一件旧裙子撕了，改成厨房窗帘。他说这么一来，厨房很好看，就好像是吉卜赛马车的里面。”

弗兰西这时候也不再装着在做作业了。她留意到了麦克加里蒂最后的话。“吉卜赛马车的里面。”她在想。这话让她用新的眼光去看窗帘了。“看来爸爸说过这话。我当时还以为爸爸没有注意到这窗帘呢。至少他没有说什么。不过他真是注意到了。他还跟这个人赞扬了窗帘呢。”听到麦克加里蒂这么说约翰尼，弗兰西都怀疑约翰尼没死呢。“看来爸爸跟这个人说了这些。”她怀着新的兴趣盯着麦克加里蒂看。这人身材矮胖，双手肥大，脖子粗短且发红，头发稀少。“光看这人外表，”弗兰西心想，“谁能想到他有如此不同的内心？”

麦克加里蒂一口气说了两个钟头。凯蒂认真地听着。她倒不是在听麦克加里蒂**诉说**。她想听的是麦克加里蒂**谈约翰尼**。他稍作停顿的时候，她会穿插几句追问式的回应，例如：“是吗？”“然后呢？”他在考虑措辞的时候，她会提个醒，而他会感激地接受她的提示。

这么说着说着，一件奇妙的事情发生了。麦克加里蒂觉得自己身上男子汉气概在暗流涌动。这倒不是因为凯蒂和他同在一屋。凯蒂这时候的身体臃肿变形，他看了心里都发怵。他的变化和这个女子无关。是谈话造成了这变化。

屋子里渐渐黑了。麦克加里蒂停了下来。他嗓子哑了，人也累了。不过这是一种新型的、平安的疲倦。他一百个不情愿地想到自己得回去了。这时候正是工人下班回家，路过酒吧，要停下来喝点餐前酒的时候。他不喜欢看到这一群男人在吧台前的时候，梅在吧台后照应他们。他慢慢站起来。

“诺兰夫人，”他边说边用手去摸索自己的褐色礼帽，“我能不能隔三岔五来一下，和你聊聊天呢？”她慢慢摇了摇头。“就是说说话，行不行？”他又带着央求语气，重复了一句。

“不行，麦克加里蒂先生。”她尽量用轻柔的声音说。

他叹了口气，离开了。

弗兰西很喜欢忙，一忙起来，就不会老去想着爸爸了。她和尼雷早晨六点起来，帮妈妈做一会儿清洗，然后两人才去上学。妈妈现在不能做太多事。弗兰西擦拭三个门厅的门铃铜底座，还用上过油的布擦栏杆。尼雷清扫地下室，还有铺了地毯的楼梯。两个人每天都把装满的垃圾桶拖到路沿。这个有些麻烦：两个人一起使劲，也无法挪动那沉重的垃圾桶。弗兰西想了个办法，把垃圾桶侧倒，将垃圾倒在地下室的地上。他们将空桶运到马路边，然后再将垃圾运过去重新装上。这个办法还算管用，只是要去地下室上上下下跑好几趟。他们只把铺了油毡的过道留给妈妈去洗刷。有三个租户说自己来清洗过道，直到凯蒂把孩子生下来。他们帮了很大忙。

放学后，孩子们就去教会上慕道班，因为春季两个人都要行坚信礼了。上完慕道班后，他们就去麦克加里蒂的酒吧帮忙。确如麦克加里蒂承诺的那样，这里的活很轻松。弗兰西铺了四张乱乱的床，洗了几个早餐的碗，把房间清扫了一下。这一共不到一个小时。

尼雷的时间安排和弗兰西一样，只是多了投递报纸这一项。有时候他会忙到八点钟才回家吃晚饭。他在麦克加里蒂的后厨帮忙。他的工作包括：剥四五十个煮熟的鸡蛋，将奶酪切块，在每块奶酪上插一根牙签，还有将大的腌黄瓜切成条。

麦克加里蒂等了几天，让孩子们适应他这里的工作。后来他决定，应该让他们跟他说话了，就像约翰尼过去那样。他进到厨房里，坐了下来，看着尼雷干活。“这孩子和约翰尼一个模子里出来的一样。”麦克加里蒂心想。他等了好久，想让这孩子习惯他在这里，然后他清了清嗓子。

“最近做了木书挡没有啊？”他问。

“没有……先生，没有。”尼雷结结巴巴地回答。这个问题很奇怪，叫他猝不及防。

麦克加里蒂等着。为什么这孩子不说话呢?尼雷剥鸡蛋剥得更快了。麦克加里蒂又尝试了一次。“你认为威尔逊总统会不会让我们参战呢?”

“我不知道。”尼雷说。

麦克加里蒂等了好久。尼雷以为他是来检查自己工作的。他很想讨他欢心,所以三下五除二很快就把事情提前忙完了。他将最后一个剥了壳的鸡蛋放进玻璃碗里,抬头看了看。“啊!现在他终于要跟我讲话了。”麦克加里蒂心想。

“您就让我今天做这些吗?”尼雷问。

“就这些。”麦克加里蒂等着。

“那我要不就回去吧。”尼雷大着胆子说。

“那好吧,孩子。”麦克加里蒂叹了口气。他看着孩子从后门走出去。“要是他转身说点什么……随便什么……私底下的话多好。”麦克加里蒂心想。可是尼雷并没有转身。

次日,麦克加里蒂又跑弗兰西那里去尝试。他上楼到了住所里,坐着一言不发。弗兰西有些害怕,开始边扫地边往门边走。“如果他来非礼,”她心想,“我可以跑出去。”麦克加里蒂静静坐了很久,以为自己只是让弗兰西习惯他。他不知道他让弗兰西感到害怕。

“最近有没有写什么好作文,得A,得第一名呢?”他问。

“没有,先生。”

他等了一会儿。

“你觉得我们会参战吗?”

“我……我不知道。”她慢慢溜到门口。

麦克加里蒂心想:“她怕我,以为我和那个在过道里想害她的家伙一路货色呢。”他大声说:“不要怕,我这就走。如果你愿意,走的时候随手把门关上。”

“好的,先生。”她说。等他走了,弗兰西心想:“我想他只是想聊天吧。可是我没有话跟他说啊。”

梅·麦克加里蒂上来了一次。弗兰西正跪在地上,想剔出洗脸池下方水管后的灰垢。梅叫她起来,不要管那灰垢了。

“主爱你,孩子。”她说,“也别把自己忙死。日后我们都死了,这屋子还会在这里。”

她从冰箱里拿出一大块玫瑰色的果冻，切成两半，一份放在另一个盘子里。她在上头浇上很多生奶油，放了两个大勺子在桌子上，自己先坐下，然后招呼弗兰西坐下。

“我不饿。”弗兰西撒谎说。

“那你也吃点吧，不要那么不合群嘛。”

这是弗兰西头一回吃果冻和生奶油。这味道实在太好了，她好不容易才克制住自己，没有去囫囵吞枣，露出难看的吃相。她吃的时候，心里还在想：“看来麦克加里蒂夫人不错，麦克加里蒂先生也还好。我想他们两个人是相互之间合不来吧。”

梅·麦克加里蒂和吉姆·麦克加里蒂和平常一样，坐在酒吧后头一张小小的圆桌旁，默不作声，匆匆吃晚饭。梅出人意料地伸手放在他的胳膊上。这个突如其来的触摸，让他打了个激灵。他那小而发亮的眼睛看着梅桃花木颜色的大眼睛，他从中看到了同情。

“不管用的，吉姆。”她温柔地说。他的心里激动地一阵翻腾。“她知道！”他在想，“看来……看来……她能理解！”

“老话说得好啊。”梅继续说，“钱买不来一切。”

“我知道，”他说，“那么我让他们走？”

“等几个星期，等婴儿出生再说吧。做给他们看看好了。”她站起身，走出了酒吧。

麦克加里蒂坐在那儿，心里百感交集。“我们谈话了。”他心里充满惊奇，“我们都没有提名字，什么话也都没有说透。可是她知道我在想什么，我也知道她在想什么。”他匆匆去追自己的老婆去了。他想保持这份心有灵犀的感觉。他看到梅站在吧台末端，一个卡车司机用手挽着她的腰，正在她耳边低声说着什么。她伸手掩嘴而笑。麦克加里蒂进来后，那卡车司机把手偷偷拿开，下去和其他一群男人站到一起。麦克加里蒂到了吧台后，看着妻子的眼睛。那眼神是一片空白，什么“灵犀”也没有。麦克加里蒂开始忙起晚上的活儿，脸色又开始和过去一样，悲伤而失望。

玛丽·罗姆利老了。她无法自行在布鲁克林走动。她很想在走不动之前，去看看凯蒂。她托保险代理捎了个信。

“女人生孩子的时候，”她告诉他，“死神握住她的手一会儿。有时候他握住就不肯放下了。你就告诉我小女儿，时候到了，我会再来看她一次的。”

保险代理把话给带到了。接下来的那个星期日，凯蒂带着弗兰西一起去看妈妈。尼雷向他们请了个假，说滕·艾耶克街的球队一直想在空场举办一次球赛，他答应了要去当投球手。

茜茜的厨房开敞、温暖、明亮、一尘不染。玛丽·罗姆利外婆坐在炉子边一张低低的摇椅上。这是她唯一一件从奥地利带过来的家具。此前这摇椅在她家小屋炉子边都放了一百多年了。

茜茜的丈夫坐在窗户边上，抱着孩子，用奶瓶喂奶。凯蒂和弗兰西向玛丽、茜茜打过招呼后，也向茜茜丈夫打了招呼。

“你好，约翰。”凯蒂说。

“你好，凯蒂。”他回答。

“你好，约翰姨夫。”

“你好，弗兰西。”

后来，他就没有再说一个字。弗兰西盯着他，揣测着他。罗姆利全家都以为他是过渡人物，就如同茜茜过去那几任丈夫和情人一样。弗兰西在想，他自己会不会觉得是过渡人物呢?他的真名是史蒂夫，可是茜茜总叫他“我家约翰”。家里人提到他的时候，也说“那个约翰”，或者“茜茜的约翰”。弗兰西在想，在他供职的那个出版社，大家是不是也叫他“约翰”呢?他反对过没有?有没有这样说过:“哎，茜茜。我真名是史蒂夫，不是约翰。你也跟你家姐妹几个说说，以后用史蒂夫来叫我。”

“茜茜，你长壮了些。”妈妈说。

“女人生孩子后，体重增加一些是很正常的。”茜茜面不改色心不跳。她看着弗兰西笑了笑。“弗兰西，你要不要抱抱孩子?”

“当然要!”

茜茜的丈夫一言不发地站起来，把孩子和奶瓶交给弗兰西，然后又一言不发地走出了房间。没有人对他的离开说一句话。

弗兰西坐在他离开后空出的椅子上。她以前从来没有抱过孩子。她用手指摸着孩子嫩嫩的、圆圆的脸蛋,就像乔安娜摸自己孩子的脸蛋一样。一阵激动从她的指尖开始,经过胳膊,弥漫至全身。“等我长大了,”她决定,“家里一定一直都要有这么个婴儿。”

她抱着孩子的时候,听妈妈和外婆聊天,看着茜茜在做供一个月食用的面条。茜茜拿出一个硬硬的、黄黄的面团,用擀面杖擀平,然后卷起来,卷得如同果冻卷。她又用快刀,将卷好的面团切成薄若纸张的面条,然后又将这面条抖开,挂在炉子前面用细榫钉做的架子上,让面条晾干。

弗兰西觉得茜茜变了,不再是过去那个茜茜姨妈了。这个变化不在于她的身材。诚然,她的身体没有过去那么苗条,可是,弗兰西觉察的变化未必和她的外貌有关。弗兰西在寻思这变化究竟是什么。

玛丽·罗姆利很想将大家的近况问个透彻。凯蒂也一五一十讲给她听,先讲现状,然后开始倒叙回去。她先是跟妈妈说孩子们现在在麦克加里蒂那儿打工,说他们挣的钱让他们得以维持生活。然后她说到麦克加里蒂是如何坐在她家厨房,和他聊约翰尼。最后她说:“我告诉你吧,妈妈,要不是冒出了这个麦克加里蒂,我真不知道怎么过下去呢。我的手头实在太紧,头几天晚上,我还祈祷约翰尼暗中帮我呢。这有点傻,我知道。”

“不傻。”玛丽说,“他听到你的祈祷了,来帮你了。”

“鬼是不能帮助人的,妈妈。”茜茜说。

“鬼也不光是从门缝里进出的那东西啊。”玛丽·罗姆利说,“凯蒂说约尼①过去经常和这个酒吧老板聊天。所有这些年的谈话当中,约尼将他自己的点点滴滴留给这个人了。所以凯蒂求自己的男人来帮忙,约尼在这个人身上的点点滴滴就汇聚起来了。是这酒吧老板灵魂里的约尼听到了凯蒂的求告,特地来帮忙呢。”

弗兰西在脑海里思考着这一席话。“如果是这样的话,”她心想,“那么麦克加里蒂先生在那次长谈当中,将爸爸的一点一滴还给了我们。现在他的心里没有爸爸了。或许正因为这个,他想和我们谈话,我们却无话可说吧。”

---

① 玛丽将“约翰尼”(Johnny)念成了德语口音的“约尼”(Yohnny)。

该离开的时候，茜茜给了凯蒂一鞋盒子的面条，让她带回去。弗兰西跟外婆吻别的时候，玛丽·罗姆利将她紧紧搂住，用自己的语言低声跟她说：

“接下来的一个月，你要格外听妈妈的话，尊重妈妈。她这时候特别需要大家去爱，去理解。”

外婆的话弗兰西一个字都没有听懂，可是她说：“好的，外婆。”

坐电车回家的路上，弗兰西将鞋盒放在**自己的**膝盖上，因为妈妈现在膝盖都被肚子挡住看不到了。弗兰西在车上陷入了深思。“如果玛丽·罗姆利外婆的话没错，那么实际上人都不会死。爸爸不在了，可是他还以很多方式活着。他活在尼雷身上。尼雷长得和他一个样。他也因为和妈妈相处很久，活在妈妈身上。他还活在他自己的妈妈身上，是他的妈妈给了他生命，而且她仍健在。或许有一天，我也会有个儿子，就和爸爸一个样，有爸爸身上所有的优点，却不喝酒。这个儿子会有他的儿子。实际上，死亡或许并不真正存在。”她又想到了麦克加里蒂。“谁会想到这种人身上都有爸爸的影子呢？”她想到了麦克加里蒂夫人，想到她照顾自己，让自己坐下吃果冻的那回。突然间，她明白茜茜为什么身上出现这些变化了。她跟妈妈说了起来。

“茜茜姨妈好像不用浓香水了，是不是，妈妈？”

“也是，她现在不需要了。”

“为什么呀？”

“她有孩子了，又有个男人照顾她和孩子。”

弗兰西想接着问下去，可是妈妈的眼睛闭上了，头靠到了后面椅背上。她看上去脸色苍白，十分疲惫的样子，弗兰西不想再打扰她了。她得自己把一些问题想明白。

“一定是这样的，”她在想，“用浓香水和女人想要孩子有关。她们用香水吸引男人，好找个男人和她一起生孩子，然后照顾她和孩子。”她将她这个宝贵的知识收藏起来，和她一直在收藏的其他知识一起。

弗兰西有些头痛了。她不知道这是抱孩子给激动的，电车给晃荡的，想念爸爸想念的，还是思考茜茜香水思考出来的。或许只是她早晨起得太早，成天忙碌的缘故吧。也有可能到了每个月的那几天，照例会头痛吧。

“嗯，”弗兰西最终断定，“我想让我头痛的东西，是生活本身——就是这个。”

“别傻了。”妈妈静悄悄地说。她的眼睛还是闭着，头还斜靠在椅背上。“茜茜的厨房里太热，我自己都头痛了。”

弗兰西跳了起来。妈妈怎会闭着眼睛都能将她的心思一眼看穿呢？这时候她忘记前面的想法都没有说出来，而最后一句话她是讲了出来。她笑了起来。这是爸爸去世之后她第一次笑。妈妈也睁开眼，看着她笑了。

第三十九章

弗兰西和尼雷 5 月份行了坚信礼。那时弗兰西快十四岁半了，尼雷比她小一岁。精通裁剪的茜茜给弗兰西做了一条朴素的白色平布裙子。凯蒂设法筹了点钱，给这个浑身洁白的女儿买了双鞋和白色长丝袜。这是弗兰西第一次穿长丝袜。尼雷穿着父亲葬礼时买的黑西服。

这个社区有个传说：在坚信礼那天人许的三个愿望以后可以实现。一个愿望是几乎没指望实现的，一个愿望是可以通过自己的努力实现的，第三个愿望是关于长大以后的。弗兰西"几乎没指望的愿望"，是希望自己褐色的直发能变成金黄的鬈发，就像尼雷的那样。她的第二个愿望，是拥有好嗓音，如同妈妈、艾薇姨妈和茜茜姨妈一样。她的第三个愿望是长大后环游世界。尼雷的愿望分别如下：一、发财；二、成绩单上有好成绩；三、长大后不像爸爸那样贪杯。

布鲁克林还有个铁定的规矩，就是坚信礼的那天，孩子们一定要找个正规摄影师拍照。凯蒂没钱去给他们拍照，只好让弗洛茜·加迪斯用她的盒式照相机照了张快照。弗洛茜让他们站在人行道边拍摄。在她没有注意、正在按快门的时候，有一辆电车碰巧从孩子们身后经过。弗洛茜将这快照放大，装框，送给弗兰西作为坚信礼礼物。

照片送来的时候，茜茜也在。凯蒂拿着照片，所有人都在看。弗兰西以前从来没有照过相。她头一回像旁观者一样在看自己。她在路沿上挺胸收腹，站得笔直，背对着水沟，裙下摆被风吹到一侧。尼雷挨近她站着，比她高一头，穿着熨烫得服服帖帖的黑西服，显得阔气、帅气。太阳从屋顶上斜射下来，尼雷站在阳光下，脸清晰而明亮，而弗兰西站在阴影当中，显得阴暗而愤怒。在两人后面，是电车驶过时留下的模糊侧影。

茜茜说:“我猜这是世界上唯一一张有电车的坚信礼照片。”

“照得不错。”凯蒂说,“他们在街道上拍,更自然些,强过在摄影师那里站在纸盒子做的教堂窗户前头拍。”凯蒂将照片挂在了壁炉台上方。

“你选了什么名字啊?”茜茜问。

“爸爸的。现在我是科尼利厄斯·约翰·诺兰。”

“这名字听起来像个外科医生。”凯蒂说。

“我用了妈妈的名字。”弗兰西郑重其事地说,“现在我的全名是玛丽·弗兰西斯·凯瑟琳·诺兰。”弗兰西等着。可是妈妈并没有说这个名字听起来像个作家。

“凯蒂,你有没有约翰尼的照片?”茜茜问。

“没有,只有一张我们结婚时的合影。你问这个干什么?”

“只是随便问问。其实只有时间会这样流逝,不是吗?”

“是啊,”凯蒂叹了口气,“也只有这个能说个准儿。”

坚信礼结束了,弗兰西不再去上慕道班,于是每天多出一个小时来。她用这个时间写小说,想向新来的英语老师佳恩达小姐证明,她**确实**知道美是什么。

自从父亲去世后,弗兰西就不再写鸟、树木、我的印象这些。她实在思念父亲,于是写起关于他的小故事来。她想说明,尽管父亲有一些毛病,他还是个好父亲、好人。她写过三篇这样的故事,可是都没有得 A, 而是得了 C。第四次作文发回来后,弗兰西看到上面写了一行字,叫她放学后留下。

所有的孩子都回家了。教室里只有佳恩达小姐和弗兰西,还有那本硕大的字典。弗兰西最后四篇作文放在佳恩达小姐的桌子上。

“弗兰西斯,你的作文怎么了?” 佳恩达小姐问。

“我不知道。”

“你是我最好的学生之一。你文章写得很漂亮。我很喜欢看你的作文。可是这四篇……”她轻蔑地翻了翻。

“我拼写都查过了,书写尽量保持工整,还有……”

“我是说你的题材。”

“您说题材可以自己选的。”

“不过贫困、饥饿、醉酒这些题目都不应该去选。我们承认这些东西都存在,可是没有人会去写它们。”

“那么大家该写什么呢?”弗兰西潜意识里接着老师的话问。

“人们可以开动想象,在想象中寻找美。作家就和画家一样,永远要以写美为己任。”

“美是什么?”

“我想济慈把美说透了:‘美即是真,真即是美。’”

弗兰西斗胆说了句:“可是我写的都是真的啊。”

“废话!”佳恩达小姐发火了。然后,她的口气柔和下来,接着说:“所谓真,我们是说星星永远在那儿,太阳每天升起,还有人的尊贵、母爱、爱国这些。”她虎头蛇尾地解释了一番。

“明白了。”弗兰西说。

佳恩达继续在说,弗兰西在心里却愤愤不平地和她争辩。

“酗酒既不是真,也不是美。酗酒是一种罪恶。酒鬼的出路是监狱,而不应被写故事来歌颂。再比如贫困,贫困是没有什么借口可言的。我们的工作足够多,谁想工作都有。有些人只是因为懒得工作而受穷的。懒惰说不上有任何美感。”

(难道妈妈也是懒惰!)

“饥饿不美,也不必要。好在我们有组织严密的慈善机构。人们都不需要挨饿。”

弗兰西咬牙切齿了。在英文当中,她妈妈最讨厌的词语就是“慈善机构”。在她的教育之下,孩子们也反感这个词了。

“我可不是势利眼。”佳恩达声明,“我家也不富有。我父亲是个牧师,工资很低。”

(不过好歹还是拿工资啊,佳恩达小姐。)

“能帮我妈妈的人,也只是一些没有经过训练的女佣,大部分是乡下姑娘。”

(我明白了,佳恩达小姐,您是穷,有了女佣还叫穷。)

“很多时候,我妈妈用不了女佣,好多家务只有自己去做。”

(佳恩达小姐,我妈妈不仅做自己的家务,还有家务十倍的清洗工作。)

“我想上州立大学，可是我们上不起。我爸爸就送我去上我们宗派所属的一个学院了。”

(好歹您还能上大学。)

“相信我，上这种大学的都是穷人。我知道饥饿是怎么回事。我父亲的工资一次次迟发，家里有没钱买食物的时候。有一次，我们光是喝茶、吃吐司，挨了三天。”

(所以您也知道饥饿的滋味啊。)

“可是我如果别的都不写，光写这些贫困啊、饥饿啊，这样就很乏味了，是不是？”弗兰西没有回答。“**是不是？**”佳恩达小姐又加重语气问了一遍。

“是的，老师。”

“现在我们说说你毕业戏剧的事情。”她从桌子抽屉里拿出一本薄薄的草稿本。“有些部分写得非常好，有些地方你写得有些不妥。例如，”她翻到一页，“命运说：‘还有你，年轻人，你的理想是什么？’那男孩回答说：‘我要做一个疗治者。我会将男男女女破碎的身体拿过来，修补好。’**这确实**写得好，弗兰西斯。可是这里，你就给写坏了。命运：‘或许你会成为这疗治者，可是你看，你最终会变成这样。’光线照射在一个老人身上，老人在焊接一个垃圾桶的底部。老人：‘啊，过去，我想修补他人。如今，我却要修补……’”佳恩达突然抬起头来，“你这不是在开玩笑吧，弗兰西斯？”

“不是，不是，老师。”

“我们刚才的谈话之后，你应该知道为什么我们不能拿这个当毕业戏了吧。”

“我知道了。”弗兰西的心几乎碎了。

“碧翠丝·威廉姆斯有个好主意。她让一个仙女挥魔杖，然后同学们穿着象征着一年各个节日的服装出来，每人朗诵一首诗歌，歌颂各自代表的节日。这个主意非常好。但是遗憾的是，碧翠丝不会写诗。你可不可以将这个主意用起来，写写这些诗歌呢？碧翠丝不会介意的。到时候我们在节目单上写，主意来自碧翠丝。这样很公平，对不对？”

“是的，老师。可是我不想用她的主意，我想用自己的。”

“当然，这个值得表扬。那么我也就不再坚持了。”她站起来，“我花了这么多时间跟你交谈，是因为我真心相信你有潜力。现在我们话也说透了，我相信你不会再去写这些污浊(sordid)的故事了。”

污浊。弗兰西掂量着这个词，她不认识。“污浊……请问什么意思？”

“我说过的，遇到新单词，伸手翻什么？”佳恩达小姐像唱一样说，模样颇为滑稽。

“对，我忘了。”弗兰西跑到大字典前，去查那个单词。污浊(sordid)：肮脏(filthy)。肮脏？她想到了一生中每天都整整齐齐穿着假衬衣纸领子的爸爸。爸爸的皮鞋虽旧，可是至少每天擦两次。肮脏？爸爸在理发店都放着自己的杯子。第二个义项是卑鄙(base)，弗兰西给跳了过去，也不知道这是什么意思。第三个意思是恶心(gross)。当然不会！爸爸舞跳得可好呢！他身材匀称，行动快捷。他的身体才不显得恶心呢。污浊的意思还有：坏(mean)，低下(low)。父亲身上的千般柔情和万种细心，她一一都能记得。她记得别人对父亲的热爱。她的脸火辣辣的。她无法再往下看了，接下来的纸在她的眼里变成了红色。她转向佳恩达小姐，她那张脸都愤怒得扭曲了。

“不许你用这个词语来形容我们！”

“我们？”佳恩达小姐面无表情地问，“我们是在说你的作文呢。怎么了，弗兰西斯！”她的声音中现出震惊来。“我很吃惊！你本来是好学生。要是你妈妈知道你对老师无礼，她会怎么说呢？”

弗兰西害怕了。在布鲁克林，对老师无礼，几乎是能让人进少年犯管教所的行为。“请原谅，请原谅。”她可怜巴巴地说，“我不是这个意思。”

“我明白。”佳恩达小姐轻声说。她伸手搂住弗兰西，领她走到门口。“我们这次谈话看来对你起作用了。污浊是个丑陋的词语，我很高兴你不喜欢我用这个词。说明你理解了。或许你会因此讨厌我，可是你要相信，我这是为你好。有朝一日，你会记得我说过的话，会因此感谢我的。”

弗兰西真希望大人不要老是对她这样说话。这个“有朝一日你会感谢我”已经给她够多负担的了。她在想，将来长大成人后，是不是要花大部分时间，把这些人一个个找出来，向他们挨个表示感谢呢？

佳恩达小姐将这些“污浊”的作文还有她的剧本交给她，说道：“等你回家了，把这些东西放在炉子里烧了。你自己点火柴。当火焰升起的时候，你就不断说：‘我在焚烧丑陋。我在焚烧丑陋。’”

弗兰西在回家路上，寻思着这个遭遇。她知道佳恩达小姐并不坏。她是为自己好才说这些话的。可是这些话对她似乎没有什么好处。她开始意识到，自己的生活在他人眼中，或许显得很恶心。她也在想，日后长大成人，她会不会以自己的背景为耻？她会不会以自己的亲人为耻？会不会以自己英俊、快乐、善良、善解人意的爸爸为耻？会不会以勇敢、直爽的妈妈为耻（妈妈可是以自己的妈妈为荣的，尽管外婆不识字）？会不会以善良、诚实的尼雷为耻？不！不会的！要是受到了教育，便以自己的背景为耻，那么不受教育也罢。"我就是要给佳恩达小姐看看。"她发誓，"我要让她看到，我有想象力。我一定会让她看到的。"

从那天开始，她便写起了自己的小说。小说主人公是雪莉·诺拉，一个衔玉而生的富家女。小说题为《这就是我》，这是弗兰西真实生活的对立面。

弗兰西现在已经写了二十页。到目前为止，她还只是在写雪莉家的奢华陈设，写雪莉家精美的服饰，或是不厌其烦地描述女主角吃的每一道菜。

故事写完后，她会让茜茜丈夫约翰拿到他的公司里去，帮她出版了。弗兰西幻想把书给佳恩达小姐时候的具体场景。这个场景在她的脑海里过电影一样过了很多次。台词是这样的：

弗兰西

（她将书递给佳恩达小姐。）

我想您在这里看不到任何污浊。就当我的学期作业吧。我将它出版了，希望您不要介意。

（佳恩达的嘴张大了，可是弗兰西视而不见。）

印成铅字好读一些，是不是？

（佳恩达小姐在阅读的时候，弗兰西漫不经心地盯着窗外。）

佳恩达小姐

（读完后。）

弗兰西斯，这写得太好了！

弗兰西

什么？

（开始回忆起来。）

哦，这小说啊。是我平时见缝插针找时间写的。不知道的东西，写来不需要花太多时间。写现实的东西，反倒更难些，因为首先还得经历。

弗兰西将这话画掉。她不想佳恩达小姐察觉到她的感情受到了伤害。她重写如下：

弗兰西

什么？

（开始回忆。）

哦，对了，小说啊。我很高兴您喜欢。

佳恩达小姐

（怯怯地）

弗兰西斯，我可……不可以……请你给我签个名呢？

弗兰西

当然可以。

（佳恩达小姐将钢笔帽拿开，笔尖朝自己，递给弗兰西。弗兰西在书上写下："M.弗兰西斯·K.诺兰敬赠。"）

佳恩达小姐

（看着签字。）

多么独特的签名啊！

弗兰西

这只是我的大名。

佳恩达小姐

（怯怯地）

弗兰西斯？

弗兰西

您还是像过去那样随意和我说话吧。

佳恩达小姐

可否斗胆请你在签名上方写上“敬请我的朋友缪丽尔·佳恩达雅正”?

弗兰西

(略作停顿后。)

但写何妨?

(露出了狡诈的微笑。)

我总是按照您的要求写的。

(写字。)

佳恩达小姐

(低声说。)

谢谢你。

弗兰西

佳恩达小姐……这个其实无所谓……不过,为了过去的缘故,可否请您给这作品打个分呢?

(佳恩达拿出红笔。在书上写了个大大的A+。)

这个幻梦实在美妙,弗兰西深受鼓舞,便带着新的狂热,写起了下一章。她会一直写一直写,直到梦想变成现实。她写道:

“帕克,”雪莉·诺拉问自己的贴身女佣,“今天晚上厨师让我们吃什么?”

“我想是玻璃罩松鸡胸脯[①]、温室芦笋、进口蘑菇、菠萝奶油甜点吧,雪莉小姐。”

“听上去多闷哪。”雪莉说。

“是的,雪莉小姐。”女佣恭恭敬敬地说。

“你知道,帕克,我想随意另点一些。”

“您尽管说,我们悉听尊便。”

“我想要很多甜点,从中自己选择晚餐的内容。你给我拿十几份俄式

① 过去的食谱,烤好后的松鸡放在玻璃罩下保温保湿。

冻甜品来,还有草莓小蛋糕,还要一夸脱冰淇淋——要巧克力的。另外还有十几个松脆饼和一盒法国巧克力。”

“好的,雪莉小姐。”

一滴水掉到了纸上。弗兰西朝上一看。不,屋顶并没有漏水,掉的是她自己的口水。她很饿,很饿很饿。她走到炉子边,看看锅里。里面只有一根颜色淡淡的骨头,四周全是水。面包盒子里有一些面包,有一点硬,可是总比没有强。她切了一小片面包,倒了一杯咖啡,将面包浸在咖啡里,使之软化。吃面包的时候,她看了看刚写的文字。她突然发现了一个以前没有想到的东西。

“你看,弗兰西·诺兰,”她自言自语,“在这个故事里,你写的正是佳恩达小姐不喜欢的那种故事。在这里,你是在写你很饿。只是你用这种扭曲、迂回、愚蠢的方式在写而已。”

她对这小说怒不可遏,将抄写本撕了,塞进炉子里。火开始烧着这抄写本。她的火更大了。她跑到房间,将一盒子文稿全部拿出来。她把四篇写爸爸的文章放到一边,剩下的全部塞进了炉子。她把自己所有得A的那些花哨作文也都烧了。这些作文上的句子,在着火之前,回光返照一般,显得更清晰了,然后发黑,烧卷了起来。“一棵巨大的白杨,高耸入云,宁静安详,屹立在蓝天下。”另一句是这样的:“苍穹如弓。这是个完美的十月天。”还有一个句子的末尾是:“……蜀葵如同凝固的落日,燕草如同浓缩的天空。”

“我从来没有看过白杨, 苍穹如弓这个说法也是我在什么地方看来的。这些花朵,除了在种子目录上之外,我从来没有看到过。因为我会撒这些谎,才老是得A。”她捅了捅这些纸,好让它们烧得更快些。这些纸化作灰烬的时候,她的嘴里喃喃自语:“我在焚烧丑陋。我在焚烧丑陋。”等最后一点火星也熄灭了,她面对着水炉子,戏剧性地宣布:“我的写作生涯就此告一段落。”

突然间,她感到又害怕又孤独。她想爸爸。她想爸爸。他**不可能**死了的。他不可能死了。过一会儿,他就会唱着《莫莉·马龙》跑上楼。她会去开门。他会说:“你好,小歌后。”她会说:“爸爸,我做了个噩梦。我梦见你死了。”然后她就把佳恩达小姐的话告诉他，而他会搜肠刮肚想法向她证明，一切都好，都没问题。她等着，听着。或许这真是个梦。不过不会的，没有什么梦能做这么久。这是真的，爸爸已经永远不在了。

她低头趴在桌子上哭了。“妈妈不像爱尼雷那样爱我。”她哭着，“我费力让她爱我。不管她去哪里，我都挨近她坐着，她要我干吗我就干吗。可我就是没法让她像爸爸那样爱我。”

接着她回想起电车上的妈妈，苍白的脸，头靠在后面，眼睛闭着。她想起妈妈看起来多么苍白，多么疲惫。妈妈**确实**爱她。当然妈妈爱她，只是和爸爸表达方式不一样罢了。妈妈心地真是好。现在，随时要生孩子了，她还在干活。假如妈妈生孩子死掉会怎样呢？这个想法让弗兰西的血几乎都凝固住了。没有妈妈，她和尼雷怎么办？他们能去哪里？艾薇和茜茜也都太穷，收留不了他们。他们没有地方住。这个世界上他们除了妈妈就没有别的人了。

“亲爱的上帝啊，”弗兰西祷告，“别让妈妈死。我知道我告诉过尼雷说我不相信您。不过事实上我还是相信！我相信！我那回只是**嘴上说说**。不要惩罚妈妈。她没有做过什么坏事。不要因为我说我不相信您，您就把我妈妈带走。如果您让妈妈活着，我会把我的写作奉献给您。只要您让她活着，我一个字不写都行。圣母玛丽亚，让您的儿子耶稣去上帝那里求个情，别让我妈妈死吧。”

可是她觉得自己的祷告一点用都没有。上帝记得她说过的不相信的话，他会把妈妈带走的，就像他把爸爸带走一样。她吓得几乎歇斯底里，都把妈妈想成已死的人了。她冲出屋子，去找妈妈。妈妈不在他们那栋楼里清洗。她又去另一栋楼，跑了三段台阶，边跑边喊：“妈妈，妈妈！”她也不在这楼里。弗兰西又跑到最后一栋楼里。妈妈不在一楼。不在二楼。只剩最后一层楼了。如果妈妈也不在这里，那她一定死了。她大叫道：

“妈妈！妈妈！”

“我在这上面呢。”凯蒂平静的声音从三楼传来，“你别乱叫唤啊。”

弗兰西如释重负，这时候人也差点瘫倒了。她不想让妈妈知道她哭过，于是找自己的手帕。手帕没有找到，她用裙子擦了擦眼睛，然后慢慢上了台阶。

"你好，妈妈。"

"是不是尼雷出了什么事情？"

"没有，妈妈。"（她总是先想着尼雷。）

"那就好，你也好。"凯蒂笑着说。凯蒂猜测是学校里出了什么事，让弗兰西难受了。如果她想告诉她……

"你喜欢我吗，妈妈？"

"我要是自己的小孩都不喜欢，那我不成怪人了吗？对不对？"

"你是不是觉得我没有尼雷好看？"她焦急地等着妈妈的回答。她知道妈妈不会撒谎。妈妈想了好久才回答。

"你的手漂亮，头发直直的，而且很浓很漂亮。"

"可是你是不是觉得我和尼雷一样好看呢？"弗兰西不依不饶继续问，都**希望**妈妈撒谎了。

"弗兰西，我知道你心里有什么事情，可是我现在太累了，都没力气跟你兜圈子了。你耐心等等，等孩子出生吧。我喜欢你和尼雷两个。我觉得你们两个都漂亮。好了，现在就别再让我操心了。"

弗兰西顿时懊悔万分。看着妈妈怀着即将临产的孩子，双手和膝盖着地，以那种奇怪的姿势趴在地上擦洗，她的心里充满了爱怜。她跪在妈妈边上。

"起来，妈妈，这楼道我来给你洗完吧。我有时间。"她把手伸到水桶里。

"不要！"凯蒂尖声说。她把弗兰西的手从水里拿出来，用自己的围裙擦干。"不要把手伸进那水里。里面有苏打和碱汁。你看把我的手都弄成什么样子了。"她伸出自己形状完美，但伤痕累累的手。"我不希望你的手变成这样。我希望你的手一直好好的，嫩嫩的。再说了，我也快擦完了。"

"如果我不能帮忙的话，我坐台阶上看看行不？"

"要是你没别的事情，那就坐着看好了。"

弗兰西坐着看妈妈。知道妈妈还活着，就在自己身边，这种感觉好极了。即便那擦洗的声音，也是悦耳的，让人感觉平安。那刷子在发出沙沙沙的声音。拖地的时候，拖把发出呼呼呼的声音。妈妈将拖把和刷子扔到水里的时候，发出噗通噗通的声音。妈妈在拖着水桶到另外一个地方的时候，发出吱吱吱的声音。

“弗兰西，你没有个女友跟你说个话吗？”

“没有，我讨厌女人。”

“这不正常。有时候跟同龄的女孩说说话对你有好处。”

“妈妈，你有女友吗？”

“没有，我讨厌女人。”凯蒂说。

“你看，你和我一样。”

“不过我过去有个女友，我是通过她认识你爸爸的。你看，有个女友有时候还挺管用呢。”她开玩笑地说。可是她的刷子似乎不听使唤了，一副“你走你的路，我走我的路”的架势。她抑制住自己的眼泪。“是的，”她接着又说，“你需要朋友。除了尼雷和我，你从不跟人讲话，你只是看你的书，写你的故事。”

“我不写了。”

凯蒂顿时知道，不管弗兰西是什么心思，一定和她的作文有关。“你是不是今天作文分数不好？”

“不是的。”弗兰西撒了个谎，可是对妈妈料事如神深感敬佩。她站起身。“我想我该去麦克加里蒂酒吧了。”

“等等！”凯蒂把刷子和拖把放进桶里。“我今天也完工了。”她伸出手，“拉我起来。”

弗兰西抓住妈妈的手。凯蒂用力拉，笨拙地站起来。“跟我一起走回家，弗兰西。”

弗兰西拿着桶。凯蒂一只手扶着栏杆，一只手搭在弗兰西肩膀上。她下楼走得很慢，重重地靠着弗兰西。妈妈步子摇摇晃晃，弗兰西尽量和她保持同步。

“弗兰西，我现在随时都有可能生孩子，如果你不是离我太远的话，我会安心得多。你现在离我近些。要是我在上班的话，你不时来找我一下，看看我是什么状况。我真是全靠你了。我这时候指望不了尼雷，因为这种时候男孩子一点用都不顶。我现在特别需要你。你在附近，我就觉得安全得多。所以你就离我近些。”

弗兰西心里对妈妈涌出无限温情。“我永远都不会离开你的，妈妈。”

“我女儿就是乖。”凯蒂用手压了压她的肩膀。

“或许，”弗兰西心想，“她不像爱尼雷那样爱我。可是她更需要我。我想，被人需要和被人爱一样好，或许更好呢。”

第四十章

两天后，弗兰西回家吃午饭，下午就没有回去上学了。妈妈躺在床上，她让尼雷去上学。弗兰西想去找茜茜或者艾薇，可是妈妈说时候还没有到。

弗兰西开始独当一面，这让她颇感自豪。她把家里打扫得干干净净，检查了一下食物，将晚餐安排好。每隔十分钟，她就去把妈妈的枕头拍松，问妈妈要不要水。

三点后不久，尼雷就气喘吁吁地冲进来，将书丢到角落里，问要不要去找人。看着他的一脸着急相，妈妈微笑了，说不到万不得已，不要打扰艾薇和茜茜做事。尼雷去上班了。妈妈还叮嘱他给弗兰西请假，并问麦克加里蒂可否把弗兰西的事情一起做掉，因为弗兰西要和妈妈呆在一起。麦克加里蒂先生不仅答应了，还帮尼雷一起准备当日的免费晚餐。这样一来，四点半的时候，尼雷就把事情做完了。他们早早吃了晚饭。尼雷送报送得越早，也就结束得越早。妈妈说她不需要什么，只想要一杯热茶。

等弗兰西把茶沏好，妈妈又不想喝了。弗兰西很担心，因为妈妈什么都不吃。尼雷去送报纸了，弗兰西给妈妈端来一碗炖菜，要妈妈吃。凯蒂冲她大吼，叫她别来烦她，说要是想吃，她自己会要的。弗兰西于是将菜倒回锅里，努力抑制住受伤的眼泪。她只是想帮忙啊。妈妈又在叫她，好像不生气了。

"几点了?"凯蒂问。

"差五分钟到六点。"

"你肯定这钟没有慢吧?"

"没有，妈妈。"

“那可能快了。”她看上去忧心忡忡的样子。弗兰西于是从前窗看出去,看到沃伦诺夫珠宝店附近的大街钟。

“我们的钟是对的。”弗兰西说。

“天黑了吗?”凯蒂无法知道,因为即便在阳光明媚的中午,也只有一些灰灰的光线从通气窗透过来。”

“没有,外面还亮呢。”

“这儿这么黑。”凯蒂烦躁不安地说。

“那我点晚上的蜡烛吧。”

一个小小的架子钉在墙上,上面是圣母玛丽亚的石膏像。她穿着蓝裙子,正在请求一般伸出双手。石膏像下面有个厚壁红玻璃杯,里面装着黄色的蜡和蜡烛芯。这蜡烛杯边上是一个花瓶,里面装有纸做的红色玫瑰。弗兰西擦火柴点着蜡烛,烛光透过厚厚的玻璃壁,颜色暗红,光线微弱。

“现在几点了?”凯蒂过了一会儿又问。

“六点十分。”

“你肯定这钟不慢也不快吗?”

“不慢也不快。”

凯蒂似乎满意了。可是五分钟后,她又问时间了。似乎她有重要约会,害怕迟到一样。

过了六点半,弗兰西又告诉她时间,说尼雷过一个小时回来。“等他一回来,马上让他去找艾薇姨妈。叫他不要走路了,这样耽误时间。就给他五分钱让他坐车,告诉他去找艾薇,因为艾薇比茜茜近些。”

“妈妈,假如孩子突然生下来,我又不知道怎么做怎么办?”

“我哪能那么幸运,孩子说生就能生下来。现在几点了?”

“过二十五分钟七点。”

“肯定吗?”

“肯定。妈妈,虽然尼雷是男孩子,可是他和你在一起会好些吧。”

“为什么?”

“因为他总是能给你这么大安慰。”她说这话时,没有恶意,也没有妒忌。“可是我……我……我不知道说什么能让你感觉好受些。”

“现在几点了?”

“再过二十四分钟到七点。”

凯蒂沉默了一会儿。她开口说话的时候，语气很平静，似乎是在自言自语。“不，这种时候男人在边上不好。可是，好多女人总是强迫男人这时候站在边上。她们希望男人听到自己的每一声呻吟，看到她们流的每一滴血，听到肉体的每一次撕裂。让男人站在边上一道受苦，享受这种变态的乐趣，她们又能得到什么？她们似乎是在报复，因为上帝让她们做了女人。现在几点了？”还没等到弗兰西回答，她接着说：“女人结婚前，要是有男人看到她们头上顶着一头卷发器，或是胸衣没穿，就**寻死觅活**的。如今要生孩子，却要把自己最难看的一切强迫男人去看。我不知道为什么。我不知道为什么。男人想到跟她这么呆一起给她带来的那万般痛苦，结果他的一些状况就不好了。很多男人有了孩子后开始对妻子不忠……”凯蒂根本都不知道自己在说什么。她实在太想约翰尼了，才这么拼命为他不在身边开脱。“再说了，还有这个：如果你爱一个人的话，那么有苦就自己受着，不要往别人身上摊。等你的时候来了，也不要让男人在家里呆着。”

“是的，妈妈。现在是七点五分了。”

“你去看尼雷回来了没有。”

弗兰西去看了看，却只能回来说还没有看到尼雷。弗兰西刚才提到的尼雷是个安慰这一说法重又浮上凯蒂心头。

“不，弗兰西，现在你才是我的安慰。”她叹了口气，“如果是男孩，我们就叫他约翰尼。”

“妈妈，等我们家里有了四口人会好些。”

“是的，会好些。”凯蒂之后好久没有说话。她再一次问起时间的时候，弗兰西告诉她七点十五分了，尼雷就快回家了。凯蒂叫她把尼雷的睡衣、牙刷、一块干净毛巾和一小块肥皂用报纸包好。尼雷晚上要去艾薇家睡。

弗兰西夹着这个包裹，到街上跑了两趟，后来看到尼雷回来了。他从街上跑过来。弗兰西跑过去迎着他，将包裹给他，又给了他车费，将妈妈的叮嘱转告给他，叫他快点去。

“妈妈怎样？”他问。

“挺好。”

“肯定吗？”

“肯定。我听到有电车来了。你快跑吧。”尼雷跑开了。

弗兰西回来的时候，看到妈妈一头大汗，下嘴唇有血，似乎咬穿了一样。

“哎呀，妈妈，妈妈！”她晃着妈妈的手，将这手贴近自己的脸。

“拿块毛巾在冷水里拧拧，然后把我的脸擦擦。”妈妈低声说。弗兰西拧完、擦好之后，妈妈又将没有说完的话说了出来。“当然，你对我是个安慰。”她的思绪又跳到一个似乎毫不相关，其实十分关联的话题上。“我一直想看你写的得A的作文，可是我一直没有时间。现在我有一点时间了。你可不可以给我读一篇？”

“我没法读，都给烧了。”

“你思考过，写了出来，交了上去，拿到成绩，然后你又思考了一番，然后给烧了。这过程中，我一篇都没有看过。”

“没事的，妈妈。反正也写得不好。”

“我良心不安啊。”

“它们真是没有什么好，妈妈。我也知道你没有时间。”

凯蒂心想：“可是儿子做什么我都有时间。我为了他挤时间。”她接着将自己心里的话大声说了出来。“不过，尼雷需要更多鼓励。你好强，你自觉，就跟我一样。尼雷总是需要外界的东西。”

“没事的，妈妈。”弗兰西重复道。

“我也是迫不得已。”凯蒂说，“不过我还是良心不安啊。现在几点了？”

“快七点半了。”

“再用一下毛巾，弗兰西。”凯蒂的脑子里似乎是要抓住什么东西。“难道你一篇都没有了，都没法念了？”

弗兰西想到了写父亲的那四篇，还有佳恩达老师说的话来，便回答说：“没有。”

“那就读读莎士比亚给我听听吧。”弗兰西拿来莎士比亚的书。“就读读‘这样的夜晚’那段，我希望孩子出生前，心里想着点美好的东西。”

书上的字很小，弗兰西只有点亮汽灯才能去读。灯点亮后，她好好看了妈妈的脸一眼。那张脸灰若尘土，扭曲变形。妈妈不像妈妈了，像是处在痛苦中的玛丽·罗姆利外婆。凯蒂避开灯光。弗兰西很快也把汽灯关了。

“妈妈，这些戏剧我们看过好多遍，我都能背了。我不要灯光，甚至看都不用看，妈妈。你听。”她开始背诵起来：

这样的夜晚，月光如此皎洁。
那甜美的风，亲吻着树儿。
这样的夜晚，悄无声息，
特洛伊罗斯……[1]

“几点了？”
“七点四十。”

登上了特洛伊城墙，
发一声长叹。
遥望希腊营房，
夜间的克瑞西达，
栖身在那营帐……

“后来你搞清楚特洛伊罗斯是谁了吗，弗兰西？还有克瑞西达？”
“搞清楚了。”
“有朝一日，等我有时间了，你讲给我听听。”
“好的，妈妈。”

凯蒂呻吟起来。弗兰西再一次把她脸上的汗擦掉。凯蒂像那天在楼道里一样，向弗兰西伸出手。弗兰西抓住她的手，脚用力撑着。凯蒂在拉，那一刻弗兰西感觉自己的胳膊都有可能从胳肢窝处断开。终于，妈妈放松下来，放手了。

又过了一个钟头。弗兰西背诵着烂熟于心的那些篇章——鲍西亚的法庭陈述、安东尼奥的葬礼致辞、“明日复明日”——那些莎士比亚剧本中让人耳熟能详的东西。有时候凯蒂会问个问题。有时候她只是掩面而泣。

① 出自《威尼斯商人》。

她不自觉地老是在问时间，回答了她似乎也没听进去。弗兰西隔段时间就给她擦一次脸。一个小时之内，她三四次伸手拉弗兰西。

艾薇八点半到了，弗兰西无比释然。“茜茜姨妈再过半小时也就到了。”艾薇宣布。她匆匆走进卧室。看了看凯蒂的脸之后，艾薇从弗兰西床上拿来一张床单，一头拴在凯蒂的床柱上，另外一头递给凯蒂。“你就换着拉这个试试。”她建议。

凯蒂扯着那床单拉了好一阵，出了一头汗，然后低声问：“现在几点了？”

“你管这做什么？”艾薇乐呵呵地说，“你又不去哪里。”凯蒂想笑，可是笑容很快被一阵痛苦取代。“要是光线强一点就好了。”艾薇说。

“可是汽灯刺眼睛。”弗兰西提出了反对。

可是艾薇还是将玻璃球状的汽灯从客厅灯架子上拿过来，用肥皂在上面抹了一层，放在卧室灯架子上。汽灯点着后，是那种柔和、发散的光线，不刺眼了。这时候是 5 月的夜里，可是艾薇还是在炉子里生了火。她向弗兰西发号施令。弗兰西跑来跑去，将水壶装满水，放到火上。她又把搪瓷脸盆洗好，里面倒了一瓶橄榄油，然后放在炉子后。洗衣篮里的脏衣服弗兰西给倒了出来，里面放上了一条破烂但是干净的毯子，放在靠近炉子的两张椅子上。艾薇将厨房里所有盘子都拿到烤箱里加热，然后叫弗兰西把热盘子放到篮子里，等它们凉下来了，就拿出来，换上热盘子。

“你妈妈有没有宝宝的衣服？”

“你认为我们是什么人，连宝宝衣服都不准备？”弗兰西带着嘲讽口气说。然后，她拿出全套婴儿衣服来，简直是麻雀虽小五脏俱全：四件手工做的法兰绒小和服，四条头饰带，一打手工缝边的尿布，还有四件有些脱线的小衬衫，这衬衫是她和尼雷小时候依次穿过的。“除了衬衫外，其他都是我做的。”弗兰西自豪地说。

“嗯。看来你妈要生男孩。”艾薇说，看着和服上蓝色的羽毛状刺绣针脚。“算了，还是等着瞧吧。”

茜茜到来之后，两姐妹都进了卧室，让弗兰西在外面等。弗兰西听着她们的谈话。

“该去找接生婆了。”茜茜说，“弗兰西知不知道她住哪儿？”

“我没安排接生婆，”凯蒂说，“家里哪里有五块钱请接生婆啊？”

“这个，其实茜茜和我可以凑，”艾薇说，“如果你……”

“等等，”茜茜说，“我生过十个——不——十一个孩子。你生过三个，凯蒂两个。我们三人一共生过十六个孩子。我们应该是接生专家了吧？”

“也罢。**我们自己**来接生。”艾薇也拿定了主意。

她们关上了卧室门。弗兰西现在能听到讲话声音，可是听不清内容。她不喜欢两个姨妈这样把自己关在外头。要知道，她们没来的时候，这里还是她做主呢。她把冷盘子从篮子里拿出来，放进烤箱，又拿出两个热盘子。她突然感到无边地孤寂。她多么希望尼雷在家，两个人可以说说小时候的事情啊。

弗兰西睁开眼睛的时候吃了一惊。她不可能是在瞌睡吧，她想。**不可能**。她摸了摸篮子里的盘子，是凉的。她赶紧换上热盘子。篮子必须保暖，好迎接宝宝。她听着卧室里的声音。自她打盹后，这声音似乎变了。里面不再是慢悠悠的走动，也没有了那种轻松的交谈。两个姨妈似乎在里面脚步匆匆地跑来跑去，说话也是用那种急促的短句子。她看了看钟，是九点半。艾薇从卧室出来，顺手将门关上。

“这儿是五毛钱，弗兰西。你去买四分之一磅甜黄油、一盒子苏打饼干、两个脐橙。告诉那人你要脐橙。就说是给一个生病的女士买的。”

“可是所有商店现在都关门了。”

“去犹太城。他们一直会开门。”

“我明天早晨去。”

“听我的。”艾薇厉声说。

弗兰西很不情愿地去了。下最后一段台阶的时候，她听到了一声惨叫。她停住了，犹豫是回去，还是继续走。她想起了艾薇姨妈严厉的命令来，便接着下楼。到了外面大门口的时候，又传来一声痛苦万状的惨叫。她如释重负地走到街上。

在这些公寓中的一套里，那猿猴一样的卡车司机，不顾妻子的十二个不情愿，令她准备上床。这时候他听到了凯蒂的惨叫，嘴里说了声：“天哪！”第二声惨叫传来时，他说：“但愿她不要让我一晚上都睡不好。”他那个孩子般的妻子脱了衣服,边脱边哭。

弗洛茜·加迪斯和她妈妈坐在厨房里。弗洛茜又在缝制一件礼服,这是用白缎子做的。她与弗兰克的婚事已经一拖再拖,这礼服是她和弗兰克婚礼上用的婚纱。加迪斯夫人在给亨尼编一只灰袜子。当然亨尼人已经死了,可是他妈妈一辈子一直都在给他编灰袜子,现在已经是积习难改了。加迪斯夫人听到那声惨叫时,她打漏了一针。

弗洛茜说:"男人寻欢作乐,女人呢,就只有受苦。"她妈妈一言不发。听到凯蒂惨叫出声,她浑身颤抖起来。"缝这服装居然要缝**两个**袖子,"弗洛茜说,"这很搞笑啊。"

"是的。"

她们各自忙着手头的活,都没有说话。后来弗洛茜打破了沉默。"我在想这些值得吗?我是说生孩子。"

加迪斯夫人想到了死去的儿子和一只胳膊有残障的女儿。她什么也没有说,一味低头编织。她已经回到打漏一针的地方了。她努力要把漏掉的地方补起来。

廷莫尔家两个干瘪的老处女躺在坚硬而冷清的床上。她们在黑暗中摸到对方的手。"你听到了吗,姐姐?"麦吉小姐问。

"她的时候到了。"莉齐小姐说。

"这就是老早以前哈维向我求婚,我没有答应的原因。我就怕**这个**,我怕啊。"

"这个我不知道怎么说好。"莉齐小姐说,"有时候我觉得受点痛苦,遭遇些不快,斗一阵,喊一阵,甚至去受那活罪,都比这样……平安无事好。"她等着,直到最后一次尖叫消失。"至少**她**知道她*活着*。"

麦吉小姐无言以对。

诺兰家过道对面的屋子空着。楼里另外一户人家是个波兰裔的码头大锤工,和他的妻子以及四个孩子住一起。他正从罐里往桌子上的玻璃杯里倒啤酒,突然听到凯蒂的喊叫。

"这些女人!"他轻蔑地哼了声。

"你给我闭嘴!"他老婆厉声说。

这栋楼里的女人,每次凯蒂叫出来的时候,她们都一阵紧张,随着她一起受苦。这是女人唯一共同的东西。她们唯一能全部认同的,是生育的痛苦。

弗兰西沿着曼哈顿大道走了好久,才找到一家开门的地方,一家犹太人的奶品店。她又去别的商店,买到饼干,后来又找了一个水果摊,买到了脐橙。回来的时候,她看了看奈普杂货店的大钟,发现快到十点半了。她其实对时间并不在乎,只是妈妈好像很看重。

走进厨房,她感到了一些异样。屋子里有了一种新的平静,还有一种说不出来的气味,新的气味,淡淡的香气。茜茜背对着篮子站着。

"你添了个小妹妹了。"她说,"你觉得怎么样?"

"妈妈怎样?"

"你妈妈没事。"

"你们就是为了**这个**打发我出去的吧!"

"我们觉得你已经十四岁,懂不少东西了。"艾薇从卧室里出来说。

"我只想知道一件事,"弗兰西愤怒地说,"是不是妈妈打发我离开的?"

"是的,弗兰西,是她吩咐的。"茜茜轻声说,"她好像说了不要让自己爱的人跟着受苦之类的话。"

"那好吧。"弗兰西颇觉宽慰。

"你不想看看小宝宝吗?"

茜茜站到一边。弗兰西将毯子从宝宝头上掀开。这宝宝生得很漂亮,皮肤白白的,头发乌乌的、卷卷的、软软的,都长到了额头前,就像妈妈一样。宝宝的眼睛稍微睁了一下。弗兰西注意到这眼睛是奶蓝色。茜茜解释说,所有新生的孩子眼睛都是蓝的,或许随着年龄增长,颜色会越来越深,最后变得像咖啡豆一样。

"宝宝像妈妈。"弗兰西断定。

"我们也是这么想的。"

“宝宝没事吧?”

“完全没事。”艾薇告诉她。

“没有什么畸形吧?”

“当然没有。你哪里来的这些想法?”

弗兰西想到妈妈临产前不久还手脚并用,跪在地上清洗。她就怕因为这个引起婴儿畸形,不过她没有跟艾薇讲这些。

“我可不可以进去看看妈妈?”她谦卑地问。在自己家里,她倒显得像一个陌生人了。

“你顺便把盘子拿进去给她。”弗兰西将盘子拿了进去。盘子上放着涂了黄油的饼干。

“你好,妈妈。”

“你好,弗兰西。”

妈妈看来恢复了原状,只是显得疲惫不堪。她没法抬头,因此弗兰西手拿着饼干给她吃。饼干吃完后,弗兰西手里拿着空盘子。妈妈一言不发。弗兰西觉得母女二人又形同陌路了。过去几天的亲近已经踪影全无。

“妈妈,你选的是男孩的名字呢。”

“是啊,可是生女儿也好,真的。”

“她很漂亮。”

“她的头发会是黑色的鬈发。尼雷是金色鬈发。可怜的弗兰西是褐色的直头发。”

“我就**喜欢**褐色的直头发。”弗兰西回敬了一句。她巴不得知道孩子的名字,可是妈妈这会儿显得像个陌生人,她不想在这个时候直接问。“我要不要把出生情况写下来,交给卫生局?”

“不用。神父会来洗礼的,洗礼后他会将出生情况报过去。”

“这样啊。”

凯蒂意识到弗兰西语气里的失望。“你将纸笔拿来, 我让你把她的名字写下来。”

弗兰西从壁炉架子上拿下十五年前茜茜顺手牵羊弄到的基甸《圣经》。她看着扉页上的四个名字,前面三个是约翰尼用那漂亮书法一笔一画写的。

1901年1月1日，凯瑟琳·罗姆利和约翰·诺兰结婚。

1901年12月15日，弗兰西斯·诺兰出生。

1902年12月23日，科尼利厄斯·诺兰出生。

第四个是凯蒂用反手斜体写的，笔迹刚劲。

1915年12月25日，约翰·诺兰去世，享年34岁。

茜茜和艾薇随弗兰西一起进了卧室。她们也想知道凯蒂给孩子叫什么名字。莎拉？埃娃？露丝？伊丽莎白？

“写下来。”凯蒂报了起来，“1916年5月28日，安妮·劳瑞·诺兰出生。”

“安妮！这名字太普通了吧。”茜茜哼哼道。

“怎么了，凯蒂？为什么这个名字？”艾薇耐心地问。

“这是约翰尼过去唱过的一首歌。”凯蒂解释说。

弗兰西写这个名字的时候，仿佛又听到了爸爸弹琴的声音，仿佛听到了爸爸的歌唱。“吾爱安妮，俊俏无穷……”……爸爸呀……爸爸……

“他说，这歌来自一个更好的世界。”凯蒂接着说，“要是他在天有知，也一定喜欢我用他的歌给孩子命名。”

“劳瑞这名字很美。”弗兰西说。

就这样，孩子的名字就是劳瑞了。

第四十一章

劳瑞是个乖孩子。她大部分时间都在心满意足地睡大觉。醒来了，也是用那深褐色眼睛，看着自己的小不点拳头。

凯蒂用母乳喂孩子，这是本能，另外其实她也没钱去买鲜奶。孩子不能单独留在家里，凯蒂每天早晨五点钟就起来干活，去清扫另外两栋楼房。她一直忙到快九点才回来，那时候弗兰西和尼雷该去上学了。回来她接着清扫自己那栋楼，清扫的时候把自家的门半掩着。这样的话，劳瑞如果哭起来，她还能听见。凯蒂每天晚上一吃完饭就去睡觉，弗兰西很少见她，感觉妈妈似乎已经离开了一般。

麦克加里蒂并没有照原计划，等凯蒂孩子出生后，将弗兰西和尼雷两个炒掉。其原因是他的生意在 1916 年春突然红火起来，酒吧一直爆满。这个国家在发生巨大变化，他的顾客和其他地方的美国人一样，必须找个地方来讨论问题。街角的酒吧是穷人的俱乐部，是他们唯一能聚会的地方。

弗兰西在酒吧楼上的公寓里做事，也能透过薄薄的地板，听到下头的高谈阔论。很多时候，她会停下手头的活，听他们讲话。是的，世事在风云突变。这一回她肯定是**世界**在变，不是她自己在变。她从这些人的谈话中觉察出世事的变化。

这是事实。他们过几年就不造酒了，整个国家全部禁酒。

我们这些人都是辛苦人，喝点啤酒的权利总该有的吧。

这话你跟总统说去，看你能怎样。

这可是人民的国家。如果我们不希望禁酒，那么就不要禁酒。

当然这是人民的国家，不过他们照样会禁止，管你喜欢不喜欢！

我的天，那么我自己酿酒好了。我老头子过去在老国家就会自己酿。你用一蒲式耳的葡萄……

得了，女人投个什么票！

这可说不准。

真到了这个地步，我投谁，我老婆就跟着投谁，不然的话，我把她脖子扭断。

我家老婆子才不会去投票站，跟那些混混和酒鬼一起呢。

……女人当总统。有可能啊。

他们是不会让女人来管理政府的。

现在管理的可不就是个女的。

什么鬼话！

威尔逊连上个厕所，老婆不点头他都不敢去。

威尔逊自己也是个老女人。

幸亏有他我们才没有参战。

他就像个大学教授！

白宫里需要个正经的政客，不需要这样的老师。

……汽车。不用多久，马就要被淘汰了。底特律那个家伙的汽车造价低得很，过段时间，每个劳动者都买得起车了。

一个劳工也能开自己的车！这有盼头，值得一等哪！

飞机！不过是一阵风而已，持久不了的。

电影这玩意看来是要坚持下去了。布鲁克林的剧院一家家在关门了。你就说我吧。我还就喜欢卓别林那些玩意，可我老婆还是喜欢考斯特·佩顿[1]这些。

---

[1] 原文为 Corset Payton，应为前文所提过的 Corse Payton 剧院。此处说话者将 Corse 误说成 Corset(女人胸衣)，或有谐趣意味。

……无线电。有史以来最伟大的发明。人讲话能在空中传播，你听着，这可是连电线都不需要呢。用一种什么机器，就能把这些话语收下来，还要戴耳机听……

他们说这玩意儿叫半麻醉，说用了这东西，女人生孩子一点感觉都没有。我这个朋友把这话告诉给我老婆，她说早就该发明这种东西了。

你在瞎说什么呀！汽灯老掉牙了，他们在最便宜的出租屋里都装电灯了。

不知道如今的孩子是怎么回事。一个个跳舞跳疯了。跳舞……跳舞……跳舞……

所以我把名字从舒尔茨改成了斯科特。法官问我想去哪里，改名做什么？舒尔茨这个名字不错。法官自己也是德国人，知道了吧？伙计，我是说……我就是这么跟他说的。管他法官不法官。我跟老国家一刀两断了，我说。就凭他们对比利时婴儿的那做法，我就不肯和德国再有什么瓜葛了。我现在是美国人了，所以我也要换个美国名字。

我们是要打仗呢。伙计，我看仗迟早要打起来的。

我们只要秋天再选威尔逊就行了。他不会让我们去打仗的。

别拿这些竞选的许诺太当回事了。要是选了民主党总统，也就等于选了个打仗总统。

林肯是共和党。

不过南方有个民主党总统，是他挑起了内战。

我倒是要问问各位，咱们这还要忍多久？这伙浑球又击沉了我们一艘船。他们还要击沉我们多少艘船，我们才敢鼓起勇气，过去好好教训这些浑球呢？

我们不能参与进去。我们的国家这样挺好。让他们打自己的仗吧，别把我们卷进去。

我们不要打仗。

一旦宣战，我第二天就去入伍当兵。

你这是说说罢了。你都五十好几了，就是去了，人家也不要啊。

我宁可去坐牢,也不去打仗。

可是人总得为自己信奉的原则而战吧。要我去的话,我就去。

我没有什么好操心的。我有双疝气。

打仗就打仗吧。他们这样就需要我们这些劳动人民去造枪炮修轮船了,就需要农民去种庄稼,生产食物了。这时候,那些混蛋就来四处盘剥我们。我们这些做苦力的,到时候就可以去收拾该死的资本家了。他们不会告诉我们的。我们会告诉他们。我对上天起誓,我会好好收拾他们的。我倒是希望打仗,早打早好。

就跟我对你说的一样,现在什么都是机器。我前几天听到一个笑话。一个伙计和老婆两人吃饭穿衣,都靠机器。所以他们到了个宝宝机器前,投了钱进去,果然出来了一个宝宝。那小子转身说:把过去的好日子还给我。

过去的好日子,怕是一去不复返了吧。

吉姆,给我把杯子满上。

弗兰西在扫地中间不时歇下来听,费力将这些话拼到一起。她想知道周围的世界处在什么样的剧变和纷乱之中。在她看来,在劳瑞出生之后到她毕业之前这段时间,世界出现了翻天覆地的变化。

第四十二章

弗兰西还没有和劳瑞处习惯，毕业典礼就来到了。凯蒂分身乏术，不能两场毕业典礼都去，最后大家商定她去尼雷的。不能因为弗兰西当初换学校，就把尼雷的毕业典礼错过，这个理由无可厚非，弗兰西也理解，就是心里难过。要是爸爸在世，他一定会来参加她的毕业典礼。大家商定茜茜参加弗兰西的毕业典礼。艾薇留下看劳瑞。

1916 年 6 月最后一个晚上，弗兰西最后一次走到她深爱着的学校。茜茜生了孩子后性情大变，不怎么说话了，默默跟在弗兰西后面走。两个消防队员经过茜茜身边，她几乎都没有去注意。过去，她可是一见到穿制服的就兴奋的。弗兰西真希望茜茜还是以前的样子。她这一变，弗兰西觉得孤独。她伸手过去牵茜茜的手，茜茜抓住捏着。弗兰西这才感到宽慰了些。骨子里，茜茜还是那个茜茜。

毕业班的学生坐在礼堂的前面几排，来宾坐在后面。校长向孩子们发表了一场诚恳的演说，说他们即将走进一个纷乱的世界，说战争一定会把美国牵涉进来，但是战争会结束的，他希望同学们在战争之后，去建立一个新世界。他建议同学们去接受高等教育，学好本领去建设新世界。演讲让弗兰西很受触动，她暗暗发誓，一定会把校长交的火炬接过来。

然后是毕业戏剧演出。流不出的眼泪灼痛了弗兰西的眼眶。那些乏味的对话在耳边没完没了。弗兰西心想："我的剧本会好很多。我可以把垃圾桶那部分拿掉。要是老师让我写，我会完全按她的要求去写的。"

戏剧演出后，大家开始走上台，领毕业证书，最终成为毕业生。典礼的压轴戏是向国旗宣誓，唱《星条旗之歌》。

接下来，弗兰西要面对客西马尼式的考验了。

学校有个惯例，女生毕业能收到鲜花。礼堂里不能带鲜花进来，所以花都送到了教室，老师会将这些花放到毕业生的课桌上。

弗兰西必须回到教室，才能拿到成绩单，还有她的铅笔盒、纪念册。她站在门外，在踟躇、挣扎。她想一定只有她的课桌上没有鲜花。她知道家里没什么闲钱，也就没有把这惯例告诉妈妈。到了这时候，她料定自己桌上不会有鲜花。

不过她还是准备把这一关闯过去。她硬着头皮进去，径直走到老师的讲桌前，根本不敢看自己的课桌。空气中散发出浓郁的花香。她听到了女孩们在叽叽喳喳，为自己收到的鲜花而开心。她听到同学之间在夸奖这些鲜花之美，个个都是自豪的语气。

她拿到了成绩单，上面有三个 A，一个 C−。得 C−的是她的英语成绩。过去，她可是全校写作最好的学生呢，现在差点不及格。突然间，她恨起了这个学校，恨所有老师，尤其是佳恩达小姐。她也不指望收到鲜花了。无所谓。反正这个传统也挺傻。“我就去我自己的课桌，拿我的东西。”她决定，“要是有人跟我说话，我就叫他们闭嘴。然后我永远离开学校，不跟任何人道别。”她抬眼一看。“没有鲜花的就是我的课桌。”可是没有一张课桌是空着的。每张课桌上都有鲜花。

弗兰西走到自己课桌前，心想是不是哪个女孩把自己多得的鲜花拿出一束，暂时放她这儿了。她决定走过去，拿起来，还给主人，冷冷地跟她说：“不介意我把花拿开吧？我要从桌子里拿东西。”

她将花拿起来——两打暗红色的玫瑰，插在一束蕨叶中。弗兰西像其他女孩一样，将花捧在怀里，仿佛这就是自己的鲜花。她在卡片上找花主人的名字。怪了，是她自己的名字！她的名字！卡片上写着：**献给弗兰西，恭贺毕业。爱你的爸爸。**

爸爸！

笔迹是他那工整、漂亮的笔迹，是用自家壁橱里的黑墨水写的。看来这是个梦，一个让人不知究竟的梦境。劳瑞是一场梦。在麦克加里蒂家打工是梦，毕业话剧是梦，英语成绩不好也是梦。她现在才醒，一切都会好的。爸爸一定就在外面大厅等着自己。

可是大厅里只有茜茜。

“那么爸爸还是去世了。”她说。

“是的，”茜茜说，“都六个月了。”

“可是这不可能啊，茜茜姨妈。爸爸给我送花了。”

“弗兰西，大约一年前，他就给了我这张卡，卡都写好了，还有两块钱。他说：‘等弗兰西毕业的时候，你给她送束花——我怕自己忘记。’”

弗兰西哭了起来。现在她知道一切都不是梦，都是真实的。这些日子的辛劳，对妈妈的担心，没能写毕业戏剧的失望，英语低分的委屈，对收不到鲜花的过度操心，这一切，全涌上心头，叫她的情绪霎时间如破堤之水，一泻千里。

茜茜将她带到女厕所，将她推到一个隔间里。“好好哭，大声哭出来。”她命令道，“快点，不然你妈妈就会问我们怎么磨蹭了这么久。”

弗兰西站在隔间里，抓着玫瑰，哭着。每次厕所门打开，听到女孩叽叽喳喳说着进来的时候，她就冲一下厕所，掩饰自己的哭声。很快，她这一阵伤心劲就过了。出来的时候，茜茜递给她一只用冷水打湿过的手帕。弗兰西擦着自己的眼睛，茜茜问她是不是感觉好些了。弗兰西点头称是，并要茜茜等等，好让她去跟各人告别。

她进了校长办公室，和他握手告别。“别忘记了母校，弗兰西斯。有空回来看看。”他说。

“会来看的。”弗兰西许诺。她又跑回去跟班主任告别。

“我们会想念你的。”老师说。

弗兰西从课桌里拿出了铅笔盒与纪念册。她开始跟其他女孩道别。她们围到她身边。一个女孩伸手搂住她的腰，另外两个女孩亲吻她的脸。她们大声说着道别的话。

“有空到我家来找我玩吧，弗兰西。”

“给我写信吧，弗兰西。把你的近况告诉我。”

“弗兰西，我们现在有电话了，有机会给我们打打电话吧，明天就打。”

“在我纪念册上写点什么好吗，弗兰西？这样，等你成名了，我可以卖个好价钱。”

“我去参加夏令营，把地址给你。给我写信吧。弗兰西，听到没有？”

“我 9 月份上女子高中。你也到女子高中来吧，弗兰西。”

“不要,跟我一起去东城区高中吧。”

“女子高中!”

“东城区高中!”

“伊拉斯姆斯·豪高中最好。弗兰西,你上这里吧,我们高中接着做同学。你要是来,我就把你当我唯一的朋友。”

“弗兰西,你从来没让我在你的毕业纪念册上留言呢。”

“我也没写。”

“给我,给我。”

她们在弗兰西几乎空无一字的纪念册上写了起来。“她们不错啊。”弗兰西心想,“这些年我本来可以和她们交个朋友的。肯定是我不对。”

姑娘们在纪念册上写了起来。有些字迹很小很挤,有的写得很松散。但是所有这些都是孩子的笔迹。她们写的时候,弗兰西跟着念:

我祝你好运,祝你快乐。
祝你先生一个儿子,
儿子头发开始拳曲时,
祝你再生一个姑娘。

弗洛伦斯·菲茨杰拉德

等你成亲了,
如果你的丈夫对你发火,
拿起火钳,猛揍一顿,
然后跟他离婚。

杰妮·雷

当星星如一颗图钉,
将夜幕钉上,
记住我还是你的朋友,

哪怕你在海角天边。

诺瑞恩·欧里瑞

碧翠丝·威廉姆斯翻到最后一页写道：

在这遥远的后面，
在这看不见的地方，
签下我的名，
权作解恨。

她签名写道：**文友碧翠丝·威廉姆斯**。“她居然会写‘文友’。”弗兰西心想。毕业戏剧的事情她余怨未消。

弗兰西最后终于脱身。到了大厅里，她跟茜茜说：“还有一个人我要去道个别。”

“就你毕业拖的时间长。”茜茜故作抱怨状。

佳恩达坐在自己的办公桌后，屋子里光线明亮，但是就她一个人。她并不怎么受欢迎，所以一直到现在，都没有人来跟她道别。弗兰西进来的时候，她抬头看着弗兰西，眼神中透出热切。

“你是来跟你的英语老师道别的吧。”她满意地说。

“是的，老师。”

佳恩达老师不想就此结束。这教师的架子她还得摆上。“你的成绩是这么回事。你这学期后来没交作业了。我本该让你不及格的。可是最后一想，还是让你及格，好让你和其他同学一起毕业。”她等着。弗兰西什么话都没有说。“怎么，不要说声谢谢吗？”

“谢谢你，佳恩达小姐。”

“记得我们那次的谈话吗？”

“记得，老师。”

“你后来怎么那么倔，不交作业了？”

弗兰西无言以对。个中究竟，她无从和佳恩达小姐说。她伸出手。“再见了，佳恩达小姐。”

佳恩达小姐吃了一惊。“好了，再见吧。”她说。她们握了个手。“等到了以后，你会发现我是对的，弗兰西。”弗兰西一言不发。“是不是？”佳恩达老师厉声问。

“是的，老师。”

弗兰西走出了屋子。她不再恨佳恩达小姐了。她不喜欢她，却也觉得她可怜。这个世界上，佳恩达唯一能肯定的东西就是她的正确无误。

詹森先生站在学校的台阶上。他用双手和每个学生握手，嘴里说：“再见了，上帝保佑你。”他还特地为弗兰西多说了一句：“好好过，好好干，给母校增光。”弗兰西答应说她会的。

回家路上，茜茜说：“我们就不要把送花的事情告诉你妈吧，不然又勾起她的心思，让她想你爸。劳瑞出生后，她身体都还没有恢复过来呢。”她们约好说花是茜茜买的。弗兰西将卡片拿掉，放进铅笔盒。

她们将谎言告诉妈妈时，妈妈说：“茜茜，真不该让你这样破费。”可是弗兰西能看出，妈妈心里很高兴。

一家人看着两张毕业证书，都说弗兰西的更漂亮，这多亏了詹森先生那优美的书法。

“这毕业证书在诺兰家史无前例呢。”凯蒂说。

“但愿不会到此为止。”茜茜说。

“我保证我的几个孩子每人都拿三张毕业证书，初中、高中、大学。”艾薇说。

“再过二十五年，”茜茜说，“我们家族的毕业证书堆起来都有这么高。”她踮起脚尖，比画六英尺的高度。

妈妈第一次看成绩单。尼雷的品行和体育得了B，其他都是C。妈妈说：“儿子，不错啊。”她然后又看弗兰西的，跳过那些A，专门看那C−。

“弗兰西！这个很意外，怎么回事啊？”

“妈妈，我不想说。”

“还是英文呢。你不是最擅长这个吗？”

弗兰西的声音提高了几度：“妈妈，我不想说。”

“她的作文一直是学校里最好的。”凯蒂对茜茜和艾薇解释说。

“妈妈!”这几乎是在喊叫了。

“凯蒂!不要这样了!”茜茜厉声下令。

“那好吧。”凯蒂突然意识到自己的唠叨,她为自己感到羞愧。

艾薇换了个话题,插话进来。“我们要不要去参加庆祝晚会呢?”她问。

“我把我的帽子戴上。”凯蒂说。

茜茜和劳瑞呆一起,艾薇、妈妈还有两个毕业生去舍弗莱冰淇淋店参加晚会。舍弗莱冰淇淋店里到处都是庆祝毕业的人,坐得满满的。孩子们都拿着证书来了,女孩子还带上了自己的鲜花。每张桌子上都有爸爸或者妈妈陪着,有的是双方都在。诺兰家在冰淇淋屋后面找到了一张空桌子。

店里到处都是大呼小叫的孩子、笑容满面的父母和脚步匆匆的侍者。有些孩子十三岁了,有几个十五岁了,但是大部分孩子和弗兰西一样,是十四岁。大部分男孩子是尼雷同学,尼雷一屋子四处跟人打招呼,忙得不亦乐乎。弗兰西和那些女孩子本不熟识,可她还是开开心心向她们招手,大声打招呼,仿佛和她们是多年的密友。

弗兰西为妈妈感到自豪。别人的妈妈有的头发发白,大部分胖得椅子背都罩不住她们的赘肉。妈妈身材苗条,根本不像快三十三岁的样子。她的皮肤依然那么平滑,她的头发还和过去一样,是那黑色鬈发。“要是给她穿一身白裙子,”弗兰西心想,“胳膊里再捧一束白玫瑰,她都可以装十四岁女生了——只是自爸爸去世后,她眉宇间的皱纹越来越深了。”

她们点了冰淇淋。弗兰西脑子里有个单子,上面列有各式各样的苏打味冰淇淋。她按照这个单子从前往后吃,这样以后她就可以跟人说全世界所有味道的苏打冰淇淋她都吃过。这一次,轮到菠萝冰淇淋了,她于是点了这个。尼雷要了他常点的巧克力苏打冰淇淋。凯蒂和艾薇选了平常的香草冰淇淋。

艾薇在给屋子里这些人编故事,逗得弗兰西和尼雷开怀大笑。弗兰西不时看看妈妈。艾薇的玩笑妈妈都没有发笑。她慢慢品尝着冰淇淋,眉宇间的皱纹更深了。弗兰西知道她满腹心思。

“我这两个孩子,”凯蒂在想,“十三、十四岁所受的教育,就胜过了三十二岁的我自己。可是这些还不够。想想我在他们这个年龄的时候多么无知。是的，即便我结婚生孩子了，还是这么无知。我那个时候，还相信巫婆的符咒呢。接生婆跟我说那鱼市上的女人，我居然还相信。我这两个孩子起点就比我高。他们永远不会那么无知。

“我让他们从初中毕业了。我也撑不下去了。我所有的计划……尼雷当医生，弗兰西上大学……都行不通了。宝宝……他们肚子里是不是装够知识了，能有点进步了？我不知道。莎士比亚……《圣经》……他们知道怎么弹钢琴，可是现在也不练了。我教他们干净、诚实，不受嗟来之食。不过有了这些够吗？

“不久，他们就要受老板管辖，和新的人相处。他们会走别的路子。是好，是坏？他们成天工作，晚上就不会和我在一起。尼雷会去找他的哥们。弗兰西呢？看书……去图书馆……看演出……听免费讲座或者演唱会。当然，我还有宝宝。宝宝。她的起点也高。等她毕业了，哥哥姐姐或许能看着她上高中呢。我一定要让劳瑞过上更好的日子，比哥哥姐姐更好。两个大的小时候老吃不饱，穿不好。我再怎么努力都不够。现在他们还是小孩子，就要去工作了。唉，要是我能让他们上高中多好！**求求您上帝。我宁可少活二十年。我会日夜工作。当然，我不能不在。我不在了，谁照顾宝宝？**”

一阵响彻全屋的歌声打断了她的思绪。有人唱起一首流行的反战歌谣，其他人也跟着唱起来。

> **我们生下儿子，并非要他当兵打仗。**
> **我们养大儿子，为的是骄傲和荣光……**[①]

凯蒂继续沉浸于她的思绪。“没有人能帮助我们。没有人。”她的脑海里闪现出麦克舍恩警官来。劳瑞出生的时候，他送了一个果篮过来。她知道麦克舍恩今年9月从警队退休，准备竞选他老家皇后区的议员。人人都说，他笃定能当选。她听说麦克舍恩警官的妻子病得很重，或许活不到丈夫当选的那一天。

---

① 出自《生子并非为当兵》一歌，词作者艾尔弗瑞德·布莱恩，曲作者艾尔·皮昂塔多西，版权由里奥·菲斯特公司于1916年登记，1943年由该公司延续。本书获授权使用上述歌词。——原注

“他会再娶的。”凯蒂心想，“当然，他会去找那种会社交的女子……帮助他……就像其他那些政客的妻子一样。”她看了自己的双手好久，然后放到桌子下，仿佛为这手感到羞愧似的。

弗兰西注意到了。“她在想麦克舍恩警官呢。”她猜想。她还记得那次郊游的时候，麦克舍恩警官看到她的时候，她给自己戴上了棉手套。“他喜欢妈妈。”弗兰西心想，“不知她知不知道？她一定知道。她似乎无所不知。我猜她要是想的话，是可以和他结婚的。不过他别指望我叫爸爸。我的爸爸去世了。不管妈妈是否和他结婚，对我来说他始终都是某某某先生。”

他们的歌也快唱完了。

要是所有妈妈都说，
不生儿子上战场，
世上哪有战争可言？

“……尼雷，”凯蒂心想，“今年十三岁。等战争来了，打完了，他还不足入伍年龄，谢谢上帝。”

现在，艾薇姨妈在轻轻地唱着，对他们的歌曲进行篡改。

谁敢贴胡须在他肩

“艾薇姨妈，你的歌编得怎么这么糟。”弗兰西说，她和尼雷狂笑起来。凯蒂突然从自己的思绪中回过神来，抬头看着，也笑了。等侍者拿账单过来的时候，大家都不讲话了，全部看着凯蒂。

“她可别犯傻，留小费给他。”艾薇心想。

“妈妈知不知道该留五分钱小费？”尼雷在想，“但愿！”

“不管妈妈怎么做，”弗兰西心想，“都没有错。”

在冰淇淋店里平时不需要留小费，但是遇到特别的庆祝，应该留五分钱小费。凯蒂看到账单上写的是三毛钱。她的旧钱包里有一枚硬币，是五毛钱。她将这钱放在账单上。侍者拿了过去，拿回四个五分钱硬币，排成一排。他在附近站着，等着凯蒂拿起三枚硬币。凯蒂看了看四枚硬币。“四块面包啊。”她想。四双眼睛看着凯蒂的手。凯蒂毫不犹豫地伸出手，毅然决然地将四枚硬币推给侍者。

“不用找零了。”她大气磅礴地说。

弗兰西好不容易控制住自己，才没有从椅子上站起来为妈妈喝彩。“妈妈这人了不得啊。”她自言自语。侍者开心地将五分硬币一个个收起，匆忙走开了。

“两份苏打啊。”尼雷哼哼唧唧。

“凯蒂，凯蒂，你可真傻。”艾薇提出了反对，“我猜你也只剩下这些钱了。”

“是的，可是这或许是我们最后一次毕业庆祝呢。”

“麦克加里蒂明天给我们发四块钱。”弗兰西为妈妈辩解。

“明天他也会把我们给炒了。”尼雷说。

“这样的话，在他们找到新工作之前，就只能靠这四块钱过了。”

“无所谓。”凯蒂说，“我们总得有回百万富翁的感觉。如果多花两毛钱，就能买来这种富贵的感觉，价格倒是便宜。”

艾薇记得凯蒂让弗兰西将咖啡倒进水池的情形，便不再说什么了。她这个妹妹好多时候她也看不懂。

庆祝晚会就要结束了。一个杂货店阔老板的儿子艾尔比·赛德摩尔到了她们桌子边。

“弗兰西明天晚上一起看个电影成不？”他几乎一口气说了出来。“我请客。”他又匆匆补充了一句。

（一家电影院可以让毕业生五分钱看两场，但前提是他们得出示毕业证书。）

弗兰西看了看妈妈。妈妈点头同意。

“当然可以，艾尔比。”弗兰西答应了。

“回头见。两点。明天。”他小跑着离开了。

“你第一次约会啊。”艾薇说，“许个愿吧。”她伸出小拇指，弗兰西伸出自己的小拇指和她拉勾。

“愿我能够一直这样，穿白裙子，拿着红玫瑰；愿我们一直能像今晚这样挥金如土。”弗兰西许了个愿。

第四卷

第四十三章

“你看清楚了吧。”女组长跟弗兰西说，“不用多久，你就会成为一个熟练的花枝工。”她走开了，弗兰西只能靠自己了。这是她的第一份工作，第一个小时。

按照女组长的说明，弗兰西左手拿起一段一英尺长亮闪闪的金属线，右手拿起裁成窄条的墨绿色纸条，将纸条的一端蘸一下湿海绵，然后双手的拇指、食指、中指一起用力，将纸条搓到金属线外包裹起来。她将包裹好的金属线放到一边，这就成了“花枝”了。

每隔一段时间，脸上长了雀斑的杂务工马克就把一些“花枝”送给“花瓣工”。花瓣工然后将纸做的玫瑰花瓣缠上去。接着又有一个女孩在玫瑰花下绑一个花萼，然后交给“花叶工”。花叶工从叶堆中摘下一簇（三片为一簇）黑色的、闪亮的叶子，编到花枝上，交给“收工人”。收工人会拿出一张更厚的、有花纹的绿纸，从花萼周围开始，沿着花枝一直裹下去。这样，花枝、花萼、玫瑰便成了一体，浑然天成。

弗兰西的背感到疼痛，肩膀也一阵阵痛起来。她一定裹了上千根花枝吧，她在想。应该到吃饭时间了，她转过去看钟，发现才干了一个小时。

“看钟干活。”一个女工嘲笑她。弗兰西抬头看了看，感到吃惊，但是没有说话。

她开始按着节奏干活，这样似乎容易了些。第一步，将包好的金属线放到一边。第一步半，拿起一根新的金属线和一张纸来。第二步，打湿纸条。第三四五六七八九十步，金属线就裹好了。过了一会儿，这个节奏似乎成了本能，她数都不用数，也不用聚精会神了。她的背部松弛下来，肩膀也不疼了。她的思想得到了释放，便开始考虑起东西来。

“或许这样也是一辈子。”她心想，“每天忙八个小时，包这金属线，挣钱供应吃住，活下来，回来继续包这些金属线。有人活一辈子，从早到晚，就是为这个而忙。当然，有些女工会结婚，对象也是做着这事的男工。她们能得到什么呢？或许在工作之后，睡觉之前，能够有人说说话吧。”可是她知道，这一好处也长久不了。她看到过太多劳动家庭，夫妻生下孩子，账单越来越多之后，就很少沟通了，一沟通就是一场大吵。“这些人都被困住了。”她在想，“可是为什么呢？因为”（她想起了外婆坚信不疑且一再重复的话来），“她们受教育程度不高。”弗兰西顿时感到害怕起来。或许她永远上不了高中，或许她的教育已经到此为止。或许她一辈子都要这样包金属线包下去……包金属线。……第一步……第一步半……第二步……第三四五六七八九十步。就和十一岁那年在罗什面包房外看到那恶心的脚趾一样，她突然生出一种莫名的恐惧。惊慌之下，她加快了绕花枝的速度，好去集中精力干活，不去胡思乱想。

“新人啊。”一个收工人用嘲讽的口气说。

“想讨好老板呢。”一个花瓣工说。

不久，即便加快的动作也变成了一种自发，她又能够去想东西了。她偷偷打量长桌子上的那些女工。大概有十几个，有波兰人，有意大利人。最小的一个看上去才十六岁，最老的那个有三十岁了，个个皮肤黝黑。不知道是什么缘故，大家都穿一身黑裙子，显然没有意识到黑皮肤衬黑裙子是多么难看。弗兰西是唯一穿条格平布裙的，她感觉自己显得傻里傻气，像个小孩。那些眼光敏锐的女工们发觉弗兰西在看自己，便用她们独有的那种侮辱来回报她。这侮辱是从桌子一头的一个女工开始的。

“这张桌子上有个人的脸很脏。”她宣布。“不是我。”桌子边上的女工一个接一个说。到了弗兰西的时候，她们把手头的活停住，等着。弗兰西不知道怎么回答才好，便一言不发。“新来的这个没说话啊。”那个小坏头头说，“看来是她脸脏。”弗兰西的脸发烫，但她加快了动作，希望大家一会儿把这些全部忘记掉。

“这儿有人脖子脏啊。”又来了。“不是我。”大家又一个个说。到了弗兰西的时候，她也说：“不是我。”可是这话一说更坏事。

“新来的这位说她脖子不脏。”

"她真这么说的呢！"

"她怎么会知道？她能看到自己的脖子吗？"

"就是脏，她自己也不会承认啊。"

"她们是希望激我做点什么。"弗兰西很纳闷，"可是要我做什么呢？难道是想激我生气，咒骂她们？她们是不是要我放弃这工作？还是她们要把我惹哭呢，就像以前我看那个小女孩打黑板擦的时候，被她弄哭那样？不管她们要我干什么，我都不会顺着来的。"她低头裹金属线裹得更快了。

这个乏味的游戏持续了一上午。杂务工马克过来的时候，弗兰西才能缓口气。那时候她们就放弗兰西一马，调转矛头对付马克。

"新来的女工，你可要对马克小心点啊。"她们警告，"他曾因强奸被抓两次，因拐卖妇女被抓一次。"

这些指控简直荒谬绝伦，因为那个马克显然身上女性味十足。可怜的小伙子每次被她们取笑，脸都红得像块砖，弗兰西十分同情他。

上午就这么熬着。看来这折磨没完没了，好在突然间，吃饭铃响了。女工们把活计停下，将纸袋子装的午餐拿出来，将纸袋子撕开铺在桌子上当桌布，拿出那些点缀着些洋葱的三明治，开始吃起来。弗兰西的手又热又黏。她想吃之前去洗一下，就问隔壁女工洗手间在哪里。

"No spik Eeng-leash。"[①]那个女孩用初学者似的口吻说。

"Nix verstandt。"另外一个人说。明明一上午她都在用地道的英语嘲笑人呢。

"什么叫洗手间？"一个胖女孩问。

"造'洗手'的地方吧。"一个自作聪明的女孩说。

马克过来收盒子。他站在过道上，两只手都装得满满的，喉结上下了两回。弗兰西第一次听到他开腔了。

"耶稣就是死在为你们这些人准备的十字架上的，"他激动地说，"你们连给新来的女孩指个厕所都不肯。"

弗兰西吃惊地盯着他。她觉得他的话听来实在好笑，便忍不住大笑起来。马克喉咙咽了一下，然后转身，消失在过道上了。之后，一切都变了。桌

---

① 意思是"我不会英语"。

子上传来一阵低语声。

“她笑了!”

“喂!新来的笑了!”

“笑了!”

一个年轻的意大利女工挽住弗兰西的手说:“来,我告诉你厕所在哪里。”

到了洗手间,她给弗兰西打开水,在那玻璃罐子上捶了几下,将液体肥皂捶下来。在弗兰西洗手的时候,她在边上殷勤地站着。弗兰西正要在那没有什么人用过的白毛巾上擦手,她的向导将她抓了过去。

“新来的,别用那毛巾。”

“为什么?看起来很干净啊。”

“很危险的。有个在这里上班的女孩有淋病,你要是用这毛巾,也会传上的。”

“那我怎么办?”弗兰西挥了挥一双湿手。

“就跟我们一样,在裙子上擦擦吧。”

弗兰西惊恐万状地看了看那恐怖的毛巾,手在裙子上擦了擦。

回到车间,她看到大家已经把她的饭盒放好,将妈妈给她带的两个大腊肠三明治拿了出来。她发现有人在她的纸上放了个上好的红西红柿。那些女孩微笑着欢迎她回来。那个一上午都在带头取笑她的女工拿出个威士忌瓶喝了一大口,然后递给她。

“喝一口吧,新来的。”她下令说,“这些三明治干巴巴的,不和着点喝的咽不下啊。”弗兰西退缩了,赶紧拒绝。“喝吧,只是凉茶罢了。”弗兰西想到了厕所的毛巾,便夸张地摇头。“啊!”那女工说,“我知道你为什么不喝我这瓶了。阿纳斯塔西娅在厕所里吓你的吧。新来的,你可别信她。这淋病的说法都是从老板那里传来的。他不过是不想大家用那毛巾,这样他每个星期可以少花几块洗涤的钱。”

“是吗?”阿纳斯塔西娅说,“我也没有见到你们用这毛巾啊。”

“去你的,我们吃午饭才半小时时间,哪里有工夫洗手?喝吧,新来的。”

弗兰西拿过瓶子来喝了一大口。凉茶味道很浓,很提神。她谢过那女工，然后说谢谢给她西红柿的人。可是这时候所有女工都否认起来。

“说什么呢？”

“什么西红柿？”

“没看到什么西红柿。”

“新来的这位带了西红柿来，自己倒是给忘记了。”

她们就这样取笑起来，不过这种取笑让人感到温暖，感到友好。弗兰西很喜欢吃饭这个时候。她终于知道她们希望从她身上得到什么了。她们希望她笑，这东西多简单啊，可是闹了大半天才让人明白。

接下来的下午，时间过得都很愉快。女工们叫她不要那么死赶。她们说这都是季节性工作，等秋天订单完成后，她们都得下岗。她们这订单完成得越早，就越早被炒鱿鱼。弗兰西很感谢这些老手将内情告诉给她。她也顺从地将活放慢下来。她们一个下午都在说笑话。不管这些笑话是真好笑，还是真下流，弗兰西都笑。后来她又和其他人一起，取笑起可怜的马克来，也没有感到多内疚。这个马克就跟个殉道者似的。其实，只要他笑一笑，他在这车间里的问题就会烟消云散。不过这个他是不知道的。

这天是星期六，中午才过几分钟。弗兰西站在百老汇电车的法拉盛大道车站边，等着尼雷。她拿着一个信封，信封里装着她第一周的五块钱工资。尼雷也有五块钱。他们约定一起回家，庆祝一下，风风光光地把钱一起交给妈妈。

尼雷在纽约市区一家交易所打杂。茜茜的约翰通过在那里工作的一个朋友，给尼雷找了这事。弗兰西很嫉妒尼雷。每一天，他都要经过那座伟大的威廉斯堡大桥，到那个陌生的大城市上班。而弗兰西则是步行去布鲁克林北边上班。和弗兰西一样，第一天上班的时候，尼雷是带饭去的，可是那些男孩取笑他，叫他布鲁克林乡巴佬。从此之后，妈妈每天给他一毛五分钱，让他去买午餐。他告诉弗兰西他吃饭的地方叫“自助餐馆”。你放五分钱到一个小槽里，咖啡和奶油就会一起出来，不多不少，正好一杯。弗兰西真希望自己也能穿过大桥上班，去自助餐馆吃饭，而不是天天从家里带三明治。

尼雷沿着电车的轨道奔跑。他胳膊下夹着一个扁平的包装袋。弗兰西注意到他脚扭着，整只脚都在铁轨上头，而不只是脚后跟踩在铁轨上。这样他站得就很稳。爸爸下楼的时候总是这个样子。尼雷不告诉弗兰西包装袋里装的是什么。他说一讲出来，惊喜就没有了。他们在社区银行停下，银行正好再过一会儿就要关门了。弗兰西让一个出纳把她的旧票子换成新票子。

“你要新票子干什么？”出纳问。

“是我第一次发薪，我想拿新钱回家。”

“啊，第一次拿薪？”那个出纳说，“这倒是勾起我的回忆了。实在是勾起我的回忆了。我记得我第一次拿薪水回家的时候。我那时候还是个孩子……在长岛曼赫斯特做事。是的，先生……”他开始了自己的生平简介，而后面排队的人骚动不安起来。最后出纳说：“……我把第一次薪水交给我妈，眼泪在她眼眶里打转。是的，眼泪在她眼眶里打转。”

他撕开了一扎新钞的包装纸，将他们的旧钱换了。然后他说：“这是给你们的礼物。”他从收银屉里拿出两枚一分硬币给他们。它们都是新铸的，看起来像金子。“这都是 1916 年发行的。”他解释说，“这是这一带最早的。你也别用，先留起来。”他从自己口袋里拿出两枚旧硬币放进收银屉作为补偿。弗兰西向他表示感谢。

他们离开的时候，弗兰西看到队伍后面那个人把胳膊撑在柜台上，也说了起来：

“我记得我给我老妈带回第一次薪水的时候。”

他们出去的时候，弗兰西心想，这些排队的人没准都在回忆自己第一次拿薪的经历呢。“人只要上班，”弗兰西说，“都会有这经历，都会有第一次拿薪水的时候。”

“是啊。”尼雷表示同意。

他们转过一个街角，弗兰西又在沉思。“眼泪在她眼眶里打转。”她以前没有听过这说法。这话激起了她的想象。

“这怎么可能？”尼雷很想知道，“眼泪没有长腿，能怎么‘转’呢？”

“我想他不是这意思。他的意思大概就好比我们说‘我一整天在床上打转’。”

“可是用‘打转’这个词不大对劲吧。”

“是这样的。”弗兰西反击说，“在布鲁克林，‘打转’就是‘留’的过去式。”

“差不多吧。”尼雷说，“我们不走曼哈顿大道了，走格雷厄姆好了。”

“尼雷，我有个想法，我们来做个锡储蓄罐，就钉在你的壁橱里，不告诉妈妈。我们就从这些新的分币开始。以后妈妈给我们零花钱，我们就放一毛钱进去。到了圣诞节的时候我们打开，给妈妈和劳瑞买礼物。”

“还有我们自己。”尼雷提议。

“是的，你给我买个东西，我给你买个东西。到了时候，我会告诉你我要什么。”

两人就这样约定了。

他们步子很快，超过了从垃圾站回来的那些边走边逛的孩子。经过斯科尔斯街的时候，他们路过了卡尼垃圾回收站，也看到了查理便宜店外的那群孩子。

“臭小孩。”尼雷轻蔑地说，把自己口袋里几个硬币晃得叮当作响。

“尼雷，还记得我们卖垃圾的事情吗？”

“那是好久以前了。”

“是的。”弗兰西同意。事实上，他们最后一次拖垃圾到回收站，不过是在两周以前。

尼雷将扁平的包装袋给妈妈。“给你和弗兰西的。”他说。妈妈将袋子打开。里面是一磅洛夫牌花生糖。“我也不是用工资买的。”尼雷神秘兮兮地说。他们又让妈妈去厕所里一会儿。他们将十张钞票摆在桌子上之后，把妈妈叫了出来。

“给你的，妈妈。”弗兰西神气活现地一挥手。

“哦，天哪！”妈妈说，“我不敢相信自己的眼睛。”

“这还不算。”尼雷说。他又从口袋里拿出八毛钱的零钱放在桌子上。“这是我做事利索，人家给的小费。”他解释道，“我一周都在存。其实有更多，不过我买了些糖果。”

妈妈将那些零钱推还给桌子那边的尼雷。“你挣的小费你自己留着花。”她说。

(就像爸爸那样,弗兰西心想。)

“哇!那好,我也给弗兰西两毛五。”

“不用。” 妈妈从豁口杯里拿出五毛钱给弗兰西。“这是弗兰西的零花钱,每周五毛。”弗兰西很高兴。她没想到自己也有这么多零花钱。孩子们对妈妈千恩万谢。

凯蒂看了看糖果,看了看新钞,看了看两个孩子。她咬住嘴唇,突然转身到了卧室,把门关上了。

“她是不是因为什么事情生气了?”尼雷低声说。

“不是,”弗兰西说,“她不是生气。她只是不要我们看到她掉眼泪。”

“你怎么知道她要掉眼泪?”

“因为。她看钱的时候,我看到眼泪在她眼眶里打转。”

第四十四章

弗兰西上了两个星期班就面临下岗了。当老板宣布只是休息几天时，几个姑娘交换了一下眼色。

“几天也就是六个月。”阿纳斯塔西娅跟弗兰西解释说。

女工们去格林庞特的一家工厂，那边要赶冬季的圣诞红[1]和冬青束订单。在那个地方也下岗的时候，她们就会换个地方去打工，如此反复。她们就是布鲁克林的流动工人，从一个区到另一个区，打季节性短工。

她们要弗兰西一起去，不过弗兰西想做点新的工作。她在想，反正都得工作，不如多换几种，有机会换的时候，就换不一样的。这样，就如同她按顺序吃苏打冰淇淋一样，以后就可以说什么工作她都尝试过了。

凯蒂在《世界报》上看到了一则广告，说有人要招一名档案员，可考虑新手，年龄十六岁，要说明宗教背景。弗兰西花了一毛钱买了信纸信封，工工整整地写了求职信，寄给了广告上说的信箱。她其实才十四岁，不过她自己和妈妈都觉得她说成十六岁也不会被人识破。所以她就在信中说自己是十六岁。

两天后，弗兰西就收到了回信，上头有像模像样的正式信头，图案是剪刀、浆糊放在折叠起的报纸上。来信的地方是纽约运河街模范文摘局。信中要诺兰小姐前往面试。

茜茜和弗兰西一起去买东西。茜茜帮她选了一件成人的裙装，还有弗兰西的第一双高跟鞋。她把这些新衣服新鞋穿上，妈妈和茜茜都发誓说她绝对像十六岁，就是头发有点不像。她扎了辫子，看起来显得很孩子气。

---

① 又名一品红、猩猩木，常做圣诞装饰。

“妈妈，你给我剪个短发吧。”弗兰西恳求。

“你这头发是花了十四年才长起来的，”妈妈说，“我不会让你剪掉的。”

“好了，妈妈，你不要太老土了。”

“你剪得像个男孩子，有什么好？”

“短头发好打理啊。”

“打理头发是女人的一大乐趣。”

“不过，凯蒂，”茜茜也抱怨起来，“如今所有的女孩都时兴剪短发了。”

“那么她们都是些傻瓜。女人的头发就是她的奥秘。白天，我们会用夹子夹起来。晚上一个人跟男人在一起了，就把夹子拿掉，让头发自由自在披下来，就如同闪闪发光的披肩。这么一来，女人在男人面前就有了几分神秘。”

“灯一拉，白猫灰猫都成了黑猫。”茜茜不怀好意地说。

“少多嘴。”凯蒂不客气地回了一句。

“我的头发要是短些，就跟艾琳·卡瑟一样了。”弗兰西还是不肯放弃。

“犹太女人结婚的时候，头发剪掉，这样别的男人就不会看她们了。修女也把头发剪掉，证明自己已经了结尘缘。小女孩没事剪个头发做什么？”弗兰西正要回答，就听妈妈说：“不要和我争了。”

“好吧。”弗兰西说，“等我十八岁，自己能做主了，你再瞧瞧。”

“等你到了十八岁，你剃个光头我也不管。还有……”她把弗兰西的辫子裹在她头上，从自己头发上拿下一根骨头做的发夹，将弗兰西的辫子固定起来。“你看！”她退到后面看着女儿。“就像闪着光的后冠啊。”她夸张地宣称。

“不过这么一来，她还真像十八岁呢。”茜茜也说。

弗兰西自己去照镜子。她果然显得大了很多。她很高兴妈妈把她头发这么弄，不过嘴上还不肯服软。

“我一辈子都顶着这一头的头发，我都头痛呢。”弗兰西还在抱怨。

“你要是就为这些头发头痛，那你就该谢天谢地啦。”妈妈说。

次日早晨，尼雷陪姐姐去纽约。火车离开玛西大道车站，上了威廉斯堡大桥的时候，弗兰西注意到车上的人几乎不约而同地站了起来，然后又坐下去。

“他们这样干吗，尼雷？”

“刚上大桥的时候，能看到一个银行，银行挂着个大钟。大家都起来看上班迟到了没有。我敢打赌，每天看这钟的人不下百万。”尼雷在猜着。

弗兰西预计到她过威廉斯堡大桥的时候会激动一场。不过过大桥激动，也比不过穿大人的服装令人激动。

面试过程很快就完了，她被录用了。公司先得试用她一段时间，上班时间是九点到五点半，中间半个小时吃午饭，起薪是每周七块钱。老板还带她参观了模范文摘局。

有十个阅读工坐在长长的斜面桌子前。各州报纸拿来之后她们每人都分了一些。这些报纸每天、每小时都从美国各州像雪片似的往局里送。女工们给它们做标记，将需要的装箱，总数写下，然后将自己的工号写在正面。

这些做好记号的报纸被收集起来，送给印刷工。印刷工有个印刷器，上面有活动日期和一排排活字。印刷工将日期调好，将活字排成报纸名、所在城市和州名，然后一张张印到一张纸条上。

然后，纸条和报纸就到了裁剪工那里。裁剪工站在一个大斜面桌子前，用一把锋利的弯刀切割着做过标记的报纸。（虽然信头上有剪刀，但是整个地方一把剪刀都没有。）裁剪工裁剪着，将废弃报纸扔到地上。每隔十五分钟，这些报纸就变得齐腰高了。有人将废纸收走，拿出去打包。

那些剪裁下来的报纸然后交给贴报工，贴报工会将剪下来的部分贴在纸条上。然后，这些剪贴的东西会归档、收集、装在信封里邮寄出去。

这归档系统弗兰西上手很快。只用了两个星期，她就记住了大约两千个名字或者档案柜标签。然后老板安排她做实习阅读工。两个星期内，她唯一做的事情就是研究客户的卡片。这比档案柜标签详细些。后来她参加了一次非正式考试，证明她已经把所有这些订单都记住了，就分到了俄克拉荷马州的报纸来读。她读的报纸送往裁剪工之前，老板都检查了一遍，看有无错误。后来她熟能生巧，都不需要检查了，老板于是又给加上了宾夕法尼亚州的报纸。又过不久，她分到了纽约州的报纸，现在她一共在读三个州的报纸了。到了8月底，她看的、标记的报纸，超过了局里所有人。她新参加工作，很想做出成绩给人看。她眼睛明亮，视力也好（她是唯一不戴眼镜的阅读工），而且眼睛一看一个准。什么报纸内容，她扫上一眼，就知道要不要标出来。她每天读报在一百八十份到两百份之间。排在她后面的阅读工，每天不过读一百到一百一十份报纸。

是的，弗兰西是局里读报最快的——薪水却也最低。她的周薪涨到了每周十块，可是仅次于她的那个阅读工每周拿二十五块，其他阅读工每周拿二十块。弗兰西没有和其他女孩打成一片，她们也就没有跟她讲工资的实情。她蒙在鼓里，也不知自己的待遇之低。

弗兰西喜欢看报纸，每周有十块钱进账她也自豪，可是她并不快乐。能来纽约上班，起先她十分兴奋。既然连图书馆褐色碗里的黄花这样的小东西都能把她激动成那样子，到了纽约这么大的城市，她自然要百倍激动吧。但事实并非如此。

首先让她失望的是大桥。从自家屋顶看的时候，她还以为过大桥，她会欣喜得羽化升仙。可实际上，坐车过大桥和坐车在布鲁克林街上经过没什么两样。大桥也和街道一样，有车道，有人行道。车轨还是那个车轨。火车从桥上穿过，并无特异的感受。纽约也让人失望。大楼更高些，人更稠密些，除此之外，和布鲁克林并无二致。她在想，从此以后，会不会其他新生事物都会让她失望呢？

她经常研究美国地图，想象自己闯过那些平原与高山，沙漠与河流。这个想象十分美好。现在她在想，假如真去看这些风景，会不会一样失望？她在想，假如她穿越这个国家。她会七点起床，向西走，一脚前一脚后，一脚挨着一脚走，好丈量距离，那么在走的过程当中，她会忙着数自己的步子，想着自己的步子是从布鲁克林开始，一段接一段走过来的。那样的话，她的思想就不会在这些大山与大河，沙漠与平原上头。她只会注意到，有些东西跟布鲁克林很像，所以很奇怪。有些东西和布鲁克林很不像，那也会很奇怪。“我想这个世上没新事吧。”弗兰西闷闷不乐地想着，“如果有什么新的、不同的东西，一定是布鲁克林包罗万象什么都有一点，只不过我们习以为常了，视而不见吧。”弗兰西忧心忡忡地想：她和亚历山大大帝一样，已经悲叹再无新世界去征服了。

她习惯了纽约人争分夺秒的工作节奏。上班过程紧张而痛苦。要是她提前一分钟赶到，她就会感到自由自在。要是迟到一分钟，她就很紧张：要是老板心情不好，这一天她自然就成了出气筒。因此，她分分秒秒都在节省。火车到站前很久，她就挤到门口，这样门一开，她就先出来。下了火车，她就跑得如同快鹿，在人群中穿梭，第一个赶到通往街道的台阶。走向办公室的路上，她贴着房子走，这样她可以急转弯。过马路她斜插着过，省得上下街沿。进了大楼，就是电梯工说“满了！”她还是会挤进去。如此折腾，就是为了早一分钟而不是迟一分钟。

有一次，她提前十分钟离开家门，希望时间能宽裕些。这回她没有必要那么赶，可还是挤出火车，奔上台阶，斜穿街道，挤入电梯，最后早到了十五分钟。上班的大办公室空荡荡的，要是说个话儿都会有回声，她感觉孤独而失落。快到九点，其他工人一个个急急忙忙地赶过来，弗兰西感觉像一个叛徒似的。次日，她照原样多睡了十分钟，回到了原来的节奏。

她是局里唯一来自布鲁克林的女工。其他人来自曼哈顿、霍博肯、布朗克斯，还有一个从新泽西贝永坐车远道而来。两个年龄最大的阅读工是姐妹，来自俄亥俄州。弗兰西第一天上班的时候，两姐妹中的一个告诉她：“你有布鲁克林口音。”这话听来有种谴责的意味。她对自己的咬字小心起来，唯恐把 girl 说成 goil，把 appointment 说成 apperntment 之类。

弗兰西只有和局里两个人说话的时候毫无顾忌。其中一个人是老板，哈佛毕业生，说话的时候常常是 a 音拉长，可是除此以外，他说话倒是通俗易懂，不像阅读工那样用词矫揉造作。这些阅读工也不过是高中毕业，只不过多年阅读下来，词汇量极大。弗兰西处得比较好的另外一个人是阿姆斯特朗小姐，除大老板之外仅有的一个大学毕业生。

阿姆斯特朗是指定的纽约市阅读员。她的办公桌放在屋子最好的一处角落，北边和东边都有窗户，光线极适合阅读。她只读芝加哥、波士顿、费城和纽约市的报纸。纽约市的报纸刚印刷好，立刻就有专门的投递人员给她送来。她读完报纸之后，不需要和其他阅读工一样，一起去帮落在后面的阅读工。在等候下一期报纸到来的时候，她会打毛线衣，或修剪指甲。她的周薪为三十块，为全局最高。阿姆斯特朗小姐待人和善，有心帮助弗兰西,一有机会就找她讲话,不想让她太孤单。

有一回在洗手间,弗兰西听人说阿姆斯特朗小姐是老板的情人。“情人”弗兰西只是听说过,可是这种稀罕物她还真没有见过。听说阿姆斯特朗小姐是情人后,弗兰西特地留意起她身上的“情人”特征来。她注意到阿姆斯特朗小姐并不漂亮,脸就像只猴子,嘴巴开阔,鼻孔粗大,体形勉强能及格。弗兰西看了看她的腿部。这双腿倒是修长而秀美。她的丝袜精美得无可指摘。她的脚弧线优美,穿着昂贵的高跟鞋。“情人的奥秘是美腿啊。”弗兰西终于下了定论。她看看自己的瘦腿。“我完蛋了,恐怕和情人无缘了。”她叹了口气,回到了自己寡淡的生活中来。

局里分阶层,这也都是裁剪工、印刷工、粘贴工、包纸工和投递工自己造出来的。这些工人都没有什么文化,脑子倒是都挺好使。他们称自己为“俱乐部”,认为那些受过教育的阅读工瞧不起自己。为了报复,他们极尽挑拨之能事,破坏阅读工之间的关系。

弗兰西立场很矛盾。论出身和教育,她属于“俱乐部”这个阶层,可论才智能力,她又属于阅读工阶层。俱乐部那伙人精明得很,察觉到了弗兰西身上的矛盾,便以她为中间人,将各种挑拨的闲话给她,希望通过她传给那些阅读工,制造些纷争出来。可是弗兰西和那些阅读工相处得并不融洽,于是没有散布流言。流言到她这里戛然而止。

有一天,裁剪工告诉弗兰西,阿姆斯特朗小姐 9 月份离开,老板会提拔弗兰西当纽约市阅读员。弗兰西以为这也是流言,目的是引起其他阅读工的妒忌,毕竟大家都指望阿姆斯特朗离职后去接她的位置。她想自己不过十四岁,才初中毕业,怎会去接手大学毕业、年龄三十岁的阿姆斯特朗小姐的职位呢?

快到 8 月底了,弗兰西担心起来。上高中的事情,妈妈提都没有提。她巴不得回去上学。妈妈、外婆和姨妈们一直都说接受高等教育多好多好,不仅把她的兴趣吊了起来,还害得她为自己未接受高等教育的现状感到自卑。

她想念起在自己纪念册上签名的那些女孩来。她真想回到她们中间,成为她们的一员。大家一开始也都是同一个背景，也不比她强多少。她理应和她们一起去上学去，而不是和一些年龄更大的女工一起竞争、打拼。

她不喜欢在纽约上班。这里的熙熙攘攘让她浑身发抖。她觉得自己还没有做好准备，就一下子被推进了这样的生活当中。她最害怕挤高架列车。

有一回，她在车上的时候，手里拉着吊带，车子里挤得几无立锥之地，她手想放都放不下来，这时候她感觉有个人的手在她身上。不管她怎么扭怎么动，都摆脱不了那只手。后来车子拐弯，她和人群一起摆动，可是那手居然压得更紧了。她甚至无法扭头去看那人是谁。她毫无办法，只有那么站着，忍着这样的侮辱。她本可以大叫起来，可是她又不敢把大家的注意力吸引过来，让人看到自己被非礼。过了漫长一段时间，人群稀少了，她才换到车上别的地方。从此之后，每回挤车都是一场折磨。

有个星期天，她和妈妈带着劳瑞去看外婆。弗兰西跟茜茜说了车上那只手，以为茜茜会安慰她。不想茜茜觉得这是个大笑话。

"啊，有男人在车上捏你了？"她说，"要是我遇到我无所谓。这说明你体形发育好了啊。男人见到体形好的女人，哪里能忍得住呢？唉！我一定是老了，上高架列车也没有人捏我了。过去那时候，我哪一回坐车，回来身上不是青一块紫一块的。"她自豪地说。

"这有什么好吹的？"凯蒂问。

茜茜没理睬她。"弗兰西啊，"她接着说，"等你到了四十五，体形没准会变得像中间打结的燕麦袋子。那时候再回头看看，你还会怀念上车有人捏你呢。"

"她要是真怀念起来，"凯蒂说，"也是你教坏了她，并不是这东西真有什么好怀念的。"她转向弗兰西。"下次坐地铁，记住不要拉吊带，手放下面，口袋里放根长长的尖针。要是哪个男人伸手来摸，你用针扎死他！"

妈妈的叮嘱弗兰西一一照办。她学会了不拉吊带站在车里。她口袋里拿着一根凶巴巴的长针。她希望再有人来捏她，让她这长针派上用武之地。"茜茜说体形好有人捏是好事，可是我可不希望有人在后头捏我。等我到了四十五岁，我希望有别的东西可以怀念，而不是上车被陌生人捏。茜茜真该感到羞耻……"

“可是我怎么了?我站在这儿批评茜茜。茜茜对我这么好。还有,我对自己的工作不满意,可是我好歹还有份工作,一份挺有意思的工作。上班就是读报纸,反正我喜欢阅读,我该知足了。人人都说纽约是世界上最好的城市,我怎么就喜欢不起来?看来我是全世界最挑剔的人吧。我真是希望我再年轻起来,看一切都觉得美好!”

劳动节之前,老板将弗兰西叫到自己的私人办公室,通知她阿姆斯特朗小姐因为结婚要辞职。他清了清嗓子,说阿姆斯特朗小姐嫁的就是他本人。

弗兰西的情人概念一下子土崩瓦解了。她以前总以为男人不会娶情人,情人不过是用过就扔的旧手套。看来,阿姆斯特朗小姐不是旧手套,反而被扶正了呢!叫人怎说是好?

“因此我们需要新招一名纽约市阅读员。”老板说,“阿姆斯特朗小姐自己说我们……啊……让**你**来试试,诺兰小姐。”

弗兰西的心跳加速了。她,纽约市阅读员!这是局里最让人羡慕的工作!看来“俱乐部”那伙人的话没错啊。她的又一个成见被打破了。她还以为所有的流言都是假的。

老板打算给她每周开十五块工资。他心里盘算,这位新阅读员工作水平和自己的未婚妻不相上下,薪水却只有一半。这女孩自己也一定乐开了怀——她这么小,就能每周挣十五块了。她说她过了十六岁。她看起来只有十三岁。当然她的年龄和他无关,只要她工作称职就行。他雇佣童工,但追究起来,他只要说是她自己欺瞒了真实年龄,法律就拿他没辙。

“以后做长了,还会加薪。”他好意说道。弗兰西开心地笑了,这时他倒担心起来。“这是不是我自己在画蛇添足?”他在想,“或许她根本没指望加薪。”他迅速将自己想法掩饰起来。“……我们看你表现如何,然后有一点小小的加薪。”

“我没有……”弗兰西充满疑惑地说。

“等她过了十六岁,”老板心想,“一定会跟我狮子大张口,要我大加薪的。”为了阻止她,他说:“我们每周十五块,开始……”他犹豫了一下,心想不能太好说话了。“……开始日期是10月1号。”他往后面椅子上一靠,感觉自己仁慈得简直像上帝了。

“我的意思是,我不想长做。”

“她这是跟我要价呢。”老板在想。他又大声问:“为什么呢?”

“我劳动节后就去上学。我本来是想安排妥当了再跟你讲。”

“上大学?”

“高中。”

“那我得安排平斯基做市阅读员了。”他想,“她现在快二十五了,要是聘她,她会要三十块,那样又是一切如旧。这个诺兰可比平斯基好多了。该死的艾尔玛!谁说结了婚就不能上班的?她接着做不是挺好吗……肥水不流外人田……挣钱买房子啊。”他又跟弗兰西说了起来。

“这样啊,那我觉得很遗憾。不是说我不赞成高等教育。不过呢,我觉得读报这种教育也好得很。这是一种高质量的教育,活的教育,不断成长的当代教育。而在学校里……只不过是看书。读死书。”他轻蔑地说。

“我……我跟我妈妈商量商量吧。”

“一定一定!你就说老板说了,教育是怎么怎么一回事。把我的话原原本本告诉她。”他闭上眼睛,心里感觉自己是在纵身一跃。“你就说,我们每周开**二十**块的工资,从 11 月 1 日开始。”他剥掉了一个月。

“这可是一大笔钱啊。”弗兰西老老实实说。

“我认为我们必须用高薪挽留人才。还有,啊,诺兰小姐,这工资你还别说出去。这可比其他人都高啊,”他撒了个谎,“要是有人发现……”他无奈地摊开双手。“你懂吧?不要在洗手间传这些闲话。”

弗兰西很感激,跟老板说自己不会在洗手间乱传闲话。这么一说,自己也觉得宽慰。老板开始给他的信签字了。这说明面谈已经结束。

“就这些了,诺兰小姐。我劳动节后第二天等你回话。”

“好的,先生。”

每周二十块!弗兰西惊呆了。两个月前,她每周挣五块钱还觉得高兴呢。威利姨夫都四十了,也不过每周十八。茜茜的约翰很聪明,每周也只是挣二十二块五。附近的男人很少有人每周挣二十块的,更何况他们还要养家糊口。

“有了这些钱,我们就不用再受苦了。”弗兰西心想,“我们可以租个三室的公寓，妈妈不用去工作，劳瑞也就不用常常一个人留在家里了。我想要是这样的话，我一下子就举足轻重了。

“可是我想回去读书！”

她想起家人不断灌输的教育的重要性来：

外婆：读书可以出人头地啊。

艾薇：我的几个孩子每人都拿三张毕业证书。

茜茜：等妈妈百年之后——愿上帝保佑她长寿，孩子也能上幼儿园了，我就出去工作。我会把收入存起来。等小茜茜长大了，我要让她上最好的大学。

妈妈：我不想我的孩子以后和我一样，是这辛苦劳作的命。受了教育，他们的日子就会好起来。

“可是呢，这工作真是不错呢。”弗兰西心想，“至少目前不错。不过做久了，眼睛会坏掉。那些年长的阅读工都戴眼镜。阿姆斯特朗小姐说，阅读工吃的是眼睛饭，眼睛坏了就不能做。其他这些阅读工一开始的时候速度跟我一样快。可是现在她们的眼睛……我得把眼睛保住……下班后不能看书。”

“要是妈妈知道我一个星期能挣二十块，或许她就不会送我回去上学，这我也不怪她。我们毕竟穷了那么久。妈妈做事情总是公道，这些钱会改变她的一些看法，可是这也不是她的错。我就先不告诉她这加薪的事情，等她决定了让不让我上学再说。”

弗兰西跟妈妈说到了上学的事。妈妈说，行，他们来商量一下。晚饭之后，他们就开始商量了起来。喝完晚上的咖啡，凯蒂宣布学校就要开学了。这个其实多此一举，她不说大家也知道。“我希望你们两个人都去上高中，可是今年秋季，你们两个只有一个能上。你们的工资我每一分钱都攒了起来，好让明年你们两个都能上。”她等着。她等了好久。两个孩子都不回答。“怎么啦？你们不想上高中吗？”

弗兰西说话的时候嘴唇都感到僵硬。一切都要看妈妈的，她希望给妈妈留个好印象。“妈妈，我巴不得去上高中呢。”

“我不想。”尼雷说，“别让我回去上学，妈妈。我喜欢上班，明年开年我的工资还要涨两块钱。”

“你不想做医生吗？”

“不想。我想做经纪人，跟我那些老板一样，大把挣钱。我能去炒股，或许哪天能挣一百万呢。”

“我儿子做个医生也不错。”

“这个怎么说得准？或许我会像茂吉街的许勒医生那样，在地下室开个诊所，衬衫总是脏兮兮的。总之，我都清楚得很。我不会回去上学。”

“尼雷不想回去上学。”凯蒂说。她几乎在央求弗兰西了。“你知道这个意味着什么，弗兰西。”弗兰西咬住了自己的嘴唇。哭没有用。她得保持冷静。她得想清楚。“这意味着，”妈妈说，“**尼雷必须回去上学**。”

“我不回去！”尼雷叫道，“不管你说什么，我都不会回去上学。我在上班挣钱呢，让我继续下去好了。现在大伙儿也瞧得起我。要是回去上学，又成小屁孩了。再说了，妈妈，你也需要这钱啊。你总不会想继续这么穷下去吧？”

“你给我回去上学。”凯蒂静静地宣布，“弗兰西一个人挣钱就够了。”

“为什么他不想上学你却让他上学，”弗兰西哭了，“我想上学你不让我去上呢？”

“是啊。”尼雷也同意。

“因为我要是不逼他，他就永远都不会回去上学，”妈妈说，“可是弗兰西你呢，总会继续争取，还要想办法回去的。”

“你怎么这么肯定呢？”弗兰西抗议，“再过一年，我就太大了，想回也回不去了。尼雷才十三岁。他明年回去，年龄还不大。”

“胡说。明年你才十五。”

“十七了，”弗兰西纠正她，“就快十八了，太大了，没法再上学了。”

“这都是什么鬼话？”

“不是鬼话。我上班的时候，是按照十六岁算的。我不能当自己是十四岁，我看上去要像十六岁，做事要像十六岁。到了明年，我的实际年龄是十五岁，可是按照我这生活方式，我比实际年龄长了两岁，无法再变回学生了。”

“尼雷下周上学去，”凯蒂固执地说，“弗兰西明年继续上。”

"我恨死你们两个了。"尼雷大叫,"你真要逼我回去,我就离家出走。是的,我会离家出走!"他跑了出去,砰一声把门关上。

凯蒂顿时愁眉苦脸。弗兰西为她感到难过。"别着急,妈妈。他不会跑的。他只是说说罢了。"妈妈的脸上顿时多云转晴,但这反又让弗兰西感到愤怒了。"不过我会跑的,我要走就不告而别,不会跟你长篇大论一番的。等你不需要靠我来挣钱的时候,我说走就走。"

"我的两个孩子过去那么乖,如今都怎么了?"凯蒂伤心地说。

"是我们长过头了。"凯蒂露出困惑不解的表情来。弗兰西解释说:"我们从来没有拿到工作证件。"

"不过这些证件本来就难办。神父每个人收一块钱才给办洗礼证[①],然后我还得和你们一起去市政厅。我那时候每两个小时就要给劳瑞喂一次奶,也走不开。我们都知道,让你们冒充十六岁,能省掉那些麻烦,这样还好办些。"

"这都没有问题,不过既然我们说自己十六岁,那么就得把自己当十六岁看,你还把我们当十三岁小孩。"

"我真希望你们的爸爸还活着。你们的心思有些他能了解,我不了解。"弗兰西的脸上顿时布满痛苦。等这一阵痛苦过了,她告诉妈妈她的工资到了11月份会翻一倍。

"二十块!"凯蒂的嘴吃惊地张大了。"我的天哪!"每回有什么东西让她吃惊,她都是这表情。"你什么时候知道的?"

"星期六。"

"你现在才告诉我?"

"是的。"

"你是在想,要是我知道你拿这些钱,就会让你继续去上班了。"

"是的。"

"可是我也不记得什么时候说过,尼雷回去上学才是对的。你看我只是做了该做的事,并没有把钱考虑进来。这你看不出来吗?"她带着恳求问。

---

① 洗礼证可代替出生证。

“我看不出来。我只知道你偏心尼雷。你什么都给他安排好，我呢，你就让我自己想办法。妈妈，总有一天，我会跟你来假一套，怎么对自己有利怎么来，没准会和你的想法相悖。”

“这个我倒是不怕，我知道我的女儿我信得过。”凯蒂的话里透出一种质朴的尊严来，弗兰西顿时为自己感到害羞。“我也对自己的儿子信得过。他现在不情愿，我跟他强扭，他自然不高兴。不过他能想通，在学校里会好的。尼雷是个好孩子。”

“是的，他是好孩子。”弗兰西承认，“他就是坏，你也注意不到。可是说到我……”她开始哽咽起来。

凯蒂深深叹了口气，什么话也没有说。她站起身，开始清理桌子。她伸手去拿杯子，这时弗兰西平生头一次发现，妈妈的手不利索了。那手在发抖，几乎抓不住杯子。弗兰西将杯子递过去给妈妈。她注意到杯子上有个大裂口。

“过去，我们一家人就像这个结实的杯子，”弗兰西心想，“完完整整的，东西都装得好好的。爸爸死了，杯子就出现了一个裂口。今晚我们吵架，又出现了一个裂口。不用多久，这个杯子上就到处是裂口，杯子会碎掉，再也不是一个整体了。我不希望这样，可是我还是故意造成了这个大裂口。”她深深叹了一声，那样子就像凯蒂。

妈妈去洗衣篮边。虽然大家在吵，宝宝还睡得好好的。弗兰西看到妈妈在用发抖的手把宝宝从篮子里抱起来。凯蒂看到她坐到了窗户边的摇椅上，把宝宝抱得紧紧的，摇晃着。

弗兰西心中充满了怜爱。“我不该对她这么坏。”她心里想，“她除了劳累吃苦，还有什么？她现在居然要靠宝宝来安慰了。或许她在想，别看她现在这么爱劳瑞，劳瑞也完全要靠她，有朝一日，劳瑞也会跟她对着干，就像我现在这样。”

她笨拙地伸手去摸妈妈的脸。“没事，妈妈。我不是有意的。你说得对，我就按你说的做吧。尼雷一定要回去上学，我们一起来说服他。”

凯蒂把自己的手放在弗兰西手上。“真是我的好女儿。”她说。

“妈妈，你别因为我跟你吵而生我的气。你自己也叫我为自己争取，对的地方就要给自己争……我想我是对的。”

“我知道。我也很高兴你能为了自己应得的东西去争取。最后无论如何，你都会有好结果的。你这点像我。”

“问题就在这里。”弗兰西心想，“我们太像，对自己不大了解，所以也就不能了解对方。爸爸和我是完全两种人，我们反而能相互理解。妈妈和尼雷不一样，所以能理解尼雷。我真希望我和尼雷那样，和妈妈截然不同。”

“那现在我们俩没事啦?”凯蒂笑着问。

“当然。”弗兰西也笑着说，并亲了亲妈妈的脸。

可是在各自的心里，她们都知道两人之间并非没事，她们的关系已经永远地改变了。

第四十五章

又是一年圣诞节。但是今年圣诞有钱买礼物，冰箱里有不少食物，屋子里也总有暖气。弗兰西从冰冷的街上回来，那暖气就如同情人的臂膀，把她一下子拥进屋子。不过她也在想，情人的臂膀究竟是什么样一种感觉呢？

想着不能上学，弗兰西还是难受，好在她能挣钱，让家里日子好过些，这是个很大安慰。妈妈也算公平。弗兰西的工资涨到二十块的时候，妈妈每周给她五块钱，让她付车费、吃午餐、买衣服。还有，凯蒂每周以弗兰西的名义在威廉斯堡储蓄银行存五块钱。她解释说是存给弗兰西上大学用的。弗兰西的钱还剩十块，尼雷还能拿回一块，这样下来，凯蒂手头很宽裕。这些都算不上大钱，可是1916年物价也便宜，诺兰一家日子过得还算可以。

尼雷发现过去好多哥们都去上了东区高中，和他又做了同学，于是高高兴兴又回去上学了。放学后，他继续在麦克加里蒂酒吧做事，每挣两块钱，妈妈就留一块钱让他零花。他在学校里是号人物：零花钱比任何小孩都多，还能把《裘力斯·凯撒》倒背如流。

他们打开锡储蓄罐的时候，里面有将近四块钱。尼雷又放了一块钱进去，弗兰西放了五块钱，这样一共就有了十块钱买圣诞礼物了。三个人在圣诞前的那天下午出去买东西，劳瑞也一道带着。

他们首先去给妈妈买一顶新帽子。在帽子店，妈妈坐在椅子上，怀里抱着宝宝，试着帽子。弗兰西和尼雷两个站在她身后。弗兰西希望她买一顶翠绿色天鹅绒帽子，可是威廉斯堡还没有这个颜色的。妈妈觉得她应该买顶黑色的帽子。

“是我们在买帽子，不是你在买，”弗兰西告诉她，“我们说不要再戴丧帽了。”

“试试这顶红色的吧，妈妈。”尼雷建议。

“不了，我还是试试橱窗里那顶墨绿色的吧。”

“这是新款。”那个女店主说，将帽子拿了下来。“我们叫这颜色苔藓绿。”她将帽子平戴在凯蒂的眉上方。凯蒂不耐烦地一摆手，将帽子斜扣在眉上。

“这就对了。”尼雷宣布。

“妈妈，你好漂亮啊。”弗兰西也下了她的判断。

“我喜欢。”妈妈也决定了。“多少钱？”她问那女人。那女人长吸了一口气，诺兰一家都知道讨价还价的时候来了，他们一切就绪，准备迎战。

“是这样……”那女人开腔了。

“多少钱？”凯蒂毫不拐弯抹角。

“在纽约，这帽子要卖十块，可是……”

“我要是花十块钱买帽子，那还不如去纽约。”

“话能这么讲吗？同样款式，一模一样的帽子，在沃纳梅克卖七块五。”一阵意味深长的停顿，“我同样的帽子五块卖给你。”

“我只计划用两块钱买帽子。”

“你们从我这店里滚出去！”那女子夸张地吼道。

“好吧。”凯蒂抱起孩子，站了起来。

“真这么急？”那女人又推她入座，将帽子放进一个纸袋。“我四块五卖给你。相信我，我婆婆用这个价格来买我都不卖。”

“我相信你。”凯蒂心想，“要是你婆婆跟我婆婆一样，这更好理解。”她大声说：“这帽子不错，不过我只能付得起两块钱。别的地方还有帽子店，我能花两块钱买一顶，或许比不上这个，可是一样挡风。”

“你来听着。”那个女人的声音变得低沉、诚挚起来，“人们都说，犹太人把钱看成一切。可是我不这么看。好帽子遇到漂亮主顾，我也就知足了。”她把帽子放在心口。“我会……赚不赚钱无所谓。我白送。”她将帽子送到凯蒂手里。“四块钱拿走吧。这是我进价。”她叹了口气。“相信我，我这人不适合做生意。我应该去画画。”

就这样，讨价还价继续着。还到两块五的时候，凯蒂知道再也无法往下压了。她假装离开，发现那女人也不去拦她了。弗兰西给尼雷点了个头。尼雷便去给了那女人两块五。

“你别告诉别人你用这个价格从我这里买的。”

“我们不会说的。”弗兰西说，“帽子装盒子里吧。”

“盒子另收一毛钱——这也是进价。”

“给我个袋子就够了。”凯蒂抗议。

“这是你的圣诞礼物啊，”弗兰西说，“不用盒子哪行？”

尼雷又拿出一毛钱。帽子用纸巾包好，放进盒子里。“我卖给你这么便宜，下回要买帽子，还来照顾我的生意吧。不过下次我可不给你这么低价格了。”凯蒂笑了。他们离开后，那女人还说：“祝你戴了帽子身体健康。”

“谢谢你。”

门一关上，那女人愤愤地低声说：**“犹太狗！”**并在他们身后啐了一口。

到了街上，尼雷说：“怪不得妈妈五年才买一回帽子，买帽子多费事啊。”

“费事？”弗兰西说，“费事什么？我看很有意思！”

接着他们到了塞格勒的店里，给劳瑞买圣诞节的毛线外套。塞格勒看到弗兰西，嘴里便滔滔不绝骂了起来。

“瞧瞧！你到底还是到我店里来了！到底怎么回事？别家服装店里没有，你到我这里碰运气来了？是不是别家的假衬衣便宜没好货？买来是坏的？”他然后转向凯蒂解释说：“这小女孩多少年一直在这里给她爸爸买假衬衣纸领子。可是现在都一年了，她才过来。”

“她父亲一年前过世了。”凯蒂解释说。

塞格勒先生用手掌心猛拍自己的脑袋说：“哎呀！你瞧我这人嘴没遮拦吧，一不留神就把脚放进去了①，老是说错话。”他向他们道歉。

“没有关系。”凯蒂宽慰说。

“我这里就这么回事，大家什么事情都不告诉我，我也什么都不知道。”

---

① 原文为 Foot in the mouth，字面意思为“脚放进嘴里”，引申为说错话，说漏嘴。

“一直是这样。”凯蒂说。

“好了，”他立马言归正传，“请问想看点什么？”

“给我七个月大的宝宝买件毛线衣。”

“我正好就有这个尺寸。”

他从一个盒子里拿出一件蓝色毛线外套来。可是他们拿到劳瑞身上比画，那毛线衣只够着宝宝肚脐，裤腿只能够着膝盖下面一点。他们又找了些其他尺寸，找到了一件两岁小孩穿的，正好合身。塞格勒先生一阵狂喜。

“我做了二十年生意，格兰德街上十五年，格雷厄姆街上五年，**这一辈子**[①]还就没见过这么大的宝宝呢。”诺兰一家人听了这话都得意洋洋的。

这里没有什么讨价还价，因为塞格勒的店里是一口价。尼雷掏出三块钱，当场就把衣服给宝宝穿上。宝宝穿上这一身，头上又戴顶毛帽子，一直扣到耳朵上方，看起来十分可爱。那鲜艳的蓝色衬托下，她的皮肤更显得白里透红了。宝宝高兴得不得了，对谁都笑，露出两颗小牙齿，仿佛也知道给她买礼物了。

“Ach du Liebschen[②]，”塞格勒先生十指交叉，做祷告似的说，“愿她穿着这些衣服平平安安的。”这一回，他没有像前头那个店主那样造孽，在他们身后啐上一口，把祝福的好话抵消掉。

妈妈带着孩子和新帽子回家去了。弗兰西和尼雷继续圣诞大采购。他们给弗里特曼家的几个孩子买了些小礼物，也给茜茜的宝宝买了点礼物。然后他们就互相买礼物了。

“我告诉你我想要什么，你照着买好了。”尼雷说。

“好的。什么？”

“鞋套子。”

“鞋套子？”弗兰西嗓门都提高了。

“珍珠灰色的。”尼雷坚定地说。

“你真是要买这个的话……”弗兰西又疑惑地问了声。

“中号的。”

---

① 楷体部分原文为德文。

② 但愿你喜欢它。

“你怎么知道尺码的?”

“我昨天来试过。”

他给了弗兰西一块五,她把鞋套子买了下来,让店里的人用礼品盒子包好。到街上之后,她把包装盒给了尼雷。两人都皱着眉头,一脸庄重。

“我送给你的礼物。圣诞快乐!”弗兰西说。

“谢谢你。”他正式地回答说,“那你要什么?”

“靠近工会大街那家商店,我要那套黑色花边舞女套装。”

“这是不是什么妇女的东西?”尼雷不安起来。

“不是。腰二十四,臀三十二。两块钱。”

“你去买。我不想跟人说这些。”

弗兰西买下了心仪已久的套装:黑色花边带做的短裤和胸衣,中间用窄窄一条黑色缎带相连。尼雷不太喜欢这些。弗兰西向他道谢,他老大不情愿地说:“不用谢。”

他们经过了路边的圣诞树市场。“还记得那时候吗?”尼雷说,“我们让那人把最大的圣诞树抛给我们。”

“你说记得不记得?我每回头痛,都是被树砸的那地方在痛。”

“还有爸爸唱着歌帮我们把树搬上楼梯。”尼雷回忆说。

那一天,爸爸的名字被提了好几次。每回提起,弗兰西心里就涌现出一种温柔来,而不是过去那样的伤痛。“我是不是在把他遗忘?”她心想,“会不会过些时候,我就会把他忘得一干二净?记得玛丽·罗姆利外婆说过这样的话:‘时间带走一切。’第一年很难过,因为我们可以说,他最后一次选举、最后一次和我们吃感恩节晚餐的时候。可是再过一年,就成了‘他两年前如何如何’了……随着时间的推移,最后能记得的越来越少,时间计算起来越来越难。”

“你瞧!”尼雷抓住她的胳膊,手指向一个木头盆子里栽的两英尺高的冷杉。

“在长呢!”她叫道。

“你以为呢?一开始都是要成长的。”

“我知道。可是呢,我们也经常看它被人砍掉,它好像生来就是给人砍的。我们买下来吧,尼雷。”

“可是这也太小了啊。”

“不过它也有根啊。”

他们把树拿回家，凯蒂看了看，眉头皱了起来，好像在寻思着什么。“是的，”她说，“过了圣诞节，我们就把它给放在太平梯上，好让它能晒到太阳，经常浇水，每个月加点马粪。”

“别别，妈妈。”弗兰西连声反对，“你可别让我们去拾马粪啊。”

拾马粪这个苦差事孩子们避之不及。玛丽·罗姆利外婆在自己的窗台上养了一排鲜红的天竺葵，香味浓郁，色泽明快，就是因为弗兰西和尼雷每个月去街上拾马粪。他们每次都用雪茄盒子装上两盒子光溜溜的马粪团，送给外婆，外婆给他们两分钱。弗兰西为拾马粪团感到不好意思。有回她向外婆抗议，外婆回答说：

“哎呀，这真是一代不如一代。过去在奥地利，我的几个好兄弟每回都装两马车的马粪，他们可都是又强壮又体面的大人呢。”

“做这些事，”弗兰西心想，“那可真‘强壮’、‘体面’。”

凯蒂说：“现在我们有一棵树了，那就得好好照应，让它成长。要是你们不好意思，天黑了再去拾马粪好了。”

“现在马这么少，大部分都是汽车，拾也不那么好拾啊。”尼雷说。

“找条车子不怎么开的石子路，要是找不到马粪，就等马来，跟在马后头，等到有马粪为止。”

“我的老天，”尼雷抗议了，“我们带这树回来真是自讨苦吃。”

“我们俩这是怎么啦？”弗兰西说，“这可不是过去那时候了。我们现在有钱了。我们给街上别的孩子五分钱，让他们帮我们拾马粪不就得了？”

“是啊。”尼雷如释重负。

“照我看，”妈妈说，“这是你们自己的树，为什么不用自己的双手去照应它呢？”

“这就是有钱和没钱的差别了。”弗兰西说，“穷人什么事情都是靠自己双手，富人可以花钱雇人做事。我们现在也不穷，可以花钱雇人做事了。”

“那么我还宁可穷下去，”凯蒂说，“我偏偏喜欢靠自己的双手。”

妈妈和姐姐抬杠，尼雷就觉得乏味。为了转换话题，他说："我猜劳瑞和那树一样大。"他们把宝宝抱起来，跟树比高。

"就是这个尺寸。"弗兰西模仿着塞格勒先生的口气说。

"不知道哪个长得快些？"尼雷说。

"尼雷，我们从来也没有养过小猫啊小狗啊什么的。不如就把这树当宠物吧。"

"得，哪里有把树当宠物的。"

"怎么不行？它成长，也呼吸，是不是？我们给它取个名。安妮！树的名字就叫安妮，宝宝叫劳瑞，两个凑一起，可不就是歌里唱的那样？"

"你说你这人吧。"尼雷说。

"什么呀？"

"你这人就是神经，就这么回事。"

"我知道，这不挺好吗？今天，我没有想着自己是诺兰小姐，是冒充的十七岁，是模范文摘局的首席阅读员。现在就当我们还是拾破烂的小时候。我现在就感觉像小孩子。"

"你可不还是小孩子？"凯蒂说，"一个刚刚十五岁的孩子。"

"是吗？要是你看到尼雷给我买的圣诞礼物，保证你就不把我当小孩了。"

"这可是你**让**我给买的。"尼雷立刻纠正了她的话。

"就你聪明！把你让我买的东西给妈妈看看。就给她看看嘛。"她开始催促了。

尼雷给妈妈看那东西的时候，她的嗓音提高了，就如同弗兰西："鞋套啊？"

"给我的脚踝保暖用的。"尼雷解释说。

弗兰西又让妈妈看她的舞女套装，妈妈吃惊地说："我的天！"

"你觉得这是不是街上那些女子穿的衣服？"弗兰西满怀希望地问。

"要是她们穿这些，没准都会得肺炎。现在我们想想看，晚上吃什么呢？"

"你都不**反对**？"看妈妈没有对这衣服小题大做一番，弗兰西有些失望。

“不会，所有的女人都会经历一个穿舞女套装的时候。你只不过比其他人早些，过一段时间也就好了。我想我们把汤热热，就喝汤，还有汤里的肉和土豆……”

“妈妈觉得自己什么都懂。”弗兰西想来有些愤愤不平。

圣诞节上午，他们一起去做弥撒。凯蒂做了个祷告，祝约翰尼的灵魂安息。

妈妈戴着新帽子，显得很漂亮。宝宝也穿上了新衣，看起来也不错。尼雷穿着新鞋套，带着十足的男子汉气概要求抱孩子。他们穿过斯塔格街，路过一家糖果店，一些在外头的小孩子对尼雷嘘起来。尼雷的脸红了。弗兰西知道他们是取笑他的鞋套。为给他解围，她要把宝宝抱过来，好让他以为小孩子们是为了宝宝嘘他。尼雷拒绝了。尼雷和弗兰西一样清楚，是这鞋套子让他为难的。想到威廉斯堡人的狭隘，尼雷颇为愤懑。他决定回家之后，把鞋套装进盒子里，再也不穿上，等他们到了一个更好的社区再说。

弗兰西穿着舞女装，冷得要命。有刺骨寒风吹来，将外套掀起，吹进她薄薄的套装，她就感觉没穿内衣一样。“要是，哎呀，要是把我的法兰绒灯笼裤穿上就好了。”她发愁起来，“妈妈说得对。人穿这衣服还真会得肺炎呢。不过我不能告诉她，成全她。我猜我这套装回头也得收起来，等夏天再穿了。”

进了教会，他们坐在第一排，把劳瑞放在长条凳上躺着，一家人占了一排。几个迟到的人还以为宝宝躺着的地方是空位子，走到第一排外弯下腰来，正要进去，却看到宝宝占了两个座位，便狠狠地瞪了凯蒂一眼。凯蒂坐着一动不动，加倍凶狠地给瞪回去。

弗兰西觉得这是布鲁克林最漂亮的教堂。教堂是用那种玄武石造的，两个尖顶齐刷刷指向天空，比最高的出租楼还要高。教堂里是高高的穹顶，深镶的花玻璃窗户，还有精心镂刻的祭坛，看起来就像大教堂一般，只是规模小些。中间祭坛的左侧是罗姆利外公半个多世纪前雕的，弗兰西为之自豪。罗姆利外公那时候还年轻，刚从奥地利过来，人很小气，用这种方式以工代捐。

这个节俭的人将自己雕刻剩余的碎木收集起来带回家，不辞劳苦地将这些蒙福的木头摆起来，粘起来，变成三个小十字架。玛丽在三个女儿婚礼上将十字架传给她们，并交代她们把这些传给各自的长女。

凯蒂的十字架高悬在自家壁炉的上方。等到弗兰西结婚的时候，就会传给她了。弗兰西很自豪这十字架是祭坛用的木头做的。

今日，祭坛摆满鲜红的圣诞红、枞树枝，四周点上蜡烛。蜡烛白色，烫金头，都点着，在枝叶之中熠熠生辉。耶稣诞生的马棚盖着草顶，放在祭坛的栏杆里。弗兰西知道，那小小的木刻的玛丽亚、约瑟夫、三博士、牧羊人，还有马槽里的圣婴，一定都还像一百年前刚从老国家带来时一样摆放着。

神父进来了，后面是祭坛侍童。神父外面套着一件缎子做的白色弥撒袍，前后各有一个金色十字架。弗兰西知道这弥撒袍象征着耶稣的无缝袍。相传玛丽亚曾亲手做此袍，耶稣被钉十字架之前被剥下来。在骷髅地[1]，耶稣死时，兵士们不舍得将这衣服撕碎，还曾抓阄来定谁能分得。

弗兰西满腹心思，一不小心就错过了弥撒的开始部分。现在她跟了上来，听着从拉丁文翻译过来的启应经文：

神啊，我的神，我要弹琴称赞你。我的心哪，你为何忧闷？为何在我里面烦躁？神父用他那浑厚的声音吟唱。

应当仰望神，因我还要称赞他。祭坛侍童回应。

愿颂赞归于圣父、圣子、圣灵。

从起初到今时到永远，到世界的末了，阿门。祭坛侍童回应。

我就要走到神的祭坛。神父吟诵。

神啊，年轻的时候你带给我喜乐。祭坛侍童回应。

我们得帮助，是在乎倚靠造天地之耶和华的名。

神父接着鞠躬，背诵起《悔罪经》来。

弗兰西全心全意相信，祭坛就是那骷髅地，耶稣再一次被献上作为牺

① 耶稣被钉死的地方。

牲。她听着那圣体[①]和宝血[②]的祝圣祷告词，觉得神父的话语如一把奇妙的剑，冥冥之中将耶稣的身体和血分开来。她也知道，在那样的一刻，在那金色的圣餐杯和金色无酵饼托盘间，耶稣的圣体、宝血、圣灵和圣父完完全全地同在，归为一体，只是她对这一切尚不知如何解释。

"这是多么优美的一个宗教啊，"她在默想，"我真希望自己能多理解些。不，我不想完全理解。它的美就在于神秘，就像上帝本身也神秘一样。有时候我说我不相信上帝，可那只是恼火时说的气话……我相信！我相信！我相信上帝，相信耶稣，相信圣母玛丽亚！我不是个好天主教徒，因为忏悔时，若是为一些不经意做的事情，要去深深忏悔，我还会抱怨抱怨。不过不管好坏，我终归都是天主教徒，不会是别的什么。"

神父沿着弧形台阶，走到讲坛后。他用那庄严的语调说道："请大家为约翰·诺兰的灵魂祈祷，愿安息归给约翰·诺兰。"

"诺兰……诺兰……"从穹顶传出回声。

将近有一千人跪下，为诺兰的灵魂作了短短的祈祷，那声音嘈嘈切切，如泣如诉。祷告的人当中，其实只有十来个人认识约翰尼本人。弗兰西也开始为炼狱里的灵魂祷告起来。

"好耶稣啊，您总是心怀他人的苦难，求您垂怜我们在炼狱里的亲人。神啊，您也爱自己的儿子，求您一样地倾听我的哀告恳求……"

---

① 无酵饼所象征。

② 葡萄汁所象征。

第四十六章

“再过十分钟，”弗兰西宣布，“就到 1917 年了。”

弗兰西和弟弟并排坐在炉子前，脚上穿着长袜子，脚搭在炉膛里。妈妈已经在床上睡着，睡前叮嘱他们务必提前五分钟叫她起来。

“我感觉，”弗兰西接着说，“1917 年比过去任何一年都重要。”

“每年你大概都这么说。”尼雷说，“你先是说 1915 年比任何一年都重要。然后是 1916 年，现在又说 1917 年。”

“确实会是重要的一年嘛。首先，1917 年我就真的到了十六岁，而不只是在办公室里冒充十六岁。还有一件事，其实都已经开始了。房东在安装电线。过几个星期，我们就用电，不用气了。”

“随你怎么说。”

“然后他要把这些炉子拆掉，装上暖气。”

“啊呀，那我可要想念这些旧炉子的。记得过去，”(两年前!)“我怎么坐炉子上的吗?”

“那时候我总怕你着火。”

“我现在就想坐上去了。”

“你去坐好了。”尼雷坐到炉上最边上的地方，离烧火处有些距离，这样就暖而不热。“记得吗?”弗兰西接着说，“那时候我们就在这炉膛石上演算题目。爸爸后来给我们弄了个真的黑板擦，这样炉膛石成了黑板，只不过是平躺着的。”

“记得啊。那是好久以前了。哎，你说 1917 年是最重要的一年，因为我们会通电，会用暖气。可是别的单元都用了好多年了，这算不得多重要的事。”

“今年最重要的事情，是我们要参战。”

“什么时候？”

“快了，下周……下个月。”

“你怎么知道？”

“我每天都看报纸啊，老弟——看两百份。”

“我的天！但愿不要打到我足龄入伍的时候。”

“谁要入伍啊？”他们俩吃惊地四处看了看。妈妈已经站到了卧室门口。

“我们只是在聊天呢，妈妈。”弗兰西说。

“你们忘了叫我，”妈妈责备说，“我好像听到了一声鸣笛。大概已经到新年了吧。”

弗兰西打开窗户。这是一个霜冷寒夜，一丝风都没有，四处静悄悄的。院子对过，那些屋子的背面阴沉沉的，仿佛是在思考。他们站在窗口，听到了教堂喜乐的钟声。钟声一段未了，后面一段又接踵而至，接着喇叭声次第响起，间或出现一阵尖利的汽笛声。黑糊糊的窗户此时一扇扇砰地打开。牛角罐子也纷纷摇响起来，汇入这年夜的交响之中。有人放了一声空枪。喊叫声、口哨声响起来。

1917年到了！

这一切的声音渐渐淡去，空气中充满期待。有人开始唱歌：

怎能忘记旧日朋友，
心中能不怀念？

诺兰一家跟着唱了起来，邻居们也一个个跟着唱起来，所有人都唱了起来。唱着唱着，突然出现了一些不和谐的声音。一群德国人也开始唱起来，声音夹杂到他们唱的《友谊地久天长》中来。

啊，这是一座小花房[①]，

① 原文为德文。

小花房，
小花房。
啊，你真美丽，
啊，你真美丽，
啊，你这美丽的小花房。

有人叫了起来："闭嘴，你们这些肮脏的德国佬！"德国人不甘示弱，唱得更响了，淹没了《友谊地久天长》。

为了报复，爱尔兰人模仿着他们的歌词唱起来，歌声飘过了阴暗的院子。

啊，这是一首该死的歌，
该死的歌，
该死的歌。
啊，你真肮脏，
啊，你真肮脏，
啊，你这肮脏的德国歌。

犹太人、意大利人不管了，纷纷把窗户关上，由着德国人和爱尔兰人去斗。德国人唱得更响了，把那模仿的歌声吞没，也把那《友谊地久天长》吞没。德国人赢了。他们高叫着将那无限长的歌唱完。

弗兰西感到发抖。"我不喜欢德国人。"她说，"他们太……太执着，要是想着什么东西就一定要得到手，总是争强好胜。"

夜又一次安静了下来。弗兰西抓住妈妈和尼雷的手。"我们一起来。"她下令。三个人头伸出窗外喊道：

"各位，新年快乐！"

沉寂片刻后，黑暗中传来一个粗粗的爱尔兰口音："诺兰家的，你们也新年快乐！"

"那又是谁？"凯蒂纳闷。

"新年快乐，你这肮脏的爱尔兰佬！"尼雷叫道。

妈妈将他的嘴巴捂住，将他拖走。弗兰西则把窗户拉下。三个人都歇斯底里大笑起来。

“这回你可真是！”弗兰西笑得上气不接下气，笑得都要掉眼泪了。

“他知道我们是谁，他可要来干……干……干架的。”凯蒂还在咯咯笑，笑到有气无力，累得要扶桌子。“这……这……这人是谁？”

“欧布赖恩老头儿。上周我去他院子，被他骂了出去，这个肮脏的爱尔兰……”

“别说了！”妈妈喝止他，“你知道新年一开始你做什么，一年就会那样继续下去。”

“你大概不希望像一张坏唱片那样，卡在‘肮脏的爱尔兰佬’上面，是不是？”弗兰西说，“再说了，你也是爱尔兰人。”

“你不也是？”尼雷反唇相讥。

“我们都是，除了妈妈。”

“我不嫁给爱尔兰人了吗？”

“那我们爱尔兰人要不要新年夜喝上一杯？要不要？”弗兰西要求。

“当然。”妈妈说，“我去调酒。”

麦克加里蒂送了一瓶上好的陈年白兰地给诺兰家，作为圣诞礼物。凯蒂用小杯子量出白兰地，倒入三个高脚玻璃杯。杯子里还有空，她打了鸡蛋放进去，还放入牛奶、糖。她还把肉豆蔻碾碎，撒了上去。

她调酒的时候手很稳，不过她心里清楚，今晚喝酒是一件大事。她常常担心孩子们把诺兰酗酒的毛病沾染过来。她希望家里对喝酒形成健康良好的态度。她觉得，如果喋喋不休地反对，孩子们没准会觉得这禁果更甜，毕竟他们都是些个人主义者，行为难以逆料。可是反过来说，如果她太淡化这事，孩子们又觉得喝醉酒稀松平常。她决定，既不要不闻不问，也不要小题大做，只要培养一颗平常心，让他们觉得喝酒不过是一件平常事，节庆时偶尔为之，并不沉迷即可。毕竟新年也是一大节庆。她给了每个人一个杯子。此刻就要看他们的反应了。

“我们为什么干杯？”弗兰西问。

“为希望干杯。”凯蒂说，“希望我们家里一直像今天晚上这样，团结在一起。”

“等等!”弗兰西说,“把劳瑞抱来,她也是和我们一起啊。”

凯蒂将安安静静睡着的劳瑞从摇篮里抱起,抱进暖暖的厨房。劳瑞睁开眼睛,抬起头,迷迷糊糊地笑了,露出两颗牙齿来。然后她又低下头,靠在凯蒂肩膀上睡着了。

“好了。”弗兰西举起杯子,“为了永远的在一起干杯!”他们一起碰杯,喝酒。

尼雷喝了点,皱了皱眉头,说他宁可里头只放牛奶。他将酒倒入洗碗池,又倒上一杯,里面掺入冷牛奶。弗兰西也如法效仿,把杯中饮料倒掉,看得凯蒂很是担忧。

“不错,”弗兰西说,“很不错。不过还没有香草味冰淇淋苏打一半好喝。”

“我担忧什么呢?”凯蒂在内心欢唱,“毕竟他们是诺兰家的人,也是我们罗姆利家的人,而我们罗姆利家的人是不喝酒的。”

“尼雷,我们上屋顶吧,”弗兰西冲动地说,“看看全世界如何迎接新的一年到来。”

“好吧。”尼雷同意。

“先把鞋子穿上,”妈妈下令,“还有外套。”

他们沿着摇摇晃晃的楼梯爬上去。尼雷将屋顶盖子推开,他们爬上了屋顶。

夜色醉人,空气清凉。没有风,空气寒冷而安静。闪烁的星星低垂在天幕下。满天的繁星,将夜空衬托成钴蓝色。没有月亮,可是星星比月亮还要亮。

弗兰西踮着脚,张开双臂。“哦,我多想拥住这一切!”她叫道,“我想拥抱这寒冷却无风的夜色。我想拥抱这伸手可摘的亮晶晶的星星。我想将这一切拥住,紧紧地拥住它们,直到它们说:‘放开我!放开我!’”

“不要靠屋檐那么近。”尼雷不安地说,“搞不好你会从屋顶掉下去。”

“我想有个人,”弗兰西有些急迫地想着,“我想有个人。我想紧紧拥住某个人。我需要的不止是这样的拥抱。我需要有人来理解我此时的感受。理解应该是这种拥抱的一部分。

“我爱妈妈,我爱尼雷和劳瑞。可是我需要另外一种方式,去爱另外一个人，与对他们的爱不一样。

“如果我跟妈妈说这些，她会说：‘是吗？这样啊，你既然有了这种感觉，那么就不要在幽暗的楼道里和男孩子在一起。’她也会担忧，怕我会变成茜茜那样。可是我这和茜茜还不是一回事，我对理解的需要超过拥抱。如果我跟茜茜和艾薇姨妈讲，她们会和妈妈一样说，尽管茜茜十四岁就结婚了，艾薇十六岁结婚。妈妈结婚的时候还是个少女。不过她们都把当初忘了……她们会说我还小，不该有这些念头。或许我还年轻，才十五岁。不过，在有些事情上面，我比我的实际年龄要大。我没有人可以拥抱，没有人来理解。或许有一天……有一天……”

“尼雷，如果人终归一死，这时死去岂不是最佳？这时候的一切，就像夜色一样完美无缺。”

“你知道你这是怎么回事吗？”尼雷问。

“不知道。怎么了？”

“你是喝那掺牛奶的酒喝得。是这么回事。”

她攥紧拳头，走向他。“你不要这么说，千万不要这么说！”

他退后了，她的一脸怒容让他感到害怕。“没……没……没有关系。”他结巴了，“我自己也醉过。”

好奇之下，她的愤怒消退了。“是吗，尼雷？你可没有撒谎？”

“是的。有个家伙拿了几瓶啤酒，我们下到地下室里喝了。我喝了两瓶，喝醉了。”

“当时什么感觉？”

“首先，这整个世界颠倒了。然后，就像我们在便宜店用一分钱买的那万花筒一样，你从小的这一头看，转动大的那一头，你能看到彩纸飞落，每次的组合都不一样。不过，更主要的感觉是头晕。我后来还吐了。”

“那么我也醉过。”弗兰西承认。

“也是喝啤酒？”

“不是。去年春天，在麦卡瑞恩公园，我平生第一次看到一棵郁金香。”

“你以前没有看过，你怎么知道是郁金香？”

“我看过图片。我看着它，看着它的成长，看着叶子，看着那鲜红的花瓣、黄色的花心，那时候我也感到天旋地转，就像你说的，就像看万花筒一般。我头晕得很，只得坐到公园凳子上。”

“你也吐了吗？”

“没有。”她回答，“今天晚上，我在屋顶也是这感觉，我知道这和喝那奶酒无关。”

“我的天。”

她想起了什么。“妈妈给我们那奶酒的时候，是在试探我们。我知道的。”

“可怜的妈妈。”尼雷说，“不过我她是不用担心。我不喜欢呕吐，所以我不会再醉酒了。”

“她也不用为我担心的。我不喝酒都会醉。我看郁金香，或者像今天晚上这样，都能醉倒。”

“我想今天晚上真是不错。”尼雷也同意。

“是如此寂静、明亮……甚至有些……神圣。”

她等着。如果爸爸和她在一起……

尼雷唱了起来。

平安夜，圣善夜。
万寂中，光华射。

“他就像爸爸。”弗兰西开心地想。

她向布鲁克林眺望过去。星光之下，布鲁克林半隐半现。她眺望着那些平顶的屋子，看它们高低交错，偶尔中间有个旧时的斜顶屋穿插进来。她看到了参差的烟囱……一些烟囱上还有暗暗的鸽子笼。有时候，还能隐隐听到鸽子在梦中的咕咕声……还有教堂的两个尖顶，像是在那幽暗的苍穹下默默沉思……在街道的末端，那座大桥，如同一声叹息，跨于东河之上，然后在通往对岸的地方迷失……迷失……桥下那幽暗的东河，还有远处雾蒙蒙的灰色纽约城轮廓，宛如一个纸板剪出的城市。

“没有哪个地方像这里。”弗兰西说。

“像哪里?”

“布鲁克林啊。这是个魔术般的城市,几乎不真切。”

“这儿和别的地方没什么两样啊。”

“不一样!我每天去纽约城,纽约城就不一样。我去过一次贝永,去看望一个生病在家的同事。贝永也不一样。布鲁克林有些神秘。就像——对了——就像梦境。这里的房子和街道都不像真的。人也不像真的。”

“他们够真的了——你瞧他们打架、骂人的样子,还有那穷劲儿和肮脏模样。”

“可是这么贫穷,这么打架,还是像在梦里。他们并不是真的有这些感受。这一切的发生都仿佛是在梦境里面。”

“布鲁克林和其他地方没有什么两样。”尼雷坚定地说,“只是你的想象让它不同。不过这没有关系,”他又宽宏大量地说了声,“只要你高兴就行了。”

尼雷!和妈妈那么像!又和爸爸那么像!他结合了两人的长处。她爱自己的弟弟。她想拥抱他,亲吻他。不过他又像妈妈。他不喜欢人们感情过于外露。如果她要是来亲吻他,他一定会生气地将她推开。于是,她伸出手来。

“新年快乐,尼雷。”

“也祝你新年快乐。”

他们庄重地握了个手。

第四十七章

圣诞节转瞬即逝，不过诺兰家过得很好，仿佛昔日重来了一样。可是，新年一过，大家又各就各位，分别回到约翰尼死后各自的新轨道上。

其一，钢琴课停了。弗兰西已经几个月没有练习。尼雷晚上在社区冰淇淋店演奏。他的拉格泰姆曲子弹得不错，爵士乐更胜一筹。大伙儿说，他能让钢琴说话。他的演奏很受欢迎。他用演奏换免费汽水。到了星期六，舍弗莱有时候还给他一块钱，让他弹一整晚上。弗兰西不喜欢这些做法，并向妈妈告了一状。

"我不会让他这样下去的，妈妈。"她说。

"不过这样弹奏又有何妨呢？"

"你大概不希望他弹奏这些，只是换取免费饮料吧，就像……"她迟疑了一下。凯蒂把她的话接了下去。

"就像你父亲？不，他不会跟他一样。你父亲从来不唱他真心喜欢的歌，如《安妮·劳瑞》，或者《夏日最后一朵玫瑰》之类。他唱来唱去，都是人们喜欢的歌，比如《甜蜜蜜的阿黛林》、《磨房溪畔》之类。尼雷不同。他总弹奏他自己喜欢的，别人喜欢不喜欢他根本不管。"

"你是说爸爸是在给人提供娱乐，尼雷这是在玩艺术？"

"怎么说呢……算是吧。"凯蒂挑衅似的承认了。

"您这算不算溺爱啊？"

凯蒂皱了皱眉，弗兰西放下这个话题不谈了。

自从尼雷上高中后，他们的《圣经》和莎士比亚也不读了。尼雷说他们正在学习《裘力斯·凯撒》，另外校长每次开会都读《圣经》，这对尼雷来说就已经足够了。弗兰西一整天看报纸，眼睛受不了，巴不得晚上不读这些了。凯蒂没有坚持，觉得他们也大了，读与不读，且由着他们吧。

弗兰西晚上很孤单。诺兰家的人只有晚饭的时候在一起，连劳瑞都坐到餐桌前的婴儿高凳上。晚饭后尼雷会出去，去找他那些狐朋狗友，或是去冰淇淋店演奏。妈妈在家读报纸，到了晚上八点，她就和劳瑞一起睡。(凯蒂还是五点钟起床，赶在弗兰西和尼雷在家的时候，把清扫完成。)

弗兰西很少去看电影。画面跳跃性大，伤她的眼睛。也没什么演出可看的。很多老剧团都倒闭了。另外，她在百老汇高尔斯华绥《法网》一剧中看到过巴里穆尔[1]，口味一下子提高，看不上那些老剧团的演出了。去年秋季，她还看过一部《战争新娘》，主演是内吉姆娃[2]。电影她很喜欢，很希望再看一遍，不过从报纸上看，因战争在即，此片被禁。她还清楚地记得，她曾走过布鲁克林一个奇怪的地区，去看伟大的莎拉·伯恩哈特[3]在基思歌舞杂耍戏剧院表演的单幕剧。这位伟大的演员已经七十多了，不过从舞台上，看起来只像三四十岁。弗兰西不懂法语，但能猜出这戏是围绕着演员被锯的腿展开的。伯恩哈特扮演一位在战争中失去一条腿的法国士兵。演出中间常常出现 Boche[4]这个词。弗兰西永远忘记不了伯恩哈特那一头如火的红发，还有她那金子一般的嗓音。演出的节目单弗兰西珍藏了下来，放进自己的剪贴簿里。

不过熬了一个月又一个月，这样的三个夜晚毕竟是少数。

那年春天来得早。甜美和煦的夜晚，她辗转难眠。她会出去散步，沿着街道，穿过公园。每到一处，总能看见男男女女在一起，或是手挽着手走路，或是勾肩搭背，一起坐在公园长凳上，或是在门厅前，默默站在一起。除了弗兰西外，世界上每个人都有情人或者朋友。整个布鲁克林，似乎只有她形单影只。

1917 年 3 月。整个社区都认为战争躲也躲不掉了，大家说的也都是这

① 美国著名演员，常被人称为该时代最伟大的演员。

② 俄裔美国演员，制作人，剧作家。

③ 法国舞台剧演员，有人称其为“有史以来最著名的演员”。

④ 德国佬，对德国人的贬称。

些。出租楼里有个寡妇，家有独子，十分害怕这孩子被迫应征入伍，去前线当炮灰。她给儿子买了把短号，让他学着去吹。她想这样一来，入伍后可以进乐队，只是在游行和检阅的时候吹吹号，不用上前线。那人天天练，时时吹，却又总是五音不全，把出租楼里的住户折磨得痛不欲生。有个人不堪其苦，想了一招，告诉那位母亲他有内幕消息：军旅乐队会率领士兵，冲锋在前，要当炮灰的话，是他们最早当。那母亲一听，当即把短号送当铺当了，拿到当铺票也给毁了。如此，那把大家折磨得够呛的练习戛然而止。

每天晚上吃晚饭的时候，凯蒂都问弗兰西："打仗了吗？"

"还没有，不过也就是这几天的事，说打就打起来了。"

"那还不如早打。"

"你难道希望打仗？"

"哪里。我怎么会希望打仗？不过如果真要是打，迟打不如早打。开始越早，结束越早。"

可是后来茜茜闹的事把战争暂时推到了幕后。

茜茜现在已经痛改前非，不像过去那么放荡了，照说该不声不响地过日子，接下来过渡到心满意足的中年。可是这时候，她疯狂地爱上了她已经嫁了五年多的约翰，害得全家鸡犬不宁。非但如此，她还做成了一连串大事：当了寡妇，离了婚，结了婚，怀了孕。这一切都是十天内发生的。

有天下午快下班的时候，送信人照例将威廉斯堡最受欢迎的《标准联合报》送到弗兰西桌子前。像往常一样，她把这报纸带回家，让凯蒂晚饭后看。弗兰西次日会将报纸带回去阅读、标记。弗兰西下班后从不看报，也不知道那一期报纸上说的都是什么内容。

晚饭后，凯蒂坐在窗前看报。翻到第三版后，她突然大叫一声："我的天哪！"话音震惊不已。弗兰西和尼雷都跑到她身后来看。凯蒂指向一条标题：

英雄消防员在沃勒拜特市场大火中丧生

下面有行小标题："本欲下个月退休，开始领退休金"。

看完内容，弗兰西发现这位英雄消防员原来是茜茜的第一任丈夫。报上有茜茜的一张照片，是二十年前拍的。那时候茜茜一头往后梳的头发，定过型，高耸在头顶，身上穿羊腿袖的裙装。那时茜茜才十六岁。茜茜图片下面有行字："英雄消防员的遗孀"。

"我的天哪！"凯蒂又说了声，"看来他后来没有再结过婚。他一定一直带着茜茜的照片，人一死，其他人在遗物中一搜，把茜茜给搜了出来。

"我得马上就走。"凯蒂脱去围裙，去拿帽子，边走边解释："茜茜的约翰看报纸。她说自己离婚了。现在真相大白，他会把她杀掉的，不杀也会要她走人。"她又补了一句："茜茜带着妈妈和孩子，能去哪里啊？"

"他看起来人不错啊，"弗兰西说，"我想他不会这么来的。"

"我们哪里知道他会做出什么事情来？我们对他一无所知。他是这一家的陌生人，过去是，将来也还是。愿上帝让我早点赶到。"

弗兰西坚持要一起去，尼雷答应留下来看家看孩子。他提出的条件，是要她俩把发生的一切原原本本告诉给他。

到了茜茜家，他们发现她激动得满脸绯红。玛丽·罗姆利外婆已经把宝宝抱走，去前屋休息去了。在那黑暗中，她在默默祈祷，祈愿事情有个好结果。

茜茜家的约翰也用自己的话说出了原委。

"我在店里上班，知道吧？这些家伙跑到屋子里来，跟茜茜说：'你丈夫死了，知道吧？'茜茜还以为是我死了。"他突然转向茜茜，"你哭了没有？"

"哭得隔两条马路都能听见呢。"她宽慰他说。他似乎很满意。

"他们问茜茜遗体怎么办？茜茜就问有没有保险，知道吧？后来发现有保险，五百块，是十年前付的，用的还是茜茜的名字。你瞧茜茜这下忙得！她让他们把遗体放到了斯派希特殡葬馆，知道吧？她花五百块安排葬礼。"

"我不安排不行啊，他活着的亲属就我一个。"茜茜用道歉的口吻说。

"这还不算。"约翰接着说，"现在他们准备给茜茜退休金。这个我可不答应！"他突然大叫起来。"我跟他结婚的时候，"他的语气又平静了些，"她跟我说她离婚了。现在才发现不是。"

"可是天主教不准离婚啊。"茜茜强词夺理。

"你又不是在天主教会结的婚。"

"我知道。因为没有经过教会，我从来没觉得自己结了婚。没结婚干吗离婚呢？"

他双手伸向空中，痛苦地说："我认输！"他这手势，这口气，跟当初茜茜坚持说自己生了孩子的那个时候一样。"我跟她结婚是信赖她，知道吧？她是不是可信呢？"他自问自答似的说，"她这么一转背，我们两个都成了通奸犯。"

"别这么说！"茜茜厉声说道，"我们这**不是**通奸，是重婚。"

"那么现在就得给我停住，知道吧？你第一个丈夫死了，现在你得跟第二个离婚，然后你才可以跟我结婚，知道吧？"

"好的，约翰。"她温顺地说。

"我名字不叫约翰！"他咆哮了起来，"是史蒂夫！史蒂夫！史蒂夫！"他这名字每重复一次，手就在桌子上猛捶一次，蓝色玻璃糖碗边上的勺子上下晃动，敲打着碗沿。他还伸手指向弗兰西的脸。

"还有你！从现在开始，我是**史蒂夫**姨夫，明白吧？"

弗兰西一言不发，吃惊地看着这个突然变化的人。

"怎么？你怎么说啊？"他大声叫道。

"你……你……你好，史蒂夫姨夫。"

"这就对了。"他的语气终于缓和了些。他从门后一根钉子上取下帽子，戴到头上。

"你去哪里啊，约翰……不，史蒂夫？"凯蒂担心地问了句。

"听着！我还小的时候，我家老头子总在来客人的时候去买些冰淇淋过来。这可是**我的**家，知道吧？**我家**有客人。那么我就去弄上一夸脱草莓冰淇淋来，知道吧？"他走了。

"人真不错啊，是不是？"茜茜叹了口气，"这种人啊，女人想不爱都难。"

"看来罗姆利家族终于有个男人了。"凯蒂干巴巴地说了声。

弗兰西走进幽暗的前屋。在街灯的灯光下，她看到外婆坐在窗前，怀里抱着茜茜的宝宝。外婆手上垂着念珠，手在发抖。

"外婆，现在不用祷告了。"她说，"一切都好了，他去买冰淇淋去了，知道吧？"

"愿荣耀归于圣父圣子圣灵。"玛丽·罗姆利发出了赞美。

史蒂夫以茜茜的名义，给茜茜的第二任丈夫写了封信，寄往茜茜记得的最后一个地址，信封上书“烦请转交”字样。茜茜叫第二任丈夫同意离婚，好让她改嫁。一周后，她收到了威斯康星发来的一个厚信封。是茜茜的第二任丈夫发来的，他说他很好，七年前在威斯康星离了婚，旋即再娶，然后定居威斯康星，后来找了份好工作，养了三个孩子。他写道，他很幸福；他还用挑战的口吻，说他希望继续这样下去，并特意给这些话画了下划线。他还随信寄来一份旧的剪报，证明离婚声明已经通报送达。他还送来一份直接复印的离婚证，上书离婚理由为遗弃，还有一张快照，上面是三个神气活现的小孩。

茜茜很高兴这么快就把婚离了。她邮寄了一个镀银的酸菜盘子给他，作为迟到的结婚礼物。她还觉得自己应该寄去一封贺信。史蒂夫拒绝写这贺信，茜茜于是请弗兰西代劳。

“就说我祝愿他幸福。”茜茜说。

“可是茜茜姨妈，他结婚七年了，现在都安定下来了，不管幸福不幸福都这个样儿了。”

“头一次听说人家结婚，得给贺个喜，这是礼节问题。你就照着写吧。”

“好吧。”弗兰西给写了下来，又问：“还有呢？”

“写点东西说他的孩子……说他们多乖多漂亮……比如说……”她的话在嗓子里哽住了。她知道他寄来这些照片，是想证明茜茜那些孩子的小产不是他的问题。这让茜茜很受打击。“就说，我也有个女儿，很漂亮，很健康，你在健康这两个字下面画个线。”

“不过史蒂夫的信中说你打算结婚。这个人知道你这孩子来得也太快了点，会不会觉得好笑？”

“你就按照我说的去写，”茜茜下令，“就说我下周还要再生一个。”

“茜茜！真的假的啊？”

“当然不是真的，不过你就这么写好了。”

弗兰西给写好，又问：“还有什么吗？”

“谢谢他寄来的离婚文件。然后就说我比他早一年就拿到离婚证明了。不过我自己忘记了。”她牵强附会地说。

“可你这是撒谎啊。”

“我**真的**是比他早离婚的，是在我脑子里离的。”

“好吧，好吧。”弗兰西让步。

“就写我很快乐，而且一直会这样，也在这些话下面画线，就跟他一样。”

“天哪，茜茜。你**非要**占上风不可吗？”

“是的。你妈、艾薇还有你，还不都是这样！”

弗兰西不再反对了。

史蒂夫拿了结婚证，和茜茜重办了次婚礼。这回是个卫理会牧师主持的。这是茜茜头一回在教堂结婚，她相信她终于真结婚了，以后会至死不渝。史蒂夫很幸福。他爱茜茜，怕失去她。她离开以前那些丈夫，都是说散就散，毫不后悔。他怕她也会离开自己，而且把他宠爱的宝宝一起带走。他知道茜茜很信教会，不管是什么教会，天主教、新教都行；他知道在教会举办的婚礼茜茜不敢说散就散。他们相处的几年中，这是他头一次感到自己幸福、安全、能干。茜茜发现自己不可收拾地爱上了他。

有天晚上，凯蒂上床后，茜茜过来找她。她叫凯蒂不要起来，说就到卧室跟她说会儿话。弗兰西坐在厨房桌子前，将一些诗歌剪贴到旧笔记本上。她在办公室里放了个刀片，将她喜欢的诗歌和故事裁剪下来，放入剪贴簿。一本剪贴簿命名为《诺兰古典诗歌集》。另外一本命名为《诺兰现代诗歌集》。第三本是《安妮·劳瑞之书》，书中收藏了一些童谣和动物故事，准备等劳瑞大些时读给她听的。

黑暗的卧室里传来的谈话声有一种让人舒心的节奏感。弗兰西剪贴的时候听着里面的话。她听到茜茜说：

“……史蒂夫，真好，真是个体面人。我意识到这一点的时候，都为以前那些个人痛恨我自己——我是说那些丈夫之外的人。”

“你没有跟他说还有其他人吧？”凯蒂忧心忡忡地问。

“我有那么傻吗？不过我真心希望，他是第一个也是最后一个。”

“女人都这么说。”凯蒂说，“这么一说，意味着她的生活要发生变化了。”

“你怎么知道的?”

“如果她从来没有恋爱过,她会瞎折腾一气,想着自己该有的欢乐没有得到,想着机会稍纵即逝,想着现在机会不再来这些,一直要瞎折腾到最后情况发生变化为止。要是她的情人太多吧,又会说自己那时候做得如何如何不对,现在如何如何后悔。可是她还会照老样子下去,因为她心里也清楚,不用多久,她作为女人的一面也会慢慢消散,消失。要是她一开始就没觉着男人有什么好,那么情况转变的时候,她反倒更能接受。”

“我可不希望再发生什么变故。”茜茜愤愤地说,“首先,我太年轻了。第二,我也受不了。”

“有朝一日,我们都会遭遇到这些的。”凯蒂叹了口气。

茜茜的话音里带着恐惧。“不能再生孩子……不阴不阳……长成肥婆……下巴上长出短须来。要是这样,倒不如去死!”她伤心地哭了。“但是不管怎样,”她又洋洋得意地补充道,“我还不到那种变化的时候,我现在又有了。”

暗暗的卧室里一阵响动。弗兰西能想象妈妈用胳膊撑着坐起来的样子。

“不,茜茜!不!你不会又有身孕了吧?这都发生十次了,十个孩子都是死婴。这一次你快三十七了,怕是更难吧。”

“这个年纪生孩子不成问题。”

“不行的,要是生下来再有个三长两短,你也受不了啊。”

“你不用担心,凯蒂。这孩子会活下来的。”

“你每次都这么说。”

“这次我肯定上帝站在我这一边。”她用一种平静而自信的口吻说。过了一会儿,她又说:“我把小茜茜的来历都跟史蒂夫实说了。”

“他怎么说的?”

“他说他一直都知道我没有生小茜茜,不过我说得那么肯定,他也弄糊涂了。他说现在没关系了,只要不是茜茜跟其他男人生的就行,再说孩子也是一开始就抱过来的,跟亲生的没什么两样。说来也巧,孩子居然跟他很像。她的黑眼睛像他,下巴也像他,圆圆的,耳朵也一样是小小的,耳廓贴近头部。”“她的黑眼睛来自露西亚, 而世界上有一百万人长着圆下巴、小耳朵。要是史蒂夫因为孩子像他而开心，这样也就行了。”一段漫长的沉默之后，凯蒂开口了。“茜茜，你有没有问过那户意大利人家，这孩子的父亲究竟是谁？”

“没有问。”茜茜也等了好久，才接着说。“那女孩如何如何受困、人住哪里，这些问题你猜是谁跟我讲的？”

“谁？”

“史蒂夫。”

“哦，我的天！”

两人都沉默了好久，然后凯蒂说道：“当然，这纯属巧合。”

“当然。”茜茜也同意，“他说是店里有个同事跟他说的。说有个同事就住在露西亚那条街。”

“当然。”凯蒂重复了一声，“你知道布鲁克林这地方，莫名其妙的事情也不知道有多少。比如有时候我在街上走，想着什么五年都没见过的人，你瞧怎么着？一转街角，就会看到这人朝我走过来。”

“我知道。”茜茜回答说，“有时候我做过平生从来没有做过的事，突然我会觉得这事我做过，或许是前生做过……”她的声音淡了下去。过了一会儿她说：“史蒂夫总是说他不要别人的孩子。”

“**所有**男人都这么说。生活很滑稽。”凯蒂接着说，“一两件事情碰巧凑在一起，人们什么解释都可能有。你认识那女孩只是巧合。同样那个家伙可能跟店里十几个人都说过。史蒂夫碰巧跟你提到，碰巧那孩子圆下巴而不是方下巴。这都不像巧合，叫什么来着……”凯蒂停下来想词儿。

弗兰西在厨房里，突然对这些谈话产生了浓厚兴趣，虽然她也知道自己本不该偷听。妈妈没词的时候，她不经意地给说了出来：

“你是说**缘分**吧，妈妈？”她叫了起来。

卧室里静下来，寂静中透出震惊。接着谈话继续，但这次是耳语声。

第四十八章

弗兰西桌子上放着一张报纸。这是一张“号外”，直接从印刷厂送过来的，标题的油墨还没有干。这报纸送来已经有五分钟了，她还没有提笔来做标记。她瞪着上面的日期。

1917 年 4 月 6 日。

标题只有一个词，战争 (WAR)，六英寸高。三个字母的边都毛了，这个字仿佛是在发抖。

弗兰西看到了未来的一个景象。五十年后，她会告诉孙子辈的孩子，那一天她是如何到办公室来，坐在阅读员的桌子后，照常上班，突然看到宣战的消息。她经常听外婆唠叨，知道人老后会记住年轻时候这样的事情。

不过她不想回忆。她想生活。要是无从选择新生活，再去实际体验过去的生活也好，总比回忆强。

她决定将这一刻定格下来。或许这样，她就可以守着它，把它当做有生命的活物，不让它变成回忆。

她的目光转移到桌子上，看着那木头的质地。她的手指摸过放铅笔的凹槽，她也将摸这凹槽的感觉收入自己的脑海。她用一个刀片，在一支铅笔上刻了一个小点，然后将报纸解开。她将橡皮筋拿在手里，用食指去摸，去感受那边缘的盘旋。她将橡皮筋丢进金属做的废纸篓，数着它跌落所需的秒数。她认真听着，甚至不愿错过它跌落时小到几乎听不见的声音。她的指尖压住油墨未干的标题，看自己带着油墨印的指尖，然后将指印按到一张白纸上。

她没有理睬第一、第二版可能会出现的客户名称，将第一版裁下来，小心翼翼地折成长方形，用拇指压出折痕来。她将折好的报纸放入局里用来邮寄剪报的一个蕉麻纸信封里。

弗兰西打开抽屉拿钱包，这回头一次听到了打开抽屉的声音。她也注意到了钱包按扣咔嗒一下打开的声音。她抚摸着钱包，记着钱包的气味，端详着那黑色的波纹绸衬里。她看着零钱包里硬币上的日期。她看到了一枚 1917 年的分币，放进信封里。她打开口红盖，在指印下面画了道线。口红那清晰的颜色、那质地和气味，让她感到愉悦。她又看着小盒子里的脂粉、指甲锉上的刻纹、僵硬的梳子，还有手帕上的线头。钱包里有张陈旧的剪报，这是她从一份俄克拉荷马报纸上裁剪的。写诗的人在布鲁克林住过，上的是布鲁克林公立学校，年轻时还编辑过《布鲁克林飞鹰报》。她又看了一遍这首诗，一字不漏地把它记到脑海里——这是她第二十次看这诗了。

我衰老，也年轻
我愚蠢，也睿智
对他人我漠视，又不失关心
母性与父性，共集一身
我是孩子，也是大人
我粗俗，也有文雅

那残破的诗歌剪报她也给装进了信封。在小梳妆盒的镜子里，她看到了自己的辫子，盘在头上。她注意到了自己的睫毛，黑黑的，直直的，长短不一。她然后审视自己的鞋子。她伸手摸到自己的长袜，第一次发现，这长丝袜摸起来并不平滑，反倒有些毛糙。裙子的布是用很细很细的线织就。她将裙边翻过来，看到里面无袖衬里的滚边用的是菱形图案。

“如果我把这一切全记到脑子里，就能永远守住这个时刻。”她在想。

她用刀片割下一缕头发，包在那张有自己指印和口红印的方形纸上，将纸折好，放进信封里，然后将信封封起来。她在信封上写下如下字样：

1917 年 4 月 6 日，弗兰西斯·诺兰，现年十五岁零四个月。

她在想：“如果从现在算起，五十年后来看这些，我就会和现在一样，就永远不会老去。不过五十年太久……几百万个小时的时间呢。不过我已经在这里坐了一个小时……我的生命少了一个小时了……生命的所有时间中，已经有一个小时溜走了。

"亲爱的上帝啊，"她祈祷，"让我生命的每个小时、每一分钟都过得*充充实实*吧。让我喜，让我忧，让我冷，让我暖，让我饿……让我饱。衣衫褴褛也好，光鲜也好。让我真诚也好，狡诈也好。诚实也好，说谎也好。让人敬仰也好，罪大恶极也好。无论如何，让我的每一分钟都*充实*、蒙福。当我睡觉的时候，也让我一直做着梦，不让我虚度人生的每一分钟。"

送报员来了，又送了一份报纸过来，上面有三个字的标题：

宣战了！

她看着地面，觉得天旋地转，眼前五色杂陈。她低下头，看着未干透的油墨，低声哭了。一个年长些的阅读工从洗手间回来，在弗兰西办公桌前停顿了片刻。她看到了报上的标题，看到了弗兰西在哭。她顿了顿，觉得自己明白了。

"啊，打仗了！"她叹了口气，"你一定有个情人或者弟弟在战场，然否？"她用那种阅读工特有的文绉绉腔调问道。

"是的，我有个弟弟。"弗兰西也用实话回答。

"我深表同情，诺兰小姐。"阅读工回自己办公桌去了。

"我又醉了，"弗兰西心想，"这回是看报纸标题看得。我好像有嗜哭症，这可不妙。"

战争从远方渗透过来，影响着模范文摘局。局里业务日渐凋敝。宣战次日，局里最大的客户、一位每年花几千块钱订阅巴拿马运河之类信息的客户来了，说自己的地址暂时不能确定，他每天要亲自来拿报摘。

几天后，两个行动缓慢、步履沉重的男子上门找老板。其中一人将自己的手伸到老板面前，老板一看他掌心的东西，脸刷地就白了。他从那位大客户的档案柜中拿出一大堆剪报。两个壮实的家伙检查了一遍，又还回给老板。老板将这些装进信封里，信封放到他的桌子里。两个人进了老板厕所，门半掩着。他们在那里等了一整天。到了中午的时候，他们让跑腿的男孩出去给他们买了一袋三明治和一盒子咖啡，就在厕所里把午饭解决了。

巴拿马运河客户四点半过来了。老板如同慢动作一般，将信封交给他。客户把手伸进内口袋的时候，两个壮实的家伙从厕所里出来。其中一人拍了一下客户的肩膀。客户叹了口气，将信封交了出去。第二个壮实的家伙也拍了一下他的肩膀。客户两脚并拢，僵硬地鞠了个躬，然后被两人一左一右带着，走了出去。老板那天回到家里后，犯上了严重的消化不良。

那天晚上，弗兰西跟妈妈和尼雷说，在她的办公室抓住了一个德国间谍。

次日，有个模样机灵的家伙提着个手提箱来了。老板回答了很多问题，那机灵人将这些答案在印刷表格的空白处一一填写好。然后，让人心痛的一幕出现了。老板得开出一张将近四百块的支票来——这是客户被迫撤销订阅后，老板欠下的余款。那个机灵人一走，老板立刻四处借钱，不想让支票跳票。

从此以后，局里的业务江河日下。老板不问青红皂白，什么背景的客户都不敢再接。剧院演出季节一结束，演员客户也丢了。过去春季图书出版，会带来几百个作者客户，这些客户每人会花五块钱临时订阅文摘。另外，还有花几百块订阅的出版商客户。现在，过去客户熙熙攘攘的局面结束了，只剩下涓涓细流。出版社在观望，希望事态平息下来，这期间一些重要出版物他们缓着不出。很多研究人员考虑到自己会应征入伍，也取消了订阅。即便业务量不变，模范文摘局也撑不下去了，因为员工已经在流失。

政府预计会出现人手短缺，便在三十四街的大邮局开展了招聘考试，面向全社会招收女性员工。很多阅读工参加了考试，顺利通过，马上就去上班了。从事体力劳动的所谓“俱乐部”成员几乎是一起离职，应征去一家战时工厂上班，非但工资成了原来的三倍，而且大家还给他们“爱国者”的高帽子戴。老板的妻子重操旧业，回来当阅读工。除了弗兰西之外，老板把其他阅读工都解雇了。

只剩下三个人，以一当十地在做所有事情，大屋子里显得空荡荡的。弗兰西和老板妻子读报、归档并照应办公室其他事务。老板有气无力，像砍东西一样胡乱裁着报纸，地址条印得模糊不清，贴东西贴得东倒西歪。

到了6月，他终于放弃了。他让人把办公室设备卖掉，房租违约了，至于向客户退款的问题，他的解决办法很简单：“让他们告我好了。”

弗兰西知道纽约只有另外一家文摘局，她打了电话过去，问他们要不要阅读员。对方说绝对不会招聘新阅读员。“我们对本局阅读员很好，”那人用一种抬杠的口气跟她说，“永远不需要换人。”弗兰西想她这样说也不错，她把这话说了出来，然后将电话挂了。

上午余下的时间，她在局里看招工启事。她不去找那些办公室工作，知道自己要是聘上了，还得从管档案做起。在办公室里，除非是从做速记员或者打字员开始，否则根本没有机会。总而言之，她还是喜欢去工厂做事。她更喜欢工厂里的人，也喜欢让手忙着，把头脑腾出来想东西。当然了，妈妈是不想让她去工厂打工的。

她看到了一份广告，上面的工作似乎是工厂和办公室工作的完美结合：在办公室里用机器。一家通信公司招收训练工，教这些女学徒工使用电传打字机。在训练期间就能拿钱，每周十二块半。工作时间是下午五点到凌晨一点。要是能得到这份工作，起码她晚上有事情做了。

她去和老板道别的时候，老板说她最后一个星期的薪水先只能欠着。他说他有弗兰西地址，到时候会寄过去。弗兰西跟老板、老板夫人和自己最后一个月的工作道别了。

那家通信公司在摩天大楼里办公。大楼上可俯瞰纽约市区的东河。弗兰西将前老板热情洋溢的推荐信交了上去，然后和另外十几个女孩一样，填了一份求职表。她还参加了一项能力测试。测试的题目颇有些愚蠢，比如一磅铅和一磅羽毛哪个重。显然，这考试她通过了。公司给了她一个号码、一把储藏柜钥匙（她还交了两毛五分钱押金），并叫她次日五点来上班。

弗兰西回到家里的时候，还不到四点钟。凯蒂在楼里清扫。看到弗兰西上楼，她顿时面露不安。

“别这个忧心忡忡的样子，妈妈。我又没有生病。”

“原来是这样啊。”凯蒂如释重负，“我还以为你把工作丢了呢。”

“是丢了。”

“我的天！”

“最后一个星期的薪水也拿不到。不过我又找了个工作……明天就去上班……每周十二块五。到时候我想还会加吧。”凯蒂开始问问题了。“妈妈，我累了。妈妈，我不想讲话了。我们明天再说。我也不想吃晚饭了，我这就去睡觉吧。”她上了楼。

凯蒂坐在台阶上，开始担忧起来。自从战争开始后，食品等物品价格飞涨。过去这个月，凯蒂都没法给弗兰西的银行账户里存钱。每周十块钱不够用啊。劳瑞每天要喝一夸脱牛奶，奶粉又贵。还要喝橙汁。现在每周只有十二块五……扣除了弗兰西的零花钱，剩下的比以前还少了。不过就快放假了。尼雷暑期也可以打工。可是入秋了怎么办？尼雷一定会继续上高中。弗兰西到了秋天也一定要上高中去了。可是怎样才行呢？怎样才行呢？她坐在那里，心里很是着急。

弗兰西进屋略略看了一眼睡着的宝宝，把衣服脱掉，上床了。她双手合住，抱在脑后，眼睛盯着灰色天窗。

“我现在，”她在想，“十五岁了，一无所成。我工作不到一年，就换了三份工作。过去我还觉得换换工作很好玩。现在我害怕了。前面两份工作我都没有错，可是都被人裁了。我做每份工作都尽心尽力。现在又得从头来过。不过现在我害怕了。这回新老板要是说‘你给我跳一次’，我会给他跳两次，免得又把工作丢了。我真是害怕啊，家里还就靠我这钱养家了。可是以前我没有工作的时候，大家是怎么过的呢？当然，现在有了劳瑞。尼雷和我那时候也小，需要不大，爸爸也还能管点事。”

“好了……再见吧大学。大学上不成，其他一切也都再见吧。”她的脸转了过去，不再看那灰色的天窗，眼睛也闭上了。

弗兰西在一个大屋子的电传打字机前坐着。弗兰西的打字机上方拴了个铁盖，把键盘挡住看不见。屋子前面钉着一张巨大的键盘示意图。弗兰西眼睛看着图，手摸着盖子下面的字母。第一天就这样过了。第二天，公司给了她一叠电报让她打，她眼睛从电报看到示意图，手则摸着字母。第二天结束，打字机上的字母位置她都已经记住，不用去看图了。一周后，公司把那上面的盖子拿走了。现在有没有盖子都已经无所谓。弗兰西学会盲打了。

有个讲师过来，跟大家讲了讲电传打字机的原理。那一天，弗兰西在收发模拟的电报。然后她被派到纽约—克利夫兰线路值班。

她在想,自己在这打字机前,打出来的话语能传到千里之外的俄亥俄州克利夫兰,在那边机器的卷筒纸上打印出来,这真像个奇迹。同样神奇的是,俄亥俄州克利夫兰那边女孩打的字,能从弗兰西这边印出来。

这工作很简单。弗兰西一个小时发,一个小时收。换班的时候有两个十五分钟休息时间,到了晚上九点是半个小时"午饭"时间。她分到一条线路后,工资涨到了每周十五块。总而言之,这工作还不赖。

弗兰西上晚班家人也适应了过来。她下午四点后不久就离开家门,回家的时候两点不到。她按门铃三下之后,才到过道里,这样能把妈妈叫醒,也能确保弗兰西不被藏在过道里的坏人偷袭。

弗兰西每天上午睡到十一点,在家和劳瑞一起,凯蒂便不用起早了。她每天开始先清扫自己所在的楼房。等她去清扫另外两幢楼的时候,弗兰西已经起床,在照看劳瑞了。弗兰西星期天晚上也得上班,星期三休息一晚上。

弗兰西很喜欢这种新安排。这样一来,晚上的寂寞就打发掉了,这对妈妈也好。另外,弗兰西每天还能带劳瑞去公园,呆一两个小时,晒晒太阳,这对她对宝宝都有好处。

凯蒂想了个办法,跟弗兰西说了。

"他们要不要你一直上晚班?"她问。

"他们要不要?他们求之不得。哪个女孩想上晚班啊?不然怎么会去排新手值晚班?"

"我在想,到了秋天,你白天去上学,晚上可以继续上班。我知道这样很难,不过应该有办法的。"

"妈妈,不管你怎么说,我是不想去上高中了。"

"可是去年你还跟我闹着要去上呢。"

"去年是去年。现在时机过了,太晚了。"

"不晚,你别跟我倔。"

"可是现在上高中,我能学到什么东西?不是我这人自负,毕竟每天看八小时的东西，看了近一年，我也学到了不少东西。历史、政治、地理、写作、诗歌，样样我都有自己的想法。我也阅人无数，看人们做什么，如何生活。我看过英雄事迹，也看过犯罪行为。妈妈，我什么都看过。哪能和一群小屁孩一起，坐在教室里听老处女老师跟我们清汤寡水地讲课？我一定会动不动就跳出来纠正她的。要不我就装好人，将这些默默吞下，可是这样又觉得自己窝囊，敢吃人饭不敢干人事。总之，我绝对不会去上高中了。不过有朝一日我会去上大学的。”

“不上高中，谁会让你上大学？”

“四年高中……不，五年。一定会有点什么事，让我不能一口气读完。然后是四年大学。等我读完，都二十五了，成没用的老姑婆了。”

“不管你喜欢不喜欢，不管你做什么，二十五岁是逃不过去的。你不如在到二十五之前，受点教育吧。”

“妈妈，我说最后一遍吧，我不上高中了。”

“那我们到时候看。”凯蒂咬紧了牙关说。

弗兰西也没有说话，可是她那咬紧牙关的样子和妈妈一样。

可是这一席谈话倒是给了弗兰西启发。如果妈妈觉得她可以白天学习，晚上上班，把高中读完，她自己为什么不用这个方法去读大学呢？她看了看报纸广告，发现布鲁克林最老最著名的大学登出暑期课程广告，广告对象有大学生有高中生。大学生是那些希望研修高级课程，或者需要补课、修必修课的大学生。高中生是那些希望提前修大学学分的高中生。弗兰西想她应该是后一类。严格地说，她不算高中生，可是她在资历上不亚于高中生。她索要了一本课程目录。

她从课程目录上选了三门下午上的课。这样她可以睡到十一点，去上课，然后接着去上班。她选了《法语入门》、《基础化学》，还有一门课程，叫《复辟期间的戏剧》。她算了一下学费，加上实验费用，略略超过六十块。她的储蓄账户里有一百零五块。她去找凯蒂。

“妈妈，能不能从我的大学储蓄存款里取六十块出来？”

“干什么？”

“当然是上大学啊。”她故意轻描淡写，欲扬先抑。果不其然，妈妈高声跟着说：

“大学?”

“暑期大学。”

“可、可、可是——”凯蒂都结巴了。

“我知道,我没有上高中。可是我可以跟他们讲,我不需要证书,也不要成绩这些,我就要上课。”凯蒂从壁橱的架子上拿下她的绿色帽子。“你去哪里啊,妈妈?”

“去银行取钱啊。”

看着妈妈急匆匆的样子,弗兰西笑了。“都下班了。银行关门了呀。再说了,也不用这么急啊。离注册还有一周呢。”

大学就在布鲁克林高地,这里也是弗兰西轻易不肯涉足的奇怪地方。填写申请表的时候,在“教育程度”一栏,她的笔停住了。这一栏后面有三个选项:小学、高中、大学。略作思考后,她将这些都画掉,写上:“私人教育”。

“要是真想想,这也是实话。”她这样自我安慰。

交表的时候,对方丝毫没有为难她。那出纳只管收钱,拿了一张学费收据给她。她分到了一个注册号、一张图书馆借书证,还有课程表,以及所需教科书的书目单。

她跟着大家一起,去街道上的学校书店。她看着书目单,要买《法语入门》和《基础化学》。

“要新的还是二手的?”那售货员问。

“我不知道啊。应该买哪个?”

“新的。”那售货员说。

有人拍拍她的肩膀。她转身一看,是个相貌英俊、衣着体面的男孩。他说:“买二手的。都是一样用,二手的价格便宜一半呢。”

“谢谢你。”她又转向售货员。“二手的。”她坚定地说。她又开始买戏剧课的两本教材。又有人在她肩膀上拍了下。

“别,别。”那男孩劝阻她,“你课前课后看就可以了,还有中间休息的时候看就行了。”

“再次感谢!”她说。

“不客气。”他回答说，然后悠闲地走开了。

弗兰西看着他离开商店。“哇，他高大英俊。”她在想，“大学真是好地方。”

她坐电车去办公室，路上紧紧抓着那两本书。电车行驶在轨道上，发出来那有节奏的声音，听起来如同“大学、大学、大学”。弗兰西感到有些晕了，晕得只能在下个车站下车。她知道自己上班要迟到了。她靠在一个投币体重计旁边，心里想着自己到底怎么了。不会是她吃了什么东西，因为她都忘记吃午饭了。这时候她突然如雷轰顶地想到了什么。

“我的外公外婆祖父祖母都不识字。他们以前的那些祖先也不识字。我妈妈的姐姐不识字。我自己的父母不过是小学毕业。我从来没有上过高中。可是现在，我，M.弗兰西斯·K.诺兰，上大学了。你听到了吗，弗兰西？**你在上大学！**”

“天哪，我真晕了。”

第四十九章

弗兰西第一回上化学课出来的时候满面春风。只用了一小时的时间，她就发现世界上的一切都是原子组成的，原子不停在运动。她总结，世上的一切都不会消失，也不会毁灭。哪怕东西烧了，烂了，也不会从地球上消失，而是变成了其他东西，例如气体、液体或者粉末。第一次化学课后，弗兰西认定，化学里生机勃勃，根本不存在死亡。让她纳闷的是，为什么受过教育的人不转向化学，将其当成一门宗教呢？

《复辟时期的戏剧》唯一的不足是要花大量时间阅读材料，除此之外倒是好学，毕竟她读过很多年的莎士比亚。她对这门课和化学课都不担忧。可是《法语入门》她却学得云里雾里。这门课程并非入门课。老师认定学生以前学过，或是没有考及格来补修，或是在高中阶段修过，所以基础部分她跳过不讲，一上来就让大家翻译。弗兰西的英语语法、拼写和拼音都把握不准，何况法语？这样下去她一定考不及格。她唯一的办法，就是天天背单词，硬着头皮学下去。

坐电车的时候她在学，休息的时候她在学，吃饭的时候她也把书架在前面看。她在通信公司训练室的一架电传打字机上打自己的作业。她从不迟到，不缺课，只希望自己起码得过两门课。

在书店和她交上朋友的那男孩成了她的守护天使。他的名字叫本·布莱克，是个很了不得的家伙。他在马斯佩斯高中的毕业班。他是学校校刊编辑、班长、橄榄球队中卫，还是荣誉学生。过去三个暑假，他一直在修大学课程。高中读完，他也修完了一年的大学课程。就这样，大学一年的课程就被他修完了。

除了完成学校的作业之外，他下午还去律师事务所打工。他在那里写摘要，处理传票，看契约、卷宗，查找先例。他熟悉本州的法律，甚至能上法庭办案。他不但学习成绩好，每周还能挣二十五美元。他所在的律师事务所希望他毕业后直接来事务所全职上班，兼职读法学学位，最终通过律师资格考试。可是本瞧不起没上过大学的律师，他已经挑选好了一所中西部的学校，打算先拿到一个文学学士学位，然后再开始读法学院。

本才十九岁，可是一生都已经规划得有条不紊。过了律师资格考试后，他会去一所乡村律师事务所执业。他相信，在小镇执业，以后从政的机会大些。他甚至选好了执业地点。他会继承一个远亲的业务。那位远亲已经年迈，经营着一个比较成熟的事务所。他和这位亲戚常有联系，对方每周都写长信来指导他。

本希望接手他的业务，然后等候时机，成为郡检察官。(根据协议，该小郡的检察官职位由各律师事务所的人轮流担任。) 他会以此为起点，走上从政之路。他会努力工作，增加知名度，赢得人们信任，最终当选为所在州众议院议员。他会忠心耿耿勤勉做事，获得连任，然后回到本州，竞选州长。这就是他的计划。

更奇妙的是，认识本的人都说他的计划会完全实现。

那时候，在 1917 年夏天，他梦想的目标，那个中西部的大州，还在草原烈日下做梦呢！它在梦想着大片的麦地、无边无际的晚熟苹果、鲍德温苹果、北方金红苹果果园，就这样做着它的春秋大梦，不知一个布鲁克林的小伙子日后会过来，住进州长府邸，成为最年轻的州长。

这就是本·布莱克。他西装革履，性情快乐，相貌英俊，思维敏捷，充满自信，男孩子喜欢他，女孩子仰慕他。弗兰西·诺兰显然爱上了他。

她每天都看到他。他的钢笔在她的法语作业上指指点点。他为她检查化学作业。他为她解释复辟戏剧中那些晦涩难懂的地方。他帮助弗兰西做下个暑假课程的计划。他帮人帮到底，顺道帮她开展人生规划。

到了暑期快结束的时候，有两件事让弗兰西感到哀伤。不久，她就不能每天看到本了，而另外一件事情，是担心法语考不及格。后面的事情她跟本私下说了。

“别傻了。”本机灵地跟她说，“这学费你也付了，每堂课你都不缺，你又不傻,怎么会不及格?Q.E.D.[①]"

"不会,"她笑了,"我 P.D.Q.[②]就会不及格的。"

"那么期末考试前我们来突击一下。要一整天。我们能去哪里呢?"

"上我家?"弗兰西羞怯地说。

"不行,周围有人。"他想了一会儿。"我知道一个好地方。星期天早晨九点你来找我,在盖茨和百老汇的街角。"

她下电车的时候,本已经等在那里了。她在想,他究竟是怎么回事,怎么会选择**这片**社区呢?他把她带到一个剧院的门口。这剧院是一些百老汇戏剧首演的地方。剧院大门开着,门口有一个白发老人,斜靠在椅子上晒太阳。他只是说了声"老爹,早上好",就进了那神奇的大门。弗兰西这时候发现这个了不得的小伙子星期六晚上还在剧院当引座员。

她以前从来没有去过后台,进去后激动得浑身发热,简直像是在发烧。舞台很开阔,剧院的顶很高,高得仿佛不复存在。她上了舞台,不再大踏步,而是根据自己记忆中哈罗德·克莱伦斯走步的样子,用那种缓慢、僵直的小步子走。本说话的时候,她慢慢转过来,用一种十分戏剧化的浑厚的口音说:"你"(停顿:然后意味深长地说)"说话了?"

"要不要看个东西?"他问。

他将大幕拉开。弗兰西看到,那石棉幕布如同巨人的遮荫布一样慢慢卷起来。本把舞台的脚灯打开。弗兰西走到大幕前方,看着下面幽暗的座位,一排又一排,整整齐齐,空在那里,等候着。她歪着头,对着最后一排的座位高声喊道:

"喂,你好!"她叫道。一片空寂,回荡着她的声音,将其似乎放大了百倍。

"好,"他好脾气地问道,"你对剧院感兴趣,还是对法语感兴趣?"

"当然是剧院了。"

这也是对的。在那一刻,她放弃了自己所有的追求,回到了她最初的兴趣:舞台。

---

① 拉丁文 quod erat demonstrandum(且待证明)的缩写。

② Pretty damn quick 的缩写,意为"很快"。

本笑着把脚灯关掉，然后又让帷幕降下。他拖来两把椅子，面对面放着。他不知道用的什么办法，弄到了过去五年的法语考题。从这些考题中，他选出最常考和最不常考的题目，重新设计了一份母卷。这一天，他大部分时间都是用这些考题训练弗兰西。然后他让弗兰西背诵了莫里哀《伪君子》中的一页，以及该页的英译。他解释说：

“明天考题中要是有一题你看了一点都不懂。不要去回答，你就老实说你不会，就说你另选了个答题方法，就是提供莫里哀剧作节选并提供译文。将你能记住的默写下来，这样会过关的。”

“可是假如真是考到了这个题目，考的就是这一段呢？”

“不会的，我选的是个不大出名的章节。”

果然，她过关了，通过了法语考试。她的成绩垫底，可是通过就是通过，她只能这么安慰自己了。她的化学和戏剧考试成绩都还不错。

根据本的指示，一周后她回来讨成绩单，并根据事先约定与他见面。他带她去海伊勒喝巧克力味汽水。

“你多大了，弗兰西？”两人喝汽水的时候他问。

这时候她的脑子在飞转。她在家是十五岁，上班的地方是十七岁。本十九岁。要是知道她才十五，他是不会再和她说话的。他看到了她的犹豫，便说：“其实怎么说都有不利的地方。”

她鼓起了勇气，可声音还是发颤：“我今年……十五岁。”她羞愧地低下头。

“嗯。我喜欢你，弗兰西。”

“我爱你。”弗兰西在心里想。

“我以前也接触过不少女孩，可是我对你的喜爱不亚于她们任何一个。不过，我可没有时间陪女孩子。”

“星期天抽个把小时都不行？”她大胆地问。

“我只有几个小时时间空着，这几个小时属于我妈妈。我就是她的一切。”

在这以前，弗兰西从来没有听说过布莱克夫人。可是她恨这老夫人。就这么几个小时的闲暇还被她给占了，要是给了弗兰西，她会多么幸福啊。

“可是我会想着你。”他继续说，“如果有时间，我给你写信。”(他和她的住处只隔半个小时的路。)“可是如果你需要我的话——当然不是一些鸡毛蒜皮的小事，就给我写封信，我会想办法见你的。”他将律师事务所的名片拿了一张给她。名片角落里印着他的全名：本杰明·富兰克林·布莱克。

他们在海伊勒店的门口道别，两人热情地握手。“明年暑假见。”他走后又回头说。

弗兰西站着，目送着他走到街角。明年暑假！这才 9 月呢，明年暑假似乎是一百万年之后那么遥不可及。

弗兰西十分喜欢这暑期课程，想趁热打铁，秋季继续注册同一学校。可是这三百块学费成了拦路虎。有天上午，她跑到四十二街的纽约图书馆查看课程目录，发现一所女子学校可让纽约居民免费入学。

有这成绩单她底气很足，径直跑到学校教务长那里。对方告诉她，没有高中学历，不能让她入学。她解释说，暑假她都去上课了。啊，那是另外一回事。这些课程只是为了给学分。暑期课程是不会发什么证书的。她接着又问：那么就上现在这学校，也不要学位，就是修课，行不行？不行。除非她过了二十五。那样她可以作为特殊学生入学，但是不能拿学位。弗兰西颇为遗憾地承认，她还没有到二十五。不过还有个别的办法。如果她能通过入学考试，或者是高中毕业会考，那么不管修没修高中课程，照样可以入学。

弗兰西参加了这些考试，可是除了化学外，全部不及格。

“得了！我怎么一点先见之明都没有。”她跟妈妈说，“如果上大学这么容易，谁还去上什么高中。不过妈妈，你也别担心。我知道入学考试是怎么回事了，回头我去买辅导材料，好好学习。明年我会过的。这试我能考过，而且一定要考过。你就等着看吧。”

即便她能上大学，时间上也安排不过来：公司安排她值白班了。她手很快，是现在最熟练的电传打字员，大家希望她在最繁忙的白天时段上班。他们还许诺，要是她愿意，到了暑假，重新给她排晚班。她又拿到了加薪。现在她每周能拿十七块半。

接下来又是那孤独长夜。美好的秋季夜色中，弗兰西心里想着本，在布鲁克林街道上四处走着。

（“如果你需要的话，给我写信，我会想办法来见你的。”）

是的，她需要他。可是她如果这样写：“我很孤独，你来和我一起散步，一起说话吧。”他一定不会来。他的人生那么充实，是找不到“孤独”二字的。

附近社区似乎没什么改变。一些出租屋的窗户上出现了金星标志[①]。孩子们还是在街角，在便宜糖果店三三两两相聚。可是现在，很多孩子都穿上了卡其布衣服。

男孩们站在一起小合唱。他们唱着《破落乡的破落屋》、《郁金香来头上插》、《亲爱老婆》、《不该让你哭》之类。

有时候士兵还教他们一些战争歌曲，如《那里》、《凯蒂之歌》，还有《无人之地的玫瑰》。

不过不管他们唱什么，压轴的歌曲总是一首布鲁克林民歌，如《马克瑞妈妈》、《爱尔兰眼睛微笑时》、《让我叫你小甜心》或是《乐队继续》。

晚上，弗兰西从他们身边走过，心里想着这些歌曲为何如此忧伤。

---

① 阵亡战士家庭贴出的标志。

第五十章

茜茜的预产期是11月。凯蒂和艾薇想方设法绕开这个话题不和茜茜谈。她们俩认定这回又产死婴。她们觉得，现在越是不和茜茜讲，将来茜茜就越不会记得。不过茜茜干了件惊天动地的事情，弄得大家想绕开这个话题都绕不过去了。她宣布，临产前，她要上医院，要找医生。

她的妈妈和妹妹都惊呆了。罗姆利家的女人生孩子，从来没有过上医院的说法，从来没有！这事情看来不大对头。生孩子总归要找接生婆、邻居家的某个女人，或者自己的妈妈来。这种事情只能偷偷来，关着门做，不能让男人在场。生孩子是女人的事。至于医院，大家都说那是大家去死的地方。

茜茜说，她们都落伍了，接生婆过时了。她还自豪地宣布，这一切都不是她自己做主的。是她家史蒂夫的主意，他坚持要上医院，找医生。这还不算完。

茜茜的医生是个犹太人！

“怎么啦，茜茜？为什么要这样？”两个妹妹吃惊地问。

“遇到这种时候，犹太医生比基督徒医生更有同情心。”

“我对犹太人本来没有什么特别看法，”凯蒂开口了，“可是……”

“这么说吧。艾伦斯坦医生看着大卫之星祷告，基督徒看着十字架祷告，可是这些东西和他的医术毫无关系啊。”

“不过找医生也该找个有同样信仰的吧，毕竟这个时候关系到……”(凯蒂本来想说“生死”，还好没说出口)……“出生。”

“得了吧你，宝贝儿！”茜茜轻蔑地说。

“物以类聚嘛。也没看哪个犹太人找基督徒医生啊。”艾薇说。她认为自己说到了点子上。

“他们干吗要找呢?”茜茜反驳了,“哪个不知道犹太医生最聪明?”

茜茜生孩子的过程和以前一样。只不过有医生帮忙,生得更轻松些。孩子生下来后,她紧紧闭上眼睛。她不敢看。这以前她一直肯定孩子能活。可是真到了这时候,她又觉得孩子活不成。最后,她还是把眼睛睁开了。孩子躺在附近一张桌子上,静静的,身上是青色。她把头扭到一边。

“又这样了。”她在想,“一次一次又一次,都这个样子。都十一回了。我的上帝啊,为什么不给我留个活的?十一个中间,怎么就不给我一个活的?再过几年,我就无法再生孩子了。一个女人活这一辈子,一个活的孩子都没有生过,难道就这么一生……唉,上帝啊,为什么要这么诅咒我?”

这时候她听到了一个词。她听到了一个以前没有听到过的词。她听到了“氧气”这个词。

“快点!氧气!”她听到医生在说。

她看到医生在孩子周围忙乎。她看到一个巨大的奇迹发生了。她妈妈以前讲过不少圣徒的奇迹,但是茜茜这回目睹的奇迹比这一切都要奇妙:她看到那青色变成了充满生命的白色。她看到一个没有生命气息的婴儿吸了一口气,发出一声啼哭。这是茜茜第一次听到自己生下来的婴儿在啼哭。

“孩子……是不是……活的?”她问。她简直不敢相信。

“不是活的是什么?”医生不容置疑地耸耸肩,“你这儿子很健康,我看不亚于我以前看过的任何一个孩子。”

“你**肯定**他会活下去?”

“这有什么好怀疑?”他又耸耸肩,“除非你让他从三层楼上掉下去。”

茜茜把医生的手抓过来,亲吻个没完。对这种情感的外露,外邦医生①总是感到难为情,而艾伦·艾伦斯坦医生丝毫没有难为情。

茜茜将这孩子取名为“史蒂芬·艾伦”。

“我不知道看了多少回都没有走眼过。”凯蒂说,“一个不育的女人领养个孩子,眼睛一眨,奇迹就来了!只要一两年,她自己肯定就能生。好像

① 犹太人常称犹太之外的人为外邦人。

上帝终于认识到了她的好意。也好，茜茜这样可以带两个孩子，这比带一个孩子强。”

“小茜茜和小史蒂芬只差两岁。”弗兰西说，“就跟我和尼雷一样。”

“是啊。两个人可以互相做伴。”

茜茜产下活婴一事全家说来说去，直到威利·弗里特曼姨夫成了新的话题。威利想去当兵，可是被刷了下来。他索性把牛奶公司的工作辞了，回到家里，宣布自己是个窝囊废，然后上了床。第二天早晨到了，他还不起床。又过了一天，他还是不起床。他说他就这样睡在床上，再也不起来了。他声称他一辈子都是窝囊废，就这样窝囊废到底，一直窝囊死拉倒，早死早好。

艾薇找两姊妹求助。

艾薇、茜茜、凯蒂和弗兰西站在那张巨大的铜床前，看着窝囊废大人如何安置自己。威利扫视了一眼这些坚强的罗姆利家的女子，哀哭着说：“我是个窝囊废。”然后他将毯子扯起来，盖住头。

艾薇将丈夫交给茜茜。弗兰西看着茜茜如何对付他。茜茜将这可怜的小个子抱到自己胸前，好言相劝。她说并非所有大丈夫都要上战场——有很多英雄人物在军工厂上班，每天也一样冒着生命危险。她跟他讲啊讲，把威利给讲得激动起来了。威利觉得自己也可以为战争出一臂之力了。他从床上跳起来，要艾薇姨妈给他找裤子，找鞋子。艾薇姨妈为他忙乎了一阵。

史蒂夫在摩根大道的一家军工厂上班，已经做到工头了。他给威利找了个事做，收入不错，加班发一倍半工资。

罗姆利家族有个传统：男人的小费他们都自己留起来。第一次拿到加班工资后，威利给自己买了一个铜鼓和两面锣。晚上不加班，他就在自家前屋练习敲锣打鼓。圣诞节时，弗兰西送了个口琴给他。他将口琴拴到一根棍子上，棍子绑在腰上，这样手不拿口琴都可以吹，就好比骑自行车不扶车把手一样。他试图吉他、口琴和锣鼓一起演奏，想弄个一个人的乐队。

就这样，到了晚上，他就坐在前屋，口琴、吉他和锣鼓一起上，吹吹弹弹，敲锣打鼓，并为自己的窝囊忧伤着。

第五十一章

天冷了,无法继续散步,弗兰西便去社区中心,注册了两门课程:缝纫和舞蹈。

她学会了如何认纸样,如何使用缝纫机。她希望学到最后,她能给自己做衣服。

她学会了所谓"正式舞会"交谊舞蹈,只是她和她的舞伴都不指望有机会参加任何正式舞会。有时候她的舞伴是涂着发油的街道花花公子,舞跳得很好,让她跳得紧张。有时候她的舞伴是个穿着短裤的十四岁男孩,她会把他跳得很紧张。她和舞蹈仿佛生来就有缘,一学就喜欢上了。

可是那一年开始走向尾声。

"你在看的是什么书,弗兰西?"

"是尼雷的几何书。"

"什么是几何?"

"反正是大学入学考试要考的东西,妈妈。"

"那好吧,不过你也不要熬得太晚。"

"我妈妈和姐姐那边都有什么消息?"凯蒂问保险代理。

"我刚给你姐姐的孩子莎拉和史蒂芬上了保险。"

"他们不是一出生就投保了吗?每周五分钱的险种?"

"我说的是不同险种,是升学理财保险。"

"这什么意思?"

"他们不用等到死了才来理赔。到了十八岁,他们就能分别拿到一千块。这钱是让他们上大学用的。”

“我的天哪!先是找医生上医院生孩子,现在又投上了上大学的保险,接下来还有什么名堂?”

“有没有信,妈妈?”弗兰西每天下班回家总要问。

“没有,只有一张艾薇发来的卡片。”

“她说什么?”

“没有什么,就是说因为威利打鼓的缘故,她又要搬家了。”

“这回又要往哪里搬?”

“艾薇在柏树山那边找到了一座独门独户的房子。柏树山是不是在布鲁克林?”

“是在东边,靠近纽约那片儿,是布鲁克林和皇后区交界的地方。在克里森特街附近,那是百老汇电车最后一站。当然了,自从他们把电车线延伸到牙买加去之后,那里就不是最后一站了。”

玛丽·罗姆利躺在她窄小的白床上。头上方的墙上,除了一个十字架之外什么也没有。她的三个女儿和长孙女弗兰西站在她的床前。

“唉。我今年八十五了,这一病,也就爬不起来了。生活给了我勇气,让我去面对死亡。我不会跟你们说虚的:‘等我死了,别为我悲伤。’我爱过我的孩子,也尽力而为做了个好母亲,孩子们为我悲伤,道理上是没错。不过你们要节制点,哀伤一阵子也就算了。然后听天由命吧。你们知道我会快乐的。我会见到我热爱了一辈子的那些圣徒。”

弗兰西在娱乐室将那些照片给一群女孩看。

“这是安妮·劳瑞,我的小妹妹。她才十八个月,就会到处跑了。她讲起话来那才叫绝呢,巴不得你们也能听到。”

“她很可爱。”

“这是我弟弟科尼利厄斯。他以后会当医生的。”

“他很可爱。”

“这是我妈妈。”

“她很可爱,而且看起来很年轻。”

“这是我在屋顶上。”

“屋顶很可爱。”

“**是我**可爱。”弗兰西故作生气状。

“我们都可爱。”女孩们笑了,“我们的主管也可爱——这老牛破车!但愿她早点翘辫子。”

大家都笑啊笑。

“大家都笑什么呢?”弗兰西问。

“没什么。”大家笑得更欢了。

“你让弗兰西去,我上次去买德国泡菜 (sauerkraut),他把我赶了出去。”尼雷发牢骚。

“你这傻瓜,现在应该叫自由菜[①]了。”弗兰西说。

“别乱骂人啊。”凯蒂有口无心地责备了一声。

“你知不知道大家把洪堡大道改名威尔逊大道了?”弗兰西问。

“一打仗,人就容易犯傻。”凯蒂叹了口气。

“你会告诉妈妈?”尼雷忧心忡忡地问了声。

“不会。不过你还小,怎么能和这种女孩谈呢?大家都说她是个野女子。”弗兰西说。

“居家女孩谁喜欢呢?”

“我不管,不过你对这个——啊——这个性,可是一无所知啊。”

“我知道得可比你多。”他的手放到屁股上,故意尖着嗓子含混不清地说:“哎呀,妈妈!有男人亲我了,我会不会生孩子啊?会不会啊,妈妈?会不会?”

“尼雷!那天我讲话你居然在偷听!”

“当然了!我就在外头厅里,一字一句我都听得清清楚楚。”

---

① 此时德美交战,德国货受歧视,有人建议将德国泡菜 (sauerkraut) 改称自由菜 (liberty cabbage)。就如美国攻打伊拉克时,由于法国立场不一致,一些美国人建议将薯条 (French fries) 改称自由薯条 (freedom fries) 一样。

“人不能卑鄙到……”

“你不也偷听吗?有时候妈妈、茜茜、艾薇姨妈说话,你应该上床睡觉,可是我看你也在偷听。”

“那可不是一回事。我是要了解情况的。”

“这不就对了!”

“弗兰西!弗兰西!七点了,起来!”

“起来做什么?”

“你八点半得去上班啊。”

“你跟我说点新鲜的好不好,妈妈。”

“你今天十六岁了。”

“跟我说点新鲜的好不好。我连续两年都是十六岁。”

“那你十六岁索性再来一年。”

“没准我一辈子都是十六岁。”

“真这样我也不觉得稀奇。”

“我**不是**在偷看。”凯蒂生气地说,“我得再找五分钱付煤气费,我想你也不介意我看看的。你不也经常翻**我的**皮夹子找零钱吗?”

“那不同。”弗兰西说。

凯蒂手里拿着一个小小的紫色盒子。里面有香香的过滤嘴香烟。烟盒里缺了一支。

“得,现在最糟糕的都被你看见了。”弗兰西说,“我抽了一只麦洛牌香烟。”

“还挺香的。”凯蒂说。

“好了,妈妈。你就长篇大论一番,然后忘掉吧。”

“士兵们有那么多人在法国死亡,**你**偶尔抽一支烟,我看也不至于就到了世界末日。”

“唉,妈妈,你总是扫兴——去年也是,我穿舞女套装你都不反对一声。好了,把香烟扔掉吧。”

“扔掉干吗?我将这些香烟撒在我的五斗橱里,这样我的晚礼服闻起来香香的。”

"我在想，"凯蒂说，"咱们今年圣诞节就不要互相买礼物了。我们把钱凑一起，买一只烤鸡，去面包房买个大蛋糕，还有一磅好咖啡，还有……"

"我们吃喝的钱有了。"弗兰西抗议了，"用不着再动圣诞节的钱。"

"我是说送给两位廷莫尔小姐做礼物。现在没人请她们教音乐了——大家都说她们落伍了。她们没多少吃的。莉齐小姐对我们多好啊。"

"那好吧。"弗兰西也同意了，可是语气也不是那么热情。

"啊呀！"尼雷恶狠狠踢了一下桌子腿。

"别担心，尼雷。"弗兰西笑了，"你会收到礼物的。今年我给你买双鹿皮色的鞋套。"

"得了，你给我闭嘴！"

"不要说叫人闭嘴这种话。"凯蒂漫不经心地责备了一句。

"我想问问您有什么建议，妈妈。我上暑期班的时候遇到了个男孩。他说他可能会给我写信，可是从来没有写过。我想问问，给他送张圣诞卡片，会不会显得唐突。"

"唐突？废话！想送贺卡就送呗。我就讨厌女人这样扭扭捏捏。人生苦短，你要是找到了合适的男人，不要只顾低头傻笑，把时间无端浪费掉。看上了合适的直接上前跟他说：'我爱你。我们结婚怎么样？'就这样。"接着她又匆匆加了一句，并担心地看了一眼女儿："但是你得成熟，知道自己在想什么。"

"那我就送贺卡了。"弗兰西决定。

"妈妈，尼雷和我决定，今年我们喝咖啡就行了，不要牛奶和出来的那种酒。"

"那好。"凯蒂将白兰地瓶子放回橱柜里。

"咖啡您煮热、煮浓些，杯子里放一半热咖啡一半热牛奶，我们就过个café au lait[①]的 1918。"

"S'il vous plâit。"[②]尼雷说。

---

① 牛奶咖啡色。

② 请，拜托。

"Wee-wee-wee。"[1]妈妈说，"我也懂点法语的。"

凯蒂一手提咖啡壶，另外一只手端着一锅牛奶，两个同时往咖啡杯子里倒。"我记得，"她说，"过去家里没有牛奶的时候。如果家里有黄油，你爸爸会在咖啡里放些黄油。他说黄油本来就是奶油，放咖啡里一个味道。"

爸爸……

① 应指 oui (法语中"是")。

第五十二章

十六岁那年春光明媚的一天，弗兰西走出了办公室。那时候是下午五点钟，阳光灿烂。弗兰西看到了和她同一排用电传打字机的女孩安妮塔正站在通信大楼的门口，两边各有一个士兵。两个士兵一个矮矮胖胖，一脸堆笑，紧紧抓住安妮塔的胳膊不放。另外一个高高瘦瘦，尴尬地站在那里。安妮塔从那士兵手里挣脱出来，把弗兰西拉到一边。

"弗兰西，你**一定**要帮我个忙。乔伊这是最后一次度假，然后他的连队就要派驻外国。我们可是订了婚的。"

"你都把婚订了，万事大吉，还要人帮个什么忙呢？"弗兰西跟她开玩笑。

"我是说帮助那个家伙。乔伊摆脱不了他。真要命！他俩好像是哥们，形影不离。那个家伙是宾夕法尼亚一个小镇上的土包子，在纽约一个熟人都没有。我**知道**他会粘着我们，害得我和乔伊无法单独在一起。你**一定**要帮帮我啊。已经有三个姑娘回绝我了。"

弗兰西带着掂量的眼光，向十步开外的那宾夕法尼亚人看过去。那人还真是不起眼。怪不得那三个姑娘都不愿意帮助安妮塔。可是等他看过来，和弗兰西目光对接的时候，他慢慢露出了羞涩的微笑来。不知怎的，他那样子虽帅气不足，可是良善有余。那个羞涩的微笑让弗兰西下定了决心。

"这样，"她跟安妮塔讲，"如果我在上班的地方找到我弟弟，就让他给我妈妈捎个口信。如果我弟弟走了，那我就得回家，不然我妈妈担心我怎么不回来吃晚饭。"

"那你快点啊，打电话给你弟弟吧。"安妮塔催促他。她伸手去拿自己的皮夹。“我给你五分钱，你打电话去。”

弗兰西从角落的烟店里打了个电话。碰巧尼雷还在麦克加里蒂酒吧里。她让尼雷捎口信。等她回来，发现安妮塔和乔伊都已经走了。那个笑容羞涩的士兵一个人站在那里。

“安妮塔去哪里了？”她问。

“我想她是自己跑了吧，和乔伊一起走了。”

弗兰西有些沮丧。她本来还以为大家能凑两对，结伴一起。可是现在，她如何对付眼前这个高个子陌生人呢？

“我也不怪他们。”他说，“想两人单独在一起呗。我自己也是订过婚的人。我知道是怎么回事。他只是最后一次休假，想和自己心上人在一起。”

“订婚了？”弗兰西心里在想，“至少他不会跟我来耍浪漫。”

“可是你也不必和我绑一起。”他接着又说，“如果你告诉我怎样坐地铁去三十四街——这个城市我根本不熟——我会找到旅馆房间。人没有事情做，写写信总归可以。”他露出了那孤独而羞涩的微笑来。

“我已经打电话给我的家人了，说我不回家。你要是愿意……”

“**愿意**？我的天！我今天是走运了！我的天，多谢多谢，你贵姓……”

“诺兰。弗兰西斯·诺兰。”

“我叫李·莱恩诺。其实我的大名叫李奥，可是大家都叫我‘李’。很高兴认识你，诺兰小姐。”他伸出手。

“也很高兴认识你，莱恩诺下士。”他们一起握手。

“啊，你注意到这些军衔的杠杠了。”他开心地笑了，“你上班忙了一整天，现在一定饿了。晚饭……我是说晚餐……我请客，你有什么喜欢的地方没有？”

“**晚饭**这说法也行。我倒是没有什么特别想去的地方。你呢？”

“我想去尝尝这里的炒杂烩，我听人介绍过。”

“四十二街有家杂烩不错。还有伴奏音乐。”

“那我们走吧。”

去乘地铁的路上，他说：“诺兰小姐，你介意不介意我叫你弗兰西斯？”

“没关系，不过大家都叫我弗兰西。”

“弗兰西！”他重复着这个名字，“弗兰西，我再请问一声：我可不可以假装你是我的女友呢——就今天晚上一回?”

“嗯,”弗兰西想,“这倒是直奔主题啊。”

他似乎是猜到了她的心思。“我猜你会觉得我太急躁,可是事情是这样的:我已经一年多没有接触过女孩了,再过几天,我就要坐船去法国,谁知道这以后会发生什么。因此,这几个小时,要是你肯答应,可真是帮了我的大忙了。”

“我不介意。”

“多谢!”他示意她挽住自己的胳膊,“来挽住我,女朋友。”他们就要进地铁的时候,他停顿了一下。“叫我‘李’。”他下令。

“李。”

“说:‘你好,李。很高兴见到你,亲爱的。’”

“你好,李。很高兴见到你,亲爱的。”她羞怯地说。他挽紧了自己的胳膊。

露比餐馆的服务员上了两碗杂烩,还在他们中间放了一大壶茶。

“你给我倒茶吧,这样就更像家里了。”李说。

“要多少糖?”

“我不加糖。”

“我也不加。”

“你瞧!我们两个口味都一样,是不是?”他说。

两人都很饿,于是不再说话,埋头吃起那滑腻的杂烩来。弗兰西每次抬头看他的时候,他都回以微笑。他每次低头看她,她都开心地咧嘴一笑。等杂烩、米饭和茶都一扫而空了,他往后靠着,拿出一盒烟来。

“要不要抽烟?”

她摇了摇头。“我抽过一次,不是很喜欢。”

“很好。我不喜欢女人抽烟。”

他然后打开了话匣子,把自己的一生拉拉杂杂能记得的都跟她讲了。他跟她说到了他在宾夕法尼亚长大的童年。(那个小镇的名字她以前在文摘局上班时看过,现在还记得。)他跟她说到了自己的父母和兄弟姐妹,说到了他上学的时候,说到了他参加过的那些派对、做过的工作。他还说他二十二岁，二十一岁的时候应征入伍。他说到他在军营里的生活，说到他如何成为下士。他把自己的生活翻了个底朝天，全跟她说了，就是没提与他在家订婚的那个女孩。

弗兰西也跟他说了自己的生活。她只挑那些快乐的事情说。她说爸爸如何帅气，妈妈如何睿智，尼雷如何可爱，小妹妹如何逗人。她跟他说到了自己在图书馆看到的那只褐色的碗，还有新年夜她和尼雷在屋顶聊天的时光。她丝毫没有提到本·布莱克，因为她也没想到他。她说完后，李说：

"我一辈子都很孤独。在拥挤的派对上我孤独，吻着一个女孩子的时候也感到孤独，在几百人的大兵营里我都感到孤独。可是现在，我不再孤独了。"他慢慢露出了他那特别的、羞怯的微笑。

"我也是这样，"弗兰西坦言，"只是我还没有亲吻过男孩。不过现在，我也是破天荒不再感到孤独了。"

他们的水杯子几乎还满着，但服务员又给添了一点。弗兰西知道这是暗示他们在这里呆得太久了。别的人还在等座呢。她问李现在是什么时间。快十点了！他们居然聊了四个小时！

"我得回家了。"她遗憾地说。

"我带你回家。你家是不是靠近布鲁克林大桥？"

"不是，在威廉斯堡。"

"我本希望你在布鲁克林大桥那边。如果是这样的话，那以后每次到纽约来，我都要从布鲁克林大桥上走过去。"

"干吗今天不走走呢？"弗兰西建议，"我可以从布鲁克林那头坐格雷厄姆大道电车，电车可以直接通到我家那边的街角。"

他们坐 I.R.T.地铁①，到了布鲁克林大桥，下了地铁出来，开始从桥上走。走到一半，他们停下来看东河。他们靠在一起，他挽住她的手。他看着曼哈顿那边的城市轮廓。

"纽约！一直想来看看，这回如愿以偿了。真像人们说的那样，这是世界上最棒的城市。"

① Interborough Rapid Transit 的缩写，即区际快速交通，同名公司 1904 年开始运营的地铁线路，公司也有一部分地面轨道交通业务，1940 年公司业务收归纽约市。

“布鲁克林更好。”

“可是没有纽约这些摩天大楼吧?”

“没有,不过布鲁克林有种**特别的感觉**——到底是什么感觉我也说不好。只有住在布鲁克林才能体会到。”

“有朝一日,我们会住到布鲁克林的。”他静悄悄地说。她的心猛跳了一下。

她看到了一个执勤的警察向他们走来。

“我们最好走吧。”她不安地说,“布鲁克林海军船厂就在那儿,那边那只上了迷彩的船是运兵的。警察总是在留神有没有间谍在这里看。”

警察走过来的时候,李说:“我们不会搞爆破的。我们俩只是在这里看看东河。”

“当然,当然。”警察说,“这样一个美好的5月夜晚,多么美妙啊。我自己也年轻过,不过那可是很早很早以前的事了,你们怕是都想象不到那是什么时候了。”

警察冲着二人微笑。李也对他微笑。弗兰西看着两人,咧嘴笑了。警察看了看李的袖口。

“好了,再见,将军。”警察说,“到了那边,好好教训那些家伙。”

“一定一定。”李许诺。

警察走了。

“不错的家伙啊。”弗兰西高兴地说。

走到了布鲁克林那头,她说余下的路不要他陪了。她晚上下夜班,回来很迟,经常一个人回家,她解释说。要是他从她住的地方回纽约,他自己反倒会走丢。布鲁克林的路很不好走。你得在这里生活一段时间,才会知道路怎么走。

其实,她是不希望他看到自己住的地方。她喜欢自己家那片街区,不以它为耻。可是一个陌生人,不像弗兰西这样知道这地方的底细,那么就会觉得这里像一处糟糕、破落的地方了。

她首先告诉他如何乘坐电车回纽约。然后他们走到了她坐电车的地方。他们经过了一家文身店,店里只有一扇窗户。文身店里坐着个年轻水手,袖子卷着。文身艺术家坐在他前面的凳子上,面前放着一个盘子,里面各种文身墨汁齐备。文身艺术家在那年轻水手的胳膊上文一个被箭射穿的心。弗兰西和李停下来看着窗户里面。水手用他另外那只胳膊向他们挥手。他们也同样挥手致意。艺术家抬头看了看，示意欢迎他们进来。弗兰西皱了皱眉，摇头说："不用了。"

他们从文身店走开，李语气中带着惊奇地说："那家伙还真文身呢！不可思议！"

"千万千万不要让我看到你文身。"她故作严肃地跟他说。

他们站在街角等电车。两人中间出现了一阵难堪的沉默。他们隔着一段距离站着，李不停在点烟，抽到一半又熄灭掉。终于，看到电车来了。

"我的车来了。"弗兰西说。她伸出右手。"晚安，李。"

他把刚点着的烟扔掉。

"弗兰西？"他张开双臂。

她迎了过去，他亲吻了她。

次日早晨，弗兰西穿着崭新的海军蓝罗缎套装，里面衬乔其纱衬衫，还穿上了平常只有星期天才穿的漆皮皮鞋。她和李并没有约会，没有约好什么时候再次见面。可是弗兰西知道，他一定会在五点钟等她。弗兰西快出发的时候，尼雷起床了。弗兰西叫他跟妈妈说，她晚上不回家吃饭了。

"弗兰西找到男朋友了！弗兰西终于找到男朋友了！"尼雷用唱腔说。

他跑去找劳瑞。劳瑞正坐在窗边的高椅子上。椅子前的托盘上放着一碗燕麦。劳瑞正忙着用勺子把燕麦舀出来往地上倒。尼雷在她下巴上拍了拍。

"喂，小笨蛋！弗兰西终于找到男朋友了。"

这个两岁孩子弄不懂，右边眉毛下出现了一道细细的纹路（凯蒂称之为罗姆利家族纹）。

"弗兰—妮？"她困惑地说。

"听着，尼雷，我让她起床，给她做了燕麦，现在喂她是你的事情了。还有，别叫她小笨蛋。"

她穿过过道，走到街上，听到有人在叫她的名字。抬头一看，是尼雷。他穿着睡衣，从窗户里探头出来，扯着嗓子唱：

你来看她，
就要出门，
穿上一身盛装啊，
去见情人……

“尼雷，你唱得太烂了，太烂了！”她冲窗户大喊。他假装没有听明白。

“你说他太烂了？是不是大胡子、秃顶？”

“你最好喂宝宝去。”她也冲他吼了。

“你不是说自己会生孩子吗，弗兰西？你不是说自己会生孩子吗？”

一个路过的行人冲弗兰西挤了挤眼睛。两个手挽着手走过的女孩咯咯笑个没完。

“你个该死的臭小子！”弗兰西怒火中烧，却又无计可施，只有冲尼雷大叫。

“你骂人了！我跟妈妈讲去，我跟妈妈讲去，我跟妈妈讲你骂人了。”尼雷又像唱一样说。

她听到电车开来的声音，只好跑过去。

她下班的时候，他果然在等她。他还是带着那特有的微笑迎接着她。

“你好，我的女友。”他将她的手挽过来。

“你好，李。很高兴又见到你了。”

“……亲爱的。”他提醒了声。

“亲爱的。”她补充说。

他们在汽车超市吃饭。这也是他想来看的地方。这里不准抽烟，而李不抽烟就坐不久，于是喝完咖啡、吃完甜点后便不再逗留。他们决定去跳舞。他们在百老汇外找到了一处舞厅，价格很便宜，军人还可半价。他花了一块钱，买了一联二十张票。他们开始跳起舞来。

一曲未及半，弗兰西才发现他的笨拙很有欺骗性。他的舞跳得很溜很熟。他们紧紧搂着，跳啊跳啊，根本就不用说话。

乐队在演奏弗兰西最喜欢的歌曲之一《周日清晨》。

有个周日的清晨，
天气是那么晴朗。

唱到合唱的地方，弗兰西跟着歌手一起哼了起来。

身穿花格平布，
我会是美丽新娘。

她感觉李的胳膊搂紧了她。

我知道我的女友，
一定都羡慕无比。

弗兰西高兴极了。又跳了一圈，那歌手又唱了一次合唱。这次歌词略有改变，献给在场的士兵。

身穿卡其新衣，
你会是帅气新郎。

弗兰西的胳膊搂紧了他的肩膀，她的脸靠在他的衣服上。她这时候的想法，就像十七年前凯蒂和约翰尼在一起跳舞时一样：只要一直和这个男人在一起，什么困难她都不怕，什么牺牲她都愿意。和凯蒂一样，弗兰西想不到要和自己一起含辛茹苦的孩子。

一群士兵离开舞厅了。按照传统，乐队把当时演奏的曲子停下来，开始演奏《期待重逢》。每个人都停下舞步，给士兵们唱起道别的歌曲来。弗兰西和李手拉手一起唱，只是歌词两个人都有些不清楚。

……当云彩从头上飘过，
我会回到你的身旁，
那时候的天会更蓝……

大家喊着“再见了，战士们！”“祝你好运，战士们！”“后会有期，战士们！”于是那些离开的士兵便站成一队，唱起歌来。李拉着弗兰西出门了。

“我们得走了，我们得让这一刻成为完美的回忆。”

他们沿着楼梯慢慢走了下去，歌声跟着他们。他们到了街上，听着歌声慢慢淡去。

……每天晚上为我祈祷，
直到我们重逢的那一天。

“就让这歌成为我们的歌曲吧，”他低声说，“每次听到了，就请你想到我。”

他们走着，天突然下起雨来。他们只好跑起来，找到一家空商店的门口躲雨。他们站在安全、幽暗的门口，拉着手，看着雨在下。

“人们总以为幸福遥不可及，”弗兰西想，“觉得幸福复杂、难得。不过，一些小事情就能让人感到幸福。比如下雨的时候有躲雨的地方，心情不好的时候喝上一杯浓浓的、热热的咖啡。男人只要抽支烟就知足了。一个人的时候，捧着本书看也是幸福。和自己相爱的人在一起……这一切都能产生幸福。”

“我明天早晨一早就动身。”

“不会是去法国吧？”她突然从自己的幸福中跳脱出来。

“不是，是要回家。我妈妈希望我出发前，有一两天时间……”

“原来这样！”

“我爱你，弗兰西。”

“可是你订婚了。这可是你一开始就跟我说的。”

“订婚，”他愤懑地说，“每个人都订婚。小镇上，大家不是订婚，就是结婚，要不就有麻烦。小镇上能做什么呢？

“在小镇上，你去上学，跟着一个女孩一起走回家，或许只是因为大家碰巧住在同一个地方。然后大家长大，她请你参加在她家举办的派对。然后你去别的派对，大伙儿说，你把女友带上吧，然后你得送她回家。不久，就没有别人来约她了。大家都觉得她是你的女友，然后呢，要是不叫上她吧，又觉得自己好像心术不正。然后呢，也没有别的事情好做，于是大家结婚。如果她是正派女孩吧(大多数情况下是这样的)，你也就成了个半拉子正派男人。不再激情似火，而只有一种亲密，一种知足。然后两人生孩子，把欠缺对方的爱，都灌注到孩子身上。到头来孩子得益。

“是的，我订婚了，没错。可是我和她之间，与我们俩之间完全不一样。”

“可是你会跟她结婚的?”

他等了好久才回答。

“不会。”

她又开心了。

“你说吧，弗兰西。”他低声说，“说吧。”

她说：“我爱你，李。”

“弗兰西，”他的语气透出紧迫，“或许我这一去就不复返了，我害怕……害怕。我会死掉……什么都没有过就死掉……从来没有过……弗兰西，我们可不可以在一起一会儿?”

“我们是在一起啊。”弗兰西天真地回答。

“我的意思是在一间屋子里，单独……在一起……直到我天明离开?”

“我……不行。”

“你不想吗?”

“我想啊。”她老老实实回答。

“那么干吗……”

“我才十六岁。”她勇敢地说出了实话，“我从来没有跟任何人……我都不知道该怎样来。”

“这没有关系。”

“我从来没有在外过夜。我妈妈会担心死的。”

“你就跟她说晚上你在女友家过夜。”

“她知道我没有女友。”

“明天……你可以找个借口。”

“我不需要找借口,我会跟她实话实说。”

“你会?”他吃惊地问。

“我爱你,我要是跟你在一起……事后不会觉得羞耻。我会觉得自豪、快乐,我不会撒谎的。”

“我可不知道,我可不知道。”他低声地自言自语。

“你不希望这事情弄得……偷偷摸摸,是不是?”

“弗兰西,请原谅我。我本来都不该问。我不知道。”

“知道?”弗兰西很纳闷。

他把她紧紧抱住。她看到他在哭。

“弗兰西,我害怕……我很害怕一旦我走了,我会失去你……再也见不到你。你叫我明天别回家,那我就不回去,我会留在这里。我们还有明天、后天在一起。我们一起吃饭,我们到处散步,或者我们去公园,或者坐到公共汽车的顶层,一起聊天。叫我别走吧。”

“我想你还是走吧。我想马上就要……你还是回去看看你妈妈吧……我也不知道,可是我觉得这样做才是对的。”

“弗兰西,等战争结束了,如果我活着回来,你会不会和我结婚?”

“等你回来了,我和你结婚。”

“会吗?弗兰西,拜托,会吗?”

“会的。”

“再说一次吧。”

“李,等你回来了,我和你结婚。”

“还有,弗兰西,我们会住布鲁克林。”

“你愿意住哪里,我们就去哪里。”

“那我们就住布鲁克林吧。”

“那前提是你自己情愿,李。”

“你能不能每天给我写信?每天都写?”

“每天都写。”她答应了。

“你今天晚上回到家后就写,说你多么爱我,这样我一到家,家里就有这信在等我，好不好？”她也答应了。“你能不能答应，不要让别的人亲吻你？不和别的人谈恋爱？只等我，不管等多久？如果我不回来，你也不想嫁给别的任何人，行不行？”

她也答应了。

他就像这是一次简单约会一样，要对方约定终身。弗兰西也就像伸手欢迎，或是伸手道别一样，轻而易举地许诺了自己的一生。

过了一会儿，雨停了，星星出来了。

第五十三章

弗兰西遵守诺言，当晚就写了一封长信，倾诉自己的爱慕之情，并将自己的承诺又写了一遍。

她提早下班，去三十四街的邮局寄信。邮局窗口的职员向她保证，信肯定下午能到。那天是星期三。

星期四晚上她希望看到来信，可是也不抱多大指望。毕竟间隔时间太短，除非他也是告别之后立马就给她写信。当然了，他还得收拾行李，起早赶火车。(她没有想过，她其实也是挤出时间写信的。)星期四晚上没有来信。

星期五，因流感传播，公司人手不足，她连上十六个小时的班，凌晨两点前才回到家里。她看到厨房桌子的糖碗上放着一封信，便迫不及待地撕开。

"亲爱的诺兰小姐。"

她的快乐顿时消散。这不可能是李写的，他会写："亲爱的弗兰西。"翻过了一页，看到了签名。签名是"伊丽莎白·莱恩诺(夫人)"。唉，是他妈妈，或者嫂子什么的。或许他病了，写不成呢?或许军队有规定，不许战士出征前写信，于是他请人代笔呢?当然。就是这个。她开始读信。

> "李把你的情况全跟我说了。在纽约期间，承蒙友善关照。他星期三下午回家，但是次日晚就要去兵营。他在家只有一天半时间。我们安排了婚礼，没有什么排场，就是双方家人和三五个好友……"

弗兰西把信放下来。"我连续上了十六个小时的班，"她想，"我累了。

一天也不知道看了多少电报，现在看什么都看不进去。总之，我在局里看东西养成了坏习惯，一眼看一个栏目，中间只会看到一个字。首先，我得喝点咖啡，把瞌睡给打发了，回头再来读这信。这回一定要看清楚。”

热咖啡的时候，她在脸上洒了点凉水，希望看到“婚礼”的时候，说的是：“李当伴郎。如你所知，结婚的是他弟弟。”

凯蒂醒着，躺在床上，听着弗兰西在厨房里的响动。她紧张地躺在那里……等着。她也不知道自己在等什么。

弗兰西又看了一遍来信。

“……婚礼，没有什么排场，就是双方家人和三五个好友。李让我写信解释他为什么不回信。再次感谢在纽约时你对他的盛情招待。

此致

敬礼！

伊丽莎白·莱恩诺（夫人）”

然后又补充了几行字：

“又及：我看了你写给李的来信。他不该假装和你相爱，这话我也跟他说了。他让我转达他的歉意。E.R.[①]”

弗兰西狂抖起来。牙缝里挤出一些含糊不清的话语来。“妈妈，”她呻吟了，“妈妈！”

凯蒂听她讲完了事情的来龙去脉。“终于来了。”她在想，“这个时刻终于来了，无法再呵护孩子，不叫他们遇见不幸了。过去家里吃的东西少，你可以假装自己不饿，让孩子多吃点。夜里寒冷，你起床，把自己的毯子盖在他们身上，好让他们不受冻。谁要想伤害他们，你会跟他们拼命。比如那一回在楼道，我真是要把那家伙干掉的。可是终归有一天，或许阳光灿烂，他们走出去，会有不幸遭遇，而你却无法知道。你拼了一生要阻挡他们去遭

① 伊丽莎白·莱恩诺的首字母缩写。

遇的痛苦,会找上他们的门。”

弗兰西把信给了她。凯蒂慢慢地念完，认为自己理解事情的来龙去脉。事情中的男人二十二岁,用茜茜的话来说,是个“老手”。女子则才十六岁,比对方小六岁。别看她涂了鲜红的唇膏,穿着大人的衣服,还有一些东拼西凑的知识,人还是天真得不行,还是个小姑娘。她曾经面对世界的邪恶,也见识过人世间大多数的艰难,可奇怪的是,她还是未沾染世界的习气。是的,她能理解弗兰西对那人的感情。

她能说什么呢?说他不是什么好人,或者只是个可怜虫,饥不择食见谁都上的那种?不,这么说太残酷了。另外,女儿也不会相信。

“说话啊。”弗兰西说,“干吗不说话?”

“我能说什么呢?”

“就说我年轻,说我会熬过去的。说啊,就这样说啊,撒谎也行。”

“我知道大家都会这么说,说你会熬过去的。我也会这么说。不过我知道这话不是真的。噢,你以后会找到幸福的,这个不用担心。可是你不会忘记。以后你每次恋爱遇到的男孩,都会让你想起他来。”

“母亲……”

母亲!凯蒂想起来了。她和约翰尼结婚之前,一直管自己的母亲叫“妈妈”,后来终于说:“母亲,我要嫁给……”从此之后,就再也没有叫过“妈妈”。不再叫母亲“妈妈”的时候,人就已经长大成人了。现在轮到弗兰西了……

“母亲,他当初叫我晚上陪他,你觉得我那时候应该答应他吗?”

凯蒂的脑子在飞快地转着,她在找词。

“不要撒谎,母亲。说实话。”

凯蒂找不到合适的词。

“我答应你,要是我以后结婚,不到结婚的时候,绝不和男人一起。要是我还没有结婚就有那想法的话,我也会提前告诉你的。我跟你庄重地发誓。这样的话,你就可以跟我说实话,不用担心我故意犯错误。”

“有两种真相。”凯蒂终于开口了,“作为母亲,我会说一个女孩刚认识一个陌生人,一个整个接触时间不到四十八小时的人,就要跟他上床,那简直糟糕透顶。或许你会遇到很大的不幸,或许你的一生就这样毁掉。作为妈妈,这是我要跟你说的实话。”

“可是作为女人……”她犹豫了一下,“我也跟你说一个女人的心里话。这个经历本来会很美的。你也只有这一回,会去无所顾忌地爱。”

弗兰西在想:“那我当时应该跟他去。我以后不会这样去爱了。我本来就想去,可是我没有去。现在他属于别人了,我不会还那样去爱他。我本来就想去,可是我没有去,现在晚了。”她把头趴在桌子上哭了。

过了一会儿,凯蒂说:“我也收到来信了。”

她的信是几天前来的,可是她一直等着合适的机会来说。她认定现在的时机就很成熟。

“我收到信了。”她又重复。

“谁……谁写的?”弗兰西带着哭腔问。

“麦克舍恩先生。”

弗兰西的哭声更大了。

“你没有兴趣听吗?”

弗兰西想停住自己的抽泣。“行,他是怎么说的?”她没精打采地问。

“没什么。就说他下周来看我们。”她等着。弗兰西好像没有特别感兴趣的样子。“让麦克舍恩当你父亲怎样?”

弗兰西的头猛然抬起。“母亲!有人给你写信,说要到我们家来,你马上就自作多情起来。你凭什么老是这种什么都知道的样子?”

“我不知道。其实我真的不**知道**。我只是有种**感觉**。要是这**感觉**足够强烈,那我就**说**我知道。总之,你喜不喜欢他当你父亲?”

“我自己的生活都搞得这么糟,”弗兰西愤懑地说(凯蒂也没有笑),“找谁出主意也不要找我啊。”

“我不是让你出主意。我只是想知道孩子们对他会是什么感觉。”

弗兰西怀疑妈妈提出麦克舍恩是个小花招,是想分散她的注意力,让她散散心。这个花招差点成功了,这让她有点生气。

“我不知道,母亲。我什么都不知道。我现在什么也不想说。你走吧,你走吧,让我独自呆一会儿。”

凯蒂回去睡觉了。

可是，人总不会一直哭下去的，哭完了总会做点什么。现在是五点。弗兰西心想反正也睡不成了，七点还得起来。她感到十分饥饿。从头天中午到现在，除了白晚班之间吃的一个三明治，她什么都没吃。她煮了一壶咖啡，做了点吐司，打了几个鸡蛋。她吃惊地发现这些东西味道都很好。吃饭的时候，眼睛看着信，眼泪又流了下来。她把信放进洗碗池，用火柴点着，接着她打开水龙头，看着那黑色的灰烬流到下水道。然后她接着吃早饭。

过后，她从壁橱里拿出那盒信纸，坐下来写信。她写道：

"亲爱的本：你说过要是我需要你的话，就给你写信，因此我才动笔给你……"

她将信纸一撕两半。

"不！我不想对任何人产生需要。我要让别人需要**我……我要让别人需要我**。"

她又哭了，可是这次没有那么伤心了。

第五十四章

弗兰西第一次看到麦克舍恩不穿制服，而穿了身双排纽扣的灰大衣，看来是花了不少钱定做的，弗兰西觉得这衣服看起来很神气。当然，他没有爸爸那么帅气，可是他个子更高，也更有男人味。尽管他的头发有些发白，但弗兰西还是觉得他有一种别样的英俊。可惜，他跟妈妈一比真是太老了。没错，妈妈也不年轻，眼看着就奔三十五了，但离五十岁还早得很。总之，麦克舍恩也是一表人才，女人嫁他不丢份。麦克舍恩是个政客，处事精明，不过做人表里如一，说话也慢声细语的。

他们一起喝咖啡，吃蛋糕。弗兰西痛苦地发现，麦克舍恩正坐在爸爸的位置上。凯蒂刚跟他讲完约翰尼死后发生的一切。麦克舍恩对他们的进步感到惊诧。他看着弗兰西。

"这小姑娘去年暑假上了大学呢！"

"今年暑假她还去上。"凯蒂自豪地宣布。

"好得很哪！"

"另外，她还上班，每周挣二十块呢。"

"除了这些之外，身体也健康吧？"他问，语气中透出惊奇，那惊奇丝毫不是装出来的。

"儿子高中上了一半了。"

"不会吧？"

"下午和晚上他还打些零工。就这样放学打工，有时候他每周能挣五块钱呢。"

"小伙子不赖啊，真是呱呱叫！你看他那身体结实得，你看你看！"

弗兰西心想他怎么老是说到身体好坏呢，他们自己都觉得这很自然，没怎么多想。但她突然记起麦克舍恩自己的孩子大部分生下来就有病，未成年就夭折了。怪不得他对身体好坏这么大惊小怪。

“宝宝怎样？”他又问。

“去把宝宝抱来，弗兰西。”

宝宝在前屋的摇篮里。这屋子本来是弗兰西的，但是大家一致认为，前屋空气好些，应该让宝宝睡这里。弗兰西将睡着的宝宝抱了起来。弗兰西一抱，她就醒了，把眼睛睁开，那样子好像已经准备就绪，干什么去都行。

“再见，弗兰妮？公园？公园？”她问。

“不了，宝宝，我带你认识个人。”

“人？”劳瑞带着疑惑问道。

“是的，一个大人。”

“大人！”孩子高兴地跟着说。

弗兰西将她抱到厨房里。宝宝穿一身娇嫩的粉色法兰绒睡袍，一头柔软而浓密的鬈发，宽间距的眼睛，乌溜溜的眼珠，暗玫瑰色小脸蛋，那模样真是个漂亮的小家伙。

“啊，宝宝，宝宝。”麦克舍恩带着唱腔说，“她是一朵玫瑰花。一朵爱尔兰野玫瑰。”

“要是爸爸在这里，”弗兰西心想，“他一定会唱起来。‘我的爱尔兰野玫瑰。’”她听到妈妈叹了口气，心里在想妈妈是不是和自己心有灵犀，想到一处了呢……

麦克舍恩将宝宝抱起来。孩子坐在他膝盖上，挺直背，离开他的怀抱，带着疑惑盯着他看。凯蒂希望她不要哭。

“劳瑞！”她说，“麦克舍恩先生。你叫一声‘麦克舍恩先生’。”

孩子低下头，眼光透过睫毛向上看着，若有所悟地笑了笑，摇头说：“不干。”

“不干，大……大。”她又说了。“大人！”她得意地叫起来，“大人！”她笑嘻嘻地看着麦克舍恩，用甜甜的口吻说：“劳瑞再见？公园？公园？”然后她将脸靠在他大衣上，闭上了眼睛。

“**哎哟哟，哎哟哟**。”麦克舍恩哼唱着。

宝宝在他的怀里睡着了。

“诺兰夫人，你或许在想，我今天晚上来，葫芦里卖的什么药。现在我就打开天窗说亮话吧。我来是要问个私人问题。”弗兰西起身要走了。“不要。孩子们，不要走。这个问题关系到你们妈妈，也关系到你们。”他们又坐了下来。他清了清嗓子。“诺兰夫人，你丈夫过世已经——愿上帝保佑他灵魂安息……”

“是的，两年半了。上帝保佑他的灵魂安息。”

“上帝保佑他的灵魂安息。”弗兰西和尼雷也跟着说。

“我妻子——也过世一年半了，上帝保佑她的灵魂安息。”

“上帝保佑她的灵魂安息。”诺兰一家也跟着说。

“我等了好多年，现在这话说出来，也就不会对死者不敬了。

“凯瑟琳·诺兰，我想和你做伴。要是不反对的话，我们秋季就结婚。”

凯蒂很快扫了一眼弗兰西，然后皱起眉头。妈妈怎么了？弗兰西没有笑，她想都没有想。

“我可以照顾你和三个孩子。我有退休金，有工资，在伍德黑文、里士满希尔那边还有物业，加到一起每年有一万块的进账。我有保险。我会供孩子上大学。过去我是忠实的丈夫，我保证将来也是。”

“这事你认真考虑了没有，麦克舍恩先生？”

“我根本都不用去想。那回马奥尼组织的郊游上，我看了你一眼，就下定决心了。我那时候就问你女儿，你是不是她妈妈。”

“我不过是个清洁工，没有什么文化。”她实事求是地说，但是语气中并不含愧疚的意思。

“文化！你瞧，是谁教会我读书写字的？我完全是靠自学。”

“可是你好歹是公众人物，你要找个上得了台面的贤内助，帮你招待那些要人、贵客。我不是这种女人。”

“我在办公室招待自己的朋友。家里是过日子的地方。我倒不是说你帮不上我的忙——你会助我一臂之力，让我做个更好的人。业务上我倒是不需要女人来帮忙。我自己能对付，谢谢你的好心。这么说吧，我爱你……”他犹豫片刻，开始直呼其名，“……凯瑟琳？你是不是要考虑一下呢?”

“不用了,我不用考虑了。我决定嫁给你,麦克舍恩先生。

“我不是图你的钱,虽然你说的情况我也听在耳里。一年一万块,很大一笔收入呢。对我们这样的人家来说,一千块都是大数目。我们没有什么钱,没钱的日子我们也习惯了。我也不是图你能供孩子上学这一点。有你没有你帮忙,我们都会想到办法的。当然有你帮忙,我们会轻松很多。我也不是图你的公职,不过话说回来,有个值得自豪的丈夫也不错。

“我想嫁给你,是因为你人好,我想要你做丈夫。”

这是实话。凯蒂早就下定了决心要嫁给他,如果他来求婚的话。她觉得一个女人没有男人来爱,生活是不完整的。这和她对约翰尼的感情无关。她会一直爱着约翰尼。她对麦克舍恩的感情显得沉静一些。她敬佩他,尊重他,知道自己会做个好妻子。

“谢谢你,凯瑟琳。我何德何能,竟能娶得这样漂亮的妻子,还带着三个健康的孩子。”他真诚而谦虚地说。

他转向弗兰西。“你是长女,你同意吗?”

弗兰西看看妈妈,妈妈也在等着她开口。弗兰西又看看弟弟。尼雷点了个头。

“我想我和弟弟都希望你来当……”她想起了自己的父亲,顿时热泪盈眶,最后那个词她说不出来。

“好,好,”麦克舍恩宽慰地说,“我不会让你担心的。”他转向凯蒂。

“我不会让两个大孩子叫我‘父亲’的。他们有自己的父亲,是上帝赐给他们的最好的父亲。别的不说,光是想想他那一副好歌喉吧!”

弗兰西觉得自己的喉咙发紧。

“我也不要他们跟我姓,还姓诺兰就挺好的。”

“可是我现在抱着的这个小的,没有见过亲生父亲一面。能不能让她叫我父亲,让我合法地领养她为自己的女儿,跟着我们两人姓呢?”

凯蒂看了看弗兰西和尼雷。让自己的妹妹姓麦克舍恩,而不是诺兰,他们怎么想呢?弗兰西点头同意了。尼雷也点头了。

“这孩子我们给你。”凯蒂说。

“我们不能叫你‘父亲’。”尼雷突然说,“可是或许我们可以叫你

‘爸爸’。”

“那我谢你了。”麦克舍恩平淡地说。他放松了下来，冲着他们微笑了。“我在想现在我能不能抽烟呢？”

“怎么，你不要问，随时想抽就抽啊。”凯蒂惊讶地说。

“我可不想透支我的权利啊。”他解释。

弗兰西把睡着的宝宝抱走，好让他抽烟。

“帮我把她抱床上吧，尼雷。”

“怎么了？”尼雷很喜欢这场面，根本不想走。

“你给我铺摇床啊。我在抱她，总得有人做这事情吧。”尼雷难道就这么不开窍？不知道妈妈和麦克舍恩先生没准想单独呆呆，哪怕只是一会儿？

在幽暗的前屋里，弗兰西对着弟弟耳语：“你觉得怎样？”

“也好，妈妈这下也好松口气了。当然他不会变成爸爸的……”

“当然，爸爸……谁也替代不了。可是除此之外，他倒是个好人。”

“劳瑞以后的日子可好过了。”

“安妮·劳瑞·麦克舍恩！她不会像我们那样吃苦的，对不对？”

“不会的。不过也不会有我们那些快乐。”

“对啊！我们过去可开心了，是不是，尼雷？”

“是啊！”

“可怜的劳瑞。”弗兰西同情地说。

第五卷

第五十五章

有人在弗兰西肩膀上拍了一下，弗兰西跳了起来。接着她放松下来，笑了。当然！现在一点了，她该下班了。她的“救援”赶到了，要接她的下一班用同一台电传打字机。

“我再发一条吧。”弗兰西恳求。

“你看有人多敬业啊！”“救援”笑道。

弗兰西带着满腔的热爱，慢慢打完了最后一个电报。她很高兴这电报是为出生报喜，而不是为死亡报信。这电报就是她最后的道别。她就要走了，可是她还没有告诉任何人。她害怕，若是挨个道别，她会崩溃，会忍不住哭起来的。和妈妈一样，她不希望感情太外露。

她没有直接去自己的小储藏柜，而到了大休闲室。一群女孩正在充分利用十五分钟的休息时间，在这里玩。她们围在一个弹钢琴的姑娘身边，一起在唱：“喂，总部，让我去攻无人地带。”

弗兰西走进来的时候，弹钢琴的女孩看到她的灰色秋装和灰色小山羊皮低帮皮鞋，受到了启发，弹起了另外一首曲子。姑娘们唱起《教友[①]城中的教友》一歌来。一个女孩用胳膊搂住弗兰西肩膀，将她拉到人群中来。弗兰西开始和她们一起唱起来：

她心中知道，自己并不笨……

“弗兰西，你怎么穿了这一身灰？”

---

① Quakers，教友派信徒。该教派始于十七世纪的英国，后传至世界各地，信徒信奉神住在每个人心中，每个人都可以对神有个人化的体验。

"我也不知道,可能是小时候看到某个演员这么穿的吧。我不记得她的名字了,但是我记得那戏的名字叫《牧师的情人》。"

"很可爱。"

> 教友城中我那小教友,
> 用那眼神跟我说,
> 请你过来找找我……

嘟嘟嘟……小教友……嘟嘟嘟……教友城,女孩们齐声合唱,亮出一个完美结局。

接着她们又唱《老迪克西兰去了法国》[①]。弗兰西站到那巨大的窗户前,看着二十层楼下的东河。这是她最后一次从这窗户看东河了。任何"最后",都带着一种死亡般的忧伤。她在想,如今看到的这一切,日后无法再用同样方式重现了。最后一次看到的一切,犹如突受光照,被放大了一般。这时候,你会感到悲伤,你会后悔你没有好好把握平日之拥有。

玛丽·罗姆利外婆是怎么说来着?"你看一切,要好比你是第一次或最后一次看到那样。如果这样的话,你在世上的日子就会充满荣光。"

啊,玛丽·罗姆利外婆!

外婆最后那次生病后,就一病不起,一拖几个月,最后走了。亡讯是史蒂夫天亮前来通报的。

"我会想念她的。"他说,"多伟大的一位女士。"

"你是说一个伟大的女人。"凯蒂说。

弗兰西很困惑,不知道威利姨夫为什么选择那个时候离家出走。弗兰西看着一艘船从桥下滑过, 然后回到自己的思绪当中。是不是少了个罗姆利家的女人,他离家出走就能少点愧疚?还是外婆的死亡让他想到了解脱?或者像艾薇说的那样,他本来就心术不正,故而在外婆治丧期间,浑水摸鱼地溜之大吉?无论是什么原因,反正威利消失了。

---

① 一首战时黑人老歌,歌颂在法国与德国人作战的黑人士兵。

威利·弗里特曼!

他死命练习弹奏,终于能够同时演奏所有乐器。作为一个单人乐队,他参加一家电影院的业余表演比赛,得了一等奖,奖金十块钱。

他拿着这十块钱和乐器就走了,家里再也没有人见过他。

他们偶尔会听到他的消息。好像他在作为一人乐队,在布鲁克林的街上卖艺,靠人们施舍的小钱谋生。艾薇说,等天冷下雪了,他自然会回来。可是起码弗兰西对此表示怀疑。

艾薇在他以前上班的厂里找了个差事,每周挣三十块钱,日子还过得去。只是到了夜间,和所有罗姆利家族的女人一样,她觉得没有男人的日子很难熬。

弗兰西站在窗户边,俯瞰着下面的东河,回想着威利姨夫,觉得他身上有种梦一般的东西。可是话说回来,很多东西她想起来都像梦一般。那个过道里的男人:那一定是一场梦吧!还有麦克舍恩年复一年苦等着妈妈的事,也像是一场梦。爸爸的死像场噩梦,不过现在,爸爸遥不可及,就如同从未存在过一般。劳瑞是父亲去世五个月之后生下的孩子,这样奇特的出生也像一场梦。整个布鲁克林就像一场梦。那里发生的一切仿佛一场幻觉,一个惊梦。或者这一切全都真真切切,只是她弗兰西在做白日梦吧。

总之,她突然就要去密歇根了。如果密歇根还有梦一般的感觉,那么一定是她天生好做梦吧。

安阿伯!

密歇根大学在那里。再过两天,她就要乘坐火车去安阿伯了。暑期学校结束了。她通过了选修的四门课。在本的帮助下,她突击准备,也过了大学入学考试。也就是说,才十六岁的她可以上大学了,这时候她已经修完了大学一年级一半的课程。

她本想上纽约的哥伦比亚大学,或是布鲁克林的阿德尔菲大学,可是本告诉她,人接受教育也包括适应新环境。她母亲和麦克舍恩也同意。甚至尼雷都说她去远方上大学更好,可以把布鲁克林口音改掉。不过弗兰西并不想改掉,改掉口音就跟改掉自己的名字一样无法接受。有口音,说明人有个*归属*。她是个布鲁克林姑娘,有着一个布鲁克林名字,说话带布鲁克林口音。她不想东改西改以致面目全非。

密歇根大学是本给她选的。他说这是个自由派州立大学，英语系不错，学费也低。弗兰西很纳闷：这大学真要这么好，他自己为什么不去，反而选择了另外一个中西部州的大学呢？本解释说，他最终要在那个州执业，在那个州从政，或许可以在那里和一些未来的要人做同学。

本已经二十岁了，在大学预备役军官训练班，穿上军装仪表堂堂。

啊，本！

她看着左手中指的戒指。那是本的高中戒指："M.H.S.[①]1918"。里面刻有"B.B.赠 F.N."[②]。他跟弗兰西说，他知道自己的心思，可是弗兰西还小，思想还不成熟。他送她这戒指，就是达成一种默契。当然了，五年内他也不打算结婚，他说。到了五年期限，等她可以自己拿主意了，如果当初的默契还在，他会送她另外一种戒指。弗兰西心想，反正还有五年时间呢，她丝毫不急着决定要不要嫁给本。

了不起的本！

他1918年1月从高中毕业，立刻上了大学，修的课多到让人吃惊，暑假回布鲁克林继续修课，做更多工作，而且还要跟弗兰西在一起，这是他期末时跟弗兰西讲的。到了1918年9月，他就要回到大学，上大三了！

好个本啊！

他正派、可敬、聪明。**他**脑子很清楚。**他**不会头天向一个女孩求婚，第二天离开，跟别的女孩结婚的。**他**不会让她来写情书，却给别人来念的。本不会这么做，不会。是的，本很好。弗兰西很高兴有本这样的朋友。可是她也想到了李。

李！

李现在在哪里？

他乘船去法国了。那船一定就像她现在看到的那艘船。那是一艘长船，正驶离码头。船上面涂着各式迷彩，船上有上千个士兵的白面孔，从上面看下去，就好比是一个很长很难看的钉垫子，上面插满白色大头钉。

（"弗兰西，我害怕……我很害怕一旦我走了，我会失去你……再也见不到你。叫我别走……"）

---

① 马斯佩斯高中缩写。

② B.B. 和 F.N.分别是本和弗兰西名字的首字母缩写。

（“我想你还是走吧。我想马上就要……你还是回去看看你妈妈吧……我也不知道，可是我觉得这样做才是对的。”）

他分在彩虹师。该师士兵现在还在向着艾尔贡森林挺进。还是他已经死了，埋了，坟墓上只有一个平平淡淡的白色十字架？要是他死了，谁会告诉她？那个宾夕法尼亚女人是不会的。

（“伊丽莎白·莱恩诺[夫人]”）

安妮塔几个月前就辞职，去别的地方上班了，没有留地址。没有人问……也没有人会告诉她。

她突然恶狠狠地希望他死了，让那宾夕法尼亚女人永远无法得到他。可是她旋即又转念，开始祷告起来：“啊，上帝，可别让他死掉，我不抱怨了，不管是谁拥有他。拜托，拜托了！”

啊，时间……时间，快点流逝吧，让我忘掉这些！

（“你以后会找到幸福的，这个不用担心。可是你不会忘记。”）

母亲错了。她**一定**是错了。弗兰西真的很想忘记。她从刚认识他到现在，已经四个月了，可还是忘不掉。（“会找到幸福的……可是你不会忘记。”）要是忘不掉，她又如何能找到幸福呢？

啊，时间，你能疗治一切伤痛，就请你快点过，好让我忘却吧。

（“以后你每次谈恋爱遇到的男孩，都会让你想起他来。”）

本笑起来也是那么慢悠悠的。不过她觉得自己去年暑假就爱上了本——在遇到李之前就爱上了他。不过这么想也无益。

李！李！

休息时间结束了，又来了一群女孩。是她们的休息时间了。她们围绕在钢琴周围，开始弹奏一系列关于“微笑”的歌曲。弗兰西知道接下来会是什么。

跑吧，跑吧，你这傻瓜，免得那伤痛的感觉席卷过来。

可是她动弹不了。

她们在弹奏泰德·刘易斯的歌曲《宝贝向我微笑》。毫无疑问，这一曲终了，接下来会是《有些微笑让你开心》。

接着是：

跟我吻别的时候

请你微笑……

(“……每次听到了,就请你想到我……”)

她跑出屋子。将自己的灰帽子、灰色小包和手套从储藏柜匆匆抓出,奔向电梯。

她在那峡谷般的街道上来回看。街上幽暗、荒凉。一个高个子军官站在隔壁一幢楼房暗暗的门口。他从那幽暗中走出,带着那羞怯、孤独的微笑,向她走过来。

她闭上了眼睛。外婆说过,罗姆利家的女人有一种特殊的能力:她们爱的人死后,她们能看到其鬼魂的出现。弗兰西从来不相信这个,毕竟她从来没有看见过爸爸。可是现在……现在……

“你好,弗兰西。”

她睁开眼睛。不是,原来不是鬼魂。

“我就知道你最后一天上班会有点伤感, 所以我来接你回家。吃惊吧?”

“不吃惊,我知道你会来。”她说。

“饿吗?”

“就快饿死了。”

“你想去哪里?去汽车超市喝点咖啡,还是去吃点炒杂烩?”

“不要!不要!”

“奇尔德餐馆?”

“好,我们去奇尔德餐馆,去吃点黄油蛋糕,喝点咖啡。”

他把她的手拉过来,和她挽着胳膊。

“弗兰西,今天晚上你有点奇怪。你不是生我的气吧?”

“没有。”

“很高兴我来了?”

“当然。”她平静地说,“见到你真好,本。”

第五十六章

星期六！在老房子里的最后一个星期六。明天，凯蒂就要结婚了。办完了婚礼，凯蒂就要直接搬到新家。搬家的人星期一过来搬他们的东西。大部分家具他们会留下来，送给新的清洁工。他们只会带走自己的私人物件，还有前屋的家具。弗兰西还想带上那块印着巨大粉色玫瑰花的绿色地毯、奶白色的花边窗帘，还有可爱的小钢琴。这一切都会装在弗兰西的房间里。到了新家，弗兰西会专门有一间给她的小房间。

凯蒂坚持在最后这个星期六上午继续工作。她拿着扫把和水桶出去的时候，大家都笑了。麦克舍恩给她开了个支票账户，往里面打了一千块钱算作礼物。根据诺兰家的标准，凯蒂算是阔了，什么活也不用干了。可是，她坚持要做到最后一天。弗兰西怀疑她只是依恋这些房子，想在离开之前，好好再打扫一回。

弗兰西厚着脸皮，在妈妈的钱包里翻看她的支票本。在那本神奇的支票本中，她只看到一张存根，上面写着：

支票号码：1
日期：1918年9月20日
付至：伊娃·弗里特曼
付款原因：因为她是我姐
总额：一千元
本次支付：二百元
余额：八百元

弗兰西在想：为什么是二百块，不是五十块、五百块？后来她想明白了。两百块是威利姨夫的保险赔付额。要是威利姨夫死了，姨妈能拿到两百块。无疑，凯蒂是当威利死了。

凯蒂没有开支票订婚纱。她解释说，她在和送她这笔钱的人结婚前，不会为着自己花这钱。为了买婚纱，她向弗兰西借，从她给弗兰西的储蓄中支取，许诺婚礼结束后立刻还钱。

最后那个星期六的上午，弗兰西让劳瑞坐在双轮童车上，绑好带子，推着她上街了。她在街角站了好久，看着孩子们拖着他们捡的破烂，沿着曼哈顿大道，向着卡尼回收站走。她跟着也朝那个方向走去，一直走到查理便宜店里。店里没人来买东西的时候，她走到柜台前，拿出五毛钱，说要将所有摸奖的奖品都买下来。

"啊呀，弗兰西，你瞧你现在！弗兰西，了不得啊。"他说。

"我不想去挑了。把那板子上所有东西都给我吧。"

"哎呀呀，你听听！"

"还有，查理，你那摸奖的盒子里是不是根本就没有中奖号码？"

"老天爷，弗兰西，总得混口饭吃吧。我们这一行，钱得一分一分地挣，来之不易啊。"

"我一直就觉得这些奖是假的。怎么这么骗人家小孩子啊——你也不感到害臊？"

"可别这么说。他们花一分钱，我给一分钱的糖果。设这个奖，不过是图个热闹。"

"你设这个奖，他们就有指望了，所以才老是回来啊。"

"话说回来，他们不上我这里，也会去对面吉姆培糖果店。还是到我这里好，毕竟我有家室，养家糊口要紧。"他一脸正派地说，"再说了，我也不把人家小姑娘往后面屋子里带，知道吧？"

"啊，我明白了。我猜你说得也有道理。对了，你有没有五毛钱一个的布娃娃卖？"

店主从柜台下掏出一个面貌丑陋的布娃娃来。"我只有这个，六毛九一个，可是我就按五毛卖给你吧。"

"这样吧，你挂在那里，正经八百地让小孩子赢了去，钱我来出。"

“可是弗兰西，让哪个小孩子赢上一回，那么其他孩子也就指望上了，这个头可不好开。”

“看在耶稣的分上，”弗兰西说，她的语气中并无亵渎的意思，倒是像在祈祷，“你就给人家赢一回行吗？”

“好啦！好啦！生这么大的气做什么？”

“我就想白送给哪个小孩。”

“我把它挂起来，你走后，我也不把中奖号码从盒子里拿走。这下满意了吧？”

“那就谢了，查理。”

“我就说，这娃娃的名字叫弗兰西，好不好？”

“不用了，不用了！这么丑的娃娃，怎么能叫我的名字？”

“弗兰西，跟你说句话。”

“什么？”

“你现在长成大姑娘了。你今年多大了？”

“过几个月就十七了。”

“我记得你过去身子瘦，腿长。我想你有朝一日会长成大美女的。其实也不能说大美女，我是说气质独特。”

“你这算什么话？不过还是谢了。”她笑了。

“你的小妹妹？”他向着劳瑞点了个头。

“没错。”

“不用多久，她就要拖着破烂去卖，然后拿着硬币到我这里买糖了。这里的孩子长得快。”

“她不会拖着破烂卖的。她也不会来你这里。”

“没错，听说你们要搬家了。”

“是的，我们要搬家了。”

“那好，弗兰西，祝你好运。”

她推着劳瑞去公园，把她从车子上抱起来，让她在草上乱跑。一个卖椒盐卷饼的小男孩跑过来，弗兰西花一分钱买了一个。她将饼捏成碎末，撒在草里。一群黑乎乎的麻雀不知从哪里飞了过来，抢着吃碎末。劳瑞摇摇摆摆地跑去抓麻雀。麻雀也是没事干，逗她玩，总是等她快到跟前的时候展翅飞走。每次有只麻雀飞走，劳瑞就高兴地又笑又叫。

弗兰西推着小车，带劳瑞去看她以前学校的最后一眼。学校离她每天去的公园只隔几条街，但不知何故，自从毕业那天晚上后，她再也没有回去过。

这回看来，学校显得很小，这不禁让她感到吃惊。她在想，学校大小应该没有变，变的是她的眼界，她的眼界开阔了。

"弗兰西就是上这个学校的。"她告诉劳瑞。

"弗兰妮上学。"劳瑞跟着说。

"有一天，爸爸跟我一起到了这里来，他还唱了一首歌。"

"爸爸?"劳瑞不解地问。

"我忘了，你没有亲眼看过爸爸。"

"劳瑞看爸爸了。人。大人。"她以为弗兰西说的是麦克舍恩。

"对了。"弗兰西说。

离开学校两年后，弗兰西就从一个小姑娘长大成女人了。

她路过那座借用过地址的房子。房子现在看起来又小又破旧，不过她很喜欢。

她路过了麦克加里蒂的酒吧。不过现在麦克加里蒂已经不再是这里的主人了。他夏初搬了出去。私下里他曾经跟尼雷说过，他，麦克加里蒂，有未卜先知的能耐，知道禁酒令就要来了。他也准备好了。他在长岛亨普斯特德收费公路附近买了一大片地方，逆市进货，在地窖里储藏了大量的酒。等禁酒令一下，他会开个所谓的"俱乐部"。俱乐部的名字他都想好了，就叫"梅·玛瑞"。她的妻子会穿着晚礼服当招待，这正合她意，麦克加里蒂先生说。弗兰西知道麦克加里蒂太太一定会乐意做女招待这一行。她希望麦克加里蒂有朝一日也能找到自己的幸福。

午饭之后，她去图书馆最后一次还书。图书管理员在她的借书卡上打好戳，将书推给她。和往常一样，她的头抬都没有抬一下。

"你能不能给一个小姑娘推荐一本好书呢?"弗兰西问。

"多大?"

"十一。"

图书管理员从桌子下面拿出来一本。弗兰西看到书名是《如果我是国王》。

"我不想借了,"弗兰西说,"而且我也不是十一岁了。"

图书管理员头一次抬头看弗兰西。

"我从小时候就来这里看书," 弗兰西说,"可是你一直都没有抬头看过我。"

"孩子这么多,"图书管理员焦躁地说,"我不能每个都看。还有别的事吗?"

"我想说说那只褐碗……它对我意味着很多东西……还有里面那常年盛开的花。"

图书管理员看了看那褐色的碗。里面有一些粉色的野紫菀花。弗兰西觉得那图书管理员好像也是头一次看这褐碗。

"啊,这个。是清洁工把花放里面的,或者是其他什么人。还有什么事情?"她不耐烦地问。

"我把卡交还给你。"弗兰西把那盖满日期戳,还打了皱卷了角的借书卡还给图书管理员。图书管理员拿过来,正要撕成两半,弗兰西给抓了过来。

"那我还是保留着吧。"她说。

她走了出去,最后看了一眼这破烂的小图书馆。她知道她不会再看到它了。看了新事物之后,人的眼光会改变的。日后,假如她还回来,她会有新的眼光,看东西又和现在不同了。她想记住它现在的样子。

不,她永远不会回到过去生活的地方了。

还有,再过几年,老社区也不复存在了。战争结束后,市里计划把一些老出租楼拆掉。那所女校长鞭打小男孩的丑陋学校也会拆掉。这里会建成模范住宅区。在住宅区里,阳光和空气都会衡量过,均匀分配给每个居民。

凯蒂将水桶和扫把砰一声扔进角落,这是她最后一次这样扔,最后一次宣示自己收工回家。接着,她又将扫把和水桶拿起来,轻轻放好。

她开始穿衣出门。她要去最后一次试穿那翠绿色天鹅绒婚纱。已经到了9月底，天还是没有凉下来，凯蒂怕这天穿鹅绒婚纱太热了，不由焦躁起来。今年的秋天姗姗来迟，她气不打一处来。弗兰西跟她说入秋了，她还和弗兰西争了一番。

弗兰西知道入秋了。**让**风热热地吹吧，**让**天继续火热吧！只是，秋天的脚步还是来到布鲁克林了。一旦天黑，街灯亮起来的时候，那个卖栗子的人就会开始在街角摆摊，弗兰西由此判断秋天来了。那人架起炭火，放上平底锅，盖上盖子，在里面烤着栗子。那人手里拿着还没有烤的栗子，用一把钝刀在上面切出小小的十字形口子，放进平底锅里。

是的，卖栗子的人一到，秋天一定是来了，哪怕夏日天气余威犹在。

弗兰西把劳瑞放到婴儿床里，盖好被子让她睡午觉，然后她开始收拾最后几件东西，放到一个菲尔斯—耐普萨牌肥皂包装木盒里。她把十字架从壁炉上方取下，还有她和尼雷在坚信礼那天拍的照片。她将这些东西包在她第一次领圣餐时戴的面纱里，放进盒子。她还把爸爸的两条侍者围裙折好，放进盒子里。接着，她将爸爸的剃须杯（上面用烫金大字写着“约翰·诺兰”的那只）用一件乔其纱皱纹衬衫包着。这件衬衫洗得严重脱纱，凯蒂都已经将它放进“待送出”的篮子里，弗兰西看到后给拿了回来。那个下雨的晚上，她和李站在门口的时候，穿的就是这件衬衫。弗兰西接下来把叫玛丽的那个布娃娃，还有以前装有十个装饰硬币的漂亮小盒子，放到了木盒子里。她那可怜的一点藏书也收进了盒子，包括那本基甸版《圣经》、《威廉·莎士比亚全集》，还有一本破烂的《草叶集》。还有三本剪贴本：《诺兰现代诗歌集》、《诺兰古典诗歌集》和《安妮·劳瑞之书》。

然后，她走进卧室，掀开床垫，从下面找到那本日记本。那上面有她十三岁那年断断续续记的日记，还有一个方形的蕉麻纸信封。她跪在盒子前，打开日记本，随手翻到三年前的9月24日写的日记。

9月24日：今天晚上我洗了个澡，发现自己变成女人了。是时候了。

她咧嘴一笑，把日记本放了进去。她拿起信封，看到了封面上的字：

内容：

本信封中含一份毕业证书、四篇故事，将于1967年开封阅读。

那四篇故事就是佳恩达老师让她烧掉的四篇。这事怎么说呢？弗兰西记得她跟上帝许诺过，要是妈妈不死，她就停止自己的写作。她守住了自己的诺言。可是她也对上帝有了更深刻的认识。她知道，即便她重新写起来，上帝也不会介意的。有朝一日，她或许真该重新拿起笔来。她在信封上开了道缝，将图书馆借书卡放了进去，接着一并放到大盒子里。就这样，她收拾完了。除了衣服之外，她拥有的一切，全都在这盒子里了。

尼雷吹着《黑人区舞厅》[①]的口哨，跑上楼来。他直接冲进厨房，把外套扒掉。

"弗兰西，我时间很急，有没有干净衬衫给我换？"

"有一件洗过，可是没有熨。我来给你熨一下。"

她将熨斗加热，将衬衫上洒上水，在两张椅子间把烫衣的板子架起来。尼雷从壁橱里拿出擦鞋的东西，在擦得发亮的皮鞋上又上了一层鞋油。

"要出门吗？"弗兰西问。

"是啊，刚有时间去看演出。他们这次有范和舍恩克，乖乖，舍恩克那歌唱得！他这样坐在钢琴前。"尼雷坐在厨房桌子前比画给弗兰西看。"他斜着坐，跷着二郎腿，看着观众。然后他将左胳膊肘放在乐谱架上，一边唱，一边用右手弹。"尼雷开始模仿起他的偶像，唱起《离乡千里》来，学得惟妙惟肖。

"没错，他真是一级棒。唱得都有点像爸爸过去的样子了。"

爸爸！

弗兰西找到尼雷衬衫上的工会标记，从这标记开始烫起来。

（"标签就如同装饰品……就像你戴的玫瑰花一样。"）

---

① 黑人作曲家谢尔顿·布鲁克斯于1918年创作的一首著名的爵士乐曲。

诺兰家买什么东西都尽量买带工会标签的，这是他们纪念约翰尼的一种方式。

尼雷照着洗脸池上方的镜子。

“你觉得我要不要刮脸呢?”他问。

“五年之内都不要。”

“得了,你给我闭嘴!”

“你们不要说叫人闭嘴这种话啦。”弗兰西学着妈妈的口气说。

尼雷笑了,开始擦洗自己的脸、脖子、胳膊和手,边洗边唱:

> 你那眼神仿佛来自埃及,
> 你那举动有开罗的气息……

弗兰西心满意足地熨烫着。

尼雷终于穿好了。他穿着暗蓝色双排扣的西服和刚熨过的白衬衫(有下翻的软领子),打着圆点领结。他刚刚洗过,浑身散发出清爽的气息,他的金色鬈发闪闪发亮。

“我看起来怎么样啊,小歌后?”

他神气地将外套扣起来,弗兰西看到他戴上了父亲的图纹戒指。

是的,没错,正如外婆说的那样,罗姆利家的女人能看到死人的鬼魂归来。弗兰西看到父亲了。

“尼雷,你还记得《莫莉·马龙》吗?”

他一只手伸到自己口袋里,背转向她,开始唱起来:

> 在美丽的都柏林,
> 姑娘们美丽动人……

爸爸……爸爸!

尼雷和爸爸一样,嗓音清晰而真实,而且他帅得不行!他才十六岁,可是就帅到了这个地步,连在街上走过的时候,女人都看着他而叹息。他实在太帅了，要是弗兰西跟他一起走，就感觉自己像丑小鸭似的。

"尼雷，你说我好看吗？"

"什么！你干吗不向圣德雷莎修女做个连续九天的祷告[1]？出现个把奇迹，你还有救。"

"少来这一套，我跟你说正经的。"

"你为什么不把头发剪短，烫个发卷，就跟其他女孩一样？不要这么扎一大把一大把的辫子，盘在头上。"

"妈妈不让，我得等到十八岁才能剪。你说我好看吗？"

"等你长胖点再来问我。"

"拜托了，告诉我吧。"

尼雷仔细看了看她，说："你能及格。"这话她好歹都只有接受了。

他一开始说自己很急，可是现在，好像又不想走了。

"弗兰西！麦克舍恩……我是说爸爸，晚上要来吃晚饭。我接着要去上班。明天举办婚礼，明天晚上在新家办晚会。星期一，我就要上学了。我上学的时候，你要坐那密歇根的火车去那里了。我没机会跟你单独道别，不如就此再见吧。"

"我会回家过圣诞的，尼雷。"

"可是那就此一时彼一时了。"

"我知道。"

他等着。弗兰西伸出右手。他把她的手推开，和她拥抱，亲吻了她的脸颊。弗兰西抱住他，开始哭起来。他将她推开。

"得，你们女孩真让我恶心。"他说，"总这么多愁善感。"可是他嗓子有点哑，他自己也要哭了。

他转过身，跑出了屋子。弗兰西跑到楼道，看着他跑下楼梯。他在那井一般的暗暗的楼梯底下停了一下，回头看她。尽管下面很黑，他站的地方是亮的。

太像爸爸……太像爸爸了，她想。可是他的脸上比爸爸更有力量。他向她挥了挥手，然后就走了。

---

① 天主教的一种灵修方式。

四点了。

弗兰西决定先去穿衣服，然后准备晚餐，这样等本来找她的时候，她就已经准备就绪了。本买了票，他们要去看亨利·赫尔演的《归来者》。这是他们圣诞前的最后一次约会了，因为本明天就要去上大学了。她喜欢本。她特别喜欢本。她希望她能爱本。如果他不是老这么自以为是的话就好了。要是他偶尔也犯点错就好了，哪怕是一次。要是他也需要她就好了。也罢。她还有五年时间来做决定呢。

她穿着白色无袖内衣，站在镜子前。她在洗的时候，手臂抬起来，从头上弯过去，这时候突然想起小时候，她是如何坐在太平梯上，看着院子对面在梳洗着准备去约会的大姑娘们。会不会有人像她那时候一样，现在在看着自己呢？

她朝着那些窗户看过去。是的，隔着两个院子，她看到了一个小女孩坐在太平梯上，膝盖上放着一本书，手里拿着一碗糖果。那女孩透过栅栏，向弗兰西这边看过来。弗兰西也知道这个小女孩。她才十岁左右，个头小小的，她的名字叫弗洛瑞·文迪。

弗兰西梳了梳自己的长发，扎成辫子，然后将辫子盘在头上。她穿上了新的长筒袜，穿上了白色高跟鞋。把一件粉色亚麻布的新裙子套上之前，她拿出一块方形棉垫，在上面洒了点紫罗兰色香粉，然后将棉垫塞到自己的胸罩下。

她觉得自己听到了弗莱波的马车驶进来了。她从窗户里伸出头向外看。是的，是来了。只不过这回不是马车，而是一辆栗色小汽车，两边都有烫金字；洗车的人也不是脸色红扑扑的弗兰克，而是一个能免兵役的罗圈腿家伙。

弗兰西的目光越过院子，看到弗洛瑞还从太平梯上透过栅栏看着自己。弗兰西挥手喊道："你好，弗兰西。"

"我**不叫**弗兰西。"小女孩叫道，"我叫**弗洛瑞**，你都知道的啊。"

"我知道。"弗兰西说。

她看着下面的院子。那天堂树的叶子，过去像一把把小伞，在太平梯四面卷曲着，环绕着，衬托着。可是那些家庭主妇抱怨树的枝条和她们的晒衣绳子缠在一起了，于是房东派来两个人，把树砍了。

可是那树没有死……没有死。

在那树桩上，又发出一棵新树来。新的树干沿着地面长，一直长到没有晒衣绳子的地方，然后又蓬蓬勃勃地向着天空长起来了。

那棵名叫安妮的树，诺兰一家一直浇水施肥，却病了，死了。而院中的这棵树，它被人砍掉了，被人堆在树桩边焚烧了——他们希望这树连同树桩一起烧掉，化作一团篝火——可是这树居然活了下来！

它活了！什么也摧毁不了它。

她再一次看着在太平梯上读书的弗洛瑞·文迪。

“再见了，弗兰西。”她低声说。

她关上了窗户。

译后记

2008年，美国经济进入衰退，山姆大叔开始束紧裤腰带过日子。由于这些原因，一些描述艰难时代的旧时经典，又重新热门起来，例如斯坦贝克的作品《愤怒的葡萄》。次贷危机中不少美国人面临自己的房屋被银行没收的风险，看到《愤怒的葡萄》中主人公丢失房屋的场景，想必百感交集。如今，很多美国人开始收集折扣券省钱。感恩节后的大减价，甚至造成一些商场的踩踏伤亡事故。美国电台、电视台开始播出如何用一块钱活一天之类的节目。这个世界没有永远的繁荣，萧条说来就来。这种时候，大家一边寻找出路，一边寻找意义，寻找独自和解的方法。

也可能因为这一原因，描写艰难时代的成长小说《布鲁克林有棵树》在出版五十多年后，于2008年被美国公共广播电台推荐。作为一部成长小说(coming-of-age novels)，它还曾当选为亚马逊网站评出的最佳青少年图书之一。在好图书网站(Goodreads.com)，这部1943年初次出版的小说仍不断受人关注。截至本文写作时(2008年12月3日)，有16955人给予评分，评论多达2528条。

此书1943年初版便大受欢迎，长驻畅销书排行榜榜首，连好莱坞和百老汇也搭起"顺风车"。1945年，著名导演卡赞(Elia Kazan)将小说改编为电影，电影随后获奥斯卡奖。小说还被改编为音乐剧，上演267场。如今，在我所在的美国小城，小说的海报和《推销员之死》、《瓦尔登湖》等书一起，挂在附近巴诺(Barnes & Noble)书店的墙上。它还是这边图书馆的暑期推荐读物之一。无疑，它已经成为一部现代经典。

这部小说影响了很多作家。《大海的深处》的作者杰奎琳·米查德

(Jacquelyn Mitchard) 就曾生动描述了她与此书多年的感情："几年前，在我生日那天，挚友兼代理人简·盖佛曼给我寄来了一个小盒子。打开盒子之后，我顿时热泪盈眶。里面装着我最喜欢的书《布鲁克林有棵树》的第一版，而且还有作者贝蒂·史密斯(Betty Smith)写给自己代理人的题字，书里还夹着作者的亲笔信，信件保存完好，丝毫不见六十年来风雨洗刷的痕迹。目睹此情此景，连围坐在餐桌旁的孩子们都不禁眼眶湿润了。他们知道我心中对这本书、对这本书的作者和书中的女主人公怀有多么深厚的感情。"

关于城市

贝蒂·史密斯(1896—1972)生于布鲁克林，是德国移民后裔，童年家境贫寒。她没有上完高中，但是后来和小说主人公弗兰西斯·诺兰一样，在大学修课，后终生从事写作。她虽然写过其他作品，也有其他作品被改编为电影，但是她的名字，始终和《布鲁克林有棵树》联系在一起。

小说中的布鲁克林位于纽约，这里分片居住着来自各国的移民：犹太人和爱尔兰人，德国人和意大利人。这个社区生活五彩斑斓：犹太老头当街卖老咸菜；德国人和爱尔兰人圣诞夜在对歌较劲；意大利乐手和歌女在街头卖唱……作品对二十世纪初的美国生活给出了百科全书似的介绍。有些介绍，我们今日看来仍会会心一笑。比如德美交战期间，德国酸菜不准叫"德国酸菜"了，变成了"自由菜"。不久前，美法两国因为伊拉克问题上的观点分歧，也曾有人建议将薯条（英文 French fries）改称"freedom fries"。

小说把二十世纪初的布鲁克林，写成了一部风土人情长卷，将一个原本普通的地域，再造为一道人文景观。贝蒂·史密斯笔下的布鲁克林，就如同帕慕克笔下的伊斯坦布尔、乔伊斯笔下的都柏林、波德莱尔笔下的巴黎。因此，文学批评家艾尔弗瑞德·卡增(Alfred Kazin)写道："从某种意义上说，《布鲁克林有棵树》是布鲁克林的完美写照。"卡增写道："布鲁克林是一个所在，是纽约城一个人口密集的地区，有全世界最大的天主教教区之一。可是布鲁克林本身，'布鲁克林'这字眼，却又在纷杂的美国体验中凸显出来，成为一道独特的景观。它集朴素、简陋、庸常和可爱于一身。在无数人心目当中，‘布鲁克林’这个词本身和难忘的早期家庭体验联系在一起，渐渐成为一种化身，象征着人生早年的贫困，象征着邻里生活，象征着青春本身。同样，它也象征着渴望、追求，象征着对外面精彩世界的梦想。”读罢此书，我很难想象我还能对周遭事物熟视无睹地走过布鲁克林，或是我们居住的其他城市。确实，一本好书会触及一个人的灵魂，深刻地改变我们看待周围世界的方式。

关于尊严

小说的主人公是小女孩弗兰西，她还有个弟弟叫尼雷。姐弟俩生活在二十世纪初布鲁克林的一个赤贫人家。妈妈是清洁工，靠给人打扫卫生换取免费住房。爸爸约翰尼是一个打散工的歌唱侍者(singing waiter)，好酒，好幻想，能歌善舞，迷倒姑娘一大片，唯独缺乏挣钱养家的本领。两个孩子于是也就常常挨饿。他一辈子穷困却也总不潦倒，总是把快乐播撒给所有人。小说中的凯蒂，在丈夫过世、家里几乎上顿不接下顿之时，酒吧老板故意“还钱”给她，她坚辞不受，不受嗟来之食。这个清洁女工人穷志不短，她的作为，一定会让蝇营狗苟的势利者汗颜。

没有人希望自己贫困，但贫困未必一无是处。它可以磨砺性格。这部小说中有个地方十分耐人寻味。苦水中泡大的弗兰西和尼雷一起谈到不用吃苦的小妹妹，反而表示出同情来，说可怜的劳瑞没有了那苦，也就体会不到那苦中的甜了。相信从困境中走过、后来又超脱了困境的很多读者对此都有同感。人可以受困、受穷，却不可以失去骨气和乐趣。

《布鲁克林有棵树》中说的树是臭椿树。这臭椿树有个美丽的英文名字，叫 tree of heaven，亦即天堂树。这是一种少有的连水泥地上都能长起来的顽强的树。小女孩弗兰西星期六的时候，会去图书馆，想把图书馆里所有的书从 A 到 Z，每一本都看过。星期天下午，她会拿着借来的书，在布鲁克林，坐到太平梯口，藏在浓浓树荫里，看着书，做着白日梦。这样的闲暇，让她超越了星期一到星期五的困顿。穷人是怎么快乐起来的?他们的快乐是那么少，所以当他们拥有的时候，就千百倍地去享受，以至于你给他们一棵臭椿，他们也能看到天堂。

艰难时代给人的另外一个馈赠，是让人产生悲悯情怀。小说中提到，人们对待自己贫困的背景通常有两个办法:“一个通过自身艰苦奋斗走出了社会底层的人,通常有两个选择。脱离当初环境后,他可以忘本;他也可以在超出这个环境之后,永不忘记自己的出身,对残酷拼搏中不幸落下来的人充满同情,充满理解。”未必所有人都有这种同情和理解。小说中写到了好多“站在玻璃房里扔石头”的人,明明自己也是穷苦出身,却以践踏同类为乐。小说中写到一个布鲁克林的护士,本来自己出身也很贫寒,却附和着势利眼的医生,骂穷人的小孩。

而弗兰西后来处境改善后,却不忘回到糖果店,默默做件好事,给某个幸运的穷孩子一次摸中大奖的机会。人可以有同样的经历,但未必有同样的心态。人与人的差别,大抵就在这里。

关于成长

贝蒂·史密斯的小说有点“大女子主义”。小说中的男女对比鲜明。弗兰西的妈妈坚强似铁,爸爸柔情似水。她的几个姨妈也是一样,姨妈贤惠能干,姨夫则软弱无能。弗兰西的妈妈凯蒂在生活重担之下越来越坚强。而弗兰西的爸爸却更有女性那种好交际、软心肠等特征。这位父亲为了让女儿上她想上的学校,不惜造假,冒充他人地址。弗兰西和爸爸更亲,和妈妈疏远。但是最了解女儿的,却正是这个母亲。在生产第三个孩子、几乎要死掉的时候,她吐露了心声,说是儿子本来不喜欢读书,如果停他的学,他永远都不会再回去。“而你不一样,你会拼,会斗,你还会回去的,就如同太平梯那里的那棵天堂树。”这再一次彰显了这个家族女子的坚强。

这是一部关于成长的小说。一个孩子在成长过程中,会不断吸收父母的精神传承。弗兰西的坚强像妈妈。这坚强让她超越前人:外祖母连字都不识,母亲上完小学,弗兰西则要去上大学。她的坚强,让她超越困难,实现家族的美国梦。如女作家佩吉·奥伦斯坦(Peggy Orenstein)在评论此书时候说的那样:“生活并不公平,可是总能应付过去。”

弗兰西的想象力来自她爸爸。她的想象力让她超脱了生存的艰难。老师也表扬她的想象力。人类正是由于想象力,才活得不那么困顿。小女孩弗兰西的想象,有时让她不切实际,可是也使她摆脱了现状对自己思想的捆绑。她的外祖母没有文化,连字都不识,却建议凯蒂给自己的孩子读《圣经》，读莎士比亚，讲述民间故事和各种童话，好让孩子处在困境当中，也不致沉沦。弗兰西姐弟在物质上几乎一无所有，却意外地拥有了巨大的精神财富。

可是成长，也是“天真之歌”无可逆转地向着“经验之歌”转换。小女孩弗兰西在楼梯间遇到色狼，差点受袭。稍大后，她在感情上又受人欺骗。世界的玫瑰色彩在一点点消退，少女弗兰西带着童年练就的坚强，迈入未知的未来。

小说中记载了成长当中的一个个小故事，作者写得不厌其烦。很显然，这是一部纪念年轻时光的纪念碑式作品，这是贝蒂·史密斯自己的故事，一个一定在她心头酝酿已久、乃至于不吐不快的成长故事。作者似乎是想给自己的青春一个交代，要把成长一寸寸铺开在我们面前。因此，小说到了后来，显得有些拖沓，不如童年部分那样精彩。即便这样，它仍是一部非常经典的小说，一部老式的小说。看过一些当代过于“炫技”的作品之后，这小说从形式到内容上都让人怀旧。这是一部让人不忍释卷的小说，一本看了会哭也会笑的小说，希望各位读者和我一样喜欢。

小说翻译当中，Barbara Penney 老师不厌其烦地解答我的很多问题。家兄方胜林先生和二嫂倪鸣女士花费大量时间帮我看过译稿，并对译文提出了很多宝贵意见，在此一并表示感谢。

翻译是我的一个爱好而非“正业”，由于工作和其他杂务，翻译时间有限，水平也有限，故定有错漏或不当之处，恳请读者朋友指正，以便在重印时纠正。

方柏林
2008 年 12 月
于俄克拉荷马